KB141862

# 조선 후기 시조사의 지형과 탐색

김용찬

태학사

김용찬(金瑢鑽)

　　전라북도 군산 출생으로, 고려대학교 국어국문학과를 졸업하였다. 같은 대학의 대학원에서 석사학위와 박사학위를 받았는데, 박사학위 논문의 제목은 「18세기 가집 편찬과 시조문학의 전개양상」이다. 한중대학교 국문과 교수를 거쳐, 2008년부터 순천대학교 사범대학 국어교육과 교수로 재직하고 있다. 2011년 여름부터 1년간 캐나다의 브리티시 컬럼비아대학(UBC) 아시아학과의 방문학자로 활동했다. 주로 고전시가에 관한 논문과 저서들을 쓰고 있지만, 고전문학과 현대문학을 포함한 한국문학 전반에 걸쳐 관심을 가지고 연구와 교육에 종사하고 있다. 최근에는 전공 분야의 연구 논문을 쓰는 것과 함께, 고전문학 작품을 일반 독자들에게 쉽게 풀어서 전달할 수 있도록 하는 내용의 책을 만들려고 노력하고 있다. 이밖에도 영화와 책에 관한 리뷰 (review)들을 다양한 지면에 소개하고 있다.

　　주요 저서로는 『18세기의 시조문학과 예술사적 위상』(월인, 1999), 『교주 병와가곡집』(월인, 2001), 『조선 후기 시가 문학의 지형도』(보고사, 2002), 『시로 읽는 세상』(이슈투데이, 2002), 『교주 고장시조선주』(보고사, 2005), 『조선 후기 시조문학의 지평』(월인, 2007), 『조선의 영혼을 훔친 노래들』(인물과사상, 2008), 『옛 노래의 숲을 거닐다』(리더스가이드, 2013), 『윤선도 시조집』(지만지, 2016), 『100인의 책마을』(공저, 리더스가이드, 2010), 『고시조대전』(공저, 고려대학교 민족문화연구원, 2012), 『고시조 문헌 해제』(공저, 고려대학교 민족문화연구원, 2012) 등이 있다.

# 조선 후기 시조사의 지형과 탐색

초판 1쇄 인쇄 ｜ 2016년 7월 11일
초판 1쇄 발행 ｜ 2016년 7월 15일

지은이 ｜ 김용찬
펴낸이 ｜ 지현구
펴낸곳 ｜ 태학사
등　록 ｜ 제406-2006-00008호
주　소 ｜ 경기도 파주시 광인사길 223
전　화 ｜ 마케팅부 (031)955-7580～82　편집부 (031)955-7585～89
전　송 ｜ (031)955-0910
전자우편 ｜ thaehak4@chol.com
홈페이지 ｜ www.thaehaksa.com

값은 뒤표지에 있습니다.

ISBN 978-89-5966-758-1　93810

## 책 머리에

대학원에 진학하면서 본격적으로 공부를 시작한 이래, 몇 해 전 처음으로 만 1년여를 쉬면서 연구와 교육의 압박에서 놓여나 재충전의 기회를 가진 적이 있었다. 캐나다 밴쿠버에서 보낸 이 기간 동안 가족들과 함께 많은 시간을 보냈으며, 그 과정에서 비로소 내가 지나왔던 삶의 흔적을 되돌아볼 수 있었다. 정신없이 앞만 보고 달려왔던 과거의 내 모습을 떠올리면서, 가족들을 포함한 주위 사람들에게 여유롭지 못했던 지난날들을 반성하는 계기가 되었던 것 같다. 1년 동안의 밴쿠버 생활을 마치고 돌아올 즈음, 한국에 있을 때 지치고 힘들었던 나의 몸과 마음에 새로운 기운이 채워졌다는 것을 충분히 느낄 수 있었다. 넉넉하고 아름다운 자연 환경 속에서 지냈던 당시의 소중한 경험을 아직도 깊이 간직하고 있다.

그 이후 여유를 가지고 '느리게 사는 법'에 익숙해지고, 아울러 가끔이라도 주위를 돌아보며 살겠다는 다짐을 했었다. 이제 '지천명(知天命)'을 넘어선 나이가 된 만큼, 앞으로는 편리함을 추구하기보다 차라리 주위 사람들을 위해 기꺼이 불편함을 감수하며 살겠다는 생각을 해 본다. 그동안의 학문적 의욕을 정리해보자는 의미에서, 다양한 지면에 발표했던 논문들을 모아 새롭게 책을 엮어 내기로 하였다. 이 책은 지난 2005년 이래 약 10여 년간 여러 학술지에 발표했던 성과들 중에서, 가집을 중심으로 주로 조선 후기 시조문학을 다룬 12편의 논문들을 뽑아서 엮은 것이다. 여기에 연구자로서 내가 느꼈던 고민들이 담긴 두 편의 글을 '보론'으로 말미에 첨부했다.

수록된 글들을 일별해 보니, 이 기간 동안 내 연구의 주된 관심사가 고스란히 드러나 있다는 것을 느끼게 된다. 공부를 시작한 이래 나의 학문적 관심과 연구 분야는 주로 조선 후기 시조문학에 집중되었고, 이러한 성과를 기반으로 언젠가는 시조문학사를 정리해보겠다는 포부를 가지고 있다. 이 책은 이러한 내 계획의 한 부분이라고 할 수 있겠다. 모두 3부로 구성된 이 책의 제1부는 '조선 후기 시조사와 가집'이라는 주제 아래 4편의 논문이 수록되어 있다. 모두 4종의 가집들을 다루고 있는데, 시조사적으로 중요한 자료임에도 불구하고 그동안 연구자들의 관심에서 조금은 비껴나 있던 가집들에 대한 탐색의 결과이다. 〈가곡원류〉의 부록으로 여겨졌던 〈여창가요록〉에 대한 이본을 집중적으로 고찰하고, 사대부 작가였던 신헌조를 다룬 일련의 논문들은 19세기 시조사의 특징적인 한 국면을 '새롭게' 보여주고 있다고 평가하고 싶다. 온전한 시조사의 지형을 구축하기 위해서는, 앞으로도 새로운 자료에 대한 연구는 지속되어야만 할 것이라 생각한다.

　따지고 보면 제2부와 제3부에 수록된 나머지 글들 역시 이러한 주제와 무관치 않다고 할 수 있다. 제2부는 〈금옥총부〉를 중심으로 안민영과 19세기 예술사의 문제를 집중적으로 다룬 4편의 글들이며, 제3부는 사설시조와 기녀시조를 비롯하여 시조 작품에 담겨있는 몇몇 주제들을 집중적으로 다루고 있는 성과들이다. 특히 3부에서 '기녀시조'와 '대청 의식'을 다룬 글들은 조선 전기 작가들의 작품까지 다루고 있으나, 그러한 흐름이 조선 후기의 문학사에 접맥되어 있기도 하다. 아울러 기녀시조나 가족을 중심 소재로 다루고 있는 사설시조에 대한 연구는 여성주의적 시각에 입각한 논문들이라 하겠다. 이들은 모두 조선 후기 시조사를 탐색하기 위한 과정의 하나로 시도된 성과물이며, 가집을 토대로 한 분석적 결과를 정리한 것이라는 것을 밝혀두고자 한다. 아울러 책으로 묶기 위해 검토하는 과정에서 문장을 손질하는 등 부분적으로 수정을 했으나, 논문의 체제는 그대로 유지했음을 밝힌다. 각 논문의 끝에 출전을 밝혔지만, 앞으로는 이 책에 실린 글들이 이용되기를 희망한다.

　여기에 책의 제목과는 어울리지 않을 수도 있지만, 그동안 발표했던 글들 중 2편을 '보론'으로 책의 말미에 덧붙였다. 그 중에서 '고전시가 논쟁의 복원을 위하여'는 민족문학사연구소의 학술대회에서 발표했던 글이고, '고전시가 연구자로서의 자세와 계획'은 서강대학교 국어국문학과의 40주년을 기념하는 책자에 싣기 위해 청탁을 받고 썼던 글이다. 굳이 이 두 편의 글을 이 책에 수록한 것은 앞의 글이 나 자신을 포함한 국문학 연구자들에게 던지는 제언의 성격을 띠고 있다면, 뒤의 글은 작성된 후 10년이 지났음에도 나 스스로에게 던지는 화두로 여전히 유효함을 잃지 않고 있다고 생각하기 때문이다. 이 두 편의 글을 이 책에 수록함으로써, 연구자로서 이 글들에 담긴 문제의식만은 잊지 않겠다는 다짐이기도 하다.

　실상 여기에 수록된 많은 논문들은 그동안 지도교수이신 김흥규 선생님을 비롯한 여러 동학들과 함께 과제를 수행하면서, 가집을 비롯한 다양한 시조 문헌을 탐구했던 결과의 결실이기도 하다. 가집과 각종 시조 수록 문헌들을 수집·정리하고, 이 과정에서 다양한 자료들을 직접 섭렵할 수 있었던 것은 연구자로서 무엇과도 바꿀 수 없는 값진 경험이었다. 또한 문학 연구에서 자료의 실상을 확인하는 것 못지않게, 연구자의 시각에 의해 그것이 적극적으로 '해석'되는 것이 중요하다는 것을 절감할 수 있었다. 장기간에 걸친 과제는 『고시조대전』이라는 성과물을 세상에 선보이는 것으로 일단락되었지만, 과제를 수행하면서 얻어낸 다양한 성과들이 앞으로도 당분간 많은 연구자들에 의해 지속적으로 학계에 보고될 수 있을 것이라 기대한다.

　새롭게 책을 내기로 하고 흩어져 있던 원고들을 정리하고 검토하면서, 잠시나마 이 논문들을 쓰는 동안의 모습을 떠올려볼 수 있었다. 항상 나자신을 중심에 두고 살아왔던 과거의 모습을 되돌아보며, 이제는 가족을 비롯한 주위 사람들과 더불어 살아가야겠다는 생각을 해 본다. 현실의 모순에 눈감지 않고 곳곳을 다니면서 행동으로 보여주는 아내 심명선은, 언제나 나의 부족함을 채워주는 소중한 존재이다. 금년에 고등학교에 입학해, 그동안 겪어보지 못했던 대학입시의 치열함을 몸소 느끼고 있는 아들 가은이에게도 깊은 사랑과 함께 아낌없는 격려를 보낸다. 팔순을 넘어서 비로소 아들과 함께 지내는 어머님께도 오랫동안 같이 지내실 수 있기를 빌어본다. 가족들은 언제나 나를 든든하게 지켜줄 뿐만 아니라, 내가 학문을 계속할 수 있게 해주는 원동력이기도 하다. 책이 나올 수 있도록 수고해 준 태학사의 가족들에게도 고마움을 전하고 싶다.

이번 학기를 마치고 같은 대학의 동료 교수들과 중국의 태산에 다녀왔다. '태산에 올라보니 천하가 작다는 것을 알겠노라'고 한 공자의 말을 떠올려보면서, 무언가 성과를 내기 위해 조급함에 사로잡혀 있던 그간의 삶을 되돌아보기도 했다. 첨단의 기기들과 빠른 것을 추구하는 세상 속에서, 이제부터 나만이라도 조금은 느리고 불편한 삶을 감수하며 살겠다는 다짐을 해 본다.

2016년 6월 하순에
남도의 끝자락 순천에서 김용찬

# 차례

책 머리에 / 3

# 제1부 조선 후기 시조사와 가집

〈봉래악부〉의 성격과 신헌조의 작품 세계
1. 머리말 ································································· 13
2. 〈봉래악부〉의 성격과 작품 창작의 배경 ······················ 17
3. 신헌조의 작품 세계와 그 의미 ································ 28
4. 맺음말 ························································· 42

〈평산신씨가승〉의 성격과 신헌조 시조의 유포 양상
1. 머리말 ······················································· 45
2. 〈평산신씨가승〉의 성격과 한역의 양상 ··················· 48
3. 신헌조 시조의 가집 유포 상황과 그 의미 ················ 66
4. 맺음말 ······················································· 76

〈여창가요록〉의 정립 과정과 이본 특성
1. 머리말 ······················································· 78
2. 〈가곡원류〉의 남·녀창 비교를 통해 본 여창의 정립 과정 ······· 81
3. 〈여창가요록〉의 특징과 이본 비교 ························· 93
4. 맺음말 ······················································· 104

〈시죠〉(단대본)의 문헌적 성격과 수록 작품의 양상

1. 머리말 ···································································· 106

2. 가집의 편제와 그 특징 ·········································· 109

3. 수록 작가와 작품의 변이 양상 ······························· 115

4. 신출 작품의 검토 ·················································· 126

5. 맺음말 ································································· 131


# 제2부 안민영과 〈금옥총부〉

〈금옥총부〉를 통해 본 안민영의 가악 활동과 가곡 연창의 방식

1. 머리말 ···································································· 135

2. 안민영의 생애와 활동 상황 ····································· 137

3. 〈금옥총부〉 수록 작품의 가곡 연창 방식 ·················· 149

4. 맺음말 ································································· 160


안민영과 흥선대원군

1. 머리말 ···································································· 163

2. 안민영과 흥선대원군과의 관계 ······························· 166

3. 대원군의 문학적 형상화 ·········································· 177

4. 맺음말 ································································· 185


안민영 「매화사」의 연창 환경과 작품 세계

1. 머리말 ···································································· 188

2. 안민영의 작품 창작 원리와 「매화사」의 연창 환경 ·········· 191

3. 「매화사」의 구조와 작품 세계 ··································· 202

4. 맺음말 ································································· 217

## 안민영과 〈승평곡〉

1. 머리말 ······················································· 219
2. 안민영과 승평계 ········································· 221
3. 〈승평곡〉의 구성과 작품 세계 ·················· 231
4. 맺음말 ······················································· 245


# 제3부 시조에 나타난 현실과 여성

## 시조에 투영된 대청 인식의 양상

1. 머리말 ······················································· 249
2. 시조에 나타난 중국 관련 인식의 보편적 양상 ······················ 252
3. 시조 속에 투영된 병자호란의 기억과 대청 인식의 양상 ········ 263
4. 맺음말 ······················································· 277

## 사설시조 속의 가족과 그 주변인들

1. 머리말 ······················································· 279
2. 사설시조 속의 가족과 그 주변인들의 형상 ············· 283
3. 맺음말 ······················································· 298

## 기녀시조의 작자 변증과 작품의 향유 양상

1. 머리말 ······················································· 300
2. 가집의 수록 상황과 작자의 변증 ·················· 303
3. 기녀시조의 창작과 향유의 양상 ···················· 316
4. 맺음말 ······················································· 324

## 기녀시조의 미의식과 여성주의적 성격

   1. 머리말 ································································ 328

   2. 기녀시조의 창작 환경과 연행 기반 ····················· 332

   3. 기녀시조의 표현 특질과 여성주의적 성격 ············ 343

   4. 맺음말 ···························································· 355

# 보론

## 고전시가, 논쟁의 복원을 위하여

   1. 머리말 ································································ 361

   2. 고전시가 분야의 연구 동향과 반성적 검토 ··········· 364

   3. 고전시가 분야의 주요 논쟁과 새로운 모색 ·········· 373

   4. 맺음말 ···························································· 382

## 고전시가 연구자로서의 자세와 계획 ·············· 385

# 제1부 조선 후기 시조사와 가집

-〈봉래악부〉의 성격과 신헌조의 작품 세계
-〈평산신씨가승〉의 성격과 신헌조 시조의 유포 양상
-〈여창가요록〉의 정립 과정과 이본 특성
-〈시죠〉(단대본)의 문헌적 성격과 수록 작품과 양상

# 〈봉래악부〉의 성격과 신헌조의 작품 세계

## 1. 머리말

본고에서 다룰 신헌조(申獻朝: 1752~1807)는 조선 후기에 활동했던 시조작가로, 25수가 수록된 개인 가집 〈봉래악부(蓬萊樂府)〉를 편찬하기도 했다. 강원도 관찰사와 대사간 등의 관직을 역임한 사대부 신분인 그가 자신의 작품을 모아 가집을 편찬했다는 사실은 주목할 만하다. 심재완에 의해 처음으로 그의 가집과 작품들이 소개[1]된 이래, 몇몇 연구자들에 의해 작가론과 작품 세계 등에 관한 연구가 제출되었다.[2] 일부 논자에 의해 조선 후기 '사대부 시조가 창의력을 잃고 수준이 떨어졌'던 작가의 예로 거론되었고, 그가 남긴 시조 작품들에서 '표현의 격조는 찾을 수 없'다고 논하기도 하였다.[3] 또한 평시조만을 한정하여 논한 의견이기는 하지만, 그의 작품이 '특별히 새로운 측면을 찾기 어렵'다는 평가도 있다.[4] 그러나

---

1 심재완, 『시조의 문헌적 연구』, 세종문화사, 1972, 148~149면. 심재완이 〈봉래악부〉를 입수하게 된 경위에 대해서는 「〈봉래악부〉 입수의 기연」(『모산학술통신』 25·26 합병호, 모산학술연구소, 2004)에 자세히 밝혀 놓았다.

2 황순구, 「봉래악부 소고」, 『국어국문학』 85, 국어국문학회, 1981; 박을수, 「죽취당 신헌조론」, 『한남어문학』 제13집, 한남대학교 한남어문학회, 1987; 윤정화, 「죽취당 신헌조의 삶과 그 문학적 형상화 고찰」, 『국어국문학』 제34집, 부산대학교 국어국문학과, 1997 등.

3 조동일, 『한국문학통사 3』(제3판), 지식산업사, 1994, 306면.

신헌조의 작품과 가집 편찬에 대한 성과를 이렇게 단순하게 규정하는 것이 과연 옳은가는 재고할 필요가 있다고 하겠다.

무엇보다 사설시조를 포함하여 모두 25수에 이르는 적지 않은 수효의 작품에 담긴 미의식을 세밀히 검토하는 것이 선결되어야 할 것이다. 이를 토대로 작품의 면모가 그의 삶과 어떻게 연관되는지를 따져 작가 의식의 측면에서 논의를 진행해야 한다. 조선 후기에 이르면 몇몇 사대부 작가들에 의해서 가집이 편찬되는 사례가 발견되기도 하는데, 〈봉래악부〉의 성격을 따져 그 의미를 탐구할 필요가 있다. 그리하여 신헌조가 편찬한 가집의 검토를 통해서 가집 편찬자로서의 위상을 제대로 정립해야만 할 것이다. 다행히 가집인 〈봉래악부〉[5]와 그가 남긴 문집의 일부가 남아 있고,[6] 또한 실록에도 관련 기록들이 전하고 있어 신헌조의 생애[7]에 대해서는 비교적 상세히 밝혀져 있다. 먼저 그의 행적을 간략히 살펴보기로 하자.

신헌조는 1780년(정조 4) 27세의 나이로 진사시에 합격한 이후, 1789년

---

4 고미숙, 『19세기 시조의 예술사적 의미』, 태학사, 1998, 67면. 그러나 그의 사설시조에 대해서는 '매우 투박하고 진솔한 면을 보여주고 있어 문젯거리가 되고 있다'(66면)고 적극적인 평가를 내리고 있다.

5 〈봉래악부〉는 필사본 가집으로, 신헌조가 창작한 작품 25수가 수록되어 있다. 이밖에 신헌조의 아들인 신효선의 발문과 함께 시조 10수와 한역시가 수록된 두루마리도 전하고 있다. 필자는 신씨 문중에서 전해오는 〈봉래악부〉와 두루마리인 〈평산신씨 가승〉의 복사본을 박을수 선생을 통해서 입수하였다. 이 자리를 빌어 흔쾌히 자료를 제공해 주신 박을수 선생님께 감사의 말씀을 남긴다.

6 신헌조, 『죽취당집』, 『평산신씨문집』 제7권, 평산신씨 대종회, 1993. 신헌조의 문집은 모두 5권이 가전되어 오다가 한국전쟁의 와중에 유실되었다 한다. 현재 전하는 문집은 남아있는 글들을 모아 다시 정사한 후 2권으로 나누어, 1985년에 그의 5세손인 신현기(申鉉基)에 의해 정리된 것이다. 현재의 문집 발간에 관한 경위에 대해서는 『죽취당집』 말미에 수록된 신현기의 발문(跋文)을 통해서 확인할 수 있다.

7 현전하는 문집의 말미에 정원태가 쓴 신헌조의 「행장(行狀)」이 수록되어 있다. 그러나 이는 5세손인 정현기가 유고(遺稿)를 수습하여 문집을 새로 엮으면서 청탁한 것으로, 기존의 자료를 토대로 만든 것으로 확인된다. 따라서 행장의 내용에 대해서는 어느 정도의 거리를 두고 접근할 필요가 있다고 하겠다.('曰五世孫鉉基來余而言, 曰我先祖實有潛德懿行, 而不甚著見於世, 余嘗痛心, 子與我有舊, 知吾家事者莫子若, 子其圖之. 元泰作而言 曰唯唯.', 「행장」, 『죽취당집』, 앞의 책, 192면 참조)

(정조 13)에 알성문과에 장원을 하면서 수찬(修撰)의 직위로 관직에 진출하였다. 이후 전라도사, 양주목사, 사간원 대사간 등을 거쳐 1802년(순조 2)에 강원도 관찰사를 역임하는 등 정치가로서의 삶을 살았던 인물이다. 그의 부친인 신응현(申應顯)도 영조와 정조 대에 공조판서와 대사간을 역임하는 등 중앙 정치인으로 활동했다.[8] 특히 30여 수의 시조를 남긴 신흠(申欽)이 그의 8대조인데, 시조를 직접 창작하고 가집을 편찬하는 등의 문학 활동에는 이러한 그의 가계의 영향도 있었을 것이라 여겨진다.

비교적 늦게 시작된 신헌조의 관직 생활은 그다지 평탄하지만은 않았던 것으로 보인다. 대사간 신분으로 올린 상소로 인해, 거론된 상대는 물론 그 자신도 체직(遞職)과 파직을 당하기도 하였다. 정약용은 유배지인 강진에서 그의 아들에게 보낸 편지에서, 신헌조로 인해 자신이 탄핵을 받았다는 사실을 밝혀놓았다.[9] 이외에도 신헌조와 관련된 실록의 기록을 보면 간관(諫官)으로 활동했던 그의 행적을 확인할 수 있다.[10] 아마도 정조의 죽음과 순조의 즉위로 인한 정국의 급변 과정에서 치열한 권력 투쟁이 진행되었고, 신헌조 역시 그러한 정치 상황에 무관하게 지낼 수 없었던 사정이 반영되어 있다고 여겨진다. 특히 강원 관찰사로 재직하면서 민폐

---

**8** 신응현의 생애와 행적에 관해서는 신헌조가 남긴 「선부군 증시충헌공가장(先府君贈諡 忠憲公家狀)」을 통해서 확인할 수 있다. 그의 부친이 시호를 받은 것은 신헌조가 강원도 관찰사로 재직하고 있던 1803년이며, 그는 이를 한글로 번역하여 「션부군 증시튱헌공가장」이란 제목으로 기록을 남겼다. 신응현의 국문가장에 대해서는 신정숙, 「션부군 증시튱헌공가장」I ~ II(『논문집』 제11~12집, 경기공전, 1978~79)를 참조할 것.

**9** "그 뒤로 또 책을 교열하고 펴내는 일에 분주하다가 곡산부사가 되어서는 백성을 다스리는 일에 오로지 정신을 쏟았다. 다시 서울로 돌아와서는 신헌조·민병혁 두 사람의 탄핵을 받았고, 그 이듬해 정조대왕이 승하하신 비통함을 당해 서울과 시골을 바삐 오르내리다가 지난 봄에 유배형을 받기에 이르렀으니, …….", 「두 아들에게 부치노라(2)」, 『유배지에서 보낸 편지』, 정약용, 박석무 편역, 창작과비평사, 1991, 28면. 1799년 대사간 신헌조가 권철신과 다산의 형인 정약종을 천주교도라는 죄목으로 처벌하라는 상소를 올렸으나, 정조는 오히려 신헌조의 품계를 박탈했다. 하지만 이 일로 인해서 정약용은 병을 이유로 관직에서 물러났는데, 서신의 내용은 이때의 상황을 가리킨다. 정조의 서거 이후 1801년 신유사옥으로 인해 권철신은 옥사하였고, 정약종 등은 끝내 처형당하고 만다.

**10** 박을수, 앞의 논문, 84~85면에 구체적인 행적이 잘 정리되어 있다.

와 민원을 야기했다는 상소로 인해 파직되어, 경상도 단성현으로 유배되기도 하였다.[11] 이후 다시 대사간으로 복직되었으나, 불명확한 상소 내용으로 인해 그 자신이 관직에서 삭출된 상태에서 일생을 마치게 된다.[12] 이러한 그의 정치 역정을 통해 보았을 때, 신헌조는 '거경궁행(居敬窮行)하는 성리학자라기보다는 정치적 성향이 강한 중앙관료층'[13]이라는 평가를 내릴 수 있다.

그가 남긴 시조 작품들에는 군주에 대한 충의와 백성들에 대한 애민 의식을 보여주고 있음을 엿볼 수 있다. 강원도 관찰사로 재직하던 중에 횡성에서 불이 났을 때는 조정에 소를 올려 피해를 당한 백성들의 조세를 탕감하고 구휼하는 등의 선정을 베풀기도 했다.[14] 이러한 행위는 지방관으로서 마땅히 행해야 할 일이라고 할 수 있다. 그러나 천재지변이 일어난 것을 기화로 지방의 토호들과 결탁해 자신의 잇속을 챙기는 등 당시 지방관의 횡포가 적지 않았고, 그로 인해 각 지역에서 농민항쟁이 폭넓게 발생하기도 했음은 주지의 사실이다.[15] 신헌조의 작품에서 나타나는 이러한 충군·애민 의식은 끊임없이 정치 투쟁이 벌어지는 당대의 '치열한 정치 현장에서 자신의 안전을 도모하고 지속적으로 권력을 유지해 나가기 위'한 자세에서 비롯된 것으로 해석되기도 한다.[16] 따라서 그의 작품에 나

---

11 "좌의정 이시수가 민폐와 민원을 일으킨 강원 감사 신헌조를 파직하도록 청하다.", 「순조 4년(갑자) 3월 28일자 기사」, 『순조실록』 6권. 이듬해인 1805년(순조 5) 유배에서 풀려나 곧바로 중앙 정계로 복귀하여 활동하였다.

12 "대사간 신헌조를 갑자년(1804년)의 옥사에 대한 상소 내용으로 인해 삭출시키게 하다.", 「순조 6년(병인) 3월 3일자 기사」, 『순조실록』 8권.

13 윤정화, 앞의 논문, 126면.

14 "강원 감사 신헌조가 횡성창에서 불이나 민가와 곡식이 탔다고 보고함에 따라 이를 진휼함.", 「순조 3년(계해) 3월 27일자 기사」, 『순조실록』 5권.

15 19세기에 발생했던 농민항쟁의 원인과 전개과정에 대해서는 고석규, 「19세기 농민항쟁의 전개와 변혁 주체의 성장」(『1894년 농민전쟁 연구 1』, 한국역사연구회, 역사비평사, 1991)을 참조할 것.

16 윤정화, 앞의 논문, 128면.

타난 면모를 통해 그가 품고 있었던 위정자로서의 자세를 살펴보는 것도 필요하리라 여겨진다.

그의 시조에 나타난 면모가 매우 다양하며,[17] 시조 25수 중 사설시조가 12수로 절반에 가깝다는 것도 특기할 만하다. 혹자는 이들 중 5수가 〈청구영언 육당본〉 등 다른 가집에도 수록되어 있다는 이유로 신헌조의 작품이 아니라는 주장을 펼치기도 하였다.[18] 그러나 다른 가집에도 나타난다는 이유만으로 개인 가집인 〈봉래악부〉에 수록된 작품의 작가를 신헌조로 볼 수 없다는 주장에는 동의하기가 어렵다. 사설시조에 대한 관심과 가집을 편찬하는 등의 활동을 본다면, 오히려 당대의 시조문학의 흐름에 대해 어느 정도의 관심을 기울여 작품을 창작했다고 보는 것이 더 타당할 것이다. 이에 대해서는 그의 가집의 성격과 작품 세계를 논하면서 보다 자세히 다룰 것이다.


## 2. 〈봉래악부〉의 성격과 작품 창작의 배경

시조 작가와 가집 편찬자로서 신헌조의 면모를 잘 보여주고 있는 저작이 바로 〈봉래악부〉이다.[19] 시조 25수만으로 엮은 이 가집에는 서·발문을 비롯하여, 가집 편찬과 관련된 어떠한 기록도 남아있지 않다. 다만 가

---

**17** 박을수는 〈봉래악부〉에 수록된 시조를 연군(4수), 우세(2수), 애민(3수), 사친(2수), 별한(1수), 권계(5수), 관유(2수), 육담(2수), 낙도(3수) 등으로 분류하고 있다. 박을수, 앞의 논문, 90면.

**18** 황순구, 앞의 논문, 447면.

**19** 그의 문집이 유실된 후 신헌조의 남은 글들을 모아 엮은 문집인『죽취당집』에 〈봉래악부〉의 작품들을 그대로 수록하였다. 그러나 문집 소재의 작품들은 원본을 단순히 옮겨 베낀 것에 불과하기 때문에, 본고에서는 그의 가문에 전하고 있는 〈봉래악부〉를 대상으로 가집의 성격을 고찰할 것이다. 〈봉래악부〉는 세로×가로가 각 27×21㎝의 크기이며, 표지에 〈蓬萊樂府〉라 한자로 표기되어 있다.

집의 명칭으로 인해서, 신헌조가 강원 감찰사를 지낼 때 자신이 창작한 작품을 모아 엮어 펴낸 것으로 짐작할 뿐이다. 곡조의 명칭 등 음악과 관련된 어떠한 표지도 없지만, 작품을 가곡의 5장에 의해 구분하여 가창을 염두에 두고 편찬했음을 알 수 있다. 따라서 가집의 편찬은 신헌조의 시조 창작 활동이 그의 음악 활동과 분명히 관련된다는 것을 보여준다고 하겠다.

전체 20면으로 구성된 가집의 첫 면에는 가집의 명칭이 '蓬萊樂府봉릭악부'와 같이 국한문으로 병기되었고, 이어서 작품이 수록되어 있다. 또한 모든 작품은 시작되는 부분에서 1자씩 올려 써서 구별하고 있으며, 국한문으로 표기된 작품의 한문에는 옆에 작은 글씨로 한글의 음을 함께 표기하였다. 가집 편제상의 특징으로는 앞부분에는 평시조가 수록되어 있고, 후반부에는 사설시조들을 모아 놓았다. 특히 평시조의 마지막 작품(*13) 다음에는 약 1면 반 정도를 비워두고, 새로운 면에 사설시조 작품을 새롭게 수록하고 있음을 확인할 수 있다. 이것은 가집 편찬에 있어, 평시조와 사설시조를 구분하려는 의식에서 비롯되었다고 해석할 수 있다.

또한 가집 소재 작품 중 5수가 〈청구영언 육당본〉(이하 '청육'으로 약칭) 등의 가집에 중복해서 나타난다는 이유로, 신헌조의 작품으로 볼 수 없다는 주장은 분명 잘못된 것이다. 황순구는 뚜렷한 근거 없이 다른 가집에도 나타나는 5수를 제외하였으며, 신헌조의 작품은 〈봉래악부〉 소재 25수 중 이들을 제외한 20수라고 주장하였다.[20] 그러나 〈청육〉은 〈봉래악부〉보다 한참 뒤인 1852년에 편찬된 가집으로, 그 속에 수록된 작품들은 대체로 순조의 아들인 익종이 대리청정 하던 시기에 활동했던 이들의 가악 활동을 반영하고 있는 것으로 확인되고 있다.[21] 한 사람의 작품만으로

---

20 황순구, 앞의 논문, 455면.

21 김용찬, 「〈청구영언 육당본〉의 성격과 시가사적 위상」, 『조선 후기 시가문학의 지형도』, 보고사, 2002 참조.

구성된 가집에 다른 작가의 작품이 수록될 가능성이 없는 것은 아니지만, 후대에 편찬된 가집에 수록되었다는 이유로 해당 작가를 부정하는 것은 잘못된 태도라 하겠다. 오히려 신헌조의 작품이 〈청육〉 등 후대 가집에 수록되었다는 것은, 일부이지만 그의 작품이 그만큼 폭넓게 향유되었음을 증명해 주는 것이라 해석할 수 있다.

이제 가집의 명칭에 담긴 의미에 대해서 따져보기로 하자. '악부(樂府)'란 본래 중국 한나라 시대에 세워진 음악을 담당하던 관청의 이름이었으나, 차차 이곳에서 관장한 음악을 수반한 문학 양식을 지칭하게 되었다. 그 중에서 특히 민간에서 유행한 노래를 채집하던 전통이 후대의 문인들에게 이어져, 그들에 의해 악부의 소재가 새롭게 창작되기도 하였다. 따라서 악부는 통상적으로 관현(管絃)에 올려 음악으로 연주되었던 시를 지칭하는 것이 일반적이다. 우리나라에서도 민간의 노래를 채집하여 한시로 한역하여 남기기도 했는데, 이제현의 〈소악부(小樂府)〉가 대표적이라 하겠다. 이러한 전통은 조선 후기에도 이어져 시조를 한역하여 남긴 작품들을 '소악부'라 하였다.[22] 따라서 신헌조가 자신의 가집에 '악부'라는 명칭을 사용한 것은 그 속에 수록된 작품들이 음악으로 연창될 것을 전제로 했기 때문이다.

대체로 '봉래(蓬萊)'는 신선들이 산다는 삼신산(三神山)의 하나로, 강원도에 소재한 금강산의 여름 별칭이다. 신헌조의 가집 〈봉래악부〉의 명칭도 강원도를 가리키는 것으로 파악되는데, 가집의 맨 앞에 놓인 다음 작품의 첫 구절과도 연관이 있을 것이라 여겨진다.

　　봉리각(蓬萊閣) 비를 타고 삼산교(三山橋) 디나거냐
　　황운교(黃雲橋) 취미교(翠微橋)로 영쥬샤(瀛洲樹)에 올나가니

---

　22 이상의 내용은 『한국민족문화대백과사전』 14권(한국정신문화연구원, 1991)의 '악부(樂府)' 항목을 참조하여 정리하였다.

방장도(方丈島) 불스약(不死藥) 키옵거든 님 계신 듸 들이리라.〈#2044.1, 봉래 *1〉[23]


이 작품은 전체적으로 도선적(道仙的) 의미를 지닌 소재를 등장시켜 표현하고 있다. '봉래각'을 비롯하여 정자를 지칭하는 '영주사'는 물론, 가상의 목적지로 설정된 섬인 '방장도' 역시 모두 삼신산의 이미지를 지닌 시적 소재들이다. 여기에 '삼산교'나 '황운교'·'취미교' 등의 다리에 붙여진 명칭 역시 그러한 연장선 속에서 이해할 수 있을 것이다. 이러한 시적 소재는 종장에서 볼 수 있듯이, '불사약'을 표현하기 위해 등장된 것들이다. 더욱이 불사약을 캐어 '님 계신 듸 들이'겠다고 하였는데, 결국 이 작품은 임금을 생각하는 화자의 심경을 표현하는데 창작의 목적이 있다고 해석할 수 있다.[24] 그렇다면 작품에 등장한 도선적 소재 역시 유가적 지식인이자 위정자로서의 자세를 드러내기 위한 수단으로 역할하고 있다고 파악된다. 곧 방장도의 불사약을 캐어 임금에게 바치겠다는 것은 신하로서 군주에 대한 충의를 다짐하는 것인 까닭이다.[25]

그런데 이 작품에 등장하는 '봉래각'은 강원 감영의 후원 공간인 북쪽 연지(蓮池) 속의 작은 섬 위에 있던 누정이다.[26] 이밖에도 강원 감영에는

---

**23** 작품의 인용은 현대어 맞춤법에 따라 띄어쓰기를 하고, 작품 원문을 좇아 한글을 내어쓰고 한문은 (  )안에 병기하였다. 또한 말미에 『고시조대전』(김흥규 외, 고려대학교 민족문화연구원, 2012)의 가번(#)을 기입하고, 이어서 가집의 약칭(봉래)과 가번(*)을 함께 제시하였다. (본래의 논문은 작품의 가번(#)을 심재완의 『교본 역대시조전서』에서 취했지만, 책을 엮으면서 비교적 최근에 정리된 『고시조대전』으로 바꾸었다.)

**24** 종장의 '님'이 '군왕'을 의미한다는 것은 〈평산신씨 가승〉의 이 작품 한역시에서도 확인할 수 있다. "盡日蓬萊坐小艇, 瀛洲登處過三橋, 靈芝欲獻君王壽, 望裏美人若左霄."

**25** 박을수, 앞의 논문, 90면.

**26** 홍성호, 「강원 감영의 건축적 특성에 관한 연구」, 삼척대학교 석사학위논문, 2005, 8면. 봉래각은 6칸의 규모이며, 1684년(숙종 10) 당시 관찰사이던 신완(申琓)에 의해 지어진 것이라 한다. 봉래각이 있던 연지는 강원 감영의 후원 공간에 위치하였는데, 방형(方形)의 형태로 그 가운데 원형의 섬을 두고 정자를 세웠다. 『정선총쇄록』의 기록에 의하면, 주교(舟橋)가 있어 그 밑에 두 척의 조각배를 매어두었다고 한다. 따라서 그곳에 매어 있었

'다선관(茶仙館)'·'유선관(留仙館)'·'방장대(方丈臺)'·'환선정(喚仙亭)' 등과 같은 도선적 의미의 명칭을 지닌 건축물들이 적지 않았던 것으로 확인되고 있다.[27] 아마도 후원 공간인 연지와 그곳에 위치한 봉래각에서는 공적 업무를 마친 다음, 강원 감사의 사적인 활동이 이루어졌을 것이다. 따라서 이 작품은 후원 공간에 위치한 봉래각에서의 일상생활의 면모를 어느 정도 반영하고 있으리라 여겨진다. 실재하는 누정인 '봉래각'을 통해서 환기되는, 도선적 의미를 지닌 가상의 공간을 상정하여 형상화한 것이 이 작품인 것이다.

가집의 명칭을 〈봉래악부〉라 한 것은, 일단 이 작품의 첫 구절을 의식하여 명명한 것이라 파악된다. 또한 '봉래'가 금강산의 여름철 별칭이기에, 신헌조에게는 금강산이 있는 강원도를 지칭하는 것으로 여겨진다. 이는 다음 기록을 통해서도 확인할 수 있다.

> 갑자년(1804년) 10월 보름에 죽취옹이 봉래(蓬萊)로부터 단구(丹邱)의 유배지로 왔다.[28]

신헌조는 강원 관찰사로 재직하면서 발생한 삼척에서의 화재 사건 이후, 중앙에서 지급된 구휼미를 잘못 처리하는 바람에 파직되어 감영이 있던 원주를 떠나 경상도 단성현(丹城縣, 지금의 경남 산청 일대)으로 유배를 가게 된다.[29] 위에 일부를 인용한 「적벽부」는 단성현에 있던 적벽의 풍

---

던 조각배를 이용하여 연지 가운데에 있는 섬을 왕복하였을 것이라 추정되고 있다(홍성호, 같은 논문, 49면).

**27** 오영교, 「강원 감영의 역사성과 변동에 대한 연구」, 『지방사와 지방문화』 제11권 2호, 역사문화학회, 2008, 61~64면 참조.

**28** "甲子十月之望, 竹醉翁, 來自蓬萊丹邱居謫.", 「적벽부」, 『죽취당집』 권지일, 앞의 책, 127면.

**29** "좌의정 이시수가 소견하였다. 이시수가 말하기를 '관동의 불에 탄 민호에 각각 쌀 1포를 지급했으니, 이것은 막대한 은혜입니다. 그러나 도신이 이미 지급한 휼전을 함께 계산

광을 보고 지은 것으로, 신헌조가 단성현으로 유배를 갔을 때 지은 작품
들을 모은 『단구록(丹邱錄)』 가운데 한 작품이다. 여기에서 '봉래'는 자신
이 관찰사로 있던 강원도를, '단구'는 유배지인 단성현을 지칭한다. 〈봉래
악부〉의 수록 작품을 살펴보았을 때, 그 내용으로 보아 단성현 유배 시절
에 지은 작품은 없는 것으로 여겨진다. 그러므로 가집인 〈봉래악부〉는 강
원도 관찰사로 재직할 때까지 지은 작품들을 모아서, 신헌조 본인에 의해
엮어진 것으로 추정된다.[30]

신헌조의 아들인 신효선(申孝善: 1783~1821)은 선친이 남긴 가집에서
10수를 뽑아, 각 작품의 한역시를 더해 두루마리 형태로 남겼다. 그의 후
손에 의해 전해지는 이 문헌에는 신헌조의 시조 작품에 대한 기록이 발문
의 형태로 전하고 있는데, 그 내용은 다음과 같다.

선부군의 〈봉래악부〉를 펼쳐 보니, 수십 수의 가곡이 절조(絶調)가 아닌
것이 없는데, 한 번 노래하매 3번 감탄할만하여 여운이 있었다. 삼가 단가
수십 수를 모아서 번역하여 한시로 지었으나, 더하여 만족할만한 기미를 얻
지 못했으니, 항상 눈으로 볼 수 있는 정성이 깃들기를 바란다.[31]

신헌조의 사후에 아들인 신효선에 의해 기록된 것이며, 내용으로 미루

---

해 1석으로 맞추었으니, 사체에 어김이 있습니다. 또 지난 번 영건에 소용되는 목재의 일
때문에 민폐와 민원이 서울에까지 전파되고 있습니다. 청컨대 강원 감사 신헌조를 파직하
소서.' 하니, 그대로 따랐다.", 「순조 4년(갑자) 3월 28일자 기사」, 『순조실록』 6권; "전 강원
감사 신헌조를 단성현에, 영월의 전 부사 홍낙연을 제천현에 정배하라 명하였다. 재목을 운
반할 때 역군이 죽은 것이 11인이나 되어 도에서 조사한 일이 있었기 때문이었다.", 「순조
4년(갑자) 5월 26일자 기사」, 『순조실록』 7권.

**30** 가집의 편찬은 강원 감사로 재직하던 1802년(순조 2)에서 단성으로 유배를 가기 이전
인 1804년(순조 4) 사이에 이뤄졌을 것이다.

**31** "披覽先府君蓬萊樂府, 數十首歌曲, 無非絶調, 一唱三歎, 猶有餘韻. 謹撮短歌常十首, 翻
而作詩, 未免添足之幾, 而庶寓常目之忱云.", 〈평산신씨가승〉. 이 기록은 신효선의 문집인 『낭
암집』에도 수록되어 있다.

어 가집인 〈봉래악부〉는 신헌조에 의해 엮어진 것임을 확인할 수 있다. 신효선은 이들 작품을 '가곡(歌曲)'으로 인식하였고, 실제 연창을 하며 즐 겼음을 알 수 있다. 그리하여 그는 부친의 사후에 여기에 수록되었던 시 조 중 일부 작품을 한역하여 따로 베껴 보관하였고, 그것을 늘 지니면서 볼 수 있도록 했던 것이다. 그는 자신의 문집인 『낭암집』에 번역한 한역 시 일부를 수록하기도 하였는데,[32] 이렇듯 가집과 그의 작품을 보존하려 는 후손들의 노력이 적지 않았음을 알 수 있다. 문집의 대부분이 한국전 쟁의 와중에서 유실되었음에도, 가집인 〈봉래악부〉와 이를 토대로 엮은 두루마리(〈평산신씨가승〉)가 온전하게 보존될 수 있었던 것도 후손들의 노력에 의한 것이라 여겨진다.

대체로 〈봉래악부〉 소재 작품들은 그 내용으로 보아 강원 감사로 재직 하던 시절에 주로 지어졌던 것으로 여겨진다.[33]

성명(聖明)이 림(臨)ᄒ시니 시절(時節)이 태평(太平)이라
관동(關東) 팔빅리(八百里)에 홀 일이 바히 업다
두어라 황로청정(黃老淸淨)을 베퍼 볼가 ᄒ노라. 〈#2605.1, 봉래 *2〉


청룡긔(靑龍旗) ᄉ명긔(司命旗)와 교셔 절월(敎書節鉞) 앒헤 셧다
청도(淸道) 흔 쌍(雙) 금고(金鼓) 흔 쌍(雙) 슌시 녕긔(巡視令旗) 버럿ᄂᄃᆡ 언

---

32 신효선의 문집인 『낭암집(朗巖集)』에는 이 중에서 4수의 시조 한역시와 발문을 수록 하고 있다(『낭암집』 권지사, 『평산신씨 문집』 제7권, 평산신씨 대종회, 1993, 324면).

33 본고의 심사 과정에서 〈봉래악부〉를 개인의 창작 가집이라기보다는 강원도 감영에서 가창된 작품을 엮은 가집이며, 논란이 되고 있는 일부 작품이 그러한 환경에서 가창된 것으 로 볼 수는 없는가 하는 의견이 제시되었다. 현재까지 확보된 관련 기록을 살펴보았을 때 〈봉래악부〉의 수록 작품들이 혹여 감영에서 가창되었다 할지라도, 신헌조 개인 작품이라는 것은 부정되기 힘들다는 것이 필자의 판단이다. 그리고 여타의 가집들에 유포된 작품들의 성격과 그 의미에 대해서는 별고에서 다룰 예정이다. (이 책에 수록된 「〈평산신씨가승〉의 성격과 신헌조 시조의 유포 양상」을 참고할 것.)

월도(偃月刀) 서리 ᄀᆺ고 취타(吹打) 소리 웅장(雄壯)ᄒ다

　져러틋 위의(威儀) 셩(盛)ᄒᆫ 곳에 즁(重)ᄒᆫ 칙망(責望) 어이리.〈#4744.1, 봉래 *16〉


　앞의 작품에서는 강원 관찰사로 재직하는 동안 자신의 생각과 포부를 드러내고 있다.[34] 초장에서 '성명(聖明)'이란 곧 임금의 밝은 정치를 뜻하니, 그러한 시절이 세상에 펼쳐져 태평하다고 표현하고 있다. '관동 팔빅 리'는 작자가 다스리는 강원도를 지칭하는데, 시절이 태평하기에 관찰사로서의 자신은 '홀 일이 바히 업다'고 생각하고 있는 것이다. 이러한 인식은 관찰사로서 태평한 시절이 모두 임금의 덕택이라는 당대 관리의 일반적인 관념에서 비롯된 것임을 알 수 있다. 종장의 '황노(黃老)'는 노자(老子)의 별칭으로, '황로청정(黃老淸淨)'이란, 정치의 도리는 청정을 하면 백성은 저절로 안정된 생활을 한다는 말에서 유래한 표현이다. 따라서 이 작품에서 작자는 관찰사로서 깨끗한 정치를 베풀겠다는 포부를 드러내고 있다고 하겠다.

　뒤의 작품은 내용으로 보아 작자가 관찰사를 제수 받고 임지로 떠나는 장면을 형상화한 것으로 여겨진다. 초장에서는 임금이 내린 교서(敎書)를 앞세우고, 청룡기와 사명기 등의 의식에 소용되는 깃발과 지방관이 부임할 때 왕이 내려주던 절월(節鉞)이 관찰사의 행차를 이끌고 있는 광경을 묘사하고 있다. 중장의 청도기(淸道旗)와 금고기(金鼓旗) 각 한 쌍, 그리고 넓게 벌려있는 순시기(巡視旗)와 영기(令旗)는 모두 행차 주인공의 위엄을 나타내기 위한 의장 도구이다. 여기에 긴 초승달 모양의 언월도(偃月刀)를 든 군사의 서리 같은 모습과 행차를 알리는 군악대의 취타소리는 부임하는 관찰사의 '위의(威儀)가 성(盛)'함을 드러내고 있다. 그러나 화자는 그러

---

　34 〈평산신씨가승〉에 보이는 이 작품의 한역시는 다음과 같다. "幸逢今世后明明, 時節熙熙樂太平, 關東八百里無事, 施措不妨黃老淸."

한 웅대한 행차 속에서도 임무를 제대로 실현하지 못했을 때, 자신에게
미칠 수 있는 '중흔 책망'을 먼저 생각하고 있다. 이처럼 신헌조는 관찰사
로서의 직분을 잊지 않고 있음을 작품을 통해서 드러내고 있다.

　내용으로 보아 신헌조의 시조는 주로 강원 관찰사로 재직하던 시기에
창작되었던 것으로 보인다. 그러나 그의 시조 창작 활동이 강원 관찰사
이전부터 계속되었음은 다음의 작품을 통해서 확인할 수 있다.

　　이 몸 나던 히가 성인(聖人) 나신 히올너니
　　존고년(尊高年) 삼ᄌ(三字) 은언(恩言) 어제론 듯ᄒ것마는
　　엇디타 이 몸만 사라 이셔 ᄯᅩ ᄒ 설을 디내ᄂᆞᆫ고.〈#3789.1, 봉래 *9〉

　이 작품은 자신이 모시던 정조가 급작스럽게 승하(昇遐)한 이후의 허전
함과 안타까움을 노래한 것이다.[35] 신헌조는 정조와 같은 해에 출생하였
는데, 초장의 내용은 그러한 사실을 형상화한 것이다. 그는 관직 생활을
하면서도 정조와 남다른 친분이 있었던 것으로 여겨지는데, 임금이 그에
게 '존고년(尊高年)'이란 '은언(恩言)'을 내린 적이 있었던 것 같다. '존고년'
이란 '나이가 많은 노인을 공경한다'는 뜻으로, 중국의 문인인 장재(張載)
가 서쪽 창문에 새겨놓고 틈날 때마다 자신을 돌아보는 계기로 삼았다는
「서명(西銘)」의 한 구절이다. 이러한 '은언'을 내릴 때의 상황을 정확히 확
인할 수는 없지만, 정조의 행위가 당사자인 신헌조에게는 대단히 영광스
럽게 여겨졌을 것이다. 중장은 그런 일이 있었던 것이 '어제론 듯ᄒ'다는
감회를 표현한 것이다. 종장의 '이 몸만 사라 이셔 ᄯᅩ ᄒ 설을 디'낸다는
것으로 보아, 정조가 서거한 이듬해인 1801년(순조 1)에 죽은 이를 애도하
며 지은 것임을 알 수 있다.

---

　35 〈평산신씨가승〉에 수록된 이 작품의 한역시는 다음과 같다. "緬憶吾生誕聖年, 恩言如
昨尊高年, 如何獨活臣身在, 歲暮又添送一年."

이 작품 외에도 창작 연대를 확인할 수 없지만, 정조의 죽음을 애도하는 또 다른 작품도 전하고 있다.[36] 정조와 같은 해에 출생했으며, 임금의 사후에 『정조실록』의 찬수관으로 활동[37]했던 신헌조로서는 그의 죽음에 대해서 특별한 감회를 느꼈을 법하다.[38] 그것을 계기로 시조를 창작했고, 강원 관찰사로 부임한 이후에는 지방관으로서의 포부나 개인적인 소회를 표현하는 수단으로 작품을 지었던 것이다. 그렇다면 신헌조가 강원 관찰사로 재직하는 동안 작품을 많이 창작했다는 것이 어떤 의미를 지니는가.

아마도 중앙에서 활동하던 시기에는 치열한 정쟁의 와중에 처해 있었고, 늘 긴장감을 잃지 않고 생활해야 했을 것이다. 그러나 지방관인 강원 관찰사로 부임해서는 상대적으로 시간적·정신적인 여유를 누릴 수 있게 되었다. 더욱이 그가 근무하던 강원도는 뛰어난 명승이 많았기에, 그러한 속에서 자신의 생활을 돌아보며 작품을 창작할 수 있었을 것이라 여겨진다. 그렇기 때문에 그의 작품에서는 개인적 소회나 관심을 표하고 있는 것들이 대부분을 차지하고 있다. 〈봉래악부〉의 명칭이나 수록 작품들의 면모에서 보듯, 이러한 작품 활동이 가집의 편찬으로 이어졌다고 추론할 수 있겠다.

그러나 이정보의 예에서 확인할 수 있듯이, 18세기 후반에 이르면 사대부 작가들도 여항의 예술사적 흐름에 발맞추어 다양한 성향의 작품을 창작하는 경향을 보여주고 있다.[39] 이정보가 은퇴 후에 자신의 집에서 가창

---

**36** "창오산(蒼梧山) 어듸메오 빅운향(白雲鄕)이 머러젓닉 / 이왕 은총(已往恩寵)이 꿈속의 봄이로다 / 빅슈(白首)에 호을노 사라 이셔 눈물계워 흐노라.", 〈#4551.1, 봉래 *7〉. 이 작품의 한역시는 다음과 같다. "梧山何處雲鄕遠, 已往君恩夢裏深, 只恨此身今獨在, 白頭中夜淚難禁.", 〈평산신씨가승〉.

**37** 『정조실록』은 순조 즉위년(1800) 12월에 편찬을 시작하여 순조 5년(1805) 8월에 완성되었다. 신헌조는 이 당시 '각방 당상(各房堂上)'으로 참여하였다(『한국민족문화대백과사전』 20권, '정조실록' 항목 참조).

**38** 정조를 추모하는 작품에는 '은언(恩言)'·'은총(恩寵)' 등 임금의 은혜에 감읍하는 내용이 있는 것으로 보아, 신헌조가 정조에게 남다른 감회를 지니고 있었다고 여겨진다.

**39** 이하 이정보의 작품 세계에 대해서는 김용찬, 「이정보 시조의 작품 세계와 의식 지향」

자(歌唱者)를 양성하는 등 당대 예술사의 흐름에 적극 호응하는 입장이었던 반면에, 신헌조의 경우 관직에 있으면서 창작 활동을 했기에 작품의 내용이나 미의식에 일정한 제약이 있었을 것이라 여겨진다. 즉 이정보의 경우 당시 적극적인 가악 활동을 펼치면서, 그러한 활동을 기반으로 다채로운 작품을 창작할 수 있었던 것이다. 하지만 신헌조는 치열한 정쟁이 진행되는 당시의 정치 상황에서 관직에 몸담고 있었기 때문에, 당시 여항 예술의 흐름과는 일정한 거리를 둘 수밖에 없었을 것이다. 그렇기에 자신이 창작한 작품들에는 위정자로서의 입장을 반영할 수 있는 내용을 담아낼 수밖에 없었던 것이다. 따라서 매우 빠르게 변화해가는 시조사의 흐름에서 보자면, 그의 작품들에서 특별히 새로운 측면을 찾기가 힘들다는 지적이 일면 타당하다고 여겨진다. 그렇지만 적지 않은 수효의 작품을 남긴 작가로서 작품 세계를 꼼꼼히 따져보는 것은 충분한 의의가 있을 것이라 하겠다.

가집의 수록 작품 역시 자신이 창작한 것만을 대상으로 하고 있어, 시조사에서 그것이 지닌 한계도 분명하다고 할 수 있다. 예컨대 비슷한 시기에 사대부에 의해 편찬된 이한진 편 〈청구영언〉(1814; 일명 연민본)은 사대부와 여항 가창자들의 교류의 면모를 반영하고 있는 가집이다. 〈청구영언 연민본〉(이하 '청연'으로 약칭)은 18세기 후반 사대부들의 음악에 대한 관심이 어느 정도 집약되어 있는 가집이라고 논해지는데, 수록 작품들도 당시 자신들이 연창했던 레퍼토리를 위주로 하고 있다. 비록 서·발문 등 가집의 편찬과 관련된 기록이나 곡조명이 전혀 등장하지 않지만, 수록 작품들은 일정한 음악적 고려에 의해 배열되어 있음을 확인할 수 있었다.[40]

---

(『조선 후기 시조문학의 지평』, 월인, 2007)을 참조할 것.

**40** 이상 〈청연〉에 대해서는 김용찬, 「시조의 연행과 작품의 가집 수록 양상에 대한 고찰」(『조선 후기 시조문학의 지평』, 월인, 2007)을 참조할 것.

그러나 〈봉래악부〉는 신헌조의 개인 작품만을 수록하고 있어, 그것이 당대 음악사와 어떻게 연관되는지를 확인하기가 쉽지 않다.[41] 사대부들이 편찬한 여타의 가집들과 유사하게, 서·발문이나 곡조명 등의 음악 관련 기록이 전혀 없기 때문이다. 다만 수록 작품의 경향을 살펴보았을 때, 신헌조가 당대 시조사의 흐름과 전혀 동떨어져 있었다고는 볼 수 없을 것이라 여겨진다. 사설시조에 대한 적극적 관심과 창작은 이를 방증해주는 것이라 하겠다. 그리고 적지 않은 개인 작품만으로 가집을 엮었다는 사실은 그 자체로 주목할 만하다. 특히 그의 아들인 신효선이 그 작품들을 대상으로 연창을 하고, 또한 일부 작품을 한역하여 후대에 전승하려 했다는 사실도 간과할 수 없는 부분이다.

## 3. 신헌조의 작품 세계와 그 의미

이제 신헌조의 시조에 나타난 작품 세계를 살펴보기로 하자. 그가 남긴 작품 전체 25수 중 절반에 가까운 12수가 사설시조일 정도로, 사설시조를 적극적으로 창작하고 향유했음을 알 수 있다. 신헌조보다 앞선 시기에 활동했던 이정보의 예에서 보듯, 행정 관료로 활동했던 사대부 작가들도 조선 후기에 이르면 사설시조를 창작하고 향유하는 것이 전혀 낯선 현상이 아니었다.[42] 신헌조의 사설시조에 나타난 작품 경향은 유가적 이념을 다룬 것에서부터 애정 형상을 적나라하게 묘사한 것에 이르기까지 다양하게 나타난다.

앞서 논했듯이 〈봉래악부〉에는 평시조를 수록한 부분 뒤에 약 1면 반

---

**41** 다만 여타의 가집들에 수록된 작품들과의 관계와 의미에 대해서는 별고를 통해 논할 것이다. (이 책에 수록된 「〈평산신씨가승〉의 성격과 신헌조 시조의 유포 양상」을 참고할 것.)

**42** 김용찬, 「이정보 시조의 작품 세계와 의식 지향」, 앞의 책, 194~213면.

정도의 공백을 남겨두고, 사설시조는 새로운 면에 기록하였다. 주지하듯
이 가창에 있어서 사설시조는 주로 농·락·편 등 가곡의 변주 곡조에 얹
혀 불렸으며, 이에 반해 평시조는 주로 이삭대엽 계열의 곡조로 연창되었
다. 따라서 사설시조와 평시조를 구별하여 가집에 수록한 것은, 신헌조가
이들이 양식적으로 서로 다르다고 인식했음을 편제상에서 분명히 드러낸
것이라 해석할 수 있다.

신헌조의 시조를 살펴보면 그 경향은 크게 사대부로서의 처지와 의식
을 반영한 작품들, 그리고 개인적 체험의 소회나 풍류적 면모를 보이는
작품들로 대별할 수 있다. 평시조들에서는 대체로 사대부로서의 의식을
보이는 작품이 많이 보이고, 사설시조에서는 이와 함께 풍류적인 면모를
지닌 작품들도 포함되어 있다. 〈봉래악부〉의 편찬이 강원도 관찰사 시절
의 면모를 반영하고 있기에, 신헌조의 작품 속에는 지방관으로서의 포부
나 군주에 대한 충의를 강조하는 내용이 다수 포함되어 있다. 이는 사대
부로서 관직에 머물던 그의 의식 세계가 작품 속에 반영되어 있기 때문으
로 여겨진다.

텬디(天地) 덕합(德合)ᄒ고 일월(日月)이 병명(幷明)이라
삼종(三宗)이 묵우(黙佑)ᄒ샤 빅령(百靈)이 공호(共護)ㅣ로다
량셩후(兩聖候)ㅣ 일시(一時) 평복(平復)ᄒ시니 환균팔역(歡均八域)ᄒ여라.
〈#4660.1, 봉래 *3〉


시하(侍下) 쩍 져근 고을 젼셩효양(專城孝養) 불죡(不足)더니
오늘날 일도 방빅(一道方伯) 나 혼자 누리ᄂᆞᆫ고
삼시(三時)로 식젼(食前) 방장(方丈)에 목믹치여 ᄒ노라.〈#2925.1, 봉래 *8〉


위인신(爲人臣) 지어츙(止於忠)이오 위인ᄌ(爲人子) 지어효(止於孝)ㅣ라
도모디 제 홀 배니 뉘라셔 권(勸)홀소냐

저마다 그런 줄 알 낳이면 집집마다 충효(忠孝)리라. 〈#3676.1, 봉래 *13〉

첫 번째 작품은 임금 내외의 안녕을 기원하며 부른 노래로 파악된다.[43] 초장의 '천지덕합(天地德合)'과 '일월병명(日月幷明)'은 모두 음양의 조화가 잘 이뤄진다는 의미로, 흔히 남녀의 궁합이 잘 맞는 것을 의미한다. 종장의 '성후(聖候)'는 임금의 안위를 가리키며, '평복(平復)'은 병이 나아 건강이 회복함을 의미한다. 따라서 종장의 '양성후(兩聖候)'는 임금 내외의 건강을 염려한 표현이고, 두 분의 환후가 일시에 회복되었음을 듣고 이 작품을 지은 것으로 여겨진다. 그렇다면 중장의 내용은 임금 내외의 건강이 회복되는 동안 '삼대의 조상(三宗)'이 돕고, 모든 신령이 함께 보호했기에 가능했다는 의미인 것이다. '환균팔역(歡均八域)'이란 곧 세상을 고루 기쁘게 한다는 의미이니, 이 작품은 임금이 건강해 정사를 돌보아야만 이러한 세상이 가능하다는 인식을 드러내고 있다.

다음 작품은 작자가 일도(一道)를 책임지는 관찰사로 재직하고 있지만, 과거 부모님이 돌아가시기 전에 효양(孝養)이 부족했다는 생각에 회한에 찬 심회를 토로하고 있는 내용이다.[44] '시하(侍下)'는 부모를 모시고 있는 처지를 의미하며, '전성(專城)'이란 지방장관을 가리키는 말[45]이라 한다. 그렇다면 초장의 내용은 과거 조그만 지방의 지방관으로 있을 때 부모님을 모시며 살고 있었지만, 아마도 공직 생활에 바쁘다는 평계로 부모님에 대한 자신의 효양이 충분치 않았다고 생각했던 것 같다. 중장에서는 '일도방백', 즉 강원도 관찰사가 된 자신의 현재 처지를 대비하여 제시하고 있

---

**43** 이 작품의 한역시는 다음과 같다. "德合乾坤明日月, 三宗黙佑陟降靈, 試看八城歡均處, 兩聖一時玉候寧.", 〈평산신씨가승〉.

**44** 이 작품의 한역시는 다음과 같다. "侍下曾叨小邑時, 專城不足養親時, 方面今來吾獨享, 滿盤哽咽對三時.", 〈평산신씨가승〉.

**45** 황순구, 앞의 논문, 451면. '전성효양(專城孝養)'은 '한 고을의 수령이 되어 그 녹봉으로 부모를 봉양한다'는 의미의 '전성지양(專城之養)'의 다른 표현인데, 과거의 유자들은 이를 매우 자랑스럽게 여겼다고 한다.

다. '방장(方丈)'은 사방 1장이나 되는 넓이의 상을 일컬으니, 종장에서는 매일 세끼마다 큰상을 받고 보니 돌아가신 부모님 생각에 목이 멘다는 것이다. 부친인 신응현은 그가 강원도 관찰사로 재직할 무렵인 1803년에 '충헌공(忠憲公)'이란 시호를 받았다.[46] 아마도 부모님을 그리는 작품은 이 시기에 창작된 것으로 여겨진다.[47]

마지막 작품은 당시의 보편적 이념이라고 할 수 있는 충과 효를 강조하는 내용으로 이뤄져 있다. 신하된 자로서 나라에 충성하고, 자식의 도리로 효를 실천하는 것은 너무나 당연한 일이다. 충과 효는 모든 사람이 마땅히 스스로 할 바이니, 일일이 권할 필요가 없다는 것이 중장의 내용이다. 따라서 모든 사람이 그렇게 생각하고 실천한다면 집집마다 충효를 실천할 것이라고 표현하였다. 이 작품도 관찰사 시절 지은 것이라면, 단지 충효에 대한 관념을 노래한 것이라 해석하고 말기엔 충분치 않다고 하겠다. 즉 신헌조는 지방관으로서 백성들을 효유하여 잘 다스리는 것이 중요했을 터이고, 이 작품은 그러한 자신의 생각을 다지는 의미에서 창작한 것이라 해석할 수 있을 것이다.

그의 작품에서는 중국 고전 속의 인물을 등장시켜 형상화한 작품들이 보이는데, 이는 그의 식견을 드러내는 의도와 함께 사대부로서의 자세를 다짐하고 있는 것이라 여겨진다. 예컨대 공자와 그 제자들의 행적을 열거하여 영재를 육성하는 즐거움을 그린 작품[48]은 사대부로서 지닌 포부를

---

**46** 그의 문집에는 부친의 시호가 내려진 것을 기념하는 내용의 시가 전하고 있다.('歲癸亥四月十八日祇受先府君忠憲公諡 詰於原營之宣化堂', 『죽취당집』 권지일, 『평산신씨문집』 제7권, 122면.) 이 한시는 그의 문집에 『관동유적 일첩 십일수(關東留蹟一帖十一首)』라는 제목으로 수록된 작품 중의 하나이다. 『관동유적』에 수록된 작품들은 신헌조가 부친의 시호가 내려진 것을 계기로 관동 지방을 여행하면서 그 감회를 형상화한 것으로 파악된다.

**47** 까마귀의 효를 내용으로 하는 다음의 작품도 이 때 지어졌을 것이다. "수풀에 가마귀를 아히야 쫏디 마라 / 반포효양(反哺孝養)은 미물(微物)도 흐는고나 / 날 깃튼 고로여싱(孤露餘生)이 져를 블워흐노라.", 〈#2813.1, 봉래 *10〉. 이 작품의 한역시는 다음과 같다. "林烏勿逐敎輩兒, 微物亦知孝養慈, 如我殘年孤露後, 羨渠反哺不勝悲.", 〈평산신씨가승〉.

**48** "공문(孔門) 뎨즈(弟子) 칠십인(七十人)이 츈풍(春風) 힝단(杏檀)에 자우(左右)로 버러

실현하고픈 욕구를 담고 있다고 해석할 수 있다. 또한 유비가 제갈공명을 '삼고초려(三顧草廬)'하여 초빙한 내용을 담은 작품[49]을 통해서 인재를 알 아보는 능력이 중요하다는 것을 역설하고 있다고 하겠다. 또한 중국 서진 의 인물인 왕준(王濬)의 고사를 기반으로 하고 있는 작품[50]도 능력이 있는 사람을 시기하는 소인배들을 비판하는 의도로 창작되었음을 알 수 있다.

다음의 사설시조들 역시 사대부이자 지방관으로서의 신헌조가 지녔던 의식을 잘 보여주고 있다고 여겨진다.

> 첩(妾)을 죳타 ᄒ되 첩(妾)의 셜폐(設弊) 들어 보소
>
> 눈에 본 죵 계집은 긔강(紀綱)이 문란(紊亂)ᄒ고 노리개 녀기첩(女妓妾)은 범빅(凡百)이 여의(如意)ᄒ되 즁문(中門) 안 외방(外方) 관노(官奴) 긔 아니 어 려우며 량가녀(良家女) 복첩(卜妾)ᄒ면 그 즁(中)에 낫건마ᄂᆞᆫ 안마루 발막짝 과 방 안에 쟝옷귀가 ᄉ부가(士夫家) 모양(貌樣)이 저절노 글너 가네
>
> 아무리 늙고 병(病)드러도 규모(規模) 딕희기ᄂᆞᆫ 정실(正室)인가 ᄒ노라.
>
> 〈#4711.1, 봉래 *18〉

---

시니 / 삼월 불위인(三月不違仁) 퇴이여우(退而如愚)ᄂᆞᆫ 안연(顏淵)의 어딜미오 오도일이관(吾 道一以貫) 츙셔이이(忠恕而已)ᄂᆞᆫ 증삼(曾參)의 독학(篤學)이오 옹야(雍也)ᄂᆞᆫ 가ᄉ남면(可使 南面)이오 구야(求也)ᄂᆞᆫ 가ᄉ위상(可使爲相)이라 ᄌ로(子路)ᄂᆞᆫ 호용(好勇)ᄒ니 천승(千乘)의 치부(治賦)ᄒ고 ᄌ공(子貢)은 명민(明敏)ᄒ니 호련(瑚璉)의 그릇시오 무우(舞雩)에 ᄇᆞ람ᄒ고 긔슈(沂水)에 목욕(沐浴)ᄒ야 천인절벽(千仞絶壁)에 봉황(鳳凰)이 ᄂᆞ라옴은 증뎜(曾點)의 긔 상(氣象)이라 / 아마도 회인불권(誨人不倦)ᄒ고 작육영직(作育英才)ᄒᆞᄂᆞᆫ 만고지락(萬古至樂) 은 부ᄌ(夫子) ㅣ 신가 ᄒ노라.", 〈#0341.1, 봉래 #14〉.

**49** "대한(大漢)이 경퇴(傾頹)ᄒᆞᆯ 제 반가울손 류황슉(劉皇叔)이 / 풍셜(風雪)을 무릅쓰고 초 려(草廬)의 삼고(三顧)ᄒ니 평싱(平生)에 품은 경륜(經綸) 흔째가 밧브거든 / 엇디타 긴긴 봄 날에 째 그른 줌만 자ᄂᆞ고.", 〈#1323.1, 봉래 *23〉.

**50** "왕쥰루션하익쥬(王濬樓船下益州)ᄒ니 천고영웅쾌활ᄉ(千古英雄快豁事) ㅣ라 / 평오(平 吳)ᄒᆞᆯ 큰 계교를 몃 히를 경영(經營)ᄒᆞ디 룡양만곡(龍驤萬斛)을 오늘날 닐워 내여 금범(錦 帆)을 놉히 들고 쟝풍(長風)의 흘니 노화 타루(舵樓) 놉흔 곳에 큰 칼 집고 안자시니 흔 조각 셕두셩(石頭城)을 경Ⅰ간(頃刻間)에 파(破)ᄒ려든 / 우읍다 삼산로쟝(三山老將)은 빈 도로라 ᄒᆞᄂᆞ니.", 〈#3487.1, 봉래 *24〉.

벌의줄 잡은 갓슬 쓰고 헌 옷 닙은 뎌 빅셩(百姓)이

그 무슨 졍원(情原)으로 두 손의 소지(所志) 쥐고 공소문(公事門) 드리드라

안ᄂᆞᆫ고나 동헌(東軒) 뜰의 쥐 ᄀᆞᆺ튼 형방(刑房) 놈과 범 ᄀᆞᆺ튼 라졸(羅卒)들이

알외여라 흔 소리예 혼비빅산(魂飛魄散)ᄒᆞ여 ᄒᆞ올 말 다 못ᄒᆞ니 올흔 숑리(訟

理) 굽어디닌

아마도 평이근민(平易近民)ᄒᆞ여야 도달민졍(道達民情)ᄒᆞ리라. 〈#1946.1, 봉

래 *21〉


앞의 작품은 다양한 첩의 형상을 통해 작첩(作妾)의 폐단을 지적함으로
써, 정실부인의 중요성을 강조하고 있다. 여건만 된다면 남자들은 첩을
두는 것이 당대 사회의 한 면모였던 것으로 보인다. 그리하여 화자는 첩
이 아무리 좋다고 하더라도, 작첩으로 인한 많은 폐해가 있음을 역설한
것이다. 중장에서는 다양한 첩의 모습이 제시되어 있는데, 아마도 양반들
이 행하는 작첩의 실태가 이러했을 것이다. '눈에 본 죵 계집'이란 눈으로
보기에 좋은 종을 올려 앉힌 첩을 이르는데, 상하의 신분 질서를 중시하
는 사대부의 관점에서 그것으로 인해 집안의 기강이 문란해질 수도 있다
고 본 것이다. 통상 양반들이 노리개로 생각하며 들이는 기생첩은 무난하
다고 할 수 있지만, 대체로 그러한 '여기첩'은 중문 안 지방 관아에 매인
관노 신분일 터이니 그로 인해 양반 노릇을 하기에 어려운 지경에 처할
수 있다고 본 것이다. 마지막 양가의 여식 중에서 성이 다른 이를 첩으로
들이는 것(卜妾)은 그나마 나은 축에 속한다 할 수 있으나, 그 행동으로 인
해 사대부 가문의 법도가 어그러질 것이라고 하였다. 예컨대 마루 밑에
가지런히 놓여있어야 할 신발짝[51]을 제대로 간수하지 않아 안마루에 놓이

---

51 '발막'은 예전에 잘 사는 집의 노인이 신었던 마른신의 하나로, 뒤축과 신발 코에 꿰
맨 솔기가 없으며 신발코의 끝을 넓적하게 하여 거기에 가죽조각을 대고 흰 분칠을 하였다.
'발막짝'은 곧 발막의 신발짝을 일컫는다.

고, 여자들이 외출할 때 입었던 장옷귀도 떨어질 정도로 외출이 잦다면 그로 인해 타인들의 구설수에 오를 수도 있을 것이다.

결국 이 작품은 아무리 좋은 첩이라도, 타인들의 시선을 의식해야 하는 양반의 입장에서는 첩의 행동으로 인해 체통에 손상을 입을 수도 있다는 의미를 내포하고 있다. 그리하여 종장에서 양반가의 규모를 지키기 위해서는 비록 병이 들고 늙었다 하더라도 정실부인이 가장 적절하다고 말하고 있는 것이다. 이렇듯 이 작품은 양반가의 규모를 지키기 위한 의도에서 지은 것이다. 곧 중장에서는 종과 여기(女妓) 그리고 양가녀의 예를 들어 작첩의 문제를 지적하고 있지만, 작품의 목적은 정실부인의 중요성을 강조하고 그것이 양반가의 규모를 지키는 데 중요한 역할을 하는 것이라는 관점을 드러내고 있다. 아마도 이 작품이 강원 관찰사 시절 창작되었다면, 지방관으로서 자신이 맡고 있는 고을의 풍속을 다스려야 한다는 인식도 내포하고 있다. 이 작품은 〈청육〉에도 수록되어 있는데, 아마도 첩의 폐해를 설명하는 표현이 사설시조의 특징을 잘 보여주고 있어 후대의 가집에 수록된 것이라 여겨진다. 이밖에도 복을 받기 위해서는 덕을 닦아야 한다는 내용의 작품[52]이나, 중국 한나라 명제의 아우인 동평왕의 고사를 들어 착한 일을 할 것을 강조하는 작품[53]도 역시 이러한 관점에서 이해할 수 있을 것이다.

뒤의 작품은 자신이 직접 목도한 아전들의 횡포에 일방적으로 당하는 백성들의 처지를 그려내면서, 지방관으로서의 자세를 다짐하는 내용이다. '벌이줄'은 물건이 버틸 수 있도록 이리저리 얽어매는 줄을 일컬으니, 초

---

**52** "하늘이 복(福) 가지고 갑슬 보고 주시느니 / 갑시 갑시 아니라 덕(德) 닥기가 갑시오니 쟈근 덕(德) 큰 덕(德)의 덕(德)대로 복(福)이로세 / 자니들 복(福) 바드려거든 덕(德) 닥기를 힘쓰시소.", 〈#5243.1, 봉래 *19〉.

**53** "아츰의 흔 일 착히 흐면 이 무음이 흐뭇호고 / 져녁의 흔 일 착히 흐면 흐뭇던 무음이 즐거오니 일일이 착호고 또 착흐면 날마다 흐뭇호고 쏘흔 아니 즐거온가 / 네브터 동평왕창(東平王蒼)의 말이 위션(爲善)이 최락(最樂)다 흐니라.", 〈#3050.1, 봉래 *22〉.

장에서 '벌의줄 잡은 갓'과 '헌 옷'을 입은 백성의 모습은 곤궁한 삶에 처한 당대 서민들의 전형적인 형상이라 할 것이다. '소지(所志)'란 일반 백성들이 억울한 일을 당했을 때, 관가에 청원하기 위해 올린 문서를 일컫는다. 초장의 초라한 의복을 입은 백성이 사정을 하소연하기 위해 소지를 들고서 관청에 들어선다. '공ᄉ문 드리ᄃ라 안ᄂ고나'라는 표현에서 관청을 찾은 백성의 다급한 심정을 엿볼 수 있다. 그런데 동헌의 뜰에는 재판의 실무를 맡은 '쥐 ᄀ튼 형방 놈'과 '범 ᄀ튼 나졸들'이 고압적인 태도로 일관하여, 오히려 송사를 제기한 백성들을 혼비백산하게 만들어 할 말조차 다 못하게 만드는 형국이다. 그래서야 올바른 송사가 진행되기 어렵고, 그 결과는 굽어질 수밖에 없다는 것이 작자의 인식이다.

중장의 '정원(情原)'이란 '원정(原情)'의 다른 표현으로, 자신의 사정을 하소연하는 것을 일컫는다. 무언가 어려운 일이 닥쳐서 관아로 힘들게 걸음을 한 백성이 형방과 나졸들의 호령에 혼비백산하여 놀랄 만큼, 당시 지방 관아에서 실무를 담당하는 하급 관원들의 거만하고 무성의한 실상을 폭로하고 있다고 하겠다.[54] 따라서 이 작품은 지방 관아에서 하급 관원들의 그릇된 태도로 인해 올바른 송사가 이뤄질 수 없는 현실을 비판적으로 서술하면서, 종장에서 지방관으로서 가져야할 마음가짐을 제시하고 있다. 즉 '평이근민(平易近民)ᄒ여 도달민정(道達民情)' 하겠다는 다짐이 그것인데, 백성들에게 먼저 가까이 다가가 그들의 생각이 올바로 전달될 수 있도록 하겠다는 것이다. 이는 곧 백성들의 뜻을 잘 헤아려야만 선정(善政)을 펼칠 수 있다는 신헌조의 애민의식(愛民意識)이 반영되어 있다고 여겨진다.[55]

이상 사대부로서의 자세와 지방관의 포부를 반영하여 지은 작품들을 살펴보았다. 〈봉래악부〉에는 작자인 신헌조의 개인적 소회를 표현하거나, 명승지를 탐방하고 그 느낌을 형상화한 작품들도 전하고 있다. 이와

---

54 윤정화, 앞의 논문, 130면.
55 박을수, 앞의 논문, 92면.

함께 성(性)을 직설적으로 표현한 내용을 포함하고 있는데, 특히 이 부류의 작품들이 여타의 가집에도 함께 수록되어 나타난다는 것이 특기할만한 점이라 하겠다.

> 담 안에 셧는 곳디 모란인가 히당화(海棠花)ㅣ냐
> 힛득 발긋 픠여 이셔 눔의 눈을 놀내인다
> 두어라 님자 이시랴 내 곳 보듯 ᄒ리라. 〈#1252.1, 봉래 *4〉

> 치악산(雉嶽山)에 눈이 오니 기골산(皆骨山) 경(景)이로다
> 만이천봉(萬二千峰)을 여긔 안자 보ᄂ고나
> 아마도 비로만폭(毗盧萬瀑)이 졔도 응당 이시리라. 〈#5049.1, 봉래 *5〉

> 에굽고 속 헹덩그러 뷘 져 오동(梧桐)나모 바름 맛고 서리 마자
> 몃 빅년(百年) 늙것던디 오늘날 기ᄃ려셔 톱 다혀 버허 내여 즌 자괴 셰
> 대패로 ᄲᅮ며 내여 줄 언즈니
> 손 아래 둥덩둥 당딩당 소리예 흥(興)을 계워ᄒ노라. 〈#3302.1, 봉래 *15〉

첫 번째 작품은 누군가의 집 담장 안에 핀 꽃을 보고 느낌을 표현한 것이다. 꽃을 보면 아름답다고 느끼는 것이 보통 사람들의 심정이기에, 마침 지나가다 담장 안에 핀 꽃이 화자의 관심으로 포착되었다. 그것이 모란이든 해당화이든 중요한 것은 아니며, 화자는 너무나 밝게 피어있는 꽃의 모습에 '눈을 놀래'일 정도라 생각한 것이다. 그 꽃의 주인은 분명 있겠지만, 종장에서 화자는 그것은 '내 곳 보듯 ᄒ'겠다고 말하고 있다. 즉 담장 안에 핀 꽃이라도 그것을 보고 즐기는 사람이 만족하면 된다는 것이니, 이는 꽃에 대한 탐미적 인식을 드러내고 있는 작품이라 여겨진다.[56]

---

56 꽃을 소재로 한 다음의 사설시조 작품도 참고할 만하다. "텬디(天地) 셩동(成冬)ᄒ니

특히 이 작품은 이본에 따라 약간의 자구 출입은 있지만, 〈청육〉을 비롯하여 모두 16개의 가집에 수록되어 있다. 다양한 가집에 수록되었다는 것은 이 작품이 그만큼 폭넓게 향유되었음을 반증하고 있다고 하겠다.

다음은 강원도 감영이 위치한 원주의 치악산의 겨울 풍경을 보고 금강산에 비겨 형상화한 작품이다.[57] 초장에서 눈이 내린 겨울 치악산의 모습이 금강산의 겨울 별칭인 개골산의 풍경에 비견할 만하다고 했다. 더욱이 중장에서는 높은 곳에 앉아서 보는 치악산의 주변 봉우리들이 마치 금강산의 만이천봉을 보는 것처럼 느껴진다고 하였다. 치악산의 최고봉은 비로봉(飛廬峰)인데, 그것이 금강산의 비로봉(毘盧峰)과 한자 표기는 다르지만 이름이 같다. 그리하여 금강산에 있는 만폭동과 비로봉도 화자가 보고 있는 치악산에 마땅히 있을 것이라고 한 것이다. 아마도 이 작품은 작자가 강원 관찰사로 있을 때 치악산을 돌아보며 지은 것이라 여겨진다. 치악산은 원주 감영이 있는 곳에서 가깝고, 그래서 관찰사로 재직하는 동안 신헌조가 자주 다녔을 법하다. 비록 사대부의 신분이지만, 아름다운 경치를 만나면 이렇듯 작품을 지어 노래했던 것이다.[58]

마지막은 풍류적 면모를 확인할 수 있는 작품으로, 작자의 음악에 대한 관심을 엿볼 수 있다고 파악된다. 화자가 우연히 마주친 오동나무는 '에굽고 속 헹덩그러 뷘' 볼품없는 모습을 하고 있다. 이미 늙어 수백 년을

만물(萬物)이 폐장(閉藏)이라 초목(草木)이 탈낙(脫落)ᄒᆞ고 봉뎝(蜂蝶)이 모로ᄂᆞ듸 / 엇디흔 봄빗치 흔 가지(柯枝) 미화(梅花)ㅣ런고 / 아마도 정죽복원(貞則復元)ᄒᆞᄂᆞ 검은 조화(造化)를 져 곳츠로 보리라.", 〈#4673.1, 봉래 *17〉. 이 작품의 한역시는 다음과 같다. "天地成冬蝶不知, 何來春色着梅枝, 花開已驗貞元復, 造化玄玄理可推.", 〈평산신씨가승〉.

**57** 이 작품의 한역시는 다음과 같다. "白雪漓漓雉岳東, 山光皆骨一般同, 坐看萬二千峯色, 万瀑毗廬在此中.", 〈평산신씨가승〉.

**58** 다음의 작품도 관동의 승경을 보고 지은 것으로 이해된다. "요분장(繞粉墻) 긔슈참치(琪樹參差)ᄒᆞ고 영록파(映綠波) 치각령롱(彩閣玲瓏)이라 / 일편쥬(一扁舟) 욕향하처(欲向何處)오 삼신산(三神山) 지직ᄎ즁(只在此中)이라 / 아마도 관동승경(關東勝景)은 예샌인가 ᄒᆞ노라.", 〈#3529.1, 봉래 *12〉. 이 작품의 한역시는 다음과 같다. "粉墻琪樹影參差, 彩閣玲瓏照綠漪, 義一片孤舟何處, 向三山勝景此中奇.", 〈평산신씨가승〉.

산 나무는 자연적 수명을 다했을 것인데, '오늘날 기드려셔' 화자의 눈에 띠어 악기로 새로 태어나게 된다. 아마도 거문고를 형상화한 듯한데, 중장의 후반부에 늙은 오동나무를 다듬어 줄을 얹어 악기를 만드는 모습에 제시되어 있다. 이제 제 주인을 찾은 오동나무는 화자의 '손 아래 둥덩둥 당딩당 소릭'를 내며 흥을 겨워하고 있는 것이다. 악기를 다루며 흥겨워하는 모습을 통해 작자인 신헌조의 음악에 대한 관심을 읽을 수 있다고 하겠다. 또한 신헌조는 이별에 대한 생각을 읊고 있는 작품[59]도 남겼는데, 이러한 작품들을 통해 그의 인간적인 면모를 확인할 수 있다고 여겨진다.

아마도 신헌조의 시조에서 가장 문제시되는 것은 성(性)을 형상화한 작품들이라 할 수 있다. 특히 이러한 내용을 담고 있는 작품들은 모두 후대의 가집들에도 수록되어 있는 것이 특징이다.

> 즌솔밧 언덕 올히 굴쥭 궂튼 고래논을
> 밤마다 장기 메워 물 부침의 삐 지우니
> 두어라 즈긔민득(自己買得)이니 타인(他人) 병작(幷作) 못ᄒ리라. 〈#4154.1,
> 봉래 *11〉

> 각시(閣氏)네 더위들 사시오 일은 더위 느즌 더위 여러 히포 묵은 더위
> 오륙월(五六月) 복(伏)더위에 정(情)에 님 만나이셔 둘 불근 평상(平牀) 우희 츤츤 감겨 누엇다가 무음 일 ᄒ엿던디 오장(五臟)이 번열(煩熱)ᄒ여 구슬 똠 들니면셔 헐덕이ᄂ 그 더위와 동지(冬至)들 긴긴 밤의 고온 님 픔의 들어 드스흔 아룸목과 둑거온 니블 속에 두 몸이 흔 몸 되야 그리져리ᄒ니 슈족 (手足)이 답답ᄒ고 목굼기 타올 적의 웃목에 츤 슉늉을 벌덕벌덕 켜ᄂ 더위 각시(閣氏)네 사려거든 소견(所見)대로 사시옵소

---

**59** "뉘라셔 닐으기를 눈물이 간사타노 / 하고 한 리별(離別)에 리별(離別)마다 눈물이랴 / 두어라 리별(離別)ᄒᄂ 날은 다 각각(各各) 정(情)이니라.", 〈#1132.1, 봉래 *6〉.

쟝슈야 네 더위 여럿 듕에 님 만난 두 더위는 뉘 아니 됴화ᄒ리 놈의게
ᄑ디 말고 브듸 내게 ᄑ로시소.〈#0060.1, 봉래 *20〉


셋괏고 사오나온 져 군로(軍牢)의 쥬졍 보소
반룡단(半龍丹) 몸똥이에 담벙거지 뒤앗고셔 좁은 집 닉근(內近)흔듸 밤듕
만 들녀들어 자우(左右)로 튱돌(衝突)ᄒ여 새도록 나드다가 제라도 긔진(氣盡)
턴디 먹은 탁쥬(濁酒) 다 거이네
아마도 후쥬(酗酒)를 잡으려면 져놈브터 잡으리라.〈#2694.1, 봉래 *25〉


첫 번째 작품은 일견 농사를 짓는 모습을 형상화한 것처럼 보이지만,
실은 비유적인 표현으로 여성의 음부를 묘사하여 성적인 내용을 그려내
고 있다. '고래논'은 바닥이 깊고 물길이 좋아 기름진 논을 뜻하는데, 초장
의 '즌솔밧 언덕 올이 굴쥭 ᄀᆺ튼 고래논'은 구체적으로 여성의 성기와 그
주변의 신체 구조를 비유적으로 표현한 것이다. 중장의 밤마다 쟁기로 물
을 채우고 씨를 뿌린다는 내용도 남녀 간의 성행위를 비유적으로 나타낸
것이다. 종장의 '자기매득(自己買得)'은 스스로 구입한 것이라는 의미이니,
그러한 여성의 신체를 사고팔 수 있는 물건으로 그려내고 있음을 알 수
있다. 자신이 매일 밤 씨를 뿌리는 그러한 논을 다른 사람과 함께 경작을
하지 못 할 것이라는 종장의 언급은 성을 수단화하는 작자의 인식이 드러
나 있는 부분이라고 여겨진다. 이처럼 성에 대해 해학적인 수법을 사용하
여 그려내고 있다는 점을 특징적이라 할 수 있다. 어쨌든 성을 소재로 한
작품을 남겼다는 점에서 적어도 신헌조의 작품 세계가 매우 다채로운 면
모를 보여준다고 이해할 수 있겠다.[60]
다음은 세시 풍속의 하나인 이른바 '더위팔기'를 제재로 하여, 성적인
면모를 두드러지게 표현한 작품이다.[61] 이 작품에 대해서는 '성애에 대한

---

60 이 작품은 〈청육〉·〈악고〉·〈교주〉에도 수록되어 있다.

묘사가 원시적 강렬함을 수반하고 형상화 되어 있'으며, 사설시조의 '운율과 이미지의 창출에서 생생한 형상력을 확보함으로써 봉건적 이념의 틀에 구속된 감성의 해방으로서 기능'한다고 평가되기도 하였다.[62] '더위팔기'는 정월 대보름날 아침에 다른 사람에게 더위를 팔아 그 해에 덥지 않게 지내기를 바라는 의미가 담겨있는 세시풍속이다. 대화체의 형식으로 되어 있는 이 작품에서 더위를 사는 존재가 '각씨네'로 상정되어 있음을 알 수 있다. 특히 중장에서 그 더위의 실상이 한여름 복날에 평상 위에서 벌이는 남녀의 노골적인 애정행위로 인해서 생기는 더위와 한겨울 동짓날 긴긴 밤에 이불 속에서의 성행위로 인한 더위를 제시하고, 여기에 덧붙여 각씨네들에게 '사려거든 소견대로 사'라고 하였다. 종장은 이러한 장사치에 대한 각씨네들이 답변하는 형식으로 이뤄져있다. 더위를 파는 이에게 중장에서 제시한 '님 만난 두 더위'를 'ᄂᆞᆷ의게 ᄑᆞ디 말고 브디 내게 ᄑᆞᆯ'달라는 각씨네들의 반응이 그것이다. 인간의 본원적인 욕구인 성의 문제를 이처럼 직설적으로 다루는 것은 여타의 사설시조 작품에서도 많이 나타나고 있다.

마지막은 남녀의 성행위를 비유적이고 해학적으로 묘사하고 있는 작품이다.[63] '셋괏다'는 아주 드세고 괄괄하다는 의미이며, '군뢰(軍牢)'는 흔히 조선시대의 군대에서 죄인을 다루는 일을 맡아보던 병졸을 일컫는다. 그런데 초장의 '셋괏고 사오나온 져 군로'는 남자의 성기를 비유한 것이며,

---

**61** 이 작품은 〈청육〉·〈시가〉·〈악고〉·〈교아〉·〈교가〉·〈교주〉 등의 가집에도 수록되어 있다. 〈청육〉 등 대부분의 가집에 수록된 작품은 본 가집과 유사한 면모를 보여주고 있으나, 〈시가〉에 수록된 것은 의미는 상통하나 부분적으로 상당 구절이 탈락된 형태를 띠고 있다.

**62** 고미숙, 『19세기 시조의 예술사적 의미』, 86~87면.

**63** 이 작품은 〈청육〉·〈악고〉·〈교주〉에도 수록되어 있는데, 〈청육〉에는 이 작품의 작자가 김화진(金華鎭)으로 기록되어 있다. 다루고 있는 내용이나, 다른 가집에 작자 명이 다르다는 등이 이 작품의 작자를 신헌조가 아니라는 주장의 근거로 삼았던 것으로 보인다. 황순구, 앞의 논문 참조.

그것이 주정을 부린다는 것 역시 성적인 의미를 내포하고 있다. 중장의 '반용단 몸쏭이에 담벙거지 뒤앗'은 모습 역시 남자 성기의 모양을 해학적으로 표현한 것이며, 이에 비해 '좁은 집'은 여성의 성기를 지칭한 것이다. 따라서 그 뒤에는 남녀가 행하는 성적 행위의 실상을 비유적이지만 구체적으로 묘사하여 이어지게 되며, '탁주(濁酒)'는 막걸리와 같은 빛깔인 남자의 정액을 일컫는 것이다. 종장의 '후주(酗酒)'란 술에 취해 정신없이 말하거나 행동하는 것이니, 전체적으로 '군뢰'들의 술에 취해 주정을 부리는 내용의 제재를 활용하여 남녀의 성행위를 묘사한 것이 바로 이 작품이다.

지금까지 신헌조의 시조 작품에 나타난 면모를 살펴보았다. 그의 작품에는 위정자로서의 자세와 포부를 드러낸 작품으로부터 노골적인 성의 문제를 다룬 작품에 이르기까지 다양한 양상이 나타나고 있다. 위정자로서의 면모를 보여주고 있는 작품들은 개인적 소회와 관심의 틀에 머물러 있다는 평가를 내릴 수 있다. 그러나 그의 작품을 통해 당대 위정자들의 의식 세계의 일단을 확인할 수 있었다는 점에서 의의를 찾을 수 있을 것이라 본다. 비록 관직에 머물러 있으면서 시조를 창작하는 등 여항 예술의 흐름에 적극적으로 호응할 수 있는 입장은 아니었지만, 다수의 사설시조를 창작하는 등 시조사의 흐름에 어느 정도 맞추려한 그의 자세를 엿볼 수 있었다.

사설시조라는 형식을 통해서 성적인 문제를 다룬 작품은 전시대의 사대부 작자인 이정보에게서도 확인할 수 있다.[64] 조선 후기에 이르면 사대부 작가들에게서 사설시조의 창작과 향유는 그리 낯선 현상이라 할 수 없는데, 이는 그들이 당대의 연창 환경에 그만큼 가까이 있었기에 가능했기 때문이라 하겠다. 물론 '성(性)'을 소재로 한 작품들은 이미 전대의 사설시조에서 충분히 다루고 있는 내용이기도 하다. '현실에 존재하는 어떤 자질구레한 것도 포착할 수 있고, 어떤 추상적인 것도 구체적 대상과 연관

---

64 김용찬, 「이정보 시조의 작품 세계와 의식 지향」, 앞의 책, 151~155면.

시킬 수 있는 능력은 사설시조만의 독특한 미적 특질'이라고 논해진다.[65] 신헌조가 12수라는 비교적 많은 수의 사설시조를 창작하기는 했지만, '성' 과 '풍류'를 담고 있는 작품을 포함하더라도 작품의 경향이 그리 다채롭게 나타난다고 하기는 어렵다. 대체로 그의 사설시조에 나타난 면모는 독창 적인 시적 형상성을 확보하지 못하고, 기존의 사설시조에 사용되던 기법 을 수용하여 창작하는데 그치고 있다고 지적할 수도 있다. 이 역시 관직 에 있었던 그의 현실적 처지에서 비롯된 것으로 보인다. 그렇지만 그의 작품이 후대의 가집들에 수록되어 나타난다는 사실을 통해서, 당대 시조 사와 전혀 동떨어진 위치에 놓여있지는 않았다는 것을 확인할 수 있다고 하겠다.

바로 이런 측면에서 신헌조의 작품 세계와 시조사적 위상이 논해져야 하리라고 본다. 전체 25수라는 적지 않은 작품을 창작하고, 또 그것을 개 인 가집인 〈봉래악부〉로 엮어냈다는 것을 주목할 필요가 있다. 비록 그의 작품들에 나타난 면모는 당대에 산출된 작품들과 비교해서 작품 세계가 매우 제한되어 있다고 할 수 있다. 그러나 신헌조는 활발하게 시조를 창 작했으며, 자신이 창작한 작품들만으로 가집을 편찬하여 당대 시조사의 흐름에 참여한 작가로 인식될 수 있을 것이라 본다.


## 4. 맺음말

조선 후기에 각종 가집들이 편찬되어 시조사의 흐름이 매우 다기하게 분화되어 진행되었다는 것은 주지의 사실이다. 이 시기에 활동했던 사대 부 출신의 작가들의 작품에서도 전대와는 다른 다채로운 면모가 보이는 데, 이는 당대 시조사의 다단한 국면을 반영하고 있는 현상이라 하겠다.

---

65 고미숙, 앞의 책, 74면.

모두 25수의 작품을 남긴 신헌조의 작가로서의 위상은 결코 가볍게 취급될 수 있는 것은 아니며, 더욱이 자신의 작품만으로 가집인 〈봉래악부〉를 편찬했다는 사실도 시조사적으로 의미 있게 평가되어야만 한다. 그동안의 연구들에서는 〈봉래악부〉와 그의 작품 경향을 파악하는 것에 머무르고 있어, 신헌조의 시조에 나타난 작품 세계와 의식지향을 긴밀히 따져 논하는 것이 필요하다고 여겨진다. 따라서 본고는 이러한 관점에서 가집 〈봉래악부〉와 그 속에 수록된 신헌조의 시조를 고찰해 보았다.

무엇보다 신헌조가 가집인 〈봉래악부〉를 편찬했다는 사실은 주목할 만하다. 각 작품을 가곡창의 5장 형식으로 구분하여 가집에 수록한 것으로 보아 〈봉래악부〉는 음악을 염두에 두고 편찬된 것이 분명하다. 신헌조의 작품 전체 25수 중 절반에 가까운 12수가 사설시조라는 것도 특기할 만 양상인데, 전체적으로 작품의 주제가 위정자로서의 자세를 드러낸 것부터 성적인 내용에 이르기까지 폭넓게 나타나고 있다. 〈봉래악부〉에 수록된 작품들 중에서 〈청육〉 등 다른 가집에 수록된 것들을 신헌조의 작품에서 제외해야 한다는 주장이 있으나, 이러한 논의가 근거 없다는 것도 논의했다. 특히 다른 가집들에 수록된 작품들은 조선 후기적인 특성을 잘 보여주고 있는 것으로 평가되는데, 부분적으로 신헌조의 작품이 연행 현장에서도 불렸음을 증명해주는 것이라 볼 수 있을 것이다.

〈봉래악부〉라는 가집의 명칭이나 수록된 작품의 면모로 보아, 여기에 수록된 작품들은 대체로 신헌조가 강원 관찰사로 재직하던 무렵에 주로 창작된 것으로 파악된다. 지방관이었던 작자의 처지가 반영된 탓으로 충군·애민을 내용으로 한 작품들이 적지 않다는 것도 특징적이다. 내용을 살펴 당대의 정치 상황의 일면을 파악할 수 있는 작품들도 발견되는데, 이는 조선 후기 격변하는 정국 속에서 치열하게 고민하며 살았던 지식인의 문학적 형상이라는 점에서 의의가 있다 할 것이다. 사대부 신분이었던 그의 작품에서 성을 노골적으로 다룬 작품들도 발견할 수 있는데, 전 시대의 작가인 이정보의 예에서 보듯 전혀 낯선 현상이 아니었다. 이러한 작품들이 당대에 폭넓게 연행되고 있었기에, 이러한 작품의 창작은 오히려 신헌조가 당대 시조사의 흐름을 어느 정도는 파악하고 있었다는 것을 방증하고 있다고 하겠다.

아울러 후손들에 의해 그의 작품을 보존하려는 노력이 있었는데, 아들인 신효선에 의해 일부의 작품이 한역되어 별도로 전해지기도 했다. 모두 10수의 작품과 그에 대한 신효선의 한역시가 수록된 두루마리(〈평산신씨가승〉)가 그것인데, 여기에는 선친의 가집과 작품에 대한 기록이 남겨져 있다. 그중 일부의 작품은 신효선의 문집인 『낭암집』에도 수록되어 있다. 이와 함께 그의 작품 중 5수의 작품이 〈청육〉 등 다른 가집들에도 수록되어 있는 것도 특기할 만하다. 따라서 어떠한 작품들이 취택되어 한역되고, 또 다른 가집에 수록되는가 하는 것도 따져볼만한 가치가 있다고 여겨진다. 이에 대해서는 별도의 논고를 통해서 다룰 필요가 있으며, 그것을 통해서 신헌조의 작품과 가집에 대한 시조사적 의미가 온전히 자리매김될 수 있을 것이라 여겨진다.

〈『한국시가연구』 제28집, 한국시가학회, 2010.〉

# 〈평산신씨가승〉의 성격과 신헌조 시조의 유포 양상

## 1. 머리말

시조의 창작과 전승의 과정은 매우 다양하게 나타나는 것이 일반적이다. 작품이 지어지면서 구전되다가 후에 문헌에 정착되는 경우가 있는가 하면, 창작과 함께 문헌에 기록되어 전승되기도 한다. 문헌에 정착된 작품의 경우에도 연행 현장에서 널리 불리면서 구전으로 전파되어, 문헌 기록과 달리 변형된 형태의 이본(異本)을 생성하기도 한다. 또한 구전되다가 문헌에 정착되지 못하고 사라진 작품들도 있을 것이다. 몇몇 작품들은 누군가에 의해 한시로 번역되어 비록 원문을 확인할 수 없지만, 그 대체적인 내용만을 알 수 있는 것들도 있다. 조선 후기에 편찬되었던 가집(歌集)들은 연행에 소용되는 일정한 요구를 반영하여, 다양한 전승 경로에 있었던 작품들을 모아 놓은 것이라 할 수 있다. 가집은 일정한 음악적 표지를 부여한 그 나름의 편제에 맞춰, 편찬자가 수집한 작품들을 배열한 문헌 자료이다.

다양한 작품들을 모아 편찬한 가집들과 달리, 한 개인의 작품으로만 이뤄진 경우도 있다. 조선 후기에 활동했던 신헌조(申獻朝: 1752~1807)의 〈봉래악부(蓬萊樂府)〉가 그 예라 할 수 있는데, 여타의 가집들과는 달리 작자 자신의 작품만을 모아 엮어냈다. 가집의 편찬과 관련된 서・발문이나 어떠한 음악적 표지도 없지만, 모두 25수의 작품이 평시조와 사설시조로 구분되어 수록되어 있다.[1] 신헌조는 대사간과 강원도 관찰사를 역임한 인물인데, 사대부 신분인 그가 자신의 작품만을 모아 가집을 편찬했다는 것은 시조사적으로도 의미가 있다 할 것이다. 더욱이 그의 작품은 후손들에 의해 한역되어 전하기도 하고, 후대의 가집들에 일부 작품이 수록되어 연행 현장에서 연창되기도 하였다.

신헌조의 아들인 신효선(申孝善: 1783~1821)이 그의 작품 중 10수를 뽑아서, 각 작품에 한역시를 붙여 두루마리 형태로 보관했던 것이 후손들에 의해 전해지고 있다. 〈봉래악부〉 수록 작품의 일부를 뽑고 그것에 한역시를 더한 형태의 문헌인 이 자료를 〈평산신씨가승〉이라 하고,[2] 본고는 작품 선정의 면모와 함께 한역의 성격을 고찰해 볼 것이다. 비록 가문 내에서 유통되었지만, 가집에 수록된 작품들을 발췌해 따로 문헌을 꾸민 것은 작품의 향유 과정에 대한 중요한 단서를 제공하고 있다고 여겨진다. 이 자료는 작가론 차원에서 다룬 연구에서 그 존재가 간략하게 언급되었고,[3]

---

1 신헌조와 〈봉래악부〉에 관해서는 다음과 같은 연구들이 제출되어 있다. 심재완, 『시조의 문헌적 연구』, 세종문화사, 1972; 심재완, 「〈봉래악부〉 입수의 기연」, 『모산학술통신』 25·26 합병호, 모산학술연구소, 2004; 황순구, 「봉래악부 소고」, 『국어국문학』 85, 국어국문학회, 1981; 박을수, 「죽취당 신헌조론」, 『한남어문학』 제13집, 한남대학교 한남어문학회, 1987; 윤정화, 「죽취당 신헌조의 삶과 그 문학적 형상화 고찰」, 『국어국문학』 제34집, 부산대학교 국어국문학과, 1997; 김용찬, 「〈봉래악부〉의 성격과 신헌조의 작품 세계」, 『한국시가연구』 제28집, 한국시가학회, 2010(이 논문은 이 책에 재수록되었음) 등.

2 본고는 〈평산신씨가승〉의 원본이 아닌 복사본만을 확인한 상태에서 작성되었다. 〈가승〉은 서두에 신효선의 발문이 붙어있고, 이어서 〈봉래악부〉에서 취택한 작품과 한역시가 필사되어 있는 두루마리의 형태이다. 복사가 원본과 동일한 형태로 이뤄졌다는 것을 전제로, 이 자료는 세로×가로가 각 18.5×56.5cm 정도의 크기이다. 앞부분에 필사자인 신효선의 호를 따 '낭암공유고(郎巖公遺稿)'라는 제목이 붙어 있으나, 필체나 글자의 형태로 미루어 후대에 누군가에 의해 첨가된 것으로 파악된다. 따라서 본고에서는 평산신씨 가문에서 전해지는 이 자료의 성격을 고려하여 〈평산신씨가승〉이라 명명하였다. 신씨 문중에서 전해오는 〈봉래악부〉와 이 자료의 복사본을, 필자는 박을수 선생을 통해서 입수할 수 있었다. 연구를 위해 흔쾌히 자료를 제공해 주신 박을수 선생님께 이 지면을 빌어 감사의 말씀을 전한다.

3 박을수, 앞의 논문, 86~87면.

작품론을 펼치면서 작품과 함께 한역시가 소개⁴되었을 뿐 본격적인 검토
는 아직 이뤄지지 않았다. 시조의 한역 양상에 관한 연구가 그동안 꾸준
히 진행되었는데,⁵ 여기에 신헌조의 작품을 대상으로 한 한역시의 면모와
한역의 양상을 살피는 것도 충분히 의미가 있을 것이라 여겨진다.

또한 〈봉래악부〉 수록 작품 중 일부는 19세기에 편찬된 〈청구영언〉(육
당본) 등 여러 가집들에도 수록되어 있어, 제한적이지만 그의 작품이 널
리 향유되었음을 확인할 수 있다. 일부 선행 연구에서는 다른 가집에 수
록되었다는 이유로, 이 작품들을 신헌조의 것으로 볼 수 없다는 주장이
제기되기도 하였다.⁶ 그러나 뚜렷한 근거도 없이 개인 가집에 수록된 작
품의 작자를 부정하는 것은 문제가 있다고 하겠다. 오히려 신헌조의 작품
들 중에서 일부만이 후대의 가집에 전해진다면, 그 의미가 무엇인지를 밝
히는 것이 필요하다. 〈봉래악부〉에는 아무런 음악적 표지가 없지만, 가집
에 수록될 때에는 해당 작품들이 어떠한 악곡에 배분되었는가를 따져볼
것이다. 작품의 내용이나 음악적 표지를 살펴, 가집에 유포된 신헌조의
작품들이 연행 현장에서 어떻게 향유되었는지를 알 수 있을 것이라 여겨
진다.

본고는 먼저 〈평산신씨가승〉의 성격을 살펴보고, 수록된 작품들이 어
떠한 의도에서 취택되었는지 그 의미를 짚어볼 것이다. 아울러 신효선의
한역시와 시조의 비교를 통해, 한역의 성격을 파악하고 그 의미를 따져보
겠다. 그리고 일부이지만 신헌조의 작품이 후대의 가집에 전승되는 상황
을 점검하고, 어떠한 작품들이 연행 현장에서 연창되었는가를 살펴 그 의
미를 짚어보기로 하겠다. 이를 통해서 시조의 창작과 유통에 대한 과정의
일단을 확인할 수 있으리라 생각된다.

---

4 김용찬, 「〈봉래악부〉의 성격과 신헌조의 작품 세계」(이 책에 재수록되었음).

5 시조의 한역 양상과 한역 작가들의 면모에 대해서는 조해숙, 『조선 후기 시조 한역과
시조사』(보고사, 2005)를 참조하였다.

6 황순구, 앞의 논문.

## 2. 〈평산신씨가승〉의 성격과 한역의 양상

신헌조의 작품이 수록된 가집 〈봉래악부〉에는 모두 25수의 자작 시조가 수록되어 있으며, 평시조 13수와 사설시조 12수가 포함되어 있다. 신헌조는 1802년(순조 2)에 강원도 관찰사에 제수되어, 1804년 경상도 단성(지금의 경남 산청 일대)으로 유배가기까지 2년 남짓 강원도 감영이 있던 원주에서 생활을 했다. '봉래(蓬萊)'는 금강산의 여름 별칭으로, 금강산이 있는 강원도를 지칭한다. 〈봉래악부〉라는 가집 명칭은, 신헌조가 강원도 관찰사로 재임하는 중에 지은 작품들을 위주로 엮어낸 것에서 유래한 것으로 파악된다. 수록 작품들의 내용은 크게 보아 사대부 신분인 작자의 처지와 의식을 반영한 작품들, 그리고 개인적 소회를 펼쳐낸 작품들로 나눌 수 있다.[7]

〈평산신씨가승〉(이하 '가승'이라 약칭)은 그의 아들인 신효선이 가집에 수록된 작품들 중 일부를 뽑고, 거기에 한역시를 더해 엮은 형태의 문헌으로 〈봉래악부〉의 이본이자 발췌본으로서의 성격을 지니고 있다. 전체 25수의 작품 중 10수만을 가려 뽑았는데, 그 작품들의 면모를 통해 선자(選者)의 의도를 읽어낼 수 있다고 본다. 〈봉래악부〉와 달리 〈가승〉에는 사설시조가 단 1수만이 보이고, 나머지 9수는 모두 평시조이다. 수록된 작품들은 대체로 사대부로서의 의식과 면모를 보여주는 내용을 담고 있다는 점도 특기할 만하다. 신효선은 선친의 작품을 대표한다고 여겨지는 것들을 뽑았고, 그것을 통해 시조 작가로서의 의미를 부여하려는 의도가

---

7 이상 〈봉래악부〉와 신헌조의 시조에 대해서는 김용찬, 「〈봉래악부〉의 성격과 신헌조의 작품 세계」를 참조할 것. 박을수는 신헌조의 작품을 연군(4수), 우세(2수), 애민(3수), 사친(2수), 별한(1수), 권계(5수), 관유(2수), 육담(2수)낙도(3수) 등으로 구분하고 있다(박을수, 앞의 논문, 90면). 각 작품의 주제나 소재를 고려해 세밀하게 분류한 것이지만, 작품에 드러난 의식을 기반으로 분류하면 대체로 사대부의 의식을 보여주는 작품들과 개인적 소회를 드러낸 작품 등 크게 두 가지 유형으로 나눌 수 있다고 여겨진다.

작용했을 것이라 여겨진다. 거기에 한역시를 붙인 것도 주목할 만하다. 〈가승〉에 시조와 한역시를 함께 수록한 것은, 신효선이 부친의 작품을 '노래'로 수용하면서 또한 한역하여 '기록물'로서 전승을 꾀한 것이라 해석할 수 있겠다. 시조 작품의 원문에 한자와 한글이 병기되어 있는 〈봉래악부〉와는 달리, 〈가승〉의 작품 표기는 한자에 한글이 병기되어 있지 않은 것도 특징이다.[8]

일반적으로 사대부 사회에서는 '언문가집' 자체를 공식적인 기록물이나 신빙할 만한 문서로 여기지 않는 문화적 관습이 존재하고 있었고, 그러한 이유를 들어 사대부들이 시조를 한역한 동기로 설명하기도 한다.[9] 신효선도 선친의 작품을 한역하여, 그 중 일부를 자신의 문집인 『낭암집(朗巖集)』에 수록하였다.[10] 비록 선친의 시조를 한역한 것이지만, 자신의 한역시 역시 하나의 작품으로 인식하고 있었다는 것을 보여준다고 하겠다. 그는 시조를 모두 7언절구의 형태로 한역했는데, 이는 고려 말 이제현의 '소악부'의 전통을 이어받아 행해진 19세기 시조 한역의 한 특징으로 들기도 한다.[11] 대체로 사대부들의 문집은 국문으로 이뤄진 시조나 가사가 수록되는 경우가 드물고, 한시 등 한문 자료를 위주로 엮어지는 것이 일반적이다. 신효선이 선친의 작품들 중 일부를 뽑아 〈가승〉을 꾸미고 한역시를 남긴 것을 그러한 관점에서 이해할 필요가 있다.

---

**8** 가곡창의 5장에 맞춰 띄어쓰기가 되어 있는 〈봉래악부〉의 표기 형식을 그대로 따랐으나, 일부 작품에서는 부분적으로 차이가 나기도 한다. 또한 작품을 옮겨 적는 과정에서 발생했으리라 추정되는데, 두 문헌에 표기법이 서로 다른 경우도 여러 곳에서 확인되고 있다.

**9** 김석회, 「19세기의 시조 한역과 한시의 시조화」, 『조선 후기 시가 연구』, 월인, 2003, 108면.

**10** 신효선, 『낭암집』 권지사, 『평산신씨문집』 제7권, 평산신씨 대종회, 1993, 324면. 문집에는 시조 원문은 보이지 않고, 4수의 한역시만이 '칠절(七絶)' 즉 칠언절구의 항목에 수록되어 있다.

**11** 김석회, 앞의 논문, 86면. 이 논문에서는 시조를 '소악부'라는 명칭으로 한역(1831년)한 신위의 예를 들어서 설명하고 있는데, 신효선의 시조 한역 작업은 이보다 앞서는 시기에 이뤄진 것이다.

신효선은 〈가승〉의 첫머리에 발문(跋文)을 남겨, 자신이 선친의 시조를 뽑아 한역시를 붙여 새로이 엮어낸 이유에 대해서 간략하게 언급하고 있다. 그 내용은 다음과 같다.

선부군의 〈봉래악부〉를 펼쳐 보니, 수십 수의 가곡이 절조(絶調)가 아닌 것이 없는데, 한 번 노래하매 3번 감탄할만하여 여운이 있었다. 삼가 단가 수십 수를 모아서 번역하여 한시로 지었으나, 더하여 만족할만한 기미를 얻지 못했으니, 항상 눈으로 볼 수 있는 정성이 깃들기를 바란다.[12]

발문에 간기(刊記)가 남아있지 않아 이 기록이 언제 이뤄진 것인가는 분명치 않지만, 부친에 대한 호칭을 '선부군(先府君)'이라 한 것으로 보아 〈가승〉은 신헌조의 사후에 이뤄진 것으로 파악된다.[13] 이 기록에서는 〈봉래악부〉가 부친인 신헌조에 의해 엮어졌다는 것을 분명히 하고 있으며, 가집에 수록된 작품을 가곡창으로 불렀다는 것을 확인시켜 주고 있다.[14] 신효선 본인이 선친의 작품을 노래로 즐겼고, 그 여운을 느끼기 위하여 한역시로 만들었음을 적시하였다. 일단 3장으로 이뤄진 시조와 4행의 한시(7언절구)는 서로 다른 갈래이며, 또한 시적 표현의 관습도 다를 수밖에 없다. 따라서 한역시로서는 원작(노래)의 느낌을 충분히 전달할 수 없었던 까닭에, 신효선은 자신의 한시를 평하여 '만족할 만한 기미를 얻지 못했'다고 언급했던 것이다. 그럼에도 신효선은 한시를 짓고 향유하는 것이 더 익숙했기에, 돌아가신 부친의 작품을 '항상 눈으로 볼 수 있'도록 시

---

**12** "披覽先府君蓬萊樂府, 數十首歌曲, 無非絶調, 一唱三歎, 猶有餘韻. 謹撮短歌數十首, 翻而作詩, 未免添足之幾, 而庶寓常目之忱云.", 〈평산신씨가승〉. 이 기록은 신효선의 문집인 『낭암집』에도 수록되어 있다.

**13** 그렇다면 〈가승〉은 신헌조가 죽은 1807년과 신효선의 몰년(沒年)인 1821년 사이의 어느 기간에 엮어졌음을 알 수 있다.

**14** 〈봉래악부〉 수록 작품들은 가곡창의 5장 분절에 맞춰 띄어쓰기가 되어 있다.

조를 7언절구의 한시로 번역한 것으로 이해된다.

우리 문학사에서 시조를 한역하려는 시도는 19세기 이전에도 꾸준히 진행되었다. 그러나 다양한 형식으로 한역되던 것이, 19세기에 접어들면서 '7언절구라는 근체시의 견고함 속에서 고착화하는 현상'을 보인다고 평가된다.[15] 더욱이 시조의 한역 양상이 7언절구의 형태로 굳어진 것은 '신위가 이제현의 소악부 전통을 부활시킨 이래 19세기 내내 시조의 한시화에 있어 확고한 표준형으로 정착된 관습'이라고까지 설명되고 있다.[16] 비록 신효선의 한역 작업이 한 사람의 작품만을 대상으로 한 것이지만, 신위의 『소악부』(1831년)보다 이른 시기에 이뤄졌다는 점에서 주목할 만하다. 무엇보다 시조의 내용 모두를 온전히 한시 속에 담아내려는 의도가 엿보인다는 점에서 '소악부'의 한역 양상[17]과도 비교될 수 있다고 본다. 이제 〈가승〉에 수록된 작품과 한역시를 통해서, 그 의미를 살펴보기로 하자.

봉래각(蓬萊閣) 비를 타고 삼산교(三山橋) 디나거냐
황운교(黃雲橋) 취미교(翠微橋)로 영주사(瀛洲榭) 올나가니
방장도(方丈島) 불사약(不死藥) 킈옵거든 님 겨신 듸 들이리라. 〈가승 *1 / 봉래 *1〉[18]

盡日蓬萊坐小艇　瀛洲登處過三橋
靈芝欲獻君王壽　望裏美人若左霄.

---

**15** 조해숙, 「시조 한역의 사적 전개 양상과 시조사적 의미」, 앞의 책, 219면.

**16** 김석회, 앞의 논문, 86면.

**17** 신위의 소악부를 분석한 신은경에 의하면, 3장 형식의 시조를 4행의 절구로 옮기는 방식이 다양하게 나타난다고 한다. 곧 시조의 초·중·종장을 온전히 한시에 담아내는가 하면, 그 중 어느 한 장을 생략하는 경우도 적지 않다. 신은경, 「신위 소악부에 대한 문체론적 연구」, 『한국시가연구』 제4집, 한국시가학회, 1998, 317~318면.

**18** 〈가승〉의 원문은 〈봉래악부〉와는 달리 한자와 한글이 병기되어 있지 않지만, 본고에서는 이해의 편의를 위해 한글을 내어 쓰고 한문은 ( )안에 병기했다. 그리고 현대 어법에 맞게 띄어쓰기를 한 후 작품의 끝에는 해당 작품의 〈가승〉과 〈봉래악부〉의 수록 순서를 나타내는 가번(歌番)을 붙였으며, 이어서 신효선의 한역시를 제시했다.

요분장(繞粉墻) 기수참차(琪樹參差)ᄒ고 영록파(映綠波) 채각영롱(彩閣玲瓏)
이라

일편주(一扁舟) 욕향하처(欲向何處)오 삼신산(三神山) 지재차중(只在此中)이라

아마도 관동승경(關東勝景)은 예쒼인가 ᄒ노라.〈가승 *9 / 봉래 *12〉

粉墻琪樹影參差　彩閣玲瓏照綠漪

一片孤舟何處向　三山勝景此中奇.


　이 두 작품의 한역시는 모두 『낭암집』에 수록되어 있는데, 적어도 신효
선의 입장에서 부친의 시조를 대표하는 작품으로 여겼을 법하다고 파악
된다. 앞의 작품은 원주에 소재한 강원 감영 후원의 '봉래각'이라는 정자
를 매개로 하여, 도선적 분위기를 지닌 소재들을 통해 형상화하고 있다.
초장과 중장의 '삼산교'·'황운교'·'취미교'는 물론, '영주사'와 종장의 '방
장도'까지 작품의 출발이 되는 '봉래각'의 명칭에서 환기되는 가상의 공간
이다. 이러한 도선적 의미를 지닌 소재들은 결국 종장에서 확인할 수 있
듯, '님'에게 드리는 '불사약'을 표현하기 위한 수단으로 제시되었다. 이 작
품에서 '님'이란 곧 '군왕(君王)'을 지칭하는 것이니, 신하로서 군주에 대한
헌수(獻壽)를 드리겠다는 의미이다. 따라서 강원 관찰사로 재직하는 작자
가 임금을 생각하는 자신의 심경을 표출한 것이 바로 이 작품의 창작 의
도라 할 수 있다.[19]

　이 작품의 한역시는 초장의 내용을 1행과 2행에 나누어 의미를 배분하
고, '진일(盡日)'이라는 표현을 덧붙여 종일토록 불사약을 찾아 헤매는 화
자의 모습을 형상화하였다. 특히 초·중장에 나타난 다리의 명칭을 한시
에서는 단순하게 '삼교(三橋)'라고 지칭하고, 종장의 '방장도' 역시 굳이 표
기하지 않았다. 이처럼 초·중장의 내용은 한시의 2행으로 처리하고, 작

---

**19** 이 작품 해석은 김용찬, 「〈봉래악부〉의 성격과 신헌조의 작품 세계」, 396~397면(이
책의 19~21면)을 참조할 것.

품의 중심을 이루며 충군 의식을 드러낸 종장의 내용은 한시의 3행으로 표현하였다. 그리하여 '불사약'은 '영지(靈芝)'로, '님'은 '군왕(君王)'으로 보다 구체적으로 적시하였다. 여기에 '님(美人)'을 멀리서 그리는 화자의 형상이 제시된 4행이 새로이 첨가되어, 전체적으로 원작에서 보이는 도선적 의미가 약화되면서 임금을 그리는 화자의 심정을 보다 절실하게 표현한 것이 한역시의 특징이라 하겠다.

다음 작품은 7언절구의 한시에 현토를 하여 초·중장을 이루고, 종장은 작자의 감상을 서술하여 첨가된 것이다. 이러한 수법은 한시를 차용(借用)하여 시조를 창작하는 경우에 일반적으로 사용되는데,[20] 결국 이 작품은 초·중장의 한시[21]에서 표현된 시적 대상이 종장에서 언급한 '관동승경'임을 드러내고자 하는데 있다. 아마도 내용으로 보아 한시는 신헌조 자신의 작품으로 여겨지는데,[22] 그렇다면 동일한 내용의 작품을 한시와 시조로 만들어 동시에 향유하고자 하는 의도가 있었다고 해석할 수 있다. 작품의 내용은 아름답게 채색한 물가의 누각을 중심으로, 화려한 담장을 두른 듯한 주변의 나무를 배경으로 뱃놀이를 즐기는 모습을 형상화하고 있다. 그러한 화자의 모습을 신선이 산다는 삼신산을 찾는 것으로 묘사하고 있어, 앞의 작품(가승 *1)과 유사한 면모를 보여주고 있다고 하겠다. 다만 앞의 작품이 그러한 소재를 충군 의식을 드러내는 수단으로 표현되고 있다면, 이 작품에서는 '관동승경(關東勝景)'에서 풍류를 즐기는 화자의 모습을 부

---

**20** 강혜정, 「시조의 한시 수용 양상 연구」, 고려대학교 석사학위논문, 1995, 19~23면.

**21** 초·중장의 한시의 내용은 다음과 같다. "화려한 담장을 두른 듯한 아름다운 나무들은 들쭉날쭉하고, / 푸른 물결에 비추인 채색한 누각의 광채가 찬란하도다. / 일엽편주는 어느 곳을 향하려는가! / 삼신산이 이 가운데 있을 뿐이라네."

**22** 모두 5권으로 구성된 신헌조의 문집은 가문에 대대로 전승되어 오다가, 한국전쟁(1950년)의 와중에서 유실되었다. 현재 전하는 문집은 유실되고 남은 글들을 수습하여 신헌조의 5세손인 신현기에 의해 2권으로 편찬된 것이다. 따라서 이 작품이 그의 작품인지는 현재의 문집을 통해서는 확인되지 않으나, 전체적인 내용으로 보아 물가의 누정을 중심으로 배를 띄워놓고 풍류를 즐기는 작자의 면모를 반영한 것이라 여겨진다.

각시키고 있다는 점에서 차이가 난다.

한역시의 1~3행에서는 원작의 내용을 그대로 담아내면서 약간의 변용을 가하는데 그치고 있다면, 4행에서는 원작의 중장 3~4음보와 종장의 내용을 함께 표현하기 위해 내용을 축약하여 구성하였다. 그리하여 시조의 종장에서 표현하고자 한 '관동승경'이 한역시에서는 단지 '삼산 승경(三山勝景)'으로 제시되는데 그치고 있다. 일반적으로 시조를 한시로 번역할 때 어떤 식으로든 의미의 변형이 일어나게 마련이다. 이처럼 한시현토체의 시조 작품을 동일한 7언절구의 형태로 한역을 할 때도 시적 변용이 발생한다는 것을 알 수 있다. 번역자의 입장에서는, 한시를 새롭게 창작할 때보다 한역시에서 원작자의 의도를 가급적 충실히 전달하려는 의도가 강하게 나타날 수밖에 없을 것이다. 그러나 이 작품의 경우 원작의 한시와 한역시가 동일한 내용을 다루고 있지만, 작품의 의미 지향은 서로 다르게 표출되고 있어 흥미롭다. 이는 한역시에서 시조의 종장까지를 포괄하여 다루고자 하는 의도에서 비롯된 까닭이라 하겠다.

신헌조는 〈봉래악부〉에서 강원 관찰사인 자신의 역할을 상기시키는 작품을 적지 않게 남겼다. 자신이 다스리는 고을이 태평하고 임금에게 충성을 바치는 것이 지방관의 가장 중요한 역할이다. 따라서 〈가승〉에서도 역시 이러한 작품들이 선정되어 수록되는 것은 일견 당연한 현상이라 여겨진다.

성명(聖明)이 임(臨)ᄒ시니 시절(時節)이 태평(太平)이라
관동 팔백리(關東八百里)에 홀 일이 빅히 업다
두어라 황로청정(黃老淸淨)을 베퍼 볼가 ᄒ노라. 〈가승 *2 / 봉래 *2〉
幸逢今世后明明　時節熙熙樂太平
關東八百里無事　施措不妨黃老淸.

천지(天地) 덕합(德合)ᄒ고 일월(日月)이 병명(幷明)이라

삼종(三宗) 묵우(黙佑)ᄒ샤 백령(百靈)이 공호(共護)ㅣ로다

양성후(兩聖候) 일시(一時) 평복(平復)ᄒ시니 환균팔역(歡均八域)ᄒ여라. 〈가승 *3 / 봉래 *3〉

德合乾坤明日月 三宗黙佑陟降靈

試看八域歡均處 兩聖一時玉候寧.


첫 번째는 강원 관찰사인 작자 자신의 생각과 포부를 드러내고 있는 작품이다. 즉 시절이 태평한 이유를 임금의 밝은 정치가 임했기 때문이라고 설명하고, 그리하여 자신이 다스리는 '관동 팔백리'에도 임금의 덕이 끼쳐 관찰사인 화자는 할 일이 전혀 없다는 인식을 보여주고 있다. '황노청정'이란, 정치의 도리는 곧 청정한 정치가 시행되면 백성들이 저절로 안정된 생활을 영위한다는 노자(老子)의 말에서 유래한 표현이다. 작품의 전반부는 태평한 시절이 모두 임금의 덕이라는 내용이 차지하고 있고, 종장에서는 그러한 시절에 깨끗한 정치를 펼쳐 보이겠다는 화자의 포부를 덧붙이고 있다. 이러한 인식은 강원 관찰사로 재직하고 있는 작자 자신의 생각이자, 당대 지배 관료들의 일반적인 인식에 기반하고 있다고 여겨진다.

이 작품에 첨가된 한역시에서는 태평시절을 강조하는 초장의 내용이 1~2행에 걸쳐 표현되고 있다. 즉 임금의 밝은 정치를 뜻하는 '성명(聖明)이 임'했다는 초장 앞 구절의 표현이, 한역시에서는 '다행히 금세에 임금의 밝고 밝은 덕을 만나다'는 내용으로 임금의 덕을 보다 강조하는 방향으로 변용되고 있다. 이러한 의도는 초장 뒷부분에서도 동일하게 엿보인다. 원작의 중장과 종장의 내용은 한역시의 3행과 4행으로 그대로 번역되었다. 전체적으로 한역시에서는 임금의 올바른 정치 덕에 태평시절을 만났다는 내용이 강조되어 드러나고 있다고 하겠다.

두 번째는 임금 내외의 안녕을 기원하며, 임금이 건강해야만 세상 사람들이 아무런 걱정 없이 살아갈 수 있다는 내용을 담고 있는 작품이다. 초장의 '천지덕합'과 '일월병명'은 음양의 조화를 뜻하며, 흔히 남녀의 궁합

이 잘 맞는 것을 의미한다. 그렇다면 임금 내외의 조화로움은 곧 '삼대의 조상(三宗)'과 '모든 신령(百靈)'의 도움으로 가능했다는 것이 중장의 내용이라 하겠다. 종장의 내용으로 보아 아마도 당시 임금 내외의 건강에 문제가 있었으며, 작자인 신헌조는 그것을 크게 염려했던 것으로 여겨진다. 그런 상황 속에서 임금 내외가 일시에 건강이 회복되어, 모든 사람들이 기뻐한다는 것[23]이 종장의 내용이다.

시조의 초장과 중장의 내용은 한역시에서 1행과 2행에 걸쳐 그대로 옮겨놓았다. 이 작품의 초점은 종장에 놓여 있는 것으로 보이는데, 그런 까닭에 한역시에서도 이를 3~4행에 걸쳐 번역하였다. 신효선 역시 이를 인지하여, 한역시에서 이를 강조하고자 했던 의도로 파악된다. 특히 종장의 앞 구절과 뒷부분의 내용을 서로 바꾸어 표현함으로써, 임금의 평안함을 강조하고 있다는 것이 한역시의 특징이라 하겠다. 이 작품의 경우 약간의 변용이 가해졌으나, 시조에 나타난 내용을 거의 그대로 한시로 옮겨 놓고 있음을 알 수 있다.

신헌조는 특히 정조와의 관계가 남달랐던 것으로 여겨지는데, 〈봉래악부〉에는 정조의 죽음을 애도하는 작품이 2수나 남아있다. 이 작품들은 그대로 〈가승〉에도 수록되어 있는데, 이를 신효선의 한역시와 함께 살펴보기로 하자.

창오산(蒼梧山) 어듸메오 백운향(白雲鄕)이 머러젓니
이왕 은총(已往恩寵)이 꿈속의 봄이로다
백수(白首)에 호을노 사라 이셔 눈물겨워 ᄒ로라.〈가승 *5 / 봉래 *7〉
梧山何處雲鄕遠 已往君恩夢裏深
只恨此身今獨在 白頭中夜淚難禁.

---

23 '성후(聖候)'란 '임금의 신체의 안위'를, '평복(平復)'은 '병이 나아 건강이 회복한다'는 의미이다. 종장 마지막 구의 '환균팔역(歡均八域)'은 '세상을 고루 기쁘게 하다'는 뜻이다.

이 몸 나던 히가 성인(聖人) 나신 히올너니

존고년(尊高年) 삼자 은언(三字恩言) 어제론 듯 ᄒᆞ것마는

엇지타 이 몸만 사라 이셔 또 ᄒᆞᆫ 설을 디내ᄂᆞᆫ고.〈가승 *7 / 봉래 *9〉

緬憶吾生誕聖年　恩言如昨尊高年

如何獨活臣身在　歲暮又添送一年.


　앞의 작품은 자신이 섬기던 선왕(先王) 정조의 죽음을 애도하며 지은 것이다. '창오산'은 구의산(九疑山)의 별칭으로, 중국 고대의 성군(聖君)인 순(舜) 임금이 죽은 곳이다. '백운향'은 천제(天帝)가 사는 곳이니, 곧 사람이 죽어 승천하여 가는 곳을 일컫는다. 초장의 내용은 순 임금의 고사를 빌어, 선왕인 정조가 죽었음을 비유적으로 표현한 것이다. 중장은 이를 보다 구체화하고 있는데, 자신이 선왕으로부터 받았던 '이왕 은총이 꿈속의 봄'처럼 아득하다는 것을 드러내고 있다. 그리하여 종장에서는 '백수'로 표현되는 늙은 화자 혼자 살아남아 눈물을 흘리는 모습을 형상화하였다. 자신이 섬기던 임금의 죽음 앞에 서글피 울며 애도하는 화자의 모습이 잘 드러나 있는 작품이라 하겠다.

　이 작품의 초장과 중장을 한역시에서는 1행과 2행으로, 그리고 종장의 내용을 한역시에서는 3~4행에 걸쳐 옮겨 놓았다. 특히 종장의 '호을노 사라 이셔'를 한역시에서는 한 행(3행) 전체를 할애하여, 임금을 잃어 외롭고 한스러운 화자의 심사를 보다 강조하여 드러낸 것이 특징이다. 마지막 4행에서는 나머지 종장 구절의 내용을 비교적 그대로 옮겨 놓고 있다고 하겠다. 한시에서 시조 원문 표현을 부분적으로 변용하여 표현한 것이 보이지만, 대체적으로 3행을 제외하고는 그 내용을 크게 바꾸거나 훼손하고 있다고 여겨지지 않는다. 아마도 한역시에서는 임금의 죽음이란 객관적 사실보다, 그러한 사실에 직면하여 슬퍼했을 선친의 감정을 드러내는 데 초점을 두고자 했기 때문일 것이다.

　두 번째 작품 역시 정조의 급작스러운 죽음을 맞은 화자의 허전함과 안

타까움을 표현하고 있다. 더욱이 이 작품은 종장의 내용에서 보듯, 정조가 죽은 이듬해(1801년)에 지은 것임을 알 수 있다. 초장에서는 자신과 정조가 같은 해에 태어났음을 강조하고 있으며, 중장은 정조가 자신에게 '존고년'이란 은언을 내린 사실을 추억하고 있는 내용이다. '존고년(尊高年)'이란 중국의 문인인 장재(張載)가 남긴 「서명(西銘)」의 한 구절인데, 그 의미는 '나이가 많은 노인을 공경한다'는 것이다.[24] 정조의 죽음으로 인해, 작자는 과거 임금과 맺었던 특별한 인연이 마치 어제인 것처럼 생각했을 것이다. 자신을 아껴주었던 정조는 이미 죽었는데, 화자 혼자서 살아서 또 한해를 지내는 심정이 무척이나 비감했을 법하다. 이 작품은 바로 이러한 화자의 심정을 잘 표현하고 있다고 하겠다.

시조의 초장과 중장은 한역시의 1행과 2행으로 그대로 옮겨 놓았으며, 종장을 3~4행으로 번역한 것은 앞의 작품의 상황과 흡사하다 하겠다. 정조가 선친에게 내린 '존고년'이란 말씀은 특별한 의미가 있기에 신효선은 한역시에서도 그대로 옮겨 적었음을 알 수 있다. 특히 종장 첫 구의 '엇지타'라는 감탄사를 '여하(如何)'라고 옮겨 놓은 것도 특징적이라 할만하다. 종장의 내용을 3행에서는 홀로 살아 자신만이 남아있음을, 그리고 4행에서는 세모(歲暮)를 지나 또 한 해를 보내는 심경을 드러내고 있다. 그리하여 한역시에서는 전체적으로 임금의 죽음에 대해서 느끼는 화자의 고독감과 슬픔을 강조하여 표현하고 있음을 알 수 있다. 이처럼 시조의 내용 전체를 한역시에 그대로 옮기려는 태도는 선친의 작품에서 말하고자 하는 바를 훼손하지 않으려는 역자의 자세에서 비롯된 것이라 여겨진다.

조선시대를 살았던 사대부들은 임금에 대한 충심 못지않게 부모에 대한 효성을 강조하였다. 신헌조 역시 〈봉래악부〉에 부친에 대한 효성을 드러낸 작품을 남기고 있다. 그의 부친인 신응현(申應顯)도 영조와 정조 대

---

24 〈서명〉의 "나이 많은 노인을 공경하는 것은 어른을 어른답게 대접하는 것과 같다.(尊高年, 所以長其長)"는 구절의 일부이다.

에 중앙 정계에서 활동하던 정치인인데, 신헌조가 강원 관찰사로 재직하던 1803년(순조 3)에 선친이 '충헌공(忠憲公)'이란 시호를 하사받았다. 신헌조는 이를 기념하여 문집에 시를 남기는가 하면, 국문과 한문으로 부친에 대한 '가장(家狀)'을 짓기도 했다.[25] '효(孝)'를 주제로 하고 있는 작품은 아마도 이 시기에 부친을 생각하며 지었을 것이라 여겨진다.

시하(侍下) 쩍 져근 고을 전성효양(專城孝養) 부족(不足)더니
오늘날 일도 방백(一道方伯) 나 혼자 누리ᄂᆞᆫ고
삼시(三時)로 식전(食前) 방장(方丈)에 목믜치여 ᄒᆞ로라.〈가승 *6 / 봉래 *8〉
侍下曾叨小邑時 專城不足養親時
方面今來吾獨享 滿盤哽咽對三時.

수풀에 가마귀를 아히야 쫏지 마라
반포 효양(反哺孝養)은 미물(微物)도 ᄒᆞᄂᆞᆫ고나
날 ᄀᆞ튼 고로 여생(孤露餘生)이 져를 블워 ᄒᆞ노라.〈가승 *8 / 봉래 *10〉
林烏勿逐敎羣兒 微物亦知孝養慈
如我殘年孤露後 羨渠反哺不勝悲.

첫 번째는 부모님이 돌아가시기 전 효양(孝養)이 충분치 못했음을 아쉬워하는 작자의 심경을 회한의 목소리로 표출하고 있는 작품이다. '전성(專城)'이란 지방관을 가리키는 말이라 한다.[26] 따라서 초장은 과거 작은 고

---

**25** 선친에게 시호가 내린 것을 기념하는 시는 현행 문집에도 수록되어 있다.('歲癸亥四月十八日祇受先府君忠憲公諡 詣於原營之宣化堂」, 『죽취당집』 권지일, 『평산신씨문집』 제7권, 122면.) '가장'은 「선부군 증시충헌공가장(先府君贈諡忠憲公家狀)」을 말하는데, 그는 이를 한글로 번역하여 「선부군 증시튱헌공가장」이란 제목으로 남기기도 하였다. 신웅현의 국문가장에 대해서는 신정숙, 「선부군 증시튱헌공가장」Ⅰ~Ⅱ(『논문집』 제11~12집, 경기공전, 1978~79)를 참조할 것.

**26** 황순구, 「봉래악부 소고」, 451면. '전성효양(專城孝養)'은 '한 고을의 수령이 되어 그

을의 지방관으로 근무하면서 부모님을 모시고 있었지만, 양친에 대한 효양이 부족했었음을 회상하는 내용이라 하겠다. 여기에 중장에서 이제는 강원도를 다스리는 '일도 방백'이 되어 성공한 화자가 그 상황을 혼자서 누리는 것과 대비시켜 놓았다. 어려웠던 시절 마음이 있어도 잘 모시지 못 하다가, 막상 뜻한 바를 이루어 충분한 여건을 갖추었는데 부모님은 이미 세상을 떠나 효도를 할 수조차 없는 상황이 된 것이다. 종장에서는 사방 1장(丈) 길이의 큰 상[27]에 잘 차려진 음식을 매일 세끼씩 받고 보니, 밥을 먹기 전에 부모님 생각으로 목메는 화자의 절실한 심정이 제시되어 있다.

부모에 대한 효를 주제로 하고 있는 작품이기에, 한역시에서도 살아생전 효도를 제대로 하지 못한 화자의 심경을 드러낸 초장의 내용이 1~2행에 걸쳐 거의 그대로 제시되어 있다. '방면(方面)'이란 관찰사가 다스리던 행정 구역을 가리키니, 한역시의 3행은 시조 중장의 내용을 고스란히 옮겨 놓고 있다고 하겠다. 종장의 내용 역시 한역시의 4행으로 번역되어, 전체적으로 시조의 내용을 한역시로 충실히 번역하였음을 알 수 있다. 특히 부모님에 대한 화자의 심정을 강조하여 표현한 것이 한역시의 특징인데, 이는 아마도 효성이 지극한 선친의 모습을 강조하고자 하는 역자의 의도가 반영되어 있다고 해석된다.

다음 작품은 까마귀의 반포효양(反哺孝養)을 제시하면서, '고로여생(孤露餘生)'[28]이 된 화자의 처지를 대비시켜 표현하고 있다. 효라는 주제를 다루고 있지만, 앞 작품과의 연관 속에서 살펴볼 필요가 있는 작품이다. 까마귀 새끼가 자라서 늙은 어미에게 먹이를 물어다 주는 것을 효(孝)에 빗대

---

녹봉으로 부모를 봉양한다'는 의미의 '전성지양(專城之養)'의 다른 표현인데, 과거의 유자들은 이를 매우 자랑스럽게 여겼다고 한다.

**27** '방장(方丈)'이란 사방 1장(丈) 크기의 큰 상을 일컫는다. 한 장은 대략 성인 남자가 양팔을 벌린 정도의 길이에 해당한다.

**28** '고로여생(孤露餘生)'이란 어려서 부모를 잃은 사람을 지칭한다.

어, '반포지효(反哺之孝)'는 자식이 자란 후에 어버이의 은혜를 갚는 것을 일컫는다. 흔히 우리나라에서 까마귀를 흉조(凶鳥)라 여겨 가까이 있으면 멀리 쫓기도 하는데, 초장은 아이들에게 행여라도 그런 행동을 하지 말라고 하는 내용이다. 비록 까마귀가 보잘것없는 미물이지만, 제 어미에 대해 '반포효양'을 하는 것은 인간이 배워야 하는 자세라고 생각하기 때문이다. 이제 홀로 남은 화자의 처지에서는 어미에게 효양을 행하는 까마귀의 행위가 부러울 따름이다. 이 작품 역시 부모님이 살아 계시다면 그동안 못 다한 효를 행하겠지만, 그럴 수 없는 자신의 입장을 아쉬워하고 있는 것이라 하겠다.

시조의 초장과 중장을 한역시에서는 1행과 2행으로 나누어 옮겨놓았다. 그리고 화자의 심경을 드러낸 종장을 한역시에서는 3~4행에 걸쳐 제시하고 있다. 종장의 '고로여생'을 동일한 의미의 '잔년고로(殘年孤露)'로 표현하여, 3행에서는 남은 생을 홀로 살아갈 수밖에 없는 화자의 모습을 형상화하였다. 4행에서는 종장의 나머지 부분을 거의 그대로 번역하여 내용상 크게 차이가 나지 않는다. 시조와 마찬가지로, 한역시에서 화자의 외로운 처지와 더불어 반포효양 하는 까마귀를 부러워하는 화자의 시선을 강조하여 표현하고 있다.[29]

이처럼 〈가승〉에는 충과 효를 강조하는 선친의 면모가 두드러진 작품들이 주로 선택되었음을 알 수 있다. 나머지 두 작품은 승경을 유람하는 내용과 매화를 대상으로 형상화한 내용이지만, 이 역시 크게 보아 사대부적 심미관을 보여주고 있다고 여겨진다.

> 치악산(雉嶽山) 눈이 오니 기골샨 경(景)이로다
> 만이천봉(萬二千峰)을 예긔 안자 보는고나
> 아마도 비로만폭(毗盧萬瀑)이 제도 응당 이시리라. 〈가승 *4 / 봉래 *5〉

---

29 이 한역시는 신효선의 문집인 『낭암집』에 수록되어 있다.

白雪漓漓雉岳東　山光皆骨一般同

坐看萬二千峯色　万瀑毗廬在此中.


천지(天地) 성동(成冬)ᄒ니 만물(万物)이 폐장(閉藏)이라 초목(草木)이 탈락(脫落)ᄒ고 봉접(蜂蝶)이 모로ᄂᆞᄃᆡ

엇디ᄒᆞᆫ 봄빗치 ᄒᆞᆫ 가지(柯枝) 매화(梅花)ㅣ런고

아마도 정즉복원(貞則復元)ᄒᆞᄂᆞᆫ 검은 조화(造化)를 져 곳츠로 보리라.〈가승
*10 / 봉래 *17〉

天地成冬蝶不知　何來春色着梅枝

花開已驗貞元復　造化玄玄理可推.


앞의 작품은 원주에 있는 치악산의 겨울 경치가 마치 금강산과 흡사하다는 화자의 감상을 내용으로 하고 있다. 원주는 강원 감영이 소재한 곳이기에, 관찰사로 근무하면서 신헌조는 근처에 있는 치악산을 자주 찾았을 것이다. 화자는 그 중에서 눈이 온 후의 겨울 경치가 마치 금강산의 겨울 별칭인 개골산과 방불하다고 느꼈던 것이다. 설경이 펼쳐진 치악산 주변의 봉우리들을 보면서 금강산의 만이천봉을 떠올렸을 법하다. 치악산의 최고봉은 비로봉(飛盧峰)으로, 한자는 다르지만 금강산의 비로봉(毘盧峰)과 같은 이름이다. 그리하여 금강산의 경치와 흡사한 치악산에도 비로봉과 만폭동이 응당 있을 것이라고 하며 작품을 종결짓고 있다. 아름다운 자연을 만나면 그에 걸맞은 감상을 펼쳐내면서 승경을 즐기는 작자의 면모가 잘 드러난 작품이다.

이 작품은 치악산의 승경을 드러내고자 한 것에 창작의 의도가 있다고 여겨진다. 때문에 한역시에서 치악산의 승경을 묘사한 초장을 1~2행에 걸쳐 옮겨 놓았다. 더욱이 1행에서 치악산의 동쪽에 희끗희끗 남아있는 눈들을 연상할 수 있도록, '치악동(雉岳東)'이라 하여 원문에는 없는 구체적인 방향을 적시하고 있다. 2행에서는 '산광(山光)'이란 용어를 사용하여,

재차 치악산의 경치를 환기시켜 주고 있다. 그리고 시조의 중장과 종장은 각각 한역시의 3행과 4행으로 옮겨 제시하였다. 다른 작품들도 마찬가지이지만, 신효선이 지은 한역시의 특징은 원작인 시조의 내용과 창작 의도를 훼손하지 않고 그대로 전달하는 것에 초점이 두어져 있음을 알 수 있다.

다음 작품은 〈가승〉에 유일하게 수록된 사설시조이다. 〈봉래악부〉에는 사설시조가 모두 12수나 되지만, 신효선은 그 중에서 이 작품만을 선정하여 〈가승〉에 수록하고 한역을 한 것이다. 이 작품은 겨울철 봄이 오는 것을 알리는 매화의 모습을 통해서, 계절의 변화를 이끄는 자연의 조화를 형상화하고 있다. 겨울이 되면 만물이 감추어지고, 초목의 잎이 떨어지는 것은 당연한 현상이다. 그런데도 나비는 이를 알지 못한다는 것이 초장의 내용이다. 중장은 그 속에서 한 가지에 핀 매화만으로도 봄이 다가왔음을 알 수 있다고 하였고, 덧붙여 계절이 바뀌는 그윽한 조화를 그 꽃을 보고서도 알 수 있다는 것이 종장의 내용이다. '정즉복원(貞則復元)'은 『주역(周易)』에 나오는 구절의 하나로, 겨울이 가면 봄이 돌아온다는 뜻을 나타내는 표현이다. 따라서 이 작품은 겨울에 피는 매화의 존재를 통해서 자연의 조화에 따라 계절의 변화를 감지할 수 있음을 말하고자 한 것이다.

사설시조를 7언절구로 한역할 때, 아무래도 원작의 내용을 축약하여 표현할 수밖에 없는 것은 당연하다 할 것이다. 시조 작품에서는 초장의 음보가 확장되어 나타나 있는데, 한역시에서는 '만물이 폐장이라 초목이 탈락ᄒ고'의 부분이 전혀 반영되지 않았다.[30] 그 부분을 제외한 내용만이 그대로 한역시의 1행으로 처리되어 있음을 알 수 있다. 평시조의 형태와 흡사한 중장은 한역시의 2행으로 온전히 옮겨 표현되었다. 그리고 자연의 조화를 설명하고 있는 종장의 내용이 이 작품의 중심이 되기에, 한역시에서도 역시 3~4행에 걸쳐 번역을 하였다. 그러나 종장 마지막 구절의 '저 곳츠로 보리라'는 3행의 전반부에 '화개이험(花開已驗)'이라는 표현으로 간

---

30 원문의 이 부분을 제외한다면, 작품의 형태는 평시조와 거의 흡사하다고 하겠다.

략하게 처리하고, '정즉복원ᄒᆞᄂᆞᆫ 검은 조화'에 대해서 나머지 부분에서 상세하게 풀어 제시한 것이 특징이다.[31]

이상으로 〈가승〉에 수록된 작품들의 면모와 한역시를 통한 한역의 양상에 대해서 살펴보았다. 전체적으로 보아 〈가승〉에 수록된 10수의 작품들은 사대부이자 위정자로서 신헌조의 면모가 잘 나타난 것들로 선택되었음을 알 수 있었다. 〈봉래악부〉에는 이러한 작품 외에, 애정이나 성적인 내용을 다룬 작품들도 적지 않게 포함되어 있었다.[32] 〈봉래악부〉를 통해서 살펴본 신헌조는 위정자로서의 면모가 잘 드러나면서도, 당대의 연행 문화에 발맞추어 다양한 내용의 사설시조를 지은 작가로 평가할 수 있다. 그러나 〈가승〉의 작품을 통해서는, 작가로서 신헌조의 일면적인 모습만이 반영되어 있다. 즉 신효선은 부친이 사대부로서의 의식과 위정자로서의 면모를 강화시키는 방향으로 〈가승〉의 작품을 선정하고, 또한 작품의 한역도 그러한 의도에서 진행했다고 평가할 수 있겠다.

이처럼 동일한 작가의 작품일지라도, 특정한 의도에 따라 일부 작품만을 선택하여 새로이 조명한다면 작가 의식의 면모가 달라질 수 있는 것이다. 신효선이 선친의 작품들 중 일부를 뽑아 엮은 〈가승〉은 바로 이런 점을 잘 보여주고 있는 자료라 하겠다. 전체 25수 중 절반에 가까운 비중을 차지하는 사설시조 작품도 〈가승〉에서는 단 1수만을 수록하는데 그치고 있다. 아마도 비교적 편폭이 긴 사설시조를 한역한다면, 평시조보다 상대적으로 작품 내용의 생략이 더 클 수밖에 없을 것이다. 그러한 이유로 대부분의 사설시조가 한역의 대상에서 제외된 것이라 해석할 수도 있을 것이다. 신헌조가 창작한 사설시조의 내용이 성적인 면모를 다루고 있는 작품들이 섞여 있어, 아들인 신효선의 시각에서는 그것들을 선택하여 따로

---

31 이 한역시는 신효선의 문집인 『낭암집』에 수록되어 있다.
32 신헌조의 작품 세계에 대해서는 김용찬, 「〈봉래악부〉의 성격과 신헌조의 작품 세계」를 참조할 것.

문헌으로 꾸미는 것을 꺼리는 요인으로 작용했을 법도 하다.

한역시의 경우, 신효선은 선친의 작품을 가급적 충실하게 번역하려는 모습을 보여주고 있다. 세세한 표현에 신경을 쓰기보다는 작품이 의도하는 바를 따라, 때로는 간략하게 때로는 상세하게 원문의 내용을 옮기는데 공을 들이고 있다. 시조 작품을 일부 변용시켜 한역하는 모습도 보이지만, 대체적으로 원문의 내용을 충실히 옮기고 있다고 평가할 수 있겠다. 신위의 「소악부」를 비롯한 19세기의 시조 한역 자료들은 대체로 한역시만을 제시하고 있는 것이 일반적인데, 〈가승〉의 경우 시조와 한역시를 함께 수록하여 엮어냈다는 점에서 주목할 만하다.

〈봉래악부〉라는 가집이 존재하고 있었지만, 그 중에서 일부 작품만을 뽑아 거기에 한역시를 덧붙여 발췌본을 엮어낸 것에서 시조의 전승 과정의 일단을 유추할 수 있다고 여겨진다. 방대한 자료를 포함하고 있는 가집(혹은 작품집)을 저본으로 하여, 편찬자의 의도에 따라 일부 작품만을 선정하여 새로운 문헌을 엮어낼 수 있다는 사실을 구체적으로 실증하고 있기 때문이다. 작품의 수록 규모가 그리 크지 않은 가집들의 생성과 전승 과정에 대해 중요한 시사를 던져주고 있다고 하겠다.

무엇보다 선친의 작품을 새로운 문헌으로 엮어 보존하고자 하는 신효선의 편찬 의도도 주목해야 한다고 본다. 그는 〈봉래악부〉를 저본으로 하여, 편찬자의 의도에 따라 일부 작품만을 뽑아 한역시를 덧붙여 새로운 문헌을 엮어 냈다. 그렇게 번역한 한역시 일부를 자신의 문집에도 수록한 것은 선친의 작품을 한역된 형태로나마 후세에 전하려는 역자의 의도라 해석할 수 있다. 신효선으로서는 선친이 직접 엮은 〈봉래악부〉의 체제를 변형시키거나 훼손할 수는 없었을 것이다. 하지만 그것을 대상으로 자신이 따로 문헌을 엮는다면, 자신의 의도에 따른 작가의 면모가 부각될 수 있을 것이라 여겼을 것이다. 가집의 경우 전승 과정에서 훼손되거나 사라질 수 있지만, 그것을 한역하여 문집에 남긴다면 일부 작품만은 그 존재를 확인할 수가 있게 된다. 〈가승〉의 발문을 그대로 문집에도 수록하여 선친이 〈봉래악부〉라는 가집을 남겼다는 것도 적시하였다. 그런 측면에서 〈가승〉과 문집(낭암집)의 한역시가 지닌 의미가 결코 적지 않다고 평가할 수 있겠다.


## 3. 신헌조 시조의 가집 유포 상황과 그 의미

신헌조의 작품 중 5수는 〈청구영언〉(육당본; 이하 '청육'으로 약칭)을 비롯하여 19세기 이후에 편찬된 가집들에도 수록되어 유포되고 있다. 가집에 전하는 작품들은 2수의 평시조와 3수의 사설시조인데, 〈가승〉에 전하고 있는 10수와 일치하는 작품은 전혀 보이지 않는다. 5수는 신헌조의 전체 작품(25수)에서 1/5(20%)에 해당되어, 그 비중이 결코 적지 않다고 여겨진다. 이들 중 김화진이라 표기된 작품(봉래 *25)을 제외하고, 나머지 4수는 모두 작자의 이름이 표기되지 않은 무명씨 상태로 가집에 수록되어 있다. 이런 탓에 일부 선행 연구에서는 다른 가집에 수록된 5수를 신헌조의 작품에서 제외해야 한다고 주장하기도 하였다.[33] 그러나 다른 가집들에 여러 수의 작품이 수록되었다는 것은, 오히려 신헌조 작품이 당대 연행 현장에서 폭넓게 유통되었음을 말해주는 근거로 이해할 수 있다. 본고는 이런 관점에서 가집에 유포된 신헌조 작품의 성격과 의미를 고찰해 볼 것이다.

단 1수도 겹치지 않는다는 사실에서 유추할 수 있듯이, 〈가승〉 수록 작품들과 〈청육〉 등 가집에 유포된 작품들은 그 내용과 성격이 전혀 다르다고 파악된다. 그리고 이는 두 부류의 작품들이 서로 다른 전승 경로를 지

---

33 황순구, 앞의 논문, 447면. 황순구는 〈봉래악부〉에 유일하게 수록되어 전하는 것만이 신헌조의 작품이라 보고, 다른 가집에 전하는 5수의 작품은 아무런 이유 없이 그가 지은 것이 아니라고 단정적으로 논하였다.

니고 있기 때문이라고도 이해할 수 있을 것이다. 신효선이 위정자로서의 면모를 부각하기 위해 선친의 작품들을 선정하여 별도의 문헌으로 엮어 주로 가문 내에서 전하고자 했다면, 가집에는 당대의 연행 현장에서 요구하는 내용과 형식의 작품들이 선택되어 수록되었기 때문이다. 즉 〈가승〉은 후손에 의해 조상의 면모를 부각시키기 위한 의도로 편찬된 문헌임에 반해, 가집은 당대 연행 환경의 수요에 따른 작품들이 선정되었다는 것에서부터 분명한 차이를 지니고 있다.

이들 5수의 작품은 모두 〈청육〉에 수록되어 전하고, 그 가운데 2수만이 여타의 가집에도 보인다. 개인의 작품이 특정 가집에 다수 출현한다는 것은 주목할 만한 사실로, 그 의미를 따져볼 필요가 있다. 먼저 〈청육〉의 편찬자가 〈봉래악부〉의 존재를 알고 일부 작품을 선택하여 가집에 수록했을 경우를 상정할 수 있지만, 신헌조의 작품이 〈청육〉에 무명씨 혹은 다른 작가의 이름으로 나타나고 있어 그 가능성은 적은 편이라고 판단된다. 그렇다면 신헌조의 작품이 당대의 연행 현장에서 불리다가, 〈청육〉의 편찬에 관여한 이들에게 선택되어 가집에 수록되었을 가능성이 더 높다고 파악된다. 가집에 수록된 것들은 대체로 〈봉래악부〉의 작품과는 일부 구절이 변개된 형태로 수록되어 있는 것도 이렇게 추론할 수 있는 요인의 하나이다. 〈청육〉에 새롭게 수록된 작품들은 19세기 후반기의 가집인 〈가곡원류〉 계열의 가집들보다 애정이나 성적인 주제를 다루고 있는 경우가 더 우세하게 나타난다고 논의되고 있다.[34] 뒤에서 살펴보겠지만, 〈청육〉에 수록된 신헌조의 작품들이 대체로 풍류지향적이거나 성적인 주제를 다루고 있기에 이러한 추론은 나름의 설득력을 획득할 수 있을 것이라 하겠다.

---

34 김용찬, 「〈청구영언 육당본〉의 성격과 시가사적 위상」, 『조선 후기 시가문학의 지형도』, 보고사, 2002, 238면. 이 논문에서는 이러한 현상을 〈청육〉을 둘러싼 가창집단의 향유 방식이 유흥과 풍류성을 강하게 지니고 있는 것과의 연관 속에서 설명될 수 있다고 보고 있다.

신헌조의 작품들 중 일부가 수록되어 있는 〈청육〉은 19세기 중반(1852년)에 편찬이 완성된 가집으로, 당시 개혁적인 정책을 펼쳤던 순조의 아들인 익종(효명세자)의 주변에서 활동했던 인물들과 당대 가창자들의 교유의 면모를 잘 보여주고 있는 가집이다. 또한 전대의 가집인 〈청구영언〉(진본)을 저본으로 하면서도, 당시 연행 현장에서 불리고 있는 작품의 실상을 배려하여 편찬된 것이다. 그리하여 18세기와 〈가곡원류〉 계열로 대표되는 19세기 후반기를 잇는 중간적인 단계의 시조사적 면모를 반영한 가집이라 평가되고 있다. 〈청육〉에 새로이 보이는 신출 작품들에서 사설시조의 비중이 적지 않게 나타나고 있다.[35] 따라서 〈가승〉의 작품들과는 달리, 신헌조의 사설시조 작품 3수가 포함된 것도 이러한 가집 편찬 경향과 무관하지 않다고 여겨진다.

이미 지적했듯이 〈봉래악부〉에는 해당 작품의 악곡 표시 등 아무런 음악적 표지가 없다. 그러나 〈청육〉 등 가집에는 각 작품들을 당시 가곡창의 악곡에 따라 나누어 수록하고 있기에, 〈봉래악부〉의 작품들이 다른 가집에 어떤 곡조로 불렸는지를 확인할 수 있다. 또한 작품의 내용과 형식에 따른 음악적 수용의 면모도 어느 정도 드러낼 수 있을 것이라 여겨진다. 이제 가집에 유포된 작품들을 구체적으로 살펴, 그 의미를 따져보기로 하자.

담 안에 셧는 곳디 모란인가 히당화(海棠花)ㅣ냐
힛득 발긋 퓌여 이셔 놈의 눈을 놀내인다
두어라 님자 이시랴 내 솟 보듯 흐리라. 〈#1252.1, 봉래 *4〉[36]

---

**35** 이상 〈청육〉에 대해서는 김용찬, 「〈청구영언 육당본〉의 성격과 시가사적 위상」을 참조할 것. 고미숙은 〈청육〉의 수록 작품들의 성격에 대해서 '18세기와도 다르고 19세기 중엽 이후와도 구분되는 시조사의 한 층위를 형성하고 있는 셈'이라고 평가하고 있다(고미숙, 『19세기 시조의 예술사적 의미』, 태학사, 1998, 117면).

**36** 이 장에서 작품을 인용할 경우 현대어 맞춤법에 따라 띄어쓰기를 하고, 작품 원문을

준솔밧 언덕 올히 굴쥭 굿튼 고래논을

밤마다 장기 매워 물 부침의 쎠 지우니

두어라 즈긔믹득(自己買得)이니 타인(他人) 병작(幷作) 못ᄒ리라. 〈#4154.1,
봉래 *11〉


첫 번째는 여느 집 담장 안에 핀 꽃을 보고, 그 아름다움에 대해 언급
하는 화자의 탐미적 인식을 드러내고 있는 작품이다. 지나가는 사람의 눈
을 놀라게 할 만큼 아름다운 꽃의 종류가 모란인지 해당화인지의 여부에
관해서 화자는 굳이 관심을 두지 않는다. 비록 그 꽃의 임자가 있더라도
'내 쏫 보듯 ᄒ'면서, 스스로 만족을 느끼면 된다는 인식을 드러내고 있다.
이러한 탐미적 인식이 후대의 향유자들에게 긍정적으로 수용되었던 때문
으로 여겨지는데, 이 작품은 〈청육〉을 비롯하여 16종의 가집에 작자의 이
름이 밝혀지지 않고 무명씨로 수록되어 전하고 있다.[37] 그런데 〈청육〉[38]
과 〈흥비부〉를 제외한 〈가곡원류〉(이하 '원류'로 약칭) 계열의 가집들에
는 종장의 마지막 구절이 "나도 것거 보리라"라고 변개되어 나타나고 있
다. 그리하여 〈원류〉 계열의 가집에 수록된 작품은 아름다운 꽃을 꺾어서
자신만이 소유하겠다는 의식을 강하게 표출하고 있는 것이 특징이다.

이 작품이 〈청육〉에는 남창의 '계이삭대엽'(*556)의 곡조에 수록되어 있
고, 〈가곡원류〉 계열의 가집에는 여창의 '율당삭대엽'[39](원국 *720)에 배열

---

좇아 한글을 내어 쓰고 한문은 (  )안에 병기하였다. 또한 말미에 『고시조대전』(김흥규 외,
고려대학교 민족문화연구원, 2012)의 가번(#)을 기입하고, 이어서 가집의 약칭(봉래)과 가번
(*)을 함께 제시하였다. (본래의 논문은 작품의 가번(#)을 심재완의 『교본 역대시조전서』에
서 취했지만, 책을 엮으면서 비교적 최근에 정리된 『고시조대전』으로 바꾸었다.)

**37** 이 작품이 수록된 가집들과 배분된 곡조는 다음과 같다. 〈청육〉(*556/남창 계이삭대
엽), 〈흥비부〉(*215/우조), 〈원국〉(*720/여창 율당삭대엽)을 비롯한 10종의 〈가곡원류〉 계열
가집, 〈여창가요록〉(*50/밤엿ᄌ진한입), 〈가요〉(*17), 〈시가요곡〉(*21/밤얏자지난엽), 〈대동
풍아〉(*202/계평조중삭대엽) 등.

**38** 〈청육〉에는 종장 첫 음보의 '두어라'가 '저 곳지'로 변개되어 나타나고 있다.

**39** 가곡창은 우조와 계면조의 두 선법에 의한 곡조로 나뉘고 선법이 다른 곡을 섞어 부

되어 있다. 주지하듯이 19세기에 편찬된 가곡창 가집들은 수록 작품들을
대체로 남창과 여창으로 구분하고, 이를 다시 우조와 계면조로 나누는 것
이 일반적이다. 그것을 다시 가곡의 연창 순서에 따른 곡조별로 분류하는
방식을 취하고 있다. 따라서 〈청육〉에서는 작품 본래의 의미를 지니면서
남창의 곡조로 수용되었다면, 〈원류〉 계열의 가집에서는 종장을 변형시
켜 여창의 곡조로 정착시켰다고 해석할 수 있겠다. 일반적으로 〈원류〉 계
열의 가집에 수록된 작품들은 당대인들에게 울림이 컸던 '역대 가곡 엔솔
로지'에 비견될 수 있다고 평가되기도 한다.[40] 이 작품은 〈청육〉을 통해
작자가 알려지지 않은 채로 당대 가창 현장에서 유통되기 시작하여, 그
사설이 〈원류〉 계열의 가집에 수록될 수 있을 정도로 대중성을 획득하여
널리 유포된 것으로 해석할 수 있겠다.[41]

　가집에 수록된 신헌조의 모든 작품이 이렇듯 널리 유포된 것은 아니다.
두 번째는 성적인 내용을 다루고 있는 작품으로, 가집에는 〈청육〉(*856)
에만 수록되어 있다. 남녀의 성적인 행위를 흔히 농사일에 비유하여 표현
하기도 하는데, 이 작품이 바로 그런 경우에 해당한다. 초장은 구체적으
로 여성의 성기와 주변의 신체 구조를 비유적으로 드러낸 것이며,[42] 밤마

---

를 수 있도록 하기 위하여 변조(變調)시키는 곡이 따로 있는데, 반엽이 그 중 하나이다. '율
당삭대엽(栗糖數大葉)'은 '반엽(半葉)'의 다른 이름으로, 노래를 반은 우조로 나머지 반은 계
면조로 부르는 가곡창의 곡조이다. 가곡창을 우조와 계면조의 곡조별로 차례로 부르는 것
을 '한바탕(編歌)'라고 하는데, 이 때에 우조의 곡조들을 노래하다가 계면조의 노래로 바꾸
기 위해서 그 사이에 반엽의 곡조를 부르면 자연스럽게 변조가 되는 것이다. 반엽은 '밤엿'
이라 하기도 했는데, '율당(栗糖)'은 '밤엿'을 한자식으로 바꾼 것이다. 그리하여 '율당삭대엽'
혹은 '밤엿ᄌ지난입' 등은 모두 반엽의 이칭인 것이다. 이상 반엽에 대한 설명은 장사훈, 『최
신국악총론』(세광음악출판사, 1991), 442~443면을 참조하여 정리한 것임.

　**40** 신경숙, 「〈가곡원류〉의 소위 '관습구'들, 어떻게 볼 것인가?-평시조를 중심으로」, 『한
민족어문학』 제41집, 한민족어문학회, 2002, 105면.

　**41** 그러나 이처럼 많은 가집에 유포되어 전하는 신헌조의 시조는 이 작품이 유일하다
하겠다.

　**42** '즌솔밭'은 여성 음부 주변의 털이 무성한 것을 형상화한 것이다. '굴죽 ᄀ튼'은 '기름
지고 좋은'이란 뜻이며, '고래논'은 바닥이 깊고 물길이 좋아 기름진 논을 일컫는다.

다 쟁기로 물을 채우고 씨를 뿌린다는 중장의 내용도 남녀 사이의 성 행위를 농사에 비겨 표현하였다. 사고 팔 수 있는 논이라도 자신이 스스로 구입하여 소유한다면, 다른 사람과 병작할 필요가 없다는 것이 종장의 내용이다. 이처럼 성적인 내용을 평시조로 형상화한 작품을 남겼다는 사실에서 시조 작가로서 신헌조의 다채로운 면모를 엿볼 수 있게 한다.

이 작품이 〈청육〉에는 남창의 '편삭대엽'의 곡조에 배분되어 있다.[43] 일반적으로 가곡창에서 삭대엽 계통의 곡조는 16박 한 장단을 기본으로 하고 있으나, 이의 변형으로 새롭게 나타난 '편(編)'이란 곡조는 10박 한 장단으로 축소하고 속도도 빠르게 부르는 형태의 음악을 지칭한다.[44] '편삭대엽'은 가곡창 중에서도 가장 빠르게 부르는 곡조의 하나로, '편(編)'은 '엮음'과 같은 말로서 음악적인 리듬이 촘촘하다는 뜻을 가지고 있다. 따라서 편삭대엽에 수록된 작품들은 대개 내용이 많고 장형의 구조를 지닌 사설시조들이 배분되는 경우가 일반적이다. 이 작품은 평시조임에도 불구하고 '편삭대엽'에 배치되어 있으니, 아마도 성적인 의미를 지닌 내용 때문에 그런 것이 아닌가 여겨진다. 그리고 앞의 작품과 달리 이 작품은 〈원류〉 계열 등 후대의 가집에 수록되지 못하고 〈청육〉에서만 볼 수 있는 것도 특징적이다.[45]

이 작품들을 제외하고 〈청육〉에 수록되어 있는 나머지 작품 3수는 모두 사설시조이다. 주제나 의미 지향은 작품들 사이에 조금씩 다르게 나타

---

43 〈청육〉에는 중장의 뒷부분이 '씨더지고 믈을 쥬니'로 변개되어 있으나, 내용상의 큰 차이는 없다.

44 장사훈, 앞의 책, 441~442면.

45 사설시조의 시적 관심 추이에 대한 연구에서, 19세기 후반기에 편찬된 〈원류〉 계열 가집들과 〈남훈태평가〉 등 시조창 대분 가집들에 수록된 작품들 중 '남녀와 성'의 문제 중 특히 성적인 내용을 지닌 작품들의 비중이 크게 약화되어 나타난다고 한다(김흥규, 「조선후기 사설시조의 시적 관심 추이에 관한 계량적 분석」, 『욕망과 형식의 시학』, 태학사, 1999, 274면). 비록 이 작품이 평시조이지만 성적인 내용을 다루고 있기에, 후대의 가집에 채택되지 못하고 탈락한 것은 아닌가 여겨진다.

나지만, 전체적으로 표현 등에서 전형적인 사설시조의 특징을 보여주고
있다고 여겨진다.

첩(妾)을 좃타 ᄒ되 첩(妾)의 셜폐(設弊) 들어 보소
눈에 본 죵 계집은 긔강(紀綱)이 문란(紊亂)ᄒ고 노리개 녀기첩(女妓妾)은
범빅(凡百)이 여의(如意)ᄒ되 즁문(中門) 안 외방(外方) 관노(官奴) 긔 아니 어
려우며 량가녀(良家女) 복첩(卜妾)ᄒ면 그즁(中)에 낫건마ᄂ 안마루 발막짝과
방 안에 쟝옷귀가 ᄉ부가(士夫家) 모양(貌樣)이 저절노 글너 가네
아무리 늙고 병(病)드러도 규모(規模) 딕희기ᄂ 졍실(正室)인가 ᄒ노라.
〈#4711.1, 봉래 *18〉

각시(閣氏)네 더위들 사시오 일은 더위 느즌 더위 여러 히포 묵은 더위
오륙월(五六月) 복(伏)더위에 졍(情)에 님 만나이셔 둘 불근 평상(平牀) 우
희 츤츤 감겨 누엇다가 무음 일 ᄒ엿던디 오쟝(五臟)이 번열(煩熱)ᄒ여 구슬
쏨 들니면셔 헐덕이ᄂ 그 더위와 동지(冬至)ᄃ 긴긴 밤의 고은 님 폼의 들어
ᄃ스흔 아름목과 둑거온 니블 속에 두 몸이 흔 몸 되야 그리져리ᄒ니 슈족
(手足)이 답답ᄒ고 목굼기 타올 젹의 웃목에 춘 슉늉을 벌덕벌덕 켜ᄂ 더위
각시(閣氏)네 사려거든 소견(所見)대로 사시읍소
쟝ᄉ야 네 더위 여럿 듕에 님 만난 두 더위ᄂ 뉘 아니 됴화ᄒ리 ᄂ믜게
ᄑ디 말고 브ᄃ 내게 ᄑ ᄅ시소. 〈#0060.1, 봉래 *20〉

셋괏고 사오나온 져 군로(軍牢)의 쥬졍 보소
반룡단(半龍丹) 몸쏭이에 담벙거지 뒤앗고셔 좁은 집 ᄂᄀ근(內近)흔ᄃ 밤듕
만 둘녀들어 자우(左右)로 츙돌(衝突)ᄒ여 새도록 나드다가 제라도 긔진(氣盡)
턴디 먹은 탁쥬(濁酒) 다 거이네
아마도 후쥬(酗酒)를 잡으려면 져놈브터 잡으리라.〈#2694.1, 봉래 *25〉

첫 번째 작품은 다양한 첩의 존재를 통해 처첩제에 얽힌 폐단을 지적하고, 정실부인의 역할을 강조하고 있는 내용이다. '첩을 두는 것이 좋다'고 하는 것은 보편적으로 통용되는 생각이라 할 수 있고, 그것의 '폐단'을 역설하는 것이 바로 작자의 관점인 것이다. 중장에서는 '계집 종, 여기(女妓), 양가녀' 등으로 상정된 다양한 첩의 형상을 제시하고, 집안에 첩이 잘못 들어오면 사대부 가문의 모양새가 어그러진다고 말하고 있다. 그리하여 종장에서는 비록 늙고 병이 들었다 하더라도 사대부 가문의 규모를 지키기 위해서는 정실부인이 집안에 중심을 잡고 있어야 한다는 것이다. 이 작품에서 축첩(蓄妾)으로 인한 폐해를 언급하고 있지만, 처첩제 그 자체를 부정하는 것은 아니다. 즉 양반 가문이 제대로 규모를 지키면서 지내려면, 첩을 들이기보다는 정실부인을 통해 집안을 다스려야 한다는 것을 강조하고 있을 뿐이다.

이 작품 역시 가집에는 〈청육〉(*705)에만 수록되어 있으며,[46] 남창의 '농(弄)'의 곡조에 배치되어 있다. 가곡창의 흐름에서, '농'의 곡조는 삭대엽의 변주곡으로 대체로 18세기 말기에 출현한다고 설명되고 있다.[47] 대개 농·락·편 등 삭대엽의 변주곡들은 보다 빠른 템포로 연주되면서, 주로 사설시조 작품들을 노래하는 곡조로 이용되는 것이 일반적이다. 이 작품의 경우 주제는 정실부인의 중요성을 강조하는 내용으로 중세적 관념에 입각해 있다고 할 수 있지만, 중장의 첩의 폐해를 구체적으로 설명하는 부분은 사설시조의 전형적 표현이 나타나고 있다. 그런 의미에서 당대 연행 현장에서는 주제보다 표현상의 특질에 입각해서 흥미로운 작품으로 수용되었을 가능성이 높다고 여겨진다.

두 번째는 장사치와 각씨네의 대화를 통해 성적인 내용을 드러낸 작품

---

**46** 작품의 표기에서 일부 다른 점이 발견되지만, 〈봉래악부〉와 〈청육〉의 수록 작품들은 내용상에 큰 차이는 발견되지 않는다.

**47** 송방송, 『한국음악통사』, 일조각, 1993(중판), 419면.

이다. 장사치가 팔려고 하는 대상은 중장에 제시된 여름과 겨울에 남녀의 애정 행위로 인해 발생하는 더위이며, 종장에서 대화의 상대인 각씨네들은 그것을 다른 사람에게 팔지 말고 자기에게 팔라고 대꾸하고 있다. 보통 정월 대보름에 행해지는 세시풍속인 '더위팔기'를 소재로 취해, 성적인 내용을 전개하고 있는 것이 이 작품의 특징이라 할 수 있다. 이 작품은 〈청육〉(*702)과 〈시가〉(*695)의 2종류의 가집에 수록되어 있으나, 〈시가〉의 수록 작품은 내용 중 상당 부분이 축소되어 나타나고 있다.[48] 〈청육〉에는 남창 '농'의 곡조에 배분되어 수록되어 있으니, 사설시조라는 형식과 성적인 주제를 구현하고 있는 작품의 내용이 삭대엽의 변주 곡조인 '농'으로 연창되는 것이 적절하다고 여겨졌기 때문이라 하겠다.[49]

마지막 작품은 남성의 성기를 하급 병졸인 군뢰(軍牢)의 형상[50]에 비겨 묘사하고, 그가 술주정을 부리는 행동은 남녀의 성행위를 표현한 것이다.[51] 그런 측면에서 본다면, 중장의 내용은 남녀의 성행위에 대해서 매우 구체적으로 표현하고 있다는 것을 알 수 있다. 종장에서는 군뢰의 그런 행동을 짐짓 술주정[52]의 탓으로 돌리면서 해학적으로 마무리한 것이 특징

---

**48** 〈시가〉에 수록된 작품은 다음과 같다. "각씨(閣氏)네 더위들 사오 일은 더위 느즌 더위 / 오뉴월(五六月) 복(伏)더위 고은 님 만나잇셔 친친 감겨 누어다가 무음 일 ㅎ여든지 구슬쌈 흘니면서 헐덕이는 그 더위를 각씨(閣氏)네 스랴거든 소견(所見)딘로 사시오 / 장ㅅ야 녀 더위 여럿 즁에 님 만난 그 더위를 뉘 아니 스랴마는 다른 딕 ㅽ지 말고 부딕 닉게 팔고 가쇼." 구체적으로 더위를 수식하는 구절들과 겨울철의 더위를 형용한 부분이 탈락되어 나타나고 있다. 〈시가〉는 수록 작가의 면모로 보아 가집의 편찬 연대가 18세기 중엽으로 추정되고 있다. 그러나 이 작품이 신헌조의 작품을 취하여 변개한 것이라면, 〈시가〉의 편찬 연대를 19세기로 볼 수 있는 단서가 될 수 있다고 여겨진다. 본고에서는 그 가능성만 제시하기로 한다.

**49** 일반적으로 '농'은 흥청거리는 창법이 섞인 곡이라 한다(장사훈, 앞의 책, 440면).

**50** '셋괏다'는 '아주 드세고 괄괄하다'는 의미이니, 초장에서 묘사된 군뢰의 형상은 남성 성기의 모양을 형용한 표현인 것이다.

**51** 중장의 '좁은 집'은 여성의 성기를, '탁주(濁酒)'는 남성의 정액을 비유적으로 표현한 것이다.

**52** '후주(酗酒)'는 술에 취해 정신없이 말하거나 행동하는 것, 즉 술주정을 뜻한다.

이다. 이 작품 역시 가집에는 〈청육〉(*658)에만 수록되어 있는데, 작자가 김화진(金華鎭: 1728~1803)으로 표기되어 있다. 그러나 〈청육〉과 〈봉래악부〉에 수록된 작품이 일부 자구의 변개는 있으나 내용과 의미상에서 큰 차이가 없기 때문에, 이 작품의 작자는 신헌조로 보는 것이 타당하다고 하겠다.[53] 〈청육〉에는 이 작품이 남창의 '편삭대엽'의 곡조에 수록되어 있는데, 역시 성을 주제로 한 사설시조를 연창하기에 적절하다고 판단되었기 때문에 해당 곡조에 배분되었을 것이다.

모두 16개의 가집에 수록된 평시조 한 작품(봉래 *4)을 제외한다면, 가집에 수록된 나머지 4수의 작품들은 삭대엽의 변주 곡조에 수록되었다. '농·락·편' 계열의 변주곡들은 시조사에서 조선 후기에 새롭게 등장한 사설시조 작품을 연창하는데 적합하다고 평가되고 있으며, 당대에 유행하면서 즐겨 불리던 곡조이다. 평시조임에도 가장 빠른 곡조인 편삭대엽에 수록되어 있는 작품(봉래 *11)은 성적인 내용을 담고 있다. 나머지 3수의 사설시조 작품들이 '농'과 '편삭대엽'에 수록된 것은 당대 가곡창의 연행 환경을 어느 정도 반영한 것이며, 특히 〈청육〉에는 모두 남창에 수록되어 있다.

가집에 수록된 작품들은 대체로 신헌조의 개인적 상황을 반영한 것이라기보다, 내용상 풍류적이고 유흥적인 성향이 강한 것이 특징이다. 따라서 당대 연행 현장에서 흥겹게 부를 수 있는 작품들이 주로 선정되었다고 할 수 있다. 예컨대 〈봉래악부〉나 〈가승〉의 수록 작품들에서는 강원 관찰사인 작자의 신분을 나타낼 수 있는 내용들이 다수 포함되어 있지만, 가집에 수록된 작품들에서는 당대의 연행 환경에 적절한 주제들이 유포되어 전해지고 있었던 것이다. 이러한 차이는 서로 다른 전승 경로로 인

---

**53** 시조 작가로서 김화진은 〈청육〉의 이 작품에만 이름이 등장한다. 아마도 신헌조가 지은 이 작품이 연행 현장에서 유포되다가, 〈청육〉의 편찬자에게 취택되면서 어떤 이유에선지 김화진으로 알려졌을 가능성이 있다고 여겨진다. 그러나 〈봉래악부〉에 수록된 것으로 보아 이 작품의 작자는 신헌조로 보는 것이 타당하다고 판단된다.

한 것이기는 하지만, 보다 구체적으로는 〈청육〉등 신헌조 작품을 수록한 가집의 편찬 태도와 연관이 있다고 여겨진다. 당대에 유행했던 곡조에 배분될 수 있는 작품들을 새롭게 찾아서 수록하고자 했던 가집 편찬의 태도가 신헌조의 작품이 유포되면서 작자 명이 탈락되거나 다른 사람으로 잘못 알려지게 된 이유 중 하나일 것이다. 다시 말하자면 당대의 연행 현장에서 작품의 내용과 창법이 중요했기 때문에, 해당 작품의 작자가 누구인가는 굳이 중요하지 않았다고 할 수 있겠다.

이상 신헌조 작품이 가집에 유포된 양상에 대해서 살펴보았다. 위정자로서의 면모를 드러내고자 했던 〈가승〉과는 달리, 유흥적 성격을 지닌 작품들만이 무명씨 혹은 다른 이름으로 가집에 수록되었다. 가집들에는 모두 당대에 새로이 불리기 시작한 가곡창의 변주곡으로 수용되었다. 이러한 논의를 통하여 동일한 작가의 작품이 어떤 의도로 유포되는가에 따라 전혀 다른 성격과 경로를 택하게 된다는 점을 확인할 수 있었다. 특히 연행 현장에서는 작자가 누구인지가 중요했던 것이 아니고, 해당 작품이 당대의 기호에 적합하게 연창될 수 있는가를 더 중시했던 것이다. 신헌조의 작품이 가집에 유포된 양상이 지니는 의미는 바로 이런 측면에서 찾을 수 있을 것이라 생각된다.


## 4. 맺음말

조선 후기 시조의 존재 양상에 대해서는 다양한 연구 성과가 제출되어 있으며, 작품의 창작과 전승 과정이 매우 다기하게 나타나고 있음도 확인할 수 있다. 본고는 신헌조의 개인 작품으로만 엮은 〈봉래악부〉수록 작품들의 유포 양상을 통해서, 시조 전승의 면모를 확인하고자 하였다. 신헌조의 작품은 그의 아들인 신효선에 의해서 일부 작품이 취택되어 별도의 문헌으로 꾸며지기도 하였고, 당대의 연행 현장에 노출되어 가집들에 수록되기도 하였다. 이렇듯 두 갈래로 유포된 작품들은 전혀 다른 내용과 성격을 지니고 있다고 여겨진다.

신효선은 위정자로 활동했던 선친의 면모를 부각시킬 수 있는 작품들을 뽑아 여기에 자신의 한역시를 더해 별도의 문헌을 엮었다. 따라서 신효선이 엮은 〈가승〉만을 본다면, 매우 다채롭게 나타나는 신헌조의 작가적 면모가 제대로 드러나지 않는다. 더욱이 전체 25수 중 절반에 육박하는 12수의 사설시조를 남겼음에도, 〈가승〉에는 신헌조의 사설시조가 단 1수만이 수록되어 있다. 이미 선친의 작품들이 문헌에 수록되어 전하고 있음에도, 편찬자의 의도에 따라 일부 작품만을 선택한 것은 일정한 의도가 작용했으리라 짐작된다. 결과적으로 〈가승〉 편찬의 의도는 신헌조에 대한 작가 의식의 온전한 면모를 보여주지 못하는 결과를 지니게 되었다. 그러나 이러한 사례에서 이미 존재하고 있는 가집에서 일부 작품만을 뽑아, 편찬자의 의도에 따른 별도의 문헌을 엮을 수 있다는 것을 실증하고 있다. 즉 비교적 수록 작품 수의 규모가 크지 않은 가집들의 생성과 전승 과정에 대해서 유추할 수 있는 시사점을 던져주고 있다고 하겠다.

또한 다양하게 존재하는 가집들에 동일한 작품의 작가가 서로 다르게 표기되어 있는 현상을 흔히 볼 수 있다. 개인 작품만으로 구성된 〈봉래악부〉라는 가집에 수록된 작품임에도 불구하고, 다른 가집에 수록될 때에는 일부 구절이 변개되고 작가가 탈락되거나 바뀌어 수록되기도 한 것이다. 이는 시조의 전승이 문헌에 의하지 않고, 연행 현장에서 구두로 이뤄지는 것에서 연유한 결과라 이해된다. 작자를 확인할 수 없는 작품일지라도, 당대의 연행 환경에 적합하다고 판단되면 적극적으로 가집에 수록했던 것이다. 신헌조의 작품이 후대 가집에 유포된 현상이 바로 가집 전승의 이러한 양상을 잘 보여주고 있다고 하겠다.

〈『한민족어문학』 제56집, 한민족어문학회, 2010.〉

# 〈여창가요록〉의 정립 과정과 이본 특성

## 1. 머리말

가집은 현전하는 최초의 자료인 〈청구영언〉(진본:1728)이 출현한 이후, 당대의 연창 환경을 반영하는 문헌으로써 지속적으로 편찬되었다. 최근의 연구에 의하면 현재까지 확인된 가집의 수효는 150종을 상회하고, 가집을 포함한 각종 문헌에 수록된 시조 작품은 46,000여 수를 헤아린다.[1] 앞으로도 새로운 자료의 발굴이 지속적으로 이뤄질 수 있기에, 시조 수록 문헌과 작품의 수효는 더 늘어날 수 있을 것이다. 그러나 현재까지의 연구 경향을 살펴보면, 이처럼 많은 수의 문헌들 중에서 몇몇 주요 가집들에 관심이 집중되어 있다. 이 글에서 논의 대상으로 삼은 〈여창가요록〉도 19세기의 주요 가집인 〈가곡원류〉와의 비교 차원에서 다뤄지고 있을 뿐, 가집의 체제와 특성에 대해서 아직 본격적인 연구가 시도되지 않았다.

시조의 음악적 연창 형태인 가곡창의 전개 양상을 살펴보았을 때, 여창의 등장은 19세기 예술사에서 대단히 중요한 특징으로 논의된다.[2] 음악사

---

[1] 최근 출간된 『고시조대전』(김흥규 외 편, 고려대학교 민족문화연구원, 2012)의 저본이 된 시조 수록 문헌은 316종이며, 작품 수는 총 46,431수이다. 가집은 153종, 기타 시조가 수록된 문헌은 163종이다.

[2] 신경숙, 『19세기 가집의 전개』, 계명문화사, 1994, 13면.

에서 가곡창의 여창은 남창보다 후대에 등장하였는데, 여창으로 부르기에 적절한 남창 곡조의 일부와 새롭게 파생된 곡들을 중심으로 전개되어 정착된 것으로 파악된다.[3] 따라서 여창만의 곡조로 구성된 〈여창가요록〉의 존재는 당대 시조사를 해명하는데 중요한 의미를 지닌다. 〈여창가요록〉은 독립적인 형태로 유통되었음에도, 일찍이 〈가곡원류〉 계열에서 분리된 '부록의 일종'이라고 논의되었다.[4]

하지만 독립되어 편찬된 가집의 다양한 이본이 존재하고,[5] 19세기에 접어들면서 여창이 광범위하게 연창되었던 현실을 주목할 필요가 있다. 〈여창가요록〉이 〈가곡원류〉와 밀접한 연관이 있다는 것은 분명하지만, 그 자체로도 시조사에서의 의미를 충분히 지니고 있는 가집이기 때문이다. 〈가곡원류〉 계열 가집들에는 '여창류취' 등의 항목으로 여창을 수록하고 있으며, 그와 별도로 여창만을 대상으로 한 〈여창가요록〉도 널리 유포되었다. 여창만을 수록한 가집의 존재는 '가곡창에서 여창의 기능 분담 또는 독립이 보다 높아지고 있다'는 의미로 해석될 수 있다.[6]

근래의 연구에 의하면, 〈가곡원류〉는 완성본인 '국악원본'(1872)[7]이 편찬되기 이전에도 초기본의 형태로 유통되었다고 한다.[8] 〈가곡원류〉 계열

3 신경숙, 「조선 후기 여창가곡의 연구」, 고려대학교 박사학위논문, 1994, 14면.

4 심재완, 『시조의 문헌적 연구』, 세종문화사, 1972, 51면.

5 심재완은 모두 5종의 이본(동양문고본, 이화여대본, 가람본, 도남본, 백영본)을 비교해, 동양문고본 〈여창가요록〉을 '가장 완전한 것'으로 파악하였다(심재완, 앞의 책, 61~62면). 이후에 2종의 이본(이혜구본, 양승민본)이 더 보고되어, 현재까지 알려진 〈여창가요록〉의 이본은 모두 7종이다.

6 신경숙, 「조선 후기 여창가곡의 연구」, 28면.

7 신경숙, 「〈가곡원류〉 편찬 연대 재고」, 『한민족어문학』 제54집, 한민족어문학회, 2009. 신경숙은 이 논문에서 〈가곡원류〉 '완성본'의 조건으로 편자인 '박효관 발문'을 구비하고, 발문에서 언급한 편집 의도를 반드시 반영해야 한다는 것을 제시하였다. 이러한 의도에 정확하게 부합하는 '국악원본'이 '박효관에 의한 최종 완성본'일 가능성이 높으며, 이밖에 다양한 논거를 통해 그것이 '박효관의 원고본'임이 분명하다고 주장하였다. 비록 '국악원본'에는 간기(刊記)가 보이지 않지만, '하순일 편집본'과 '가람본' 등의 '박효관 발문'에 나타난 임신(壬申, 1872년)을 '완성본의 편찬 연대'로 파악하였다.

중에는 여창이 탈락되어 남창만 수록된 이본이 존재하고 있으며,[9] 주지하 듯이 〈여창가요록〉은 여창만으로 구성된 가집이다. 최근에 발견된 이본 중 하나인 〈여창가요록〉(양승민본)은 수록된 기록의 간기를 통해 1853년 (癸丑)에 필사된 것으로 추정되는데,[10] 이는 현전하는 〈가곡원류〉 이본들 중에서 그 편찬 시기가 가장 앞선 것 중의 하나이다. 더욱이 이 자료는 수록 곡조의 명칭 등으로 볼 때, 여창만의 독립적인 레퍼토리로서 〈여창 가요록〉의 유통이 이른 시기부터 이뤄졌음을 실증하고 있다.

〈여창가요록〉을 단지 '〈가곡원류〉 계열의 부록에서 분리된 책이요 처음부터 이루어진 책이 아니'[11]라고 단정적으로 언급하는 것이 옳은 것인 가? 과연 독립적인 가집으로서의 특성은 무시해도 될 정도인가? 본고는 바로 이런 의문에 대한 답변을 구하는 과정에서 마련되었다. 그간의 연구들에서 주로 〈가곡원류〉의 이본으로서의 특성이 논의되었다면, 이제는 여창의 전개 양상과 특성을 논하는 속에서 〈여창가요록〉의 위상이 점검되어야 한다. 이를 위해 〈가곡원류〉의 대표적 이본인 '국악원본'에 수록된 남창과 여창의 곡조와 작품을 비교하여, 가집 속에서의 여창의 특징에 대해서 검토할 것이다. 또한 〈여창가요록〉의 주요 이본들을 비교하여, 가집의 이본 특성과 여창의 전개 과정에 대해서도 살펴볼 것이다.

---

8 신경숙, 「〈가곡원류〉 초기본 형성 과정과 의미-(육당본)・(프랑스본)을 중심으로」, 『한민족문화연구』 제36집, 한민족문화학회, 2011.

9 곡조마다 단 1수씩 모두 24수가 수록되어 축약본의 성격을 지니고 있는 하순일본 (1910)은 '남창 한바탕의 차례를 보여주기 위해 편집한' 가집이다(신경숙, 「하순일 편집 〈가곡원류〉의 성립」, 『시조학논총』 제26집, 한국시조학회, 2007). 이외에 동양문고본・일석본 ・화원악보 등의 이본에도 탈락 혹은 기타의 이유로 남창만이 수록되어 있다(황인완, 「〈가곡원류〉의 이본 계열 연구」, 고려대학교 박사학위논문, 2007, 92면).

10 양승민, 「〈여창가요록〉 양승민본의 문헌적 특징과 자료적 가치」, 『한국시가연구』 제33집, 한국시가학회, 2012.

11 심재완, 『시조의 문헌적 연구』, 61면.

## 2. 〈가곡원류〉의 남·녀창 비교를 통해 본 여창의 정립 과정

가곡창의 전문화와 더불어 대중적인 시조창의 유행을 19세기 시조사의 가장 두드러진 특징이라 논할 수 있다. 이 시기 가곡창과 시조창이 전개되는 과정에 대해서, 그 수용층의 성격에 따른 '고급화 경향'과 '통속화 경향'이라는 용어로 구분하기도 한다.[12] 그중에서도 특히 가곡창의 다양한 변화 양상은 주목할 필요가 있다. 19세기에 접어들면서 가곡 창곡의 다양화가 진행되었는데, 동일한 곡조를 우조와 계면조로 나누어 부르는 등의 변화가 대표적이다. 창곡의 분화와 더불어 여창의 등장은 가곡창의 다양한 면모를 촉진시키는 역할을 했다. 이러한 '연창 방식의 변모는 19세기 가곡창 체제를 전면적으로 재편집하도록 했'[13]으며, 가집들의 편찬 체계에도 영향을 줄 수밖에 없었다.

조선 후기 가곡의 연행 현장에서, 여성 창자들의 역할은 주된 향유층인 남성들의 요구에 따라 더욱 증대되었다. 특히 주로 기녀들이 담당했던 여성 창자들의 목에 적합한 여창의 필요성이 요구되었다. 이에 따라 처음에는 기존의 남창 가곡 곡조에 맞추어 불렸지만, 19세기 어느 무렵부터 '여성 예인들의 활동이 활발해짐에 따라 이들이 가창에서 담당하는 몫이 늘어나게 되고 이는 다시 놀이를 보다 다양하게 할 품목으로 개발되어 독립된 여창가곡의 성립을 보게 되었으리라 추정'[14]되고 있다. 따라서 '여창가곡은 향수층인 남성들이 요구하는 여성적 분위기를 담은 노래'이며, '창곡뿐 아니라 사설 또한 기존의 것 중 일부를 가져다 그대로 재구성하여 만들'[15]어진 것이다.

---

12 고미숙, 「19세기 시가사의 시각」, 『19세기 시조의 예술사적 의미』, 태학사, 1998, 332면.
13 신경숙, 「조선 후기 여창가곡의 연구」, 48면.
14 신경숙, 「조선 후기 여창가곡의 연구」, 43~44면.
15 신경숙, 「조선 후기 여창가곡의 연구」, 43면.

현전하는 가집들에서 여창가곡의 존재는 19세기부터 확인된다. 예컨대 비록 여창이라는 표지는 없지만, 19세기 중반에 편찬된 〈청구영언〉(육당본)[16]의 후반부에 수록된 작품들은 여창가곡으로 확인되었다. 이밖에도 〈가보〉·〈흥비부〉 등 19세기 전반의 연창 환경을 반영하고 있는 가집들에서도 가집 후반부에 여창이 수록되었다.[17] 그 곡조도 앞부분에 수록된 남창 곡조의 일부만을 취하고 있어, 후대의 연구자들에게 마치 후반부에 위치한 여창이 가집 체제상 '남창 위주의 가집에 덧붙여진 부록'처럼 인식되었던 것이다.

19세기 후반을 대표하는 〈가곡원류〉에 이르러, 그 편제에서 남창과 여창이 함께 수록되어 '한바탕'을 이루는 현행 가곡창 방식이 완성되었다.[18] 현재까지 15종의 이본이 보고된 〈가곡원류〉는 수정·증보·재편의 과정을 거치면서, 그 편찬 체제와 향유 기반도 다양한 모습을 보여주고 있다.[19] 그중에서 〈가곡원류〉(국악원본)는 가집의 편찬 체계나 수록 작품 등의 측면에서 일찍부터 '완본(完本)'으로 평가되었으며,[20] 최근에는 정밀한 이본 검토를 거쳐 편자인 '박효관에 의한 최종 완성본'이자 '원고본'이라 논의되고 있다.[21] 따라서 〈가곡원류〉 이본 중에서 '완성본'으로 평가받고 있는 '국악원본'에 수록된 남창과 여창의 비교를 통해, 여창 가곡의 특징을 살펴보겠다. 이를 통해 여창의 곡조와 레퍼토리가 정착되어 가는 양

---

**16** 〈청구영언〉(육당본)은 1852년에 편찬이 완료되었으나, 순조의 아들인 익종(翼宗) 주변에서 활동했던 가창집단의 활동을 반영하고 있는 가집이다. 김용찬, 「〈청구영언〉(육당본)의 성격과 시조사적 위상」, 『조선 후기 시가문학의 지형도』, 보고사, 2002.

**17** 신경숙, 『19세기 가집의 전개』, 48~66면.

**18** 신경숙, 「조선 후기 여창가곡의 연구」, 48~110면.

**19** 〈가곡원류〉의 이본 상황과 그 특징에 대해서는 다음 두 논문을 참조할 것. 황인완, 「〈가곡원류〉의 이본 계열 연구」, 고려대학교 박사학위논문, 2007; 강경호, 「가곡원류계 가집의 편찬 특성과 전개 양상 연구」, 성균관대학교 박사학위논문, 2010.

**20** 심재완, 『시조의 문헌적 연구』, 51~52면.

**21** 신경숙, 「〈가곡원류〉 편찬 연대 재고」, 77~85면.

상을 파악할 수 있을 것이다.

현행 가곡[22]에서도 마찬가지이지만, 19세기의 가집들에서는 남창에 비해 여창의 곡조가 적게 나타난다. 여성 창자의 목과 창법에 적합한 노래를 만들기 위해, 기존의 가곡 곡조 중 일부를 취해서 여창의 레퍼토리로 구성했기 때문이다. 특정 작품이 어느 한 곡조에 수록되는 등 점차 고정화 양상을 보이는 것도 19세기 가집의 특징적인 면모이다. 이러한 가집의 편찬 태도는 '마치 하나의 노래를 어떻게 불러야 하는지에 대한 '표준화' 작업'[23]으로 해석되고 있다. 〈가곡원류〉에 수록된 「박효관 발문」은 이러한 문제에 대한 가집 편찬자로서의 고민의 일단을 잘 보여준다.

내가 매번 가보(歌譜)를 볼 때마다 곧 시속(時俗)의 노래를 부르는 차례와 명목이 없어서, 보는 이로 하여금 상세히 알 수 없게 한다. 때문에 문생(門生) 안민영과 더불어 서로 의논하여 여러 악보를 간략히 취하여, 우조·계면조 및 명목과 차례를 나누고 초(抄)하여 새로운 가보를 만들어서 후대의 사람들로 하여금 분명히 살피기 쉽도록 하고자 한다. 그러나 우조와 계면조는 본래 고착되어 매어있는 것이 아니고 또한 옮기기도 하는 권변지도(權變之度)가 있으니, 오직 노래하는 사람의 변통에 달려 있는 것이다. 그러니 혹 우조를 계면조로 삼고, 계면조를 우조로 삼기도 하며, 삭대엽·농·락·편을 서로 바꾸어 노래하니 다만 악보상의 명목에 집착하는 것은 옳지 못하다. 운휘(韻彙)의 평·상·거·입 및 고저·청탁도 또한 권변(權變)과 합세(合勢)의 이치가 있다. 그리고 이른바 여창의 사설도 또한 여창에만 매어있는 것이 아니라 남창 사설 중에서 옮기어 된 것이 있으니, 또한 그 이치에 신통한 사람이 아니면 해득할 수 없을 따름인 것이다.[24]

---

22 현행 가곡은 남창이 24곡조임에 비해 여창은 14곡조, 그리고 남녀가 함께 부르는 '태평가'로 구성되어 있다.

23 신경숙, 「시조 문헌의 역사: 〈청구영언〉에서 『고시조대전』까지」, 『민족문화연구』 제57호, 고려대학교 민족문화연구원, 2012, 487면.

'발문'의 앞부분을 전제한 위의 인용문에서는 가집 편찬자로서의 고민이 잘 나타나 있다. 먼저 그동안 박효관이 보았던 가집들은 당시 가곡창의 연행 환경을 적절히 반영하지 못했으며, 가창자들이 이용하기에는 불편한 점이 많았다는 것을 알 수 있다. 가곡창의 악조가 우조와 계면조로 분화되었고, 농·락·편 등 새로운 변주곡이 출현함에 따라 기존의 작품들을 어떤 악조와 곡조에 재배치하는가는 신중하게 처리할 문제였다. 새로이 등장한 여창에 수록될 작품의 선정을 어떻게 할 것인가도 고려해야 했다. 그들이 '새로운 가보를 만들'기 위해서는 '우조·계면조 및 명목과 차례를 나누'는 작업이 선결되어야 했고, 여창에 어떠한 작품을 수록할 것인가도 역시 중요했다. 그렇게 편찬된 자신들의 가집이 '후대의 사람들로 하여금 분명히 쉽게' 살펴볼 수 있기를 기대했기 때문이다.

물론 이러한 문제는 일단 당대의 연행 현장에서 불리는 작품들을 우선적으로 해당 곡조에 배치함으로써 풀어갔다. 더욱이 '우조와 계면조는 본래 고착되어 매어있는 것이 아니'기에, 기존의 작품들을 서로 바꾸어 부를 수 있는 것이 원칙이다. 가곡창의 곡조에서 각기 '삭대엽·농·락·편'에 배치된 작품들 역시 서로 바꾸어 부를 수 있으니, '악보상의 명목만을 고집하는 것도 옳지 못하다'. 또한 남창과 여창의 사설(작품)도 서로 옮기어 부를 수 있었다. 때문에 특정 곡조에 특정 작품을 배치하여 가집을 편찬하는 작업은 결코 만만치 않은 작업이었다. 어쨌든 박효관과 안민영은 당대에 연창되던 가곡창의 곡조를 기본 편제로 하고, 다양한 자료를 수집하여 〈가곡원류〉를 편찬하였다.[25]

---

24 "余每見歌譜, 則無時俗詠歌之第次名目, 使覽者未能詳知. 故與門生安玟英相議, 略聚各譜, 分其羽界名目第次, 抄爲新譜, 欲使后人, 昭然易考. 而羽界本非係着者, 亦推移有權變之度, 唯在歌者之變通. 而或以羽爲界, 以界爲羽, 數大葉弄樂編, 互相推移歌之, 非徒以譜上名目偏執可也. 韻彙之平上去入, 高低淸濁, 亦有權變合勢之理也. 且所謂女唱辭說, 亦非女唱坪係着者也, 男唱辭說中, 移以爲之者也, 亦非會理通神者. 則不可解得者也爾.", 「박효관 발문」, 〈가곡원류〉(국악원본).

25 신경숙은 〈가곡원류〉가 서울의 우대 지역에서 전승되어 오던 노래들 중에서 ① 19세

'박효관 발문'에서 제시했던 내용들은 결국 가집 편찬자로서 그들이 지니고 있던 나름의 기준이었다. 대표적 이본인 '국악원본'의 남창과 여창을 비교해, '발문'에 제시했던 가집 편제의 원칙들이 〈가곡원류〉에서 어떠한 방식으로 실현되었는지를 확인해 보겠다. 〈원국〉은 우조와 계면조로 구분되어 정돈된 곡조의 배치를 보여주며, 남창에 이어서 여창의 곡조와 작품을 수록하였다. 전체적으로 남창은 30곡조에 665수,[26] 여창은 20곡조에 191수가 수록되었다. 〈원국〉의 여창에 수록된 곡조와 작품의 수효는 다음과 같다.

| | |
|---|---|
| 우조 중대엽 | 1수 |
| 계면조 이중대엽 | 1수 |
| 후정화 | 1수 |
| 대 | 1수 |
| 장진주 | 1수 |
| 대 | 1수 |
| 우조 이삭대엽 | 14수 |
| 중거[27] | 11수 |

---

기 전반의 상황을 반영하고 있는 가집인 〈지음(건)〉의 수록 작품들, ② 편찬자와 동시대 사람들의 작품들, ③ 옛 노래들 중에서 유명한 작가의 작품들의 세 종류 노래들을 조직적으로 수집하여 편찬되었다고 논하고 있다. 신경숙, 「19세기 서울 우대의 가곡집, 〈가곡원류〉」, 『고전문학연구』 제35집, 한국고전문학회, 2010.

　**26** 〈원국〉의 남창에 수록된 곡조와 작품 수는 다음과 같다. ( )안의 수는 해당 곡조의 작품 수이다. 우조 초중대엽(3), 장대엽(1), 삼중대엽(2), 계면조 초중대엽(1), 이중대엽(1), 삼중대엽(1), 후정화(1), 대(1), 우조 초삭대엽(13), 이삭대엽(37), 중거(19), 평거(23), 두거(21), 삼삭대엽(22), 소용이(14), 율당삭대엽(5), 계면조 초삭대엽(4), 이삭대엽(81), 중거(54), 평거(65), 두거(68), 삼삭대엽(24), 만횡(25), 롱가(60), 계락(31), 우락(19), 얼락(28), 편락(7), 편삭대엽(22), 얼편(12).

　**27** 우조와 계면조의 이삭대엽 파생곡인 '중거(中擧)'에 '즁허리드는쟈즌한닙', '평거(平擧)'에 '막드는쟈즌한닙', '두거(頭擧)'에 '존쟈즌한닙'이란 우리말 곡조명이 각각 부기되어 있다.

| | |
|---|---|
| 평거 | 7수 |
| 두거 | 15수 |
| 율당삭대엽[28] | 2수 |
| 계면조 이삭대엽 | 16수 |
| 중거 | 21수 |
| 평거 | 21수 |
| 두거 | 13수 |
| 롱가 | 15수 |
| 우락 | 19수 |
| 계락 | 12수 |
| 편삭대엽 | 18수 |
| 가필주대 | 1수 (이상 20곡조 191수) |

　　남창과 여창의 곡조를 '한바탕'으로 엮어 부른 후 마지막에 부르던 '가필주대(歌畢奏臺)'[29]를 제외하면, 여창은 19개의 곡조이다. 남창에는 중대엽 계열이 우조와 계면조로 나뉘어 각 3개의 곡조[30]가 있지만, 여창은 '우조 중대엽'과 '계면조 이중대엽' 등 각 1개의 곡조만 수록되었다. '후정화'와 '대'는 짝을 이루어 등장하는 작품인데, 남창에도 역시 중대엽 계열 뒤에 위치하고 있다. 이와 함께 남창에는 등장하지 않지만, '장진주'와 '대'의 작품이 〈원국〉에는 비로소 여창의 중대엽 계열에 편입되어 수록되었다. 이상의 중대엽 계열의 곡조들은 당시에 잘 불리지 않았음이 〈원국〉의 기록을 통해서도 확인된다.[31]

---

28 '혹칭 반얼삭대엽(或稱半㜸數大葉)'이라고 부기되어 있음.
29 가곡 한바탕을 마무리하면서 부르는 '태평가(太平歌)'의 이칭(異稱)이다.
30 '우조 초중대엽(羽調初中大葉)'·'장대엽(長大葉)'·'삼중대엽(三中大葉)'과 '계면조 초중대엽(界面調初中大葉)'·'이중대엽(二中大葉)'·'삼중대엽(三中大葉)' 등.
31 〈원국〉의 '여창 우조 중대엽'에 다음의 기록이 부기되어 있다. "여창에서 단지 '우조

계속해서 '우조 이삭대엽'부터 '편삭대엽'까지 13개의 곡조와 현행의 태평가인 '가필주대'가 이어지는데, 이 작품들은 당시에도 활발하게 연창되던 여창의 실질적인 편제에 해당된다. 이를 남창과 비교하면, 여창에는 몇몇 곡조들이 제외되어 있다. 〈원국〉의 '우조 이삭대엽'의 부기된 기록을 통해서, 이미 당시부터 여창에는 '초삭대엽'·'삼삭대엽'·'얼롱'·'얼락'·'편락'·'얼편'·'소용이' 등의 곡조가 불리지 않았음을 확인할 수 있다.[32] 〈원국〉의 여창에 수록된 곡조들은 현행 가곡창의 여창 14곡조와 비교해도 큰 차이가 발견되지 않는다. 현행 가곡창은 '우락'과 '계락' 사이에 '환계락(還界樂)'이 추가되는데,[33] 이를 통해 〈원국〉이 편찬되던 무렵에 '여창 한바탕'의 편제가 어느 정도 자리를 잡아가고 있었음을 알 수 있다.

이제 〈원국〉의 여창에 수록된 작품들의 면모를 살펴보기로 하자. '가필주대'를 제외한 여창의 190수 중에서 126수는 남창 수록 작품들에는 보이지 않는데, 이는 편찬자들이 이전 시기부터 연행 현장에서 여창으로 불리던 작품들을 우선적으로 수집하여 해당 곡조에 배속시킨 때문이라 해석된다. 그런데 남창과 중복되어 수록되는 작품은 모두 64수에 달하며, 남창과 곡조는 물론 우·계면의 악조가 바뀌어 수록되어 있는 경우가 발견된다. 「박효관 발문」에서도 여창의 작품이 '남창 사설 중에서 옮기어 된 것이 있'고, 우·계면의 악조 및 곡조도 바뀌어 수록될 수 있음을 언급했다. 이러한 면모를 '권변지도(權變之度)'로 설명하고, '노래하는 사람의 변

---

중대엽'·'계면조 이중대엽'·'후정화'·'장진주' 등이 전하는 것은 지금 짐짓 상책(上冊)에 있기 때문인데, 후에는 또한 존재하거나 없어질 것이다.(女唱 羽調中大葉, 女唱只傳羽調中大葉 界面二中大葉 後庭花 將進酒 故今姑上冊, 後亦存亡.)"

**32** "여창에는 초삭대엽·삼삭대엽·얼롱·얼락·편락·얼편·소용 이등이 없다.(羽調二數大葉, 女唱無初數大葉 三數大葉 旕弄 旕樂 編樂 旕編 搔聳伊)", 〈원국〉.

**33** 장사훈, 『최신 국악총론』(세광음악출판사, 1991), 422~426면. 현행 여창의 '한바탕'에서는 '계면조 두거' 다음에 '평롱(平弄)'을 연창하는데, 이 곡조는 계면조로 부르다가 5장에서 우조로 변조(變調)가 된다. 계속해서 우조인 '우락'이 이어지고, 앞부분은 우조로 부르다가 3장부터 계면조로 변조하는 '반우 반계(半羽半界)' 형식의 '환계락(還界樂)'과 계면조인 '계락'이 연창된다.

통에' 의해 각 작품은 기존 가집에 얽매이지 않고 다르게 연창될 수 있다고 하였다. 그렇다면 〈원국〉의 여창에 재수록된 작품이 남창과는 어떻게 악조나 곡조가 달리 나타나는지를 검토하여, 여창의 레퍼토리가 어떤 과정을 거쳐 정립되어 가는지를 확인할 수 있을 것이다.

여창의 '우조 중대엽'부터 '장진주'와 '대'까지는 단 1수씩 수록되어 있으며, 남창의 수록 곡조명과도 크게 다르지 않다.[34] 당시 연창되던 여창의 실질적인 곡조는 '우조 이삭대엽'부터 시작된다고 할 수 있는데, 이 곡조에는 전체 14수 중에서 10수가 남창에는 없고 여창에만 보이는 작품이다.[35] 또한 3수[36]는 남창에도 동일한 곡조에 배치되어 있으며, 1수(*676)만이 남창의 '우조 초삭대엽'에 보인다.[37] 11수가 수록된 '우조 중거'에는 8수가 남창에 나타나지 않고, 2수(*694/*695)는 남창과 동일한 곡조명으로 재수록되어 있다. 그러나 1수(*696)는 남창의 '우조 평거'의 곡조에서 옮겨온 작품이다. 전체 7수가 수록된 '우조 평거'에서도 1수(*700)가 남창의 '우조 초삭대엽'에서 옮긴 것이며, 2수(*701/*702)는 악조가 바뀌어 '계면조 평거'에서 가져온 작품이다.[38] '우조 두거'의 15수 중에서는 남창의 '우조 초삭대엽'에서 보이는 작품이 2수(*716/*717)이며, 1수(*709)는 악조와 곡조를 모두 바꾸어 남창의 '계면조 삼삭대엽'에서 옮긴 것이다.[39]

---

**34** 여창의 '우조 중대엽' 작품(*666)이 남창에는 '우조 초중대엽'(*2)에 수록되어 있다. 남창에 없는 '장진주'(*670)와 '대'(*671)를 제외하고, '계면조 이중대엽'(*667)과 '후정화' 등은 남창에도 동일한 곡조 명칭으로 나타나고 있다.

**35** 이중에서 '우조 이삭대엽'의 마지막에 위치한 두 작품(원국 *684, 원국 *685)은 〈금옥총부〉에 수록된 안민영 작품인데, 〈원국〉의 여창에는 작가명이 기재되어 있지 않다.

**36** *674, *681, *682 등. 이 가운데 *682의 초장은 남창의 작품과 약간 변개되어 있으나, 작품의 의미는 크게 다르지 않다. "늬 청춘(靑春) 눌을 쥬고 뉘 백발(白髮)을 가져온고….", 〈원국 *682〉; "청춘(靑春)은 어듸 가고 백발(白髮)은 언제 온다…", 〈원국 *199〉.

**37** 남창의 '우조 초삭대엽'에 수록된 작품(*18)에는 '진이(眞伊)'라는 작가명과 간략한 작가 소개(字明月, 松都名妓.)가 부기되어 있다.

**38** '우조 평거'에서 여창에만 보이는 작품이 4수이다. 이 곡조의 맨 마지막에 수록된 작품(*703)은 〈금옥총부〉에도 보이는 안민영의 작품인데, 〈원국〉에는 작가명이 보이지 않는다.

**39** '우조 두거'에서 10수가 여창에만 보이는 작품인데, 이중에서 제일 마지막에 수록된

남창에는 '우조 두거' 다음에 '삼삭대엽'과 '소용이'가 연창되지만, 여창은 이 두 곡조가 보이지 않고 바로 '율당삭대엽'으로 이어진다. 가곡 한바탕에서는 우조의 작품에 이어서 계면조의 작품을 연창하기 전에, 그 사이에 처음에 우조로 부르다 곡 중간에 계면조로 변조(變調)하는 '반우 반계(半羽半界)'의 곡조가 자리하게 된다. '율당삭대엽'[40]이 바로 그런 역할을 하는 곡조로, 〈원국〉의 여창에는 모두 2수가 수록되어 있다. 동일한 곡조가 나타나는 경우 일부 작품은 여창에 재수록되는 경향을 보이는데, 율당삭대엽은 겹치지 않고 전혀 다른 작품들이 배치되어 있다.[41]

'계면조 초삭대엽'으로 이어지는 남창과는 달리, 여창은 '계면조 이삭대엽'이 다음 곡조의 위치에 놓여있다. '계면조 이삭대엽'의 전체 16수 중 12수는 남창에 보이지 않고,[42] 3수는 남창의 동일한 곡조에 수록되어 있는 작품이다.[43] 그리고 나머지 1수는 남창의 우조에 수록된 작품이 악조를 바꿔 계면조에 재수록되었다.[44] 계속해서 '계면조 중거'의 21수 중 남창에 보이지 않고 여창에만 등장하는 작품은 15수에 달한다.[45] 그리고 5수는 남창에도 동일한 곡조에 보이며,[46] 나머지 1수(*751)는 남창의 '우조 평거'에서 악조를 달리하여 수록되었다.[47] '계면조 평거'에 수록된 21수 중 17수

---

1수(*718)는 〈금옥총부〉의 '우조 초삭대엽'에 수록되어 있다.

**40** '율당삭대엽'은 가집에 따라 '반얼삭대엽'·'회계삭대엽'·'반엽'·'밤엿'·'반얼'·'반엇' 등 그 곡조명이 다양한 이칭(異稱)으로 전해지고 있다.

**41** 남창의 '율당삭대엽'에 5수가 수록되어 있는데, 여창의 작품과는 전혀 겹치지 않는다.

**42** 이 중에서 1수(*727)는 남창의 계면조 초삭대엽에 수록된 작품(*7)과 일부 표현이 유사하지만, 전혀 다른 작품이다.

**43** *724, *726, *731 등.

**44** 악조를 바꿔 여창에 수록되면서 다음과 같이 종장 3~4구에서 다소의 변개가 이뤄졌다. "…우리도 수역춘대(壽域春坮)에 놀고 놀녀 ㅎ노라.", 〈원국 *734〉; "…우리도 수역춘대(壽域春臺)에 동락태평(同樂太平)ㅎ리라.", 〈원국 *61〉.

**45** 이 중에서 이 곡조의 맨 마지막에 위치한 1수(*757)는 〈금옥총부〉의 '우조 중거'에 수록된 작품이다.

**46** *737, *739, *743, *744, *756 등.

**47** 다만 남창에 수록된 작품(*85)의 중장(이신벌군(以臣伐君)이 불가(不可)ㅣ라 ㅎ돗던

가 여창에만 등장하고, 나머지 4수는 모두 남창과 동일한 곡조에서 옮긴 작품이다.[48] 이어지는 '계면조 두거'에는 모두 13수가 배치되어 있는데, 그 중 9수는 여창에만 보이는 작품이다. 그리고 3수는 남창의 동일한 곡조에서 재수록되었으며,[49] 1수(*791)만 일부 구절이 변개되어 남창의 '계면조 초삭대엽'(*166)에서 옮겨진 것이다.[50]

이상 여창에 보이는 삭대엽 계열의 작품들은 남창에 없는 것들이 가장 큰 비중을 차지한다. 남창의 작품들을 재수록할 경우 일차적으로 동일 곡조의 작품들을 배치시켰지만, 일부의 작품들은 여창의 특색에 맞게 옮기어 수록했다. 남창에는 있지만 여창에서는 연창되지 않는 초삭대엽과 삼삭대엽 등의 작품들이 우선적으로 삭대엽 계열 곡조의 재수록 대상이었다. 남창에서는 우조로 연창되던 작품을 여창에서는 계면조로 옮기거나, 혹은 그 반대의 경우도 발견된다. 이는 각각의 작품들을 어떻게 연창하는 것이 좋은가 하는 점에 대해서 가집 편찬자들이 재해석을 내린 결과로, 여창의 목에 적절한 작품들만을 모아 재수록한 것이라 이해된다.

〈원국〉의 남창에는 '계면조 삼삭대엽'과 '만횡'의 곡조가 보이지만, 여창에서는 이 두 곡조가 보이지 않고 곧바로 '롱가'가 이어진다. 모두 15수 중에서 남창에 보이지 않는 작품이 12수에 이르며, 남창과 동일한 곡조로 재수록된 작품도 보이지 않는다.[51] 다만 남창의 '계면조 두거'에서 2수(*801/*803)와 '우조 삼삭대엽'에서 1수(*806)가 여창의 '롱가'에 재수록되어 있을 뿐이다. 다음으로 '계락'이 이어지는 남창과 달리, 여창에서는 '우락'의 곡조가 배치되어 있다. 전체 19수 중에서 남창에 보이지 않는 작품은

---

지)과 일부 변개가 보이나, 작품의 의미는 큰 차이가 없다고 하겠다.

**48** *760, *761, *774, *776 등.

**49** *781, *784, *788 등.

**50** 초장 일부 구절의 변개가 보이지만, 두 작품의 내용은 큰 차이가 발견되지 않는다.

**51** 〈원국〉 남창의 '롱가'에는 60수가 수록되어 있지만, 여창 '롱가'의 작품들과는 전혀 일치하지 않는다.

6수이며, 동일한 곡조인 남창의 '우락'에서 옮겨온 것은 모두 4수이다.[52] 남창에 수록된 작품이 여창에 재수록된 곡조들 중에서 '우락'이 가장 다양한 양상을 보여주고 있는데, 남창의 '얼락'(2수) · '소용이'(3수) · '롱가'(2수) · '만횡'(1수) · '계면조 평거'(1수) 등에서 옮겨온 작품들을 볼 수 있다.[53] 이중에서 '얼락' · '소용이' · '만횡' 등의 곡조는 여창에서 연창되지 않기 때문에, 여기에 옮겨 수록된 것이라 이해된다.

또한 모두 12수가 수록된 '계락'에는 남창에 보이지 않는 작품이 7수이며, 4수는 남창과 동일한 곡조에서 옮겨온 것이다.[54] 나머지 1수(*830)도 여창에서 연창되지 않는 남창의 '소용이'에서 재수록한 작품이다. 남창에는 계속해서 '얼락' · '편락'의 곡조가 보이지만, 여창에서는 곧바로 '편삭대엽'이 이어진다. 모두 18수가 수록된 '편삭대엽'은 마지막에 놓인 '가필주대'를 제외하면, 여창에서 마지막으로 연창되는 곡조이다.[55] 여기에서도 12수가 남창에서는 전혀 보이지 않는 작품이며, 4수는 남창과 동일한 '편삭대엽'의 곡조에 수록되어 있다.[56] 그리고 각각 1수씩이 남창의 '롱가'(*845)와 '우조 초삭대엽'(*855)[57]에서 옮긴 작품들이다. 이어서 '가곡 한바탕'을 마무리할 때 부르는 '가필주대'의 작품(*856)이 가집의 마지막에 수록된다.

이상 〈원국〉 여창의 편제를 살펴보았을 때, 남창에 비해 수록 곡조와 작품들의 수효가 현저히 적다는 것이 특징이다. 이는 가곡창이 이전에는 남창을 중심으로 연행되었던 것에서 점차로 여창이 분화되는 현상을 반

---

**52** *808, *811, *812, *819 등.

**53** 남창의 다른 곡조에서 옮겨온 작품들은 다음과 같다. 얼락(*813/*814), 소용이(*809/*816/*821), 롱가(*822/*823), 만횡(*820), 계면조 평거(*817) 등이다.

**54** *831, *832, *834, *835 등.

**55** 〈원국〉의 남창에서는 '편삭대엽' 다음에 '얼편'이 이어지고 있다.

**56** *838, *844, *847, *848 등.

**57** 여창의 '우조 두거'에 수록된 것과 동일한 작품(*717)으로, 남창의 한 작품이 여창에서는 서로 다른 2개의 곡조(우조 두거, 편삭대엽)에 배속된 경우이다.

영하고 있기 때문이라 이해된다. 따라서 당시 새롭게 출현한 여창가곡의 곡조와 레퍼토리의 정착 양상을 보여주는 자료로서 〈가곡원류〉의 편제를 주목할 필요가 있다. 우선 〈원국〉 '여창 우조 중대엽'의 부기를 통해 중대엽 계열의 곡조가 당시에 연창되지 않았다는 사실을 적시하고 있으며, '우조 이삭대엽'에서는 남창과 비교하여 여창에서 불리지 않는 곡조들을 구체적으로 기록하였다.[58]

다음으로 〈원국〉의 여창에는 남창과 겹치지 않는 작품이 190수 중 126수로 다수를 차지한다. 이는 〈가곡원류〉의 편찬기에 여창의 레퍼토리가 어느 정도 정착되어 가던 양상을 보여주고 있다고 해석된다. 하지만 적지 않은 수효(64수)의 작품이 남창과 여창에 중복 수록되어 있어, 이 작품들이 주로 〈원국〉의 '박효관 발문'에서 고심했던 가곡 연창을 위한 재해석의 대상이었음을 짐작할 수 있다.

실제로 남창의 작품들이 여창에 재수록되는 양상은 다양하게 나타난다. 남창에서는 우조에 있던 작품이 여창에서는 계면조에 수록된다거나, 혹은 그 반대의 경우처럼 서로 다른 악조(樂調)로 옮기어 연창되기도 했다. 적어도 여창가곡에서는 '우조와 계면조는 본래 고착되어 매어있는 것이 아니'기에, '우조를 계면조로 삼고, 계면조를 우조로 삼'아 연창했던 것이다. 또한 여창에 재수록된 작품이 남창과는 다른 곡조에 수록되어, '삭대엽·농·락·편을 서로 바꾸어 노래'했음도 알 수 있었다. 곧 기존의 가집들에 나타난 '악보상의 명목에 집착하'지 않고, '노래하는 사람의 변통'을 중시하는 '권변지도(權變之度)'를 취해 곡조를 재배치한 것이다.

이후에 편찬된 가집들은 〈가곡원류〉의 편제를 따르는 경우가 일반적이다. 가집에 따라 일부 작품들의 수록 곡조가 달라지는 경우가 발견되지만, 대체로 19세기 후반 이후의 시조사에서 〈가곡원류〉의 영향이 매우 큰 비중으로 나타나고 있음은 주지의 사실이다. 하지만 여창의 작품이 남창

---

58 "羽調二數大葉. 女唱無初數大葉, 三數大葉, 旕弄, 旕樂, 編樂, 旕編, 搔聳伊.", 〈원국〉.

과 중출되는 현상은 〈가곡원류〉에서만 나타나고, 이후의 가집들에서 여창의 '사설들은 단단한 관습 속에 새로운 작품들을 거의 받아들이지 않으며 이어져 내려왔다'[59]고 한다. 여창가곡만의 가집인 〈여창가요록〉이 독립적으로 유포되었지만, 수록 작품의 면모는 〈원국〉의 여창과 큰 차이가 발견되지 않는다는 점도 이를 뒷받침하고 있다.


## 3. 〈여창가요록〉의 특징과 이본 비교

가곡의 연행 현장에서 여성 창자들의 활발한 활동은 자연스럽게 여창가곡의 출현을 가능하게 했을 것이다. 어느 시기까지는 남·녀창의 구별이 필요치 않았을 것이지만, 여성 창자들에 대한 수요가 많아지고 가곡창이 편가(編歌, 한바탕) 형식으로 짜임으로서 연행 현장에서 여창가곡의 필요성이 증대되어 갔다. 19세기 전반기의 상황을 반영하고 있는 일부의 가집들에는 남창의 뒷부분에 여창이 수록되었는데, 여창가곡이 형성되어 가던 당시의 연행 환경을 담아내고 있다고 파악된다. 〈가곡원류〉가 편찬될 시기에 이르면, 여창은 남창과 더불어 가곡의 한바탕을 이루는 한 축으로 자리를 잡게 되었다. 여기에 〈여창가요록〉의 출현은 비로소 여창만으로 가곡의 한바탕을 연행할 수 있는 토대가 갖추어졌음을 말해주고 있다.

〈여창가요록〉은 심재완이 '단행본으로 유행하나 〈가곡원류〉 부록의 여창류의 일종'[60]이라 논한 이래, 독립적인 가집이라기보다 주로 〈가곡원류〉의 이본으로 다뤄져왔다. 그러나 현재 전하는 〈여창가요록〉 이본들 중에 〈가곡원류〉의 완성본인 '국악원본'(1872)보다 앞선 시기에 편찬된 것이 확인되고 있다. 최근 보고된 〈여창가요록〉(양승민본)의 필사기에는

---

**59** 신경숙, 「조선 후기 여창가곡의 연구」, 173면.

**60** 심재완, 『시조의 문헌적 연구』, 51면.

'계축(癸丑, 1853)'의 간기가 보이며,[61] 심재완에 의해 '가장 완전한' 이본이
라 평가된 '동양문고본'에도 '경오(庚午, 1870)'라는 연대가 기록[62]되어 있
다. 그렇다면 '계미(1883)'라는 간기가 있는 '이혜구본'[63]을 제외하고, 다른
2종의 이본들은 모두 〈가곡원류〉(국악원본)보다 앞서 편찬된 것이라 하
겠다. 더욱이 '양승민본'의 기록은 편찬자로 추정되는 '운곡(雲谷)'이라는
인물이 여성 가창자인 '학선낭자'에게 준 것으로, 이 자료가 여성 창자를
위한 '여창의 맞춤형 가집'이었음을 알 수 있다.

　〈여창가요록〉의 성격과 형성 과정에 대해서는 이본의 검토를 통하여
보다 상세히 논할 수 있을 것이다. 기존의 연구에서 언급된 〈여창가요록〉
의 이본은 모두 7종에 달한다. 심재완은 모두 5종의 이본을 비교하여, '동
양문고본'을 '가장 완전한' 이본이라 평가하여 이를 대상으로 가집의 성격
을 논하였다.[64] 이후에 '이혜구 소장본'[65]과 '양승민본'[66]이 소개되어, 〈여창
가요록〉의 유통이 다양하게 이루어졌음을 알 수 있다. 여기에서는 간기
(刊記)가 기록되어 그 편찬 연대를 추정할 수 있는 3종의 이본[67]과 〈원국〉

---

　**61** 〈여창가요록〉(양승민본)은 원래의 표지가 탈락되었으나, 수록 작품의 면모로 보아
〈여창가요록〉의 이본으로 확인되었다. 모두 203수의 수록 작품 중 157수의 여창가곡이 가
집의 중심을 이루며, 추록된 46수의 작품은 종장 마지막 구가 생략된 시조창 형식이다. 여
창 가곡의 편삭대엽 작품 뒤에 "계축 칠월 맹추에 운곡 선생이 베껴서 학선낭자에게 주었
다.(癸丑七孟秋雲谷先生寫贈鶴仙娘子)"라는 기록이 있어, 이 가집의 편찬 연대가 1853년(계
축)임이 확인되고 있다. 양승민, 「〈여창가요록〉 양승민본의 문헌적 특징과 자료적 가치」.

　**62** '동양문고본'의 "경오 중춘 망간에 설봉이 시험삼아 쓰다(庚午仲春望間雪峰試)"라는 기
록으로 보아, 필사 연대가 1870년(경오)으로 추정된다.

　**63** '이혜구본'에 국문으로 "계미뉴월망간셔징쥬명기"라는 기록이 있어, 필사 연대가
1883년(계미)임을 알 수 있다.

　**64** 심재완,『시조의 문헌적 연구』, 61~62면. 5종의 이본은 각각 '동양문고본'·'이화여
대본'·'가람본'·'도남본'·'백영본' 등이다. 이중 '이대본'은 당시에 이미 '망일(亡佚)'되었고,
'가람본'과 '도남본'은 '동양문고본'의 전사본(轉寫本)으로 각 1수의 작품이 누락된 것이다.

　**65** 이 가집은 적어도 두 부분에서 낙장(落張)이 있는데, 그 편제나 수록 작품 등의 면모
로 보아 심재완이 논한 '백영본'과 동일한 자료이거나 같은 계통의 이본일 것으로 추정된다.

　**66**『고시조전서』와 소장자 양승민이 발표한 논문(「〈여창가요록〉 양승민본의 문헌적 특
징과 자료적 가치」)을 통해서 간접적으로 그 면모를 확인할 수 있었다.

의 여창 부분을 대상으로 하여, 〈여창가요록〉의 이본 비교와 가집의 특성을 검토하기로 하겠다.

먼저 13개의 여창 곡조만으로 편제된 '양승민본'은 〈여창가요록〉의 이본 중 가장 오래된 형식을 취하고 있다. 실제 연창되지 않았던 중대엽 계열을 제외하면 7개의 곡조만으로 구성되어, 그보다 1년 앞서 편찬이 완료된 〈청구영언〉(육당본)의 여창 수록 곡조와 일치하고 있다. 두 가집의 여창 수록 곡조와 작품의 수효를 비교하면 다음과 같다.

| 〈청육〉의 여창 | | 〈여창가요록〉(양승민본) | |
|---|---|---|---|
| | | 우조 즁한닙 | 1수 |
| | | 계면죠 즁한닙 | 1수 |
| | | 후정화 | 1수 |
| | | 듸밧침 | 1수 |
| | | 장진쥬 | 1수 |
| | | 듸밧침 | 1수 |
| 우조 이삭대엽 | 24수 | 우죠 쟈즌한닙 | 38수 |
| 율당삭엽 | 1수 | 밤엿쟈즌한닙 | 2수 |
| 계면 이삭대엽 | 46수 | 계면죠 즈즌한닙 | 61수 |
| 롱 | 8수 | 롱가 | 12수 |
| 우락시조 | 12수 | 우락 | 16수 |
| 계락시조 | 8수 | 계락 | 12수 |
| 편삭대엽 | 8수 | 편삭듸엽 | 10수 (이상 157수) |
| 장진주 | 1수 | | |
| (대) | 1수 (이상 109수) | | |

---

67 필자가 직접 확인하여 비교한 '동양문고본'·'이혜구본'·'양승민본'을 대상으로 하겠다.

위에서 보는 바와 같이 중대엽 계열을 제외하면, 작품의 수효는 차이가 나지만 수록 곡조는 정확히 일치한다. 〈청육〉에는 '장진주'와 '대'[68]의 작품이 '편삭대엽'의 뒤에 배열되어 있어, 편가(編歌) 밖에서 여창으로 연창되었음을 알 수 있다. 반면에 '양승민본'에서는 '우조 중한닙'부터 '장진쥬'와 '딕밧침'의 작품까지 여창의 편제로 자리를 잡고 있다. 또한 두 가집 모두에서 가곡 한바탕을 마무리하는 '태평가'는 아직 그 명칭이 보이지 않는다.[69] 〈청육〉의 곡조명은 한자로, 작품은 국·한문 혼용으로 표기되어 있다. 이에 반해 '양승민본'은 곡조명이나 작품 모두 철저히 우리말 표기를 사용하고 있다.

〈청육〉 여창의 109수 중에서 '양승민본'과 중출하는 작품은 모두 84수에 달한다.[70] 적어도 이 작품들은 당대의 연행 현장에서 여창의 레퍼토리로 굳건하게 자리를 잡고 있었던 것으로 파악된다. 〈청육〉의 '계면 이삭대엽'의 작품 2수[71]가 '양승민본'에서는 '롱가'에 배치되기도 했는데, 이는 작품에 대한 편찬자의 재해석의 결과 곡조를 옮겨 수록한 것이라 이해할 수 있겠다. 그러나 두 가집 중 〈청육〉에만 수록된 작품도 24수나 되어, 여전히 여창의 레퍼토리가 정립되어 가는 과정을 보여주는 것이라 해석할 수 있겠다. 아울러 '양승민본'에는 〈청육〉의 여창에 없는 작품이 73수가 추가되는데, 여창 레퍼토리를 정립하기 위한 탐색이 활발했음을 말해준다고 하겠다.[72]

---

68 〈청육〉에는 '대'의 명칭이 나타나지 않고, '장진주'에 이어 작품이 수록되어 있다.

69 현행 태평가의 작품이 〈청육〉의 여창에는 '계면 이삭대엽'의 곡조(청육 *961)에 수록되어 있다.

70 두 가집에 중출하는 작품의 수효는 다음과 같다. '우조 이삭대엽'(19수), '율당삭엽'(1수), '계면 이삭대엽'(32수), '롱'(7수), '우락'(11수), '계락'(6수), '편삭대엽'(6수), 장진주와 대(2수) 등.

71 〈청육 *951〉, 〈청육 *960〉.

72 〈청육〉의 남창까지 포함하면, '양승민본'에 새롭게 나타나는 작품 수효는 줄어들 수 있다. 그러나 여창의 정립 과정을 염두에 두었을 때, 여창의 비교만으로 그 의미를 충분히 진단할 수 있다.

두 가집보다 후에 편찬된 〈여창가요록〉(동양문고본)의 경우, 삭대엽의 파생곡들이 비로소 나타나기 시작한다. '동양문고본'의 편제와 수록 작품의 수효를 제시하고, 다른 이본들과의 관계를 검토해 보기로 한다.

| | |
|---|---|
| 우됴 즁한입 | 1수 |
| 계면 즁한입 | 1수 |
| 후정화 | 1수 |
| 딕 | 1수 |
| 장진듀 | 1수 |
| 딕 | 1수 |
| 우됴 누ᄅᆞᆫ자진한입 | 14수 |
| 우됴 즁허리드ᄂᆞ자즌한입 | 10수 |
| 우됴 막드ᄂᆞ자즌한입 | 6수 |
| 우됴 죤자즌한입 | 12수 |
| 밤엿자진한입 | 2수 |
| 계면 긴자즌한입 | 18수 |
| 　　　즁허리드ᄂᆞ자즌한입 | 23수 |
| 　　　막ᄂᆡᄂᆞ자즌한입 | 20수 |
| 　　　죤자즌한입 | 11수 |
| 롱[73] | 14수 |
| 우락 | 17수 |
| 계락 | 14수[74] |
| 편자즌한입 | 15수 (이상 182수) |

---

[73] 다른 곡조들은 모두 작품 앞에 큰 글씨로 우리말 곡조명을 기입하였으나, '롱'과 '계락'은 해당 곡조가 시작하는 작품의 상단에 작은 글씨로 기록하였다.

[74] '편자즌한입' 다음에 수록된 '계락쌔진것' 1수(*182)를 포함한 작품 수.

이상 '동양문고본'의 편제를 보면, '양승민본'에 비해 삭대엽 계열의 파생곡들이 분화되어 첨가되었음을 확인할 수 있다.[75] 그러나 '태평가'는 여전히 나타나지 않고 있어, 2년 후에 완성된 〈원국〉 여창의 편제에서 '가필주대'라는 명칭으로 그 역할이 주어졌음을 짐작할 수 있다. '양승민본'의 수록 작품 157수 중 절대 다수인 155수가 '동양문고본'에 그대로 재수록되고 있어,[76] 이 시기에 이르면 여창의 레퍼토리가 어느 정도 정립되었다는 것을 알 수 있다. '양승민본'의 계면조에서 '동양문고본'의 우조로 옮긴 작품이 1수[77]가 있는데, 이를 통해 일부를 제외한 대부분의 작품들에 대해서 여창 레퍼토리로서의 정착이 이뤄졌음을 보여주는 것이라 이해된다. '양승민본'의 '계면죠 즈즌한입'에 수록되었던 2수[78]만이 〈여창가요록〉의 다른 이본이나 〈원국〉의 여창에서 보이지 않아, 해당 작품들이 이 시기에 이르러 여창의 레퍼토리에서 완전히 탈락했다고 해석된다.

중대엽 계열의 곡들은 '양승민본'과 동일한 곡조와 작품들로 배치되었는데, 〈여창가요록〉의 모든 이본들에서 나타나는 특징으로 이 작품들이 여창의 편제 속에 정착했음을 보여준다고 하겠다. '양승민본'의 '우죠 쟈즌한입'에 수록되었던 38수의 작품은 모두 '동양문고본'의 '우조 삭대엽' 계열의 곡조로 나뉘어 배치되었다.[79] '양승민본'의 '계면죠 즈즌한닙'에 수록된 1수(*93)만이 악조를 바꾸어, '동양문고본'의 '우됴 막드는자즌한입'으로 옮겼을 뿐이다. '동양문고본'의 '우조 이삭대엽' 계열에는 '양승민본'에

---

75 '누르는자진한입'은 '이삭대엽', '즁허리드는자즌한입'은 '중거'의 이칭이다. 또한 '막드는자즌한입'은 '평거', '존자즌한입'은 '두거'의 우리말 곡조명이다.

76 양승민은 중출하는 작품의 수효를 153수라고 논하였다(양승민, 「〈여창가요록〉 양승민본의 문헌적 특징과 자료적 가치」, 171면). 그러나 직접 비교한 결과 155수가 겹치는 것으로 확인되었다.

77 〈여양 *93〉. 이 작품은 '양승민본'의 '계면죠 즈즌한입'에서 '동양문고본'의 '우됴 막드는자즌한입'으로 옮겨 수록되었다.

78 〈여양 *81〉, 〈여양 *88〉.

79 '누르는자진한입'에 12수, '즁허리드는자즌한입'에 9수, '막드는자즌한입'에 5수, 존자즌한입'에 12수가 각각 재수록되었다.

없는 3수가 추가되어, 모두 42수의 작품이 수록되어 있다. 우조로 부르다가 중간에 계면조로 바뀌는 '반우반계'의 곡조인 '밤엿자진한입'(율당삭대엽)에는 두 가집 모두 동일한 작품 2수가 보인다.

앞에서 언급했듯이 '양승민본'의 '계면죠 즈즌한입'에 수록되었던 61수 중 2수는 '동양문고본'에는 보이지 않으며, 1수는 악조를 바꾸어 '동양문고본'에 재수록되었다. 그리하여 나머지 58수는 모두 '동양문고본'의 '계면조 이삭대엽' 계열의 곡조로 나뉘어 재배치되었다.[80] '동양문고본'의 '계면조 이삭대엽' 계열에는 '양승민본'에 없는 14수의 새로운 작품이 추가되었다. 동일 곡조에서 수록 작품이 늘어나는 현상은 레퍼토리의 확대를 위한 편찬자들의 적극적인 면모를 반영하고 있다고 여겨진다. '롱' 이하 '편자즌한입'의 곡조들에서도 '양승민본'의 모든 작품들이 그대로 재수록되고, 다만 '동양문고본'에서는 새로운 작품들이 추가되는 현상을 발견할 수 있었다. 이처럼 '양승민본'의 수록 작품들이 뒤에 편찬된 '동양문고본'에 재수록될 경우, 대체로 같은 계열의 곡조들에 나뉘거나 동일한 곡조에 수록되었음을 알 수 있었다. 따라서 이 시기에 이르면 특정 작품이 여창의 한 곡조에 귀속되면서, 여창의 레퍼토리가 고정화되어 간다고 해석할 수 있겠다.

다음은 '동양문고본'과 〈원국〉 여창의 편제 및 수록 작품을 서로 비교해보겠다. 중대엽 계열의 곡조와 수록 작품은 두 가집에서도 역시 동일하게 나타난다. 다만 〈원국〉 여창의 마지막 부분에서 '동양문고본'에 없는 '가필주대'가 나타나고 있어, 〈원국〉 편찬기에 비로소 가곡 한바탕을 마무리하는 곡으로 '태평가'가 자리를 잡아가고 있음을 알 수 있다. '동양문고본'과 〈원국〉의 여창에 중출하는 작품은 모두 175수이며,[81] 곡조에 따라

---

**80** '긴자즌한입'에 16수, '즁허리드는자즌한입'에 15수, '막니는자즌한입'에 18수, '죤자즌한입'에 9수가 각각 배치되었다.

**81** 두 가집에 중복되지 않는 작품은 '동양문고본'의 182수 중 7수, 〈원국〉 여창의 경우 '가필주대'를 제외한 190수 중 15수에 불과하다.

일부 작품의 출입이 발견된다. 두 가집을 비교했을 때, 거의 모든 곡조에서 〈원국〉 여창의 작품 수효가 많은 것으로 나타난다. 그러나 '계면조 이삭대엽' 계열의 두 곡조와 '계락'의 작품 수는 오히려 '동양문고본'이 더 많은 것이 특징적이라 하겠다.[82]

'우조 이삭대엽' 계열의 곡조에서는 '동양문고본'의 1수만이 새롭게 보이고,[83] 〈원국〉의 여창에 6수가 추가되었다. 〈원국〉의 여창에 추가된 작품들 중 5수가 〈금옥총부〉에 수록된 안민영의 작품[84]인 것으로 보아, 〈원국〉의 여창을 편집하면서 편찬자인 안민영 자신의 작품을 적극 수용했음을 알 수 있었다. '율당삭대엽'의 수록 작품도 두 가집 모두 동일한 것으로 확인된다. '계면조 이삭대엽' 계열의 경우 '동양문고본'에만 보이는 작품은 5수이고,[85] 〈원국〉 여창에만 등장하는 작품은 4수이다.[86] 흥미로운 것은 '동양문고본'의 '즁허리드는자즌한입'(중거)에 수록되었던 1수의 작품이 〈원국〉의 여창에서는 '두거'의 곡조로 이동했다는 사실이다.[87]

이밖에도 〈원국〉 여창의 '롱가'에는 1수, '우락'에는 2수의 작품이 새롭게 보인다.[88] 작품 수가 많은 '동양문고본'의 계락에는 1수가 새롭게 보이고, 1수는 〈원국〉 여창의 '편삭대엽'의 곡조에 옮기어 수록되었다.[89] 〈원

---

**82** '계면 긴자즌한입'(계면조 이삭대엽)과 '즁허리드는자즌한입'(중거), 그리고 '계락'에 수록된 작품은 〈원국〉 여창에 비해 각각 2수씩 많은 것으로 확인된다.

**83** '우됴 누르는자진한입'에 있는 작품(여요 *20)이다.

**84** 〈원국〉 여창의 '우조 이삭대엽'의 1수(*685), '중거'의 1수(*695), '평거'의 1수(8703), '두거'의 2수(*716/*717)에 추가된 작품이 〈금옥총부〉에 수록된 안민영의 작품들이다. 그밖에 '두거'에 〈*718〉 작품이 추가되었다.

**85** '계면 긴자즌한입'에 2수(여요 *63/*65), '즁허리드는자즌한입'에 2수(*84/*91), '죤자즌한입'에 1수(*122) 등이다.

**86** '계면조 중거'에 수록된 1수(원국 *757)은 〈금옥총부〉에 수록된 안민영의 작품이다. 이밖에 '평거'에 1수(*778), '두거'에 2수(*788/*789)의 작품이 새롭게 등장한다.

**87** 〈여요 *81〉. 〈원국〉의 가번은 〈*785〉이다.

**88** 이 중에서 〈원국〉 여창의 '롱가'에 수록된 1수(*806), '우락'의 1수(*822)는 〈금옥총부〉에도 실린 안민영의 작품이다. 나머지 '우락'의 1수(*821)는 〈가곡원류〉 계열 가집에만 수록된 작품으로 확인된다.

국〉 여창의 '편삭대엽'에는 2수가 새롭게 보이는데,[90] 모두 〈금옥총부〉에 수록된 안민영의 작품이다. 두 가집에 중출하는 작품이나 수록 곡조 등으로 보아, 〈원국〉이 편찬되던 시기에 이르면 여창의 레퍼토리는 거의 정착 단계에 있었던 것이라 판단된다. 그러나 일부 작품들은 두 가집의 서로 다른 곡조에 배정되어 있어, 몇몇 작품의 경우 어느 곡조에 배치할 것인가에 대한 '곡 해석'의 문제가 편찬자들 사이에서도 완전히 해결되지 않았다는 것을 짐작할 수 있겠다. '동양문고본'과 〈원국〉 여창의 수록 곡조는 '가필주대'를 제외하면 서로 일치한다.

마지막으로 〈여창가요록〉(이혜구본)[91]은 '동양문고본'에 비해 작품 수가 현저히 적게 나타나는데,[92] 이는 가집에 최소한 2군데의 낙장(落張)이 있기 때문이다. 가집 권두부의 2면에 걸쳐 '장고장단'과 '미화점 외손장단법' 및 연음표에 대한 설명이 제시되어 있다. 이어서 3면에 '녀창가요록'이란 제목 아래 각 악곡에 따라 작품이 배열되어 있다. 마지막 수록 작품 다음에 '계미뉵월망간셔징진쥬명기'라는 필사기로 보아 1883년(계미)에 편찬이 완료되었으며, 이 책도 역시 여성 창자인 '진쥬명기'를 위한 '맞춤형 여창 가집'이라는 것을 잘 보여주고 있다. '이혜구본'의 수록 곡조와 작품 수효는 다음과 같다.

| | |
|---|---|
| 우조 중한입 | 1수 |
| 계면 즁한입 | 1수 |
| 후정화 | 1수 |

---

**89** '동양문고본'에만 보이는 작품은 '계락'의 1수(여요 *166)이며, 〈여요 *166) 작품은 '동양문고본'의 '계락'에서 〈원국〉 여창의 '편삭대엽'으로 이동한 작품(*852)이다.

**90** 〈원국 *854), 〈원국 *855).

**91** 이 가집은 심재완이 소개한 백영 정병욱 소장본(백영본)과 동일하거나 같은 계열의 이본으로 추정된다. 심재완, 『시조의 문헌적 연구』, 62면.

**92** '동양문고본'이 182수임에 비해, '이혜구본'은 143수이다. '이혜구본'의 말미에 전혀 다른 필체로 수록된 2수의 시조는 후대인의 가필이라고 여겨 본고의 논의에서 제외했다.

| | |
|---|---|
| 듸밧침 | 1수 |
| 장진듀 | 1수 |
| 듸밧침 | 1수 |
| 우됴 긴쟈즌ᄒᆞᆫ입 | 14수 |
| 우됴 즁허리드ᄂᆞ자즌한입 | 10수 |
| 우됴 막드ᄂᆞᄌᆞ즌한입 | 6수 |
| 우조 존ᄌᆞ즌한입 | 12수 |
| 밤엿쟈즌한입 | 2수 |
| 계면 긴ᄌᆞ즌한입 | 15수 |
| 계면 즁허리드ᄂᆞ쟈즌한입 | 9수 |
| (계면 막드ᄂᆞ자즌한입)[93] | 7수 |
| 계면 존쟈즌한입 | 10수 |
| 롱 | 14수 |
| 우락 | 15수 |
| 계락[94] | 7수 |
| 편자즌한닙 | 15수 |
| 틱평가 | 1수 (이상 143수) |

현재 전하는 '이혜구본'은 완전한 형태의 가집이 아니기에, 다른 이본과

---

**93** '이혜구본'에는 '계면 막드ᄂᆞ자즌한입'이라는 곡조명이 등장하지 않는다. 다만 앞면의 마지막에 〈*74〉 작품이 필사되고 바로 뒷면에는 다음과 같이 중장의 뒷부분부터 필사되어 있어, 이 부분에 낙장(落張)이 있는 것으로 확인된다.("앞부분 결락이 반도 아니 잠겨셰라 / 아ᄆᆞ도 깁고 깁흘손 님이신가 ᄒᆞ노라.", 〈여이 *75〉) '동양문고본'과 비교했을 때, 낙장 부분에 대략 25수 정도의 작품이 있었던 것으로 추정된다. 또한 이 작품부터 7수는 '계면 막드ᄂᆞ자즌한입'의 곡조에 해당된다.
**94** '계락'의 마지막 작품(*127)은 종장 후반부가 완결되지 않은 채로 끝나고, 다음 면에 '편자즌한닙'이 이어진다.("한 ᄌᆞ 쓰고 눈물 지고 두 ᄌᆞ 쓰고 한슘 지니 / 쟈ᄌᆞ항항이 슈묵산슈가 되거고나 / 져 님아 울며 쓴 편지니 [후반부 결락].", 〈여이 *127〉) '동양문고본'과 비교하여 이 부분에는 낙장으로 인해 모두 6수 정도가 탈락된 것으로 추정된다.

정확한 비교가 어려울 수밖에 없다. 하지만 전체적인 편제는 '동양문고본'과 흡사하게 나타나고, 곡조에 따라 일부 작품의 순서가 바뀌는 정도이다. 편제의 마지막 부분에 '틱평가'라는 곡조명이 나타나, 이 시기에는 비로소 가곡 한바탕의 '대가(臺歌)'로서 태평가가 확고히 자리를 잡았음을 확인할 수 있다. 또한 현행 여창에서 '우락'과 '계락' 사이에 연창되는 '환계락'의 곡조도 아직 보이지 않는다. '우조 중한입'부터 '밤엿자즌한입'까지와 '롱' · '계락' 등의 곡조는 일부 작품의 순서가 바뀌는 경우가 있지만, '동양문고본'과 수록 작품의 수효가 일치한다.

다만 '동양문고본'에 비해 '계면 긴즈즌한입'의 작품이 3수 적으며, 이어지는 두 곡조와 뒷부분의 '계락'에 수록된 작품 수효는 '이혜구본'의 낙장으로 인해 비교가 불가능하다. '계면 존쟈즌한입'은 '동양문고본'에 비해 1수, '우락'은 2수가 적게 수록되어 있다. 가집의 마지막에 수록된 '틱평가'를 제외하면, '이혜구본'에는 새로운 작품을 전혀 찾아볼 수 없는 셈이다. 따라서 '동양문고본'이 편찬된 1870년(경오) 무렵에는 이미 여창가곡의 레퍼토리가 거의 정립되었으며, 이후 '태평가'가 정식으로 여창의 편제로 자리잡고 '환계락'이 추가되어 현행 여창 한바탕을 완성하게 되었다고 해석된다.

지금까지 3종의 〈여창가요록〉 이본들과 〈원국〉의 여창을 비교하여, 그 이본의 특성을 검토해 보았다. 가장 두드러진 점은 3종의 〈여창가요록〉은 편찬 시기에 따른 곡조의 변화가 뚜렷하게 구분되어, 여창가곡에서 연창되던 곡조의 변천을 파악할 수 있었다. 또한 수록 작품의 측면에서도 〈여창가요록〉 이본들의 친연성이 두드러지게 나타나는 반면, 〈원국〉의 여창 부분과는 상대적인 차이를 느낄 수 있었다. 예컨대 '양승민본'의 수록 작품 중 이후에 여창의 레퍼토리에서 탈락한 2수를 제외한 175수는 모두 '동양문고본'에 재수록되었다. 아울러 낙장이 있는 '이혜구본'에 수록된 작품들도 모두 '동양문고본'에 보인다. 앞선 시기에 편찬된 '양승민본'(1853)의 편제에서 수록 곡조와 작품이 확대되어 자연스럽게 '동양문고본'

(1870)의 체제로 이어지고 있음을 확인할 수 있다. 하지만 〈원국〉 여창에는 '동양문고본'에 없는 작품 15수가 추가되고, '동양문고본'에만 보이는 작품도 5수에 달한다. 이러한 면모는 두 이본의 편찬자들 사이에 존재하는 서로 다른 작품 수록 취향이 일정하게 반영된 것으로 이해할 수 있겠다.

앞선 검토 결과를 통해서도 〈여창가요록〉이 〈가곡원류〉의 '부록'의 성격을 지녔다기보다는, 오히려 〈원국〉 여창의 편제를 만드는데 '저본'으로서 이용되었을 가능성이 더 높다고 판단된다. '양승민본'과 '이혜구본'은 그 필사기로 보아 여성 창자를 위한 '여창의 맞춤형 가집'의 성격을 지니고 있어, 〈청육〉 등 초기의 남·녀창 합본의 가집에서 전문적인 여창가곡의 가집으로 사용되기 위해 일찍부터 분권되었을 것이라 추정할 수 있겠다. 따라서 '〈여창가요록〉이 〈가곡원류〉의 여창에서 분리되어 형성되었다'는 기존의 관점은 수정될 필요성이 제기된다.


## 4. 맺음말

시조사에서 여창가곡의 출현이 지니는 의미는 아무리 강조해도 지나치지 않을 것이다. 19세기에 이르러 여러 곡조들을 이어 부르는 편가(編歌) 형식이 가곡창에서 정착되었으며, 이후 현재에 이르기까지 한바탕 형식으로 부르는 가곡 연창의 전통은 지속되고 있다. '남녀창'의 경우 남창과 여창이 곡조의 순서에 따라 서로 엇갈려 부르고, 제일 마지막에 남·녀가 함께 부르는 '태평가'로 마무리를 한다. 또한 남창 혹은 여창만으로도 편가를 짜서, 곡조에 따라 한바탕을 부르기도 한다. 그리하여 19세기 전반기에 편찬된 가집들에는 남창의 레퍼토리들이 수록된 뒷부분에 마치 '부록'처럼 여창의 작품들이 첨가된 형태가 일반적이었다.

19세기를 대표하는 가집인 〈가곡원류〉에 이르러 남창과 여창의 가곡 한바탕을 위한 편제로 정착되면서, 〈여창가요록〉은 마치 〈가곡원류〉의 이본 중의 하나인 것처럼 인식되었다. 하지만 〈여창가요록〉의 이본 중에서 '양승민본'은 현전하는 〈가곡원류〉의 어느 이본보다 앞선 1853년에 편찬된 것으로 확인되었다. 따라서 '〈여창가요록〉이 〈가곡원류〉에서 파생된 가집'이라는 기존의 논의에 수정을 가할 필요가 있다고 여겨진다. 필사 연대가 밝혀진 3종의 이본을 검토한 결과, 그 가운데 2종의 가집이 〈가곡원류〉의 '완성본'이라 평가되는 '국악원본'(1872)보다 앞선 시기에 필사된 것으로 확인되고 있기 때문이다.

또한 3종의 〈여창가요록〉 이본을 통해서 여창의 곡조가 정착되어 가는 과정을 확인할 수 있었으며, 앞선 시기에 편찬된 가집의 작품들이 후에 편찬된 이본에 대부분 재수록되는 것으로 나타나고 있었다. 여러 측면들을 고려했을 때, 〈여창가요록〉 이본들의 친연성이 〈원국〉 여창과의 그것보다 더 높은 것으로 확인되었다. '양승민본'과 '이혜구본'은 그 필사기를 통해, 두 가집이 모두 여성 창자를 위한 '여창가곡 맞춤형 가집'임을 분명히 하고 있다. 그렇다면 남·녀창 합본의 가집의 형태에서 여창가곡을 위한 연창 대본의 필요에 의해서, 19세기 중반 무렵부터 여창만의 가집으로 독립되어 〈여창가요록〉의 편찬이 이뤄졌음을 알 수 있다.

여창가곡의 중요성만큼이나 그 대본으로써 〈여창가요록〉의 성격을 밝히는 것이 필요했음에도, 그동안의 연구에서는 가집 자체에 대한 충분한 관심이 뒤따르지 않았다. 19세기 중반 이후 여창의 연행이 활발했다는 것을 염두에 둘 때, 여창만의 레퍼토리로 구성된 〈여창가요록〉이 지니는 의미는 각별하다고 하겠다. 따라서 3종의 〈여창가요록〉 이본과 〈원국〉 여창을 비교·검토하는 작업은 해당 가집의 독자성을 논의하는 출발점이 될 수 있을 것이다. 이를 토대로 앞으로는 각각의 이본이 지니는 특성을 부각시키고, 당대의 예술사에서 〈여창가요록〉이 어떤 위치에 놓여있는지를 지속적으로 따져볼 필요가 있을 것이다.

〈『고전과 해석』 제14집, 고전문학한문학연구학회, 2013.〉

# 〈시조〉(단대본)의 문헌적 성격과 수록 작품의 양상

## 1. 머리말

시조문학의 연구에 있어서 가집의 중요성은 아무리 강조해도 지나치지 않다. 가집은 시조 작품을 수록한 1차 자료의 성격을 지니고 있으며, 그것의 편찬 연대나 체제를 살펴 그 문헌이 지닌 가치나 의미 그리고 시조사적 위상을 정립할 수 있기 때문이다. 그렇기에 가집의 존재 양상을 살펴 시조사의 구도를 정립하고자 하는 연구자들의 노력은 여전히 긴요하다고 하겠다. 현재 학계에 소개된 가집은 150여 종을 상회하고, 아직도 각 대학 도서관의 자료 정리 과정에서 그동안 학계에 보고되지 않은 가집들이 지속적으로 확인되고 있다. 하지만 지금까지의 연구는 주요 가집들에 집중되어 논의가 이뤄지고 있으며, 상당수의 가집들은 편찬자와 편찬 시기가 밝혀지지 못한 채로 연구의 사각 지대에 방치되고 있는 실정이다. 주요 가집들 이외의 개별 가집들에 대한 연구가 필요한 까닭이다. 이들 가집의 편제와 특성의 면밀한 검토를 통해서, 그것이 주요 가집들 사이의 어디에 놓이는가를 점검하여 가집 편찬사의 틈을 메울 수 있을 것이다.

가집 편제에 대한 다양한 연구를 진행함으로써 개별 가집들이 놓인 위상을 점검하고, 이를 통해 시조사를 보다 넓은 안목에서 조망하는 것은 현 단계에서 매우 긴요하다. 편찬자나 편찬 연대를 확인하기 쉽지 않은 가집들의 경우 그 편제를 살펴, 전·후 시기에 편찬된 자료들과의 비교를 행함으로써 그것이 놓인 문학사적 위치를 가늠할 수 있다. 또한 가집의 편제만이 아니라, 수록된 작품들이 여타 가집들의 면모와 어떤 관계가 있는지를 따지는 것도 중요한 문제이다. 가집 연구의 다양한 시각을 확보함으로써, 후대 문헌에 등장하는 작품들의 위작(僞作) 여부 등 작자 문제나 편찬 체제의 비교를 통한 향유층의 문제 등이 밝혀질 수 있을 것이라 생각되기 때문이다.[1]

여기에서는 그동안 학계에 소개되지 않았던 가집인 〈시죠(詩調)〉(단대본)[2]의 문헌적 특성을 살펴보고, 체제와 수록 작품들을 살펴 그 위상을 정립하고자 한다. 가집의 앞부분에 수파형 악보와 음악 관련 기록을 제시하고, 작품들은 곡조의 분류 없이 '열성어제'부터 '무명씨' 작품까지 정연한 체제로 수록되어 있다. 가집 후반부에 3면에 걸쳐 이현보의 '어부사 9장'과 다음 면에 추록으로 여겨지는 시조 작품 2수가 수록되어 있다. 앞부분에 수파형 악보를 수록한다거나 유명씨 작품의 배열 순서 등은 〈시가〉(박상수본)의 특징과 유사한 측면이 보이나, 새로운 작가의 출현과 무명씨 작품을 수록한 부분에서는 전혀 다른 면모를 보여주고 있다.

가집의 유명씨 부분의 편차를 들어 18세기 가집으로 논의하는 연구들도 있으나,[3] 문헌의 전반적인 면모를 검토해 본 결과 '18세기 가집'이라 단

---

1 가집의 연구를 통해서 시조 연구의 활력을 불어넣고 새로운 논쟁거리를 마련하자는 제안은 김용찬, 「고전시가, 논쟁의 복원을 위해서」,(『민족문학사연구』 통권 37호, 민족문학사학회, 2008; 이 책에 재수록되었음)에서 이미 제출된 바 있다.

2 이 가집은 단국대학교 율곡기념도서관에 소장된 것이며, 표지에 〈詩調시죠〉라는 제목으로 한자와 한글이 병기되어 있다. 전체 76면으로 28.2×19.2㎝(세로×가로)의 크기이며, 156수의 시조와 이현보의 '어부사'가 수록된 필사본 가집이다. 편찬 연대와 편찬자는 미상이며, 표지는 영문이 인쇄된 종이를 뒤집어 사용한 것으로 보아 후대에 제첩(題帖)한 것임을 알 수 있다. 뒤표지 안쪽에 '음성군 고이면 비산리 장○(陰城郡蘇伊面碑山里 張○)'(마지막 글자는 해독불가)이라는 글씨가 세필(細筆)로 표기되어, 충북 음성이라는 지명과 그에 부기된 인명이 가집의 유통 과정의 향유자 혹은 소장자와 관련된 것이 아닐까 여겨진다. 그러나 이 글씨가 본문의 필체와는 다르기 때문에 이것만으로는 그 의미를 단정하기가 쉽지 않다.

정적으로 논의하는 것은 수긍하기가 어렵다. 본 가집에 등장하는 유명씨의 수록 작가나 무명씨 작품의 변이 양상을 본다면 오히려 19세기 이후에 편찬된 가집들과의 친연성이 뚜렷하게 나타나고 있기 때문이다. 그래서 〈시죠〉는 '18세기 가집들의 편제를 취했으나, 수록 작가의 면모나 작품의 변이형에서는 19세기적인 특징을 아울러 지닌 가집'이라고 논할 수 있다. 본 가집의 편찬 연대에 대해서는 19세기 이후에 형성되었을 가능성도 배제할 수 없다고 하겠다.

음악 관련 기록이나 유명씨 작가의 작품 등에서 필사를 하다가 중간에 멈춘 흔적이 나타나는 등, 전체적으로 체제가 완비되지 못한 '불완전한 전사본'으로서의 특징을 보인다. 또한 작품의 변이 양상도 여타의 가집들과는 전혀 다른 특이한 면모를 보이고 있다. 수록 작품들의 경우도 한글 표기를 위주로 하고 있으나 일부의 경우 한자와 병기하는 특징을 보이고 있으며, 여타의 가집과는 다른 독특한 변이형의 작품이 다수 등장하고 있다. 이와 함께 수파형 악보의 수록이나 한글을 위주로 작품을 표기한 점 등은 본 가집의 원천이 가집 등 문헌이 아닌, 연행 현장과 밀착되었을 것이라는 추론을 가능케 한다. 본 가집에만 등장하는 작가와 작품도 적지 않게 발견할 수 있어, 본고에서는 문헌의 상세한 검토를 통해 본 가집의 성격을 드러내고자 한다.

---

3 신경숙은 〈시죠〉가 "수록 작품 중 이정보의 작품이 발견되고, 19세기 작가의 작품은 발견되지 않는 것으로 보아 역시 18세기 가집이다."고 논하였다(신경숙, 「권섭 〈가보〉의 악보사적 의의」, 『우리어문연구』 제30집, 우리어문학회, 154면). 또한 신향림은 본 가집이 "19세기 말 또는 20세기 초에 필사된 가곡집"이며, "그러나 이 책이 필사한 원본 자료가 형성된 연대는 이보다 앞선 18세기 중반 이전으로 보인다."고 하였다(신향림, 「시조를 통해 본 양명학의 전래와 확산」, 『고전문학연구』 제32집, 한국고전문학회, 2007, 70면). 이처럼 기존 연구들에서는 〈시죠〉가 '18세기 가집' 혹은 '원본 자료가 18세기 중반 이전에 형성'되었을 것이라는 추론을 제기하고 있으나, 이에 대한 분명한 근거는 제시되지 않고 있다. 따라서 〈시죠〉의 편찬 연대는 가집의 종합적인 분석을 거친 이후에 내려지는 것이 마땅하며, 오히려 19세기 이후에 형성되었을 가능성에 대해서도 열린 시각으로 접근할 필요가 있다.

## 2. 가집의 편제와 그 특징

여기에서는 〈시죠〉의 전반적인 편제를 검토하고, 그것이 지닌 특징과 의미를 파악해보고자 한다. 그 편제로 보아 〈시죠〉는 가곡창 가집으로 파악된다. 앞부분에 5작품의 수파형 악보를 수록하였는데, 중대엽부터 낙시조까지의 곡조명이 바로 가곡창의 창법들이다. 가집의 권두부에 음악 관련 기록을 제시하고, 계속해서 유명씨와 무명씨 작품을 순서대로 싣고 있는 것도 여타의 가곡창 가집들과 크게 다르지 않다. 그러나 작품을 수록한 부분에는 그것을 구분하는 곡조명이 전혀 등장하지 않으며, 유명씨 작품들도 '열성어제'·'여말명신'·'본국명신' 등으로 구분하여 수록하고 있다. 뒤이어 '이하 누가 지은 것인지 모른다(以下不知何人之所作)'는 내용과 함께 무명씨 작품을 수록하고 있다.

먼저 전체적인 편제를 통해 가집의 특징을 살펴보기로 하자. 수파형 악보 등 전반부의 음악 관련 기록과 작품 수록의 편제는 다음과 같다.

> '수파형 악보' 5작품(중대엽 / 초삭대엽 / 이삭대엽 / 삼삭대엽 / 낙시조)
> 중대엽 / 후정화 / 삭대엽의 설명[4]
> '풍도형용' : 초중대엽 / 이중대엽 / 삼중대엽 / 초삭대엽[5]
> '석음강씨지시(昔陰康氏之時) ~'의 기록[6]
> 평조·계면조·우조 등의 특징[7]

---

4 "中大葉, 徘徊有一唱三歎之味. / 後庭花, 低仰回互 有變風之態 高山放石 睡罷紗窓 打起鶯児. / 數大葉, 宛轉流鶯 有軒擧之意."

5 "初中大葉, 行雲流水, 白雲行邊, 流水洋洋. / 二中大葉, 流水高低, 公孫臺郎, 舞洛陽市. / 三中大葉, 灘流, 草裡驚蛇, 雲間散電. / 初數大葉, 皇風樂." 곡조명은 베끼다 만 듯 초삭대엽에서 멈춰 있고, 이후 약간의 공백과 함께 새로운 면이 시작된다. 이삭대엽 이하의 곡조명과 풍도형용은 필사시에 누락된 것으로 보인다.

6 "昔陰康氏之時, 民得重腿之疾, 學歌舞以解之, 歌舞之出自始焉."

7 "平調 雄深和平, / 界面調 哀怨激烈, / 羽調 清壯踈暢".

궁성(宮聲) · 우성(羽聲) · 상성(商聲) 등 관련 기록[8]

'평성, 애이안(平聲, 哀以安) ~'의 기록[9]

'열성어제(列聖御製)' 6인 7수

'여말명신(麗末名臣)' 8인 14수

'본국명신(本國名臣)' 35인 45수

'이하부지하인지소작(以下不知何人之所作)' 90수[10]

'어부사 구장'(이현보)


이상과 같이 〈시죠〉는 가곡창 가집들의 편제에서 흔히 볼 수 있는 음악 관련 기록인 '권두부', 그리고 기명 작가와 무명씨 작가의 작품을 수록한 '작품부'로 나눌 수 있다. 음악 관련 기록을 수록한 '권두부'의 맨 앞에 물결 모양의 선으로 노래의 선율을 표시한 '수파형(水波形) 악보'가 제시되어 있으며, 여타의 가집에서도 흔히 보이는 음악 관련 기록이 이어진다. 수파형 악보는 중대엽 · 초삭대엽 · 이삭대엽 · 삼삭대엽 · 낙시조 등 모두 5개가 실려 있다. 현전하는 가집 중에 수파형 악보가 수록되어 있는 가집은 〈시가〉(박상수본)와 〈가조별람(歌調別覽)〉[11] 등 2종으로 확인된다. 그러

---

**8** "宮聲 黃鐘一動 萬物皆春 平調和, 洛陽三月 邵子乘車 百花叢裡 按轡徐徐, 月到天心處 風来水面時 一般淸意味 料得少人知, 舜扵南薰殿上 率八元八凱 彈五絃之琴 歌南風之詩 以和天下. / 羽聲 玉斗撞破 碎屑鏘鳴, 項王躍馬 雄釵腰鳴 大江以西 攻無堅城 羽調壯, 雪淨胡天业馬還 月明羌笛戍樓間 借問梅花何處落 風吹一夜滿關山, 秦始皇呑二周 席卷天下 御阿房宮 朝六國諸侯. / 商聲 忠魂沉江 餘恨滿楚 界面調怨, 令威去國 千載始歸 累累塚前 物是人非, 洞庭西望楚江分 水盡南天不見雲 日落長沙秋色遠 不知何處吊湘君, 班婕好 久處長信宮 階苔生 玉輦不来 黃昏落花 拱頤鳴咽."

**9** "平聲 哀而安, 上聲 厲而擧, 去聲 淸而遠, 入聲 直而促. 依其言永而歌, 又曰 歌永言語短聲遲."

**10** 추록으로 보이는 작품 2수(*155, *156)는 '어부사' 다음에, 면을 달리하여 수록되어 있다.

**11** 〈가조별람〉은 '한말 때 김대홍(金大洪: 1864~1949)이 기장현 이방직에 있을 때에 여러 자료를 참고하여 엮은 것으로서 한지에 씌어진 필사본으로 표지 1면, 목록 6면, 가사법 2면, 가학(歌學) 18면, 위환(爲歡) 144면 등 전체 171면으로 되어 있다. 그의 생몰 연대로 볼 때, 이 책의 필사 연대는 19세기 말 또는 20세기 초로 짐작'되는 가집이다(임미선, 「〈가조별

나 〈시가〉 등에는 8개의 악보가 수록되어 있는데 반해, 〈시죠〉에는 5종의 악보만이 실려 있다.[12] 〈시죠〉에 수록된 수파형 악보의 곡조와 작품은 다음과 같다.

중대엽 : "황하슈 묽다트니 ~"(#5506.1)[13]

초삭대엽 : "어져 닉 일이야 ~"(#3242.1)

이삭대엽 : "창오산 셩졔혼이 ~"(#4549.1)

삼삭대엽 : "어우하 날 소겨고 ~"(#3222.1)

낙시조 : "조오다가 낙시딕를 일코 ~"(#4359.1)

본 가집에 실려 있는 5개의 악보와 작품은 〈시가〉(박상수본)와 〈가조별람〉에도 수록되어 있다.[14] 앞의 두 가집에는 〈시죠〉의 '중대엽'이 '초중

---

람) 소재 수파형 곡선보에 나타난 18세기 가곡창 선율」, 『한국음악사학보』 제35집, 한국음악사학회, 2005, 72면). 이 가집은 현재 국사편찬위원회에서 입수하여 마이크로필름 형태로 보관하고 있다. 그러나 중간 중간에 낙장이 있어 가집의 전체 면모를 확인할 수가 없는 것이 안타까운 점이다. 위의 체제에서 '가학(歌學)'의 부분에 '초중대엽' 이하 '낙전'와 '북전'까지 모두 8개의 수파형 악보가 곡조명·작품과 함께 수록되어 있다. '즐거움을 위한 것'이란 의미의 '위환'에는 '초중대엽'부터 '만횡'의 곡조에 작품들이 수록되어 있다. 임미선은 〈가조별람〉이 '여러 자료를 참조하여 엮은 것'이라 하고 있지만, 그 체제나 수록 작품의 면모로 보아 〈시가〉(박상수본)와 매우 흡사하다. 〈가조별람〉의 마지막 작품은 전체 718수가 수록된 〈시가〉(박상수본)의 *648(#1525의 변이형)에서 끝난다. 앞으로 〈시가〉(박상수본)과 〈가조별람〉의 영향 관계에 대해서는 별도의 고찰을 요한다 하겠다.

12 임미선에 의하면, 19세기 중엽~후반에 편찬된 거문고 악보인 〈현학금보〉와 〈학포금보〉에도 중대엽 3곡조와 북전 등 모두 4개의 수파형 악보가 수록되어 있다고 한다(임미선, 앞의 논문, 73면).

13 작품을 인용할 때에 각 가집의 명칭과 함께 가번은 '＊' 다음에 숫자로 적고, 『고시조대전』(김흥규 외, 고려대학교 민족문화연구원, 2012)의 작품 번호는 '#'과 함께 기입하기로 한다. (본래의 논문은 작품의 가번(#)을 심재완의 『교본 역대시조전서』에서 취했지만, 책을 엮으면서 비교적 최근에 정리된 『고시조대전』으로 바꾸었다.)

14 〈시가〉(박상수본)은 심재완 선생이 입수해 사진 자료의 형태로 보관하고 있었으나, 현재 관리상의 문제로 그 소재가 불명하다고 한다. 가집의 앞부분에 수파형 악보가 있다는 것은 분명하나, 그 구체적인 면모는 현재로서는 확인할 수 없다(박상수, 「시조 문헌 〈시가〉에 대한 고찰」, 『무애 양주동박사 화탄기념논문집』, 동국대학교, 1963; 성무경, 「18세기 중

대엽'의 곡조로 수록되어 있고, 이밖에 이중대엽·삼중대엽·북전 등 3개의 수파형 악보가 더 수록되어 있다.[15] '수파형 악보는 시조창에 비해 선율이 복잡하고 매개모음도 많으며 배자법도 다른 가곡창의 선율을 시각적으로 쉽게 나타낼 수 있는 기보법이 요구되는 상황에서 누군가에 의해 중국의 선율보를 참조하여 고안된 것'[16]이라 추정된다. 따라서 수파형 악보는 곡선으로 선율을 나타내기 때문에 금보(琴譜)에 비해 정확한 음높이의 파악에는 다소의 어려움이 있으나, 가곡창의 학습에 매우 유용했을 것으로 파악된다.[17]

〈시죠〉와 〈가조별람〉에 모두 등장하는 초삭대엽부터 낙시조까지의 4곡의 악보는 동일한 작품으로, 모두 가곡창의 5장 분장 형식으로 되어있다. 4곡의 악보의 선율 형태도 유사하게 나타나지만, 비교적 완만한 선으로 표시된 〈가조별람〉의 악보와는 달리 〈시죠〉의 그것은 선율의 굴곡의 정도가 더 날카롭고 심하다는 차이를 보인다. 또한 동일한 작품인 〈가조별람〉의 '초중대엽'의 악보가 모두 8행으로 기보되어 있는 반면, 〈시죠〉에 실려 있는 '중대엽'의 그것은 7행으로 기보되어 있다.[18] 수파형 악보에 '중

---

반, 가집의 편찬 동향과 〈시가〉」, 『열상고전연구』 제19집, 열상고전연구회, 2005 등 참조).
그러나 〈가조별람〉을 처음 입수해 면밀히 검토한 박을수 선생에 의하면, 수록 작품의 비교를 통해서 볼 때 〈가조별람〉이 〈시가〉(박상수본)의 전사본으로 추정된다고 한다. 가집의 앞부분에 수록된 악보의 곡조도 두 가집 모두 동일하게 나타나고 있어, 악보의 상호 비교는 〈가조별람〉을 참조했음을 밝힌다. 악보를 제외한 〈시가〉의 음악 관련 기록과 작품 수록 경향은 『교본 역대시조전서』(심재완, 세종문화사, 1972)와 『고시조대전』을 참조했다.

**15** 두 가집에는 이중대엽의 곡조에 "벽해 갈류 후에 ~"(#1922.1), 삼중대엽에는 "삼동에 빈옷 입고 ~"(#2401.1), 그리고 북전에는 "누운들 ㅈ미 오며 ~"(#1103.1) 등의 작품이 각각 수록되어 있다. 〈시조〉는 곡조명과 함께 악보만 수록되어 있는데 반해, 〈시가〉(박상수본) 등에는 곡조명(풍도형용이 협주로 기입)과 작품이 우측에 세로로 제시되고 좌측에 수파형 악보가 그려져 있다. 또한 악보가 〈시조〉에는 가집의 맨 앞부분에 수록되어 있지만, 〈시가〉(박상수본)와 〈가조별람〉에는 음악 관련 기록과 작가 목록이 제시되고 작품부가 시작되기 전에 '가보(歌譜)'(시가) 혹은 '가학(歌學)'(가조별람)이란 제목으로 수록되어 있다. 그리고 〈가조별람〉에는 악보와 함께 제시된 작품들이 작품부의 해당 곡조에 다시 수록되어 있다.

**16** 임미선, 앞의 논문, 74면.

**17** 임미선, 앞의 논문, 같은 곳.

대엽'의 명칭만이 나타나는 것으로 보아, 중대엽이 거의 연창되지 않고 악보로만 남아있었던 현실을 반영한 것으로 여겨진다. 이는 〈시가〉 등 두 가집에 비해 〈시죠〉의 편찬 시기가 늦다는 것을 방증한 것이라 볼 수 있으며, 또한 '중대엽'의 악보는 실제 연창되는 상황을 반영했다기보다 그 자체를 수록하는데 의미를 부여한 것으로 해석된다. 수파형 악보의 비교를 통해서 보았을 때, 〈시죠〉가 〈시가〉나 〈가조별람〉과 친연성이 있는 것으로 보인다. 그러나 직접적인 영향 관계로 이해되기보다는, 〈시가〉의 영향 관계에 있던 또 다른 전사본의 영향 아래 전사 혹은 편찬되었을 것이라 추정된다.[19]

계속해서 음악 관련 기록들을 살펴보기로 하자. 가곡창의 곡조와 풍도형용을 수록한 것은 여타의 가집에서도 흔히 볼 수 있다. '중대엽·후정화·삭대엽'과 관련된 기록은 〈청구영언〉(육당본)과 유사하며, 다만 '후정화'의 말미에 부기된 풍도형용은 다른 가집에서는 삼중대엽과 북전의 일부 구절로 확인된다.[20] 초중대엽부터 시작되는 가곡창 곡조의 풍도형용은 초삭대엽에서 멈춘다. 초삭대엽에는 풍도형용이 아닌 '황풍락(皇風樂)'이라는 이칭(異稱)이 병기되어 있는데, '황풍락'이라는 곡조명은 〈시가〉와 〈가조별람〉에도 초삭대엽의 곡조명에 부기되어 있어 이들 가집 사이의 영향 관계를 짐작할 수 있다. 그런데 편제로 보아 아무래도 초삭대엽 이하의 곡조명과 풍도형용은 필사자가 전사하면서 누락한 것으로 여겨진다.[21] 뒤

---

18 "중대엽보다 빠른 삭대엽을 5장법에 따라 5행 수파 형식으로 악보화하다보니 상대적으로 느린 중대엽은 자연스럽게 5행 이상의 긴 악보로 변형될 수밖에 없었던 것"으로 해석하기도 한다(신경숙, 「권섭 〈가보〉의 악보사적 의의」, 165면).

19 이는 〈가조별람〉이 〈시가〉(박상수본)나 혹은 그 영향권에 있던 전사본을 필사하여 성립되었다는 것을 전제로 한 것이다. 더욱이 〈가조별람〉의 필사 연대가 19세기 말~20세기 초라 한다면, 〈가조별람〉과 〈시죠〉의 직접적인 영향 관계는 거의 없을 것으로 보이기 때문이다.

20 '고산방석(高山放石)'은 〈해동가요〉(주씨본)과 〈병와가곡집〉의 삼중대엽 풍도형용의 일부 구절이며, '수파사창(睡罷紗窓), 타기앵아(打起鶯兒)'는 〈병가〉'북전'의 일부 구절로 확인된다.

이은 '석음강씨지시(昔陰康氏之時)'~'나 '평조·우조·계면조'를 설명하는 기록들 역시 〈시가〉나 〈청육〉 등의 가집에서 흔히 볼 수 있는 것이다. '궁성·우성·상성'의 특징을 설명하는 기록은 〈시가〉에는 보이지 않으나, 〈청육〉 등의 가집에서 찾아 볼 수 있다. 권두부의 마지막에 위치한 '평성·상성·거성·입성'의 4성에 관한 기록도 역시 〈청육〉 등의 가집에 나타난 것과 유사하다. 이상 음악 관련 기록들도 18세기 가집들뿐만 아니라 19세기 가집들에서도 흔히 볼 수 있는 내용들이다. 이처럼 다양한 가집들의 특징이 엇섞여 나타나는 것이 본 가집이 지닌 특징적인 면모라 할 수 있다.

음악 관련 기록 다음에는 바로 작품이 수록되어 있다. 몇몇 작품에 한문과 병기되어 있는 경우가 눈에 띄지만, 대체로 한글 표기를 위주로 하여 작품을 수록하고 있다. 또한 가곡창의 5장 형식에 맞추어 분절되어 있고, 각 장 첫 글자의 우측에 점을 찍어 구분하였다. 그런데 4장(종장 첫 구절)만은 우측에 '∞∞'로 구분하여 표시하고 있다.[22] '열성어제'와 함께 유명씨 작품을 '여말명신(麗末名臣)'·'본국명신(本國名臣)' 등으로 표기하는 것은 본 가집만의 특징적인 것으로 확인되고 있다.[23] 또한 유명씨 작품이 66수에 불과하고, 무명씨 작품은 절반을 훨씬 상회하는 90수에 달하고 있다. 유명씨 작가가 선조 때의 인물들인 권필과 이정구로 끝나고 있어, 이 역시 전사하는 과정에서 중간에 멈춘 것으로 보이게 하는 요인이다.[24]

---

21 이처럼 기록 혹은 수록 작가의 작품 일부가 누락되는 경우가 〈시죠〉에서는 흔히 발견되고 있다. 때문에 본 가집이 '체제가 완비되지 못한 불완전한 가집'이라 파악되는 까닭이다.

22 이러한 표기는 유명씨 작품들에까지 적용되며, 무명씨 작품들에는 4장에 물결 모양(∽)으로 표시되어 있다.

23 〈청진〉 등의 가집에서는 유명씨 작가를 '열성어제(列聖御製)'·'여말(麗末)'·'본조(本朝)' 등으로 구분하였다. 그런데 '여말 명신'·'본국 명신' 등 작가가 '명신(名臣)'임을 강조하는 것은 본 가집만의 특징적인 면모라 하겠다.

24 전사하는 과정에서 참고한 전사 원본이 불완전한 체제였을 수도 있으며, 아니면 본 가집의 필사자에 의해 불완전한 채로 전사되었을 가능성 등이 모두 존재한다.

전체적으로 무명씨 작품의 수효가 훨씬 많기 때문에, 유명씨 부분의 체제만 가지고 본 가집의 편찬 연대를 따지는 것은 바람직하지 못하다고 하겠다.[25] 유명씨 작품의 수록 순서는 〈시가〉와 유사한 면모를 보이지만, 새롭게 추가된 작가들은 〈시가〉와는 전혀 다른 〈가곡원류〉계열에 작자 표기와 흡사한 면모를 보이는 등 특정 가집군의 영향력만으로 설명하기 힘들다.[26] 이현보의 어부사가 수록된 면의 마지막에 본문의 필체와는 다른 굵은 글씨로 '가성영언초(歌聲永言抄)'라는 기록과 함께 누군가의 수결로 보이는 2개의 표시가 있다.[27] 이상으로 가집의 체제와 그 특징을 개략적으로 살펴보았다.

## 3. 수록 작가와 작품의 변이 양상

다음으로는 가집에 수록된 작가와 작품들의 면모를 살펴보기로 하자. 앞에서 논했듯이 〈시죠〉의 유명씨 작품들은 역대 왕들의 작품을 수록한 '열성어제'와 고려시대 인물들의 작품을 수록한 '여말명신', 그리고 조선시대 작가들의 작품을 수록한 '본국명신'의 항목으로 분류되어 있다. 말미에는 '이하부지하인지소작(以下不知何人之所作)'이라는 항목으로 절반을 상회하는 90수가 무명씨 작품으로 수록되어 있는데, 이 가집은 후반의 무명씨

---

**25** 신경숙은 '〈시조〉는 159수(한역시를 포함한 숫자) 삭대엽 계열이다'(「권섭 〈가보〉의 악보사적 의의」, 162면)고 논하고 있으나, 무명씨 작품들을 함께 고려했을 때 이렇게 단정할 근거는 전혀 없다고 판단된다. 또한 이를 근거로 본 가집을 18세기의 가집으로 다루는 경향도 재고해야만 한다. 그 이유는 본 논문을 통해서 상세하게 서술될 것이다.

**26** 수록 작가와 작품의 경향에 대해서는 다음 절에서 상론할 것이다.

**27** 이는 전사자가 본 가집이 '가성영언'이라는 가집에서 뽑아 엮은 것이라는 의미로 남긴 것일 수도 있다. 그러나 필체로 보아 후대에 첨가되었을 가능성도 있는데, 그렇다고 해도 본 가집이 완비된 체제가 아닌 '초록'의 형태라는 것을 인지하고 있었던 것으로 해석된다. 이어지는 별면에 추록으로 여겨지는 2수의 작품이 덧붙여져 있다.

작품에 더 큰 비중을 두고 편찬되었다는 것을 알 수 있다. 흥미로운 것은 '여말 명신'의 항목에 수록된 작가들의 수효가 〈시가〉에 비해 다소 증가했다는 점이다. 이는 기존의 가집에 없는 작가를 새로이 첨가하는 등의 일반적인 가집 편찬 경향과 무관하지 않은 것으로 보인다. 하지만 '본국 명신'의 항목에 수록된 작가들은 대폭 축소되어 나타나는데, 이는 가집 편제가 갖춰지지 못한 '불완전한 전사본'의 성격을 지니고 있기 때문으로 파악된다.

몇몇 작가를 제외하고는 수록 작품이 대개 1~2수에 불과한 것도 특징적인 면모이다. 또한 본 가집에는 작품 혹은 작가와 관련한 '서・발문' 등이 전혀 나타나지 않는다.[28] 이러한 특징과 함께 무명씨 작품의 수효가 절반을 상회하는 면모에서도, 본 가집이 연행 현장과의 밀접한 관련이 있음을 짐작할 수 있게 한다. 이에 대해서는 논의를 진행하면서 상세하게 설명하기로 한다. 먼저 '열성어제'에 수록된 작가와 작품은 다음과 같다.

태종대왕 1수(*1) / 단종대왕 1수(*2) / 효종대왕 2수(*3, *4) / 숙종대왕 1수(*5) / 경종대왕 1수(*6) / 효현세자 1수(*7)

조선의 역대 군주 6명 7수의 작품이 수록되어 있는데, 수록 순서와 그 명단이 〈시가〉와 일치한다.[29] 그러나 〈시가〉의 '소현세자(昭顯世子)'가 본 가집에는 '효현세자(孝顯世子)'라고 표기되었으며, 그 작품도 서로 다르게 나타나고 있다. 또한 '효현세자'라고 소개된 작품도 〈시가〉에는 '효종대왕'

---

**28** 〈시가〉나 〈가조별람〉이 해당 작가의 작품을 가급적 많이 수록하고 있고, 그와 관련된 '서・발문'을 충실히 싣고 있는 점과는 뚜렷이 차이가 나는 면모이다.

**29** 다만 〈시가〉에는 효종의 작품 5수가 수록된 데 비해, 본 가집에는 2수만이 수록되어 있다. 이것은 본 가집이 '초록'의 성격을 띠고 있다는 것과 연관이 있으리라 여겨진다. 또한 '열성어제'의 경우 〈청진〉에는 태종・효종・숙종 등 3명만이 수록되어 있으며, 〈해주〉에는 여기에 성종이 추가된다.

으로 표기되어, 두 가집에 작품이 서로 뒤바뀌어 있는 셈이다. 즉 〈시죠〉에 '효현세자'의 것으로 수록된 "데 가난 져 기력이 ～"(*7, #4337.1)가 〈시가〉에는 '효종'의 작품(*14)으로 소개되어 있으며, 본 가집에 효종의 것으로 수록된 "청성녕 지나거냐 ～"(*4, #4782.1)[30]는 〈시가〉에만 소현세자의 작품(*22)으로 뒤바뀌어 표기되어 있다. 따라서 본 가집에 생략된 효종의 3작품을 제외하고 본 가집에는 작품이 한글로만 표기되었다는 사실을 고려하면, '열성어제'의 작가와 작품의 수록 순서가 두 가집에 일치하고 있다.

특히 단종의 작품으로 표기된 "월욕져 촉빅츄ᄒ니 ～"(*2, #3650.1)은 〈시가〉와 거의 유사하며, 여타의 가집에 수록된 것들과는 조금 다른 변이형의 모습을 보인다.[31] 또한 '경종대왕'의 것으로 소개된 "하우씨 제강흘 졔 ～"(*6, #5263.1)는 〈시가〉와 본 가집[32]에만 경종의 작품으로 수록되어 있으며, 종장이 변형된 형태로 〈청육〉에는 숙종,[33] 그리고 〈가곡원류〉 계열 작품에는 영조[34]로 표기되어 있다. 이상 '열성어제' 항목의 작품 수록

**30** 이 작품은 〈시가〉를 제외하고 다른 가집에는 모두 효종의 작품으로 표기되어 있다.

**31** "월욕져 촉빅츄ᄒ니 함슈정 의누두ㅣ라 / 이졔고 아문비ᄒ니 무이셩이면 무아우ㅣ 랏다 긔어인간 노고인ᄒ노니 / 신막등 츈삼월 ᄌ규졔 명월누를 ᄒ여라." 〈시죠〉와 〈시가〉를 제외한 다른 가집에 수록된 것과는 차이가 나는데, 〈병가〉에 수록된 이 작품의 변이형은 다음과 같다. "촉백제(蜀魄啼) 산월백(山月白)ᄒᄃᆡ 상사공의루두(相思空倚樓頭)ㅣ로다 / 이졔고(爾啼苦) 아심수(我心愁)ㅣ니 무이셩(無爾聲)이면 무아수(無我愁)ㅣ라 / 기어인간이별객(寄語人間離別客)ᄒᄂᆞ니 신막등(信莫登) ᄌ규졔(子規啼) 명월루(明月樓)를 ᄒ여라." 이 작품은 단종이 17세 때 지었다는 한시 '자규사(子規詞)'를 일부 변개하여 시조로 만든 것이다. 따라서 후대에 누군가에 의해서 시조로 만들어진 후, 단종의 작품으로 칭탁된 것이다. 또한 '열성어제'에서는 단종대왕이라 칭하고 있으나, 성삼문과 박팽년 등 사육신(死六臣) 작가를 소개하면서 '노산군(魯山君)'이란 격하된 칭호를 쓰고 있다.("成三問, 字謹甫, 号梅竹堂, 昌寧人. 世宗朝登第, 官至右承旨. 世祖朝以**魯山**事被誅.", "朴彭年, 字仁叟, 号翠琴, 平陽人. 世宗朝登第, 官至刑曺叅判. 世祖朝以**魯山**事負被誅.")

**32** "하우씨 제강흘 졔 부쥬ᄒ던 져 황농아 / 벽희슈 어딕 두고 반벽의 와 걸녀난고 / 져 농아 진인 체 마라 언졍갓치 보노라."(추후 『고시조대전』을 통해 확인한 결과, 이 작품의 작자가 경종이라 소개된 가집은 모두 8종이었다.)

**33** 〈청육〉의 종장은 "아모리 흥운작우(興雲作雨)흔들 언졍(蝘蜓) 갓치 보리라."로 되어 있다.

경향을 보았을 때, 본 가집이 〈시가〉 혹은 그것의 전사본을 참고로 하여
필사되었을 가능성이 높다고 파악된다. 이러한 경향은 유명씨 작품의 수
록 양상에서 지속적으로 확인된다.

　다음으로 '여말명신'의 항목에 8명 14수의 작품이 수록되어 있다. 이러
한 작가의 규모는 18세기에 편찬된 다른 가집들에 비해 다소 확대되어 있
는 셈이다.[35] 작가의 이름 아래 간단한 약력이 협주로 기재되어 있는데,
대체로 작가의 등과 연대를 기준으로 수록 순서를 정했음을 알 수 있다.
이 항목에 등장하는 작가와 작품은 다음과 같다.

　　설장수 1수(*8) / 성석린 1수(*9) / 이색 1수(*10) / 정몽주 1수(*11) / 맹사성
　　4수(*12～*15) / 황희 4수(*16～19) / 변계량 1수(*20) / 이직 1수(*21)

　여기에서 특징적인 것은 설장수(偰長壽: 1341～99)[36]라는 작가는 시조
관련 문헌 중 본 가집에만 보인다는 사실이다.[37] 또한 성석린·변계량·
이직을 제외한다면, 〈시가〉의 작품 수효와 수록 순서가 일치한다. 성석린
등 3인의 작품은 〈시가〉에는 후반부 무명씨 작품에 수록되어 있다. 이들
의 작품이 〈가곡원류〉 계열 가집에는 본 가집과 동일한 작가의 작품으로
소개되어 있다.[38] 〈시가〉에는 맹사성의 작품과 황희의 작품에 각각 '강호

---

**34** 〈원국〉에는 종장이 "지개(志槪)야 쟉ᄒ랴마는 언정(蝘蜓) 보듯 ᄒ놋다."로 되어 있다.

**35** 〈청진〉과 〈해주〉에는 '여말' 항목에 이색·정몽주·맹사성 등 3명만이 등장하며, 〈시
가〉에는 여기에 황희의 명단만이 추가된다.

**36** 본래는 위구르인으로, 1358년(공민왕 7) '홍건적의 난'을 피하여 고려로 귀화한 인물.
고려 후기의 문인으로 정몽주의 일파라는 탄핵을 받아 파직되었으나, 조선 건국 이후인
1396년(태조 5)에 복직되었다. 『한국한시』 제1권(김달진 역해, 민음사, 1989)에 한시 5수가
수록되어 있다.

**37** "듯난 말 보난 일을 샤리예 비겨 보와 / 올흐면 홀지라도 그르면 말을 거시 / 평싱의
말숨을 갈희여 닉면 시비 될 줄 이시랴."(*8, #1485.1) 이 작품이 〈시가〉에는 무명씨 항목
(*291)에 수록되어 있다.

**38** 성석린의 것으로 소개된 "언튭신 힁독경ᄒ고 ～"(*9, #3278.1)는 〈청육〉에는 김광욱,

사시가'와 '사시가'란 제목이 표기되어 있으나, 본 가집에는 그러한 연시조의 제목이 없고 단지 작품만 수록되어 있다. 정몽주의 '단심가'로 알려진 작품[39]의 중장 앞부분 2음보[40]는 공간이 비워진 채 필사되어 있다. 또한 〈시가〉에는 각 작품의 뒤에 작품과 관련된 '서·발문'이 부기되어 있으나, 〈시죠〉에는 작품만이 수록되어 있다. 이와 같은 면이 본 가집이 〈시가〉와의 친연성은 있지만, 직접적인 영향 관계를 논하기에 주저되는 점이 있다. 또한 작품을 순 한글로만 표기한다거나, 이 항목에서 본 가집에 첨가된 새로운 작가의 면모는 〈원류〉 계열 가집과의 친연성을 논하기에 충분하다.

'본국 명신'의 항목에 길재(吉再)와 윤회(尹淮)를 맨 앞부분에 수록하고 있는데, 이들의 작품으로 수록된 것 역시 〈시가〉에는 무명씨 작품으로 소개되어 있으며 본 가집에만 이들의 작가명이 나타난다. 또한 유명씨 작품의 수록 순서와 작가명은 〈시가〉와 유사한 면모를 보이지만, 중간 중간에 〈시가〉에는 없는 새로운 작가명이 첨가되어 있다. 〈시가〉의 작가명에 새로이 첨가된 이들은 작가 소개의 약력에 등과(登科) 연대를 좇아 배열되어 있다. 이러한 경향은 유명씨 작품의 끝까지 유지된다. 〈시가〉의 작가 목록에 등장하지 않고 본 가집에만 새로이 추가된 작가와 작품 수효는 다음과 같다. 이 작품들은 모두 〈시가〉의 무명씨 작품 부분에 수록되어 있다.

---

〈원류〉계 가집에는 본 가집과 동일하게 성석린으로 표기되어 있다. 변계량의 "닉히 좃타 ᄒᆞ고 ~"(*20, #0905.1)는 〈병가〉에는 주의식, 〈원류〉 계열에는 변계량으로 표기되어 있다. 이직의 "가마귀 검다 ᄒᆞ고 ~"(*21, #0606.1)도 〈원류〉 계열에만 이직으로 소개되어 있다. 이상 3인의 작품은 모두 〈시가〉에도 등장하지만 무명씨 항목에 수록되어 있다. 이처럼 작가의 표기 경향에서도 본 가집은 18세기 가집인 〈시가〉의 특징과 19세기 후반기의 가집인 〈원류〉 계열의 특징 아울러 공유하고 있다.

**39** "이 몸이 죽어 죽어 일빅 번 다시 죽어 / 넉시라도 잇고 업고 / 임 향ᄒᆞᆫ 일편단심이야 가실 줄이 이슬쇼냐."(*11, #3811.1)

**40** "백골이 진토되어".

길재 1수(*22)[41] / 윤회 1수(*23)[42] / 월산대군 1수(*27)[43] / 신광한 1수(*35)[44] / 신잠 1수(*36)[45] / 조립 1수(*39)[46] / 홍춘경 1수(*40)[47] / 노수신 1수(*42)[48] / 성운 1수(*44)[49] / 유희령 1수(*45)[50] / 안정 1수(*46)[51] / 조광조 1수(*47)[52]

---

**41** "청산 자고숑아 네 어이 누어난다 / 광풍을 못 이긔여 블힛지 누어노라 / 가다가 냥공을 만나거든 날 옛더라 ᄒ요쇼."(#4781.1) 〈병가〉 등의 가집에는 박태보로 표기되어 있으나, 본 가집에만 길재로 소개되어 있다.

**42** "니화의 월빅ᄒ고 은한이 삼경인 제 / 일지츈심을 ᄌ규야 알냐마난 / 다졍도 병인 양ᄒ야 좀 못 드러 ᄒ노라."(#3901.1) 〈병가〉 등의 가집에 이조년이라 표기되어 있지만, 본 가집에만 윤회로 기록되어 있다.

**43** "추강 밤이 드니 믈결이 ᄎ노믜라 / [중장 결락] / 무심ᄒ 달빗만 싯고 뷘 비로 도라오게." 이 작품은 〈원류〉 계열 가집에만 월산대군으로 소개되어 있는데, 종장의 마지막 두 구가 다른 가집들('뷘 빅 져어 오노믜라', 〈원국 *255〉)과 다르다.

**44** "심여뉴수동청졍이오 신샤부운무시비라 / 이 몸이 흔가ᄒ니 ᄯ로나 니 빅구ㅣ로다 / 어즈버 세샹명니셜이 귀에 올가 ᄒ노라."(#2957.1) 이 작품은 〈시가〉와 〈원류〉 계열 가집에만 수록되어 있는데, 〈원류〉 계열에는 본 가집과 마찬가지로 작가가 신광한으로 되어 있다. 또한 초장 2음보가 여타 가집에 수록된 것과는 다른 독특한 변이형의 모습을 보여준다.

**45** "그러ᄒ거니 어이 아니 그러ᄒ리 / 이리도 그러그러 져리도 그러그러 / 아마도 그러그러ᄒ니 흔숨 계워ᄒ노라."(#0478.1) 〈청진〉 등 다른 가집에는 모두 무명씨로 되어 있으나, 본 가집에만 신잠으로 표기되어 있다.

**46** "유벽을 ᄎ자 샤니 구름 속이 집이로다 / 산치예 못 드리니 셰미를 이즐노다 / 이 몸이 강산풍월과 흠긔 늙자 ᄒ노라."(#3685.1) 〈시가〉와 〈원류〉 계열 가집에만 수록되어 있는데, 〈원류〉계와 본 가집에만 작가가 조립으로 표기되어 있다.

**47** "주렴을 반만 것고 벽히를 구버보니 / 십니파광이 공쟝천일싁이라 / 믈 우희 냥냥빅구난 오락가락ᄒ더라."(#4394.1) 본 가집과 〈원류〉 계열에만 작가가 홍춘경으로 표기되어 있다.

**48** "명명덕 시른 수릐 어딕믜로 가더인고 / 격물(物格)틔 너머 들어지지(知止) 고기 지나더라 / 거긔난 가더라믄난 셩의관(誠意關)을 못 갈녀라."(#1641.1) 본 가집과 〈원류〉 계열에만 작가가 노수신으로 표기되어 있다.

**49** "젼원의 봄이 드니 이 몸이 일이 ᄒ다 / 곳남근 뉘 옴기며 약밧츨 뉘 갈소니 / 아희아 딕 부여 오느라 슷갓 몬져 겨르리라."(#4300.1) 본 가집과 〈원류〉 계열에만 작가가 성운으로 표기되어 있다.

**50** "화쟉쟉(花灼灼) 범나븨 쌍쌍 유쳥쳥(柳青青) 괴꼬리 쌍쌍 / 날즘싱 길버러지 다 쌍쌍이 단니난딕 / 우리난 젼싱의 무슨 죄로 외짝싹이 다니나니."(#5471.1) 이 작품은 모두 7개의 유형으로 변이되어 나타나고 있는데, 다른 가집들에 수록된 작품과는 구별되는 독특한 변이형을 보여주고 있다. 종장의 변이형은 〈시가〉(*327, 무명씨)와 유사하나, 작가 표기는 본 가집과 〈원류〉 계열에 유희령으로 표기되어 있다. (#5471.2) 작품이 〈송강가사〉에는 정철의 것으로 소개되어 있다.

〈시가〉의 목록에 새로이 첨가된 작가들은 〈가곡원류〉 계열 가집의 작가 표기와 대체로 일치하고 있다. 본 가집 혹은 전사 시에 참고로 했던 가집이 〈원류〉계와 모종의 관계가 있다는 것을 짐작할 수 있게 하는 면모이다. 이상의 작가들을 제외하면, 본 가집의 작가와 수록 작품의 순서는 〈시가〉와 유사한 흐름을 보여준다. 하지만 유명씨의 맨 마지막 인물이 선조조의 인물인 권필(權韠)과 이정구(李廷龜)에서 그치고 있는데, 아마도 필사하면서 중간에 멈췄거나 혹은 본 가집의 저본이 되었던 자료의 상황이 그러했기 때문으로 해석된다. 여하튼 음악 관련 기록이 있는 권두부나 유명씨 마지막 부분의 이러한 가집 상황은 본 가집이 정연한 편제로 '완성'된 것이라기보다는, 아직 완비되지 못한 '불완전한 체제의 가집'이라고 평가될 수 있는 요인이다.[53] 여하튼 〈시죠〉는 〈시가〉의 직접적인 영향을 받았다기보다는, 〈시가〉의 영향을 받은 어떤 전사본을 참고로 필사되어 편찬된 가집이라고 할 수 있겠다.[54] 위의 인물들 중에서 윤회(尹淮)[55]와 신잠(申潛)[56]은 본 가집에만 등장하는 인물이며, '여말 명신'의 설장수를 포함하

---

**51** "청우를 빗기 타고 녹슈를 흘니 건너 / 쳔틱산 깁흔 골의 불로초를 키라 가니 / 만학의 빅운이 쟈쟈시니 갈 길 몰나 ᄒ노라."(#4793.1) 〈청구영언〉(가람본)에는 작가가 이정보로, 본 가집과 〈원류〉 계열에는 안정으로 표기되어 있다.

**52** "져 건너 일편셕이 엄쟈룽의 됴딕로다 / 챵틱 빗긴 가의 흰 두 졈이 무슨 것고 / 지금의 션싱유젹이 빅구 흔 ᄶᅡᆼ 씃더라."(#4238.1) 〈시가〉와 〈원유〉·〈원불〉 등의 가집에 수록되어 있는데, 〈시가〉를 포함한 4개의 가집에는 무명씨로 되어 있으며, 본 가집과 〈원류〉 계에는 작가가 조광조로 기록되어 있다.

**53** 따라서 이러한 '불완전한 편제'를 근거로 본 가집의 편찬 연대를 추정하는 것은 적절하지 못하다고 하겠다.

**54** 그렇다면 본 가집이 참고로 했던 가집은 적어도 수록 작가의 면모에 있어서만큼은 〈시가〉와 〈원류〉 계열의 특징을 함께 지니고 있는 것으로 추정할 수 있다.

**55** 생몰년은 1380~1436년이다. 1401년(태종 1) 증광문과에 급제한 뒤 여러 관직을 거쳐, 1422년(세종 4) 부제학·병조판서·대제학 등을 역임했다. 『고려사』와 『팔도지리지』 등을 편찬하는데 주도적인 역할을 했으며, 세종의 총애를 받았던 인물이다.

**56** 생몰년은 1491~1554년이다. 사육신의 한 사람인 신숙주의 증손이며, 1519년(중종 14) 현량과에 급제했으나, 같은 해 기묘사화(己卯士禍)로 인해 파방(罷榜)되었다. 옥사에 연루되어 귀양을 가기도 했고, 유배에서 풀린 후 아차산 아래에서 서화에 몰두하며 지냈다.

면 모두 3명이 〈시죠〉라는 가집에 비로소 시조 작가로 이름이 오르게 되는 셈이다. 그런데 여타의 가집들의 작가 표기 경향과 비교해 보면, 본 가집의 작가 표기를 신뢰할 수 있는지는 확언하기 어렵다.

이밖에도 이현보의 작품에는 '어부가 오장'이라는 기록과 함께 작품을 수록하고 있는데, 작품의 표기에 있어서는 여타의 이본과 다른 독특한 면모를 보이고 있다.[57] 이이의 「고산구곡가」의 경우에도 제목 표기 없이 작품이 제1수(*52, #0276.1)와 제2수(*53, 3980.1)만이 수록되어 있는데, 그나마 제2수는 작가 표기가 이하조(李賀朝)로 되어 있다. 더욱이 이이의 작품에는 6작품의 한역시가 첨부되어 있는데, 한시에도 모두 시조와 마찬가지로 동일한 형태의 작가 소개가 되어 있다. 그런데 제1수의 뒤에 첨부된 송시열의 한역시를 제외하고는 모두 한역시의 작가 표시가 잘못되어 있다. 각각 김수항·정호·김창흡·권상하·이희조로 소개된 한역시는 모두 이하조의 한역시로 확인되는데, 이것은 본 가집이 참고로 했던 전사본의 오류를 그대로 따른 것에서 빚어진 현상으로 추정된다.[58]

특히 순 한글 표기를 위주로 하고 있는 본 가집의 특성으로 보아, 다른

---

인종 때 복직되었으며, 상주목사로 재임 중 죽었다.

**57** 예컨대 제2수(#0451.1)의 종장 "더욱 無心ᄒ여라"(청진)가 본 가집에는 '더욱 쇠심ᄒ여라'로 변개되어 있고, 제3수(#4850.1)의 종장 첫 음보에 '어즈버'가 첨가되기도 한다. 또한 제4수(#2300.1)의 중장 3~4음보 '이 두 거시로다'(청진)가 본 가집에는 '이 붓고 무어신고'로 변개되어 있다. 연시조의 제목이 붙어 있는 것은 본 가집에서 이 작품이 유일하다.

**58** 세로로 표기된 가집들에는 한 작품이 끝날 때마다 각각 3작품의 한역시가 첨부되는데, 각각의 한역시 뒤에 '우 송시열(右宋時烈)' 등과 같이 한역을 한 작가가 첨부되어 있다. 공교롭게도 각 작품의 마지막 한역시는 모두 이하조의 것이 수록되어 있다. 따라서 제1수에 한역시 2작품과 다른 작품들의 한역시의 첫수는 모두 송시열의 것으로 시작한다. 그리고 제2수부터는 두 번째 한역시는 각각 작가를 달리하고, 마지막 3번째 작품은 이희조의 것으로 끝난다. 따라서 누군가 〈시가〉에 있는 한역시의 '右○○○'에서 '우(右)'를 지우고 필사했으며, 이를 다시 전사하는 과정에서 본 가집의 작가 표기 방식과 동일하다고 여겨 새로운 작가명이 등장하는 한역시만을 옮긴 것으로 추론된다. 그래서 제2수의 앞부분에 있는 이하조를 작가로 알고 잘못 표기했으며, 다른 한역시의 경우도 새롭게 나타난 작가명을 2번째 작품이 아닌 마지막 이하조의 한역시에 잘못 붙였던 것이다. '고산구곡가'의 모든 작품에 이하조의 한역시가 첨부된 것도 〈시가〉만의 특징적인 면모이다.

가집에 수록된 이본들에 비해 독특한 변이 양상을 보이는 작품들은 본 가집 혹은 전사에 참고로 했던 가집이 연행 현장에 밀착되어 있기 때문으로 해석될 수 있다. 특히 무명씨 작품들에는 여타의 가집들과는 다른 독특한 변이형이 더욱 빈번하게 나타나고 있다. 그중에서 몇몇 작품을 들어 본 가집만의 특징을 설명해 보기로 한다.

한산셤 달 붉은 밤의 슈루의 홀노 올나
큰 칼 만지면셔 깁혼 근심 ᄒ난 츠의
어듸셔 일성호가ㅣ 단아쟝을 ᄒ난고. 〈시죠 *55, 이순신, #5302.1〉

비 마즌 괴양남긔 써근 쥐 츤 져 소르기
가목가치날 싀올시 올커니와
청천(靑天)의 놉히 쁜 학을 싀여 무슴 ᄒ리오. 〈시죠 *94, #2172.1〉

이ᄂᆡ 가슴의 굼글혜 둥시러케 쑬코
원숫기 느슷느슷 눈 길게 크다케 쇼와 그 굼게 그 슷 너허 두고 두 놈이 마조 즈바 이리로 홀근 져리로 홀젹 홀근홀젹이면 나남즉 남되뒤 그난 다 겨 ᄂᆡ여 보려니와
아마도 우리 님 남 주라 ᄒ면 그난 츠마 못 겨닐가 ᄒ노라. 〈시죠 *102, #0034.2〉

첫 번째 작품은 이순신의 작품으로, 〈청진〉을 비롯한 초창기 가집에서 부터 수록되어 있다.[59] 이 작품은 특히 중장과 종장에서 변이의 양상이 심하게 나타난다. 중장의 '큰 칼 녀피 츠고 기픈 시름 ᄒ는 적의'(청진)가 본

---

59 〈청진〉에 수록된 작품은 다음과 같다. "한산(閑山)셤 돌 불근 밤의 수루(戍樓)에 혼자 안자 / 큰 칼 녀피 츠고 기픈 시름 ᄒ는 적의 / 어디셔 일성 호가(一聲胡笳)는 놈의 애를 긋느 니.", 〈청진 *111, 이순신〉.

가집에서는 '큰 칼 만지면셔 깁흔 근심 ᄒ난 츠의'로 변개되어, 의미상 변화가 심하지 않으나 미세한 차이가 발견된다고 하겠다. 특히 '큰 칼 만지면셔'와 '깁흔 근심'으로 나타나는 변이형은 본 가집에서만 나타나는 특징적인 양상이라고 할 수 있다. 또한 종장 마지막의 '님의 애를 긋ᄂ니'(청진)가 '단아장을 ᄒ난고'로 바뀌는 현상은 〈시가〉와 〈청육〉, 그리고 〈가곡원류〉 계열 가집에 공통적으로 나타나는 현상이다. 이와 같은 독특한 변이형은 다른 유명씨 작품들에서도 빈번하게 나타나고 있다.

두 번째 작품은 〈해동가요〉(일석본)과 〈가곡원류〉 계열 가집들에 공통적으로 수록되어 있는 작품이다.[60] 수록된 문헌에 따라서 일부 표기의 차이는 발견되지만, 본 가집을 제외한 여타의 가집들에 수록된 작품들은 대체로 유사한 면모를 보여주고 있다. 그러나 본 가집의 종장의 구절 '청천(青天)의 놉히 쓴 학을 씌여 무슴 ᄒ리오'는 본 가집에만 등장하는 독특한 변이형이다. 즉 다른 가집에 등장하는 '운간(雲間)에 놉히 쓴 봉조(鳳鳥)야 눈흙임은 엇졔오'(해일)는 제3자의 입을 빌어 '봉조에게 눈흘김'을 어찌할 수 있겠는가의 의미로 해석된다. 그러나 본 가집에서는 종장 구절이 변이되어 '청천에 높이 뜬 학을 띌 수 없을 것이라는 뜻으로 체념의 면모를 보이고 있다. 특히 이러한 변이형은 본 가집에서만 나타나고 있다는 점에서 주목할 필요가 있는데, 이 역시 연행 현장과 밀접한 연관 속에서 설명할 수 있을 것이라 여겨진다.

마지막 작품도 〈청진〉을 비롯한 초창기 가집에서부터 꾸준히 수록되어 있다.[61] 대체로 수록된 가집들의 작품들은 일부 자구의 출입이 보이기는

---

60 〈해일〉에 수록된 작품은 다음과 같다. "비 마즌 괴양(槐楊)남게 석은 쥐 츤 져 쇼록이 / 가막갓치는 씰씨는 올컨이와 / 운간(雲間)에 놉히 쓴 봉조(鳳鳥)야 눈흙임은 엇졔오.", 〈해일 *399〉. 이 작품은 〈시가〉에는 수록되어 있지 않다.

61 "가슴에 궁글 둥시러케 뿔고 / 왼삿기를 눈 길게 너슷너슷 쇠아 그 궁게 그 숫 너코 두 놈이 마조 자바 이리로 흘근 져리로 흘젹 흘근 흘젹 홀 저긔는 나남즉 님대되 그느 아모 뵤로나 견듸려니와 / 아마도 님 외오 살라면 그는 그리 못 ᄒ리라.", 〈청진 *549〉.

하지만, 표현과 의미상에서 특별한 차이가 발견되지 않는다. 하지만 초장 첫 부분에 '이닉'가 첨가되고, 종장의 표현이 변이되어 나타나는 현상은 본 가집에서만 특별히 나타나고 있다. 즉 '아마도 님 외오 살라면 그는 그리 못 ᄒ리라'(청진)는 온갖 어려움을 견딜 수 있을지라도 님과 이별하는 것만은 할 수 없다는 의미이다. 그러나 본 가집에서는 그러한 상황을 보다 구체적으로 제시해서 '우리님 남 주라 ᄒ면'으로 조건이 달라진다. 곧 이별이라는 것에서는 유사하나, 사랑하는 님을 누군가에게 빼앗긴다는 구체적인 상황을 제시하고 있는 점이 뚜렷이 구별되는 면모이다. 특히 이러한 변이형이 여타의 가집에서는 나타나지 않고 〈시죠〉에서만 나타난다는 점이다. 본고에 수록된 사설시조에서 이러한 특이한 변이형이 적지 않게 나타나고 있다는 점도 특징적인 현상이다.

　이상으로 본 가집에만 나타나는 특이한 변이형의 양상을 살펴보았다. 가집 전반에 나타나는 이러한 양상은 〈시죠〉가 연행 현장과의 밀접한 관련이 있다는 것으로 이해될 수 있다. 본 가집의 유명씨 작품들은 모두 〈시가〉의 유명씨 또는 무명씨 항목에 보이지만, 무명씨(이하부지하인지 소작) 항목에 수록된 작품들은 〈시가〉에 등장하지 않는 것이 절반에 가까운 43수에 달한다. 따라서 유명씨 항목의 작품들만을 놓고 봤을 때는 〈시가〉와의 친연성이 두드러진 것처럼 보이지만, 무명씨 항목까지를 고려했을 때는 두 가집 사이의 친연성이 옅어지게 되는 것이다. 무명씨 항목에 등장하는 작품들이 평시조와 사설시조 형식이 고르게 나타나는 것으로 보아, 오히려 본 가집의 특징은 '불완전한 편제'를 지닌 유명씨의 항목보다는 뒷부분에 수록된 무명씨 작품들에 있다고 보는 것이 옳다고 여겨진다. 특히 작가명이나 수록 작품의 표기에서 〈가곡원류〉 계열의 특징도 나타나기 때문에 〈시죠〉를 18세기적인 특징을 지닌 가집으로 단정하여 논하는 것은 적절하지 못하다고 하겠다.

## 4. 신출 작품의 검토

마지막으로 본 가집에만 등장하는 신출작을 살펴보고, 이상의 논의를 종합하여 가집의 성격을 파악해 보기로 한다. 〈시죠〉에만 등장하는 신출 작품은 모두 10수로 확인된다. 다음의 작품은 기존 작품의 변이형으로 볼 수도 있으나, 신출작으로 보는 것이 타당하다고 여겨진다.

> 져긔 가난 져 싀악시 얄뮙고도 즛뮈웨라
> 큰 돌다리 너머 주근 돌다리 건너 이리로 밧독 뎌리로 밧독 밧독밧독 여 가난고나 잇고 늬 샤랑 삼고 지고
> 추라로 늬 샤랑이 못 될 양이면 님의 첩이나 될가 ᄒᆞ노라. 〈시죠 *108, #4244.2〉

주지하듯이 이 작품의 구조는 『고시조대전』의 #4244.1[62]과 흡사하며, 다만 화자의 성별과 그 대상이 서로 바뀌어 나타나는 것이 다르다. 이 작품의 유형은 '작중 사태를 객관화하면서 미묘한 애정 심리를 포착'[63]한 것으로 읽혀지고 있다. 기존 작품에서 보여지는 여성 화자가 종장에서 '벗의 님이나 되고라쟈'라고 했을 때는 '한 젊은 여인의 욕망-연정이 윤리 규범의 경계선 가까운 지점에서 얌전빼지 않고 솔직하게 표현된 데서 약간의 윤리적 긴장을 동반한 신선함을 얻고 있'[64]는 것으로 해석되었다. 그러나 화자가 남성인 이 작품에서는 '님의 첩이나 될가' 한다는 것에서는 더

---

**62** "져 건너 흰옷 닙은 사룸 준뮙고도 양믜왜라 / 쟈근 돌드리 건너 큰 돌드리 너머 밥쥐 여간다 ᄀᆞᆯ쥐여 가는고 애고 애고 내 서방(書房) 삼고라쟈 / 진실(眞實)로 내 서방(書房) 못 될진대 벗의 님이나 되고라쟈.", 〈청진 *517〉.

**63** 김흥규, 「사설시조의 시적 시선 유형과 그 변모」, 『욕망과 형식의 시학』, 태학사, 1999, 219면.

**64** 김흥규, 앞의 논문, 220면.

이상 '윤리적 긴장'을 읽어낼 수 없게 된다. 위의 작품은 분명 #4244.1 작품을 패러디 한 것으로 볼 수 있고, 패러디 작품이 원작과는 전혀 다른 의미 지향을 지니고 있기에 별개의 작품으로 보는 것이 타당하다고 하겠다.

거년하시군별첩(去年何時君別妾)고 화홍남원첩무시(花紅南院蝶舞时)라

금년하시첩억군(今年何時妾憶君)고 유록동□몽귀시(柳綠東□蒙歸时)라

군별첩(君別妾) 첩억군(妾憶君)ᄒᆞ니 그를 슬허ᄒᆞ노라.〈시죠 *117, #0201.1〉

님 언제 싈을 밋고 오난 나븨 금ᄒᆞ던가

츈광이 덧업슨 줄 닌들 아니 짐쟉홀가

녹엽(綠葉)이 불성음(不成陰)ᄒᆞᆫ 제 아니 놀고 어이리.〈시죠 *136, #0650.4〉

앞의 작품은 이백의 한시 '사변(思邊)'65을 변용하여 지은 것으로 파악된다. 초장과 중장의 1~2음보는 이백의 시 1행과 3행을 옮겨 놓고, 뒷 구절을 일부 변용시켜 시조로 만들었다. 종장에서는 초장과 중장의 시구에서 '군별첩 첩억군'을 반복하여 수록하고, '그를 슬허 ᄒᆞ노라'라는 상투구로 작품을 종결짓고 있다. 이백의 한시에서는 사랑하는 님을 그리는 화자의 심정이 절실하게 드러나고 있으나, 시조에서는 그러한 심정을 표출하면서 종장에서 체념하는 것으로 종결짓고 있는 것이 의미상의 차이라 하겠다. 중장 3~4음보의 일부 글자를 해독하기가 쉽지 않으나, 전체적으로 헤어진 님을 그리워하는 여성 화자의 심정을 내용으로 하고 있는 작품이다.

뒤의 작품도 본 가집에만 등장하는 신출작인데, 바로 앞의 〈시죠 *135,

---

65 "去年何時君別妾, 南園綠草飛蝴蝶 / 今歲何時妾憶君, 西山白雪暗秦雲 / 玉關去此三千里, 欲寄音書那可聞." 변방으로 떠난 님을 그리는 이 시를 번역하면 다음과 같다. "지난 해 어느 날 당신은 저와 헤어졌지요, 지금은 남쪽 동산 푸른 풀밭에 나비들이 날아다녀요 / 올해에는 어느 날 제가 당신을 기억할까요, 서산엔 흰 눈이 쌓이고 진나라 땅에는 구름이 어두워요 / 당신 계신 옥관은 여기서 삼천리나 먼 곳, 소식 전하려도 어찌 그 곳까지 전할 수 있으리."

#0650.1)<sup>66</sup> 작품과 여러모로 비교된다. 〈시죠 *135〉 작품이 꽃을 매개로 하여 화자의 체념적인 심정을 표출한 것이라면, 이 작품은 즐길 수 있을 때 현재를 즐기자는 향락적인 면모를 보여주는 것이 다르다 하겠다. 초장의 '싁'이라는 표현으로 보아, '오난 나븨'는 화자의 대상인 여성을 지칭한 것으로 볼 수 있다. 중장에서는 시간이 빠르게 흘러간다는 사실을 화자도 충분히 짐작하고 있다고 말하고 있다. 종장의 '녹엽(綠葉)'이 불성음(不成陰)' 곧 푸른 잎이 충분히 그늘을 만들지 못 한다는 것은 나무가 더 자랄 수 있다는 것을 의미한다. 곧 화자는 자신이 아직 늙지 않아서 즐길 수 있는 시간이 충분하니 '아니 놀고 어이' 하겠느냐고 반문하는 것이다.

> 압뫼희 곳치 픠니 츈흥이 무한ᄒ다
> 샨쳐 싀 옴 돗고 닛고기 슐져난듸
> 슐 닉자 법님 오시니 아니 놀고 어이리.〈시죠 *142, #3094.1〉

> 쇼릭치며 괴난 슐이 밤이면 다 괴려니
> 안쥬도 싀로올스 앗가 낙근 고기로다
> 물 건너 법님님닉 불너다가 진취ᄒ리라.〈시죠 *143, #2712.1〉

> 샤람이 샤람인들 샤람마다 샤람
> 속이 샤람이지 얼굴이 샤람이랴
> 샤람이 샤람의 도를 못ᄒ며난 샤람이라 홀쇼냐.〈시죠 *144, #2226.1〉

> 냥반이 냥반인들 냥반마다 냥반이랴
> 무음이 냥반이지 가문이 냥반이랴

---

66 "곳아 싀을 밋고 오난 나븨 금치 마라 / 츈광이 덧업슨 줄 너난 어이 모로난고 / 녹엽이 셩음ᄌ만지ᄒ면 어닉 나븨 다시 오리."

냥반이 냥반의 일을 못ᄒᆞ며난 냥반이라 홀소냐.〈시죠 *145, 3127.1〉

너를 보면 ᄂᆡ 즐겁고 날곳 보면 네 웃더라
눈경의 거러 두고 남 알셰라 ᄒᆞᆨ엿더니
야반의 풍파ㅣ 이러나니 십 년 니별 되거고나.〈시죠 *146, #1012.1〉

　이상의 신출 작품들은 나란히 놓여있는 것으로 보아, 아마도 편찬자 혹은 특정 인물에 의해 집중적으로 지어진 것으로 보인다. 특히 〈*142〉와 〈*143〉은 자연 속에서 벗과 함께 풍류를 즐기겠다는 의미로 서로 연결되며, 〈*144〉와 〈*145〉는 유사한 형식에 용어만 바꾸어 지어낸 것이기 때문이다. 마지막 작품은 '눈졍에 거러 둔' 님과의 이별을 그리고 있다. 흥미롭게도 이 작품 역시 연속한 〈*147〉[67]번과 의미상 짝을 이루고 있다고 볼 수 있다. 뒤이어 수록된 작품(*148)도 역시 본 가집에만 등장하는 신출작이며, 한 작품을 건너서 〈*150〉도 역시 신출작이다. 이처럼 특정 부분에 집중적으로 등장하는 작품의 성격은 편찬자 혹은 특정 인물이 창작한 작품을 함께 모아 수록한 것으로 해석할 수 있을 것이다.

건너 샨 범이 우니 동학이 ᄯᆞᆯ탄 말가
쳔금이 잇다 흔들 아닌 밤의 가랴마난
고은 님 계시다 ᄒᆞ면 죽을만졍 ᄒᆞ오리라.〈시죠 *148, #0223.1〉

앗춤의 져멋더니 져물기야 다 늙거다
경니빅발은 엇던 샤람 안ᄌᆞ난고
두어라 ᄌᆞ셰이 보니 아마 닌가 ᄒᆞ노라.〈시죠 *150, #3251.4〉

---

**67** "우리 두리 후싱ᄒᆞ야 ᄂᆡ 너 되고 네 나 도야 / ᄂᆡ 너 그려 긋던 익를 너도 날 그려 긋쳐 보렴 / 일싱의 그려 긋던 익를 돌녀 볼가 ᄒᆞ노라.", 〈#3571.1〉.

앞의 작품은 화자의 애정에 대한 적극적인 인식을 드러내고 있다. 초장에서는 건넌 산에서 범이 우니 그 소리가 골짜기(洞壑)에 크게 울린다고 하였다. 금방이라도 호랑이가 나타날 것 같은 분위기에서 천금을 얻을 수 있다고 한들 한밤중에 길을 나서는 사람은 많지 않을 것이다. 그렇지만 화자는 '고은 님'이 있다면 비록 호랑이에게 잡혀 죽는다고 한들 길을 나서겠다고 하였다. '고은 님'과의 애정을 성취하기 위해서는 비록 최악의 상황에 놓여있다고 해도 피하지 않겠다는 면모를 잘 보여주는 작품이라고 하겠다.

뒤의 작품 역시 바로 앞의 〈*149〉[68]와 짝을 이루고 있다고 여겨진다. 즉 탄로(歎老)를 주제로 한 작품을 싣고, 그에 짝하는 새로운 작품을 새로이 창작하여 수록한 것으로 해석할 수도 있을 것이다. 이 작품의 초장에서 '앗춤'과 '져물' 무렵은 사람의 일생을 비유한 표현이라 하겠다. 화자도 언젠가 젊을 시절이 있었지만, 인생의 저물녘인 현재는 이미 늙었다는 것을 절감하고 있다. 그것은 거울 속의 백발을 한 자신의 모습(鏡裏白髮)은 젊었을 적에는 생각도 하지 않았을 것이다. 그래서 화자는 그 모습을 보고 '엇던 샤람 안즈난고'라고 자문해 보는 것이다. 때문에 종장에서는 '두어라'라는 체념 섞인 어조로 'ㅈ셰이 보니 아마 닌가 하노라'라고 자답할 수밖에 없게 되는 것이다.

본 가집에서 이 부분에 집중적으로 등장하는 신출작들이 편찬자 혹은 특정 인물의 작품이라고 볼 수 있는 소지가 충분하다고 여겨진다. 특히 무명씨 항목에 수록된 작품의 수효가 다수이기 때문에, 본 가집의 성격과 특징을 논할 때에는 이를 유념해야만 할 것이다. 권두의 '풍도형용' 부분이나 유명씨 항목이 '불완전한 편제'를 취하고 있는데 비해, 무명씨 항목에서 신출작이 집중적으로 출현하고 또한 작품의 성향도 다채롭게 나타

---

68 "반나마 늘거시니 다시 졈던 못ㅎ야도 / 이후나 늙지 말고 믹양 이만 ㅎ얏고져 / 빅발아 네 짐쟉ㅎ야 더듸 늙게 ㅎ여라.", 〈#1820.1〉.

나고 있다. 따라서 편찬자의 관심은 전반부의 유명씨 항목보다 무명씨 작품들이 수록된 후반부에 있었던 것으로도 볼 수 있다. 일부의 작품을 제외하고 순한글로 표기된 수록 작품의 면모나 본 가집에만 보이는 특이한 변이형이 많다는 것은 그만큼 본 가집이 연행 현장과 밀착되어 있었다는 의미로도 해석할 수가 있다고 해석될 수 있다. 이에 대해서는 앞으로 가집의 보다 면밀한 검토를 통해서 그 의미를 찾아야 할 것이라고 생각한다.


## 5. 맺음말

가집 연구에서 그것의 편찬 연대를 밝히는 것도 의미가 있지만, 문헌의 편제나 수록 작품의 면모를 살펴 시조사에서의 위상을 점검하는 것이 더욱 중요하다. 본고에서는 그동안 학계에 보고되지 않았던 단국대 소장본 〈시죠(詩調)〉의 문헌적 특성과 수록 작가와 작품의 변이형, 그리고 신출 작품의 면모 등을 살펴보았다. 여타의 시조 관련 문헌에서는 볼 수 없었던 새로운 작가명이 출현하고, 작품의 변이형 역시 본 가집만의 독특한 면모가 있음을 확인할 수 있었다. 다른 가집들과는 다른 독특한 변이형의 작품이 많이 등장한다는 것은, 본 가집이 문헌에 의존하기보다는 연행 현장에 밀착되어 있다는 의미로 해석할 수 있겠다.

가창 양식으로서의 시조는 연행 현장에서 가사의 변형이 쉽게 일어날 수 있다. 가집의 존재는 연창의 레퍼토리를 모아놓은 문헌으로, 그러한 변이를 가급적 제한하는 효과를 지니고 있다. 하지만 본 가집에서는 개별 작품의 변이가 여타의 문헌들과는 다르게 매우 다양하게 나타난다. 그런 점에서 본 가집이 지닌 가집 편찬사에서의 위상도 주목할 필요가 있다고 하겠다. 유명씨 항목에서 〈시가〉와 유사한 면모가 나타나기도 하지만, 새로운 작가의 출현이나 작품의 변이형 그리고 가집에서 차지하는 무명씨 작품의 비중으로 볼 때 〈시죠〉의 위상은 매우 독특한 것으로 확인되고 있기 때문이다.

가집 권두에 수록된 '수파형 악보'의 존재는 연행 현장과의 밀접한 관계를 드러내는 것으로 볼 수 있고, 절반을 상회하는 무명씨 작품의 면모도 새로운 작품을 수집하려는 편찬자의 의도가 작용하고 있다고 볼 수 있다. 또한 작가명이나 작품의 면모에서 19세기 후반기의 〈가곡원류〉 계열 가집들과의 친연성도 발견되는데, 이는 편찬 연대와 관련해서 중요한 시사점을 던져주고 있다고 하겠다. '열성어제'·'여말명신'·'본국명신' 등으로 구분하는 유명씨 항목의 배열은 〈시가〉 등 18세기 가집들과 유사한 면모를 보여주지만, 앞서 지적한 가집의 다양한 양상은 또한 19세기 가집들과의 친연성도 드러내고 있다. 따라서 현 단계에서 정확한 편찬 연대를 추정하기는 쉽지 않지만, 적어도 19세기 이후에 편찬된 것으로 보는 것이 타당하다고 여겨진다. 앞으로 여타 가집들과의 상세한 비교를 거친다면, 그 편찬 연대는 더욱 늦어질 가능성도 배제할 수 없다고 하겠다. 이러한 부분에 대해서는 가집에 대한 지속적인 관심 속에서 해명해야할 과제라 하겠다.

〈『고전문학연구』 제35집, 한국고전문학회, 2009.〉

# 제2부 안민영과 〈금옥총부〉

-〈금옥총부〉를 통해 본 안민영의 가악 활동과 가곡 연창의 방식
-안민영과 흥선대원군
-안민영 「매화사」의 연창 환경과 작품 세계
-안민영과 〈승평곡〉

# 〈금옥총부〉를 통해 본 안민영의 가악 활동과
가곡 연창의 방식

## 1. 머리말

　주지하듯이 안민영(安玟英: 1816~85?)은 그의 스승인 박효관(朴孝寬: 1800~80?)과 함께 〈가곡원류(歌曲源流)〉라는 가집을 편찬했으며, 자신의 작품만을 모아 개인 가집인 〈금옥총부(金玉叢部)〉를 남긴 인물이기도 하다. 가집 편찬자이자 가창자(歌唱者)로 활동했던 그의 존재는 조선 후기, 특히 19세기 시조문학사를 연구함에 있어 가장 중요한 대상 중의 하나라고 하겠다. 〈가곡원류〉는 현재 전하는 이본(異本)이 10여 종을 상회하는데, 동일 계통의 가집이 이처럼 광범하게 유통되었다는 사실에서 그것이 당대 음악계에서 적지 않은 영향을 끼쳤음을 잘 보여주고 있다. 자신의 작품 181수만으로, 당시 연창되던 가곡의 곡조에 맞춰 작품을 배열하여 편찬한 〈금옥총부〉는 안민영의 음악적 재능을 확인할 수 있게 하는 중요한 자료로 역할을 하고 있다. 〈가곡원류〉는 물론이고, 〈금옥총부〉 역시 안민영의 치밀한 음악적 고려에 의하여 탄생된 가집이다. 본고에서는 안민영의 개인 가집인 〈금옥총부〉의 검토를 통해서, 음악가로서 안민영의 활동 상황과 당시 가곡 연창 방식의 다양한 면모를 밝혀보고자 한다.

　문학 작품인 시조(時調)를 노래하는 방식은 가곡창(歌曲唱)과 시조창(時調唱)이 있다. 이 중에서 시조창은 대개 '장고 반주 하나로 족하고, 장고

장단을 갖추지 못하면 '무릎 장단'만으로도 노래를 할 수 있다. 이에 반해 '가곡은 거문고·가야금·피리·대금·해금·장고 등으로 편성되는 관현 반주(管絃伴奏)를 갖추어야 하는 전문가적인 음악'[1]이다. 따라서 가곡은 그 음악적 형식을 익히기 위해 오랜 기간 동안의 숙련이 필요하고, 연창자와 반주자와의 호흡이 얼마나 잘 들어맞는가 하는 점도 매우 중요하다. 성악 곡인 가곡은 이처럼 다양한 악기의 연주를 동반한 음악 양식으로 고도의 음악성을 요하며, 노래를 부름에 있어 해당 곡조와 가사가 얼마나 적절하게 조화를 이루는가 하는 점도 중요한 요인 중의 하나인 것이다.[2]

일반적으로 가곡은 19세기에 이르러 각 곡조별로 작품을 연창하는 편가(篇歌, 한바탕) 형식이 정착되었으며,[3] 그 이후 현재까지 이러한 가곡 연창의 전통은 그대로 이어지고 있다. 실제로 조선 후기에 편찬된 가집들은 현전하는 최초의 가집인 김천택 편 〈청구영언〉에서부터 초중대엽(初中大葉) 이하 각 곡조에 맞추어 작품을 배열하고 있어, 이러한 가집의 편제는 그대로 가곡의 연창에 있어서 '편가'를 전제하고 있다고 해석할 수 있다. 그러나 그것이 양식화되어 오늘날과 같은 우조와 계면조의 곡조들로 짜

---

1 장사훈, 『최신 국악총론』, 세광음악출판사, 1991, 421면.

2 장사훈은 '시조는 그 가사 전달에 묘미가 있지만, 가곡은 가사 내용보다 그 음악성을 감상하고 즐겨 왔다'고 밝히고 있다(장사훈, 『최신 국악총론』, 421면). 그러나 그의 이 발언은 연창자가 가곡을 부를 때, 결코 가사 내용의 전달이 중요하지 않다는 것을 의미하지는 않는다고 해석된다. 간단한 장단만으로 노래하는 시조창에 비해서, 가곡은 보다 고도한 음악적 형식이 요구된다는 것을 강조하고 있는 진술이다. 시조나 가곡은 모두 성악곡인 까닭에, 연창자가 향유자들에게 작품의 내용인 가사를 정확히 전달하는 것이 무엇보다 중요하기 때문이다.

3 신경숙은 19세기 가곡의 특징을 ① 편가 형식의 발달, ② 여창 가곡의 출현, ③ 형식화 지향의 가곡창 등으로 설명하고 있다. 신경숙, 『19세기 가집의 전개』(계명문화사, 1994), 15~34면. 최동원 역시 시조문학과 음악사와의 연관을 고려하여, 19세기 가곡의 양상을 다음과 같이 설명하고 있다. ① 19세기에 많은 가집들이 편찬되었다. ② 가집의 편찬이 가곡의 창을 위한 실용적인 목적에서 이루어졌다. ③ 가곡의 곡조가 훨씬 늘어났으며, 가곡원류기에 이르면 현행 가곡의 체계가 확립되었다. ④ 가객들이 모여 가악 생활을 한 그룹과 같은 것이 있었으리라 추정된다. 최동원, 「19세기 시조의 시대적 성격」(『고시조론』, 삼영사, 1980), 102~108면.

여진 한 바탕이 정착된 것은 분명 19세기적인 특징이다. 〈금옥총부〉 역시 그 편제에서 우조와 계면조로 나누어 작품을 배열하고 있으며, 이른바 연시조나 연작시조라 할 수 있는 작품들도 각 곡조별로 나누어 수록하고 있음을 확인할 수 있다. 자신이 창작한 작품만으로 가곡의 각 곡조에 맞추어 수록한 것은, 이 가집이 자신의 문학적·음악적 역량을 실현하기 위한 모색의 산물이었음을 잘 보여주고 있다.

〈금옥총부〉에는 매 작품마다 작품의 창작 배경이나 다양한 설명을 덧붙인 발문(跋文)이 기록되어 있다. 이미 앞에서 지적했듯이 가집의 편제 또한 당시 연창되던 가곡의 곡조에 맞추어 각 작품들이 배치되어 있다. 따라서 가집의 편제와 개별 작품들의 발문들을 통해서 당시 다양한 방식으로 연창되던 가곡의 구체적인 면모를 확인할 수 있을 것이다. 특히 연시조나 연작시조들이 어떻게 배열되어 있는가를 살펴 우조와 계면조의 각 곡조들을 순서대로 부르는 한 바탕의 편가 형식만이 아니라, 그중 일부의 특정 곡조들을 취해서 부분적으로 묶어 부르는 연창 형식이 존재했음을 밝힐 수 있을 것이다. 본고는 바로 이런 관점에서 〈금옥총부〉의 기록을 통해 안민영의 활동 상황을 간략하게 짚어보고, 가집의 편제나 작품 수록 양상 등을 살펴 당시 가곡 연창 방식의 다양한 면모를 검토하기로 한다.

## 2. 안민영의 생애와 활동 상황

안민영은 180여 수의 적지 않은 작품을 남긴 시조 작가이자, 〈가곡원류〉와 〈금옥총부〉를 편찬한 가집 편찬자로서 당대 예술사에 적지 않은 기여를 한 인물이다. 안민영에 대한 기존의 연구는 주로 시조 작가이자 가집 편찬자로서의 면모를 살핀 논문이 주를 이루고 있다. 최근에는 그의 작품 일부 또는 전체를 다루면서 조선 후기 시조문학사에서 그의 작품이 지닌 위상을 살핀 논문들도 활발하게 제출되고 있다. 이들 선행 연구에서는 안민영의 작품 세계는 물론 활동 내용과 교유 관계 등을 밝힘으로써 적지 않은 성과를 이루어 냈지만, 그의 개인사적 면모에 대해서는 아직까지 많은 부분 해명되지 못한 채로 남아있다.[4] 본고에서는 먼저 그에 대하여 가장 풍부한 기록을 남기고 있는 〈금옥총부〉의 발문 등을 통해서, 안민영의 활동 상황 등을 간략하게나마 살펴보고자 한다.

〈금옥총부〉에 수록된 각 작품의 발문에는 작품을 창작한 연대를 남긴 경우가 있는데, 이러한 연대기를 통해 안민영의 생애에 대해서 어느 정도 그려볼 수 있다. 그는 66세가 되던 해에 자신의 일생을 되돌아본 감흥을 읊은 내용의 작품을 남기면서, 그 작품의 발문에 '나는 젊어서부터 호방

---

4 안민영과 그의 작품 세계를 다룬 논문들은 대략 다음과 같다. 심재완, 「금옥총부(주옹만필) 연구-문헌적 고찰 및 안민영 작품 고찰」, 『청구대학논문집』 제4집, 청구대학, 1961; 강전섭, 「〈금옥총부〉에 대하여」, 『어문연구』 제7집, 어문연구회, 1971; 진동혁, 「주옹의 생애와 문학」, 『고시조문학론』, 형설출판사, 1976; 박을수, 「안민영론」, 『한국문학작가론』, 형설출판사, 1982; 황순구, 「안민영론」, 『고시조작가론』, 백산출판사, 1986; 정상균, 「안민영」, 『한국근세시문학사연구』, 한신문화사, 1988; 고미숙, 「안민영의 작품 세계와 그 예술사적 의미」, 『한국학보』 제62집, 1991(『19세기에서 20세기 초 한국시가의 구도』, 소명, 1998에 재수록); 류준필, 「안민영의 「매화사」론」, 『한국고전시가작품론』, 집문당, 1992; 이지엽, 「안민영의 시조 창작을 통해 본 19세기 가객 시조의 성격」, 이화여자대학교 석사학위논문, 1993; 조규익, 「안민영론-가곡사적 위상과 작품 세계를 중심으로」, 『국어국문학』 제109호, 국어국문학회, 1993; 이동연, 「19세기 가객 안민영의 예인상」, 『이화어문논집』 제13집, 이화여자대학교 한국어문학연구소, 1993; 박노준, 「안민영의 삶과 시의 문제점」, 『조선후기 시가의 현실 인식』, 고려대학교 민족문화연구원, 1998; 성기옥, 「한국 고전시 해석의 전망과 과제-안민영의 「매화사」 경우」, 『진단학보』 제85호, 진단학회, 1998; 신경숙, 「안민영과 기녀」, 『민족문화』 제10집, 한성대학교 민족문화연구소, 1999; 신경숙, 「안민영과 예인들-기악 연주자들을 중심으로」, 『어문논집』 제41집, 민족어문학회, 2000; 송원호, 「가곡 한바탕의 연행 효과에 대한 일 고찰(2)-안민영의 우조 한바탕을 중심으로」, 『어문논집』 제42집, 안암어문학회, 2000; 성무경, 「〈금옥총부〉를 통해 본 '운애산방'의 풍류세계」, 『반교어문연구』 제13집, 반교어문학회, 2001; 이형대, 「안민영의 시조와 애정 정감의 표출 양상」, 『한국문학연구』 제3호, 고려대학교 민족문화연구원 한국문학연구소, 2002; 김용찬, 「안민영 「매화사」의 연창 환경과 작품 세계」, 『어문논집』 제54호, 민족어문학회, 2006(이 책에 재수록되었음); 김용찬, 「안민영과 〈승평곡〉」, 『시조학논총』 제26집, 한국시조학회, 2007(이 책에 재수록되었음); 김용찬, 「안민영과 흥선대원군」, 『배달말』 제34집, 배달말학회, 2008(이 책에 재수록되었음) 등.

(豪放)하고 자일(自逸)하여 풍류를 좋아하였다. 배운 것은 모두 음악이었고, 거처한 바는 모두 번화한 곳이었으며, 사귄 것은 모두 부귀한 자였다'[5]고 토로한 바 있다. 실제로 그의 작품을 통해서 평생 많은 곳을 돌아다닌 것으로 확인되는데, 그렇지만 그의 삶의 근거는 역시 한양을 중심으로 한 도회적 분위기였음을 이 진술을 통해서 알 수 있다.

전국 곳곳을 방문하였을 때, 그 지역의 사람들이 안민영을 위해 기꺼이 호화로운 풍류 공간을 마련하는 것에서 그가 말한 '부귀(富貴)'의 실상도 짐작할 수 있을 것이다. 또한 당대의 최고 권력자였던 흥선대원군과 인연을 맺은 이후에는, 그의 후원으로 비교적 안온한 환경에서 가악 생활을 영위할 수 있었던 것도 이러한 진술의 근거가 될 수 있을 것이다. 〈금옥총부〉수록 작품들의 발문의 내용을 살펴보면, 대체로 그의 삶은 음악을 바탕에 깔고 낭만과 풍류의 생활로 점철되어 있다 해도 과언이 아니다. 가집인 〈가곡원류〉와 〈금옥총부〉의 편찬은 이러한 자신의 활동 상황을 기록하고자, 삶을 정리하는 의미에서 실행한 예술가로서의 작업이라 평가할 수 있을 것이다.

〈금옥총부〉에 남긴 그의 자서(自序)나 여러 작품들에 부기(附記)된 발문 등을 통해서, 안민영이 1816년(순조 16)에 태어났다는 것은 분명하게 확인되고 있다. 하지만 그가 언제, 누군가에게 음악을 배웠는지는 기록이 분명치 않다. 다만 그와 같이 활동했던 박효관은 〈가곡원류〉의 가집 발문에서 안민영을 '문하생(門生)'[6]이라 지칭하고 있는데, 그를 평생 스승이자 지우(知友)로 섬긴 사실로 보아 박효관을 통해 안민영이 음악에 입문했을 것이라는 추정이 가능하다. 박효관은 또한 〈금옥총부〉의 서문에서도 안민영이 '노래를 짓는 것(作歌)에 뛰어났고, 음률(音律)에 정통했다'는 사실

---

5 '余自靑春, 豪放自逸, 嗜好風流, 所學皆詞曲, 所處皆繁華, 所交皆富貴. …', 〈금옥총부〉 *166 작품 발문.

6 '余每見歌譜, 則無時俗詠歌之第次名目, 使覽者, 未能詳知. 故與門生安玟英相議, 略聚各 譜, 分其羽界名目第次, 抄爲新譜. …', 〈가곡원류〉 박효관 발문.

을 밝히고, 가집의 서문을 부탁하자 그의 작품이 '고저청탁이 있고 음률이 잘 어울리며 절주(節奏)에 들어맞았다'고 평가함으로써 그의 음악적 재능을 인정하고 있다.[7]

가집에 수록된 작품들의 발문에는, 이를 증명이라도 하듯 그의 음악에 대한 식견이나 당대 예인들과의 활발한 교류의 면모가 잘 드러나고 있다. 당대의 기녀들이나 예인들과의 예술적 교류도 매우 활발하게 진행되었던 것으로 알려지고 있다.[8] 이밖에도 홍선대원군(興宣大院君) 이하응(李昰應: 1820~98)을 비롯한 왕실 인물들과의 관계, 박효관과 그 주변 인물들과의 교유 관계, 그가 살아가면서 느꼈던 개인적 소회 등에 대해서도 〈금옥총부〉 수록 작품들의 발문을 통해서 구체적으로 확인할 수 있다.

〈금옥총부〉의 작품 발문을 살폈을 때, 연대를 확인할 수 있는 행적으로 가장 앞서는 기록은 안민영이 27살 때인 1842년(헌종 7)의 것을 들 수 있다. 그는 1842년 가을 호남을 방문하여 남원 인근의 운봉에 살고 있던 판소리 명창 송흥록과 '일대(一隊) 명창'인 신만엽·김계철·송계학 등과 함께 10여일 '질탕하게' 즐겼던 사실을 기록하고 있다.[9] 당시에 안민영이 어떤 목적으로 호남의 순창과 남원 등을 방문했는지는 여타의 기록에서도 분명하게 확인되지 않는다. 하지만 안민영과 판소리 창자들이 10여일 동

---

**7** '口圃東人安玟英, 字聖武, 又荊寶, 號周翁. … **又善於作歌, 精通音律.** … **爲之作數百闋新歌, 要余校正, 高低淸濁, 協律合節.** …', 〈금옥총부〉 박효관서.

**8** 안민영과 교유하였던 기녀들과 기악 연주자들과의 관계에 대해서는 신경숙의 다음 두 논문을 참조할 것. 신경숙, 「안민영과 기녀」, 『민족문화』 제10집, 한성대학교 민족문화연구소, 1999; 신경숙, 「안민영과 예인들-기악 연주자들을 중심으로」, 『어문논집』 제41집, 안암 어문학회, 2000 등.

**9** '**余於壬寅秋, 與禹鎭元, 下往湖南淳昌, 携朱德基, 訪雲峰宋興祿, 伊時申萬燁, 金啓哲, 宋啓學, 一隊名唱, 適在其家, 見我欣迎矣, 相與留延迭宕十日後,** 轉向南原, 則全州妓明月, 字弄仙, 得罪於道伯, 定配於南原矣. 見其姿色, 絶美粗解, 音律行動, 凡百言語, 無所不備, 仍與相隨, 情誼轉密, 不覺時日之遷延, 及其臨別, 難以形言, 上洛後, 聞其解配, 還鄕卽付一片書, 未見其答, 必致浮沈而然耳.', 〈금옥총부〉 *141 발문. 이 작품은 그 이후 남원에서 만난 전주기 명월(明月)과의 인연을 노래한 것이고, 발문도 뒷부분에 그녀에 대한 감정을 펼쳐놓고 있다. 하지만 본고는 이 기록에서 가곡의 가창자인 안민영과 판소리 명창들과의 만남에 주목하였다.

안 함께 노닐면서, 가곡과 판소리를 서로 부르며 가악(歌樂)을 즐겼으리라는 것은 분명해 보인다. 그는 또한 37살 때인 1852년(철종 3) 봄에 영남을 방문하였다가, 귀로(歸路) 중에 문경 조령에 들러 교귀정(交龜亭)과 용추(龍湫)에서 잠시 머무르기도 하였다.[10] 그로부터 10년 뒤인 1862년 가을에는 홍천의 임경칠이란 사람과 함께 금강산을 유람하기도 하였다.[11] 대원군과의 인연을 맺기 이전의 안민영에 관한 연대기적 기록은 상대적으로 그리 많지 않다. 하지만 그의 작품에는 위에서 언급한, 영남과 호남 그리고 강원도 지역을 돌아보며 지은 작품들이 상당수 발견된다. 실제로 이들 작품 중에서 이 당시 해당 지역을 방문하면서 지은 것으로 보이는 것들도 상당수 발견할 수 있었다. 만약 그렇다면 해당 작품들의 상당수는 아마도 젊은 시절 이들 지역을 유람하면서 창작된 것이라 추론할 수 있겠다.[12]

병인양요(丙寅洋擾)가 일어났던 1866(고종 3)년에는 51살의 고령임에도 난을 피해 가족들을 이끌고 강원도 홍천으로 피난을 가는데, 절박한 피난 생활 중에서도 자신이 머물렀던 심산유곡(深山幽谷)의 아름다운 경치를 무릉도원에 비기는 여유를 보이고 있기도 하다.[13] 또한 그의 나이 62살이 되던 1877년에는 평양(西京)으로 가는 도중에 개성 선죽교를 들러 다리 위에 붉은 피의 흔적을 보고, 정몽주의 충심을 생각하며 감회에 젖기도 하였다.[14] 이듬해인 1878년에는 일 때문에 해주(海營)에 머물던 절친한 벗 김

10 '余於壬子春, 自嶺南歸路, 到聞慶鳥嶺, 交龜亭, 龍湫, 暫歇.', 〈금옥총부〉 *16 작품 발문. 여기에 기록된 간기인 '임자(壬子)'는 1852년이다.

11 '壬戌秋, 與洪川林景七, 入金剛, 登歇醒樓.', 〈금옥총부〉 *85 작품 발문.

12 자세한 내용에 대해서는 관련 기록을 근거로 안민영의 연대기를 정밀하게 추적해나 가면서 고찰해야 할 필요를 느낀다. 이에 대해서는 별도의 연구로 미룬다.

13 '너 집은 도화원리(桃花源裏)여늘 / 자네 몸은 행수단변(杏樹壇邊)이라 / 궐어(鱖魚) | 살졌거니 그물은 자네 밋네 / 아희(兒孩)야 / 덜 괴인 박박주(薄薄酒) ㄹ만정 병(甁)을 치와 너 흐라. 丙寅洋醜之亂, 余亦率家, 避難于洪川靈金里, 而山高谷深, 人跡不到處也. 人皆謂桃源, 然 虎患可畏.', 〈금옥총부〉 *156 작품과 발문. 작품을 인용할 경우, 가집에 5장의 가곡으로 떠어 쓰기가 되어 있어 이를 따라 각 장마다 '/'로 구분하였다.

14 '충신(忠臣)의 옛 자취를 / 돌머리에 깃트슨져 / 상설(霜雪)이 엄(嚴)할수록 불근 피 어

〈금옥총부〉를 통해 본 안민영의 가악 활동과 가곡 연창의 방식   141

윤석을 방문하여 여러 날을 함께 지내기도 하였다.[15] 그는 다른 기록에서 젊은 시절의 자신을 뒤돌아보면서 '매번 좋은 산과 강을 만나면 너무 기뻐 돌아갈 것을 잊었'고, 금강산을 비롯하여 전국 각지의 명승지를 찾아다녔다고 고백하였다.[16] 안민영은 또한 1867년(고종 4) 봄 스승인 박효관과 함께 '일등 공인(一等工人)'들과 '일패(一牌) 기녀'들을 이끌고, 남한산성으로 가서 3일 동안 질탕하게 가악(歌樂)을 즐기고 돌아오기도 하였다.[17] 이처럼 전국 각지로 유람했던 발문의 기록들은, 그의 고백과 어느 정도 일치하고 있다고 하겠다.

안민영에게 있어서 흥선대원군(이하 대원군)과의 만남은 매우 중요한 의미를 지니고 있다고 판단된다. 안민영은 대원군을 1867년(고종 4)부터 '오랫동안 모셨다(長侍)'라 기록하고 있다.[18] 안민영은 이 기록에서 단지

---

제론 듯 / 아마도 / 선만고정충대절(亘萬古貞忠大節)은 포은공(圃隱公)을 뵈왓노라. 丁丑西京之行, 到善竹橋, 見石上血痕淋灕, 有感而作.', 〈금옥총부〉 *104 작품과 발문.

**15** '戊寅春, 碧江金允錫君仲, 有事下去海營, 而逐日相隨之餘, 阻懷如山, 一日遙望, 一片閑雲, 去留於西天矣, 聊以作之.', 〈금옥총부〉 *115 작품 발문. 해주와 평양 등을 유람하면서 지은 작품들 역시 이 시기에 지어진 것으로 추정할 수 있다.

**16** '余自青春, 豪放自逸, 嗜好風流, 所學皆詞曲, 所處皆繁華, 所交皆富貴, <u>而有時, 亦有物外之想, 每逢佳山麗水, 聊恰然忘歸, 所以金剛, 雪嶽, 貝江, 妙香, 東海, 西海, 凡在國中之名勝者, 殆無迹不到處.</u> 豈盡爲風流繁華, 霜雪, 風雨, 海浪, 山獸, 野署, 峽寒, 亦備在其中間, 一方, 旣非鐵腸石肚, 安得不今日老且病也. 余今年, 六十六歲, 雨聰獨坐, 忽起念一生過痕, 無非鳥啼, 花落, 雪飛, 水空而已. 照鏡白髮, 無以自慰, 欲一大白自唱一関, 漆園花蝶, 不辨其眞假耳.', 〈금옥총부〉 *166 작품 발문. 이 기록은 그의 나이 66살 때인 1881년(고종 17) 때의 기록이다. 여기에서는 그 자신이 젊은 시절 '호방자일(豪放自逸)'하고 풍류를 좋아하였음을 밝히며, 그 사이사이 어려움이 적지 않았던 인생을 살았음을 강조하고 있다.

**17** '余於丁卯春, 與朴先生景華, 安慶之, 金君仲, 金士俊, 金聖心, 咸啓元, 申在允, 率大邱桂月, 全州妍妍, 海州錦香, 全州香春, 一等工人一牌, 卽上南漢山城. 時則百花爭發, 萬山紅綠, 相映爲畵, 是所謂不可逢之勝槩佳會也. 三日迭宕, 而還到松坡津, 乘船下流, 漢江下陸.', 〈금옥총부〉 *163 작품 발문.

**18** '余於辛丑冬, 夢陪文武周公於私室, 而心獨喜而自負. <u>自丁卯以後, 長侍石坡大老</u>, 是豈非夢兆之靈應歟.', 〈금옥총부〉 *168 작품 발문. 석파대노는 대원군의 호이며, 안민영이 '석파대노를 오랫동안 모셨다'는 정묘년은 대원군이 섭정을 하고 있던 고종 4(1876)년이다. 특히 대원군과의 필연적인 인연을 강조하기 위해 그보다 25년 전인 1841년(辛丑)에 자신이 꾸었다는 '몽조(夢兆)'를 언급하고 있는 것이 특이하다.

'정묘년부터 석파대노를 오랫동안 모셨다'고만 하였지, 어떻게 대원군과 인연을 맺게 되었는지에 대해서는 구체적으로 밝히지 않았다. 그의 작품들에는 특정 인물들을 평가하는 노래들이 적지 않은데, 대체로 해당 인물은 안민영과 교유를 했던 것으로 확인되고 있다. 그러한 작품 중에서 대원군의 수하였던 하정일(河靖一)을 대상으로 삼고 있는 것을 발견할 수 있었다.[19] 하정일은 고종이 즉위하기 이전인 철종 때, 대원군이 당시 세도가인 안동 김씨의 위협을 피하기 위해 시정에서 함께 지냈던 무뢰배들 중의 하나이다.[20] 하정일과 더불어 30여 년을 알고 지냈다는 기록으로 보아, 적어도 안민영이 대원군보다는 하정일과 먼저 교유했을 것이라 짐작된다. 그렇다면 안민영은 하정일의 주선으로 대원군을 만났던 것이라 추정할 수 있겠다.

대원군과의 인연을 맺은 이후, 그는 당대 막강한 권력의 후원 아래 자연스럽게 당대 문화의 중심에 뛰어들었던 것으로 보인다. 왕과 왕세자, 그리고 대왕대비 등 왕실의 주요 인물들에 대한 하축시(賀祝詩)들은 그러한 그의 위상을 잘 반영하고 있다고 하겠다. 특히 대원군의 거처였던 운현궁과 대원군의 여러 별장들을 출입하면서, 대원군과 주변 인물들과의 관계는 더욱 돈독해졌을 것이다. 안민영이 대원군과 알게 된 이후부터 매우 상세하게 연대기적 기록을 남긴 것도, 자신의 후원자가 당대 권력자인 대원군이라는 사실을 과시하기 위한 의도도 내포하고 있었을 것이라 짐작된다. 특히 여러 차례에 걸쳐 대원군과 그의 아들 우석공을 '모시고' 가악(歌樂)을 동반한 풍류를 즐기는 모습은, 안민영의 위치하고 있던 당대의

---

19 '강의과감(剛毅果敢) 열장부(烈丈夫)요/ 효친우제(孝親友弟) 현군자(賢君子)ㅣ라/ 양신미경(良辰美景) 늬 노름에 명희현령(名姬賢伶) 자유여(自有餘)ㅣ라/ 미재(美哉)라/ 사친가일(事親暇日)에는 오유자락(傲遊自樂) ᄒ더라. 河加德靖一, 字聖初, 號. 孝親友第, 而性本剛毅果敢, 臨事無疑, 可謂一代快丈夫也. 與余敬愛三十年.', 〈금옥총부〉 *34 작품과 발문.

20 이 시기 대원군과 어울렸던 자들을 '천하장안(千河張安)'이라 칭했는데, 천희연·하정일·장순규·안필주 등의 성을 따서 그렇게 일컬었다. 이들은 대원군 집정 이후에도 계속해서 대원군을 보좌하였다.

문화적 위상을 증명하고 있는 셈이다.²¹

안민영은 1864년(고종 1) 고종이 즉위한 다음 해 봄에 왕을 위하여 '하축시(賀祝詩)'를 짓기도 하였으며,²² 대원군의 부인이 회갑이 되던 1878년(고종 15)에는 '가곡 3장'을 지어 노래를 불러 바치기도 하였다.²³ 1879년에는 대왕대비인 신정왕후(익종 비)의 탄일(誕日)을 하축하는 시를 남기기도 하였으며,²⁴ 이듬해인 1880년에는 대원군의 회갑을 맞아 '하축 3장'을 지어 바치기도 하였다.²⁵ 같은 해인 1880년 대원군의 아들인 우석공(又石公) 이재면(李載冕: 1845~1912)이 병조판서에 제수되자, 이를 하축하는 작품을 짓기도 하였다.²⁶ 또한 세자가 8살이 되던 해인 1881년에는 모두 우조의 곡조로 짜여진 8수의 '하축시(賀祝詩)'²⁷와 계면의 곡조인 언편(言編) 작품 1수의 탄일 하축시를 남기기도 했다.²⁸

이러한 작품의 창작 배경에는 대원군과의 밀접한 관계가 전제되어 있

---

21 박노준은 군주가 아닌 군왕의 생부이자 신료의 한 사람이었던 대원군과 그의 아들 이재면을 위해 헌상한 노래들은 결과적으로 안민영이 '아유(阿諛)의 문학'에 종사한 것으로 평가된다고 논하고 있다. 박노준, 「안민영의 삶과 시의 문제점」, 341면.

22 '聖上, 卽祚元年, 甲子之春, 賀祝.', 〈금옥총부〉 *1 작품 발문. 고종은 1863년(계해) 겨울 즉위하였는데, 통상 왕이 즉위한 다음 해를 원년으로 삼는다. 따라서 이 작품의 갑자(甲子)는 즉위 원년에 해당하는 1864년을 지칭한다.

23 '戊寅, 二月初三日, 府大夫人華甲日也. 作三章歌曲, 唱而獻賀.', 〈금옥총부〉 *71 작품 발문. 부대부인은 대원군의 부인을 지칭하며, 이 작품은 모두 3수(*71, *171, *170)로 이루어진 연작시조라 할 수 있다.

24 '丁丑, 十二月初六日, 誕日賀祝.', 〈금옥총부〉 *169 작품 발문.

25 '庚辰十二月二十一日, 石坡大老回甲日, 聖上, 親臨于雲宮獻壽, 而作賀祝三章.', 〈금옥총부〉 *8 작품 발문. 이 작품 역시 모두 3수(*8, *25, *67)로 이루어진 연작시조라 할 수 있다.

26 '庚辰, 夜拜又石尙書, 爲兵曹判書.', 〈금옥총부〉 *65 작품 발문.

27 '聖上, 卽祚之初, 自東峽有獻白雉者, 又有獻一莖九穗之禾者, 又自仁川獻靈龜者, 此是大吉祥也. 世人皆謂後日聖人必降矣. 果於甲戌二月初八日, 聖世子誕降.', 〈금옥총부〉 *2 작품 발문. 발문의 내용으로만 보면 이 하축시는 세자가 탄강한 1874년(갑술)에 지어진 것으로 보이지만, '하축 제7'인 *95 작품의 초장이 '세자저하(世子邸下) 보령 팔세(寶齡八歲)에…'로 시작하는 것으로 보아 1881년에 창작된 것임을 알 수 있다.

28 '世子邸下, 誕日賀祝.', 〈금옥총부〉 *173 작품 발문. 이 역시 작품의 중장에 '세자저하(世子邸下) 보령 팔세(寶齡八歲)' 운운의 내용이 있어, 1881년에 지어진 것임을 알 수 있다.

다. 이들의 친밀한 관계를 증명하듯, 안민영의 회갑이 되던 1876년(고종 13) 6월에는 대원군이 자신의 별장이 있던 공덕리 추수루에서 그를 위해 회갑연을 베풀어주었다.[29] 대원군의 아들인 이재면 또한 공덕리 아소당에서 안민영을 위해 회갑연을 마련해 주기도 하였다.[30] 이밖에도 경복궁과 대원군의 거처인 운현궁을 소재로 한 작품들이 적지 않게 창작되었으며, 대원군의 별장이 소재하고 있던 마포의 공덕리·창의문 밖의 삼계동[31]·양주의 직동(곧은골)을 소재로 한 작품들이 상당수 발견된다. 이러한 작품들은 대원군과 안민영 사이의 밀접한 관계가 형성되어 있음을 잘 보여주고 있다고 하겠다. 흥미로운 것은 대원군이 섭정에서 물러난 이후인 1875년 여름, 그의 '강개(慷慨)한 심회(心懷)'를 달래기 위해 운현궁(雲峴宮)의 노안당(老安堂) 동루(東樓)에 '매화루(賣畵樓)'란 글을 내걸고 그림을 팔기도 했다는 사실을 밝힌 기록을 남긴 것이다.[32] 이처럼 대원군과 인연을 맺은 이후, 대원군과 그의 아들인 이재면은 안민영에게 든든한 후원자 역할을 하였던 것이다.

대원군과의 인연을 맺은 이후에도 안민영은 박효관 등과는 변함없는 교유 관계를 지속하였다. 예컨대 그의 나이 55살이던 1870년(고종 7) 겨울에는 박효관의 거처인 운애산방(雲崖山房)에서, 박효관·오기여·평양기

---

29 '丙子六月二十九日, 卽吾回甲日也. 石坡大老, 爲設甲宴, 於孔德里秋水樓, 命又石尙書, 廣招妓樂, 盡日迭宕, 是豈人人所得者歟.', 〈금옥총부〉 *18 작품 발문.

30 '又石尙書, 爲我設甲宴, 於孔德里, 我笑堂之日, 獻酌賀祝.', 〈금옥총부〉 *145 작품 발문.

31 삼계동은 대원군의 별장뿐만 아니라, 안민영의 집이 소재한 곳이기도 하다. 이러한 사실은 다음의 기록들을 통해서 확인할 수 있다. '三溪洞, 我家後園, 有口字圃田, 故石坡大老, 賜號口圃東人.', 〈금옥총부〉 *29 작품 발문. '彰義門外, 有三溪洞, 洞中有亭. 此是石坡大老 偃息處也.', 〈금옥총부〉 *39 작품 발문.

32 '청문(靑門)에 외를 파든 / 소평(邵平)이라 드러더니 / 운하(雲下)에 그림 파든 국태공(國太公)을 뵈왓소라 / 금고(今古)에 / 영웅지감개심회(英雄之慷慨心懷)는 한가진가 ᄒ노라. 石坡大老, 於乙亥榴夏, 設文房於老安堂. 東樓上, 書賣畵樓三字, 高掛壁上寫竊, 播送於南北諸宰, 捧價以來, 其後願賣者, 不許其數矣. 取適非取魚之意, 政謂此也. 一月後乃止.', 〈금옥총부〉 *110 작품과 발문.

순희·전주기 향춘 등과 가악을 즐기면서 「매화사(梅花詞)」 8편을 창작하기도 하였다.[33] 이듬해인 1871년 초여름, 운애산방에서 박효관과 대좌하여 술을 마시고 있을 때 나타난 평양기 산홍과 만나기도 하였다.[34] 1874년(고종 11) 눈이 내리는 겨울에 강종희(姜宗熹)와 함께 운애산방을 찾아 운치있는 작품을 짓기도 하였으며,[35] 1878년 봄에는 박한영·손오여·김윤석 등과 함께 운애산방을 방문하기도 하였다.[36] 이와 같은 기록을 통해서 보건대, 박효관이 거처하고 있던 운애산방은 이들의 가악 생활과 교유를 가능하게 해주는 장으로써 역할을 했다는 것을 알 수 있다.[37]

박효관이 81세가 되던 해인 1880년(고종 17) 9월에는 산정(山亭)에서 당대의 명금(名琴)·명가(名歌)·명희(名姬)·현령(賢伶)·유일(遺逸)·풍소인(風騷人) 등과 함께 성대한 풍류 마당을 베풀기도 하였다.[38] 연대를 밝혀놓은 것으로는 박효관을 시적 대상으로 삼은 작품이 더 이상 발견되지 않는

---

**33** '余於庚午冬, 與雲崖朴先生景華, 吳先生岐汝, 平壤妓順姬, 全州妓香春, 歌琴於山房. 先生癖於梅, 手栽新筍, 置諸案上, 而方其時也. 數朶半開, 暗香浮動, 因作梅花詞, 羽調一篇八絶.', 〈금옥총부〉 *6 작품 발문. 이들 중 순희와 향춘은 모두 1868년 대왕대비인 신정왕후의 회갑 기념 진찬(進饌) 의식에 참여했던 기녀들이다. 안민영과 기녀들과의 관계에 대해서는 신경숙, 「안민영과 기녀」를 참조할 것.

**34** '辛未初夏, 與雲崖先生, 對坐於山房. 時雨灑鴬啼矣. 酌酒相屬之際, 忽一澹粧佳人, 携一壺而來, 正是平壤山紅也.', 〈금옥총부〉 *26 작품 발문.

**35** '余於甲戌冬, 與木山姜景學, 夜訪雲崖山房. 是夜大雪紛紛, 不能尋逕, 先生依門而呼之, 曰 故不聞只尺犬吠聲乎.', 〈금옥총부〉 *51 작품 발문.

**36** '戊寅春, 與蓮湖朴士俊, 華山孫五汝, 碧江金君仲, 訪雲崖山房.', 〈금옥총부〉 *42 작품 발문.

**37** '운애산방'의 풍류공간으로서의 의미는 성무경, 「〈금옥총부〉를 통해 본 '운애산방'의 풍류세계」를 참조할 것.

**38** '庚辰秋九月, 雲崖朴先生景華, 黃先生子安, 請一代名琹名歌名姬賢伶遺逸風騷人於(결략) 山亭, 觀楓賞菊, 學古(결략), 碧江金允錫君仲, 是一代透妙名琴也. 翠竹申應善, 字景賢, 是當世 名歌也. 申壽昌, 是獨步洋琴也. 海州任百文, 字敬雅, 當世名籥也. (결략)張(결략), 字稚殷, (결략)李濟榮, 字公楫, 是當世風騷人也. 適於此際, 海州玉簫仙上來, 而此人, 則非但才藝色態之雄於一道, 歌琴雙全, 雖使古之揚名者, 復生, 未肯讓頭, 眞國內之甲流也. 全州弄月, 二八丰容, 歌舞出類, 可謂一代名姬. 千ець孫, 鄭若大, 朴坤根, 尹喜成, 是賢伶也. 朴有田, 孫萬吉, 全尙國, 視當世第一唱夫, 與牟宋, 相表裏, 喧動國內者也. 噫, 朴黃兩先生, 以九十耆老, 豪華性情, 猶不減於靑春强壯之時, 由此今日之會, 未知明年又有此會也歟.', 〈금옥총부〉 *178 작품 발문.

다. 다만 박효관의 80 평생을 노래하고 있는 작품의 종장에 '승피백운(乘彼白雲)'[39] 운운한 것으로 보아, 아마도 그는 위의 모임 뒤의 얼마 지나지 않은 시기에 세상을 떠난 것으로 보인다.[40]

〈금옥총부〉의 박효관 서문이 작성된 시점은 안민영의 회갑(6월) 직후인 1876년 7월이다.[41] 따라서 안민영은 회갑을 맞아 자신의 가악 생활을 일차 정리할 요량으로 그동안 창작했던 작품을 묶어 가집을 편찬한 뒤, 스승인 박효관에게 서문을 부탁한 것으로 해석된다. 그러나 〈금옥총부〉의 편찬 작업이 이 시기에 모두 완성된 것은 아니다. 안민영 자신이 쓴 자서(自序)는 그보다 4년 후인 1880년 12월에 쓰여졌다.[42] 그의 나이 65살에 해당하는 이 해의 7월에는 40여 년을 함께 해로했던 부인이 세상을 떠나기도 하였다.[43] 그는 아내를 잃은 이후 서서히 자신의 인생을 뒤돌아보면서, 그 결과 오랫동안 몰두했던 〈금옥총부〉의 편찬 작업에 매듭을 짓고자 했을 것이다. 그리하여 그해 12월에 서문을 써서 가집의 편찬이 이루어졌음을 기록으로 남기고자 했으며, 그 결과가 〈금옥총부〉의 안민영 자

---

**39** '필운대(弼雲坮) 호림원(好林園)에 / 시주가금(詩酒歌琴) 팔십년(八十年)을 / 희노(喜怒)를 불형(不形)ᄒ니 군자지풍(君子之風)이로다 / 지금(至今)에 / 학가난참(鶴駕鸞驂)으로 승피백운(乘彼白雲)ᄒ인져. 從事先生六十年, 以師弟之情, 兼朋友之誼, 晝夜相隨, 不忍暫離, 而今焉, 先生謝世, 我亦何時可去.', 〈금옥총부〉 *102 작품과 발문.

**40** 박효관이 이미 죽었음(謝世)을 밝히면서, 특별히 죽은 해를 밝히지 않은 것으로 보아 이런 추정이 가능하다.

**41** 박효관 서문의 말미에 다음과 같은 간기와 기록자가 밝혀져 있다. '… 歲赤鼠夷則月旣望, 雲崖翁朴孝寬, 書于弼雲山房, 方年七十七, 字景華.' 이 기록에서 적서(赤鼠)는 '병자(丙子)'인 1876년을 지칭하며, '이칙(夷則)'은 음력 7월의 다른 표현이다.

**42** '上之十八年庚辰臘月, 口圃東人安玟英, 字聖武, 初字荊寶, 號周翁序.', 〈금옥총부〉 안민영 자서. 여기에서 경진년을 고종18년이라고 기록하고 있으나, 이는 아마도 즉위년부터 산입한 것으로 일종의 착오라 하겠다. 통상 왕이 즉위한 이듬해를 원년으로 삼기 때문에, 경진년인 1880년은 고종 17년에 해당한다.

**43** '늬 죽고 그듸 살라 / 사군지아 차시비(使君知我此時悲)허셰 / 달은 날 황천(黃泉)길에 그 정녕(丁寧) 맛날연니 / 늬 엇지 / 그듸의 무한(無限)헌 폭빅을 건닐 쥴니 잇쓰리. 余與南原室人, 相隨四十年, 琴瑟友之, 意欲同歸矣, 神不佑之. 庚辰七月二十三日, 以宿病奄忽, 此時悲悼, 果何如哉.', 〈금옥총부〉 *105 작품과 발문.

서로 나타난 것이다.

그러나 이후에도 작품의 창작 활동은 그의 나이 70살이 되던 1885년까지 계속된다. 이듬해인 1881년에는 66살이 된 자신의 평생을 회고하는 작품을 쓰면서, 자신의 삶을 마치 장자의 호접지몽(胡蝶之夢)에 비긴 발문을 남기기도 하였다.[44] 1883년 봄에는 30여 년 동안 그와 절친하게 지냈던 벽강 김윤석이 안민영과 술을 마신 다음날, 갑자기 죽었다는 부음(訃音)을 접하고 애도를 표하기도 한다.[45] 김윤석은 뛰어난 거문고 명인으로서, 안민영과 함께 오랫동안 가악(歌樂) 활동을 같이 했던 지우(知友)였다. 연대를 알 수 있는 그의 마지막 작품은 1885년에 창작된 것으로 확인되는데, 사소한 병으로 세상을 떠난 첨사 안경지라는 인물과 50여 년에 걸친 우정을 회고하는 내용이다.[46]

세자의 탄강 하축시를 제외한다면, 대체로 1880년 이후에 지어진 작품들은 자신의 일생을 회고하거나 절친한 벗들의 죽음을 토로하는 등의 감상적인 내용들이 많다. 이는 회갑을 훨씬 넘긴 안민영 자신의 처지나 주위의 여건상 너무도 자연스러운 것이라 하겠다. 연대를 확인할 수 있는 것으로써 1885년 이후에 창작된 작품은 더 이상 발견되지 않는다. 서문을 쓰고도 오랫동안 작품을 계속 보완해서 정리했던 그의 가집 편찬 태도로 보아, 그 이후 어느 시점에 안민영은 죽음을 맞이한 것으로 짐작된다. 가집에 남아있는 기록으로 보아 안민영의 개인 가집인 〈금옥총부〉의 편찬 작업은 박효관이 서문을 쓴 1876년에 본격적으로 시작되었고, 마지막으로

---

44 *166 작품 발문. 주 16) 참조.

45 '차이(嗟爾) 군중(君仲)이 길이 가니 / 금운가성(琴韻歌聲)이 머러거다 / 아장(我葬)를 여장(汝葬)홀 듸 여장(汝葬)를 아장(我葬) 호니 / 네 마닐 / 알오미 잇슬진딘 늣겨 갈가 하노라. 余與碧江金允錫君仲, 相隨三十年, 誼漆情膠, 未嘗一日暫離. 癸未春, 與君仲會飮於壽洞, 而翌朝聞訃, 眞耶夢耶.', 〈금옥총부〉 *115 작품과 발문.

46 '余與安僉使敬之, 非但宗誼自別, 相隨於花柳場, 爲五十餘年, 而乙酉春, 以微恙化去, 良覺淚盈襟耳.', 〈금옥총부〉 *120 작품 발문. '화거(化去)'란 표현은 '다른 것으로 변하여 간다'는 뜻으로 죽음을 달리 이르는 것이다.

작품을 남긴 1885년에 완성된 것으로 확인할 수 있겠다.


## 3. 〈금옥총부〉 수록 작품의 가곡 연창 방식

안민영의 가집 편찬은 그 자신이 일생 동안 추구했던, 문학적·음악적 역량을 실현하기 위한 작업이었다. 그 중에서 〈가곡원류〉가 스승인 박효관과 함께 당시까지 연행되었던 수많은 유·무명씨 작품들을 모아 엮은 것이라고 한다면, 〈금옥총부〉는 순전히 자신이 창작한 작품들로만 한 권의 가보(歌譜)를 이룬 것이다. 이는 작품을 배열하는 체제를 구성함에 있어 〈가곡원류〉가 기존의 음악적 관습에 어느 정도 영향을 받을 수밖에 없을 것이라는 것을 의미한다. 이에 비해 안민영 개인의 작품들만으로 엮어진 〈금옥총부〉는 개별 작품마다의 성격을 고려하여, 자신의 예술적 역량만으로 가집의 편제를 구성한 것이다. 가곡에 대해서 누구보다 더 잘 알고 있었을 안민영으로서는, 창작 시점부터 작품이 어느 곡조로 연주되는가를 고려했을 것이다.[47]

현전하는 자료 중에서 개인의 작품들로만 엮어진 '개인 작품집'들이 다수 존재하지만, 이처럼 특정 개인의 작품만으로 가곡의 곡조별로 작품을 배치한 것은 〈금옥총부〉만이 지닌 특징이라 하겠다. 대체로 안민영 이전의 가집 편찬자들은 자신의 작품을 가집 말미에 수록하여 자신의 존재를 기록으로 남기는 것에 만족해야 했지만, 안민영은 이러한 작업과 함께 자

---

[47] 이에 대한 근거로는 이재면이 안민영에게 삼삭대엽(三數大葉) 작품을 지으라 명해서 창작했다는 다음의 작품과 발문을 들 수 있다. '구포동인(口圃東人)은 츔을 츄고 / 운애옹(雲崖翁)은 소리헌다 / 벽강(碧江)은 고금(鼓琴)허고 천흥손(千興孫)은 필릭로다 / 정약대(鄭若大) / 박용근(朴用根) 혜금(稽琴) 적(笛) 소릭에 화기융농(和氣融濃) 허더라. 口圃東人, 石坡大老所賜號也. 余在三溪洞家時, 東園後, 有口字圃田, 故稱口圃東人. 雲崖翁, 弼雲坮朴先生號也, 碧江, 金允錫君仲號也. 千興孫, 鄭若大, 朴龍根, 皆當世第一工人也. 又石尙書, **命我以口圃東人爲頭, 作三數大葉, 故構成焉.**', 〈금옥총부〉 *92 작품과 발문.

신의 작품만을 모아 따로 독자적인 가집 편찬의 작업을 병행한 것이다. 각 작품 발문들은 창작할 때부터 '뒤에 자신의 작품을 모아 개인 가집을 만들겠다는 의도를 가지고 있었던 것으로', 이러한 태도는 '작가로서 자신의 작품에 대한 애착을 가지고 있었다는 반증이어서 그가 단순한 가창자가 아니라 뛰어난 작가 의식을 가지고 있었음을 알려주는 것이라'[48] 평가할 수 있다.

먼저 〈금옥총부〉의 편제는 크게 각종 음악에 대한 기록과 가집의 서문에 수록된 서두 부분, 그리고 각 곡조에 맞추어 작품이 배열된 본문으로 구분할 수 있다. 서두 부분에는 〈가곡원류〉에 수록된 음악에 대한 각종 기록들과 박효관과 안민영의 가집에 대한 서문이 함께 수록되어 있다.[49] 이 중에서 '가지풍도형용 15조목(歌之風度形容十五條目)'에 보이는 곡조들과 〈금옥총부〉의 수록 곡조들과는 다소 차이가 나타나고 있다.[50] 실제로 가곡의 각 곡조에 대한 '풍도형용'은 18세기의 가집인 〈해동가요〉에서부터 나타나고 있으며, 〈금옥총부〉에 수록된 '풍도형용' 역시 우조와 계면조로 분화된 19세기 중반의 가곡 곡조와도 부합되지 않는다. 이런 점에서 박효관과 안민영의 가집 서문을 제외하고, 다른 기록들은 가집의 편찬 과정에서 관습적으로 수용된 것으로 파악할 수 있겠다.

이제 〈금옥총부〉에 수록된 작품들과 가곡의 곡조들에 대해서 살펴보기로 하자. 〈금옥총부〉에는 모두 23개의 곡조들이 다음과 같은 순서로 작품

---

**48** 박을수, 「안민영론」, 454면.

**49** 서두 부분의 기록들은 다음과 같은 순서로 구성되어 있다. '①가곡원류(능개재만록) - ②논곡지음(능개재만록) - ③논오음지용, 유상생협률 - ④박효관 서문 - ⑤평・우・계면조 - ⑥가지풍도형용 15조목 - ⑦안민영 자서.' 이 중에서 박효관과 안민영의 가집 서문을 제외하면, 다른 기록들은 모두 〈가곡원류〉의 각 이본들에 중출되어 나타나고 있다.

**50** '가지풍도형용15조목'에 보이는 곡조들은 다음과 같다. '①초중대엽(初中大葉) - ②이중대엽(二中大葉) - ③삼중대엽(三中大葉) - ④후정화(後庭花) - ⑤이후정화(二後庭花) - ⑥초삭대엽(初數大葉) - ⑦이삭대엽(二數大葉) - ⑧삼삭대엽(三數大葉) - ⑨소용이(搔聳耳) - ⑩편소용이(編搔聳耳) - ⑪만횡(蔓橫) - ⑫농가(弄歌) - ⑬낙시조(樂時調) - ⑭편락시조(編樂時調) - ⑮편삭대엽(編數大葉).'

들이 배치되어 있는데, 모든 작품들은 가곡의 창법에 따라 전체가 5장으로 구분되어 띄어쓰기가 되어 있다.[51]

　우조 초삭대엽 - (우조) 이삭대엽 - (우조) 중거삭대엽 - (우조) 평거삭대엽 - (우조) 두거삭대엽 - (우조) 삼삭대엽 - (우조) 소용 - (반우반계) 회계삭대엽 (속칭 율당삭) - 계면조 초삭대엽 - (계면조) 이삭대엽 - (계면조) 중거삭대엽 - (계면조) 평거삭대엽 - (계면조) 두거삭대엽 - (계면조) 삼삭대엽 - (계면조) 언롱 - (계면조) 롱 - (계면조) 계락 - (우조) 우락 - (우조) 언락 - (반우반계) 편락 - (계면조) 편삭대엽 - (계면조) 언편 - 편시조[52]

이상 가집의 수록 곡조들을 보았을 때, 가장 두드러진 특징은 우조와 계면조 모두 '초삭대엽(初數大葉)'부터 시작되고 있다는 점이다. 이는 안민영 자신이 편찬한 또 다른 가집인 〈가곡원류〉의 작품 수록 순서와 비교해 보아도 확연히 알 수 있다.[53] 〈금옥총부〉가 당대의 가곡 연창 현실을 잘 반영하고 있다고 보았을 때, 이는 19세기의 연행 현장에서 중대엽(中大葉)

---

**51** 시조창은 시형(詩形)에서와 같이 초·중·종장의 3장 형식으로 구분되면서, 종장 마지막 구를 생략하고 부르지 않는다. 이에 비해 가곡은 시형의 초장을 제1장과 2장으로 하고, 중장은 3장, 종장 첫 구를 4장, 종장 나머지 부분을 5장으로 구분한다. 또한 가곡의 1장이 시작되기 전에 전주(前奏)에 해당하는 '대여음(大餘音)'과 3장과 4장 사이에는 간주(間奏)에 해당하는 '중여음(中餘音)', 그리고 5장이 끝난 뒤 후주(後奏)에 해당하는 '대여음'이 연주된다. 장사훈, 『최신 국악논총』, 426면.

**52** 각 곡조 앞의 ( )안에는 현행 가곡으로 불리는 악조(樂調)를 기재해 보았다. 현행 가곡의 편제가 대체로 19세기에 형성된 것을 기초로 한다고 보았을 때, 〈금옥총부〉에 곡조만 기재되어 있더라도 각 곡조마다 우조와 계면조의 악조는 현행과 같다고 할 수 있다. 특히 '반우반계'의 곡조들은 곡의 일부가 우조로 불리고, 나머지 부분은 계면조로 연창된다는 의미이다. 이상 현행 가곡의 곡조와 악조에 대해서는 장사훈, 『최신 국악논총』, 422~423면 참조.

**53** 〈가곡원류〉계 가집들은 모두 초삭대엽의 앞에 중대엽과 후정화 곡조를 수록하고 있다. 국악원본 〈가곡원류〉를 예로 들면, '우조 초중대엽 - (우조) 장대엽 - (우조) 삼중대엽 - (계면조) 초중대엽 - (계면조) 이중대엽 - (계면조) 삼중대엽 - 후정화 - 대(臺)' 등 8개의 곡조와 작품들이 초삭대엽의 앞부분에 수록되어 있다.

과 후정화(後庭花)의 곡조가 잘 불려지지 않았음을 반증하는 것이라고 판단된다.[54] 또한 〈금옥총부〉에 수록된 곡조들은 가곡의 '우·계면 한 바탕'의 형식을 이루는 순서를 지칭하고 있다고 보아도 무리가 없다. 그렇게 본다면 〈금옥총부〉 수록 작품들은 우조로 시작되어 반우반계의 곡조인 '회계삭대엽'[55]에서 계면조로 변조(變調)되어, 계면조의 곡조로 연결되고 있다. 계속해서 변주곡인 '언롱'·'농'·'계락' 등 계면조의 곡이 이어지다가, '우락'·'언락'의 우조가 연창되면서 다시 반우반계인 '편락'이 연창된다. 그리고 마지막에는 계면조인 '편삭대엽'과 '언편'의 곡조가 이어지다가, 마지막에는 편시조의 곡조로 마무리되고 있다고 할 수 있다.

가집의 제일 마지막 부분에는 '편시조(編時調)'라는 곡조가 놓여져 있으나, 당대의 다른 가집이나 현행의 가곡에도 전혀 등장하지 않는 곡조명이다.[56] 이 곡조에는 모두 두 작품이 수록되어 있는데,[57] 가곡창의 형식인 5

---

**54** 현행 가곡에서도 중대엽 계열과 북전의 곡조는 연창되지 않으며, 초삭대엽(여창은 이삭대엽)의 곡조부터 불려진다. 따라서 〈가곡원류〉에 중대엽 계열의 곡조가 수록된 것은 실제 연창의 실질을 반영한다기보다, 이전 시기부터 내려오던 편찬 관습에 따라 가집의 가장 앞부분에 수록된 것이라 해석된다.

**55** '회계삭대엽(回界數大葉)'은 '속칭 율당삭(栗懓數)'이란 협주가 병기되어 있는데, 현행 가곡에서 반우반계의 곡조인 '반엽(半葉)'을 가리킨다.

**56** 안민영이 진주에 있을 때, 마산의 최치학이란 사람이 가야금과 편시조의 명창이라는 얘기를 듣고, 그를 방문하여 직접 편시조를 청하여 감상하기도 하였다. '영남의 편시조 3명창' 운운하는 것으로 보아, 영남 지역에서 향유되던 특별한 곡이 아닐까 여겨지기도 한다. 그렇다면 안민영은 최치학으로부터 편시조를 듣고, 그것을 자신의 개인 가집인 〈금옥총부〉에 수록하여 가곡을 마무리하는 곡조로 수용한 것으로 해석할 수 있겠다. '余在晉州時, … 故卽向東萊, 到昌原馬山浦, 止宿, 而雖病中, 曾聞馬山浦居, **善伽倻琴編時調名唱崔致學,** 及昌原妓瓊貝之善歌舞, 解唱夫神餘音之高名矣. 使人請崔相見後, 請伽倻琴神房曲聽之, 次請編時調聽之, 果是透妙名琴名唱也. 大抵**嶺南有編時調三名唱,** 一是馬山浦崔致學也, 一是梁山李光希也, 一是密陽李希文也. …', 〈금옥총부〉 *127 작품 발문.

**57** 두 작품 모두 장형이 사설시조에 해당하는데, 각 작품의 발문을 보면 다음과 같다. '余率朱德基, 留利川時, 與閭家少婦, 有桑中之約, 而達宵苦待.', 〈금옥총부〉 *179 작품 발문. '憶江陵紅蓮.', 〈금옥총부〉 *180 작품 발문. 두 작품 모두 특정 인물에 대한 기다림과 그리움을 노래하고 있어, 내용이나 분위기로 보았을 때도 계면조로 불리는 것이 적당하다고 파악된다.

장으로 띄어쓰기가 되어 있다. 따라서 '시조(時調)'라는 곡조의 명칭과는 달리, 편시조는 가곡의 창법으로 불렸음이 분명하다. 하지만 이것이 우조나 계면조 중에서 어떤 악조로 연창되었는가는 알 수 없다. 다만 '편시조'가 가집의 제일 마지막 곡조로 수록된 것으로 보아, 가곡 한 바탕을 마무리하면서 부르는 '대받침'이나 현행 '태평가(太平歌)'와 같은 역할을 했을 것이라고 추정할 수 있겠다. 현행 태평가는 계면조 이삭대엽을 변주시켜 부른다고 하는데,[58] '편시조' 역시 한 바탕의 마무리 곡으로 계면조로 불렸던 것으로 이해할 수 있을 것이다.[59]

즉 〈금옥총부〉에 수록된 곡조들은 바로 '우·계면 한 바탕'의 순서라고 할 수 있겠다. 다음의 기록은 기녀인 금향선에 의해서 시조와 가곡, 그리고 판소리까지 연창되었던 현장을 보고하고 있다.

내가 시골집에 있을 때, 이천의 오위장 이기풍이 통소로 신방곡을 연주하게 하고, 명창 김식령은 노래하는 한 여자를 보냈다. 그 이름을 물으니 금향선이라 하였다. 외모가 추악하여 상대하고 싶지 않았으나, 당세의 풍류랑이 지목하여 보낸 것이라 푸대접할 수가 없었다. … 그 여자에게 시조를 청하자, 그녀는 단아하게 앉아서 '창오산붕상수절(蒼梧山崩湘水絶)'[60]의 구절을 불

---

**58** 장사훈에 의하면 '현행 태평가는 계면조의 이삭대엽의 선율에 장식음을 더 넣기도 하고 덜기도 하고, 또 옥타아브 위로 올려서 변주시킨 곡'이라 한다. 장사훈, 『최신 국악논총』, 444면.

**59** 장사훈은 가곡 한바탕을 그 곡태(曲態)와 창법상의 스타일에 따라 크게 세 부분으로 구분할 수 있다고 보았다. 먼저 ① 우조의 이삭대엽 이하 소용까지의 6곡과 계면조의 이삭대엽 이하 소용까지의 6곡은 기본형이며, ② 우롱·언롱·평롱과 계락·우락·언락, 즉 농(弄)과 낙(樂)의 곡조와 ③ 우편·편락·편삭대엽·언편 등 편(編)의 곡조는 변질된 파격의 곡이라는 것이다. 장사훈, 『최신 국악총론』, 431～432면. 또한 ①과 ②는 모두 16박 한 장단을 기본으로 하고 있지만, ③의 편(編) 계열의 곡조는 이의 변형으로서 10박 한 장단을 기본으로 하고 있다. 장사훈, 같은 책, 426면. 따라서 이러한 관점에서 본다면, 〈금옥총부〉의 수록 곡조 역시 ① 기본형의 곡조에서 시작하여, 농·락 계열의 ② 파격의 곡조를 거쳐, 보다 빠른 곡조인 편 계열의 ③ 파격의 곡조로 이어지면서 제일 마지막에는 태평가로 마무리된다고 이해할 수 있겠다.

렀다. 그 소리가 구슬프고 처절하여 모르는 사이에 구름을 멈추게 하고, 먼지를 날리게 할 만하니 좌중에 눈물을 흘리게 하지 않는 이가 없었다. 시조 3장을 부르고, 계속해서 <u>우·계면 한 바탕을 부르고</u>, 잡가(雜歌)를 불렀는데, 모흥갑과 송흥록 등 명창의 조격(調格)으로써, 신묘하지 않음이 없어 진실로 절세의 명인이라 이를 만했다. …[61]

팔십일세(八十一歲) 운애 선생(雲崖先生) / 뉘라 늣다 일엇던고 /

동안(童顔)이 미개(未改)ᄒ고 백발(白髮)이 환흑(還黑)이라 두주(斗酒)를 능음(能飮)ᄒ고 장가(長歌)를 웅창(雄唱)ᄒ니 … 단애(丹崖)의 셜인 님홀 히마당 사랑ᄒ야 장안(長安) 명금 명가(名琴名歌)들과 명희 현령(名姬賢伶)이며 유일 풍소인(遺逸風騷人)을 다 모와 거나리고 <u>우계면(羽界面) 흔 밧탕을 엇거러 불너닐 제</u> 가성(歌聲)은 요량(嘹亮)ᄒ야 들샏 틔쓸 날녀닉고 금운(琴韻)은 냉랭(冷冷)ᄒ야 학(鶴)의 춤을 일의현다 …[62]

첫 번째 자료는 금향선이란 가기(歌妓)의 뛰어난 가창력을 평가하는 내용을 기록한 것이며, 외모가 추한 기녀 금향선의 노래 실력이 절창이어서 '사람은 겉만 보고 판단해서는 곤란하다는 의미를 드러'[63]낸 것이다. 그러

---

**60** 아마도 다음의 작품을 일컫는 듯 하다. '창오산붕(蒼梧山崩) 상수절(湘水絶)이라야 이 닉 시름이 업슬거슬 / 구의봉(九疑峰) 구름이 ᄀ지록 시로의라 / 밤ᄆ 중(中)만 월출어동령(月出於東嶺)ᄒ니 님 뵈온 듯 ᄒ여라.', 〈원국 *736 / #4547.1〉. (본래의 논문은 작품의 가번(#)을 심재완의 『교본 역대시조전서』에서 취했지만, 책을 엮으면서 비교적 최근에 정리된 『고시조대전』으로 바꾸었다.)

**61** '余在鄕廬時, 利川李五衛將基豊, 使洞簫神方曲名唱金君植領, 送一歌娥矣. 問其名, 則曰錦香仙也. 外樣醜惡, 不欲相對, 然以當世風流郞, 指送有難恝. … 第使厥娥, 請時調, 厥娥斂容端坐, 唱蒼梧山崩湘水絶之句, 其聲哀怨悽切, 不覺遏雲飛塵, 滿座無不落淚矣. 唱時調三章, 後續**唱羽界面一編**, 又唱雜歌, 车宋等, 名唱恪調, 莫不透妙, 眞可謂絶世名人也. …', 〈금옥총부〉 *157 작품 발문.

**62** 〈금옥총부〉 *178 작품 일부.

**63** 이형대, 「안민영의 시조와 애정 정감의 표출 양상」, 157면.

나 여기에서 우리는 당시의 호화로운 연행 공간에서 시조·가곡·잡가가 서로 섞여 불려졌다는 것을 또한 알 수 있었다. 특히 '우·계면 일편'은 가곡을 대신할 용어로 일반적으로 사용되었고, 이러한 방식이 당대에 매우 보편화된 가곡 향유 양식이었음을 보여주고 있다고 하겠다.[64]

두 번째 작품은 박효관이 81살이 되던 1880년 가을에, 산정(山亭)에서 모여 질탕한 풍류를 즐기는 모습을 그 내용으로 하고 있다. 당대의 뛰어난 명가(名歌)와 명금(名琴)들을 거느리고, 호탕하게 '우·계면 흔 밧탕'을 엇결어 부르는 박효관의 호탕한 풍모를 묘사하고 있다. 이 역시 이 당시 가곡의 한 바탕이 풍류 모음에서 자주 불렸음을 말해주는 자료라 하겠다. 그렇다면 당시 가곡은 이렇게 우조와 계면조를 엇결어 부르는 편가(篇歌) 형식으로만 불려졌던 것인가? 반드시 그렇지만은 않았던 것으로 파악된다.

예컨대 연시조인 「매화사(梅花詞)」의 경우, 작품의 발문에서 '매화사 우조 한 바탕 8수를 지었다'[65]고 밝혀놓고 있다. 주지하듯이 「매화사」는 1970년 안민영이 박효관의 거처인 '운애산방'을 방문하여 거문고와 노래로 즐기면서, 문득 책상 위에 놓인 매화를 보고 지은 것이다. 이 작품은 '우조 초삭대엽(*6) - 우조 이삭대엽(*15) - 우조 중거삭대엽(*41) - 우조 평거삭대엽(*54) - 우조 두거삭대엽(*77) - 우조 삼삭대엽(*90) - 우조 소용(*97) - 회계삭대엽(*101)'의 순으로 배치되어 있다. 첫 번째인 우조 초삭대엽에는 작품의 창작 배경을 밝힌 발문이 부기되어 있고, 우조 이삭대엽부터는 '매화사 제2'와 같은 형식으로 그 차례를 알리고 있어 연시조임을 분명히 하고 있다. 최근 성기옥은, 이 작품의 존재 양상과 발문 등을 통해 '우조 8곡만을 한 바탕으로 하여 약식으로 부르는 '우조 한바탕'의 연창 방식이 실

---

64 신경숙, 『19세기 가집의 전개』, 24면.

65 '余於庚午冬, 與雲崖朴先生景華, 吳先生岐汝, 平壤妓順姬, 全州妓香春, 歌琴於山房. 先生癖於梅, 手栽新筍, 置諸案上, 而方其時也. 數朶半開, 暗香浮動, __因作梅花詞, 羽調一篇八絶.__', 〈금옥총부〉 *6 작품 발문.

제로 있었'음을 논하였다.[66]

특히 '우조 한바탕'의 마지막 작품인 회계삭대엽(回界數大葉)은 율당삭대엽(栗糖數大葉)의 다른 이름으로, 현행 가곡에서 반우반계로 부르는 반엽(半葉)의 곡조이다.[67] 성기옥은 국악원본 〈가곡원류〉의 율당삭대엽 조에 부기된 '혹 반엿삭대엽이라 칭하고, 순 우조로만 부를 때는 곧 우롱(羽弄)으로 노래한다'[68]는 기록을 찾아내, 우조로만 부를 때 회계삭대엽이 우조의 곡조로 불리는 것이라 추정하고 있다.[69] 또한 가집에는 해당 작품들이 남아있지 않지만, 작품의 발문을 통해서 우조 한 바탕에 대응해서 계면조 8수로 이루어진 한바탕의 곡도 창작했음을 확인할 수 있었다.[70] 하지만 '계면조 한 바탕'의 경우 구체적인 작품과 곡조 구성을 확인할 수 없어, 그것의 실질에 대해서는 아직 분명하게 논할 수 없는 것이 아쉽다.[71]

「매화사」와 동일하게 우조의 8곡조로만 짜여진 한바탕의 곡이 〈금옥총부〉에 다른 제목으로 존재하고 있다. 이른바 '세자 탄일 하축시'가 그것인데, 「매화사」와는 다르게 우조 초삭대엽(*2)[72]의 발문에서 한바탕의 첫 번

---

66 성기옥, 「한국 고전시 해석의 과제와 전망-안민영의 「매화사」 경우」, 118면.

67 현행 가곡에서도 '계면조 초삭대엽으로 연결하지 않고 우락(羽樂)으로 뛰어서 연결할 경우에는 중여음에서 계면조로 변조하지 않고, 그대로 평조 가락에 의하여 5장까지 끝마치는데, 이렇게 평조 가락에 의하여 부르는 곡을 우롱(羽弄)이라고 한다.' 장사훈, 『최신 국악총론』, 442~443면. 가곡 예능보유자(중요 무형문화재 제30호)인 조순자 선생에 의하면, 반우반계로 부르는 반엽(半葉)의 창법은 노래를 부르는 중간에 우조에서 계면조로 변조(變調)해야 하기 때문에 난이도가 높다고 한다. 그리고 현행 가곡의 남창에서는 반엽이란 곡조는 불리지 않는다고 한다.

68 '或稱半葦數大葉, 純羽調, 則爲羽弄歌之.', 〈원국〉 율당삭대엽 조.

69 성기옥, 앞의 논문, 116면.

70 '海營玉簫仙, 丙子冬下去後, 不能忘, **作界面調八絶**, 付之撥便.', 〈금옥총부〉 *143 작품 발문.

71 「매화사」의 연창 방식과 작품 세계에 대해서는 김용찬, 「안민영 「매화사」의 연창 환경과 작품 세계」(이 책에 재수록되었음)를 참조할 것.

72 '聖上, 卽祚之初, 自東峽有獻白雉者, 又有獻一莖九穗之禾者, 又自仁川獻靈龜者, 此是大吉祥也. 世人皆謂後日聖人必降矣. 果於甲戌二月初八日, 聖世子誕生.', 〈금옥총부〉 *2 작품 발문. 이 기록으로만 보면, 세자가 태어난 갑술년 즉 1874년에 지어진 것으로 보인다. 그러나

째 곡임을 분명하게 제시하지 않았다.[73] 다만 해당 작품들이 우조 각 곡조의 제일 첫머리에 놓여 있어, 작품의 검토를 통하여 그것이 연작시조 형식으로써, 우조 한바탕의 곡으로 창작되었음은 분명하게 확인된다.[74] 이들 연작 시조와는 별도로, 역시 같은 시기에 창작된 계면조인 언편(言編)의 곡조에 '세자 탄일 하축시'[75]가 존재하고 있다. 언편(言編)은 언롱(言弄)에서 변형된 곡으로, 10박 한 장단을 기본으로 하여 노래의 속도가 매우 빠르다고 한다.[76] 따라서 언편의 곡은 곡은 다소 고조된 흥취를 표출하는 데 적합한 곡조라고 할 수 있을 것이다. 그렇다면 전체 8수로 짜여진 우조 한바탕의 '하축시'는 격식을 갖춘 위엄을 갖춘 분위기에서 연창되었다면, 1수로 이루어진 계면조 언편의 보다 고조된 흥취를 드러내기에 적합한 분위기에서 연창되었을 것으로 보인다.

왕실에 대한 '하축시'는 창작에서부터 그 목적을 뚜렷하게 드러내고 있는 바, 실제로 연회 장소에서의 연창을 전제로 하고 있는 것이다. 때문에 세자의 '탄일 하축시'가 우조 한 바탕의 연작 시조(8수)와 계면조 언편의

---

'하축 제7'의 작품(*95)의 초장이 '세자 저하 보령 팔세'로 시작하고 있어, 세자가 8살 되던 해인 1881년에 창작된 것임을 확인할 수 있다.

**73** '성세자 탄강 하축시'는 세자가 8살 되던 1881년에 지어진 것으로, 각 작품마다 '하축 제○'과 같이 순서가 기록되어 있다. 이 연작시조의 곡조와 가번(歌番)은 다음과 같다. '우조 초삭대엽(*2) - 우조 이삭대엽(*10) - 우조 중거삭대엽(*35) - 우조 평거삭대엽(*49) - 우조 두거삭대엽(*69) - 우조 삼삭대엽(*88) - 우조 소용(*95) - 회계삭대엽.'

**74** 송원호는 「매화사」와 '세자 탄강 하축시' 등 두 편의 연(작)시조를 대상으로 하여, 안민영의 우조 한바탕에 대해서 검토하였다. 송원호, 「가곡 한바탕의 연행 효과에 대한 일고찰(2)-안민영의 우조 한바탕을 중심으로」를 참조할 것.

**75** '世子邸下, 誕日賀祝', 〈금옥총부〉 *173 작품 발문.

**76** '언편'은 곧 엇(旕)의 장단인데, 가곡에서의 엇은 장단에는 변화가 없이 내지르는 형태와 순수한 창법에 이질적인 창법이 뒤섞인 형태이며, 편(編)은 16박 한 장단을 10박 한 장단으로 축소하고 속도도 빠르게 부르는 형태의 곡이다. 언편은 언롱에서 변형된 곡인데, 그 변주의 특징은 ① 언롱의 16박 한 장단을 10박 한 장단으로 줄이고, ② 속도를 빠르게 하고, ③ 선율형을 축소하고, ④ 숨자리를 바꾸고, ⑤ 언롱에서 여유있게 흔들며 풀어내리는 창법을 빠른 퇴성(退聲)으로 바꾸는 것이라고 한다. 이상은 장사훈, 『최신 국악총론』, 441~442면 참조.

개별 작품으로 각각 창작되었다는 것은, 그에 상응하는 가곡 연창 방식이 존재했음을 짐작할 수 있을 것이다. 이밖에도 우조 초삭대엽 1수의 '고종 즉위 하축시'(*1)와 계면조 편삭대엽 1수의 '대왕대비 탄일 하축시' 역시, 당시 가곡의 연창이 한 바탕만이 아닌 개별 곡조의 작품들로도 연창되었음을 알 수 있게 한다.

그러나 가곡을 한 작품씩 개별적으로 연주하는 것은 이전 시기부터 있어왔던 연창 방식이었다. 하지만 대원군의 회갑을 기념하는 '하축시'[77]는 우조의 곡조 중 단지 3곡만을 취해서 구성되어 있음을 알 수 있다. 안민영은 자신의 든든한 후원자인 대원군의 회갑을 맞이하여, '하축 삼장'을 지어 바쳤다. 대원군의 회갑을 기념하는 '하축시'는 '우조 초삭대엽(*8) - 우조 이삭대엽(*25) - 우조 평거삭대엽(*67)'의 세 곡조로만 구성되어 있다. 초삭대엽과 이삭대엽을 연창한 뒤, 중거삭대엽은 생략하고 바로 평거삭대엽으로 마무리를 짓는 방식인 것이다. 이 순서대로 노래를 부르면, 비교적 보통 빠르기인 초삭대엽으로 시작하여, 아주 느린 이삭대엽의 곡을 연창하다가, 다시 초삭대엽보다 약간 느린 평거삭대엽으로 맺게 된다.[78] 곡조의 구성으로 보아 이 역시 다소 위엄을 갖춘 분위기에서 연창되었을 것이다.

이밖에도 대원군의 부인인 부대부인 화갑 '하축시'[79]도 전체 3수로 구성된 연작 시조인데, 특이하게도 이 작품은 우조 1곡과 계면조 2곡으로 짜

---

**77** '庚辰十二月二十一日, 石坡大老回甲日, 聖上, 親臨于雲宮獻壽, 而作賀祝三章.', 〈금옥총부〉 *8 작품 발문.

**78** 조순자 선생에 의하면, 이삭대엽은 대략 1분에 20정간(井間)이 속도로 부르는데, 한 곡을 다 부르는데 8~12분 정도의 시간이 소요된다고 한다. 따라서 이삭대엽은 현행 가곡 중에서 가장 느린 곡으로 호흡을 길게 끌어야 하기 때문에, 선율이나 가락이 어렵다고 한다. 그러나 평거삭대엽은 이삭대엽보다는 다소 빠르게 1분에 약 35정간의 속도로 노래 부른다. 그러나 가장 앞에 위치한 곡조인 초삭대엽은 현재 여창에서는 부르지 않는데, 전래되는 악보를 보면 1분에 약 40정간의 속도로 노래한다고 한다.

**79** '戊寅, 二月初三日, 府大夫人華甲日也. 作三章歌曲, 唱而獻賀.', 〈금옥총부〉 *71 작품 발문.

여겨 있다. 우선 작품의 순서를 보면, '우조 두거삭대엽(*71) - 계면조 편삭
대엽(*171) - 계면조 편삭대엽(*170)' 등이다. 이 작품의 발문에서 안민영은
대원군의 부인에게 '노래하여 하축을 올렸다'(唱而獻賀)라고 하여, 그 자신
이 가곡을 연창하였다는 것을 분명히 밝히고 있다. 보통 빠르기인 우조
두거삭대엽으로 시작해서, 빠르게 엮어 넘기는 계면조 편삭대엽의 두 작
품을 계속해서 연창함으로써 작품을 끝맺고 있다.[80] 이처럼 보통 빠르기
에서 시작해서, 빠르게 엮어 넘기는 편삭대엽 두 수가 연주되면서 자연
노래를 듣는 이의 흥취는 고조되어 갈 것이다. 이렇게 볼 때 일부의 곡조
만을 취해서 연창을 할 때에는, 작품의 내용이나 연창의 분위기 등을 고
려하여 연창 곡조를 선택하여 창작에 임했음을 알 수 있다.[81]

　이상 〈금옥총부〉에 수록된 작품들을 통해서, 이 당시에 가곡이 반드
시 '우·계면 한바탕' 형식이 정착되었다는 것을 알 수 있었다. 또한 '우
조 한 바탕'이나 '계면조 한 바탕'으로 불리는 연창 방식도 존재하였고,
우조 혹은 우·계면의 일부 곡조만을 취해서 몇 작품만을 연창하는 방
식도 존재했음을 확인할 수 있었다. 특히 본고의 대상으로 삼은 회갑이
나 생일을 기리는 '하축시'들은 그 목적과 대상이 분명하기 때문에, 특정
한 공간과 시간에 맞추어 연창되기 위해 창작된 것이다. 따라서 이 작품
들이 그 대상을 하축하기 위한 연석(宴席)에서 불려졌을 것임은 너무도
자명하다.

---

80 조순자 선생의 진술에 의하면, 계면조는 음의 변화가 많기 때문에 우조에 비해서 보
다 화려하게 들린다고 한다. 또한 두거삭대엽은 대략 1분에 약 45정간의 보통 빠르기의 속
도지만, 편삭대엽은 대략 1분 75정간의 아주 빠르게 엮어 넘기는 창법이라 한다.

81 이외에도 연시조로 대원군의 「난초사」 3절을 지어, 관현에 올렸다는 발문의 내용이
남아있다.('石坡大老, 以寫蘭透妙, 獨步一世. 癸酉春, 偃息於楊州直洞小庄, 有時寫蘭, 以補消
遣之資, 而余亦倍留, 作蘭草詞三絶, 被之管絃., 〈금옥총부〉 *3 작품 발문) 그러나 가집에는
「난초사」 둘째 수까지는 확인할 수 있지만, 마지막 작품은 찾을 수 없었다. 어쨌든 「난초사」
의 경우는 남아있는 두 작품이 우조 초삭대엽(*3) - 우조 삼삭대엽(*89)으로 짜여져 있어, 다
른 하축시들과도 차이를 보이고 있다.

그렇기 때문에 작품을 창작할 때, 그러한 제반 요소들과 곡조 등을 고려하여 연창 방식을 결정했을 것이라 파악된다. 박효관 중심의 승평계(昇平稧)가 결성된 것을 축하하는 공연을 위해 안민영이 만든 〈승평곡(昇平曲)〉이라는 가집도 전체 12곡으로 짜여진 '약식 한 바탕'의 레퍼토리였다고 한다.[82] 물론 이렇듯 다양한 방식으로 연창 곡조를 구성할 때, 가창자의 연창 능력이 '우·계면 한 바탕'의 모든 곡들을 소화할 수 있는 능력이 있다는 것이 전제가 되어야 한다. 따라서 연창자가 가곡의 모든 곡조를 충분히 익힌 이후에는, 공간의 목적이나 성격에 따라 그 중에서 일부의 곡들만을 취해서 연창하는 방식이 존재했을 것이라는 추론은 너무도 자연스럽다. 그러한 가곡 연창의 방식을 〈금옥총부〉의 연작 시조들을 통해서 입증할 수가 있는 것이다.

## 4. 맺음말

이번 연구를 수행하기 위하여 안민영의 작품들만으로 편찬된 〈금옥총부〉를 검토해 보았다. 우선 가집의 편제나 서·발문 등의 기록을 통해서 〈금옥총부〉가 남긴 19세기의 음악적 유산이 너무도 소중하다는 것을 새삼 확인하게 되었다. 이를 통해 '가집이 당대 예술사적 실상에 접근할 수 있는 통로'라는 생각을 다시 한 번 떠올리게 되었다. 가집의 편제에서 드러나듯이, 〈금옥총부〉의 편찬은 안민영이 실험하고자 했던 음악에 대한 다양한 모색의 결과물이었던 것이다. 우선 현행 가곡의 연창 순서와 유사한 방식으로 구성된 〈금옥총부〉의 수록 곡조들은, 왜 19세기가 현행 가곡의 실상을 파악하는데 중요한 근거가 되는가를 잘 보여주고 있었다.

---

82 김용찬, 「안민영과 〈승평곡〉」; 신경숙, 「〈가곡원류〉 여창사설 확대의 의미」, 『국악원논문집』 제14집, 국립국악원, 2002, 194~195면 등 참조.

〈금옥총부〉에는 수록된 모든 작품마다 작품의 창작 배경이나 설명을 덧붙인 작품 발문이 수록되어 있다. 이를 통해 우리는 안민영이 걸어왔던 생애의 궤적은 물론, 당대 음악사의 다양한 면모를 확인할 수 있었다. 몇몇 작품들에는 작품과 관련된 다양한 연대기를 적어놓았는데, 이를 기반으로 하여 그동안 부분적으로 논의되었던 안민영의 삶과 가악 활동을 개략적으로나마 재구성할 수 있었다. 하지만 보다 세밀한 검토를 거치면, 이후 안민영의 행적에 대해서는 보다 풍부한 내용으로 보고할 수 있을 것이라 기대한다.

또한 자신이 편찬했던 〈가곡원류〉와는 달리, 〈금옥총부〉에서는 우조와 계면조 모두 초중대엽이 아닌 초삭대엽에서부터 시작하고 있다. 가집이 실제 연창하기 위한 레퍼토리를 확보하는 것이라고 할 때, 〈금옥총부〉가 19세기 중·후반의 가곡 연창의 실질에 가깝다고 해석할 수 있다. 가집에 수록된 작품들은 대체로 그것이 어떤 곡조로 연창될 것인지를 염두에 두고 창작된 것으로 파악된다. 그 결과 대원군과 왕실 인물들에게 바치는 '하축시'가 탄생할 수 있었고, 이들 작품은 그 성격상 철저히 연창을 전제로 창작된 것이다. 따라서 적어도 동일한 인물들에 대한 '하축시'는 동일한 장소에서, 같은 세트로 묶여 연창되었다고 할 수 있다. 이를 통해 우리는 당시 가곡의 연창 방식이 매우 다양한 방식으로 이뤄졌다는 것을 확인할 수 있었다.

그러나 이러한 현상이 보편적이었는지, 아니면 안민영을 중심으로 한 예인 집단만의 특징인지에 대해서는 좀 더 정밀한 검토를 요한다. 그러나 이처럼 다양한 연창 방식은, 어떤 요구에 의하여 그 의도에 맞는 작품들이 곧바로 창작되었기 때문에 가능했다고도 볼 수 있다. 다시 말하자면 안민영의 가곡에 대한 음악적 역량과 작품을 창작하는 문학적 재능이 결합된 결과물이라고 평가할 수 있는 것이다. 〈금옥총부〉의 편찬은 이러한 안민영의 능력을 바탕으로 만들어낸 가집인 것이다. 앞으로는 이 연구를 기반으로 하여 안민영의 생애에 대한 보다 정밀한 검토와, 그의 작품이 지닌 문학적 · 음악적 특징들에 대한 보다 진전된 결과가 제출될 수 있기를 희망한다.

〈『시조학논총』 제24집, 한국시조학회, 2006.〉

# 안민영과 흥선대원군
## -〈금옥총부〉를 중심으로-

## 1. 머리말

안민영과 그가 편찬한 가집들은 19세기 시조사를 이해하는데 있어 아주 중요한 자료들이다. 〈가곡원류〉와 〈금옥총부〉는 당시 연창되던 가곡의 곡조에 맞추어 작품을 배열한 가집들로, 당대 음악계의 흐름을 파악할수 있는 유용한 역할을 하고 있다. 스승인 박효관과 함께 편찬한 〈가곡원류(歌曲源流)〉는 당대까지 연창되었던 작품들을 모아 편찬한 가집으로, 이를 통해 보다 많은 사람들이 향유할 수 있도록 하는 대중적 연창의 교범이라는 성격을 지니고 있다. 이에 반해 자신의 작품 181수만으로 가곡의 곡조에 맞추어 짜여진 〈금옥총부(金玉叢部)〉는 안민영을 중심으로 활동했던 가창집단 성원들의 예술 세계를 구축하기 위한 독자적 레퍼토리인 것이다.[1] 안민영은 이들 가집과 별도로 단 12수가 수록된 〈승평곡(昇平曲)〉이라는 가집을 편찬했는데, 이는 당대의 실질적 권력자였던 흥선대원군(興宣大院君) 이하응(李昰應: 1820~98)을 위한 계회인 '승평계'의 연창 레퍼

---

1 이상 안민영과 그가 편찬한 가집의 성격에 대해서는 김용찬, 「〈금옥총부〉를 통해 본 안민영의 가악 활동과 가곡 연창의 방식」, 『시조학논총』 제24집, 한국시조학회, 2006(이 책에 재수록되었음)을 참조할 것.

토리이다.[2]

흥미로운 것은 〈승평곡〉에 수록된 자신의 서문(1873년)이 후에 편찬된 가집인 〈금옥총부〉의 발문(1880년)으로 변개되어 이용되었다는 사실이다.[3] 이를 통해서 〈승평곡〉의 성격이 그렇듯이, 〈금옥총부〉 역시 흥선대원군(이하 대원군)과 밀접한 관련이 있다는 것은 분명하다. 〈금옥총부〉에 수록된 작품들을 보면, 대체로 대원군을 비롯한 왕실에 대한 작품이 전면에 배치되어 있다.[4] 박효관을 포함하여 그와 함께 활동했던 예인 집단들의 활동이 반영된 작품들도 다수 수록되어 있으며, 안민영과 교유 관계에 있는 이들과 자신의 개인적 삶을 다룬 작품들 등이 가집의 대부분을 차지하고 있다. 그리하여 가집에 수록된 작품과 기록들을 통해 안민영을 중심으로 활동했던 가창집단의 연행 환경의 실질을 구체적으로 확인할 수 있을 것이다.[5]

---

2 김용찬, 「안민영과 〈승평곡〉」, 『시조학논총』 제26집, 한국시조학회, 2007(이 책에 재수록되었음); 조순자, 「승평곡-가장 작은 가집」, 『가집에 담아낸 노래와 사람들』, 보고사, 2006.

3 김용찬, 「안민영과 〈승평곡〉」, 96～99면(이 책의 221～224면). 〈승평곡〉의 서문에는 이른바 승평계의 구성원이라 할 수 있는 당대 예능인 40여 명의 이름이 적시되어 있었지만, 〈금옥총부〉의 서문에서는 그 명단이 삭제되었다. '서문을 통해서 확인할 수 있는 승평계의 결성은 그들의 물질적·정신적 후원자인 흥선대원군 이하응을 만난 것을 계기로 하였는데, 〈승평곡〉의 수록 작품들은 대부분 대원군에게 바쳐진 헌사(獻辭)로서의 성격을 지니고 있다. 따라서 〈승평곡〉의 연장선상에서 추진한 〈금옥총부〉의 편찬도 역시 자신들의 가악 활동을 정리하는 것은 물론, 그들의 후원자인 대원군을 기리기 위한 의도를 지니고 있었다고 할 수 있다.

4 고종의 즉위와 왕세자의 탄생을 하축(賀祝)한 것은 물론, 대왕대비와 경복궁을 노래한 작품들은 모두 17수이다. 이밖에도 대원군과 그 부인(부대부인), 그리고 아들인 이재면을 대상으로 한 작품도 27수에 달한다. 여기에 운현궁이나 대원군의 별장이 있던 삼계동과 공덕리의 정경을 그리고 있는 작품 그리고 기록 속에 등장하는 인물들과 대원군과의 인연을 강조한 작품들까지를 포함하면, 대체로 대원군과 직·간접적인 연관이 있는 작품들은 60여 수나 된다. 이처럼 전체 181수의 1/3에 달하는 작품의 비중은 〈금옥총부〉와 대원군과의 밀접한 관계를 분명하게 드러내주고 있다고 하겠다.

5 이에 대해서는 신경숙, 「안민영과 기녀」, 『민족문화』 제10집, 한성대학교 민족문화연구소, 1999; 「안민영과 예인들-기악 연주자들을 중심으로」, 『어문논집』 제41집, 민족어문학회, 2000; 「안민영 예인 집단의 좌상객 연구」, 『한국시가연구』 제10집, 한국시가학회, 2001

대원군의 집중적인 후원은 안민영과 예인 집단들이 안정적으로 예술 활동을 할 수 있도록 하는 토대로 작용했다. 안민영을 중심으로 활동했던 사람들은 '모두 당대 최상급의 예인들'[6]이었다. 대원군을 비롯한 왕실 인물들은, 그들의 활동을 든든하게 받쳐주는 좌상객으로 존재하고 있었다. 따라서 안민영이 당대 제일의 가창자와 연주자들이 함께 하는 자신들의 활동에 대해서 각별한 의미를 부여하고자 했을 것임은 짐작키 어렵지 않다. 〈금옥총부〉의 편찬은 안민영의 창작에 대한 자신감과 함께 활동했던 가창집단 성원들의 예술적 능력이 어우러져, 자신들만의 예술 세계를 정립하기 위한 레퍼토리를 확보할 목적으로 마련된 것이라 논할 수 있다.

그동안 안민영과 대원군이 밀접한 관계에 있었다는 사실에 대해서는 대부분의 연구자들이 동의하고 있다. 〈금옥총부〉의 기록이나 작품의 내용을 통해서 볼 때 이론의 여지가 없기 때문이다. 하지만 안민영의 이러한 활동에 대해서는 '아유(阿諛)의 문학'[7]이라는 비판적인 평가가 내려지는가 하면, '운현궁'으로 상징되는 대원군과 그의 아들 이재면을 안민영 예인 집단의 '최고 좌상객'으로 위치지어 객관적으로 평가하기도 하였다.[8] 신경숙의 논문에서는 대원군과 이재면이라는 '좌상객'이 당대 예인들을

---

등의 논문에서 상세히 다루고 있다.

6 신경숙, 「안민영 예인집단의 좌상객 연구」, 232면.

7 예컨대 박노준은 대원군을 노래한 안민영의 작품들에 대해서 다음과 같이 평하고 있다. "(대원군은) 군왕의 생부로서 천하를 호령하였으되 공적인 입장에서 본다면 그도 역시 신료의 일원일 뿐이었다. 사리가 이렇듯 분명할진대 안민영이 임금을 송도하고 기린 노래와 대원군과 이재면을 위해서 헌상한 노래를 동일 선상에 올려놓는다면 그것은 망발이 된다. 전자는 신민으로서 당연한 일을 한 것이고 후자는 작자의 변설이야 어떻든 간에 결과적으로 아유(阿諛)의 문학에 그가 종사한 셈이 된다." 박노준, 「안민영의 삶과 시의 문제점」, 『조선 후기 시가의 현실 인식』, 고려대학교 민족문화연구원, 1998, 341면.

8 "(국왕을 비롯한 왕실 인물들을 대상으로 한) 이들 작품 역시 경복궁이 아닌 운현궁 좌상객을 충실히 모시는 가운데 창작된 작품들로 보아야 한다. …… 이렇게 보면 그의 작품 대부분은 운현궁 왕실을 그림자같이 좇는 가운데 창작된 것들이라 할 수 있다. 그리고 운현궁 왕실이란 구체적으로 '대원군과 이재면' 두 사람만을 가리킨다." 신경숙, 「안민영 예인 집단의 좌상객 연구」, 238~239면.

이끌고 후원했던 구체적 실상을 제시하고 있어 주목된다.

그러나 안민영과 대원군의 관계에 대해서는 아직까지 충분하게 논의되지 않았다. 물론 안민영과 〈금옥총부〉를 다룬 많은 논문들에서 이들의 관계에 대한 언급은 빠지지 않는다. 하지만 안민영이 지은 작품 속에서 대원군의 문학적 형상화가 어떻게 나타나고 있는지에 대한 언급은 아직까지 본격적으로 이뤄지지 않았다. 적지 않은 작품을 남기고 있음에도 불구하고, 칭송 일변도의 작품 성향으로 인해 '문학성'에 대한 의문이 제기되고 있었기 때문이다. 그동안 안민영과 〈금옥총부〉를 다룬 논문들에서 대원군과의 밀접한 관계와 그 의미 등에 대해서 일부 논했으나, 그것으로 충분치 않다는 생각에서 본고를 통해 본격적으로 다루어보겠다.

아직까지 대원군의 생애와 정책에 대한 학계의 평가가 뚜렷하게 나뉘어 있기에, 여기에서는 안민영이라는 예인에 의해 형상화된 모습을 더듬어 보는 것을 목적으로 한다. 이를 위해 〈금옥총부〉와 〈승평곡〉 등 안민영이 편찬한 가집에 수록된 작품과 각종 기록들을 통해서 논의를 진행하겠다. 이 두 가집은 모두 당대의 권력자인 대원군과의 특별한 관계를 밝히는 서문을 수록하고 있고, 〈금옥총부〉는 〈승평곡〉의 편찬 취지를 확장하여 마련된 가집이라 여겨지기 때문이다.[9]


## 2. 안민영과 흥선대원군과의 관계

이들의 관계를 고찰하기 위하여 먼저 간략하게 흥선대원군 이하응의 삶을 살펴 볼 필요가 있다. 주지하듯이 대원군은 1863년 12월 자신의 아

---

9 〈승평곡〉에 대해서는 다음의 논문들을 참조할 것. 이동복, 「박효관의 생애와 업적에 관한 연구」, 『국악원논문집』 제14집, 국립국악원, 2002; 김석배, 「승평계 연구」, 『문학과 언어』 제25집, 문학과언어학회, 2003; 김용찬, 「안민영과 〈승평곡〉」(이 책에 재수록되었음); 조순자, 「승평곡-가장 작은 가집」 등.

들이 12세의 나이로 왕(고종)에 즉위하자, 익종의 비인 조대비(신정왕후)의 도움으로 고종을 대신하여 섭정을 시작하였다. 대원군은 철종(哲宗)이 후사(後嗣)가 없이 죽을 경우, 왕실의 최고 어른인 대왕대비가 후계자를 결정한다는 것을 잘 알고 있었다. 때문에 대원군은 일찍부터 조대비와의 유대를 강화하였으며, 철종이 승하(昇遐)하자 대왕대비의 '언문(한글) 교지'로 인해 자신의 둘째 아들이 왕위에 오르게 된 것이다. 형식적으로는 1866년(고종 3) 2월까지 대왕대비에 의해 수렴청정이 실시되었지만, 실제 권력은 왕의 아버지인 흥선대원군에 의해 장악되었다.

이후 고종이 친정(親政)을 선포하면서 정치 일선에서 물러날 때까지, 약 10년간(1864~73) 막강한 권력을 쥐고서 강력한 개혁정책을 펼쳐 나갔다. 이 시기에 펼쳤던 여러 정책들에 관해서는 여전히 긍정적인 평가가 있는가 하면, 비판적인 평가도 아울러 존재하고 있다.[10] 집권을 한 이후에 대원군은 경복궁 중건 사업을 비롯하여, 각종 제도의 정비와 부세(賦稅) 제도의 개혁 및 서원 철폐 등 과감한 개혁정책을 펼쳤다. 이러한 정책들은 마땅히 당대의 기득권 세력이었던 유림들의 반발을 불러 일으켰고, 결국 그들의 탄핵에 의해 정치 일선에서 물러나게 된다.

이후 왕비와 민씨 척족세력들의 견제에 의해 행동에 제약을 받지 않을 수 없었고, 그로 인해 오랫동안 절치부심의 세월을 보내게 된다. 1882년(고종 19) 발생한 임오군란으로 다시 정계에 복귀해 33일간의 재집권을 하게 되지만, 그의 존재에 부담을 느낀 청나라에 의해 곧바로 납치되어 1885년 귀국할 때까지 3년여 동안 중국에서 유폐(幽閉) 생활을 했다. 귀국한 이후에도 고종과 민씨 척족들의 견제로 인해 오랜 기간 동안 정치 일

---

10 대원군의 개혁정치에 관한 구체적인 평가에 대해서는 성대경, 「대원군 초기 집정기의 권력구조」, 『대동문화연구』 제15집, 성균관대학교 대동문화연구원, 1982; 이선근, 「흥선대원군」, 『한국사 시민강좌』 13, 일조각, 1993; 연갑수, 「흥선대원군에 대한 오해와 진실」, 『내일을 여는 역사』 제23호, 내일을 여는 역사, 2006; 김병우, 「대원군의 통치체제 확립과 통치정책」, 『대구사학』 제80호, 대구사학회, 2005 등을 참조할 것.

선에서 물러나 있다가, 1894년 갑오경장(甲午更張) 이후 약 4개월 동안 재집권을 하게 된다. 그러나 결과적으로 일본에 이용만 당한 결과를 초래하였고, 그로부터 1898년 죽을 때까지 행동의 제약을 받으며 운현궁에서 머물러 지내야 했다. 고종 초기의 정권을 장악하여 강력한 개혁 정책을 시행했던 10년여의 기간을 제외한다면, 약간의 정치적 부침은 있었지만 이후에 대원군은 정치적 반대 세력의 견제로 모든 행동에 일정한 제약을 받으면서 지내야만 했다.

집권 초기 대원군은 자신의 권력과 왕권 강화를 위해 참언(讖言)을 이용하는 계략을 사용하기도 했는데, 국태공(國太公)이란 호칭을 얻게 된 과정을 주목해 보기로 하자. 경복궁 중건 공사가 시작되었을 무렵(1865년) 인부들이 세검정 부근의 석경루(石瓊樓) 아래에서 구리항아리와 술잔을 파내어 고종에게 진상했다고 한다. 대원군이 사람을 시켜 미리 묻었던 이 항아리 뚜껑에는 '수진보작(壽進宝酌)'[11]이라는 글이 중앙에 새겨져 있고, 그 둘레에 대원군의 장수를 기원하며 술잔을 바친다는 내용의 시가 쓰여 있었다.[12] 이로 인해 대원군은 민중들에게 확고한 신뢰를 얻을 수 있었고, 조정에서도 막강한 권력을 획득하게 되는 계기가 되었다. 당시 항아리의 뚜껑에 새겨져 있던 한시의 내용은 다음의 시조로 만들어져 불리기도 했다.

화산도사 신중보(華山道士神中寶)로 헌수동방 국태공(獻壽東方國太公)을
청우십회 백사절(青牛十廻白蛇節)에 개봉인시 옥천옹(開封人是玉泉翁)을
이 잔(盞)에 천일주(千日酒) ᄀ득 부어 만수무강(萬壽無疆) 비ᄂ이다. 〈원국
*805〉[13]

---

11 '수진보작(壽進宝酌)'은 '장수를 기원하여 드리는 보배 술잔'이라는 의미이다.

12 황선희, 「흥선대원군의 정치 성향과 운현궁」, 『한국 근대사의 재조명』, 국학자료원, 2003, 26면.

13 작품을 인용할 때에는 원문의 한자는 한글을 내어쓰고 ( )안에 병기하며, 띄어쓰기는 현대 어법에 따른다. 또한 작품은 초・중・종장으로 구분하고, 작품 뒤에 해당 가집명과 작

초장과 중장의 칠언의 시구가 바로 '수진보작'에 새겨져 있던 것인데, 여기에 종장의 내용을 덧붙여 시조로 만들었다. 초장의 한시구는 '화산도사의 신중보[14]를 동방의 국태공에게 헌수한다'는 뜻이다. '화산도사'는 조선의 개국과 연관이 있는 무학대사(無學大師)를 지칭하며, 미래의 국태공인 대원군에게 그가 지니고 있던 보물을 헌수한다는 것이다. 중장은 '청우(靑牛)가 십회(十廻)하여 백사절(白蛇節)[15]에 개봉하는 사람은 곧 옥천옹(玉泉翁)[16]이다'라는 시구를 이용하였다. 즉 조선 건국 무렵 무학대사가 앞날을 내다보고 미래의 대원군에게 경복궁 중건의 대임을 맡기기 위해 잔을 묻었고, 훗날 누군가가 이를 파내어 그에게 바쳐 헌수한다는 의미가 담겨있다. 여기에 만수무강을 기원하는 내용의 종장이 덧붙여져, 당대에 대원군에게 바치는 노래로 널리 불렸을 것임은 짐작키 어렵지 않다. 이후 대원군의 호칭은 '국태공(國太公)'으로 굳어졌으며, 자신의 정치적 위상을 높이는데 이 '사건'이 이용되었음은 물론이다.

앞에서 이미 지적했듯이 『금옥총부』는 대원군과 밀접한 관련이 있는 가집이다. 박효관의 서문(1876)[17]과 안민영의 자서(1880)[18]에는 이러한 사

---

품번호를 병기한다. 인용한 작품은 〈가곡원류〉 계열의 가집에만 수록되어 있는데, 〈가곡원류 박씨본〉에만 안민영이라 밝혀져 있고 여타의 가집에는 작가 표기가 없다. 따라서 이 작품은 작가를 알 수 없는 작품으로, 〈원박〉의 편찬자가 그 내용에 따라 작자를 안민영이라 기록한 것으로 보인다.

14 원시는 '소매 속의 보물'이란 뜻의 '수중보(袖中寶)'인데, 시조에는 '신중보(神中寶)'로 표기되어 있다.

15 '청(靑)'은 간지로 갑(甲)이나 을(乙)을 지칭하며, '소(牛)'는 축(丑)이다. '백사(白蛇)'의 사(巳)는 달로 따지면 4월이기에, '청우십회 백사절'은 '을축년이 10번 돌아오기 이전의 4월'로 구체적으로는 경복궁 중건이 시작된 1865년(을축) 4월을 지칭한다.

16 '옥천옹(玉泉翁)'은 신선이 사는 동굴에서 자라는 선인장을 마셔 불로장생했다는 신선을 가리키는데, 여기에서는 대원군을 지칭하고 있다.

17 '口圃東人安玟英, 字聖武, 又荊寶, 號周翁. 口圃東人, 卽國太公所賜號也. 性本高潔, 頗有韻趣, 樂山樂水, 不求功名, 以雲遊豪放爲仕, 又善於言歌, 精通音律. 時維石坡大老, 及又石相公, 亦曉通音律, 聖於擊缶. 周翁爲知己人, 長常陪過, 而爲之作數百闋新歌, 要余校正, 高低淸濁, 協律合節, 使訓才子賢伶, 被以管絃, 唱爲勝遊樂事. 故不避songs茂才鈍, 校正爲一編, 願流傳後學焉. 歲赤鼠夷則月旣望, 雲崖翁朴孝寬, 書于弼雲山房, 方年七十七, 字景華.', 박효관, 「금옥

실을 분명히 밝히고 있다. 안민영은 대원군과의 인연이 1867년(정묘)으로 부터 시작되었다고 밝히고 있다.[19] 그런데 이 해에는 대원군이 주도했던 경복궁의 중건[20]이 4월경 경회루의 완성과 함께 마무리되고, 7월에는 이를 기념하기 위한 낙성연이 성대하게 개최된다. 따라서 대원군과의 만남은 경복궁 낙성연과 관계가 있다고 파악된다.[21] 즉 대원군이 주도했던 낙성연에서 가곡의 공연을 위임받은 안민영이 여항의 예인들을 끌어 모아 공연을 이끌었을 것이다. 이후 대원군과는 꾸준히 인연을 맺고 '운현궁'에서 주도하는 풍류를 일정 부분 담당하는 역할을 했던 것이다.[22]

다음의 작품은 당시 개최되었던 경복궁 낙성연과 관련하여 살펴볼 수 있다고 여겨진다.

---

총부서」, 〈금옥총부〉.

**18** '… 國太公石坡大老, 躬攝萬機, 風動四方, 禮樂法度, 燦然更張, 而至音樂律呂之事, 無不精通. 繼而又石尙書, 尤斂如也, 豈非千載一時也歟. 余, 不禁鼓舞作興之思, 不避猥越, 與碧江金允錫君仲, 相確, 迺作新飜數十闋, 歌詠. 盛德, 以寓摹天繪日之誠. 又輯前後漫詠數百闋, 作爲一篇, 謹以就質于先生, 存削之, 潤色之, 然後, 成完璧. 於是, 名姬賢伶, 被之管絃, 競唱迭和, 亦一代勝事也. 爰錄于曲譜之末, 使後來同志之人, 咸知吾儕之生斯世, 而有斯樂也. 先生名孝寬, 字景華, 號雲崖, 國太公所賜號也. 上之十八年庚辰臘月, 口圃東人安玟英, 字聖武, 初字莉寶, 號周翁序.', 안민영, 「금옥총부자서」, 〈금옥총부〉. 이 '자서'는 1873년에 편찬된 〈승평곡〉의 서문을 조금 변개하여 마련된 것이다.

**19** '余於辛丑冬, 夢陪文武周公於私室, 而心獨喜而自負. 自丁卯以後, 長侍石坡大老, 是豈非夢兆之靈應歟.', 〈금옥총부〉 *168 발문.

**20** 대원군의 경복궁 중건 정책도 통치 차원의 정책이었는데, 왕실의 존엄성만을 강조하는 것이 아니라 노론 집권 세력의 정치력과 권위를 약화하여 이들을 억압·통제하고 권력체제 속에 흡수하려는 목적이 있었다고 평가된다. 김병우, 「대원군의 통치체제 확립과 통치정책」, 48면.

**21** 정출헌은 신재효를 다룬 논문에서 〈금옥총부〉의 기록을 근거로 해서 "신재효도 안민영처럼 경복궁 중건 축하연을 계기로 대원군과 각별한 관계를 맺을 수 있었"다고 하였다. 정출헌, 「19세기 판소리사의 결절점-동리 신재효」, 『한국고전문학 작가론』, 소명, 1998, 500면.

**22** 신경숙은 "고종조 20년간은 유일하게 선상(選上) 없이 경기(京妓)만으로 진연·정재 의식을 치렀다. 이런 일이 가능할 수 있었던 것은 바로 기녀들의 활발한 기업(妓業) 활동의 결과를 관이 적극 활용한 예이다. 그리고 당시 기녀들 중 상당수가 바로 안민영 예인집단에서 충원되었"다고 논하고 있다(신경숙, 「안민영 예인집단의 좌상객 연구」, 235면).

백화방초(百花芳草) 봄바람을 사람마다 즐길 적의

등동고이서소(登東皐而舒嘯)하고 임청류이부시(臨淸流而賦詩)로다

우리도 기라군(綺羅裙) 거나리고 답청등고(踏靑登高) 하리라.〈금옥 *162〉

나는 정묘년(1867) 봄에 경화 박선생·안경지·김군중·김사준·김성심
·함계원·신재윤과 함께, 대구의 계월·전주의 연연·해주의 은향·전주
의 향춘 등 일등 공인과 일패 기녀들을 거느리고 남한산성에 올랐다. 이때에
곧 백화가 다투어 피고 온산이 붉고 푸른빛들이 서로 비추어 그림 같았으니,
이것이 이른바 가히 만날 수 없는 좋은 경치 속의 아름다운 모임이었다. 3일
을 질탕히 지내고 돌아왔는데, 송파나루에 이르러 배를 타고 하류로 내려와
한강에서 뭍에 내렸다.[23]

이 작품은 온갖 꽃들이 피어있는 봄철에 아름다운 여인들을 거느리고
답청(踏靑)을 즐기는 모습을 형상화하고 있다. 중장은 도연명의 「귀거래사
(歸去來辭)」의 구절에서 빌어온 것으로, '동쪽 언덕에 올라 노래하고, 맑은
물가에 가서 시를 짓는다(登東皐而舒嘯, 臨淸流而賦詩)'는 의미이다. '기라군
(綺羅裙)'이란 '비단 치마를 입은 여인'이란 뜻으로, 곧 이 모임에 함께 참
석한 가기(歌妓)들을 지칭한 것이다. 이어지는 발문의 내용으로 보아, 실
제 자신들이 즐겼던 내용을 작품화한 것으로 파악된다. 그들은 화창한 봄
날에 사흘 동안 남한산성에 머무르면서, '가히 만날 수 없는 좋은 경치 속'
에서 가악(歌樂)을 동반한 풍류 모임을 지속했을 것이다. 마지막 날 그들
은 남한산성에서 내려와 송파나루를 거쳐 배를 타고 한강을 유람하면서
도 가악을 즐겼을 것임은 자명하다.

주목할 것은 이 모임에 참석한 사람들의 면면이다. 이들 중 〈승평곡〉

---

**23** "余於丁卯春, 與朴先生景華, 安慶之, 金君仲, 金士俊, 金聖心, 咸啓元, 申在允, 率大邱桂
月, 全州妍妍, 海州錦香, 全州香春, 一等工人一牌, 卽上南漢山城, 時則百花爭發, 萬山紅綠, 相
映爲畫, 是所謂不可逢之勝槩佳會也. 三日迭宕, 而還到松坡津, 乘船下流, 漢江下陸."

의 서문에 등장하는 '승평계'의 구성원은 안민영 자신과 박효관(경화 박선생)을 비롯하여, 거문고 명인인 안경지와 김윤석(김군중) 그리고 가야금 명인인 김사준을 들 수 있다. 또한 대구의 계월 또한 승평계의 구성원으로 확인된다.[24] 이밖에도 김성심·함계원·신재윤 등은 악기의 연주자로 추정되며, 계월을 제외한 나머지 기녀들은 무진년(1868)과 정축년(1877)에 있었던 궁중의 진찬(進饌) 의식에 참여했던 것으로 확인된다.[25] 이처럼 안민영·박효관을 비롯하여 악기 연주자들과 예기(藝妓)들이 어울렸던 모임은 우연히 마련된 것이 아니었을 것이다. 아마도 안민영은 같은 해 7월에 있을 경복궁 낙성연의 공연에 참여하기 위해 예인집단을 일찍부터 꾸려 준비했을 것이고, 그 직전인 봄에 단합대회를 겸한 풍류모임을 남한산성에서 했을 것이라 추정된다. 이 작품의 발문은 바로 이러한 상황을 보여주는 자료인 것이다.[26]

그렇듯 안민영은 경복궁 낙성연을 계기로 대원군과의 인연을 맺고, 이후 지속적인 관계를 유지했던 것이다. 대원군을 매개로 왕실의 인물들과도 관계를 이어갈 수 있었으며, 이러한 과정에서 '고종 즉위 하축시'와 '세자 탄강 하축시' 및 '대왕대비 칠순 하축시' 등을 창작하여 바칠 수 있었던 것으로 보인다. 그러나 안민영은 왕실이 아닌 대원군을 철저히 추종하여 따랐던 것으로 파악된다. 박효관 역시 〈금옥총부〉의 서문에서 '안민영이

---

**24** "雲崖朴先生, 平生善歌, 名聞當世. … 時有友臺某某諸老人, 亦皆當時聞人豪傑之士也, 結稧曰老人稧. 又有朴漢英, 孫德仲, 金洛鎮, 姜宗熙, 白元圭, 李濟榮, 鄭錫煥, 崔鎭泰, 張甲福, 盖當時豪華風流, 通音律者也. 崔壽福, 黃子安, 金啓天, 宋元錫, 河駿鯤, 金興錫, 盖當時名歌也. 吳岐汝, **安敬之,** 洪用卿, 姜卿仁, **金君仲, 盖當時名琴也. 金士俊,** 金士極, 盖**當時珈琊琴之名手也.** 李聖教, 金敬南, 沈魯正, 盖當時名簫也. 金雲才, 名笙也. 安聲汝, 良琴之名手也. 洪振源, 徐汝心, 盖當時遭逸風騷者也. **大邱 桂月,** 江陵 杏花, 昌原 柳綠潭, 陽彩姬, 完山 梅月, 蓮紅, 盖名姬也. 千興孫, 鄭若大, 尹順吉, 盖當時賢伶也. 設稧曰昇平稧. 惟歡娛讌樂是事, 而先生實主盟焉.…", '서문', 〈승평곡〉.

**25** 신경숙, 「안민영과 기녀」, 64~70면.

**26** 그렇다면 경복궁의 중건을 하축한 노래들은 당시의 낙성연에서 연창하기 위해 창작했을 가능성이 크다.

대원군의 지기인이 되어 긴 행차에 배종하여 따랐으며, 그(대원군)를 위해 수백 수의 작품을 지었다'[27]고 밝히고 있다. 또한 안민영 자신도 작품의 발문에서 '대원군을 따라 머물렀다'[28]거나 '대원군을 모시고 노닌 지가 여러 해가 되었다'[29]는 등의 기록을 남기고 있다. 또한 사람들이 그에게 편지를 전하기 위해 곧바로 운현궁을 찾을 정도[30]로 안민영과 대원군의 관계는 각별하였던 것이다. 아마도 안민영은 운현궁에 상주하다시피 하면서[31] 대원군을 위한 자신의 역할에 최선을 다했던 것으로 파악된다.[32]

안민영과 대원군과의 관계에서 하정일의 역할을 주목할 필요가 있다. 하정일은 흔히 대원군의 겸인(傔人)으로 막강한 영향력을 행사했던 이른바 '천하장안' 중의 한 사람이다. '천하장안'은 천희연·하정일·장순규·안필주 등을 가리키는데,[33] 하정일은 당대의 가곡 창자였던 하순일·하규일과 같은 집안사람이다.[34] 가곡을 전수하던 집안이기에, 그와 가창자였

---

**27** '周翁爲知己人, 長常陪過, 而爲之作數百闋新歌,', 「금옥총부서」, 〈금옥총부〉.

**28** '癸酉春, 僵息於楊州直洞小庄, 有時寫蘭, 以補消遣之資, 而余亦倍留, 作蘭草詞三絶, 被之管絃.', 〈금옥총부〉 *3 발문. 이 기록은 대원군이 양주의 직동에 있을 때 안민영이 함께 머물며 난초를 치는 것을 보고 기록한 것이다.

**29** '余侍遊石坡大老, 今幾多年.', 〈금옥총부〉 *19 발문.

**30** '丁丑春, 余在雲宮矣. 有人來訪, 故出往視之, 則其人自袖出一封花箋, 折而見之, 則乃是全州襄臺, 在京書也. 卽往相握, 其喜何量, 信乎其喜, 極無語也.', 〈금옥총부〉 *150 발문.

**31** 1877년 안민영의 지인들이 한꺼번에 서울을 떠나자 마음에 병이 깊어 '신병으로 고하고'(以身病告由; *121 발문) 자신의 삼계동 거처를 찾아 쉬었다는 기록이 있다. 이 때 자신의 '신병'을 고했던 대상은 '운현궁'이었을 것이다. 자신이 병으로 집으로 돌아가야 할 때도 일일이 고해야 될 정도로, 안민영은 운현궁 생활에 매어있었던 것으로 파악된다.

**32** 신경숙은 안민영은 "마치 운현궁 주위를 그림자같이 맴돌았던 것 같다."(신경숙, 「안민영 예인집단의 좌상객 연구」, 239면)고 했는데, 이 역시 운현궁에 상주하며 대원군을 모셨던 그의 처지를 정확히 파악한 것이라 하겠다.

**33** 황선희는 이들의 역할을 다음과 같이 설명하고 있다. "그는 집권한 이후를 대비해서 하층민과 어울리면서 자신의 추종자를 모았다. 속칭 '천하장안'이라고 하는 천희연·하정일·장순규·안필주 등은 상궁의 오라비들이었는데 대원군이 당시 포섭했던 가장 충복들로서 집권후 모든 정보 수집을 담당했다. 이렇게 해서 대원군은 운현궁에 있으면서도 대궐 안에서 일어나는 일체의 정보를 신속하게 파악하여 대처할 수 있었다.", 황선희, 「흥선대원군의 정치성향과 운현궁」, 27~28면.

던 안민영과의 만남은 자연스럽게 이루어졌을 것이다. 안민영은 하정일과의 인연이 30여 년 동안 지속되었다고 밝히고 있는데,[35] 하정일을 통해서 그들의 '주군'인 대원군을 소개받아 자연스럽게 접근할 수 있었을 것이라 파악된다.[36] 이후 박효관과 함께 운현궁을 위한 풍류를 담당했고, 대원군을 그들에게 각각 '운애(雲崖)'와 '구포동인(口圃洞人)'이라는 호를 지어내려줄 정도로 각별한 관심을 기울였다.[37] 또한 대원군은 안민영의 회갑연을 직접 베풀어 줄 정도로 신임이 두터웠던 것으로 여겨진다.[38]

따라서 〈금옥총부〉에는 대원군과 관련된 기록이 서로 인연을 맺던 1867년부터 가집이 편찬되던 1880년 무렵까지 집중되어 있다. 1873년 고종의 친정을 기점으로 대원군의 정치적 상황은 크게 달라진다. 이전까지 대원군이 정권을 장악하면서 무소불위의 권한을 행사하던 시기였다면, 1873년 11월 정치 일선에서 물러난 이후에 대원군은 오랜 기간 동안 정치적 시련을 겪게 된다. 〈금옥총부〉에 보이는 대원군에 관한 작품이나 기록들은 대체로 왕을 대신한 존재로서의 득의한 면모를 그리는데 주안을 두고 있다. 주로 운현궁을 중심으로 대원군의 별장이 있던 삼계동과 공덕리, 그리고 양주의 직곡(直谷; 곧은골) 등을 배경으로 풍류를 즐기는 모습이 형상화되어 있다. 하지만 대원군의 실세 이후 정치적으로 불우한 상황에 처했던 것에 대한 언급은 거의 나타나지 않는다. 부분적으로 대원군의 강개한 심회를 표출한 것을 묘사한 작품은 있지만, 적어도 〈금옥총부〉를

---

**34** 신경숙, 「안민영 예인 집단의 좌상객 연구」, 240면.

**35** '河加德靖一, 字聖初, 號. 孝親友第, 而性本剛毅果敢, 臨事無疑, 可謂一代快丈夫也. 與余敬愛三十年.', 〈금옥총부〉 *34 발문.

**36** 김용찬, 「〈금옥총부〉를 통해 본 안민영의 가악 활동과 가곡 연창의 방식」, 148~149면(이 책의 142~143면).

**37** '先生名孝寬, 字景華, 號雲崖, 國太公所賜號也.', 〈금옥총부〉, 안민영 자서; '口圃東人, 石坡大老所賜號也. 余在三溪洞家時, 東園後, 有口字圃田, 故稱口圃東人.', 〈금옥총부〉 *92 발문.

**38** '丙子六月二十九日, 卽吾回甲日也. 石坡大老, 爲設甲宴, 於孔德里秋水樓, 命又石尙書, 廣招妓樂, 盡日迭宕, 是豈人人所得者歟.', 〈금옥총부〉, *18 발문.

통해서는 대원군의 정치적 위상에 대한 변화를 읽어낼 수 없다.

청문(青門)에 외를 파든 소평(邵平)이라 드러더니
운하(雲下)에 그림 파는 국태공(國太公)을 뵈앗소라
금고(今古)에 영걸지강개심회(英傑之慷慨心懷)는 한가진가 ᄒ노라.〈금옥
*110〉

석파대로께서 을해년(1875) 여름 노안당의 동쪽 누각 위에 문방을 차리시
고, '매화루(賣畵樓)' 석자를 써서 벽 위에 높이 걸고는 난을 그려 남북의 여
러 재상들에게 보냈다. 값을 치룬 이후에는 팔기를 바라는 자가 그 수를 헤
아릴 수 없었다. '한가함을 취하고 고기를 취하지 않는다'는 뜻이 바로 이것
을 이른다. 한 달 후에 곧 그만두었다.[39]

이 작품은 대원군이 자신의 거처인 운현궁의 노안당에서 그림을 그려
여러 사람들에게 보내어 강개한 심회를 표출한 것을 그리고 있다. 대원군
스스로 '그림을 판다'는 의미의 '매화루(賣畵樓)'라는 편액을 걸어놓았다는
것은 특별한 의미를 지닌다. 그러한 행위에 대해서 안민영은 중국 진(秦)
나라 동릉후였던 소평이 진나라가 망하자 성의 동쪽에 외를 심어 팔았다
는 고사에 비겨 형상화하고 있다. 더욱이 그러한 행위를 '한가함을 취함
이지 고기(경제적 이득)를 취함이 아니다'는 설명까지 덧붙였다. 분명 당
대의 정치적 상황 변화와 관련해서 대원군의 심회가 강개했음을 알 수 있
지만, 이 작품을 통해서는 더 이상의 어떠한 정보도 얻어낼 수 없다.

이와 관련해 당시의 대원군이 처했던 상황을 검토해 보자. 1873년 11월
정치에서 물러난 이후 대원군의 자신의 별장이 있던 경기도 양주의 '직곡
산방'으로 은거해 난을 그리며 지낸다. 하지만 서울에서는 대원군의 귀환

---

**39** '石坡大老, 於乙亥榴夏, 設文房於老安堂. 東樓上, 書賣畵樓三字, 高掛壁上寫蘭, 播送於
南北諸宰, 捧價以來, 其後願賣者, 不許其數矣. 取適非取魚之意, 政謂此也. 一月後乃止.'

을 주장하는 상소들이 끊임없이 이어지고, 그 와중에 자신을 따르던 사람들이 왕명에 의해서 극형에 처해지려는 사태가 발생했다. 위험에 처한 그들을 구하기 위해 대원군은 1875년 봄 양주의 직곡 생활을 마치고 운현궁으로 돌아오게 되었다. 대원군의 귀환이 자발적인 형식을 취하기는 했으나, 그것은 고종에 대한 정치적 굴복에 다름없었다고 평가된다. 따라서 이후 운현궁에서의 생활은 '직곡산방'의 그것보다 더 힘겨운 것이었다고 하겠다.[40] 위의 작품은 운현궁에 귀환한 대원군이 자신의 존재를 알리기 위한 절박한 심정에서 벌였던 '일화'를 소재로 하고 있다. 작품과 발문만으로는 대원군의 행위가 지니는 의미를 파악하기 힘들고, 다만 당시의 정치적 상황을 염두에 두고 읽어야만 작품의 실질에 보다 가까이 다가설 수 있게 된다.

가집에 반영된 이러한 입장은 역설적으로 안민영이 처한 현실을 잘 말해주고 있다고 하겠다. 대원군의 정치적인 득세와 실세의 과정은 당시 국왕인 고종과 긴밀히 연관된다. 그 실질이 어떠했든지 간에 자신이 모시던 대원군의 정치적 실세(失勢)는 당대의 국왕이었던 고종의 통치 행위의 일환이었다. 따라서 이에 대해서 어떤 입장을 표현한다는 것이 정치적으로 민감한 만큼, 어떤 생각을 품고 있었다할지라도 안민영으로서는 그것을 직설적으로 표출하기는 사실상 불가능했을 것이다. 즉 타의에 의해 정치 일선에서 물러난 대원군을 옹호하거나 연민의 시선을 드러내는 것은 곧 그 원인을 제공한 왕에 대한 불경으로 인식될 수밖에 없기 때문이다. 따라서 정치 일선에서 왕성하게 활동하던 대원군의 입장을 반영한 작품은 지을 수 있었겠지만, 그 반대의 경우는 쉽지 않았던 것이다.[41] 이러한 저간의

---

**40** 이상 대원군의 귀환에 대한 내용은 김정숙, 『홍선대원군 이하응의 예술 세계』, 일지사, 2004, 137면 참조.

**41** 그런 의미에서 우조 초삭대엽에 수록된 다음의 작품은 주목할 만하다. "부수부자(父雖不慈)하나 자불가이불효(子不可以不孝)여니 / 부완모은(父頑母嚚) 순(舜) 님군은 극해이효 부격간(克諧以孝不格姦)을 / 만고(萬古)의 통천대효(通天大孝)년 순제(舜帝)신가 하노라."〈금

사정이 반영된 것이 바로 『금옥총부』의 작품 성향으로 나타나게 되었다고 하겠다.

## 3. 대원군의 문학적 형상화

대원군에 대한 안민영의 문학적 형상화 작업은 1873년에 편찬된 〈승평곡〉을 통해서 일차적으로 집약되었다. 전체 12수로 구성된 〈승평곡〉은 박효관과 안민영을 중심으로 활동했던 예인들이 그들의 정신적·물질적 후원자인 대원군을 위하여 결성한 '승평계'의 연창 레퍼토리이다. '승평(昇平)'이란 '나라가 태평함'이라는 의미로, 보다 구체적으로는 대원군이 중심에 서서 국정을 다스리던 상황을 표현한 것이다. 따라서 〈승평곡〉에 수록된 작품들은 일부 국왕과 관련된 작품들이 있지만, 전체적으로는 대원군의 풍모를 형상화한 것들로 채워져 있다.[42] 또한 〈승평곡〉에 수록된 작품들 중 1수를 제외하고 11수 모두 〈금옥총부〉에 그대로 수록되어 있다. 가집의 서문 역시 〈승평곡〉에 수록된 것을 일부 변개하여 〈금옥총부〉에 그대로 전재하였다. 그런 의미에서 본다면, 〈금옥총부〉의 편찬 역시 대원군의 치세를 드높이려는 목적이 깔려있다고 하겠다.

지모(智謀)는 한상(漢相) 제갈무후(諸葛武侯)요 담략(膽略)은 오후(吳侯) 손백부(孫伯符) l 라

---

옥 #5). 여기에는 "효자의 도가 이에서 다하였다.(孝子之道, 於斯盡矣.)"는 발문이 붙어있다. 부모가 아무리 잘못했다 하더라도 자식은 효를 통해 그 도리를 다해야 한다는 작품의 내용과 그것의 순 임금의 고사를 중심으로 구성되어 있다는 점에서 대원군과 고종의 문제를 다룬 것으로 이해된다. 만약 그렇다면 이 작품은 고종에 의해 대원군이 실세한 이후, 고종과 대원군의 정치적 갈등을 안타까이 여긴 안민영의 심정을 읊은 것이라 이해할 수 있다.

**42** 〈승평곡〉의 구성의 의미에 대해서는 김용찬, 「안민영과 〈승평곡〉」(이 책에 재수록되었음)의 내용을 참조할 것.

구방유신(舊邦維新)은 주문왕지공업(周文王之功業)이요 척사위정(斥邪衛正)
은 맹부자지성학(孟夫子之聖學)이로다

오백년(五百年) 간기영걸(幹氣英傑)은 국태공(國太公)이신가 하노라.〈금옥
*152〉

병인년 서양 오랑캐의 난에 만약 국태공의 지모와 담략이 아니었더라면,
우리나라는 좌임[43]에 빠졌을 것이다.[44]


천주교 박해를 빌미로 프랑스 군함이 강화도를 공격하면서 발발한 병
인양요(丙寅洋擾; 1866)에서, 대원군은 이에 맞서 싸워 마침내 적들을 물리
치게 된다. 이 작품은 외세의 침략에 단호히 대처한 대원군의 풍모를 초
장과 중장에서 제갈공명·손권·주문왕·맹자가 지닌 각각의 장점을 취
한 면모로 형상화하고 있다. 이러한 작품의 면모는 대상 인물에 대한 최
상의 찬사에 다름 아니다. 병인양요 당시 가족들을 이끌고 피란을 가야만
했던 안민영 자신으로서는,[45] 외세의 침략을 단호히 물리친 대원군의 정
책에 무한한 신뢰와 칭송을 아끼지 않을 만하다.[46] 물론 이러한 찬사는 그
정도가 지나치다는 점에서 문학적 평가가 그리 높지 않을 수밖에 없는 것
도 사실이다.

대원군은 '석파(石坡)'[47]라는 호를 즐겨 사용했지만, '나막신을 신은 늙은
이'라는 의미의 '유극옹(楡屐翁)'이라는 호를 사용하기도 했다.

---

**43** '좌임(左衽)'은 옷을 입을 때 오른쪽 옷섶을 위로 여미는 것인데, 곧 오랑캐에 나라를
빼앗겨 그들의 풍속을 따라야 하는 상황을 일컫는다.

**44** '丙寅洋醜之亂, 若非國太公智謀膽略, 我國幾乎左衽.'

**45** '丙寅洋醜之亂, 余亦率家, 避難于洪川靈金里, 而山高谷深, 人跡不到處也. 人皆謂桃源,
然虎患可畏.',〈금옥총부〉*156 발문.

**46** 병인양요를 내용으로 한 대원군의 시를 보고 지은 작품(*11)에서도 대원군에 대한 찬
사를 형상화하였다. 이밖에도 대원군의 개혁정책을 칭송한 작품(*175)도 남기고 있다.

**47** '석파'라는 호에서 '석(石)'은 확고부동한 선비의 지조를 상징하는 것이라 한다. 김정
숙,『흥선대원군 이하응의 예술 세계』, 291면.

삼백척(三百尺) 솔이여늘 일천년(一千年) 학(鶴)이로다

분폭(噴瀑)은 용 조화(龍造化)요 축석(矗石)은 검 정신(劒精神)이라

이 중(中)에 학의(鶴衣) 윤건(綸巾) 백우선(白羽扇)으로 유극옹(楡屐翁)이 노
시더라. 〈금옥 *91〉

유극옹은 석파대로의 별호(別號)이다. 삼계동 안에 고송(古松)·기암(奇巖)
·백학(白鶴)·분폭(噴瀑)이 있다.[48]


초장과 중장은 대원군의 별장이 있던 삼계동의 자연 풍광을 묘사하였
고, 종장은 그 속에서 학창의와 와룡건 그리고 흰 부채를 들고 마치 신선
처럼 한가롭게 노니는 대원군의 모습을 형상화하였다. 대원군은 운현궁
에 거처할 때 중국 북송의 문인이었던 소식(蘇軾)과 같이 나막신을 즐겨
신어 스스로를 '유극도인(楡屐道人)'이라 칭했는데, 이는 소식에 대한 존경
심이 생활 속에서 발현된 것이라 한다.[49] 정무를 보지 않을 때는 삼계동
등의 별장을 찾아 이 작품과 같이 한가로이 노닐었기에, 안민영이 그것을
보고 형상화했던 것이다. 이외에도 마포의 공덕리에도 대원군의 별장이
있었는데, 안민영의 작품에는 삼계동과 공덕리를 소재로 한 작품들이 적
지 않다.[50] 삼계동과 공덕리 등의 별장에서는 안민영과 여항 예능인들의
공연이 자주 개최되었던 것으로 파악되며, 이러한 면모는 안민영의 작품
에서도 형상화되고 있다.[51]

---

**48** '楡屐翁, 石坡大老別號, 三溪洞中, 有古松奇岩, 白鶴噴瀑.'

**49** 김정숙, 『흥선대원군 이하응의 예술 세계』, 39~41면.

**50** "삼월(三月) 화류(花柳) 공덕리(孔德里)오 구월(九月) 풍국(楓菊) 삼계동(三溪洞)를 / 아
소당(我笑堂) 봄 바롬과 미월방(米月舫) 가을 달을 / 어지버 육화(六花) l 분분시(紛紛時)에
자주영매(煮酒詠梅) ᄒᆞ시더라."〈금옥 *100〉. 이밖에도 삼계동을 노래한 작품은 4수(*29, *39,
*91, *96)가 더 있으며, 공덕리의 풍경을 노래한 작품도 2수(*56, *57)를 포함해 모두 7수에
달한다. 여기에 이곳에서 가악을 즐겼던 상황을 노래한 작품들을 포함하면, 그 수는 더욱
늘어날 것이다. 대체로 그곳의 자연 환경을 예찬하면서, 발문에서는 대원군의 '언식처(偃息
處)'라는 사실을 강조하고 있다.

**51** "우산(牛山)에 지ᄂᆞ 히를 제경공(齊景公)이 우럿더니 / 공덕리(孔德里) 가을 ᄃᆞᆯ를 국태

대원군의 거처인 운현궁 또한 안민영의 작품 창작의 주된 소재가 되었다.[52] 대원군의 거처였던 운현궁은 고종이 즉위한 이후 대대적으로 확장되고 정비되었다.[53] 1866년에는 국왕인 고종과 민비(명성왕후)의 가례(嘉禮)가 치러지기도 했을 정도로, 당대의 정치 상황에서 중요한 의미를 지니고 있는 공간이었다. 때문에 운현궁은 대원군의 '능숙한 처세술과 탁월한 위장보신술로 집권에로의 야심을 실현시킨 산실이다. 집권 이후 대원군의 위치에서 왕도정치로의 개혁의지를 단행한 곳이 운현궁이었다.'[54]고 평가된다. 그렇기에 운현궁을 형상화한 작품을 창작할 때, 안민영으로서는 대원군과의 연관성을 떼어놓고 생각할 수 없었을 것이다.[55] 이처럼 안

공(國太公)이 늦기삿다 / 아마도 금고영걸(今古英傑)의 강개심회(慷慨心懷)는 한가진가 ᄒ노라."〈금옥 *103〉 이 작품에는 다음과 같은 발문이 첨부되어 있다. "석파대로께서 임신년(1872) 봄 공덕리에서 휴식하셨다. 어느날 석양 무렵에 문인과 기녀 및 공인들을 거느리고 우소처(尤笑處)에 올랐는데, 풍악을 크게 베풀고 권하며 즐기는 사이에 해가 지고 달이 떠올랐다. 이에 위연(喟然)히 탄식하며 말하기를 '내 나이 이제 오십여 살이라. 남은 해가 얼마이리! 우리들이 역시 저 세상에서 한 곳에 모여 만나, 이 세상에서 못 다한 인연을 잇는 것이 또한 옳지 않겠는가.'라 하시니, 좌중이 모두 얼굴을 가리고 눈물을 머금었다."(石坡大老, 於壬申春, 偃息於孔德里. 一日夕陽率門人及妓工, 登臨尤笑處, 大張風樂, 歡娛之際, 日落月上矣. 乃喟然歎曰 '吾年, 今五十餘矣, 餘年幾何. 吾儕亦於來生, 會合一處, 以續今世未盡之緣, 不亦可乎.' 衆皆掩面含淚.) 이밖에도 *145 작품은 이재면이 공덕리에서 안민영의 회갑연을 베풀어준 내용을 형상화하고 있다.

**52** "운하(雲下) 태을정(太乙亭)에 영락지(泳樂池) 맑아 잇다 / 조일(朝日)에 화문수(花紋繡)요 춘풍(春風)에 조관현(鳥管絃)를 / 경송(慶松)은 울울번연(鬱鬱蕃衍)ᄒ야 억만년(億萬年)를 기약(期約)거다."〈금옥 *40〉 "雲峴宮後園, 有太乙亭泳樂池, 池邊有古松, 蕃衍于庭中. 乙亥春, 親臨時, 賜金環一雙懸之." 이 작품은 1875년(을해)에 고종이 운현궁에 친림해서 자신이 어릴 적 놀았던 고송(古松)의 가지에 금가락지 한 쌍을 걸었던 사실을 그리고 있다. 고종은 이 당시 이 소나무에 '정이품송'이라는 관작을 내렸다 하는데, 지금은 불에 타서 남아있지 않다(류시원, 『풍운의 한말 역사 산책』, 한국문원, 1996, 207~210면 참조). 이밖에도 운현궁의 정경을 그린 작품은 3수(*4, *13, *66)가 더 있다. 또한 대원군의 부름에 의해서 운현궁에 드나들던 예기(藝妓)들의 면모에 대한 기록도 적지 않다.

**53** 황현은 새롭게 꾸며진 운현궁이 마치 궁궐과 같았다고 하였다. "(운현궁은) 지금 임금이 탄생한 곳이다. 지금 임금이 왕위에 오른 이후 대원군 이하응이 확장하고 새롭게 단장하여 주위가 몇 리에 이르렀으며, 사방에 문을 설치하여 위엄스런 모습이 마치 대궐과 같았다."(황현, 임형택 외 옮김, 『매천야록』, 문학과지성사, 2005, 29면)

**54** 황선희, 「흥선대원군의 정치성향과 운현궁」, 16면.

민영은 자신이 모시던 대원군의 모습과 함께 그가 머물렀던 공간까지 시적 대상으로 끌어들여 작품화하였다. 이는 그만큼 대원군에 대한 존경심이 절대적이었음을 증명하고 있다.

안민영은 또한 대원군의 음악적 소양이 대단히 깊다는 것을 여러 곳에서 반복적으로 밝히고 있다. 박효관과 안민영의 가집 서문에서도 대원군과 이재면의 음악적 자질에 대한 칭송을 적시하고 있다.

> 진왕(秦王)이 격부(擊缶)허니 육국 제후(六國諸侯)ㅣ 다 슬거다
> 이졔와 혜여허니 수천년(數千年) 스이여늘
> 다시금 옥루상(玉樓上) 봄ᄇᆞ롬에 격부성(擊缶聲)이 이는고.〈금옥 *38〉
> 석파대로께서 음률에 밝으셨고 우석상서 역시 밝으시어 정통하지 않음이 없었는데, 격부에 이르러서는 묘함이 아니라 신의 경지에 이르렀으니 이보다 지극함이 없다.[56]

초장의 내용은 중국 진(秦)나라의 소왕(昭王)이 흙을 구워 만든 악기인 '부(缶)'를 연주하여 제후를 굴복시켰다는 고사를 제시하였다. 진의 소왕이 살던 시대와는 수천 년이 지났지만, 다시금 대원군과 이재면(우석상서)이 입신의 경지에 이른 '격부성' 소리가 들린다는 내용이다. 득의에 차 있던 시절, 대원군과 이재면의 정치적 상황을 연상케 할 수 있는 작품이다. 대원군이 다스리던 치세가 바로 제후들을 굴복시키던 진나라 소왕의 그것에 비견된다는 의미인 것이다. 아마도 '음률에 밝았던' 대원군이기에 안민영을 비롯하여, 여러 분야의 수많은 여항 예술인들이 그의 주변에 몰

---

55 신경숙은 안민영 작품에 나타난 면모를 통해서 '운현궁과 관련한 모든 의례와 사건을 망라하고 있을 정도'라고 말한다. 이런 관점에서 '우조 한바탕'(8수)로 구성된 세자의 하축시들도 '역시 운현궁 생활의례의 하나로 창작되었음이 확실하다.'고 주장한다. 신경숙, 「안민영 예인집단의 좌상객 연구」, 238면.

56 '石坡大老, 皎於音律, 又石尙書, 亦皎如也. 無不精通, 而至於擊缶, 非妙入神, 無以至此.'

려들었을 것이다.

특히 자신을 위해 회갑연을 베풀어주는 대원군에게 절대적인 칭송을 아끼지 않았음은 물론이다.

> 즐거워 우슴이요 감격(感激)하야 눈물이라
> 흥(興)으로 노릐여늘 기운(氣運)으로 춤이로다
> 오늘날 소여루(笑與淚)는 우석상서(又石尙書) 쥬신 빌라. 〈금옥 *18〉
>
> 병자년 6월 29일은 곧 내 회갑일이었다. 석파대로께서 나를 위해 공덕리 추수루에서 회갑연을 베풀어주시고, 우석상서에게 기악을 널리 초청하도록 하시어 진종일 질탕하였으니, 이것이 어찌 사람마다 얻을 수 있는 바이겠는 가.[57]

1876년 6월 자신의 화갑연을 베풀어 준 대원군의 마음에 감격하여 눈물을 흘리고, 또 잔치 분위기에 즐거워 웃음을 짓는 안민영의 감정이 그대로 묻어나는 듯하다. 흥겨워 노래를 부르고, 또 그 분위기에 맞추어 춤을 추는 것은 일견 당연하다 할 것이다. 감격의 눈물과 기쁨의 웃음이 교차하는 잔치의 주인공이 된다는 것은 결코 '사람마다 얻을 수 있는' 것이 아닐 것이다. 하지만 이 당시 정치적으로 실세했던 대원군은 아들 이재면에게 잔치를 베풀도록 하고, 안민영의 회갑연에 직접 참여하지는 않았던 것으로 보인다. 만약 대원군이 직접 참석했다면 종장 마지막을 '우석상서'가 아닌 '석파대로'로 표현했을 것이기 때문이다. 이 작품에서 이재면은 대원군을 대신한 존재로 생각하여, 종장에서 이재면에 대한 감격을 표출했던 것이다. 이러한 작품에서 대원군과 안민영의 각별한 관계를 읽어낼 수 있을 것이다.

---

**57** '丙子六月二十九日, 卽吾回甲日也. 石坡大老, 爲設甲宴, 於孔德里秋水樓, 命又石尙書, 廣招妓樂, 盡日迭宕, 是豈人人所得者歟.'

이밖에도 1878년 대원군의 부인(부대부인)의 회갑을 맞아 '가곡 삼장'을 지어 하축(賀祝)을 드렸고,[58] 2년 후인 1880년에는 회갑을 맞은 대원군을 위하여 3수의 작품으로 구성된 하축시를 올리기도 했다.[59] 이러한 하축시들은 실제 잔치의 자리에서 직접 연창될 목적으로 창작되었다. 이밖에도 개혁 정책의 상징이라 할 경복궁에 대한 하축시들도 대원군을 칭송하려는 목적에서 창작되었다고 하겠다.[60] 특히 '석파란(石坡蘭)'이라고 할 정도로 유명한 대원군의 묵란화(墨蘭畵)에 대해서는 따로이 「난초사」 3수를 지어 칭송하기도 했다.[61]

옥로(玉露)에 눌린 꽃과 청풍(淸風)에 나는 닙흘

노석(老石)에 조화필(造化筆)노 깁 바탕에 옴겨슨져

미재(美哉)라 사란(寫蘭)이 기유향(豈有香)가만은 암연습인(暗然襲人) 허더라. 〈금옥 *3〉

석파대로께서 난을 치는 솜씨가 신묘한 경지에 이르러 일세에 독보적이셨다. 계유년(1873) 봄 양주 곧은골(直洞)의 조그만 별장에서 편히 쉬며 틈틈

---

**58** "석파대로(石坡大老) 영풍웅략(英風雄略) 분양왕(汾陽王)과 고금(古今)이요 / 부대부인(府大夫人) 의범숙덕(懿範淑德) 곽부인(郭夫人)과 전후(前後)ㅣ로다 / 이고(以故)로 백자천손(百子千孫)의 부귀영화(富貴榮華)ㅎ시더라."〈금옥 *71〉 발문은 다음과 같다. "무인년(1878) 2월 3일은 부대부인 회갑일이었다. 가곡 3장을 지어 창을 하여 하축을 드렸다."(戊寅, 二月初三日, 府大夫人華甲日也. 作三章歌曲, 唱而獻賀.) 부대부인 회갑 하축시 3장은 여기에 *171, *170의 작품이 추가된다.

**59** "성상(聖上)에 부친(父親)이신져 놉푸시기 그지 업네 / 경진(庚辰) 납월(臘月) 입일일(卄一日)에 설갑연어이로당(設甲宴扵二老堂)를 / 진일(盡日)에 봉생용관(鳳笙龍管)으로 헌반도(獻蟠桃)를 하시더라."〈금옥 *8〉 여기에는 다음과 같은 발문이 첨부되어 있다. "경진년(1880) 12월 21일은 석파대로의 회갑일이었다. 성상께서 친히 운현궁에 왕림하시어 〈내가〉 '하축 3장'을 지었다."(庚辰十二月二十一日, 石坡大老回甲日, 聖上, 親臨于雲宮獻壽, 而作賀祝三章.) 대원군 회갑 하축시는 이 작품과 *25, *67의 3수로 구성되었다.

**60** 경복궁을 형상화 한 작품은 모두 6수(*9, *14, *33, *76, *144, *267)이다.

**61** '난초사 3절' 중에서 '난초사 제일'(*8)과 '제이'(*89)는 있지만, '난초사 제삼'은 〈금옥총부〉에 보이지 않는다. 그러나 *176 작품의 내용이 당대의 여러 화가들의 특장을 평가하면서, 대원군을 '석파란'이라 칭송하는 것으로 보아 이 작품이 '난초사 제삼'이 아닌가 여겨진다.

이 난을 치는 것을 소일거리로 삼았는데, 나 역시 따라 머물며 〈난초사〉 3절
을 지어 그것을 관현에 올렸다.[62]

초장과 중장은 대원군의 난치는 모습을 형상화하였다. 이슬에 눌린 꽃
과 바람에 흩날리는 난의 잎이 대원군의 붓에 의해 비단 폭에 옮겨지는
모습을 그리고 있다. '노석(老石)'은 대원군의 또 다른 호(號)이며, 그의 난
치는 솜씨가 '조화필(造化筆)'로 표현되었다. 종장은 '그림으로 그려진 난에
어찌 향(香)이 있을까만은 모르는 사이에 사람에 스며드는 듯하다'고 대원
군의 난치는 솜씨를 격찬하고 있다. 예술사적으로 대원군은 일찍부터 묵
란(墨蘭)을 그리기 시작하여 수준 높은 그림으로 최고의 명성을 누렸으며,
전 생애를 걸쳐 오직 난이라는 하나의 제재만을 다루었다는 점에서 특이
한 면모를 보인다고 평가된다.[63] 당대에도 수많은 사람들이 그의 난 그림
을 얻으려고 갖은 방법을 동원했다고 하는데, 대원군의 '문하인'으로 자처
하는 안민영이 대원군의 그림을 보고 「난초사」를 창작한 것은 너무도 당
연하다고 하겠다.

이상 간략하게 안민영의 작품에 형상화된 대원군의 면모를 살펴보았
다. 대체로 대원군을 직접적으로 대상화한 작품들은 그가 집권했던 1873
년 이전의 작품들로 파악된다. 화갑을 기념하는 하축시와 몇몇 작품 등을
제외하고는, 이후에는 대원군이 작품에서 직접적으로 나타나는 경우는
매우 드물다. 왕실의 많은 인물들이 안민영의 작품으로 형상화되고 있지
만, 대원군의 정적(政敵)이었던 왕비 민씨(명성왕후)에 관한 것은 단 1수
도 남아있지 않은 것은 안민영이 처한 위상을 단적으로 말해주고 있다고
여겨진다. 실각 이후 대원군과 대립하여 민비를 비롯한 민씨 척족들은 정

---

62 "石坡大老, 以寫蘭透妙, 獨步一世. 癸酉春, 偃息於楊州直洞小庄, 有時寫蘭, 以補消遣之
資, 而余亦倍留, 作蘭草詞三絶, 被之管絃."

63 김정숙, 『흥선대원군 이하응의 예술 세계』, 11면.

치적으로 맞서고 있었다. 대원군을 섬겼던 안민영으로서는 비록 국모이지만, 자신의 '주군'과 불편한 관계에 있던 왕비를 위한 작품을 창작하기는 쉽지 않았을 것이다. 때문에 그의 작품에서 왕비 민씨를 형상화한 작품을 찾아볼 수 없다고 해석된다.

아마도 정치적 재기를 위해 절치부심하던 대원군으로서는 이전처럼 여항의 예인들과 적극적으로 어울릴 수는 없었을 것으로 보인다. 때문에 대원군을 대신한 이재면(우석공)이 여항의 예인들을 이끌고 풍류를 주도하는 모습으로 나타났던 것으로 이해된다. 〈금옥총부〉가 편찬(1880년)될 때까지 대원군의 정치 일선으로의 복귀는 이루어지지 않았다. 따라서 시간이 지날수록 지극히 형식적인 작품을 제외하고는, 대원군을 형상화한 작품의 창작은 크게 줄어들 수밖에 없었을 것이다. 아마도 이 자리를 채운 것이 이재면과의 풍류 생활이나, 스승인 박효관에 대한 노래들, 그리고 자신의 생활과 지인들에 대한 감회를 노래한 작품들이었을 것이라 여겨진다. 〈금옥총부〉에 수록된 작품들의 다채로운 면모는 안민영이 처했던 이러한 당시의 상황을 적절하게 반영하고 있다고 하겠다.


## 4. 맺음말

이상으로 〈금옥총부〉에 수록된 작품과 기록들을 중심으로 안민영과 대원군과의 관계를 짚어보았다. 가창자이자 가집 편찬자로서 안민영의 활발한 활동은 당대의 권력자인 대원군의 후원에 힘입은 바 크다. 때문에 가집을 편찬하면서, 자신이 모셨던 대원군을 적극적으로 배려하는 것은 너무도 당연하다 할 것이다. 그리하여 왕실에 대한 하축시를 다수 창작하였고, 대원군에 대해서는 다수의 작품을 통해서 다각적으로 형상화하여 소개하고 있다. 이러한 면모가 안민영의 작품을 '아유의 문학'이라 평가하는 이유가 되기도 했다. 그러나 '아유'라 할지라도, 그것의 실질을 세밀히 따져 문학적 평가를 내리는 것이 필요하다고 여겨진다. 때문에 안민영의 작품에 나타난 대원군의 형상화를 다루는 것이 전혀 무의미한 작업은 아닐 것이다.

가집의 편제상 각 곡조의 첫머리가 왕과 세자 등을 위한 하축시가 배열되어 있는 것은 왕실에 대한 상징적 예우를 드러냄으로써 중세적 편집 체제의 완벽을 기하기 위한 것이라 평가된다.[64] 안민영이 생각했던 예술 행위의 중심에는 대원군과 이재면을 중심으로 한 '운현궁'이 놓여 있었다. 때문에 이들과의 관계를 적극적으로 해명함으로써 당대 예술사의 실상에 보다 가까이 다가설 수 있을 것이라고 생각된다. 그러나 그동안의 연구에서는 '문학성'이라는 기준에 크게 못 미친다는 이유로 대원군을 노래한 안민영의 작품들이 본격적으로 다루어지지 않았다. 본고는 작품을 통해 안민영과 대원군과의 관계를 다루었으며, 그 결과 문학적 실질을 보다 정확하게 드러냈는지에 대해서는 평가를 미룰 수밖에 없다.

〈금옥총부〉에 수록된 작품과 기록들은 19세기 예술사를 해명하는데 유용한 자료라는 것에는 많은 이들이 동의할 것이다. 〈금옥총부〉에 수록된 작품들이 창작되던 당시는 정치적·사회적으로 엄청난 변화가 일어났던 시기였다. 하지만 적어도 안민영의 작품에서는 격변하는 당시의 시대적 분위기를 전혀 감지할 수 없다는 점도 특기할만하다. 그것은 아마도 당대의 권력자였던 대원군의 보호 아래 활동을 했기에, 격변하는 시대의 흐름에 다소 비껴 설 수 있었기 때문일 것이다. 역설적으로 자신의 '주군'인 대원군은 권력의 정점에서부터 시대의 흐름에 민감하게 반응할 수밖에 없었다. 고종이나 왕비 민씨에게 위협이 되었던 것은 대원군의 막강한 '힘'이었지, 안민영과 같은 예능인들은 아무런 문제가 되지 않았기 때문이다.

그렇기에 안민영의 활동은 이후에도 왕실과 일정한 관련을 이어나갈 수 있었고,[65] 이러한 상황이 안민영의 작품에서 당시의 격변하는 시대적

---

64 신경숙, 「안민영 예인집단의 좌상객 연구」, 237면.

분위기를 담아내지 못했던 요인이라고 여겨진다. 특히 안민영이 편찬한 가집들 중에서 〈가곡원류〉가 당대까지 연창되었던 가곡을 정립하려는 목적을 지니고 있었다면, 〈승평곡〉과 〈금옥총부〉는 주변의 예인들을 포함한 자신과 대원군을 위한 연창의 레퍼토리로 마련된 것이라는 것을 다시한 번 강조하고자 한다.

〈『배달말』 제43집, 배달말학회, 2008.〉

---

65 세자 하축시와 대왕대비 하축시 등이 모두 대원군의 실각 후에 창작되어 바쳐졌다는 것이 그 방증이다.

# 안민영 「매화사」의 연창 환경과 작품 세계

## 1. 머리말

안민영은 19세기의 대표적인 시조 작가들 중의 한 사람이자, 〈가곡원류〉와 〈금옥총부〉를 편찬한 가집 편찬자이기도 하다. 그에 대한 연구는 그동안 대체로 작가론의 차원에서 논의되다가,[1] 「매화사」를 중심으로 한 작품론[2]이나 안민영과 주변 예인들과의 관계를 다룬 연구[3]에 이르기까지

---

[1] 진동혁, 「주옹의 생애와 문학」, 『고시조문학론』, 형설출판사, 1976; 박을수, 「안민영론」, 『한국문학작가론』, 형설출판사, 1985; 황순구, 「안민영론」, 『고시조작가론』, 백산출판사, 1986; 고미숙, 「안민영의 작품 세계와 그 예술사적 의미」, 『19세기에서 20세기 초 한국시가의 구도』, 소명, 1988; 조규익, 「안민영론-가곡사적 위상과 작품 세계를 중심으로」, 『국어국문학』 제109호, 국어국문학회, 1993; 이동연, 「19세기 가객 안민영의 예인상」, 『이화어문논집』 제13집, 이화여자대학교 한국어문학연구소, 1993; 박노준, 「안민영의 삶과 시의 문제점」, 『조선후기 시가의 현실인식』, 고려대학교 민족문화연구원, 1998; 성무경, 「〈금옥총부〉를 통해 본 '운애산방'의 풍류세계」, 『반교어문연구』 제13집, 반교어문학회, 2001; 이형대, 「안민영의 시조와 애정 정감의 표출 양상」, 『한국문학연구』 제3호, 고려대학교 민족문화연구원 한국문학연구소, 2002; 신경숙, 「안민영 사랑 노래의 생산적 토대」, 『한성어문학』 제24집, 한성대학교 한국어문학부, 2005; 김용찬, 「〈금옥총부〉를 통해 본 안민영의 가악 활동과 가곡 연창의 방식」, 『시조학논총』 제24집, 한국시조학회, 2006(이 책에 재수록되었음) 등.

[2] 류준필, 「안민영의 「매화사」론」, 『한국고전시가작품론』, 집문당, 1992; 성기옥, 「한국 고전시 해석의 전망과 과제-안민영의 「매화사」 경우」, 『진단학보』 제85집, 진단학회, 1998 등.

[3] 신경숙, 「안민영과 기녀」, 『민족문화』 제10집, 한성대학교 민족문화연구소, 1999; 신경숙, 「안민영과 예인들-기악 연주자들을 중심으로」, 『어문논집』 제41집, 민족어문학회, 2000;

다양하게 진행되어 왔다. 최근에는 안민영과 그의 스승인 박효관을 중심으로 결성되었던 '승평계(昇平禊)'의 면모를 확인할 수 있는 〈승평곡(昇平曲)〉이라는 책자가 발견됨으로써, 당시 그들을 중심으로 활동했던 가창 집단의 실상을 보다 자세하게 연구할 수 있는 계기가 마련되고 있다.[4] 이러한 선행 연구들을 통해 안민영의 작품 세계는 물론, 시조 작가이자 가집 편찬자로 활동하였던 그의 면모를 보다 입체적으로 조망할 수 있게 되었다.

특히 자신의 작품 181수만으로, 당시에 연창되던 가곡의 곡조에 맞춰 편찬한 개인 가집인 〈금옥총부〉는 안민영을 연구하는데 있어 매우 중요한 자료이다. 이 가집에는 개별 작품들을 수록하면서, 해당 작품의 창작 배경이나 기타 다양한 내용의 기록들을 남기고 있다. 〈금옥총부〉의 편제는 당시 우조와 계면조로 연창되던 19세기 중·후반 가곡의 구체적인 면모를 반영하고 있다.[5] 개인이 창작한 작품만으로 가곡의 각 곡조에 맞추어 가집을 편찬했다는 것은, 이를 통해 자신의 문학적·음악적 역량을 드러내기 위한 목적도 있었을 것이라 짐작된다. 때문에 안민영의 작품에 대한 연구는 당대 가곡의 연창 환경을 고려한 음악적 측면의 접근이 필요한 것이다.

---

신경숙, 「안민영과 예인 집단의 좌상객 연구」, 『한국시가연구』 제10집, 한국시가학회, 2001 등.

**4** 전체 12수의 작품과 안민영의 서문으로 이루어진 〈승평곡(昇平曲)〉은 이동복의 발굴로 『국악원논문집』 제14집(국립국악원, 2002) 말미에 영인되어 학계에 소개되었다. 또한 이동복과 김석배는 〈승평곡〉의 내용을 검토하여, 안민영과 박효관을 중심으로 활동하였던 '승평계'의 면모를 다루기도 하였다. 이동복, 「박효관의 생애와 업적에 관한 연구」, 『국악원논문집』 제14집; 김석배, 「승평계 연구」, 『문학과 언어』 제25집, 문학과언어학회, 2003.

**5** 〈금옥총부〉의 박효관 서문은 1876년 7월에, 안민영 자서(自序)는 그보다 4년 후인 1880년 12월에 작성되었다. 그러나 수록 작품의 부기(附記)를 통해서 1885년에 창작된 작품이 가집에 수록된 것이 확인된다. 따라서 〈금옥총부〉의 편찬 작업은 박효관의 서문이 쓰여진 1876년부터 마지막 작품을 남긴 1885년에 이르기까지 약 10여 년 동안 계속되었던 것으로 확인되고 있다. 김용찬, 「〈금옥총부〉를 통해 본 안민영의 가악 활동과 가곡 연창의 방식」, 153~155면(이 책의 147~149면).

본고는 안민영(安玟英: 1816~85?)의 대표적인 작품으로 거론되는 「매화사(梅花詞)」를 검토해 보고자 한다. 전체 8수로 이뤄진 「매화사」는 연시조이면서, 이전 시기 사대부들의 연시조와 비교해서 '주제 의식이 일관되어 있지 못하'여 '과연 연시조라고 부를 수 있는가'[6] 하는 회의적인 평가가 내려지기도 하였다. 하지만 이러한 평가가 내려질 수밖에 없었던 이유는, 「매화사」를 해석하면서 조선 전기 사대부들의 연시조를 그 준거로 삼았기 때문이다. 그러나 안민영이 「매화사」를 지을 때 기존의 사대부들과는 전혀 다른 창작 원리가 작동되었다는 사실을 염두에 두어야 한다. 이 작품이 수록된 〈금옥총부〉의 성격이 그렇듯이, 「매화사」의 창작은 철저히 연창(演唱)을 염두에 두고 있다는 점을 강조해야만 하는 이유이다. 이는 작품을 연구할 때, 단지 내용적인 측면뿐만이 아닌 음악적 측면의 이해도 전제되어야 한다는 의미이기도 하다.

이미 선행 연구에서 적절히 지적했듯이, 「매화사」는 '시조의 음악적 연창과 관련이 깊으며, 연 구성의 원리 역시 우조 한바탕의 악곡 구성과 긴밀히 관련되어 있'[7]다는 점을 주목해야만 한다. 물론 작품의 내용만을 검토해서 「매화사」는 '시인으로서 안민영의 뛰어난 자질이 유감없이 발휘된 작품'[8]이라는 평가가 내려지기도 했다. 그러나 역시 매화사는 '악곡과 창사의 완벽한 결합이 추구'[9]된 작품이라는 점이 더욱 강조되어야 할 것이다. 이를 위해서 본고는 먼저 작품을 창작할 때 늘 연창을 염두에 두었던 안민영의 시조 창작의 원리를 살펴보고, 그것이 연시조인 「매화사」에 어떻게 반영되어 있는지를 살펴보기로 한다. 이와 함께 작품 전체의 면모를 검토하여, 「매화사」의 작품 세계에 대하여 논해 보겠다.

---

6 류준필, 「안민영의 「매화사」론」, 579면.
7 성기옥, 「한국 고전시 해석의 전망과 과제-안민영의 「매화사」 경우」, 117면.
8 박노준, 「안민영의 삶과 시의 문제점」, 333면.
9 성무경, 「〈금옥총부〉를 통해 본 '운애산방'의 풍류세계」, 115~121면.

## 2. 안민영의 작품 창작 원리와 「매화사」의 연창 환경

주지하듯이 안민영은 스승인 박효관과 더불어 자신이 활동하던 시기까지 연행되었던 수많은 작품들을 모아 〈가곡원류〉라는 가집을 편찬하였다.[10] 〈가곡원류〉는 당시까지 연창되었던 작품들을 가곡의 우조와 계면조의 각 곡조에 나누어 수록하였다. 또한 가집의 앞부분에 남창 사설을 수록하고, 후반부에는 다시 여창 사설들을 곡조별로 배열하고 있다. 이러한 〈가곡원류〉의 편제는 특정 작품을 남창이나 여창, 또는 우조나 계면조의 어떤 곡조에 수록하는가 하는 면에서 기존의 관습에 어느 정도 영향을 받을 수밖에 없었을 것이다.

물론 박효관이 밝혔듯이, 모든 작품이 반드시 가곡의 특정 곡조에 고정되어 있는 것은 아니다. 이론적으로 어떤 작품이든지 우조와 계면조, 또는 남창과 여창 등으로 서로 넘나들면서 연창될 수가 있으며, 그것은 노래하는 사람이 작품을 어떻게 해석하는가에 따라서 얼마든지 '변통(變通)'될 수 있기 때문이다.[11] 하지만 가집을 편찬할 때는 특정 작품을 어느 곡조에든 배속시켜야만 했고, 그리하여 〈가곡원류〉에는 부득이하게 일부의

---

10 〈가곡원류〉는 박효관과 안민영을 중심으로 활동해 온 가창 집단이 오랜 동안 가꾸어 온 '노래 세계의 종합보고서'라는 성격을 지니고 있다고 평가되고 있다. 신경숙, 「안민영 예인집단의 좌상객 연구」, 247면.

11 '내가 매번 가보(歌譜)를 보니 시속(時俗)의 노래가 순서와 명목이 없어서, 보는 이로 하여금 상세히 알 수 없도록 한다. …그러나 우조와 계면조는 본디 매어져 있는 것이 아니고, 또한 옮겨가는 권변지도(權變之度)가 있으니, **오로지 노래하는 자가 변통(變通)하기에 달려있는 것이다.** 혹 우조로 계면조를 삼고 계면조로 우조를 삼으며, 삭대엽·농·락·편으로 서로 옮겨서 노래를 하기도 하니, 다만 악보상의 명목에 집착하는 것은 옳지 않다. … 그리고 이른바 여창 사설도 여창에만 매어있는 것이 아니라, 남창사설 중에 옮겨진 것이 있으니, 또한 이치에 맞고 신통한 자가 아니면 가히 해득할 수 없을 따름이다. …(余, 每見歌譜, 則無時俗詠歌之第次名目, 使覽者未能詳知.… 而羽界非本係着者, 亦推移有權變之度, **唯在歌者之變通.** 而或以羽爲界, 以界爲羽, 數大葉弄樂編, 互相推移歌之, 非徒以譜上名目偏執可也. … 且所謂女唱辭說, 亦非女唱坪係着者也, 男唱辭說中, 移以爲之者也, 亦非會理通神者, 則不可解得者也爾. …)', 박효관, 「가곡원류발」, 〈가곡원류〉(국악원본).

작품들이 남창과 여창 혹은 서로 다른 곡조에 동일하게 수록되기도 했던 것이다.[12] 따라서 가집 내의 '작품 중복 수록'의 문제는 결국 당대의 가곡 연창 환경 속에서 이해되어야만 될 문제인 것이다.

이와는 달리 안민영 개인 작품들로만 이루어진 〈금옥총부〉에는 수록 곡조간에 중출된 작품이 전혀 나타나지 않는다. 단 한 사람의 작품들만으로 이루어졌고, 대부분의 작품이 어떤 곡조로 연창될 것인가를 염두에 두고 창작된 때문이다. 가집에 수록된 곡조의 편제에서 〈가곡원류〉와는 다소의 차이는 있으나, 〈금옥총부〉의 수록 곡조들 역시 당대의 연행 현장에서 연창되었던 것들로 구성되어 있다.[13] 이 가집에 수록된 각 작품들에는 창작 배경 등을 기록한 '부기(附記)'를 남기고 있는데, 그 기록들은 안민영의 작품들이 연행 현장과 얼마나 밀착되어 있는지를 잘 보여주고 있다. 그런데 이 기록들 중에는 연행 현장의 음악적 요구에 맞추어 작품을 지었다는 구체적인 내용이 포함되어 있어, 이를 통해 안민영이 작품을 창작할 때 음악적 측면을 중시했다는 실증적 사례로 해석할 수 있을 것이다. 본고에서는 이를 논의의 단서로 삼아 기왕의 연구들에서 지적되었던 안민영의 작품 창작의 원리에 대해서 보다 자세하게 천착해 나갈 것이다.

---

**12** 신경숙에 의하면, 〈가곡원류〉(국악원본)을 대상으로 '가집 내의 사설 중복 현상'이 모두 110여 차례 발생한다고 한다(신경숙, 「〈가곡원류〉 여창 사설 확대의 의미」, 『국악원논문집』 제14집, 191면). 하나의 가집 내에서 우조와 계면조, 남창과 여창, 혹은 각 곡조 간에 사설 중복 현상이 빈번하게 나타나는 〈가곡원류〉의 이러한 특징은 결국 작품을 음악적으로 어떻게 '해석'할 것인가에 대한 편찬자들의 고심의 흔적이라고 이해될 수 있다.

**13** 〈금옥총부〉는 우조 이삭대엽으로부터 편시조에 이르기까지 전체 23개의 곡조에 나누어 작품이 수록되어 있으며, 모든 작품들은 가곡의 5장 형식에 맞추어 기록되었다. 〈가곡원류〉와 달리 남창과 여창의 사설을 따로이 구분하지 않은 것은 아마도 자신의 작품이 남창과 여창 모두에 적절히 불려질 수 있다는 생각에서 그렇게 했을 것이다. 아울러 〈가곡원류〉에 보이는 중대엽(中大葉)과 북전(北殿) 계열의 곡조가 〈금옥총부〉에는 전혀 보이지 않는다. 이는 19세기 중엽 이후 가곡의 연행 현장에서 중대엽이나 북전의 곡들이 잘 불려지지 않았음을 보여주는 것이라 해석할 수 있다. 〈금옥총부〉의 수록 곡조나 편제상의 특징 등에 대해서는 김용찬, 「〈금옥총부〉를 통해 본 안민영의 가악 활동과 가곡 연창의 방식」, 157~159면(이 책의 150~153면)을 참조할 것.

〈금옥총부〉 역시 〈가곡원류〉와 마찬가지로 당대의 연행 현장에서 부르기 위한 목적으로 편찬한 가집이다. 따라서 편찬 당시 활발하게 연창되었던 곡조들로 가집의 편제를 구성했으며, 〈금옥총부〉의 수록 곡조들은 가곡의 '우·계면 한 바탕'의 순서로 구성되어 있다고 이해될 수 있다. 자신의 작품만으로 '우·계면 한바탕'의 레퍼토리를 구성했다는 것은 각각의 작품을 창작할 때, 이미 해당 작품의 곡조를 염두에 두고 있었다는 것을 뜻한다. 이는, 어떤 특정 곡조의 연창에 필요하다면 언제든지 그에 적합한 작품을 창작할 수도 있다는 의미이기도 하다. 이처럼 가곡의 연창과 긴밀히 연관되어 있다는 것이 바로 〈금옥총부〉의 수록 작품들이 지닌 가장 큰 특징인 것이다.

〈금옥총부〉에는 그들 가창 집단의 좌상객이었던 흥선대원군(興宣大院君) 이하응(李昰應: 1820∼98)의 회갑을 기념하는 '하축시(賀祝詩)' 등 왕실 인물들을 위한 다양한 작품들이 수록되어 있는데, 이 작품들 역시 시적 대상을 '하축'하기 위해 마련된 연석(宴席)에서 불려졌다. 이 가집에 수록된 '하축시'들은 1수에서부터 8수에 이르기까지 다양한 형식으로 구성되어 있다.[14] 또한 각각의 하축시들은 작품 수가 서로 다른 것은 물론, 작품이 연창되는 곡조의 구성에서도 서로 다르게 짜여져 있다. 이들 하축시에 나타나는 다양한 곡조의 구성은 하축 대상이나 연창의 분위기 등을 고려하여, 연창할 곡조를 선택하여 작품 창작에 임했음을 잘 보여주고 있다고 하겠다.[15] 특정 곡조를 염두에 두고 작품을 지었다는 것은, 안민영이 창작

---

14 예를 들면 고종의 즉위를 위한 하축시와 대왕대비의 탄일(誕日)을 하축하기 위한 작품 등은 1수로 구성되어 있고, 흥선대원군과 그 부인의 화갑을 위한 하축시는 각각 3수로 짜여졌다. 또한 세자의 탄일을 위한 하축시는 모두 8수로 구성되어 있기도 하다. 이 외의 다양한 하축시들은 1수에서부터 8수까지로 구성되어 있으며, 하축시의 성격에 따라 연창 곡조가 짜여진다. 이처럼 하축시들이 다양한 형식으로 지어진 것은 안민영이 하축시를 부르기 위한 연석(宴席)의 성격을 고려하여, 창작에 임했던 결과로 이해된다.

15 이상 하축시의 성격과 연창의 의미 등에 대해서는 김용찬, 「〈금옥총부〉를 통해 본 안민영의 가악 활동과 가곡 연창의 방식」을 참조할 것.

당시에 작품의 내용과 잘 조화되는 곡조를 늘 염두에 두고 있었음을 의미한다.

다음의 작품과 그에 부기(附記)된 기록은 안민영이 작품을 창작할 때, 그것의 곡조를 항상 고려하고 있었다는 것을 잘 보여주는 자료이다.

구포동인(口圃東人)은 츔을 추고 / 운애옹(雲崖翁)은 소릭헌다 /

벽강(碧江)은 고금(鼓琴)허고 천흥손(千興孫)은 필릭로다 /

정약대(鄭若大) / 박용근(朴龍根) 혜금(稙琴) 적(笛) 소릭에 화기융농(和氣融濃)

허더라. /

구포동인은 석파대로(石坡大老)께서 내려주신 호이다. 내가 삼계동 집에 있을 때, 동쪽의 후원에 구자(口字) 모양의 밭이 있었는데, 그런 까닭에 구포동인이라 칭하신 것이다. 운애(雲崖) 옹은 필운대 박선생의 호이며, 벽강(碧江)은 군중 김윤석의 호이다. 천흥손·정약대·박용근은 모두 당세의 제일가는 공인(工人)들이다. **우석상서(又石尙書)께서 나에게 '구포동인'을 첫머리로 삼고, 삼삭대엽을 지으라고 명하신 까닭에 지은 것이다.**[16]

이 작품은 대원군의 아들인 이재면(李載冕)을 좌상객으로 모시고, 안민영과 박효관이 여러 악사들과 더불어 가곡창을 부르며 노니는 풍류 현장을 그리고 있다. 초장의 구포동인(口圃東人)은 대원군이 붙여준 안민영 자신의 호이며, 운애옹(雲崖翁)은 그의 스승인 박효관(朴孝寬: 1800~80?)의 호이다. 중장과 종장에 등장하는 인물은 당시에 '명금(名琴)'으로 알려졌던

---

16 '口圃東人, 石坡大老所賜號也. 余在三溪洞家時, 東園後, 有口字圃田, 故稱口圃東人. 雲崖翁, 弼雲坮朴先生號, 碧江, 金允錫君仲號也. 千興孫, 鄭若大, 朴龍根, 皆當世第一工人也. **又石尙書, 命我以口圃東人爲頭, 作三數大葉, 故構成焉.**', 〈금옥 *92〉 작품과 발문. 〈금옥총부〉에 수록된 작품들은 모두 가곡의 5장 형식으로 떠어쓰기가 되어 있다. 따라서 작품 인용의 형식은 초·중·종장의 3장 형식으로 기재하고, 원문에 표시된 가곡의 5장 구분은 '/'로 구분하였다.

벽강(碧江) 김윤석(金允錫)과 어영청(御營廳) 소속의 세악수(細樂手)들인 천흥손·정약대·박용근 등[17]이다. 스승인 박효관이 노래하고, 안민영은 그에 맞추어 춤을 추고, 천흥손 등의 공인(工人)들은 음악을 연주하는 모습을 그리고 있다. 작품 속에 언급된 이들 중 박용근을 제외한 다른 사람들은 모두 '승평계'의 일원으로 확인되며,[18] 이외에도 안민영과 박효관의 풍류 현장에는 대체로 이들 승평계의 성원들이 함께 한 것으로 확인되고 있다. 작품 속에 그려지고 있는 이러한 풍류 현장의 모습은 그들 가창 집단에게는 그리 낯설지 않은 풍경인 듯하다.

특기할 점은 이 작품의 창작을 명한 우석상서(又石尙書) 이재면(李載冕: 1845~1912)은 작품에는 그 모습이 전혀 드러나지 않고, 단지 부기(附記)를 통해 작품의 창작을 명(命)한 것으로 나타나고 있다.[19] 이재면은 대원군이 안민영에게 하사했다는 '구포동인'이라는 호를 첫머리로 삼아, '삼삭대엽(三數大葉)'이라는 특정 곡조를 지명하여 작품을 지으라고 명했다. 그러자 안민영은 그 자리에서 삼삭대엽의 분위기에 어울리는 이 작품을 짓고, 나아가 박효관의 노래와 공인(工人)들의 연주에 맞추어 춤을 추는 모습을 연출하였다. 가곡의 반주에 맞추어 춤을 추는 모습이 선뜻 머리에 떠올려지지 않지만, 아마도 삼삭대엽이라는 곡조의 음악적 분위기가 노래와 연주에 맞추어 춤을 추는 것도 가능하게 했을 것이라 여겨진다. 이 작품을 읽어보았을 때, 음악이 연주되는 가운데 노래와 춤이 어우러진 작

---

**17** 이들은 모두 군영 소속의 세악수들로 천흥손은 피리, 정약대는 대금, 박용근은 해금 전공자였다고 한다. 신경숙, 「안민영과 예인들-기악연주자들을 중심으로」, 281~283면.

**18** 〈승평곡〉에 부기된 안민영의 서문(1873년)에는 승평계의 회원들의 이름이 기재되어 있는데, 박용근을 제외한 다른 이들은 모두 승평계의 일원으로 확인되고 있다.

**19** 이것은 〈금옥총부〉에 수록된 작품들이 안민영을 중심으로 한 가창 집단의 주요한 연창 레퍼토리라는 관점에서 이해되어야 할 것이다. 비록 이재면의 명에 의해서 작품을 창작했지만, 작품 속에 그려진 상황은 언제든지 그들의 모임에서 재현될 수 있었다. 따라서 이재면은 모임에 자주 참여할 수 있는 존재가 아니기에, 자주 만날 수 있는 인물들만을 등장시켜 작품의 내용을 구성하여 그들의 풍류 공간에서 언제든지 부를 수 있는 곡으로 만들려는 목적도 있었을 것이라 해석된다.

품의 분위기는 자못 경쾌하게 느껴지기까지 한다. 종장의 '화기융농(和氣融濃)'[20]이라는 표현으로 보아, 노래와 춤이 어우러진 모습이지만 비교적 절제된 흥취를 연출하는 자리였을 것이다.

　여기에서 주목해야 할 것은 이 작품의 창작 동인에 관한 것이다. 아마도 이 노래를 짓기 이전에도 같은 공간에서 다양한 곡조의 노래들이 불렸을 것이다. 흥겨운 가락이 계속되는 가운데, 문득 고조된 흥취에 적합한 노래를 듣고 싶은 마음도 들었을 것이다. 이에 이재면은 노래를 잘 짓는 안민영에게, '구포동인'이라는 호를 첫머리로 삼아 당시의 분위기에 적합한 삼삭대엽의 노래를 짓도록 명했다. 그리하여 탄생한 것이 바로 이 작품이며, 그러한 저간의 사정은 작품의 부기에 그대로 기록되어 있다. 이 기록에 등장한 이재면과 안민영, 두 사람 모두 가곡에 조예가 깊었기에 가능한 상황인 것이다.[21] 또한 어떤 곡조든지 그에 적합한 작품을 바로 창작할 수 있었던 안민영의 뛰어난 창작 능력을 실증하고 있는 자료이기도 하다. 때문에 그의 가창 능력에 대해 의문을 품었던 장지연도, 작품 창작의 측면에 있어서는 안민영의 능력을 '천식(天識)'이라고까지 대단하게 평가했던 것이다.[22]

---

**20** '화기융농(和氣融濃)'은 '조화로운 기운이 녹아 무르익는다'는 의미이다.

**21** 대원군은 물론 이재면 역시 음악에 조예가 깊었다는 것은 다음의 기록을 통해서 확인된다. '石坡大老, 皎於音律, 又石尙書, 亦皎如也. 無不精通, 而至於擊缶, 非妙入神, 無以至此.', 〈금옥 *38〉 작품 발문.

**22** 장지연은 『일사유사』에서 안민영이 비록 가창에 능하지 못하고 음률을 이해하지 못하지만, 작사의 능력이 뛰어나 연주와 어울리면 절조에 잘 들어맞았다고 논하였다. 음악적 분위기에 맞추어 작품을 창작하는 안민영의 능력을 '하늘로부터 받은 능력'이라는 뜻의 '천식(天識)'이라고까지 평했다. 하지만 안민영이 '음률을 잘 이해하지 못했다'는 장지연의 평가에 대해서는 보다 정밀한 검토를 요한다. '安玟英은 近世人이니 字 荊寶오 籍 廣州라. 善飮酒落拓不羈하고 口不能歌唱하며 亦不解音律이로되 **能作歌詞ᄒ야 度之管絃之拍이면 皆合絶調ᄒ니 蓋妙解天識也러라.** 外史氏曰 歌曲音律이 不過一技能而已로되 古之善歌者 如咸黑秦靑韓娥王豹之徒, 一非其天稟神吾者면 安能致其妙奧, 如彼哉아. 夫惟小數曲藝나 能愉快於心ᄒ며 達於神變ᄒ나니 斯亦君子之所不遺也夫ᆫ져.', 장지연, 『일사유사(逸士遺事)』 권2(태학사 영인, 1982, 57면).

그의 작품 창작 능력에 대한 실질은 바로 〈금옥총부〉에 수록된 작품들을 통해서 확인할 수 있다. 하지만 이를 단지 창작 능력의 측면에서만 평가할 것은 아니다. 가집의 편찬은 늘 가곡의 연행 현장과 밀접하게 관련되어 있기 때문이다. 안민영은 자신이 창작한 작품만으로도, 당시에 연창되던 가곡의 모든 곡조를 채울 수 있었다. 또한 앞의 기록에서 짐작할 수 있듯이, 어떤 작품을 창작할 때 음악의 곡조와 그에 적합한 노랫말의 조화도 고려하였다. 가곡의 곡조에 맞춰 작품을 창작했던 상황을 구체적으로 표현한 위의 기록을 통해서, 실상 그의 개인 가집인 〈금옥총부〉에 수록된 작품 대부분이 이처럼 곡조와 작품을 맞춰 지은 것으로 이해해도 크게 틀리지 않을 것이다. 당시 연창되던 가곡 '한 바탕'의 곡조에 맞추어 작품을 창작하고, 그에 따라 가집을 편찬하여 연창의 대본으로 이용했던 안민영의 편찬자로서의 태도는 이러한 음악적 자부심에서 비롯된 것이라고 할 수 있다.

이러한 자부심은 비단 안민영에게만 해당되는 것이 아니라, 그와 함께 활동했던 가창 집단의 구성원들도 공유했을 것이다. 다시 말하자면 대원군을 비롯한 왕실 인물들이 좌상객으로 참여하고, 당대 제일의 가창자와 연주자들이 함께 하는 자신들의 모임에 대해서 아주 각별하게 생각했을 것임은 짐작키 어렵지 않다. 이들 가창 집단 성원들의 예술적 능력에 대한 자부심과 안민영의 창작에 대한 자신감이 어우러져, 자신들만의 예술 세계를 구축하기 위한 레퍼토리를 확보할 수단으로 마련된 것이 바로 〈금옥총부〉의 편찬으로 결실을 맺게 된 것으로 해석된다.[23] 새로이 창작된 곡만으로 연창의 레퍼토리를 만들었기 때문에, 음악에 대한 해석 역시 기존의 관습으로부터 자유로울 수 있었던 것이다.

---

23 그런 의미에서 〈가곡원류〉는 보다 많은 사람들이 향유할 수 있는 대중적 연창의 교범이었다고 한다면, 〈금옥총부〉는 이들 가창 집단 성원들만의 예술 세계를 구축하기 위한 독자적 레퍼토리라고 할 수 있겠다.

〈금옥총부〉의 기록을 통해서 볼 때, 안민영의 작품들은 무엇보다도 창작 현장의 요구에 의해서 지어진 것이 대부분이다. 이처럼 음악에 대한 뛰어난 감식안과 탁월한 창작 능력을 지니고 있었기 때문에 180여 수나 되는 적지 않은 작품을 창작하여, 자신의 작품만으로 가곡 한 바탕을 소화할 수 있는 레퍼토리를 확보할 수 있었던 것이다. 본고에서 대상으로 하고 있는 「매화사」의 창작 역시 음악적 요구와 긴밀히 연관되어 있다. 이제 '매화사 제1'(금옥 *6)의 작품에 부기되어 있는 기록을 통해서 그 의미를 따져보기로 하자.

> 내가 경오년(1870년) 겨울에, 운애 박경화 선생과 오기여선생, 평양기 순희, 전주기 향춘과 함께 산방에서 노래와 거문고를 연주했다. 선생께서는 매화를 좋아하여, 손수 새순을 심어 책상 위에 두고 계셨는데, 마침 그 때에 몇 송이가 반쯤 피어 그윽한 향기가 방안에 은은히 풍겼다. **그래서 매화사 우조 한 바탕 8작품을 지었다.**[24]

「매화사」는 이 기록에서 보듯, 박효관의 거처였던 운애 산방에서 모여 노래와 거문고를 연주하던 중 마침 피기 시작한 매화를 보고 지은 것이다. 이 자리에서 함께 어울려 부르며 즐겼던 노래 역시 가곡이었을 것이다. 기녀들을 제외한 참석자들은 모두 '승평계'의 일원으로 확인된다.[25] 또한 평양기 순희(順姬)와 전주기 향춘(香春) 역시 1868년 대왕대비인 신정왕후(익종 비)의 회갑을 축하하기 위해 열린 궁중의 진찬(進饌)에 참여했던

---

**24** '余於庚午冬, 與雲崖朴先生景華, 吳先生岐汝, 平壤妓順姬, 全州妓香春, 歌琴於山房. 先生癖於梅, 手栽新筍, 置諸案上, 而方其時也. 數朶半開, 暗香浮動, **因作梅花詞, 羽調一篇八絶.**', 〈금옥 *6〉 발문.

**25** 안민영이 작성한 〈승평곡〉의 서문에 의하면, 박효관은 승평계의 '맹주(盟主)'이며, 오기여는 '명금(名琴)'으로 소개되어 있다. 거문고의 명인이었던 오기여를 '선생(先生)'이라 호칭한 것으로 보아, 아마도 그는 박효관과 비슷한 연배로 안민영보다는 나이가 많았을 것이다.

예기(藝妓)들이었다.[26] 이들을 포함하여 〈금옥총부〉의 기록들에 등장하는 기녀들은, 대체로 안민영이 주도했던 가창 집단들과 더불어 공연이 가능했을 정도의 기량을 지닌 당대 최고의 일패 기녀들이었다.[27] 안민영을 비롯한 가창 집단의 성원들과 기녀들이 모여서 함께 가악(歌樂)을 즐기는 모습은 〈금옥총부〉의 기록 곳곳에서 확인된다. 이를 통해 서로의 예술 세계를 이해하고 풍류를 즐겼던, 이들의 동호인적 성격의 모임이 여러 차례에 걸쳐 지속적으로 개최되었음을 짐작할 수 있을 것이다.

다시 이 작품이 창작되게 된 과정을 살펴보기로 하자. 박효관과 안민영이 함께 어울린 자리가 대개 그렇듯이, 이 날의 모임 역시 '가금(歌琴)'이 어우러진 풍류 공간이었다. 거문고 반주에 맞춰 노래가 불려지는 가운데, 안민영은 문득 책상 위에서 이제 막 피기 시작한 매화에 눈길을 돌린다. 갓 피기 시작한 매화의 은은한 향에 그의 마음이 움직였고, 이에 그 감흥을 표현하기 위하여 모두 8수로 된 「매화사」를 창작하게 된 것이다. 여기에서 '가금(歌琴)'이 무르익는 가운데 주변에 있던 매화라는 소재가 등장하자, 곧바로 우조 8수로 구성된 노래를 창작하는 안민영의 창작 능력을 확인할 수 있다. 평소 그의 생활 속에서 '노래(가곡)의 생활화'가 되어 있지 않았다면, 이처럼 그 분위기에 어울리는 작품을 바로 짓는다는 것이 쉽지 않았을 것이다. 여기에 언제든지 자신의 생각에 맞춰 작품을 지을 수 있는 안민영의 '천부적인' 창작에 대한 능력도 한 몫 했을 것이다. 이처럼 언제든지 그 분위기에 맞는 작품을 창작하는 것 역시 현장에의 요구가 적절하게 반영된 결과라 이해할 수 있겠다.

---

26 신경숙, 「안민영과 기녀」, 60~64면. 이들 중 전주기 향춘은 1867년(정묘) 박효관 등과 함께 남한산성에서 3일 동안 벌어졌던 풍류 현장에도 참석한 것으로 확인되고 있다. '余於丁卯春, 與朴先生景華, 安慶之, 金君仲, 金士俊, 金聖心, 咸啓元, 申在允, 率大邱桂月, 全州姸姸, 海州錦香, 全州香春, 一等工人一牌, 卽上南漢山城, 時則百花爭發, 萬山紅綠, 相映爲畵, 是所謂不可逢之勝槩佳會也. 三日迭宕, 而還到松坡津, 乘船下流, 漢江下陸.', 〈금옥 *162〉 발문.

27 신경숙, 「안민영 사랑 노래의 생산적 토대」, 80면.

그렇게 창작된 작품이 바로 '우조 일편(羽調一篇)'의 「매화사」인 것이다. 그렇다면 안민영이 「매화사」를 8수로 지은 까닭은 무엇일까? 그것은 당시 그가 느꼈던 감흥을 단 1수로는 표현하기에 부족했다고 느꼈던 때문일 것이다. 그리하여 자신이 느낀 바를 충분히 표현하기 위하여 연시조 형식을 택하였고, 이미 당시에 가곡에서 우조의 곡조로만 부르는 편가(篇歌) 형식이 존재하고 있었기에 자연스럽게 8수로 된 작품이 탄생할 수 있었던 것이다. 안민영은 비록 연시조를 창작하더라도, 그것의 연창 환경에 따라서 곡조의 배분까지를 고려한 작품을 창작했던 것이다. 이는 작품의 사설이 그것의 연창 환경과 긴밀히 연관되어 있다는 의미이기도 하다. 비록 연시조 형식이기는 하지만, 안민영의 「매화사」가 이전의 사대부들의 그것과 그 존재 방식이나 창작 동인이 다를 수밖에 없는 이유이기도 하다.[28]

모든 가곡이 그렇듯이 「매화사」 역시 각 작품들이 1수씩 개별적으로 불려지기도 했을 것이다.[29] 하지만 적어도 안민영과 함께 활동했던 가창 집단에서는 「매화사」가 초삭대엽부터 반엽(회계삭대엽)에 이르기까지 우조의 8곡조가 '편가(篇歌)' 형식으로 불려졌던 것이다. 이를 반영하듯 〈금옥총부〉에는 개별 곡조마다 작품을 수록하면서, '매화사 제1' 등의 기록을 분명히 남기고 있다. 우조의 편가로 구성된 매화사의 순서와 해당 곡조는 다음과 같다.

　　　매화사 제1(*6, 초삭대엽) - 매화사 제2(*15, 이삭대엽) - 매화사 제3(*41, 중거

---

**28** 이런 까닭에 '하나의 연시조 작품은 단형시조의 군집이 아니라 동일한 주제, 제약된 시간과 공간, 긴밀한 구성이라는 자질을 갖추고 있고 또 갖추어야 하므로 「매화사」는 엄밀한 의미에서 연시조라 지칭하기 어려운 대상이 된다'는 류준필의 진술은 연창을 배제한 상태에서 내려질 수밖에 없는 평가일 것이다. 류준필, 「안민영의 「매화사」론」, 577면.

**29** 이 작품이 수록된 〈가곡원류〉의 각 이본들에는 「매화사」가 연시조라는 표지가 분명하지 않고, 개별 작품들에 '영매(咏梅)' 등의 소재를 나타내는 표현만이 등장한다. 이것은 「매화사」가 당시의 연행 현장에서 개별적으로 불려지기도 했다는 의미라고 여겨진다.

삭대엽) - 매화사 제4(*54, 평거삭대엽) - 매화사 제5(*77, 두거삭대엽) - 매화사 제6(*90, 삼삭대엽) - 매화사 제7(*97, 소용) - 매화사 제8(*101, 회계삭대엽)

이상의 순서는 현행 가곡을 '한 바탕'으로 부를 때의 연창 순서와도 정확히 일치한다. 다만 우조와 계면조를 이어 부르는 '한 바탕'의 순서는 우조의 곡조 뒤에 계면조와 농·락·편의 다양한 곡조가 이어지고, 마지막은 '태평가(太平歌)'로 끝맺는다. 이들 곡조 중에서 '소용(搔聳)'은 삼삭대엽에서 변주된 곡이니, 우조로만 구성된 '약식의 한 바탕'은 대체로 삭대엽 계열의 곡들로만 짜여져 있다고 할 수 있다. 그리고 마지막 작품인 '매화사 제8'은 '회계삭대엽(回界數大葉)'³⁰의 곡조로 마무리된다. 회계삭대엽은 처음에는 우조(羽調)로 시작되어, 노래를 부르는 도중에 계면조로 변조된다는 의미이다. 현행 가곡에서는 반엽(半葉)이라고 하며, 가집에 따라서는 '반엽'·'반엇'·'밤엿'·'율당' 등으로 표기되기도 한다.³¹

대체로 가곡 한 바탕을 연창할 때, 우조와 계면조가 번갈아 연주되다가 마지막에는 '태평가'로 끝맺는다. 현행 '태평가'는 계면조 이삭대엽을 변주시킨 곡³²이라고 하는데, 따라서 가곡의 한 바탕 양식은 계면조인 '태평가'로 마무리된다고 하겠다. 「매화사」의 경우처럼 '우조 일편'으로 연창될 때에도, 마지막 작품은 처음에는 우조로 시작되어, 중간에 계면조로 변주되어 '반우반계'의 성격을 지닌 회계삭대엽의 곡조로 마무리되고 있다. 최근 가곡(중요 무형문화재 제30호) 예능보유자인 조순자 선생이 복원한 「매화

---

30 회계삭대엽의 곡조명이 표기된 하단부에 '속칭 율당삭(俗稱 栗饍數)'이라는 주(註)가 붙어있다.

31 '반엽(半葉)'은 반우반계(半羽半界)의 곡조로, 곡조명이 구전으로 전해지면서 '반엇(半㮇)'·'밤엿'이라는 명칭으로도 불렸던 것 같다. '율당(栗糖)'·'율당(栗饍)'은 '밤엿'을 한자로 표기한 것이며, '회계삭대엽(回界數大葉)'은 노래를 할 때 처음은 우조로 시작하여 계면조로 돌이켜 끝맺는 곡의 특성상 명명된 것이다.

32 현행 태평가는 계면조의 이삭대엽의 선율에 장식음을 더 넣기도 하고 덜기도 하며, 대략 한 옥타브 위로 올려서 변주시킨 곡이라 한다. 장사훈, 『최신 국악총론』, 444면.

사」 악보에도, '회계삭대엽'(금옥 *101)이 노래의 처음부터 가곡 2장의 중간까지는 우조로 불리다가 그 이후는 계면조로 변조되어 마무리되고 있다.[33] 따라서 가곡 한 바탕이 그렇듯이, '우조 일편'으로 짜여진 「매화사」역시 우조로 시작되어 계면조로 마무리 짓는 일반적인 가곡 연창의 전통을 그대로 따르고 있다고 해석할 수 있겠다.

## 3. 「매화사」의 구조와 작품 세계

앞서 언급한 바 있듯이, 기존의 연구자들로부터 안민영의 작품 중에서 가장 뛰어나다는 평가를 받은 것이 바로 전체 8수로 이루어진 「매화사」이다. 이 작품은 연시조이면서, 또한 19세기의 구체적인 가곡 연창 환경이라는 음악적 요구에 의해서 창작되었다. 따라서 이 작품에 대한 접근은 먼저 전체 8수를 통해서 작품 구성의 원리를 찾아내야 한다는 측면과, 그것이 당대 가곡 연창의 실질과 어떻게 연결되어 있는가 하는 측면도 아울러 고려해야만 한다. 어떤 의미에서는 「매화사」가 기존의 사대부들이 지니고 있었던 연시조 창작의 원리를 따르기보다, 오히려 가창의 필요에 의해서 기존의 작품들과 구별되는 새로운 연시조의 틀을 만들어 낸 것이라는 적극적인 해석도 가능할 것이다.

「매화사」가 '우조 일편'으로 연창되었던 사실에서 알 수 있듯이, 작품의

---

33 '동각(東閣)에 숨운 꽃치 / 척촉(躑躅)인가 두견화(杜鵑花) ㄴ가 / 건곤(乾坤)이 눈이여늘 제 엇지 감히 퓌리 / 알쾌라 / 백설양춘(白雪陽春)은 매화(梅花)밧게 뉘 이시리./〈금옥*101〉. 가곡으로 부를 때 2장의 중간 부분인 '… 척촉인가'까지는 1분에 약 80정간의 빠른 속도의 우조로 불리다가, '두견화ㄴ가 …'부터는 계면조로 변조되어 1분에 약 30정간의 느린 속도로 연창된다. 회계삭대엽, 즉 반엽은 노래하는 중간에 우조에서 계면조로 바뀌며, 노래의 속도도 급격하게 변화되기 때문에 다른 곡조에 비해서 비교적 난이도가 높은 곡이라고 평가된다. 조순자, 『가곡보』(한국시가학회 제38차 정기학술발표회 자료집, 2005년 12월 17일)의 '반엽' 악보(井間譜) 참조.

전체적인 편제 역시 우조 한바탕의 악곡 구성과 긴밀히 관련되어 있다. 이러한 악곡 구성은 그대로 작품의 내용과 긴밀히 호응되어 나타나는데, 악곡과 노랫말의 특성을 통해서 구조를 분석하면 크게 다음과 같이 5개의 단락으로 나눌 수 있겠다.

| 매화사 제1<br>(초삭대엽) | 매화사 제2~제5<br>(이삭대엽~두거) | 매화사 제6<br>(삼삭대엽) | 매화사 제7<br>(소용) | 매화사 제8<br>(회계삭대엽) |
|---|---|---|---|---|

이상의 단락 구분은 대체로 연창되는 가곡 곡조들의 음악적 특성에 따른 것이라 할 수 있다. 성기옥의 경우 '매화사 7'과 '매화사 8'을 하나로 묶어 4개의 단락으로 구분된다고 보았는데, 반엽의 곡조가 '순 우조로만 부를 때는 우롱(羽弄)으로 노래한다'는 〈가곡원류〉(국악원본)의 기록[34]에 의거하여 이 작품들이 유사한 음악적 성질을 지닌다고 보았던 것이다. 만약 '우조 일편'으로 짜여진 「매화사」의 회계삭대엽 작품이 성기옥의 논의처럼 우롱의 곡조로 노래되었다는 것을 확인할 수 있다면, 전체를 4개의 단락으로 구분되는 것이 마땅하다고 하겠다. 하지만 음악적으로 반엽이 '계면조 초삭대엽으로 연결하지 않고 우락(羽樂)으로 뛰어서 연결할 경우에는 중여음에서 계면조로 변조하지 않고, 그대로 평조 가락에 의하여 5장까지 끝마치는데, 이렇게 평조 가락에 의하여 부르는 곡을 우롱(羽弄)이라고 한다'는 음악계의 논의를 참고할 필요가 있다.[35] 다시 말하자면 '매화사 제8'의 작품인 회계삭대엽이 반엽으로 불렸는가, 그렇지 않다면 우롱으로 연창되었는가 하는 점이 음악적 측면에서 단락 구분의 중요한 요

---

**34** 성기옥은 〈가곡원류〉(국악원본)의 율당삭대엽 협주에 '혹 반엇삭대엽이라 부르며, 순 우조로만 부를 때는 이를 우롱(羽弄)으로 하여 노래한다.(或稱半㖨數大葉, 純羽調則爲羽弄歌 之.)'라는 기록에 근거하여, 회계삭대엽이 우조 8곡만으로 부를 때도 우롱으로 연창된 것으로 파악했다. 성기옥, 「한국 고전시 해석의 과제와 전망-안민영의 「매화사」 경우」, 116~ 117면.

**35** 장사훈, 『최신 국악총론』, 442면.

인으로 떠오르게 된다.

그러나 결론적으로 논한다면, 회계삭대엽은 그 명칭에서 확인할 수 있듯이 우롱이 아닌 반엽의 곡조로 연창된 것이 분명하다. 만일 〈금옥총부〉의 「매화사」의 회계삭대엽이 '우롱'으로 불려졌다면, 안민영은 당연히 해당 작품에 이러한 내용을 기록해 두었을 것이다. 또한 〈가곡원류〉에는 '밤엿'의 한자식 표기인 '율당(栗糖)'이라는 명칭이 사용되었으나, 〈금옥총부〉에는 '회계삭대엽'이란 용어가 사용된 것도 간과할 수 없는 점이다. 회계삭대엽은 반엽의 이칭(異稱)인데, 특히 '회계(回界)'의 의미는 처음에 우조(羽調)로 시작하는 노래가 중간 부분에 '계면조로 바뀌어' 연주된다는 의미를 내포하고 있기 때문이다. 〈금옥총부〉에는 이처럼 '회계삭대엽'이란 명칭을 사용하여, 우조에서 계면조로 변화되는 이 곡조의 음악적 특징을 분명히 하고 있다. 그렇다면 평조로 지속되는 우롱과 중간에 우조에서 계면조로 변주되는 반엽(회계삭대엽)의 음악적 특징은 분명히 다르기에, 「매화사」의 마지막 작품은 우롱이 아닌 반엽(회계삭대엽)으로 연창되었다고 보는 것이 타당하다.[36]

그렇다면 소용은 음악적으로 반엽(회계삭대엽)과 어떻게 다른가? 만약 반엽이 소용과 음악적으로 큰 차이가 나지 않는다면, 역시 이 둘을 별도의 단락으로 구분하는 것은 큰 의미가 없을 것이다. 주지하듯이 소용은 삼삭대엽에서 파생된 곡으로, '떠들썩하고 높다'는 뜻에서 명명된 것이라 한다. 또한 삼삭대엽은 가곡의 초장만 높이 질러내고 2장 이하는 낮은 소리로 부르지만, 소용은 초장에서 5장까지 높은 음역을 유지하고 속도도 빠르게 연창된다.[37] 최근 조순자 선생이 복원한 「매화사」 악보를 보면, 소용은 대략 1분에 50정간의 빠르기로 연창되는 곡조이다. 그리고 가곡의

---

36 조순자 선생 역시 최근 복원한 「매화사」의 악보에서 '매화사 제8'을 우롱이 아닌 반엽의 곡조로 표현하였다. 본고에서 「매화사」 각 작품이 어느 정도의 빠르기로 연창되는가 하는 등의 문제에 대해서는 조순자 선생의 복원한 악보(정간보)를 참고하여 논하였다.

37 이상 곡조들의 특징에 대해서는 장사훈, 『최신 국악총론』, 438면 참조.

특성상 질러내는 소리가 계속되는 곡조들에는 가사의 내용이 다소 많은 작품들이 배분되는 경향이 있는데, 「매화사」 전체 8수의 작품에서 소용인 '매화사 제7'만이 사설시조 형태를 보이는 것은 바로 이런 곡조의 특성에서 이해할 수 있겠다.[38] 때문에 노래의 중간에 평조에서 계면조로 변조(變調)되는 반엽(회계삭대엽)과는 그 음악적 성격이 명백히 다르다. 그리고 작품의 내용 또한 음악적 곡조만큼이나 구분될 수 있다고 보아, 본고에서는 이 두 작품을 별도의 단락으로 구분하여 5개로 나누었다.

이미 선행 연구에서 적절히 지적했듯이, 작품을 바라보는 시점 역시 근경(近景)이 묘사된 (2)와 (3)단락의 '매화사 제2'~'제6'의 작품을 중심축으로 하여, 원경(遠景)의 (1)단락인 '매화사 제1'과 그리고 (4)와 (5)단락인 '매화사 제7'과 '제8'이 감싸 안듯 대립적으로 맞서는 짜임을 보이고 있다고 파악된다.[39] 먼저 서사라 할 수 있는 '매화사 제1'은 대략 1분에 40정간의 빠르기로 연창되는 초삭대엽의 곡조인데, 여기에서 매화는 단지 창에 비추인 그림자의 형태로만 제시된다. 내용으로 보건대 오히려 '거문고와 노릭'를 즐기는 '이삼 백발옹'의 아취있는 풍류에 초점이 맞춰져 있다. 또한 서로 술을 권하는 속에 때마침 떠오른 달은 그 분위기를 한층 더 고조시키는 역할을 하고 있다.

그러나 두 번째 단락인 이삭대엽 계열의 4작품에서는 철저히 매화 그 자체를 묘사하는데 집중되고 있다. 물론 '매화사 제4'인 평거삭대엽에서 달이 떠오른 밤에 매화의 향(淸香)을 음미하며 술을 마시는 화자의 모습을

---

38 성기옥은 〈금옥총부〉의 소용에 배분된 4수의 작품 중 3수가 사설시조 형식을 취하고 있으며, 〈가곡원류〉(국악원본)의 소용에 수록된 14수 모두 사설시조 형식이라고 밝히고 있다. 성기옥, 앞의 논문, 117면. 그러나 처음부터 끝까지 소리를 질러내는 음악적 특성상 평시조는 물론, 사설시조의 형식의 작품들도 소용의 곡조로 불릴 수 있다.

39 성기옥, 앞의 논문, 119면. 성기옥의 이 논문에서 「매화사」의 연 구성의 원리와 구조적 특징 등에 대해서 상세하게 다루어져 있는데, 본고 역시 이 연구의 성과에 힘입은 바 크다. 따라서 여기에서는 가급적 논의의 중복을 피하고, 작품의 자체의 의미를 상세하게 따져 나가면서 논의를 진행하기로 한다.

은근히 노출시키기도 한다. 하지만 매화가 피는 과정과 그에 어울리는 자연 환경의 조화로운 모습을 반복적인 묘사와 표현을 통해 점층적으로 그려내고 있다. 특히 이삭대엽(매화사 제2)과 중거삭대엽(매화사 제3)은 대략 1분에 20정간의 극도의 느린 빠르기[40]로 연창되며, 평거삭대엽에서는 대략 1분에 35정간의 빠르기로 연창의 속도가 그보다 약간 빨라지게 된다. 또한 두거삭대엽은 대략 1분에 45정간의 보통 빠르기로 연창되는데, 이러한 연창 속도의 변화는 자연 작품의 분위기에도 영향을 끼친다고 할 수 있다. 비교적 아주 느린 곡조로 연창되는 앞의 두 작품에서는 '암향 부동'과 '빙자옥질'·'아취고절'이라는 사대부들의 한시나 시조 등에서 사용되는 표현을 빌어서 매화를 묘사하고 있다. 반면 이보다 약간 빠르게 부르는 뒤의 두 작품에서는 비교적 평이한 언어를 사용하여, 떠오른 달과 매화의 조화로운 모습과 그 속에서 취흥을 즐기는 화자의 형상 등을 묘사하였다. 이러한 형상화의 면모는 해당 작품의 음악적 특성을 어느 정도 고려한 속에서 짜여진 것이라 이해할 수 있겠다.

　세 번째 단락인 '매화사 제6'은 매화를 중심에 두고, 산창(山窓)에 부딪히는 눈바람을 끌어오고 있다. 창 틈으로 새어든 바람이 어렵게 핀 매화를 해치려 하지만, 그 꽃이 상징하는 '봄 뜻'마저 빼앗을 수 없다는 결론에 이르게 된다. 삼삭대엽은 두거삭대엽과 같은 대략 1분에 45정간의 보통 빠르기로 연창되는데, 외부의 시련에도 꿋꿋하게 꽃을 틔우는 매화의 형상을 적절하게 그려내고 있다. 네 번째 단락인 '매화사 제7'은 시적 대상이 갑자기 나부산에 핀 '광미'로 바뀐다. 매화를 묘사하는 표현도 '어리고 성근 매화'에서 '검어 웃쑥 울퉁불퉁 광미 등걸'로 변화한다. 중국 고사(故事)의 내용을 인용한 이 작품은, 어떤 어려운 조건 속에서도 매화는 피고

---

**40** 대략 1분에 20정간의 빠르기는 정간보의 1정간을 약 3초에 걸쳐 부른다는 것을 의미하는데, 연창자에 따라 조금씩 차이가 나지만 이삭대엽으로 1곡을 다 부를 경우 8~12분 정도의 시간이 소요된다고 한다. 따라서 이삭대엽은 현행 가곡 중에서 가장 느린 곡으로, 호흡을 길게 끌어야 하기 때문에 연창하기에 가장 어렵다고 평가된다.

봄은 오고야 만다는 평범한 진리를 다시금 확인하게 해 준다. 이 작품은 소용의 곡조로 대략 1분에 50정간의 빠르기로 연창되는데, 사설시조의 형식으로 되어 있는 것이 특징적이다. 작품의 표현 수법에서는 다소 차이가 나지만, 주제의 측면에서는 '매화사 제6'과 연결되어 있다고 할 수 있겠다. 그러나 고사(故事)의 내용을 빌어 표현하는 수법은 오히려 다음 작품인 '매화사 제8'과 연결된다고 할 수 있다.

반엽(회계삭대엽)으로 연창되는 '매화사 제8'은 다시 매화를 작품의 중심에 두고, 그 의미를 두보의 시구에서 빌어온 '동각(東閣)'과 연결시켜 표현하고 있다. 반엽(회계삭대엽)은 처음에는 대략 1분에 80정간의 빠른 속도의 평조로 연창되다가, 가곡 2장의 중간 부분인 '두견화(杜鵑花)ㅣ가'부터는 계면조로 변조되어 대략 1분에 30정간의 빠르기로 노래한다. 특히 '매화사 제8'은 봄에 피는 꽃인 '척촉(躑躅)'과 '두견화(杜鵑花)'를 등장시켜, 겨울에 피는 꽃은 매화가 유일하다는 것을 강조하는 것으로 마무리 짓고 있다.

이상 단락별 구분에 따른 작품의 의미와 그 음악적 성격에 대해서 개략적으로 제시하였다. 대체적으로 음악적 특성에 따른 단락 구분은 각 작품의 내용적 측면과도 서로 연결되는데, 이에 대해서는 작품을 구체적으로 분석하면서 자세히 살펴보기로 한다.

[매화사 제1] 초삭대엽

매영(梅影)이 부드친 창(窓)에 / 옥인금차(玉人金釵) 비겨신져 /

이삼(二三) 백발옹(白髮翁)은 거문고와 노린로다 /

이윽고 / 잔(盞) 드러 권(勸)ᄒ랼 졔 달이 ᄯ또한 오르더라./ 〈금옥*6 / #1604.1〉[41]

---

41 작품을 인용할 경우 현대어 맞춤법에 따라 띄어쓰기를 하고, 작품 원문을 좇아 한글을 내어쓰고 한문은 ( )안에 병기하였다. 또한 가곡창의 분절에 따라 각장의 끝에 '/'로 표

이 작품은 「매화사」의 첫 번째 작품으로, 서사(序詞)에 해당한다고 할 수 있다. 초삭대엽의 곡조로 부르는 이 작품은 '원경(遠景)을 노래하되 밖에서 방안을 들여다보는 형식으로 진술'[42]되고 있다. 초장은 한 밤중에 갓 핀 매화의 그림자와 함께 '비녀를 한 아름다운 여인(玉人金釵)'의 그림자가 창에 은은하게 비추는 모습을 묘사하고 있다.[43] 중장은 '이삼 백발옹'이 어울려 거문고의 반주에 맞춰 노래하는 모습을 연출하고 있다. 종장에서는 가악(歌樂)이 서로 어우러지는 가운데, 문득 옆에 놓여있는 상에서 서로의 잔을 들어 술을 권하니 어느새 환하게 달이 떠올라 그 흥취가 더욱 고조되어 간다. 이 작품에 등장하는 '매화(梅影)'·'잔(취흥)'·'달'은 「매화사」 전편에 걸쳐 가장 핵심적인 소재라고 하겠다.

작중의 상황은 마치 제3자가 그 모습을 들여다보듯이 객관적으로 서술되고 있다. 하지만 중장의 '이삼 백발옹(二三白髮翁)'은 작자 안민영과 그의 스승인 박효관, 그리고 거문고 명인인 오기여를 지칭한다. 초장의 '옥인(玉人)' 역시 순희와 향춘 두 기녀를 일컫는 것은 물론이다. 작품의 배경은 박효관의 거처인 운애 산방이며, 그의 책상 위에 갓 피기 시작한 매화가 바로 이 모든 상황을 가능케 해주는 매개체인 것이다. 이상 작품 속에 그

---

시하고, 말미에 『고시조대전』(김흥규 외, 고려대학교 민족문화연구원, 2012)의 가번(#)을 기입하고, 이어서 가집의 약칭(금옥)과 가번(*)을 함께 제시하였다. (본래의 논문은 작품의 가번(#)을 심재완의 『교본 역대시조전서』에서 취했지만, 책을 엮으면서 비교적 최근에 정리된 『고시조대전』으로 바꾸었다.)

42 성기옥, 앞의 논문, 119면.

43 주지하듯이 시조창은 시형(詩形)과 동일하게 초·중·종장의 3장 형식으로 구분되면서, 종장 마지막 구를 생략하여 부르지 않는다. 이에 반해 가곡은 시형의 초장을 1장과 2장으로 하고, 중장을 3장, 종장 첫 구를 4장, 종장 나머지 부분을 5장으로 구분한다. 가곡의 1장이 시작되기 전에 전주(前奏)에 해당하는 '대여음(大餘音)'과 3장과 4장 사이에 간주(間奏)에 해당하는 '중여음(中餘音)', 그리고 5장이 다 끝난 뒤 후주(後奏)에 해당하는 '대여음'이 연주된다. 장사훈, 『최신 국악총론』, 426면. 〈금옥총부〉 역시 가곡의 5장에 맞춰 각 작품을 표기하였다. 하지만 본고에서는 작품의 내용을 분석할 때에는 기존의 관습처럼 초·중·종장이라는 용어를 사용하고, 별도의 음악적 설명이 필요할 때는 가곡의 1장·2장 등으로 구분하여 지칭하기로 하겠다.

려진 정경은 그대로 부기(附記)된 기록 속의 상황을 재현하고 있다. 이처럼 매화로 인해 작품이 창작되었지만, 그곳에 있었던 자신들의 존재를 작품에 그대로 노출시켜 놓은 것도 특징적인 양상이다. 이는 자신들이 단순히 매화를 바라보는 향수자일뿐만 아니라, 매화가 핀 것을 가악(歌樂)과 함께 적극적으로 즐기는 풍류의 주체임을 드러내고자 하는 의도도 내포되어 있다고 할 수 있겠다. 그런 점에서 '매화사 제1'은 이후 작품의 전반적인 분위기를 이끌어주는 서사의 역할을 분명히 하고 있다.

[매화사 제2] 이삭대엽
어리고 셩근 매화(梅花) / 너를 밋지 안얏더니 /
눈 기약(期約) 능(能)히 직켜 두 셰 송이 푸엿고나 /
촉(燭) 잡고 / 갓가이 사랑할 졔 암향 부동(暗香浮動) 하더라./ 〈금옥*15 / #3153.1〉

[매화사 제3] 중거삭대엽
빙자옥질(氷姿玉質)이여 / 눈 속에 네로구나 /
가만이 향기(香氣) 노아 황혼월(黃昏月)을 기약(期約)ᄒ니 /
아마도 / 아치고절(雅致高節)은 너쑨인가 ᄒ노라./ 〈금옥*41 / #2193.1〉

[매화사 제4] 평거삭대엽
눈으로 기약(期約)터니 / 네 과연(果然) 푸엿고나 /
황혼(黃昏)에 달이 오니 그림ᄌ도 셩긔거다 /
청향(淸香)이 / 잔(盞)에 썻스니 취(醉)코 놀녀 ᄒ노라./ 〈금옥*54 / #1115.1〉

[매화사 제5] 두거삭대엽
황혼(黃昏)의 돗는 달이 / 너와 긔약 두엇더냐 /
합리(閤裡)의 ᄌ든 꼿치 향긔 노아 맛는고야 /

닉 엇지 / 매월(梅月)이 벗 되는줄 몰낫던고 ᄒ노라./ 〈금옥*77 / #5511.1〉

　이상의 네 작품은 모두 이삭대엽 계열의 곡조에 배분된 것으로, 진술의
초점이 책상 위의 화분에 놓여져 있는 매화에 집중되고 있다. 이 작품들
의 시간적 배경은 '매화사 제1'과 마찬가지로 밤이며, 구조적 틀을 형성하
는 공통의 기반은 바로 '기약(期約)'이라고 할 수 있다. '매화사 제2'와 '제4'
의 '눈 속에서 피어나겠다는 기약은 '매화의 개화(開花)'와 연결되고, '매화
사 제3'과 '제5'의 '황혼의 돗는 달'과의 기약은 '매화의 향기'와 연결되어
반복적으로 나타나고 있다. 또한 각각의 작품 속에서 중점적으로 드러내
고자 하는 바는 '갓 핀 매화'(매화사 제2) - '눈 속에 핀 매화의 고결한 자
태'(매화사 제3) - '떠오른 달에 비친 매화의 그림자'(매화사 제4) - '달과의
조화를 이룬 매화'(매화사 제5) 등으로 모아지면서, 매화에 대한 화자의
인식이 점차 심화되어 표현되고 있다. 이것은 이삭대엽 - 중거삭대엽 - 평
거삭대엽 - 두거삭대엽의 순으로 연창되면서 노래의 속도가 점차로 빨라
지는데, 이를 통해 그 음악적 효과 역시 점차 고조시키는 역할을 하고 있
다고 하겠다.
　그럼 이제 한 작품씩 검토해 보기로 하자. 이삭대엽의 곡조인 '매화사
제2'에서는 눈이 쌓인 겨울의 추위를 견디고 갓 피어난 매화에 대한 화자
의 감흥을 토로하고 있다. 초장에서 보듯, 화자는 성글게 가지가 뻗어있
는 나무에서 매화가 피리라고 기대조차 하지 않았다. 그러나 눈 속에서
피어나겠다는 매화 스스로의 기약을 지키고, 두어 송이가 피었으니 화자
로서는 그 꽃을 사랑하지 않을 수가 없었을 것이다. 그리하여 촛불을 움
켜쥐고 갓 피어난 매화를 쳐다보니, '그윽한 향기(暗香浮動)'가 화자의 사랑
에 화답을 하는 것이다. 중거삭대엽의 곡조인 '매화사 제3'은 그리하여 눈
속에 피어난 꽃을 보고 감탄하는 화자의 발언으로부터 시작한다. '빙자옥
질(氷姿玉質)'은 얼음같이 맑고 깨끗한 자태와 옥같이 아름다운 자질이란
의미로, 흔히 매화의 자태를 형용하는 말이다. 이제 매화의 향기는 화자

를 제쳐두고 '황혼월(黃昏月)을 기약(期約)'한다. 그렇듯 한 겨울 피어난 매화가 황혼녘에 떠오를 달을 기다리는 모습을 보고, 화자는 저절로 '아치고절(雅致高節)'의 풍격을 생각하는 것이다.

평거삭대엽의 곡조인 '매화사 제4'에서는 다시 '눈으로 기약'하여 피어난 매화의 존재를 상기시키며 작품이 시작된다. 중장에서는 마침내 그렇게도 기약했던 '황혼(黃昏)에 달'이 떠오르고, 그 달빛에 매화의 성긴 그림자가 드러난다. 하지만 종장에서는 매화의 존재는 사라지고, 갑자기 이러한 정경에 흥취를 느낀 화자의 감흥이 표출된다. 아마도 '청향(淸香)'이란 매화가 품어내는 향일 것이다. 매화의 그윽한 향과 때마침 떠오른 달, 그리고 그 분위기에 취한 화자, 이 삼자(三者)가 서로 어우러져 일체화되는 듯한 경지라 할 것이다. 그리하여 그러한 흥취를 이기지 못하여 취흥을 돋우는 화자의 고조된 감정이 표출되고 있는 것이다. 두거삭대엽인 '매화사 제5'는 다시 '황혼월(黃昏月)'과 매화의 교감이 전면에 부각되어 표현되어 있다. 황혼에 달이 떠오른 것이 매화와의 기약 때문이며, 달이 떠오르자 '합리(閤裡)의 ᄌ든 곳'은 깨어 비로소 향기를 내뿜으며 그에 호응한다. 달과 매화가 어우러진 풍경을 바라보며, 화자는 비로소 '매월(梅月)이 벗'이 되는 존재라는 것을 깨닫게 된다. 매화가 방안에 피어있을 때는 단지 하나의 아름다운 대상에 지나지 않지만, 겨울밤의 달빛에 은은히 비추며 서로 어우러진 매화야말로 정말로 잘 어울리는 상대라는 것을 새삼 인식하게 된 것이다.

이처럼 이삭대엽 계열의 곡조로 이루어진 두 번째 단락은 그 '시점이 원경(遠景)에서 근경(近景)으로 바뀜과 동시에 진술의 초점이 오직 매화 하나에 집중되어 마치 속삭이듯 말 건넴의 형식으로 진술'[44]되고 있다. 그리고 여기에서 사용된 표현들은 기존의 한시(漢詩)나 시조 등에서 사용된 시어의 범주를 크게 벗어나지 않고 있다. 하지만 그 의미는 사대부들의 그

---

44 성기옥, 앞의 논문, 119면.

것과는 다른 맥락으로 이해된다. 예컨대 '매화사 제3' 종장의 '아치고절(雅致高節)'의 함의는 지절(志節)을 상징하는 선비정신과는 다르다. 이 작품에서는 '단지 어린 가지가 대견스럽게 눈 속에서 꽃망울을 터뜨리는 정서적 경이에 그 꿋꿋함이 풀어져서, 가만히 향기를 놓아 황혼의 달을 맞아 내는 아치 있는 정감 속의 고절'[45]이라는 의미를 지닌 뿐이다.

[매화사 제6] 삼삭대엽
ᄇᆞ롬이 눈을 모라 / 산창(山窓)에 부딧치니 /
찬 기운(氣運) ᄉᆡ여 드러 ᄌᆞ는 매화(梅花)를 침로(侵勞)허니 /
아무리 / 어루려 허인들 봄 ᄯᅳᆺ이야 아슬소냐. / 〈금옥*90 / #1798.1〉

삼삭대엽의 곡조로 연창되는 '매화사 제6'은 전체적으로 이전의 작품과 뒤의 작품들을 이어주는 중간적 역할을 하고 있다고 보여진다. '매화사 제6' 역시 진술의 초점이 방안의 매화에 두어져 있다는 점에서 (2)단락의 작품들과 유사하지만, 다른 점은 이 작품에서의 매화는 관찰이나 완상의 대상이 아닌 매서운 바람과 차가운 기운에 침범 당하는 존재로 그려지고 있다. 매화가 피는 계절이 겨울철이기에, 눈보라와 차가운 날씨는 어쩔 수 없는 자연의 조건인 것이다. 이처럼 이 작품에서는 '매서운 눈보라를 동반한 추운 날씨와 봄뜻을 전하려는 매화를 대립적인 위치에 두고',[46] 아무리 추운 기운도 이제 피어나기 시작한 매화를 얼게 할 수 없다는 것을 강조하고 있다. 하여 '봄 뜻'을 품고 있는 매화의 꽃이 피는 것으로 보아 봄이 멀지 않았다는 것을 드러내고자 한 것이다.

실상 방안에서 갓 피어난 매화를 보고 여러 수의 작품으로 창작할 때, '매화사 제6'까지의 작품만으로 그 속성을 충분히 표현했다고 여겨진다.

---

45 성기옥, 앞의 논문, 123면.
46 류준필, 「안민영의 「매화사」론」, 578면.

'매화사 제1'이 전체 작품의 서사로서의 역할을 하고 있다면, '매화사 제2'에서 '매화사 제5'까지는 매화와 달, 그리고 향기라는 소재가 반복되면서 그 의미를 점차 심화시켜 나가고 있다. 또한 '매화사 제6'은 한 겨울의 추위가 닥친다 해도 매화가 지닌 '봄 뜻'을 빼앗지는 못할 것이라고 표현하고 있다. 이제 작자의 입장에서 매화 자체의 속성이나 특징을 들어 작품을 이어가기에는 어느 정도의 난관에 봉착했다. 그리하여 자연스럽게 전고(典故)에서 그 소재를 찾아 새롭게 창작하되, 앞의 작품들과도 어느 정도 주제적 연관성을 지닐 수 있도록 한 것이다.

　　[매화사 제7] 소용
　　져 건너 나부산(羅浮山) 눈 속에 / 검어 웃쑥 울통불통 광민 등걸아 /
　　네 무슴 힘으로 가지(柯枝) 돗처 곳조추 져리 픠엿는다 /
　　아모리 / 석은 빈 반(半)만 남아슬망정 봄 뜻즐 어이 흐리오. / 〈금옥*97 /
#4232.1〉

　소용(搔聳)으로 연창되는 '매화사 제7'은 시적 대상이나 소재가 갑자기 이질적으로 변화된다. 하지만 그것은 단순한 변화가 아니라, 전고를 통해 시적 관심을 확대시키고자 한 것에 의미를 두었기 때문에 발생한 현상이었다. 또한 평시조 형식으로 진행되다가 갑자기 이 부분에서 사설시조가 등장하는데, 이는 소용이라는 악곡적 특성에 어느 정도 부합한다고 하겠다. 초장에서 갑자기 중국의 '나부산(羅浮山)'이 등장하고, 노래하는 대상도 지금까지의 방안에 핀 매화가 아니라 '광민 등걸'이 등장한다. 초장의 '광민 등걸'은 오래된 고목을 지칭하는 것으로, 중장에서 그런 지경임에도 가지가 나고 꽃이 피는 것에 대한 감탄을 표출하고 있다. 이처럼 비록 늙은 고목이지만 매화꽃을 피우는 것을 보니, 결국 봄이 올 수밖에 없다는 낙관적 인식을 저변에 깔고 있다. 아무리 혹독한 외부적 조건 속에서도 매화가 꽃을 피우고, 그것이 결국 '봄 뜻'을 알리는 것이라는 종장의 인식은 '매화사 제6'과 공유하고 있는 것이라 하겠다.

이 작품에 등장하는 나부산은 중국 수(隋)나라의 조사웅(趙師雄)이라는 사람이 이곳에서 어떤 여인을 만나 즐거이 지내다가 깨어보니 큰 매화나무 밑이었다는 내용의 고사와 연관이 있는 지명이다.[47] 때문에 표면적인 내용만으로 본다면, 이 작품은 앞의 작품들과는 전혀 연결되지 않는다. 하지만 '나부산의 늙은 매화 모티프를 박효관·오기여 두 백발옹에 빗대어, 이들 노대가(老大家)의 아취 있는 풍류를 희화적으로 드러내고 있'는 것으로 해석할 수가 있겠다. 그렇다면 이 작품은 '육신은 비록 '울퉁불퉁 광민 등걸'처럼 늙었지만, 그들의 예술과 풍류는 여전히 당대 일류의 가기(歌妓)들과 짝할 만큼 낭만적 기상이 남아 있음을 골계적으로 표현하고 있'다고 하겠다.[48]

> [매화사 제8] 회계삭대엽 속칭 율당삭
> 동각(東閣)에 숨운 꼿치 / 척촉(躑躅)인가 두견화(杜鵑花)ㄴ가 /
> 건곤(乾坤)이 눈이여늘 제 엇지 감히 픠리 /
> 알괘라 / 백설양춘(白雪陽春)은 매화(梅花)밧게 뉘 이시리. / 〈금옥*101 / #1378.1〉

회계삭대엽으로 연창되는 이 작품은 '우조 한 바탕'으로 연주되는 「매화사」의 마지막 작품이다. 앞서도 언급했듯이 회계삭대엽은 처음에는 우조로 시작하여, 노래의 중간 부분에서 계면조로 변주되어 연창되는 가곡의 곡조이다. 작품의 내용상 흐름으로만 본다면, '매화사 제8'은 바로 앞의 '매화사 제7'과 함께 전혀 이질적인 대상으로서의 매화를 등장시켜 서술되고 있다는 점에서 같은 단락으로 묶을 수 있다. 하지만 소용과 회계삭대엽은 그 음악적 성격이 뚜렷하게 구분된다. 또한 계면조인 '태평가'로

---

47 류준필, 앞의 논문, 573면.
48 성기옥, 앞의 논문, 125면.

종결짓는 가곡 한 바탕의 마무리 역할을 '우조 한 바탕'의 순서에서는 바로 회계삭대엽이 담당한다는 점에서, 이 작품만을 별도의 단락으로 구분하는 것이 더욱 타당하다고 하겠다.

'현사(賢士)'와 빈객(賓客)을 접대하는 곳을 일컫는 동각(東閣)의 매화는 특히 두보(杜甫)의 시로 말미암아 널리 알려[49]졌다고 한다. 따라서 '동각의 매화' 역시 「매화사」의 창작 동인이었던 '방안의 매화'와는 분명히 구분되는 존재이다. 초장의 '철쭉(躑躅)'이나 '진달래(杜鵑花)'는 이미 봄이 된 다음에 피는 꽃들이다. 따라서 온 천지가 눈에 뒤덮여 있는 겨울철에는 절대 필 수 없는 꽃들인 것이다. 그리하여 '백설양춘(白雪陽春)'[50]의 지취(志趣)를 지닌 것은 바로 매화 이외는 찾을 수 없다는 내용이다. 그리하여 봄철에 피어나는 다른 꽃들과는 달리, 한 겨울의 눈 속에서 피어나는 매화의 기개를 강조하면서 전체적인 작품을 마무리하고 있다.[51]

이상으로 「매화사」 '우조 한 바탕'의 8수에 대해서, 음악적 측면과 아울러 문학적 의미까지도 함께 검토해 보았다. 마지막으로 8수로 된 각각의 작품 속에 등장하는 매화의 이미지를 살펴보고, 그 의미를 간단하게 언급하면서 마무리 짓기로 하자. 전체 작품을 일별했을 때, 「매화사」의 모든 작품 속에 등장하는 '매화'는 만개한 상태가 전혀 아니다. 각 작품에 등장하는 매화의 이미지를 차례대로 적시하면 다음과 같다. '매영(梅影)'(매화사 제1), '어리고 셩근 매화'(매화사 제2), '눈 속의 매화'(매화사 제3), '셩긘

---

49 성기옥, 앞의 논문, 124~125면.

50 '백설양춘(白雪陽春)'이라는 표현은 '눈 속의 봄 뜻'을 의미하는 동시에, 고아한 노래의 대명사로 알려진 '백설곡(白雪曲)'과 '양춘곡(陽春曲)'을 지칭하는 중의적인 의미를 가진다고 한다. 성기옥, 앞의 논문, 125면.

51 흥미로운 것은 '매화사 제1'의 가곡 1장이 갓 피어난 '매영(梅影)'으로 시작되어, '매화사 제8'의 가곡 5장 역시 눈 속에 봄 뜻을 간직한 '매화'를 노래하면서 마무리된다는 점이다. 안민영이 「매화사」를 창작할 때 이런 측면을 염두에 두고 있었는지에 대해서는 확인할 수 없지만, 작품의 이름에 걸맞게 노래의 처음과 끝 부분의 가사가 '매화'가 사용된다는 점은 지적할 필요가 있겠다.

매화 그림자'(매화사 제4), '합리(閤裡)의 즈든 매화'(매화사 제5), '즈는 매화'(매화사 제6), '광민 등걸'(매화사 제7), '동각(東閣)에 숨은 숯'(매화사 제8) 등이다. '어리고 성근 민화'라는 표현에서 보듯이, 안민영은 만개한 꽃보다는 갓 핀 여린 매화가 나타내고 있는 의미에 더욱 주목하고 있다고 이해할 수 있겠다. 또한 '즈는 매화'나 '숨은 숯'의 이미지 역시 그 모습을 온전히 드러낸 존재가 아니라, 자신의 가치를 느끼고 아는 제한된 상대에게만 열려있는 존재인 것이다. 따라서 그런 측면에서 본다면, 그러한 매화를 발견하고 예술적 감흥을 표출할 수 있었던 작자의 심미안은 남다르다고 할 수 있겠다.

그것은 또한 작품의 부기(附記)에서 밝혔듯이, 이미 작품 창작의 동인이 방안에서 갓 피기 시작한 매화였기 때문이기도 하다. 어쨌든 작품 속의 매화가 비록 나약한 존재처럼 보일지 모르겠으나, 작자는 한 겨울의 추위를 이기고 꿋꿋하게 피어나는 그 생명력에 주목하여 대상을 형상화하고 있다고 하겠다. 이러한 매화의 생명력은 곧바로 후반부의 작품들에 공통적으로 등장하는 '봄 뜻'이라는 시어와 연결되어 나타나고 있다. 이상에서 살펴본 바와 같이 「매화사」는 악곡과 노랫말의 특성을 살펴 모두 5개의 단락으로 구분될 수 있으며, 각각의 작품 내부에는 매서운 추위 속에서도 강인한 생명력을 지닌 존재로서의 매화의 이미지를 적절히 배분시켜 놓고 있다. 실제 작품의 내용으로 본다면, '매화사 제6'까지의 6수만으로도 이미 방안에 피기 시작한 매화를 통하여 그 의미를 충분히 드러냈다고 볼 수 있다. 그러나 이질적인 것처럼 보이는 소재를 끌어다, 앞의 작품과 연결시켜 표현하는 창작 수법은 '우조 한바탕'을 구성하기 위한 음악적 요구에 의한 것이다. 그런 점에서 「매화사」는 노랫말과 악곡이 서로 적절하게 조화를 이뤄 하나의 연시조로 창작된 것이라 할 수 있으며, 이러한 창작 원리는 조선 전기 사대부들이 연시조를 지을 때의 그것과는 분명하게 구분된다고 하겠다.

## 4. 맺음말

이상으로 180여 수나 되는 많은 작품을 남긴 안민영의 작품 창작의 원리와 함께, 그의 대표적인 작품으로 거론되는 「매화사」의 작품 세계에 대해서 살펴보았다. 그는 자신이 창작한 작품만으로, 당대 가곡의 다양한 곡조들이 소화될 수 있도록 〈금옥총부〉라는 개인 가집을 편찬하였다. 특히 이 가집에는 각 작품들에 창작 배경이나 기타 다양한 정보를 담은 부기(附記)를 남겨 놓고 있는데, 이 기록들을 통해 안민영을 중심으로 활동했던 가창 집단들의 가악(歌樂) 활동 등을 폭넓게 읽어낼 수 있었다. 또한 안민영은 가곡의 특정 곡조의 연창에 필요하다면, 언제든지 그에 적합한 작품을 창작할 수 있는 탁월한 능력을 지니고 있었다. 따라서 〈금옥총부〉에 수록된 그의 작품 대부분은 어떤 곡조로 연창할 것인가를 따져, 각각의 음악적 특성에 맞는 작품을 지은 것으로 이해할 수 있을 것이다. 이처럼 음악에 대한 뛰어난 재능을 지니고 있었기 때문에 180여 수나 되는 자신의 작품만으로 가곡창의 대본인 가집을 엮어낼 수 있었던 것이다.

안민영의 대표적인 작품으로 평가되는 「매화사」는 스승인 박효관 등과 어울려 풍류를 즐기면서, 마침 피기 시작한 매화를 보고 8수로 짜여진 '우조 한바탕'으로 창작한 것이다. 당시에는 가곡 우조의 곡조로만 부르던 편가(篇歌) 형식이 존재하고 있었고, 탁월한 작사 능력을 지니고 있던 안민영은 '우조 한 바탕'의 연창 형식에 적합하도록 작품을 창작했다. 이렇게 탄생된 것이 바로 우조 초삭대엽으로 시작하여 회계삭대엽(반엽)의 곡조로 마무리 짓는 '우조 한 바탕'의 「매화사」이다. 가집에 수록된 「매화사」의 순서는 현행 가곡을 '한 바탕'으로 부를 때, 전반부에 연창하는 우조의 곡조 차례와 정확히 일치한다.

대체로 「매화사」의 악곡 구성은 작품의 내용과 긴밀히 호응되어 나타나는데, 본고에서는 크게 다섯 단락으로 구분하였다. 초삭대엽인 '매화사 제1'은 처음 시작하는 노래로서 전체 작품들 중에서 서사(序詞)에 해당하며, 마지막의 회계삭대엽으로 연창되는 '매화사 제8'은 우조로 시작하여 노래 중간에 계면조로 변조되어 종결되는 곡조로 전체의 마무리에 해당한다. 이삭대엽 계열의 4작품은 그 음악적 특성으로 인해 하나의 단락으로 묶여질 수 있는데, 이 작품들은 모두 시적 대상인 '매화'에 진술의 초점이 맞춰져 있다. 여기에 삼삭대엽과 소용의 곡들도 각각의 단락을 구성하고 있는데, 그 음악적 측면은 물론 노랫말의 성격 또한 서로 다르다고 이해될 수 있겠다.

안민영의 개인 가집인 〈금옥총부〉에는 「매화사」 이외에 다양한 악곡 구성으로 불려지던 작품들이 수록되어 있는데, 이러한 작품들이 어떻게 연창되었는가를 살펴 보다 논의를 심화시켜 나갈 필요가 있다고 하겠다. 안민영이 창작한 작품의 노랫말들은 대체로 그것의 연창 환경과 긴밀히 연관되어 있다. 따라서 「매화사」가 비록 연시조 형식이긴 하지만, 이전의 사대부들의 연시조들과는 그 존재 방식이나 창작 동인이 다를 수밖에 없었던 것이다. 그리하여 어떤 측면에서 「매화사」라는 작품은 기존의 사대부들이 지니고 있었던 연시조 창작의 원리를 따르기보다, 가창의 요구에 의해 새로이 연시조의 틀을 만들어 낸 것이라고까지 평가할 수 있다.

〈『어문논집』 제54호, 민족어문학회, 2006.〉

# 안민영과 〈승평곡〉

## 1. 머리말

안민영의 가집 편찬은 그 자신이 일생 동안 전력했던 예술적 역량을 실현하기 위한 작업으로서, 스승인 박효관과 함께 편찬한 〈가곡원류〉와 개인 가집인 〈금옥총부〉는 그 결과물이었다. 안민영의 개인 작품으로만 구성된 가집 〈금옥총부〉는 그 체제나 수록 작품의 분량 등으로 보아, 편찬자의 뛰어난 음악적 역량을 확인시켜 주는 자료이다. 〈금옥총부〉의 편찬 연대는 가집에 수록된 박효관의 서문[1]을 근거로 대체로 안민영의 회갑(6월) 직후인 1876년 7월에 본격적으로 시작되었을 것이라 추정되고 있다. 또한 안민영의 자서(自序)는 그보다 4년 후인 1880년 12월에 작성되었으며,[2] 1885년에 지어진 작품이 수록된 것으로 보아 〈금옥총부〉는 오랜 기간에 걸친 정리와 보완을 거쳐 탄생한 가집이라 파악된다.[3]

---

1 '… 歲赤鼠夷則月旣望, 雲崖翁朴孝寬, 書于弼雲山房, 方年七十七, 字景華.', '박효관서', 〈금옥총부〉. '적서(赤鼠)'는 '병자(丙子)'를 뜻하며, '이칙(夷則)'은 음력 7월을 지칭함으로, 박효관의 서문은 1876년 7월에 작성되었음을 확인할 수 있다.

2 '… 上之十八年庚辰臘月, 口圃東人安玟英, 字聖武, 初字荊寶, 號周翁書', '안민영 자서', 〈금옥총부〉. 여기에서 경진년을 고종 18년(上之十八年)이라고 기록하고 있는데, 이는 왕이 즉위한 해로부터 산입했기 때문이다. 통상 왕이 즉위한 해는 전왕의 재위 마지막 해로 여기고, 그 이듬해를 재위 1년으로 삼는다. 그러므로 경진년(1880)은 고종 17년에 해당한다.

최근 안민영의 또 다른 가집인 〈승평곡〉이 발굴됨[4]에 따라, 그의 개인 가집 편찬 작업이 보다 이른 시기에 시작되었음이 확인되고 있다. 전체 12수의 작품이 수록된 가집인 〈승평곡〉은 가곡창의 곡조에 맞추어 각 1수씩의 작품이 배열되어 있다. 말미에 안민영의 서문이 첨부되어 있는데, 이 기록은 〈금옥총부〉의 '안민영 자서'의 내용과 일부 구절이 가집의 성격에 맞게 다소 탈락되거나 변개된 것을 제외하면 매우 흡사하다. 하지만 두 기록을 세밀히 비교하여 검토한다면, 분명 두 가집이 편찬된 기간 사이에 발생한 어떤 의미 있는 차이를 발견할 수도 있을 것이라 여겨진다.

〈금옥총부〉의 기록과는 달리 〈승평곡〉의 서문에는 승평계(昇平稧)에 참여했던 인물들의 이름이 그 역할에 따라 적시되어 있는데, 이를 통해 당시 활동했던 승평계 구성원의 면모를 분명하게 확인할 수 있다. 승평계의 구성원과 그들의 활동 상황에 대해서는 이미 선행 연구가 제출되어 있기에,[5] 여기에서는 기록을 통해 확인할 수 있는 승평계 결성의 의도와 〈승평곡〉이란 가집이 지닌 의미 등에 대해서 보완하여 설명하고자 한다. 단 12수의 작품만이 수록된 이 가집은 현재 발굴된 가집 중에서, 곡조별 분류의 체제를 취하고 있는 '가장 작은 가집'[6]으로 평가된다. 또한 승평계가 결성된 것을 하축(賀祝)하기 위해 안민영의 작품만으로 꾸민 가집인데, 그 연창을 위한 악곡명 옆에 여창으로 부를 때 사용해야 할 악곡을 함께 적어놓은 것이 특징이다. 이는 악곡과 사설 모두에 있어 남창·여창이 어떻

---

3 김용찬, 「〈금옥총부〉를 통해 본 안민영의 가악 활동과 가곡 연창의 방식」, 『시조학논총』 제24집, 한국시조학회, 2005, 153~155면(이 책의 147~149면. 이 논문은 이 책에 재수록되었음).

4 〈승평곡〉은 이동복의 발굴로 『국악원논문집』 제14집(국립국악원, 2002) 말미에 영인되어 소개되었다. 또한 이동복은 〈승평곡〉의 수록 자료들을 번역하거나, 〈금옥총부〉와 비교하여 자세하게 검토하고 있다. 이동복, 「박효관의 생애와 업적에 관한 연구」, 『국악원논문집』 제14집.

5 김석배의 「승평계 연구」(『문학과 언어』 제25집, 문학과언어학회, 2003)에서는 이를 분석하여, 여기에 적시된 인물들의 면면에 대해서 자세히 정리하였다.

6 조순자, 『가집에 담아낸 노래와 사람들』, 보고사, 2006, 193면.

게 구성되는지를 잘 보여주고 있는 것이라 하겠다.[7] 본고에서는 〈승평곡〉
이란 가집에 수록된 작품과 관련 기록들을 통해서, 그 의미를 자세하게
고찰해보고자 한다.


## 2. 안민영과 승평계

주지하듯이 안민영(安玟英: 1816~85?)은 19세기에 활동했던 주요 시조
작가이자, 〈가곡원류〉와 〈금옥총부〉 등을 편찬한 대표적인 가집 편찬자
이다. 이미 학계에는 그의 활동에 대한 다양한 연구를 통해, 안민영의 작
품 세계는 물론 예인으로서의 위상을 입체적으로 조망할 수 있을 정도이
다. 이 글에서는 이미 밝혀진 그의 활동 내역을 재차 거론하기보다는, 새
로운 자료인 〈승평곡〉의 기록을 통해 안민영이 주축이 되어 결성했던 승
평계의 의미를 중심으로 하여 논의를 진행하기로 한다.

그간 승평계에 대해서는 노인계와 더불어 19세기의 대표적인 가창집단
(歌唱集團)이라 알려졌다. 이러한 사실은 안민영 자신의 기록인 〈금옥총
부〉의 '자서(自序)'에 적시되어 있기도 하다. 〈금옥총부〉 각 작품의 부기
(附記)와 함께, 이 기록은 안민영과 동시대에 활동했던 예능인들의 활동
상황을 구체적으로 보고하는 중요한 자료이다. 그러나 〈금옥총부〉의 '안
민영 자서'는, 실제로 그보다 7년 전인 1873년에 편찬된 〈승평곡〉이란 가
집의 서문을 일부 변개하여 새로운 가집의 성격에 맞도록 고친 것이다.
두 기록을 비교했을 때 가장 큰 변화는 역시 〈승평곡〉에 등장했던, 승평
계의 구성원들의 구체적인 이름들이 〈금옥총부〉의 서문에서는 사라진다
는 점이다. 이는 서문을 가집의 성격에 맞춰 변개하여 수록했던 편찬자의

---

7 신경숙, 「『가곡원류』 여창사설 확대의 의미」, 『국악원논문집』 제14집, 국립국악원,
2002, 194~195면.

의도가 작용한 것으로 파악할 수 있을 것이다.

① 운애 박선생은 평생 노래를 잘하여 당세(當世)에 이름이 알려졌다. …
이때 곧 우대(友臺)에 모모(某某)의 여러 노인들이 있었는데, 역시 모두 당시
의 이름난 호걸지사로서, 계를 맺어 '노인계'라 하였다. **또 호화(豪華)·부귀
(富貴) 및 유일(遺逸)·풍소인(風騷人)들이 있었는데, 계를 맺어 '승평계'라 하
였다.** 오직 환오(歡娛)하고 연악(讌樂)하는 것을 일삼았는데, 실로 선생께서
맹주(盟主)이셨다. …[8]

② 운애 박선생은 평생 노래를 잘 하여 당세에 이름이 알려졌다. … 당시
우대에 모모의 여러 노인들이 있었는데, 역시 모두 당시의 이름난 호걸지사
로서, 계를 맺어 '노인계'라 하였다. **또 박한영(朴漢英)·손덕중(孫德仲)·김
낙진(金洛鎭)·강종희(姜宗熙)·백원규(白元圭)·이제영(李濟榮)·정석환(鄭
錫煥)·최진태(崔鎭泰)·장갑복(張甲福) 등은 당시의 호화로운 풍류를 즐기
고, 음률(音律)에 통달한 이들이다. 최수복(崔壽福)·황자안(黃子安)·김계천
(金啓天)·송원석(宋元錫)·하준곤(河駿鯤)·김흥석(金興錫) 등은 모두 당시
의 명가(名歌)이다. 오기여(吳岐汝)·안경지(安敬之)·홍용경(洪用卿)·강경
인(姜卿仁)·김군중(金君仲) 등은 모두 당시의 명금(名琴)이다. 김사준(金士
俊)·김사극(金士極) 등은 모두 당시의 가야금 명수(名手)이다. 이성교(李聖
敎)·김경남(金敬南)·심노정(沈魯正) 등은 모두 당시의 명소(名簫)이다. 김운
재(金雲才)는 명생(名笙)이고, 안성여(安聲汝)는 양금(良琴)의 명수(名手)이다.
홍진원(洪振元)·서여심(徐汝心) 등은 모두 당시의 유일(遺逸)·풍소인(風騷
人)이다. 대구 계월(桂月)·강릉 행화(杏花)·창원 유록담(柳綠潭)·양채희**

---

8 "雲崖朴先生, 平生善歌, 名聞當世. … 時則有友臺某某諸老人, 亦皆當時聞人豪傑之士也,
結稧曰老人稧. **又有豪華富貴, 及遺逸風騷之人, 結稧曰昇平稧.** 惟歡娛讌樂是事, 而先生實主盟
焉. …", '안민영 자서', 〈금옥총부〉.

(陽彩姬) · 완산 매월(梅月) · 연홍(蓮紅) 등은 모두 명희(名姬)이다. 천흥손(千興孫) · 정약대(鄭若大) · 윤순길(尹順吉) 등은 모두 당시 현령(賢伶)이다. (이들이 있어) 계를 맺어 '승평계'라 하였다. 오직 환오(歡娛)하고 연악(讌樂)하는 것을 일삼았는데, 실로 선생께서 맹주(盟主)이셨다. …[9]

두 가집에 각각 수록된 안민영의 서문 ①과 ②에는, 이렇듯 적지 않은 차이가 발생하고 있다. 1880년의 〈금옥총부〉 기록인 ①에는 자신의 스승인 박효관이 중심이 되어 활동했던 '노인계'를 언급한 이후, '또 호화 · 부귀 및 유일 · 풍소인들이 있었는데, 계를 맺어 승평계라 하였다'고 간단하게 언급하였다. 그런데 1873년에 기록된 〈승평곡〉의 서문 ②에서는 승평계의 구성원들을 각각 '호화로운 풍류를 즐기고 음률에 통달한 자', 명가(名歌), 그리고 악기 연주자들인 명금(名琴) · 가야금 명수 · 명소(名簫) · 명생(名笙) · 양금의 명수 등으로 구체적으로 구분하여 그 이름까지 적시하고 있다. 여기에 아마도 여항 시인들을 지칭한 듯한 '유일(遺逸) · 풍소자(風騷者)'와 기녀인 명희(名姬), 그리고 군영 출신 세악수(細樂手)로 확인되는 현령(賢伶)까지 모두 10개의 그룹 40여 명의 이름이 열거되어 있다.[10]

이 두 기록의 차이는 그대로 전재된 가집의 성격에서 비롯된다고 파악된다. 즉 〈승평곡〉은 가집의 이름과 함께, 가집의 서두에 '승평계 하축(昇平稧賀祝)'이라는 글을 남겨 승평계를 기념하기 위한 의도에서 편찬한 것

---

9 "雲崖朴先生, 平生善歌, 名聞當世. … 時有友臺某某諸老人, 亦皆當時聞人豪傑之士也, 結稧曰老人稧. 又有朴漢英, 孫德仲, 金洛鎮, 姜宗熙, 白元圭, 李濟榮, 鄭錫煥, 崔鎮泰, 張甲福, 盖當時豪華風流, 通音律者也. 崔壽福, 黃子安, 金啓天, 宋元錫, 河駿鯤, 金興錫, 盖當時名歌也. 吳岐汝, 安敬之, 洪用卿, 姜卿仁, 金君仲, 盖當時名琴也. 金士俊, 金士極, 盖當時珈琲琴之名手也. 李聖教, 金敬南, 沈魯正, 盖當時名簫也. 金雲才, 名笙也, 安聲汝, 良琴之名手也. 洪振源, 徐汝心, 盖當時遺逸風騷者也. 大邱 桂月, 江陵 杏花, 昌原 柳綠潭, 陽彩姬, 完山 梅月, 蓮紅, 盖名姬也. 千興孫, 鄭若大, 尹順吉, 盖當時賢伶也. 設稧曰昇平稧. 惟歡娛讌樂是事, 而先生實主盟焉. …", '서문', 〈승평곡〉.

10 이들 각각의 구체적인 기록들과 활동 내역들에 대해서는 김석배, 「승평계 연구」를 참조할 것.

이라는 사실을 밝히고 있다. 가집의 말미에 첨부된 안민영의 자서(自序)에서, 자신들과 함께 활동했던 인물들을 활동 분야와 함께 자세하게 기록해 놓았던 것이다. 하지만 〈금옥총부〉는 자신이 창작한 180여 수의 작품만으로 새롭게 꾸민 가집이다. 따라서 자신이 이전에 써 놓았던 서문을 이용하되, 새로운 가집에 맞게 변개시켜 수록하는 것은 너무도 당연한 조치일 것이다. '승평계'와 관련된 부분을 대폭 줄이고, 자신이 새로 창작한 '전후 만영(漫詠) 수백 수를 모아 한 편'을 이룬 가집이 〈금옥총부〉라는 것을 분명히 밝힌 것이다.[11] 어쨌든 중요한 것은 두 가집 모두 안민영 자신이 창작한 작품만으로 체제를 구성했음을 분명히 밝히고 있다는 점이다.

자신이 가집을 편찬하는 예인으로서 살아가는 자세는, 다소의 기간이 흘렀다고 하여 그다지 큰 변화가 있지는 않았을 것이다. 때문에 〈금옥총부〉의 '자서'에서 승평계 구성원들의 명단을 제외한 다른 부분의 기록들은, 일부 구절의 첨가와 삭제만으로 그 의미가 온전하게 전달될 수 있다고 보았던 것이다. 이 기록들에서 그는 스승인 박효관(朴孝寬: 1880~80?)을 승평계의 맹주(盟主)로 내세웠지만, 실질적으로 계회를 주도한 것은 안민영 자신이었다. 이러한 사실은 안민영이 〈승평곡〉까지 포함하여 3종의 가집을 편찬하였고, 왕성한 작품의 창작 활동과 더불어 동시대 예인들과의 활발한 교유 관계 등을 통해서 짐작해 볼 수 있다. 무엇보다도 승평계를 하축하기 위한 가집인 〈승평곡〉을 모두 안민영 자신의 작품만으로 구성한 점과, 스승인 박효관이 당시에는 74살의 고령으로 승평계를 실질적으로 주도하기에는 쉽지 않았을 것이라는 점도 고려할 수 있겠다.

---

11 "…余, 不禁鼓舞作興之思, 不避猥越, **奧碧江金允錫君仲, 相確,** 酒作新飜數閱, 歌詠盛德, 以寓摹天繪日之誠. **又輯前後漫詠數百閱, 作爲一篇,** 謹以就質于先生, 存削之, 潤色之, 然後, 成完璧. …", '안민영 자서', 〈금옥총부〉. 이 기록 중 밑줄 친 부분은 〈승평곡〉의 서문에는 보이지 않는 것이다. 다른 부분에서 일부 자구의 결락과 앞 뒤 바뀜이 보이지만, 그 대체의 뜻은 두 기록이 서로 통한다. 이 글에서 '내작신번수결(酒作新飜數閱)'은 〈승평곡〉에 수록된 작품을 지칭하는 것으로 보이며, 여기에 새로운 작품 '수백결(數百閱)'을 덧붙여 새로운 가집인 〈금옥총부〉 한 권(一篇)을 만들었다는 인식을 분명히 하고 있다.

그럼 이들이 내세웠던 '승평계'의 결성 의도는 무엇이었을까? 먼저 서문을 통해서 이를 따져보기로 하자.

… 나는 이 길(道)을 몹시 좋아하고 선생의 풍모를 사모하여, 마음을 비운 채 서로 따른 것이 지금까지 30년이 다 되었다. 아아! 우리들이 태어나 성세(聖世)를 만나 함께 수역(壽域)에 올랐으니, 위로는 국태공이신 석파대노야 합하(閤下)께서 계시어, 만기(万機)를 몸소 관장하며 그 풍문이 사방을 움직여 예악과 법도가 찬연하게 다시 펼쳐졌고, 음악과 율려(律呂)의 일에 이르러서는 더욱 밝으셨으니, 어찌 천년 만에 한번 만날 수 있는 때가 아니겠는가! 나는 고무되어 솟구치는 생각을 금치 못하고 외람되고 참월함을 피하지 못하여, 마침내 신번(新飜) 여러 수를 지어, 노래로 성덕(盛德)을 기리기를 하늘을 본뜨고 태양을 그리는 정성으로써 하였다. 그러나 재주가 부족하고 지식이 보잘 것 없으며, 말이 비루함이 많아서, 삼가 선생께 나아가 질정을 구하고, 윤색하고 존삭(存削)한 연후에 완벽을 이룰 수 있었다. 이에 명희(名姬)와 현령(賢伶)들이 관현에 올려 다투어 노래하고 번갈아 화답하니, 또한 일대(一代)의 승사(勝事)이다. 이에 곡보(曲譜)의 끝에 기록하여, 후대의 같은 뜻을 지닌 사람들로 하여금 우리들이 이러한 생을 살았고 이러한 즐거움이 있었다는 것을 알게 하고자 한다. 선생의 이름은 효관(孝寬)이고, 자는 경화(景華)이며, 운애(雲崖)는 국태공께서 내리신 호이다. 성상(聖上: 고종)이 즉위한 해로부터 11년 단양절(端陽節)에 경호(鏡湖)에서 돌아온 나그네 안민영 자 성무(聖武), 호 주옹(周翁)이 서(序)하노라. 계유(癸酉: 1873) 5월 하순.[12]

---

12 "余酷好是道, 慕先生之風, 虛心相隨, 將三十年于玆矣. 噫! 吾儕, 生逢聖世, 共躋壽域, 而上有 國太公石坡大老爺閤下, 躬攝万機, 風動四方, 禮樂法度, 燦然更張, 而至於音樂律呂之事, 尤皦如也. 豈非千載一時也歟. 余, 不禁鼓舞作興之思, 不避僭越, 遂作新飜數閱, 歌詠盛德, 以摹 天繪日之誠. **然才疎識蔑, 語多俚陋,** 謹以就質于先生, 潤色之, 存削之, 然後, 成完璧. 於是, 名 姬賢伶, 被之管絃, 競唱迭和, 亦一代勝事也. 奚錄于曲譜之末, 使後來同志之人, 知吾儕之生斯 世, 而有斯樂也. 先生名孝寬, 字景華, 雲崖, 國太公所賜號也. 上之十一年端陽節, 鏡湖歸客, 安 玟英, 字聖武, 號周翁序. 癸酉五月下澣.", '서문', 〈승평곡〉. 〈금옥총부〉의 서문에서는 밑줄 친

'승평계'는 박효관과 안민영을 중심으로 활동했던 예인들이 그들의 정신적·물질적 후원자인 홍선대원군(興宣大院君) 이하응(李昰應: 1820~98)을 만난 것을 계기로 결성한 모임이다. 이들은 계회를 결성한 이후 지속적으로 풍류 모임을 열었는데, 〈금옥총부〉의 각 작품에 부기된 기록들에는 이들의 활동 내역이 비교적 상세하게 드러나 있다. 승평계의 구성원들은 가창자에서부터 기악연주자 및 기녀와 여항 시인에 이르기까지 매우 다양하게 분포되어 있는데, 그 중심에는 계회의 주도자인 박효관과 안민영이 자리 잡고 있었다.

　'승평(昇平)'이라는 단어는 '나라가 태평함'이라는 의미로, 곧 태평성대를 달리 표현한 말이다. 하지만 안민영이 계회의 이름으로 내세운 '승평'의 의미는 이와 같은 일반적인 의미만은 아니었다. 위의 글에서 보듯, 그는 자신이 살고 있는 시대가 곧 성세(聖世)라고 인식하고 있었다. 구체적으로 홍선대원군(이하 대원군)이 중심에 서서 국정을 다스리던 당시의 상황을 '승평'이라고 표현한 것이다. 대원군은 자신의 아들이 12세의 나이로 왕(高宗: 1852~1919/재위: 1863~1907)에 즉위하자, 당시 조대비의 후원으로 고종을 대신하여 섭정을 시작하였다. 따라서 당시에는 섭정을 하던 대원군이야말로 왕을 대리하여 정치를 행하고 있었기에, 군주에 버금가는 의미를 지니던 존재였다. 이러한 사실은 위의 기록에서 대원군(석파대노야합하)이 '만기(万機)를 몸소 관장하며 그 풍모가 사방을 움직'였다는 내용을 통해서도 확인된다.

　그리하여 대원군이 통치하던 당시의 치세(治世)가 곧 태평성세라는 것을 내세우고, 이를 하축(賀祝)하기 위해 결성한 모임이 승평계였다. 안민영이 주도한 승평계에서, '승평'의 대상은 바로 자신들의 예능 활동에 대해 정신적·물질적 후원을 아끼지 않았던 대원군을 제외하고는 생각할

---

부분이 삭제되고, 간기(刊記)를 기록한 내용과 기타 몇몇 부분이 상황에 맞게 변개되거나 첨가되었다.

수조차 없었던 것이다. 〈승평곡〉의 서문에서도 대원군의 치세를 한껏 칭송하고, 심지어 그가 다스리던 당시를 일러 '어찌 천년 만에 한번 만날 수 있는 때가 아니겠는가!(豈非千載一時也歟)'라고 평하기도 하였다.[13] 또한 〈승평곡〉에 수록된 작품들도 대부분 대원군에게 바쳐진 헌사(獻辭)에 다르지 않는 내용들로 이루어져 있다.[14] 즉 안민영이 마음속으로부터 '고무되어 솟구치는 생각을 금치 못하고', '마침내 신번 여러 수를 지어 노래로 (대원군 치세의) 성덕을 기리기를 하늘을 본뜨고 태양을 그리는 정성으로 하였'던 것이 바로 〈승평곡〉이란 가집의 탄생 배경이라 할 수 있겠다.

한 가지 흥미로운 것은 〈승평곡〉의 서문에서는 대원군의 아들인 우석공(又石公) 이재면(李載冕: 1845∼1912)이 전혀 등장하지 않는다는 사실이다. 하지만 이 기록을 1880년에 고친 〈금옥총부〉의 '안민영 자서'에서는 대원군의 치적을 언급하고, 그의 음악적 재능을 평가한 다음 '우석상서가 계승했다'는 내용이 첨가되어 있다.[15] 또한 〈승평곡〉의 발간 3년 후인 1876년에 박효관이 쓴 '금옥총부서'에서도 안민영을 평가하면서, 대원군과 이재면을 함께 거론하고 있다.[16] 이 기록들을 토대로 〈승평곡〉의 서문이 작성되었을 당시에는 아직 안민영과 이재면이 서로 직접적인 교류가 없었던 것으로 추정할 수 있겠다. 안민영과 여항 예능인들이 승평계를 결성

---

**13** 박노준은, 이와 함께 군주가 아닌 대원군과 이재면을 위해 헌상한 노래들은 결과적으로 안민영이 '아유(阿諛)의 문학'에 종사한 것으로 평가하고 있다. 박노준, 「안민영의 삶과 시의 문제점」, 『조선후기 시가의 현실인식』, 고려대학교 민족문화연구원, 1998, 341면.

**14** 작품의 구성과 내용에 대해서는 다음 장에서 상론할 것이다.

**15** "…而上有 國太公石坡大老, 躬攝萬機, 風動四方, 禮樂法度, 燦然更張, 而至音樂律呂之事, **無不精通. 繼而又石尙書,** 尤皦如也, 豈非千載一時也歟. …", '안민영 자서', 〈금옥총부〉. 밑줄 친 부분이 〈금옥총부〉의 자서에 첨가된 부분이다.

**16** "口圃東人安玟英, 字聖武, 又荊寶, 號周翁. 口圃東人, 卽國太公所賜號也. 性本高潔, 頗有韻趣, 樂山樂水, 不求功名, 以雲遊豪放爲仕, 又善於作歌, 精通音律. **時維石坡大老, 及又石相公, 亦曉通音律, 聖於擊缶.** 周翁旣知己人, 長常陪過, 而爲之作數百闋新歌, 要余校正, 高低淸濁, 協律合節, 使訓才子賢伶, 被以管絃, 唱爲勝遊樂事. 故不避識茂才鈍, 校正爲一編, 願流傳後學焉. 歲赤鼠夷則月旣望, 雲崖翁朴孝寬, 書于弼雲山房, 方年七十七, 字景華.", '박효관서', 〈금옥총부〉

하여 대원군을 위한 모임을 열면서, 그 자리에 참석한 이재면과도 만날 수 있었을 것이라 여겨진다.[17] 그렇게 본다면 안민영은 이재면과 1873년 5월 이후 멀지 않은 시기에 인연을 맺고, 이후 그를 대원군과 함께 든든한 후원자로 두게 되었던 것이라 하겠다.

그렇다면 승평계의 결성 시기는 언제일까? 앞서 언급했듯이, 〈승평곡〉의 맨 앞부분에는 '승평계 하축'이라는 기록으로 시작하고 있다. 이는 가집의 '첫 장에서 연주 목적이 승평계를 축하하는 연주회임을 밝혀주'는 것으로, 〈승평곡〉이 '하나의 가곡 연주회 팜플렛'이라는 사실을 명시한 것이라 여겨진다.[18] 여기에서 '승평계 하축'이란 곧 승평계 결성을 하축한다는 의미이고, 이 당시에 열렸던 연주회는 곧 승평계 결성을 하축하기 위한 것이었으리라고 파악된다. 그리고 승평계 하축연은 '서문'에 언급된 1873년 단양절(端陽節)에 개최되었을 것이다.[19] 단양절은 음력 5월 5일의 단오를 달리 일컫는 말인데, 설날·추석과 더불어 전통적인 명절로 이 날에는 많은 사람들이 모여 그네와 씨름 등 각종 민속놀이를 벌이며 즐겼다. 따라서 이러한 명절을 기해서 승평계를 결성하고, 이를 하축하는 모임을 열어 대원군의 치세가 태평성대임을 널리 알리고자 하는 의도가 개재되어 있었을 것이라 여겨진다. 수록 작품의 내용으로 보아, 하축연이 열렸던 장소는 대체로 대원군의 거처였던 운현궁과 삼계동의 석파정, 그리고 공덕리의 별장 등이었던 것으로 추정된다.

---

**17** 안민영이 대원군의 심복인 하정일과 30여 년간 교유하였던 사실은 〈금옥총부〉 *34 작품의 부기에서 밝히고 있다. 김석배는 안민영이 하정일을 통해 음률에 밝은 이재면과 만났고, 이재면이 박효관 그룹과 어울리면서 대원군을 위한 풍류판에 그들을 불러 인연을 맺었을 것이라 추정하였다(김석배, 「승평계 연구」, 256면). 그러나 기록을 통해서 보건대, 이는 실상과는 어긋나는 것으로 여겨진다. 오히려 하정일을 통해서 대원군을 만나고, 대원군을 위한 풍류 모임에서 이재면과 알게 되었을 것이라 추론하는 것이 보다 합리적이라 파악된다.

**18** 조순자, 『가집에 담아낸 노래와 사람들』, 196∼197면.

**19** 이는 서문이 오월 하순(下澣)에 작성되었음을 밝히면서, 바로 그 앞부분에 '단양절'을 적시한 것은 하축연이 열렸던 때를 알리기 위한 의도라고 판단된다.

승평계의 하축연이 열렸던 1873년은 바로 고종이 즉위한 지 만 10년이 되는 해였고, 이를 기념하여 4월에는 왕에게 존호(統天隆運肇極敦倫)를 올리는 진작(進爵) 의식이 개최[20]되기도 하였다. 고종이 즉위한 지 10여 년이 되자, 조정 안팎에서는 대원군의 섭정을 마치고 왕이 친정(親政)해야 한다는 요구가 거세졌다고 한다. 실제로 이해 11월에는 최익현의 탄핵 상소를 계기로 고종의 친정이 시작되자, 대원군은 섭정에서 물러나 권력의 일선에서 후퇴하게 된다. 이처럼 당시의 다단한 정치적 상황 속에서 안민영 등의 여항 예능인들은 대원군을 위한 연회를 계획하였고, 이를 본격화한 것이 바로 승평계의 결성과 하축연이라고 하겠다. 당시의 실질적 권력자이자, 자신들의 후원자인 대원군을 위하여 이들은 왕실의 진연 의식에 버금가는 계회를 개최하여 대원군의 노고를 치하하고자 하는 목적도 있었을 것이다.

〈승평곡〉서문에 구성원들의 면면을 상세히 적은 것은, 승평계 결성 하축연에 참석한 사람들에 대한 기록을 남기고자 하는 의식의 발로라 하겠다. 이처럼 비록 불과 12수의 작품만이 수록되어 있는 규모가 작은 가집이지만, 〈승평곡〉에는 승평계와 관련된 다양한 정보가 포함되어 있다. 아마도 대원군은 이 당시의 복잡한 정세 속에서, 자신이 언젠가 실각할 것이라는 사실을 예측하고 있었던 것으로 보인다. 다음은 이 당시의 대원군의 심경을 엿볼 수 있는 흥미로운 작품이다.

우산(牛山)에 지는 히를 제경공(齊景公)이 우럿더니
공덕리(孔德里) 가을 다를 국태공(國太公)이 늣기삿다
아마도 고금영걸(古今英傑)의 강개심회(慷慨心懷)는 한가진가 ㅎ노라.〈금

20 신경숙, 「안민영과 기녀」, 『민족문화』 제10집, 한성대학교 민족문화연구소, 1999, 59 면. 대체로 진연(進宴)이나 진찬(進饌)은 왕실 인물들의 각종 하례를 기념하기 위하여 열리는 궁중의 중요한 의식이며, 진작(進爵)은 존호(尊號)를 올리는 것을 기념하기 위한 의식이라 한다.

옥 *103〉

석파대로께서 임신년(1872) 봄 공덕리에서 쉬시었다. 하루는 석양에 문인들과 기녀 및 공인들을 거느리고 방소처(尨笑處)에 오르셨는데, 풍악을 크게 베풀고 권하며 즐기는 사이에 해가 지고 달이 떠올랐다. 이에 위연(喟然)이 탄식하여 이르기를, "내가 지금 오십여 세인데, 남은 해가 얼마이겠는가. 우리들은 역시 다음 생에서 한곳에 모여, 금세(今世)에서 다하지 못한 인연을 잇는 것이 또한 옳지 않겠는가!"라 하시니, 좌중의 사람들이 모두 얼굴을 가리고 눈물을 머금었다.[21]

이 작품의 초장은 중국 제나라의 경공이 우산(牛山)에서 노닐다 그 아름다움에 반하여, 자신이 언젠가 죽을 것이라는 사실을 깨닫고 슬피 울었다는 고사를 전제로 하고 있다. 중장은 이러한 고사에 비견하여, 부기(附記)에서 보듯이 공덕리의 별장에서 풍류를 즐기던 대원군(석파대로)이 '가을 달'[22]을 보고 감회에 젖은 사실을 염두에 두고 지은 것이다. 종장에서는 대원군을 제경공과 더불어 '고금영걸'로 표현하고, 예나 지금이나 영웅들이 느끼는 강개한 심회는 한가지라고 종결짓고 있다. 이 작품이 지어진 1872년(임신)은 아직 대원군이 섭정을 행하면서, 권력의 중심에 있었던 시기였다. 때문에 당시 권력의 정점에 서 있던 인물이 여항의 예능인들과 풍류를 즐기면서, '내세' 운운하면서 탄식하는 말을 토로하자 좌중의 사람들이 눈물을 지었다는 기록은 예사롭지가 않다.

아마도 대원군은 당시의 격변하는 정치적 상황 속에서 국정을 이끌기

---

**21** "石坡大老, 於壬申春, 偃息於孔德里. 一日夕陽率門人及妓工, 登臨尨笑處, 大張風樂, 歡娛之際, 日落月上矣. 乃喟然歎曰 '吾年, 今五十餘矣, 餘年幾何. 吾儕亦於來生, 會合一處, 以續今世未盡之緣, 不亦可乎.' 衆皆掩面含淚.", 〈금옥총부〉 *103 작품 부기.

**22** 부기에서는 '임신춘(壬申春)'이라고 하고 있는데 반해, 작품에서는 '가을 달'을 보고 감회에 젖었다고 하여 기록이 서로 어긋나 있다. 이러한 것은 아마도 작품 창작 시기와 부기의 기록 시기가 다소 차이가 나는 데에서 오는 착오가 아닌가 여겨진다.

위해 적지 않은 고심을 했을 것이고, 그의 '지기(知己)'[23]로까지 여겨졌던 안민영은 그러한 상황을 그냥 보아 넘기지 않았을 것이다. 그는 대원군의 다단한 심사를 북돋울 다양한 방안을 모색하였을 것이고, 여항 예술인이었던 자신이 나서 음악을 통해 현재의 치세가 태평성세라는 것을 널리 알리고자 했을 것이다. 그 결과 그로부터 1년 후에 자신이 주도하여 '승평계'를 만들었고, 대부분 대원군을 대상으로 삼아 창작한 작품들을 레퍼토리로 하여 하축연을 개최하였던 것이다. 〈승평곡〉은 이를 기념하기 위해 만든 공연의 레퍼토리들을 묶어 만든 연창용 가집이었다. 〈금옥총부〉의 각 작품에 부기된 기록을 통해서 확인할 수 있듯이, 승평계의 결성 이후 이들은 지속적으로 여항에서 활동하면서 당대의 문화를 주도해나가고자 했던 것이다.

## 3. 〈승평곡〉의 구성과 작품 세계

〈승평곡〉은 그 서문에서 승평계를 결성하기 위한 목적과 의도를 분명히 밝히고, 가집의 서두에 '승평계 하축'이라고 적시하여 그 하축연에서 부를 가곡의 레퍼토리를 엮어 만든 것이다. 작품들은 모두 그 내용이 직·간접적으로 대원군과 연관되어 있다. 수록 작품 중 일부는 이전에 창작했던 작품을 이용하기도 했지만, 대체로 하축연에 사용하기 위해 새롭게 지은 것들로 보인다. 안민영의 하축시들은 작품의 창작에서부터 그 목적

---

**23** "구포동인(口圃東人) 빗난 신세(身勢) 알 니 적어 병(病)되더니 / 사운사한(似韻似閑) 겸득미(兼得味)요 여시여주(如詩如酒) 우지음(又知音)은 / 석파공(石坡公) **지기필단(知己筆端)**이시니 감격무한(感激無恨)허여라."〈금옥 *29〉. 이밖에도 박효관 역시 〈금옥총부〉의 서문에서 안민영과 대원군이 '지기인(知己人)'이라고 언급하고 있다. "… 時維石坡大老, 及又石相公, 亦曉通音律, 聖於擊缶. **周翁爲知己人,** 長常陪過, 而爲之作數百闋新歌, …", '박효관 서', 〈금옥총부〉.

을 뚜렷하게 드러내고 있는 바, 실제로 연회 장소에서의 연창을 전제로 하고 있는 경우가 대부분이다.[24] 승평계의 하축연이 대원군을 위한 자리이기에, 그 내용도 자연스럽게 그를 위한 헌사(獻辭)로 채워져 있다. 작품들 속에 대원군의 영웅적 형상은 물론, 그의 주거지인 운현궁과 그가 휴식을 취하던 별장 및 주변의 자연 경관 등이 두루 형상화되어 있다.

수록된 작품들은 '우조 초삭대엽'부터 '편삭대엽'에 이르기까지, 모두 12개의 가곡창의 곡조에 각 1수씩이 배분되어 있다. 각 곡조의 명칭 옆에는 여창(女唱)으로 부르는 방법을 병기(倂記)해 놓았다. 이는 연창 상황에 따라, 즉 남성 또는 여성 가창자가 준비 되는대로 이 모든 사설은 공연의 목적에 맞추어 어느 가창자라도 부를 수 있다는 의미를 나타낸다.[25] 가집의 이러한 체제에 주목하여 이를 '약식의 가곡 한 바탕 12수가 공연 순서대로 작품이 기록'[26]되었다고 파악하기도 한다. 그러나 각 작품이 〈금옥총부〉에 어떤 곡조로 수록되었는가를 살핀 결과, '12곡의 약식 한바탕'으로 보기에는 적절하지 않다고 판단되었다. 먼저 〈승평곡〉에 수록된 작품들의 곡조명을 보기로 하자.


우조  초삭대엽 - 이삭대엽 - 중거삭대엽 - 평거삭대엽 - 두거삭대엽 - 삼삭대엽 - 소용 - 율당삭대엽 - 이삭대엽 - 평거삭대엽 - 농 - 편삭대엽


먼저 '우조 초삭대엽'의 작품부터 '율당삭대엽'의 작품까지의 8수는 모두 '우조 한바탕'의 연창 순서와 동일하다. '율당삭대엽'의 곡조는 현행 가곡에서는 반엽(半葉)이라고 하며, 가집에 따라서는 '반엽'·'반엿'·'밤엿'·'율당'·'회계삭대엽' 등으로 표기된다. 율당삭대엽(반엽)의 음악적 특징은

24 김용찬, 「〈금옥총부〉를 통해 본 안민영의 가악 활동과 가곡 연창의 방식」, 164면(이 책의 156면).

25 신경숙, 「〈가곡원류〉 여창사설 확대의 의미」, 195면.

26 조순자, 『가집에 담아낸 노래와 사람들』, 196면.

연창을 할 때 처음에는 우조(羽調)로 시작하다가, 노래를 부르는 도중에 계면조(界面調)로 변조되어 마무리된다는 것이다. '우·계면 한바탕'의 순서로 연창을 하게 되면, 율당삭대엽 다음에는 계면조가 와야 한다. 곧 〈승평곡〉의 수록 작품들이 '12수로 짜여진 약식 한바탕'이 되려면, 이어지는 '이삭대엽'과 '평거삭대엽'은 계면조(界面調)의 악조(樂調)여야 한다. 그러나 이 작품들이 수록된 〈금옥총부〉에는 모두 우조(羽調)에 수록되어 있어, 〈승평곡〉의 이 작품들도 별도의 악조 표기가 없다면 역시 우조로 보아야 한다.[27] 만약 이 작품들이 계면조였다면, 해당 작품의 앞에 '계면조 이삭대엽'이라고 명확히 표기했을 것이다. 따라서 이 작품들을 '12수로 짜여진 약식 한바탕'이라고 파악하기에는 무리가 따른다.

곡조로만 본다면, 오히려 앞에서부터 8수의 작품은 '우조 초삭대엽'으로 시작되어 '율당삭대엽'으로 마무리되는 '우조 한바탕'으로 구성된 곡으로 파악된다. 또한 '우조 이삭대엽' 이하의 4곡은 별도의 '편가(篇歌)'로 파악하는 것이 옳을 듯하다. 실제 〈금옥총부〉에 수록된 각종 하축시들은 3수에서부터 8수에 이르기까지 다양한 편가 형식을 보여주고 있다.[28] 따라서 '우조 이삭대엽 - 평거삭대엽 - 농 - 편삭대엽'의 4수로 짜여진 나머지 작품들은 '우조 8수 한바탕'과는 다른 '편가'로 파악할 수 있을 듯하다. 이 4수의 작품들은 모두 철저히 대원군을 칭송하는 내용으로 채워져 있다. 그렇다면 〈승평곡〉에는 아래와 같은 2개의 서로 다른 '편가 형식'의 공연 레퍼

---

27 〈금옥총부〉의 계면조 작품들은 대체로 애상적이거나, 이별의 아쉬움을 드러내는 등의 감상적인 면모가 두드러진다. 또한 〈승평곡〉의 작품들이 '하축시'라는 것을 고려할 때, 계면조보다는 우조의 악조가 더 적당했을 것이라 파악된다. 실제로 농·락·편 등의 변주곡을 제외하면, 〈금옥총부〉의 '하축시'들은 모두 우조의 곡조에만 수록되어 있다.

28 예컨대 「매화사」와 '세자 탄일 하축시'는 모두 우조의 8곡조로만 짜여진 한바탕의 형식이며, 대원군의 「난초사」와 대원군의 '회갑 하축시'와 그 부인인 '대부인 화갑 하축시' 등은 각각 3수의 작품으로 짜여진 '편가'의 형식이다. '우조 한바탕'의 형식과는 달리, 3곡으로 짜여진 '하축시'들은 그 곡조 배분 방식이 각기 다른 것도 특징이다. 이상 연창 방식의 다양한 면모에 대해서는 김용찬, 「〈금옥총부〉를 통해 본 안민영의 가악 활동과 가곡 연창의 방식」을 참조할 것.

토리가 수록되어 있는 셈이다.


　　① 우조 초삭대엽 - 이삭대엽 - 중거삭대엽 - 평거삭대엽 - 두거삭대엽 - 삼삭
대엽 - 소용 - 율당삭대엽(이상 8수의 우조 한바탕)
　　② 우조 이삭대엽 - 평거삭대엽 - 농 - 편삭대엽(이상 4수의 편가 형식)


　　물론 이들 각 작품은 단 1수씩만으로도 노래를 하였다. 〈승평곡〉의 8
수로 짜여진 ①'우조 한바탕'은 대체로 격식을 갖춘 분위기에서 연창되었
던 것으로 보인다. 그리고 ②의 경우처럼 일부의 작품만을 취해서 편가
형식을 구성할 때에는, 작품의 내용이나 연창의 분위기 등을 고려하여 그
곡조를 선택하기도 하였다. 이러한 다양한 가곡 연창의 방식은, 연창자가
가곡의 모든 곡조를 익힌 이후에 그 목적이나 성격에 따라 일부의 곡들만
을 취해서 노래를 불렀다는 사실을 말해주고 있다.
　　이제 8수로 이루어진 '우조 한바탕'의 작품들부터 살펴보기로 하자.


　　[*1] 우조 초삭대엽, 여창 평중거
　　상원(上元) 갑자지춘(甲子之春)이 우리 성상(聖上) 즉위(卽位)신져
　　요순(堯舜)을 법(法) 바드사 광피사표(光被四表) ᄒᆞ오시니
　　미재(美哉)라 억만년(億萬年) 동방(東邦) 기수(氣數)ㅣ 닐노부터 비로삿다.
　〈금옥 *1〉[29]


　　[*2] 이삭대엽, 여창 동(同)
　　기린(麒麟)은 들의 놀고 봉황(鳳凰)은 산(山)이 운다


---

　　29 작품을 인용할 때에는 앞부분에 〈승평곡〉의 작품 번호와 함께, 곡조명과 여창에 대한
지시 사항을 제시한다. 작품의 한자는 한글을 내어 쓰고, 한자는 (　)안에 병기하며, 띄어쓰
기는 현대 어법에 따른다. 제일 뒷부분에는 〈금옥총부〉의 가번을 함께 제시했다.

성인(聖人)이 어극(御極)ᄒ사 우로(雨露)을 고로 ᄒ시니
우리는 요천순일(堯天舜日)인져 격양가(擊壤歌)로 질기리라.〈금옥 ×〉


〈승평계〉에는 가집의 서두에 '승평계 하축'이란 기록을 남기고, 이어서
곡조명과 여창으로 부르는 방법을 지시하면서 작품이 수록되어 있다. 따
라서 첫 번째 작품(*1)은 우조 초삭대엽으로 부르며, 뒤에 부기된 '여창 평
중거'의 의미는 여창으로 부를 때에는 '초삭대엽'이 아닌 '평거삭대엽'이나
'중거삭대엽'으로 부르라는 것이다. 이어지는 작품(*2)의 경우 '여창 동'이
라고 하여, 여창 역시 남창과 동일하게 이삭대엽으로 부르라는 의미이다.
대개는 남창과 여창이 같은 악곡으로 부르되, 별도의 여창 방법을 지시해
놓은 작품은 해당 곡조로 부르면 된다는 것을 보여주고 있다. 이는 또한
여기에 수록된 모든 사설이 남창만으로도 연창될 수 있으며, 혹은 여창만
으로도 소화할 수 있음을 보여주고 있다고 파악된다.[30]
  가집의 맨 앞에 수록된 초삭대엽(*1)은 고종의 즉위를 다루고 있으며,[31]
이삭대엽(*2)의 작품은 그로 인해 사람들이 태평을 누린다는 의식을 담고
있다.[32] 이 두 작품은 모두 고종의 즉위로 인하여 태평성대의 기틀이 마련
되었으며, 나라의 운수가 이로부터 비롯되었음을 표현하고 있다. 편가 형
식의 레퍼토리에서 이렇게 왕의 즉위와 관련된 작품으로 연창을 시작하
는 것은, '승평'을 주제로 하고 있는 하축연의 특성상 너무도 자연스럽다

---

  **30** 신경숙, 「『가곡원류』 여창사설 확대의 의미」, 195면.
  **31** 〈금옥총부〉에는 다음과 같은 기록이 부기되어 있다. "聖上, 卽祚元年, 甲子之春, 賀
祝.", 〈금옥총부〉 *1 작품 부기. 갑자년(1864)에 즉위한 고종을 하축하기 위해 지은 것임을
알 수 있다.
  **32** 이 작품은 〈금옥총부〉에는 수록되지 않았으며, 〈가곡원류〉의 여러 이본에는 무명씨
로 수록되어 있다. 그러나 〈승평곡〉 수록 작품들을 자신이 직접 지었다는 자서의 기록('酒
作新釀數閣')을 염두에 둔다면, 이 작품 역시 안민영이 창작한 것이 틀림없다. 이 작품을
제외하면, 일부 자구의 출입은 있으나 다른 작품들은 모두 〈금옥총부〉에도 동일한 곡조에
수록되어 있다.

할 것이다. 특히 당시의 군주인 고종의 즉위 하축시로부터 시작하는 것은
곧 '치세(治世)'와 연결시키기 위한 장치인 셈이다. 고종의 즉위와 그로 인
한 태평성세는, 결과적으로 당시 실질적으로 국정을 담당하고 있던 대원
군의 치적과 맞닿아 있다. 따라서 표면적으로는 왕의 즉위와 그로 인한
치세의 결과라고 주장하고 있지만, 그 실질은 대원군의 치세를 칭송하는
것에 다름 아니다.

[*3] 중거삭대엽, 여창 동
산행(山行) 육칠리(六七里) ᄒ니 일계(一溪) 이계(二溪) 삼계류(三溪流)ㅣ라
유정익연(有亭翼然) ᄒ니 임사당년(臨似當年) 취옹정(醉翁亭)을
석양(夕陽) 생가고슬(笙歌鼓瑟)은 승평곡(昇平曲)을 알원다.〈금옥 *39〉

[*4] 평거삭대엽, 여창 동
공덕리(孔德里) 천조류(千條柳)이 만년춘광(萬年春光) 머무럿고
삼계동(三溪洞) 구절폭(九折瀑)은 백장기세(百丈氣勢) 가져셔라
우리는 성세일민(聖世逸民)인니 태평가(太平歌)로 즐기리라.〈금옥 *56〉

[*5] 두거삭대엽, 여창 동
백악산하(白岳山下) 옛 자리이 봉궐(鳳闕)을 영시(營始)ᄒ사
경지영지(經之營之) ᄒ오시니 서민자래(庶民自來)로다
아무리 물극(勿極) ᄒ라사딕 불일성지(不日成之) ᄒ더라.〈금옥 *76〉

위의 세 작품은 모두 '여창 동'이라는 기록으로 보아, 남창과 여창이 동
일한 곡조로 연창되었다는 것을 알 수 있다. '중거삭대엽'(*3)의 작품은 대
원군의 별장이 있는 삼계동을,[33] 그리고 '평거삭대엽'(*4)은 또 다른 별장

---

33 "彰義門外, 有三溪洞, 洞中有亭. 此是石坡大老偃息處也.",〈금옥총부〉*39 작품 부기.

인 공덕리와 함께 삼계동의 풍광을 형상화하고 있다.[34] 이처럼 〈승평곡〉
의 수록 작품은 대원군이란 인물 자체에 대한 칭송에 그치지 않고, 그가
거처했던 곳까지도 그 대상에 포함시키고 있다. 이러한 사실에서 안민영
등이 대원군에 대해서 어떻게 인식하고 있었는지를 단적으로 알 수 있을
것이다. 대원군과 자주 어울렸던 안민영을 비롯한 승평계의 구성원들은
이들 장소에서 풍류 모임을 즐겼음은 물론이다.

따라서 이 작품들에서부터 비로소 대원군에 대한 헌사가 시작되는 셈
이다. 특히 중거삭대엽의 작품은 〈승평곡〉이란 가집의 편찬과 관련해서
주목할 필요가 있다. 대원군과 관련된 다른 작품도 물론이지만, 이 작품
은 바로 〈승평곡〉과 승평계 하축연을 위하여 창작했을 가능성이 높다고
여겨지기 때문이다. 이 작품의 초장은 깊은 산중에 자리잡고 있는 삼계동
의 위치를 표현하고 있으며, 중장은 그 속에 위치한 대원군의 정자가 바
로 중국의 문인인 구양수(歐陽修)가 이름을 붙였다는 '취옹정(醉翁亭)'[35]과
흡사하다고 진술하고 있다. 이곳에서 안민영을 비롯한 예인들은 음악을
연주하며, 당시 연회의 좌상객이었던 대원군을 위해 승평곡을 불렀던 것
이다. 종장의 내용은 바로 승평계 하축연이 개최되었던 상황을 그대로 형
상화한 것으로 이해해도 될 것이다.

평거삭대엽의 작품 역시 초장과 중장에서 대원군의 별장인 공덕리의
'천조류(千條柳)'와 삼계동 '구절폭(九折瀑)'의 자연 풍광에 대해서 묘사하고,
종장에서는 당대를 살고 있는 자신들을 '성세일민(聖世逸民)'으로 표현하였
다. 그렇기에 종장의 '태평가' 역시 초·중장에서 묘사한 대원군의 거처와
연관이 있음을 드러내고 있다. 즉 자신들이 태평가를 부를 수 있는 이유

---

**34** "孔德里, 我笑堂前, 有千條柳. 三溪洞, 米月舫後水閣, 有千折瀑.", 〈금옥총부〉 #56 작품
부기.

**35** 취옹정은 중국 안휘성(安徽省)의 낭야산(琅琊山)에 승려인 지선(智僊)이 세웠다는 정
자이다. 당시 저주(滁州) 지사로 있던 구양수가 이 정자에 취옹정이라는 이름을 붙이고, 취
옹을 자신의 별호로 삼았다 한다.

를 대원군과 연결시켜 설명하고자 한 의도인 것이다. 다음의 '두거삭대엽'(*5)은 경복궁 중건을 하축하는 내용³⁶의 작품인데, 주지하다시피 경복궁의 중건은 대원군의 역점 사업 중의 하나였다.³⁷ 그렇기에 이 작품 역시 대원군의 치세와 연관되어 설명될 수 있고, 그런 의미에서 대원군을 하축하기 위한 자리에서 연창될 수 있었던 것이다.

[*6] 삼삭대엽, 여창 졸ᄌ진난닙

삼백척(三百尺) 솔리여늘 기천년(幾千年) 학(鶴)이로다

분폭(噴瀑)은 용 조화(龍造化)요 촉석(矗石)은 검 정신(劍精神)이라

이즁이 학의윤건(鶴衣綸巾) 백우선(白羽扇)으로 유극옹(楡展翁)이 노로시더라.〈금옥 *91〉

[*7] 소용, 여창 동

낙성서북(洛城西北) 삼계동천(三溪洞天)이 수징청이산수려(水澄淸而山秀麗)흔듸

익연(翼然) 유정(惟亭)이 이수재의(伊誰在矣)요 국태공지언식(國太公之偃息)이시라

비난니 남극노인(南極老人) 북두성군(北斗星君)으로 형국만년(亨國万年) ᄒ옵쇼셔.〈금옥 *96〉

[*8] 율당삭대엽, 여창 이구월위초장(以九月爲初章), 공덕리반계(孔德里反界)ᄒ라.

---

**36** "景福宮重建, 賀祝.",〈금옥총부〉 *76 작품 부기.

**37** 경복궁의 중건은 1865년(고종 2) 4월 영건도감(營建都監)이 설치되면서 공사가 시작되어, 1868년(고종 5) 7월에는 대체적인 공사가 끝나 고종이 경복궁으로 옮겼다. 그러나 실제적으로는 1872년(고종 9) 9월에 마무리 공사를 마치고, 영건도감이 폐지되면서 경복궁의 중건 사업이 완료되었다고 할 수 있다.

삼월화류(三月花柳) 공덕리(孔德里)요 구월풍엽(九月楓葉) 삼계동(三溪洞)을
아소당(我笑堂) 봄바람과 미월방(米月舫) 가을달을
어즙어 육화(六花) 분분(紛紛) 시(時)이 자주영매(煮酒咏梅) ᄒ시더라.〈금옥
*100〉

삼삭대엽의 작품(*6)은 여창으로 부를 때는 '졸ᄌ진난닙',[38] 곧 두거삭대
엽으로 연창하도록 지시하고 있다. 또한 '우조 한바탕'의 마지막 작품인
'율당삭대엽'에서 여창으로 부를 때는 가곡의 초장과 2장을 서로 바꾸어
부르라고 기록하였다. 따라서 여창으로 부를 때는 노래가 '구월풍옆 삼계
동을 삼월화류 공덕리요'로 시작하는 것이다. 또한 율당삭대엽이 처음에
는 노래가 우조로 시작되었다가 중간에 계면조로 변조를 하는데, 구체적
으로 가곡 초장과 2장의 '구월풍옆 삼계동을 삼월화류'까지는 우조로 부르
다가 2장의 중간 부분인 '공덕리요' 부분부터 '계면조로 바꾸어 부른다(反
界)'는 것을 알 수 있다. 이처럼 여창의 곡조명 뿐만이 아니라, 부르는 방
법까지 상세하게 지적하고 있어 당시 가곡 연창의 실질을 확인할 수 있도
록 하고 있다.

이 작품들에서는 모두 대원군에게 바치는 노래로서의 의미를 명확히
하고 있다. 특히 삼삭대엽의 종장에서 묘사한 '학의윤건 백우선'[39]은 대원
군의 풍모를 구체적으로 드러낸 것이며, '느릅나무로 만든 나막신을 신은

---

38 여창만을 모아 엮은 〈여창가요록〉 등의 가집에는 악곡의 명칭이 순우리말을 사용한
것으로 나타나기도 한다. 예를 들면 이삭대엽을 '누르는 자진한입', 중거를 '중허리 드는 자
진한입', 두거를 '존자진한입', 반엽을 '밤엿 자진한입', 그리고 편삭대엽을 '편 자진한입' 등으
로 표기하고 있다. 조순자, 『가집에 담아낸 노래와 사람들』, 171면.

39 학의(鶴衣)는 '학창의'라고도 하는데, 흰 창의의 가를 돌아가며 검은 형겊을 덧댄 옷으
로 흔히 학식 있는 선비들이 주로 입던 옷이다. 윤건(綸巾)은 비단으로 만들어 은자나 풍류
인이 주로 썼던 두건으로, 제갈량이 썼다고 하여 제갈건(諸葛巾)이라 하기도 한다. 백우선
(白羽扇)은 새의 흰 깃으로 만든 부채이다. 대원군이 사저(私邸)에서 휴식을 취할 때 주로
이런 차림으로 지냈던 것을 잘 알 수 있다.

늙은이'라는 뜻의 유극옹(楡扊翁)은 대원군의 별호(別號)이기도 하다.[40] 이 작품의 초·중장은 대원군의 별장이 위치한 삼계동의 주변 풍광을 형상화하였다. 기품 있는 소나무와 학, 용의 조화인 듯한 분폭(噴瀑), 그리고 검의 정신을 간직한 듯한 촉석(矗石) 등은 그대로 대원군의 정신세계를 상징하는 시적 대상이라고 볼 수 있다. 특히 종장의 '유극옹이 노로시더라'는 종결어는 이 작품이 대원군에게 바치는 헌사임을 분명히 하고 있다.

소용(*7)의 작품 역시 초장에서 '물이 맑고 산이 수려한 곳(水澄淸而山秀麗)'에 위치한 삼계동의 자연을 묘사하고, 중장에서는 그 속에 자리잡은 정자가 바로 대원군의 휴식처임을 말하고 있다.[41] 종장에서는 사람의 수명을 관장한다는 남극노인성 등에게 대원군의 '형국만년(亨國万年)'을 비는 것으로 종결짓고 있다. 마지막의 율당삭대엽(*8) 작품도 대원군의 별장이 있는 마포의 공덕리와 북악산 기슭의 삼계동을 형상화하고 있다.[42] 구체적으로는 중장에 보이는 공덕리의 '아소당(我笑堂)'과 삼계동의 '미월방(米月舫)'의 정경을 묘사하고, 종장에서는 그 속에서 따뜻하게 데워진 술을 마시며 매화에 관한 시를 읊조리는('煮酒咏梅) 대원군의 모습을 그려내고 있다. 특히 종장의 '자주영매 ㅎ시더라'의 주체는 바로 대원군이며, 그의 별장에서 한가로운 생활을 보내는 형상이 묘사되어 있다.

이상이 8수로 구성된 '우조 한바탕'의 승평계 하축시이다. '승평'이라는 주제에 맞추어 국왕인 고종의 즉위로부터 태평성세의 기틀이 비롯되었음을 밝히며, 노래가 진행되면서 자연스럽게 대원군과 관련된 주제로 집중하는 양상을 보이고 있다. 특히 편가 형식의 후반부에는 작품 속에 대원군의 형상을 자연스럽게 노출시키면서, 하축연에 참석한 그를 위한 헌가(獻歌)라는 사실을 부각시키고 있다. 〈승평곡〉의 후반부에는, '우조 한바

---

40 "楡扊翁, 石坡大老別號, 三溪洞中, 有古松奇岩, 白鶴噴瀑.", 〈금옥총부〉 *91 작품 부기.
41 "石坡大老, 於春夏之交, 偃息於此.", 〈금옥총부〉 *96 작품 부기.
42 "春夏孔德里, 秋冬三溪洞.", 〈금옥총부〉 *100 작품 부기.

탕'과는 별도로 4수의 작품으로 된 하축시를 편가 양식으로 수록하였다. 별도의 편가 양식에서 선택된 가곡의 곡조는 아마도 작품뿐만이 아니라, 하축연의 분위기를 고려하여 적절하게 구성했을 것이다. 이제 나머지 4편으로 된 편가의 작품을 살펴보기로 하자.

[*9] 이삭대엽, 여창 동
상운(祥雲)이 어린 곳이 노안당(老安堂)이 장려(壯麗)ᄒᆞ고
화풍(和風) 잇는 곳에 태을정(太乙亭)이 표묘(縹渺)ᄒᆞ다
두어라 상운화풍(祥雲和風)이 만년장주(万年長住)ᄒᆞ리라.〈금옥 *13〉

[*10] 평거삭대엽, 여창 동
아소당(我笑堂) 추수루(秋水樓)에 주박(珠箔)을 것고 보니
남포(南浦)이 구룸 쓰고 서산(西山)이 비 지거다
석양(夕陽)에 섭가세악(纖歌細樂)으로 교주태평(交奏太平)ᄒᆞ돗다.〈금옥 *57〉

[*11] 농, 여창 위락(爲樂)
지모(智謀)는 한상(漢相) 제갈무후(諸葛武侯)요 담략(膽略)은 오후(吳侯) 손백부(孫伯符)라
구방유신(舊邦維新)은 주문왕지공업(周文王之功業)이요 척사위정(斥邪衛正)은 맹부자지성학(孟夫子之聖學)이로다
아마도 오백년간(五百年間) 기영걸(氣英傑)은 국태공(國太公)이신가 ᄒᆞ노라.〈금옥 *152〉

[*12] 편삭대엽, 여창 편(編)
국태공지긍만고영걸(國太公之亘萬古英傑)을 이제 뵈와 의논컨듸
정신(精神)은 추수(秋水)여늘 기상(氣像)은 산악(山岳)이라 만기(万機)을 궁섭(躬攝)ᄒᆞ니 사방(四方)이 풍동(風動)이라 예악법도(禮樂法度)와 의관문물(衣

冠文物)이며 원유궁실(苑囿宮室)과 부고창름(府庫倉廩)이며 검극도창(劍戟刀槍)
을 찬연갱장(燦然更張) ᄒ시단 말가 그 밧긔 가무음률(歌舞音律)과 서화고조
(書畵古調)에란 엇지 그리 발그시든고

  닉 일즉 숨을 어더 문무주공(文武周公)을 뵈온 후이 전신(前身)이 항여 길
인(吉人)이런가 심독희이자부(心獨喜而自負)ㅣ러니 과연적(果然的)  아소당상
(我笑堂上) 봄바람이 당세영걸(當世英傑)을 뫼왔거다.〈금옥 *175 + *168〉


  이미 설명한 바와 같이, 이상 후반부의 4곡은 앞부분에 수록된 '우조 한
바탕'과는 별도의 편가(篇歌) 형식으로 봐야 한다. 먼저 이삭대엽(*9)의 작
품은 계면조가 아닌 우조의 곡조로, 율당삭대엽(*8)에 이어지는 '약식 한
바탕'의 연결곡으로는 적절하지 않기 때문이다. 또한 이 당시에 다양한
곡조로 구성된 편가 양식이 존재하고 있었다는 사실에서,[43] 이 4곡의 작
품을 별도의 편가로 보는 것이 옳다고 여겨진다.[44] 이 중에서 농(*11)의
작품은 여창으로 부를 때는 '낙'의 곡조로 부르며, 마지막 작품인 편삭대
엽(*12)은 여창으로는 '편(編)'으로 부르라고 하였다. 이처럼 각 작품에 부
기(附記)된 여창에 관한 기록을 통해서, 여창이 남창과는 어떻게 다르며
또한 당시에 연창되던 여창의 곡조를 구체적으로 확인할 수 있다는 것도
〈승평곡〉이 지니고 있는 중요한 역할이라고 할 수 있다.
  첫 번째 작품인 이삭대엽(*9)은 대원군의 거처인 운현궁의 모습을 묘사
하고 있다.[45] 구체적으로는 운현궁의 노안당과 태을정을 거론하며, 종장
에서는 '상운화풍(祥雲和風)'이 어리는 그곳에서 대원군이 '만년장주(万年長
住)'할 것이라는 작자의 희망을 피력하고 있다. 다음 작품인 평거삭대엽
(*10)은 대원군의 별장인 공덕리 아소당의 서쪽에 위치한 추수루에서 풍

---

43 김용찬, 「〈금옥총부〉를 통해 본 안민영의 가악 활동과 가곡 연창의 방식」을 참조할 것.
44 혹은 이 작품들은 개별적으로 한 작품씩 불렸을 가능성도 있다고 생각된다.
45 "老安堂, 雲峴大舍廊, 太乙亭, 後園山亭.",〈금옥총부〉 *13 작품 부기.

류를 즐기는 모습을 그리고 있다.[46] 초·중장은 추수루에서 발(珠箔)을 걷고 내다본 정경을 묘사하고 있다. 종장에서는 예기(藝妓)들의 노래에 맞추어 실내악을 연주하는 모습을 '교주태평'이라고 표현하였다. 섬가(纖歌)는 여성들이 부르는 노래를 의미하며, 세악(細樂)은 실내악에 적합한 소규모의 기악 연주를 가리킨다. 따라서 안민영은 노래와 연주가 어우러진 추수루의 풍경이 그대로 '태평성세'를 상징하는 것으로 묘사하였고, 그러한 풍류의 중심에는 대원군이 위치하고 있었던 것으로 인식하고 있다.

두 번째 편가의 세 번째 작품인 농(*11)은 현행의 가곡에서는 계면조의 악조로 부르는데, 삭대엽 계열이 변주된 것으로 사설시조 작품에 적절한 곡조라 할 수 있다. 이 작품 역시 평시조보다 다소 확장된 사설시조 형식을 띠고 있으며, 그 내용은 철저히 대원군이란 인물을 칭송하는 것으로 채워져 있다. 그 창작 배경을 보면 병인양요(1866)가 일어났을 당시, '척사위정(斥邪衛正)'을 내세우며 이에 맞섰던 대원군의 치적을 염두에 두고 지어진 것이다.[47] 이 작품의 초장에서는 대원군의 지모와 담략은 삼국지연의에 등장하는 제갈공명과 손권에 비견되며, 중장에서는 그의 개혁 작업과 서양에 맞서는 태도는 주문왕과 맹자와 어깨를 나란히 하고 있는 것으로 묘사된다. 결론적으로 종장에서는 이렇듯 굳건히 나라를 다스리고 있는 대원군은 조선 개국 이래의 영걸이라고 한껏 추켜세우고 있다.

마지막 작품인 편삭대엽(*12)은 대원군에 대한 칭송이 극치에 달한 작품이라고 할 수 있다. 초장에서 대원군은 '만고영걸'로 표현되며, 중장은 〈승평곡〉 서문 중에서 대원군의 치적 부분을 그대로 작품화한 것이다.[48] 가곡에서 편(編) 계열의 곡조는 10박 한 장단을 기본으로 하고 있는데, 16박 한 장단을 기본으로 하고 있는 삭대엽 계열의 곡들에 비해 상당히 빠

---

46 "孔德里, 我笑堂西, 有秋水樓.", 〈금옥총부〉 *57 작품 부기.

47 "丙寅洋醜之亂, 若非國太公智謀贍略, 我國幾乎左袵.", 〈금옥총부〉 *152 작품 부기.

48 "雖使古之英傑, 復生未肯多讓.", 〈금옥총부〉 *175 작품 부기.

르게 연창된다고 한다.[49] 때문에 다른 작품에 비해서 그 길이가 상당히 확장되어 있으며, 〈금옥총부〉에서는 이 작품의 종장만을 따로 떼어 별개의 두 작품으로 만들고 있기도 하다.[50] 종장은 안민영이 꿈속에서 옛 성현인 '문무주공(文武周公)을 뵈운 후'에 '당세영걸(當世英傑)'인 대원군을 만났다는 내용을 기록하고 있다.[51]

이처럼 작품의 내용에 대원군을 그대로 등장시켰다는 것은 해당 작품들이 대원군을 좌상객으로 모신 장소에서 연창되었던 것임을 말해주고 있다. 이 중에서 대원군과 관련된 작품들은 아마도 승평계의 하축연을 위해 안민영이 특별히 창작한 것으로 파악된다. 그리고 작품들은 대부분 대원군을 위한 헌사들로 구성되어 있는데, 이는 〈승평곡〉 수록된 작품들이 대원군을 모신 상태에서 승평계의 결성을 하축하기 위한 자리에서 연창되었음을 알 수 있게 한다. 그리고 이 작품들은 8수의 '우조 한바탕'과 4수의 편가 형식 등 2개의 편가(篇歌)로 이루어졌다는 것도 확인할 수 있었다. 특히 4수로 이뤄진 편가는 그 곡조의 구성으로 보아, '우조 한바탕'에 비해 다소 흥취 있는 분위기를 연출할 수 있었을 것이다. 혹은 4수로 구성된 작품들은 필요에 따라 각각 한 작품씩 별도로 불렸을 가능성도 있다고 여겨진다.

---

**49** 장사훈, 『최신 국악논총』, 세광음악출판사, 1991, 431~432면.

**50** 이 작품의 초·중장은 〈금옥총부〉의 '언편(言編)'에 수록된 *175 작품이며, 종장 부분은 별도의 작품으로 '편삭대엽(*168)에 수록되어 있다. 이는 아마도 처음에는 한 작품으로 지었다가, 후에 〈금옥총부〉를 편찬하면서 두 개로 나누어 각각의 작품에 적합한 곡조에 재배열한 것으로 해석할 수 있겠다.

**51** "余於辛丑冬, 夢陪文武周公於私室, 而心獨喜而自負. 自丁卯以後, 長侍石坡大老, 是豈非夢兆之靈應歟.", 〈금옥총부〉 *168 작품 부기. 이 기록에서 신축년은 1841년(헌종 7)이며, 정묘년은 1867년(고종4)이다. 따라서 안민영은 대원군과의 인연을 강조하기 위해, 그 자신이 오래 전에 꾼 꿈까지도 끌어들여 이용하고 있다고 여겨진다. 아울러 1867년 대원군을 만난 이후, 안민영을 그의 후원 아래 활동하다가 1873년 승평계를 만들어 대원군의 치세를 칭송하고자 했다는 것을 알 수 있다.

## 4. 맺음말

이상으로 안민영이 편찬한 〈승평곡〉의 기록과 수록 작품들을 검토해 보았다. 안민영이 기록한 〈승평곡〉의 서문은, 그보다 7년 후에 개인 작품으로만 엮은 〈금옥총부〉의 '안민영 자서'의 내용과 흡사하다. 다만 가집의 성격에 맞도록 내용의 일부를 첨가 혹은 삭제하거나, 일부 구절을 적절히 변개하여 이용한 것이다. 그렇게 본다면 〈승평곡〉은 승평계 하축연의 연창 대본이기도 하지만, 다른 한편으로는 개인 가집인 〈금옥총부〉의 초고와도 같은 의미를 지닌다고 볼 수 있다. 아울러 그들의 계회 명칭을 승평계라고 붙인 이유는 당시의 권력을 이끌고 있던, 자신들의 후원자인 대원군의 존재와 밀접하게 연관되어 있다. 당시 왕인 고종을 대리하여 섭정을 행하던 대원군이야말로, 곧 국왕에 버금가는 의미를 지닌 존재였기 때문이다. 따라서 그들이 하축한 승평이란 바로 대원군의 치세를 지칭한 것이다.

안민영을 비롯한 예인들은 자신들의 후원자인 대원군을 위하여 계회를 결성하였고, 〈승평곡〉에 수록된 작품들은 그것을 하축하기 위한 자리에서 연창되었다. 즉 〈승평곡〉은 그들이 계회를 결성하기 위한 의도와 목적을 분명히 밝히고, 계회에서 부를 가곡의 레퍼토리를 엮어 만든 가집이라 할 수 있다. 때문에 수록 작품들은 철저히 대원군을 위한 헌사에 초점이 맞춰져 있으며, 대원군의 풍모는 물론 그가 거처했던 장소까지도 형상화의 대상이 되었던 것이다. 이러한 작품의 면모를 통해서, 안민영을 비롯한 당시의 예인들이 대원군에 대해서 어떻게 인식하고 있었던가를 확인할 수 있었다. 안민영은 아마도 승평계의 하축연을 궁중의 진연에 버금가는 의미를 부여코자 했을 것이다. 〈승평곡〉의 서문에 승평계 구성원들의 이름과 그들이 어떤 악기를 연주하는가를 상세하게 기록하고 있는데, 적어도 여기에 기록된 인물들은 모두 당시의 하축연에 참가했던 것으로 여겨진다. 〈금옥총부〉의 여러 작품들에 부기된 기록들을 보면, 승평계 구성원들의 풍류 모임은 이후에도 지속적으로 열렸음을 확인할 수 있다.

〈승평곡〉에는 모두 12수의 작품이 수록되어 있는데, 수록 곡조와 작품의 면모로 보아 모두 2개의 편가 양식이었음을 알 수 있었다. 즉 '우조 초삭대엽'으로부터 '율당삭대엽'에 이르는 8수의 작품은 '우조 한바탕'의 형식으로 연창되던 것이었다. 또한 '우조 이삭대엽 - 평거삭대엽 - 농 - 편삭대엽'으로 짜여진 4수는 이와는 별도의 편가 형식이다. 즉 〈승평곡〉은 모두 2개의 서로 다른 편가 형식의 연창 레퍼토리로 구성되어 있는 것이다. 이처럼 다양한 가곡 연창의 방식은 〈금옥총부〉의 하축시들에서도 볼 수 있으며, 연창자가 하축연의 목적이나 성격에 맞도록 일부의 곡조를 선택해서 하나의 편가로 만들어 노래했음을 알 수 있었다.

〈『시조학논총』 제26집, 한국시조학회, 2007.〉

# 제3부 시조에 나타난 현실과 여성

-시조에 투영된 대청 인식의 양상

-사설시조 속의 가족과 그 주변인들

-기녀시조의 작자 변증과 작품의 향유 양상

-기녀시조의 미의식과 여성주의적 성격

# 시조에 투영된 대청 인식의 양상
## -'병자호란'의 기억을 중심으로-

## 1. 머리말

조선시대의 지식인들은 어려서부터 유가 경전을 통해서 학문적 소양을 길렀으며, 이 과정에서 유가적 세계관을 체득하게 되었다. 유가의 바탕은 선진시대 이래 중국의 역사적 사실에 근거하고 있기에, 당대의 사대부들에게 유가 경전에 근거한 중국의 제반 문화적 사실은 '교양으로서의 지식'이라는 성격을 지닌다. 조선 전기 사대부들에 의해 창작된 여러 시조 작품들에 중국 관련 소재가 등장하는 것은 너무도 자연스러웠고, 중국의 사적이나 인물들에 관한 이해가 시조 작가들에 의해 하나의 전범 혹은 비판적 대상으로 인식되는 경향도 나타난다. 조선시대까지 한문(漢文)이 동아시아에서 '보편 문어'로 사용되면서, 유가 경전 등 중국에서 수용된 각종 서적들은 선진적인 문화를 받아들이는 창구로 인식되었기 때문이다. 그런 까닭에 조선 전기에 창작된 시조 작품들에는 중국에 대한 대타적인 의식이 좀처럼 나타나지 않으며, 더욱이 중국과 우리나라를 구별해서 인식하기보다 중국의 사적들을 지식인으로서 당연히 알아야할 '교양'의 관점에서 받아들이고 있었다.

이러한 인식은 17세기 두 차례에 걸쳐 발생한 호란(胡亂)으로 인해 다소의 변화를 보이게 된다. 명과 청 사이의 왕조 교체기에 발생한 정묘호란(1627)과 병자호란(1636)은, 임진왜란(1592)으로 인해 피폐해진 조선의 현실을 더욱 참담한 상황으로 이끌었다. 장기간에 걸쳐 전국토를 황폐화시켰던 임진왜란이 '상처뿐인 승리'로 끝났다면, 2달여의 짧은 기간 동안 발생했던 병자호란은 국왕인 인조가 청나라 태종에게 무릎을 꿇고 항복하는 '패배'로 종결되었다. 오랑캐로 여겼던 청나라에 항복한 이 사건은 당시 지배층에게 심대한 정신적·물리적 타격과 함께 굴욕감을 안겨주었고, 당대의 지식인들에게는 일종의 문화적 충격으로 받아들여졌다.

17세기 초반을 전후한 시기에 발생한 두 차례의 전란은 조선 사회에 사회·경제적으로 심각한 영향을 초래하게 되었고, 이러한 변화는 당시 문학사의 흐름에도 일정 정도 반영되었다. 때문에 기존의 문학사에서도 임진왜란과 병자호란 등 두 차례에 걸친 외침에 대응하는 문학 작품들이 다양한 관점에서 다루어지고 있다.[1] 시조문학에서도 병자호란을 제재로 한 작품들이 등장하는데, 이 시기에 이르러 비로소 청나라에 대한 대타적인 비판의식이 엿보이기 시작한다. 물론 그것이 당대인들의 일반적인 중국 인식이라기보다, 병자호란이라는 역사적 사건에 대한 특정한 국면을 반영하는 것이라 이해된다. 이 이후에도 시조 작품에 나타난 유가적 관점에서의 중국 관련 사적과 인물들에 대한 인식들은 크게 달라진 것이 없기 때문이다. 그러나 청에 대한 비판적인 역사의식이 나타났다는 사실은 문학사적으로도 주목할 만하다.

본고는 시조에 나타난 대청(對淸) 인식의 양상을 고찰하기 위한 전제로, 먼저 사대부 작가들의 작품에 나타나는 중국 인식의 면모를 살펴보기로 하겠다. 시조에 나타난 중국 인식은 대략 두 가지 양상으로 분류할 수 있다. 가장 먼저 사대부들을 중심으로 형성된 유가적 질서를 하나의 전범으로 받아들이는 일종의 이상화된 인식이다. 유가적 이념이 당대의 보편적

---

1 예컨대 조동일, 『한국문학통사』(제3판, 지식산업사, 1994)에서는 「민족 수난에 대응한 문학」이라는 항목으로 두 차례의 전란을 소재로 한 다양한 갈래의 작품들을 소개하고 있다.

인 지식으로 받아들여지면서, 사대부 작가의 작품들에서 이러한 양상은 흔히 찾아볼 수 있다. 그리고 그러한 양상은 조선 후기까지 지속적으로 시조 작품에 드러나고 있다. 다음으로는 중국의 역사상 인물에 대한 우호적 혹은 비판적 인식이 보이는 작품들을 거론할 수 있다. 이들 작품 속에서는 중국의 역대 지식인들에 대한 당대인의 평가가 반영되어 있다고 해석된다. 특히 관점에 따라서 동일한 인물이 작품에 따라 서로 상반된 평가를 받기도 하는데, 이는 작가 의식에 따른 형상화의 측면과 연관되어 있다.

이와 같은 대 중국 인식의 면모는 중국 중심의 화이관(華夷觀)[2]을 받아들였던 사대부 작가들에게 보이는 보편적인 현상이라 할 수 있다. 그러나 17세기 이래 중국을 차지했던 청나라에 대한 인식은 이와는 상반되게 나타나고 있다. 이러한 작품들에서는 기본적으로 병자호란에 대한 패배의 '경험'을 전제로 하여, 그 과정에서 화자가 겪었던 비감한 정서를 표출하거나 그러한 '기억'을 공유하는 것으로 형상화되어 있다. 호란 이후 인질로 끌려간 인물들에 대한 안타까운 정서가 드러나고, 특정 인물과 군주에 대한 충절 의식이 표출되어 있다. 병자호란을 다룬 작품들은 당시 역사적 상황에 대한 객관적이고 온전한 인식이 없이, 단지 피해자로서의 비애감만 강조하는 작자들의 주관적인 '기억'들이 반영되어 있다.[3] 그렇기에 침

---

2 기본적으로 '화이관(華夷觀)'은 주변 국가들에 대한 중국의 한족 중심의 세계관이라 할 수 있는데, 성리학을 학문 이념으로 삼고 있던 조선시대의 지식인들도 이를 자연스럽게 받아들였다. 특히 한족 이외의 민족들을 '오랑캐(夷)'로 인식하면서, 조선은 중국의 문화인 유가 사상을 발전시킨 나라로써 '소중화(小中華)'로 자처했다. 그러나 한족 국가인 명나라가 오랑캐로 치부되었던 청나라에 패망하면서, 당시 사대부들에게서 전통적인 화이관에 균열이 발생하게 된다.

3 시조 갈래에서 '병자호란'을 소재로 삼거나 대청 인식을 드러낸 작품들은 그 수도 많지 않고, 주제 표출의 양상도 뚜렷하게 드러나지 않는 경우가 많다. 이는 단형의 시조 양식이 지닌 제약 요인이라 할 수 있는데, 화자의 주관적인 인식을 단편적으로 드러낼 뿐 복잡한 역사관을 담아내기에는 한계가 있기 때문이다. 이와 함께 시조 속에서 다뤄지는 '기억'은 어떤 사안을 겪은 이의 '경험'을 근거로 하고 있기에, 특정 사건에 대한 반응 기제는 지극히 주관적으로 표출될 수밖에 없다는 특징을 지니고 있기도 하다. 병자호란 이후 당시 지배층

략자인 청나라에 대한 직접적인 비판도 보이지 않고, 당시 이러한 결과를 초래한 왕조와 집권자들의 무능한 대처에 대해서도 어떠한 비판적 인식이 보이지 않는 점도 특징적이다. 본고에서는 17세기 후반 무렵 집중적으로 나타나는 이들 작품을 검토하여, 그 형상화의 양상과 의미를 따져보도록 하겠다.

## 2. 시조에 나타난 중국 관련 인식의 보편적 양상

주로 사대부 계층을 중심으로 향유되었던 시조문학은 중국에 대한 특별한 인식을 전제로 하고 있다. 우리의 역사에서 유가 이념을 기반으로 한 사대부들이 등장한 것은 고려 후기이다. 이들은 유가적 세계관을 경세(經世)의 이념으로 삼아 새로운 정치 세력으로 등장하여, 새 왕조인 조선의 건국을 적극적으로 주도해 지배 계급으로 자리를 잡았다. 특히 시조는 일부의 기녀 작가들이 존재했고 조선 후기에는 여항인들의 참여로 담당층이 확대되었지만, 그 중심에는 여전히 사대부 계층의 의식이 견고하게 자리를 잡고 있었다. 사대부 계층은 이념적 지향으로써 '수기(修己)'와 '치인(治人)'을 매우 중요시했으니, 자신의 정신 수양을 바탕으로 현실 정치에 참여하여 유가(儒家) 이념에 바탕을 둔 이상적 세계를 구현하고자 노력했다. 따라서 조선 전기 시조 작가들이 유가 이념을 작품 속에 반영하여 형상화하는 것은 매우 자연스러운 것이었다.

노릐 갓치 죠코 죠흔 줄을 벗님네 아돗든가
춘화류(春花柳) 하청풍(夏淸風)과 추명월(秋月明) 동설경(冬雪景)에 필운(弼

---

의 대청 인식의 양상과 조선의 대청 순치(馴致)과정에 대해서는 한명기, 『정묘·병자호란과 동아시아』(푸른역사, 2009)를 참조할 것.

雲) 소격(昭格) 탕춘대(蕩春臺)와 한북(漢北) 절승처(絶勝處)에 주효난만(酒肴爛慢)흐듸 죠흔 벗 가즌 해적(稽笛) 아름다온 아모가히 제일 명창(第一名唱)들이 차례(次例)로 벌어 안즈 엇결어 불을 쩍에 **중(中)한닙 삭대엽(數大葉)은 요순우탕문무(堯舜禹湯文武) 갓고 후정화(後庭花) 낙시조(樂時調)는 한당송(漢唐宋)이 되엿는듸 소용(搔聳)이 편락(編樂)은 전국(戰國)이 되야 이셔 도창(刀槍) 검술(劍術)이 각자등양(各自騰揚)흐야** 관현성(管絃聲)에 어리엿다

공명(功名)도 부귀(富貴)도 나 몰릭라 남아(男兒)의 이 호기(豪氣)를 나는 죠화흐노라. 〈#1034.2, 해주 *548, 김수장〉[4]

조선 후기 여항 가창자인 김수장의 작품으로, 당시 한양의 명승지를 찾아 음악을 동반한 풍류를 즐기는 모습을 형상화하고 있다. 본고의 논의와 관련하여 주목할 것은 중장에서 가곡창의 곡조들을 중국의 역대 왕조에 비겨 설명하고 있는 부분이다. '중한닙'은 '중대엽'의 이칭(異稱)이며, 삭대엽과 함께 가곡창의 원형으로 평가되는 곡조이다. '요순우탕문무'는 중국 고대의 천자들로, 흔히 태평성세를 이끌었던 하·은·주의 삼대를 지칭하는 관용적 표현이다. 따라서 이 두 곡조의 분위기가 마치 성군이었던 요나 순 등이 다스렸던 태평성세를 느낄 수 있다고 평가한 것이다. 후정화와 낙시조는, 한족이 중심이 되어 세운 나라들로 비교적 안정적인 왕조였던 '한·당·송'에 비견될 수 있다고 하였다. 그러나 '떠들썩하고 높이 질러 부르는' 소용이와 '리듬을 촘촘하게 엮어 부르는' 편락은 마치 칼과 창이 부딪히며 군웅이 할거했던 중국의 전국시대와 같은 곡조라고 생각했던 것이다.[5] 이처럼 조선시대에는 음악의 곡조조차도 중국 역대 왕조의

---

4 작품을 인용할 경우 한자는 한글로 바꾸어 표기하며, 원문은 괄호 안에 들여쓰기로 한다. 작품의 끝부분에는 〈 〉 안에 『고시조대전』(김흥규 외, 고려대학교 민족문화연구원, 2012)의 가번(#) 및 수록 가집의 약칭과 함께 가번(*)을 나란히 기입하고, 작자가 확인될 때는 그 이름을 적시하기로 한다.

5 이상 가곡창의 곡조에 대한 설명은 장사훈, 『최신 국악총론』(세광음악출판사, 1991)을

성격에 맞추어 인식했음을 알 수 있다.

중국의 역대 왕조에 대한 이러한 평가는 아마도 당시 사람들에게 이미
일반적으로 받아들여졌던 상식적인 관념이었을 것이다. 흔히 태평성세를
지칭하는 '요순시절'이 그렇듯이, 유가의 조종(祖宗)이었던 공자와 맹자를
비롯한 중국의 성현들에 대한 평가도 다르지 않았다. 조선시대의 사대부
들은 중국 송나라의 주희(朱熹: 1130~1200)에 의해 완성된 성리학(性理學)
을 삶의 지표로 삼았으며, 유가에서 말하는 예의범절을 생활의 기본으로
하여 스스로를 엄격하게 절제하며 살아가고자 노력했다. 그들에게 있어
유가의 경전, 그리고 공자와 맹자 등의 성현들은 그대로 존숭의 대상이
되었다. 실상 중국에서도 한대(漢代) 이후 유가가 정치의 기본 이념으로
채택되면서, 유가의 경전은 모든 면에서 항구적 원리를 산출하는 근원이
자 정당성의 준거로 정립되었다.[6] 이후 주희에 의해 유가 경전이 체계화
되면서, 성리학으로의 이론적 완성을 이루어 후대에 전해졌다. 조선시대
사대부들에게 있어 주희의 유가 경전 해석은 거의 불가침의 권위라고 할
만큼 절대화되어 받아들여졌다.[7]

    공맹(孔孟)의 적통(嫡統)이 느려 회암(晦庵)씨 다드르이
    정미 학문(精微學文)은 궁리 정심(窮理正心) 굽닐넌늬
    엇덧타 강서 의론(江西議論)은 그를 지리(支離)타 ᄒ던고.〈#0308.1, 사촌 *9,
    장경세〉


    공문(孔門) 뎨즈(弟子) 칠십인(七十人)이 츈풍(春風) 힝단(杏檀)에 좌우(左右)

참조했음.

  6 김흥규, 『조선 후기 시경론과 시의식』, 고려대학교 민족문화연구소, 1982, 2면.

  7 김흥규, 앞의 책, 22면. 이 책에서는 주로 『시경(詩經)』을 중심으로 논하고 있지만, 주
자에 의해 재해석된 유가 경전에 대한 조선시대 사대부들의 존숭의 태도는 『시경』의 그것
과 크게 다르지 않았다.

로 버러시니

삼월불위인(三月不違仁) 퇴이여우(退而如愚)는 안연(顔淵)의 어딜미오 오도
일이관(吾道一以貫) 츙셔이이(忠恕而已)는 증삼(曾參)의 독학(篤學)이오 웅야
(雍也)는 가스남면(可使南面)이오 구야(求也)는 가스위샹(可使爲相)이라 즈로
(子路)는 호용(好勇)ᄒ니 천승(千乘)의 치부(治賦)ᄒ고 즈공(子貢)은 명민(明敏)
ᄒ니 호련(瑚璉)의 그릇시오 무우(舞雩)에 ᄇ람ᄒ고 긔슈(沂水)에 목욕(沐浴)ᄒ
야 천인절벽(千仞絶壁)에 봉황(鳳凰)이 ᄂ라옴은 증뎜(曾點)의 긔샹(氣象)이라
아마도 회인불권(誨人不倦)ᄒ고 작육영지(作育英才)ᄒᄂ 만고지락(萬古至
樂)은 부즈(夫子)ㅣ 신가 ᄒ노라.〈#0341.1, 봉래 *14, 신헌조〉

앞의 작품은 장경세(張經世: 1547~1615)의 「강호연군가(江湖戀君歌)」 중
의 하나로, 유가의 적통을 따져 이에 대립되는 중국 송대의 강서학파(江西
學派)에 대한 비판적 인식을 드러내고 있다. 작자는 공자와 맹자의 사상이
회암(주자)으로 이어지는 것을 적통으로 보고 있는데, 중장의 '정미 학문
(精微學文)'과 '궁리 정심(窮理正心)'은 주자의 사상을 요약적으로 제시한 표
현이다.[8] 종장의 '강서 의론'은 송대의 학자인 육구연(陸九淵)이 주자와 만
나 서로의 학설에 대해 공박했다는 고사를 가리키며, 덕성(德性)을 중시하
는 육구연은 '궁리 정심'을 강조하는 주자의 사상을 지리하다는 말로 평했
다고 한다. 따라서 유가의 적통을 강조하는 작자의 관점에서는 주자의 학
설을 공박한 육구연의 태도에 대해 비판적일 수밖에 없었을 것이다.

뒤의 작품은 조선 후기에 활동했던 신헌조(申獻朝: 1752~1807)가 지은
사설시조인데, 공자와 주요 제자들에 대한 평가를 『논어』 등의 경전에서
취하여 형상화한 것이다. 초장과 중장에 걸쳐 장황하게 공자의 제자들에
대해서 열거한 것은, 아마도 사대부로서 자신도 공자와 같은 성현처럼 뛰
어난 제자들을 길러내고 싶다는 원망(願望)을 투영하고 있다고 여겨진다.

---

8 중장의 '굶닐넌늬'는 '함께 이르니(말하니)'의 뜻이다.

이상의 작품에서 보듯 공자와 맹자 등 유가에서 말하는 성현들은 조선시대 지식인들에게 있어 예외 없이 이상화된 존재로 그려지고 있다.

> 고산 구곡담(高山九曲潭)을 사름이 모로더니
> 주모 복거(誅茅卜居)ᄒ니 벗님ᄂᆡ 다 오신다
> 어즈버 무이(武夷)를 상상(想像)ᄒ고 학주자(學朱子)를 ᄒ리라. 〈#0276.1, 해
> 주 *78, 이이〉

전체 10수로 이뤄진 이이(李珥: 1536~84)의 「고산구곡가(高山九曲歌)」 중 첫 수인데, 화자가 성리학을 정립했던 주자를 전범적 존재로 설정하고 있음을 알 수 있다. 작품의 배경이 되는 '고산'은 작자가 머물며 제자들을 가르치던 곳으로, 그는 이전까지 잘 알려지지 않았던 이곳에 터를 잡고 자신의 거처로 삼을 결심을 했다. 중장의 '주모복거(誅茅卜居)'란 풀을 베고 집을 지어 살 곳을 정한다는 의미인데, 작자가 이곳에 자리를 잡자 학문에 뜻을 둔 많은 이들이 왕래하면서 주자의 학문 즉 성리학을 배우는 공간이 되었다. 종장의 '무이(武夷)'는 주희가 거처하던 곳으로, 그곳 생활을 그린 「무이도가(武夷棹歌)」라는 시를 짓기도 했다. 따라서 이이는 주희의 「무이도가」를 본떠서 「고산구곡가」를 지었으며, 그의 학문을 좇겠다는 의지를 분명하게 밝히고 있는 것이다. 이와 같이 주희 역시 조선시대 사대부들에게 전범적인 존재로 여겨졌음을 알 수 있다.

작품화의 대상은 이들 성현에 그치지 않고, 유가 경전을 인용하거나 혹은 경전을 바탕으로 일련의 작품을 창작하는 등의 양상도 나타나고 있다. 예컨대 정철(鄭澈: 1536~93)은 강원도 관찰사 시절, 백성들을 교도하기 위해 지은 「훈민가(訓民歌)」에서 『효경(孝經)』과 『소학(小學)』이 자제들을 교육하는 가장 중요한 교재임을 역설하였다.[9] 이황의 문인이었던 고응척

---

9 "네 아들 효경(孝經) 닑더니 어도록 빅홧ᄂᆞ니 / 내 아들 소학(小學)은 모릭면 ᄆᆞ출로다

(高應陟: 1531~1605)은 아예 과거에 뜻을 접고 『대학(大學)』에 전심하여, 유가 경전인 『대학』의 편명을 내세워 「대학장구(大學章句)」라는 제목으로 25수의 작품을 창작하기도 하였다.[10] 흔히 '오륜가(五倫歌)' 혹은 '훈민시조 (訓民時調)'라 일컫는 일련의 교훈적인 작품들은 대체로 사대부로서의 유가적 이념을 실천하고자 하는 의도로 지은 것이다. 이밖에도 유가 경전이나 경전 속의 문구를 인용하면서 유가 이념을 설파하고 있는 작품들도 적지 않게 보인다. 따라서 이러한 작품들 속에 제시된 성현이나 유가 경전은 당대의 지식인들에게 하나의 전범으로서의 의미를 지니고 있었고, 이의 형상화를 통해 작자 자신의 이념을 분명하게 드러낸 것이라 할 수 있다.

유가의 관점에서 이상적 정치가 실현되는 공간이 바로 태평성대(太平聖代)라 할 수 있을 것이다. 작품 속에서는 때로 자신이 살고 있는 시대를 그렇게 표현하기도 하지만, 불안정한 현실 정치에 대비되는 공간으로서 흔히 '요순시절'을 이상적인 시대로 상정하기도 한다.

> 요순(堯舜) ᄀᆞ튼 님금을 만나 성대(聖代)를 다시 본이
> 태고 건곤(太古乾坤)에 일월(日月)이 광화(光華)ㅣ로다
> 취(醉)ᄒᆞ여 수역 춘대(壽域春臺)에 격양가(擊壤歌)를 부르리라. 〈#3530.1, 병
> 가 *517, 성운〉

> 청풍(淸風)이 소슬 부니 낫줌이 절로 씬다
> 호온자 니러 안자 녯 글와 마를 ᄒᆞ니
> 어주어 북창 희황(北窓羲皇)을 꿈에 보듯 ᄒᆞ야라. 〈#4847.1, 갈봉 *73, 김득연〉

앞의 작품은 성운(成運: 1497~1579)이 지은 것으로 전해지는데, 초장에

---

/ 어닉 제 이 두 글 빅화 어딜거든 보려뇨." 〈#1023.1, 청진 *45, 정철〉.
10 윤영옥, 「고응척의 대학장구」, 『시조의 이해』, 영남대학교 출판부, 1986, 87~92면.

서 화자가 '요순 같은 임금을 만나 태평성대를 다시 보'게 되었다고 하였다. 종장의 '수역(壽域)'은 다른 곳에 비해 장수하는 사람들이 많은 고장이라는 의미이며, '격양가(擊壤歌)'는 중국 고대의 성군이었던 요(堯) 임금 때 천하가 잘 다스려져 백성들이 태평성대를 구가하면서 막대기로 땅을 두드리며 불렀다는 노래이다. 작자의 인식 속에는 '요순 같은 임금'을 모시고 '태고 건곤'의 공간에서 '격양가'를 부르며 사는 것이 이상적인 삶의 조건이라 여겨진다. 이렇듯 '요순시절'로 대표되는 태평성대에 대한 갈망은 시조 작품 속에서 자주 드러나고 있다.

다음 작품은 김득연(金得硏: 1555~1637)이 지은 것으로, 중국 고대의 전설상의 인물인 희황(羲皇) 시절에 대한 인식을 잘 보여주고 있다. 흔히 복희씨(伏羲氏)라고도 하는 희황은 중국 고대의 전설상의 존재로, 그에 의해 그물이 만들어져 사람들이 비로소 고기잡이를 할 수 있게 되었다고 한다. 작품의 화자는 아마도 유가 경전이라 짐작되는 '녯 글'을 읽으면서, 꿈속에서라도 희황을 만나기를 바라고 있다. 일반적으로 '태고' 혹은 '희황'이 다스리던 시절은 당시의 사대부들에게는 태평성대로 인식되었음을 알 수가 있다.

시조에 나타난 중국의 역대 인물들은 대체로 유가적 관점에서 평가되고, 작품 속에 수용되었다고 하겠다. 그러나 화자가 처한 상황에 따라서 특정 인물에 대한 상반된 평가가 존재하는데, 이를 통해 작가 의식의 면모를 살펴볼 수 있을 것이다. 물론 인물만이 아니라, 중국의 고사나 소설 작품을 수용하여 작품화한 것들도 적지 않게 남아 있다.[11] 특히 벼슬을 내던지고 자연에 은거하며 지냈던 도연명(陶淵明)의 형상에 대해서는 적지 않은 수의 작품이 남아있으며,[12] 도가적(道家的) 면모를 보이는 작품들에

---

11 김용찬, 「조선 후기 시조에 나타난 소설 수용의 양상-「삼국지연의」를 중심으로」, 『조선 후기 시가문학의 지형도』, 보고사, 2002; 이형대, 「초한고사(楚漢古事) 소재 시조의 창작 동인과 시적 인식」, 『한국시가연구』 제3집, 한국시가학회, 1998 등.
12 이형대, 「조선조 국문시가의 도연명 수용 양상과 그 역사적 성격」, 고려대학교 석사

대한 연구가 중국 사상의 수용이라는 측면에서 폭넓게 진행되기도 했다.[13] 여기에서는 기존의 연구 성과를 바탕으로, 중국의 특정 인물에 대한 상반된 평가가 내려진 작품들과 그 의미에 대해서 살펴보고자 한다.

수양산(首陽山) ᄇ라보며 이제(夷齊)를 한(恨)ᄒ노라
주려 주글진들 채미(採薇)도 ᄒᄂ 것가
비록애 푸새엣거신들 긔 뉘 싸히 낫ᄃ니.〈#2799.1, 청진 *15, 성삼문〉


'이제(夷齊)'로 약칭되는 '백이와 숙제'는 주나라 무왕이 당시 천자였던 은나라 주왕(紂王)을 치려는 것을 강력히 반대하다, 자신들의 의견이 받아들여지지 않자 수양산에 들어가 고사리만 캐 먹고 살았던 인물들이다. 이들은 두 임금을 섬기지 않고 충절을 지킨 충신의 대명사로 평가되는데, 성삼문(成三問: 1418~56)의 작품에서는 '이제'가 비판적인 대상으로 인식되고 있다. 주지하듯이 성삼문은 조카인 어린 단종(端宗)을 폐위시키고, 스스로 왕이 된 세조(世祖)의 처사가 의롭지 못한 행위라 맞서며 죽음으로 항거했던 사육신(死六臣)의 한 사람이다. 이 작품에서 '이제'는 목숨을 연명하려고 고사리를 캐먹는 소극적인 존재로 그려지고 있다.

의롭지 못한 임금의 행위에 대해서 죽음으로 맞서며 항거해야지, 소극적으로 반대만 하는 것은 결코 옳지 못하다는 작자의 비판적 인식이 잘 드러나고 있다. 주 무왕의 행위를 비판하며 평생 수양산에 은거하며 고사리를 캐먹고 살았지만, 그들이 살았던 수양산 역시 새롭게 천자가 된 무왕의 영토일 뿐이다. 따라서 그곳에서 자란 고사리 역시 무왕의 소유이기

---

학위논문, 1991.

**13** 최동원, 「도가 사상과 도교 사상이 국문학에 미친 영향」, 『논문집』 10, 부산대학교, 1969; 이종은, 「한국 시가의 도교 사상 연구」, 동국대학교 박사학위논문, 1978; 한종구, 「시조 문학에 나타난 도교 사상」, 고려대학교 교육대학원 석사학위논문, 1980; 전일환, 「시조·가사에 나타난 도가 사상」, 『한국언어문학』 21, 한국언어문학회, 1982 등.

에, 작자가 보기에 '이제'의 삶은 자신의 충성을 드러내기에 충분치 못하다는 것이다. 아마도 작자는 작품 속에서 '이제'를 비판함으로써, 왕위를 찬탈한 세조 정권에 항의하는 뜻을 드러내고자 했던 것이라 여겨진다.

크나큰 바회 우희 네 사룸이 한가(閑暇)롭다
자지가(紫芝歌) 흔 곡조(曲調)를 오늘이야 드를런가
이 후(後)는 나 흐나 더흐니 오호(五皓)ㅣ 될가 흐노라. 〈#5083.1, 청진 *236, 김삼현〉

사호(四皓)ㅣ 진짓 것가 유후(留侯)의 기계(奇計)로다
진실(眞實)로 사호(四皓)ㅣ면은 일정(一定) 아니 나오려니
그려도 아니 양흐여 여씨객(呂氏客)이 되도다. 〈#2288.1, 청진 *119, 신흠〉

위의 두 작품에는 진나라 때 난리를 피해서 상산(商山)에 은거했던 네 명의 노인들을 지칭하는 '상산 사호'에 대한 상반된 인식이 잘 드러나 있다. 일반적으로 '상산 사호'는 은자(隱者)를 대표하는 존재로, 많은 이들이 그들의 생활을 동경하면서 자연 속에서 은거하고자 했다. 김삼현(金三賢)은 조선 후기에 활동했던 가창자로 추정되는데,[14] 앞의 작품에서 화자 역시 사호의 삶을 동경하는 모습을 보인다. 그들이 불렀다는 「자지가(紫芝歌)」를 언급하며, 화자 또한 그들과 같은 삶을 살고자 희망한 것이다. 자연 속에 은거하는 자신의 모습을 그들에 비겨 사호와 같은 반열에 두고, 자신을 그 속에 포함시켜 '오호'라 칭하고 있다. 이처럼 '상산 사호'는 복잡한 현실에서 벗어나 자연 속에 은거하는 삶의 태도를 지닌 이들의 삶을 대표하는 존재로 지칭되는 것이 일반적이다.

---

**14** 김삼현을 비롯한 '여항육인'에 대해서는 김용찬, 「'여항육인'의 작품세계와 18세기 초 시조사의 일 국면」(『조선 후기시가문학의 지형도』, 보고사, 2002)을 참조할 것.

그러나 신흠(申欽: 1566~1628)의 작품에서 이들은 비판의 대상이 되고 있다. 초장은 상산에 숨어살던 사호가 한고조의 부인 여후(呂后)와 장량(張良)의 계책으로 세상에 나오게 되었다는 사실을 배경으로 하고 있다. 화자의 관점에 의하면, 진정 은자로서 추앙을 받은 인물들이라면 상산 사호는 무슨 일이 있어도 세상에 나오지 말았어야 한다. 하지만 장량의 계책에 넘어가 태자를 정하는 일에 관여했으니, 이는 결국 '여후의 식객' 노릇을 한 것에 불과하였음을 지적하고 있다.[15] 이 작품에서도 '상산 사호'에 대한 비판은, 결국 작자가 자신이 처한 정치적 상황 속에서 표현하고자 하는 뜻을 우회적으로 드러내는 형상화 방식이라 이해된다.

장사왕(長沙王) 가태부(賈太傅)야 눈물도 여릴시고
한문제(漢文帝) 승평시(昇平時)에 통곡(痛哭)은 무슨 일고
우리도 그런 쎄 만나시니 어이 울고 ᄒ노라.〈#4189.1, 해주 *93, 이항복〉

장사왕(長沙王) 가태부(賈太傅) 혜어든 우읍고야
ᄂᆞᆷ대되 근심을 제 혼자 맛다이셔
긴 한숨 눈물도 커든 에에홀 줄 엇데오.〈#4192.1, 청진 *80, 정철〉

두 작품은 모두 한나라 문제에게 총애를 받았으나, 반대파들의 참소(讒訴)로 인해 장사왕의 태부로 좌천되었던 '가의(賈誼)의 울음'이라는 고사를 배경으로 하고 있다. 가의는 제후들이 점점 강대해져서 나라를 다스리기가 어려워지자, 당시의 세태에 대해 탄식하며 눈물을 흘렸다 한다. 이항복(李恒福: 1556~1618)의 작품은 세태를 비판하며 눈물을 흘렸던 가의의

---

**15** 이상원은, 이 작품을 광해군 시절 조정에서 방축을 당한 신흠이 당시 대북 정권의 정신적 지주였던 정인홍을 비판하기 위한 의도로 지은 것이라 해석하고 있다. 이상원, 「신흠의 「방옹시여」 연구」, 『17세기 시조사의 구도』, 월인, 2000, 255~257면.

입장에 대해서 동조하는 태도를 보이고 있다. 종장의 '그런 썩'란 작자가 처한 현실을 일컫는 듯한데, 비관적 상황에 처해서 눈물을 흘리며 탄식했던 가의의 입장과 크게 다르지 않다는 것을 말하고 있다.[16] 즉 가의란 인물을 빌어 당시의 세태에 대해 탄식하는 작자의 뜻을 드러내고자 한 것이다.

정철(鄭澈: 1536~93)의 작품에서는 눈물을 흘린 가의의 행동이 비판의 대상이 되고 있다. 세상의 모든 근심을 제 혼자 떠맡은 듯한 그의 행동이, 화자의 입장에서는 우스울 수밖에 없다고 하였다. 당시의 세태에 대해서 한숨을 쉬면서 눈물을 보이는 것도 지나친 일인데, 어찌하여 '에에'하며 통곡하는 것인가 하고 반문하고 있다. 두 작품이 눈물을 흘린 가의의 태도에 대해서 상반된 태도를 보이고 있지만, 정철의 작품에서는 그러한 소극적인 태도에서 벗어나 상황을 타개하려는 적극적인 행동이 뒤따라야 한다는 것을 말하고 있다고 해석된다. 그렇다면 가의에 대한 상반된 평가와는 달리, 두 작품 모두 화자가 처한 현실이 그만큼 어려운 상황이라는 것을 전제하고 있다.

이처럼 특정인에 대한 상반된 평가를 보이는 작품들은 다양한 인물군을 대상으로 나타나고 있으며, 그 주제 의식에서는 비교적 유사한 지향을 보이고 있는 것으로 파악된다. 물론 특정인에 대한 상반된 평가만이 있는 것은 아니며, 오히려 관습적인 평가를 통해 형상화되는 측면이 더 일반적이라 할 수 있다. 예컨대 도연명은 벼슬을 버리고 현실 정치에서 벗어나 고향에 은거하는 삶을 사는 형상으로 그려지며, 작품 속에서는 대체로 도연명적 삶의 형상은 본받아야할 바람직한 것으로 그려지는 것이 일반적이다.[17] 또한 이백(李白)은 풍류를 대표하는 존재이고,[18] 굴원(屈原)은 충의

---

**16** 이 작품은 아마도 광해군이 즉위한 이후 대북파에 맞서다가 여러 차례 곤경에 처했던 작자의 상황을 염두에 두고 창작된 것으로 파악된다. 그는 인목대군 폐모론에 반대하여 삭탈관직(1618)되고, 함경도 북청으로 유배되었다가 그곳에서 죽음을 맞았다.

**17** '귀거래(歸去來) 귀거래(歸去來) ᄒ되 말 쑨이오 가 리 업ᄉᆡ / 전원(田園)ㅣ 장무(將蕪)ᄒ

상징으로 제시되고 있으며,[19] 증자는 효의 대명사로 취급되는 것[20] 등이 그러하다. 이밖에도 시조문학에는 진시황과 항우 등을 포함하여 다양한 중국의 고사 인물들이 등장하는데, 대체로 당대 지식인들의 관습적인 면모가 재생산되면서 여러 작품들에 반복적인 이미지를 형성하고 있다.

## 3. 시조 속에 투영된 병자호란의 기억과 대청 인식의 양상

흔히 우리 문학사에 있어서, 임진왜란과 병자호란의 두 차례에 걸친 외침은 조선시대를 전·후기로 나누는 분수령으로 인식되고 있다.[21] 16세기 말에 발생한 두 차례의 왜란으로 조선의 전 국토는 황폐화되었고, 7년여 동안 발생한 전쟁의 상흔으로 인해 일반 민중들의 삶은 점차 열악한 상황으로 내몰리고 있었다. 이어서 17세기 전반기에 두 차례에 걸친 청나라의

---

니 아니 가고 엇델고 / 초당(草堂)에 청풍명월(清風明月)이 나명들명 기드리나니.' 〈#0461.1, 농암 *1, 이현보〉 등.

**18** '태백(太白)이 죽은 후(後)에 강산(江山)이 적막(寂寞)ᄒ얘 / 일편 명월(一片明月)만 벽공(碧空)에 걸렷셰라 / 져 돌아 태백(太白)이 업쓴이 날과 놀미 엇던이.' 〈*5108.1, 해주 *326, 이정보〉 등.

**19** '초강(楚江) 어부(漁父)들아 고기 낫가 숨지 마라 / 굴삼려(屈三閭) 충혼(忠魂)이 어복리(魚腹裡)에 드럿ᄂ니 / 아므리 정확(鼎鑊)에 살문들 닉을 줄이 이시야.' 〈#4852.1, 청진 *388〉 등.

**20** '효자(孝子)의 희올 일을 증자(曾子)의 묻ᄌ온대 / 증자(曾子) ㅣ ᄀ르샤대 사친(事親)은 경지이이의(敬之而已矣)라 / 경지(敬之)ᄒ고 여력(餘力)이 잇거든 학문(學問)ᄒ라 ᄒ시더라.' 〈#5518.1, 악서 *204, 김수장〉 등.

**21** 조동일의 『한국문학통사』에서 '중세에서 근대로의 이행기문학 제1기'의 시작이 바로 두 차례의 전란에서부터 시작한다(조동일, 『한국문학통사 3』(제3판), 지식산업사, 1994). 이능우는 『이해를 위한 이조 시조사』(이문당, 1956)에서 17세기의 시조 중 '임진·병자 두 전쟁이 빚어낸 엘레지들'이란 제목으로 이 시기의 작품들을 다루고 있다. 이밖에도 소재영의 「임병 양란의 충격과 문학적 대응」(『한국문학연구입문』, 지식산업사, 1982)에서는 이러한 제재를 다룬 문학 작품들을 중심으로, 그 성격과 문학사적 의미에 대해서 논하고 있다. '병자호란'을 제재로 한 시조 작품들만을 다룬 양순필, 「병자란을 제재로 한 시조고」(동국대학교 석사학위논문, 1972)도 참고할 만하다.

침략과 인조의 항복으로 귀결된 병자호란(丙子胡亂;1636)은 당시의 지식인들에게 커다란 충격을 안겨줌과 동시에, 중국 특히 청나라에 대한 대타적인 인식을 가능하게 해주었던 사건이었다. 임진왜란과 병자호란에 대한 문학적 형상화의 작업은 당시부터 다양한 갈래에서 진행되었다. 특히 다양한 종류의 실기문학 작품들, 가상의 인물을 등장시켜 당대 현실의 문제를 비판적으로 그려낸 몽유록들, 그리고 문인들의 한시를 통해서 두 차례의 외침에 대한 체험과 사건들을 다양한 방식으로 그려내고 있다.[22] 그러나 시조 갈래에서는 이 당시 전란을 소재로 한 작품들의 수효도 상대적으로 많지 않고, 내용도 화자의 내면적인 고민을 토로하는데 그치고 있는 경우가 대부분이다.[23]

먼저 병자호란을 전후한 시기의 중국 대륙과 조선의 상황에 대해서 살펴보기로 하자.[24] 17세기를 전후한 시기 중국 대륙에서 명(明)과 청(淸)의 왕조 교체가 일어날 정도의 큰 변화를 겪고 있었으며, 선조를 이어 즉위한 광해군은 외교적으로는 명과 후금(청의 전신) 사이에서 중립을 지키려고 노력했다. 그러나 반정(反正, 1623)으로 왕위에 오른 인조는 즉위 초에 명나라에 치우친 외교정책을 펼쳤는데, 이는 반정의 주도 세력들이 광해군 정권에서 '오랑캐와 내통'했던 것을 결정적인 명분으로 내세웠기 때문이었다. 인조 정권은 집권 이후 '친명배금(親明排金)'을 표방했지만, 현실적으로 '배금(排金)'을 실천할 능력이나 여유가 없었다. 이러한 조선의 태도

---

22 이에 대해서는 조동일, 앞의 책을 참고할 것.

23 특히 병자호란에 비해 임진왜란을 소재로 한 시조 작품의 수효는 더 영성하다. 임진왜란을 다룬 시조는 '한산도가'로 알려진 이순신의 작품(#5302.1)과 이덕일의 연시조 「우국가(憂國歌)」 중 10여 수 정도의 작품을 들 수 있을 정도이다. 이들 두 사건을 소재로 한 시가 작품들을 종합적으로 검토하여 논하는 것도 의미가 있다 할 것이나, 본고에서는 먼저 병자호란을 다룬 작품들을 살펴보기로 한다.

24 병자호란 당시의 상황에 대해서는 한명기, 『정묘・병자호란과 동아시아』(푸른역사, 2009)와 권내현 외, 『미래를 여는 한국의 역사3』(역사문제연구소 기획, 웅진지식하우스, 2011), 172~181면의 내용을 참조하여 정리하였음.

를 문제 삼아 후금은 1627년 조선을 침략했으니, 이것이 바로 정묘호란이다. 인조는 강화도로 피신하여 항전 태세를 갖췄지만, 두 나라의 현실적 상황에 의해 '형제의 맹약'이 담긴 강화 제의를 체결하고 말았다.

이후 후금은 청으로 국호(1636)를 고치고, 조선에 대해 군신의 관계를 맺을 것을 요구하였다. 조선에서는 외교 교섭으로 문제를 해결하자는 주화론(主和論)과 오랑캐와는 화의가 있을 수 없다는 명분으로 맞서 싸우자는 주전론(主戰論)으로 입장이 나뉘었다. 조선 조정에서는 주전론이 힘을 얻으며, 청과의 관계는 점점 더 악화될 수밖에 없었다. 청 태종은 자신들의 요구를 거부하자, 10만여 명의 대군을 이끌고 조선을 침공하였으니 이것이 바로 병자호란이다. 청의 침입으로 왕과 대신들은 남한산성으로 피신하여 항전을 모색했으나, 인조가 남한산성에 갇혀 있는 상태에서도 조정 신료들 사이에는 척화론(斥和論)과 주화론(主和論)이 팽팽히 맞서고 있었다.[25] 끝내 강화도가 함락되어 세자를 비롯한 많은 이들이 포로로 잡히자, 인조는 한강변의 삼전도(三田渡)에서 청 태종에게 머리를 조아리며 항복의 예를 올릴 수밖에 없었다.

전쟁이 끝난 후에 청과 군신 관계를 맺고, 소현세자를 비롯한 왕족들과 신료들의 자제가 대거 인질로 끌려가는 등 당시 지배층의 무능이 적나라하게 노출되었다. 이후 청나라에 대한 설욕을 주장하는 북벌론(北伐論)이 팽배했으나, 이는 당시 중국을 통일한 청나라의 막강한 힘을 고려치 않은 '명분상의 주장'이었을 뿐이었다. 결국 청나라는 '이자성의 난'(1644)으로 멸망한 명나라를 이어, 명실상부한 중국의 맹주로 자리를 잡게 되었다. 그동안 변방의 오랑캐로 여겼던 청에 항복했다는 사실은 당시의 지식인들에게는 커다란 충격으로 다가왔고, 이후 청에 복수하고 치욕을 갚겠다

---

25 이 당시 척화론자들은 중화주의와 화이론에 기초한 '대명의리론'을 절대적 진리로 전제하고, 주화론이 군부(君父)를 불의한 지경에 빠뜨리고 있다고 맹렬히 비난하였다. 한명기, 『정묘·병자호란과 동아시아』, 148면.

는 명분을 내세운 북벌론이 제기되었다.[26] 그러나 중국 대륙을 평정한 청을 상대로 북벌을 추진한다는 것은 현실적으로 쉽지 않은 일이었다.

바로 이런 상황에서 병자호란을 겪은 이들의 정서를 대변하는 시조 작품들이 산생되었는데, 대체로 비관적이고 울분에 찬 비감한 정서가 주를 이루고 있다. 병자호란이 끝난 이후 조선의 조정은 청나라로부터 끊임없이 감시를 받고 있었고, 무엇보다 인질로 끌려간 왕족과 대신들의 안위를 먼저 생각하지 않을 수 없는 형편이었다. 때문에 병자호란을 초래한 청나라나 당시 조선의 지배 세력들에 대한 비판을 시조 작품 속에 직접적으로 표출하기는 쉽지 않았을 것이다. 이를 다룬 시조 작품에서는 그저 당시 상황에 대한 화자의 비감한 정서를 드러내는 것에 그칠 뿐이었다.

우선 '병자호란'을 제재로 한 시조 작품들을 살펴보면, 크게 두 가지 경향으로 구분할 수 있다. 하나는 병자호란을 직접 체험했던 이들의 '경험'을 다루고 있는 작품들이고, 다른 하나는 후대에 지어진 작품으로 그 체험들이 '기억'으로 형상화되어 있는 것들이다.[27] 당시 집권층을 이뤘던 특정 정치 세력들의 '경험'이 반복적으로 재생산되면서,[28] 병자호란에 대한 '기억'을 형성하여 '사실'로 공인되었던 것이다. 따라서 병자호란은 '민족적 치욕'이기에 언젠가는 반드시 되갚아야 한다는 '설분의식(雪憤意識)'이 당시 사람들의 인식 속에 깊이 자리를 잡게 되었다. 특히 후대의 작품들에서는 대체로 병자호란에 대한 '기억'이 관념화된 형태로 제시될 뿐, 당

---

26 1644년 명이 무너지고, 청이 중원의 주인이 되는 '전도된 현실'을 목도했을 때 조선 지식인들은 이른바 대명의리론과 함께 반청적인 북벌론을 내세우게 되었다고 한다. 한명기, 앞의 책, 375면.

27 일반적으로 '기억'은 과거 자신이 경험한 일을 머릿속에 새겨 뒷날에 되살려 생각하는 것을 일컫는다. 따라서 '기억'은 과거의 사실을 기반으로 하고 있으나, 기억을 하는 주체의 의도에 따라 자의적으로 해석되기도 한다. 병자호란에 대한 당시 지배층의 '기억' 역시 자신들의 정책적 무능에 초점을 맞추기보다, '오랑캐에 의해 치욕스런 패배를 당했다'는 사실을 강조하는 것으로 귀결되는 경우가 많았음을 확인할 수 있다. 한명기, 앞의 책 참조.

28 인조반정을 계기로 이후의 조선 정치사는 서인이 집권적 위치에 서고 남인이 그를 보조하는 구도로 변화하게 되었다고 설명된다. 한명기, 앞의 책, 508면.

시의 현실을 냉철하게 바라보려는 면모는 좀처럼 찾아볼 수 없다. 간혹 '오랑캐를 물리치는 상상'을 기반으로 다음과 같은 작품을 창작하기도 했으나, 이는 아주 예외적인 경우에 해당한다.

　　병자(丙子) 정축(丁丑) 난리 시(亂離時)에 훈련원대(訓鍊院㟴) 건너 붉은 복닥이 쓴 놈 간다
　　압픠는 몽고(蒙古)요 뒤헤 가달(可達)이 백마(白馬) 탄 진달(眞達)이는 사슈리살 츠고 유월내마(騮月乃馬) 탄 놈 철철총(鐵鐵驄)이 탄 놈 양비열(兩鼻裂)이 탄 놈 아라마 쵸쵸 마리 베히라 가즈
　　어즙어 최영(崔瑩)곳 잇돗쓰면 셕은 풀 치듯 홀랏다. 〈#2000.1, 해주 *544, 김수장〉

초장의 '병자 정축 난리 시'는 바로 병자년인 1636년 12월부터 다음 해인 정축년 1월까지의 두 달여 동안 발생했던 '병자호란'을 지칭한다. 당연히 18세기에 활동했던 김수장이 직접 본 것이 아니며, 아마도 당시까지 회자되었던 '병자호란'의 상황을 상상적으로 그려낸 것이라 할 수 있다. 조선시대 훈련원은 광희문 인근의 을지로에 위치하고 있었는데,[29] 이곳이 당시 인조가 피신하고 있던 남한산성으로 가는 길목에 해당한다. 그곳을 거쳐 '붉은 복닥이[30]를 쓴' 청나라의 군대가 지나가는 모습을 그려내고 있다. 당시 청나라 군대는 만주족을 중심으로 몽고와 한족으로 구성된 연합군의 성격을 띠고 있었는데, 중장은 이러한 상황을 잘 보여주고 있다.
　　당시 만주족을 달단(韃靼)이라 했으며, 오랑캐라는 뜻의 '달자'라고도 지

---

**29** 서울 을지로 6가의 국립 중앙의료원이 조선시대 훈련원의 터이며, 지금은 그 옆에 '훈련원 공원'이 조성되어 있다.
**30** '복닥이'는 '벙거지'를 가리키며, 당시 청나라 군대의 머리에 쓴 모자를 일컫는 말이다. 벙거지는 병자호란 이후에 조선의 무관이나 병사들이 쓰는 모자로 이용되었는데, 흔히 붉은 털로 둘레에 끈을 꼬아 둘러 '붉은 복닥이'라 했던 것이라 여겨진다.

칭했다.[31] '가달(可達)'은 흔히 한족에서 귀화한 '가짜 달자'를 뜻하는 '가달(假㺚)'의 음차이며, '진달(眞達)'은 '진짜 달자'인 만주족을 뜻하는 '진달(眞㺚)'의 다른 표기라 하겠다. 이처럼 병자호란을 일으킨 세력도 오랑캐를 뜻하는 '진달' 등으로 표현했고, 그들을 지칭하는 용어도 '놈'이란 비칭(卑稱)을 사용하고 있다. 또한 '유월내마'·'철철총'·'양비열' 등은 모두 청나라 군사들이 탄 말들을 지칭한다. 따라서 활과 '사슈리살'을 차고 말을 탄 '진달이'가 중심이 되어, 앞과 뒤에 각각 몽고와 한족으로 이뤄진 '가달이'가 따르는 모습을 형상화하면서 화자는 그들의 머리를 베러 가자고 하였다. 그러나 그것은 단지 상상에 그칠 수밖에 없고, 종장에서 고려 말의 명장이었던 최영과 같은 인물이 있었다면 거뜬히 물리쳤을 것이라는 희망 섞인 결론만을 제시하였을 뿐이다.

이미 18세기에는 청나라의 발달된 문화를 받아들이자는 '북학론'이 제기되기도 하였는데, 일각에서는 여전히 병자호란을 치욕으로 인식하는 이러한 '기억'을 바탕으로 한 시조 작품들이 향유되고 있었던 것이다. 이러한 내용은 단순히 여항 가창자인 김수장의 관념에서 생성된 것만은 아닐 것이고, 시조를 향유했던 이들이 공유했던 병자호란의 '기억'을 바탕으로 창작되었다고 할 수 있겠다.[32] 그럼 먼저 병자호란을 경험한 이들의 작품들을 먼저 살펴보기로 하자.

---

31 오랑캐라는 뜻의 '달자'는 음차로 표기되는데, '달'의 한자는 '㺚·㺚·達' 등 다양하게 나타난다.

32 병자호란의 패전과 항복의 치욕을 겪은 이후 청에 대한 적개심을 환기시키고 복수해야 한다는 주장이 대세가 되어 가고 있던 와중에, 다른 한편에서는 청의 현실을 직시하고 객관적으로 바라보아야 한다는 주장도 나타났다. 그러나 인조대 말년과 효종대를 거치면서 청에 대해 '복수설치'를 외치는 북벌론이 대두되고, 명에 대해 의리를 지켜야 한다는 대명의리론이 확산되었다. 결국 객관적인 정세를 바탕으로 한 대청 인식은 박지원·박제가 등 이른바 북학파들이 본격적으로 활동했던 18세기 후반에 가서야 재현될 수 있었다. 한명기, 『정묘·병자호란과 동아시아』, 387~393면 참조.

청석령(靑石嶺) 지나거냐 초하구(草河溝) ㅣ  어드미요

호풍(胡風)도 츠도 출샤 구즌 비는 므스 일고

뉘라셔 내 행색(行色) 그려내야 님 겨신 듸 드릴고.〈#4782.1, 청진 *217, 효
종〉


가노라 삼각산(三角山)아 다시 보자 한강수(漢江水)야

고국 산천(故國山川)을 써나고쟈 ᄒ랴마ᄂ

시절(時節)이 하 수상(殊常)ᄒ니 올동말동 ᄒ여라.〈#0009.1, 병가 *223, 김
상헌〉


앞의 작품은 봉림대군(鳳林大君)이 병자호란 직후 청나라의 인질로 끌려
가면서 지은 것이다. 그는 형인 소현세자(昭顯世子)와 함께 청나라에 볼모
로 잡혀갔는데, 귀국 후 소현세자가 갑작스럽게 죽자 그를 이어 세자로
즉위하였다.[33] 부왕인 인조가 죽은 후 왕으로 즉위하였는데, 바로 효종(孝
宗: 1619~59, 재위: 1649~59)이다. 초장의 '청석령'과 '초하구'는 청의 심
양으로 향하는 길목에 있는 곳의 지명으로, 낯선 땅으로 끌려가면서 점점
고국과 멀어지는 장면을 형상화하고 있다. 더욱이 북쪽 오랑캐의 땅에서
불어오는 매서운 바람은 차디차고, 설상가상으로 여기에 궂은비까지 내
리고 있으니 자신의 행색이 너무도 초라하게 느껴질 수밖에 없을 것이다.
이러한 자신의 형상을 그려서 고국에 있는 인조에게 보낼 수만 있다면,
언젠가는 자신을 대신해 반드시 그 수모를 갚아줄 수 있을 것이라 생각하
였다. 그러나 주위에는 인질로 끌려가는 자신과 같은 처지의 사람들뿐이
기에, 화자는 비감한 심정을 토로하며 체념할 수밖에 없는 것이 현실이

---

**33** 이 작품을 약간 변개하여 작자를 소현세자로 수록한 가집도 있다. '청석령(靑石嶺) 지
나거다 옥하관(玉河關)이 어듸메오 / 호풍(胡風)도 춤도 출ᄉ 구진 비ᄂ 무슴 일고 / 뉘라셔
내 행상(行像) 그려다 님 겨신 데 드릴고.'〈#4782.1, 가권 *21, 효현세자〉.

다. 왕자의 신분으로 적국의 포로가 되어 끌려가야만 했던 이러한 체험이, 그가 왕으로 즉위한 후 북벌론을 추진하는 계기로 작용했을 것이라 충분히 짐작할 수 있다.

다음 작품을 지은 김상헌(金尙憲: 1570~1652)은 병자호란 당시 청나라와의 화의(和議)를 거부하며 끝까지 맞서 싸울 것을 주장했던 척화파의 한 사람이었다. 남한산성에 피신한 조정의 의론이 항복하는 것으로 기울자, 그는 주화파들이 작성한 항복 문서를 찢고 통곡을 했다. 식음을 전폐하면서 자결을 시도하기도 했던 그는 결국 청나라로부터 위험인물로 지목되어, 병자호란 후 인질로 끌려가는 처지가 되었다. 이 작품에서는 인질이 되어 고향을 떠나면서, 다시는 보지 못할지도 모르는 고국산천에 대한 애틋한 감정이 잘 드러나 있다. 한양의 '삼각산'과 '한강수'를 돌아보며, 기약 없는 길을 재촉해야 하는 작자의 심정은 너무도 비감했을 것이다. 그리하여 다시 돌아올 수 없을지도 모른다는 생각에, 종장에서 '시절이 하 수상ᄒ여 올동말동 ᄒ'다고 표현한 것이다.[34] 그는 청나라에 인질로 잡혀 있다가, 4년여 만에 돌아와 '고국산천'을 다시 보게 된다.[35]

---

**34** 이 작품이 다음과 같이 약간 변개되어 수록된 〈근화악부〉에는 소현세자의 작이라 표기되어 있다. '가노라 한강수(漢江水)야 다시 보쟈 목멱산(木覓山)아 / 고국산천(故國山川)을 쩌나고져 ᄒ랴마ᄂ / 시절(時節)이 하 분분(紛紛)ᄒ니 다시 볼동말동 ᄒ여라.'〈#0009.2, 근악 *247, 소현세자〉 이러한 작품들에 나타나는 정서가 머나먼 타국에 인질로 끌려가는 소현세자의 심정을 반영하고 있다고 생각해, 후대인들이 가집을 편찬하면서 소현세자의 작이라 의탁(依託)한 것이라 여겨진다. 이 작품이 수록된 〈근화악부〉는 19세기에 편찬된 것으로 추정되는데, '윤상(倫常)'·'권계(勸戒)' 등 작품의 내용별 분류를 취하고 있는 가집이다. 전체 작품 중 일부에만 작가명이 적혀 있기에, 그 기록의 신뢰성에 대해서는 엄밀한 검토를 요한다 하겠다. 신경숙 외, 『고시조 문헌 해제』, 고려대학교 민족문화연구원, 2012, 103~107면 참조.

**35** 그의 다른 작품에서는 당나라 시절 안록산의 난에 맞서 굴하지 않았던 장순의 기개를 노래하고 있는데, 이 역시 청나라에 맞서고자 했던 자신의 의지를 드러낸 것으로 파악된다. '남팔(南八)아 남아사(男兒死)이언정 불가이불의굴의(不可以不義屈矣)여다 / 웃고 대답(對答) ᄒ되 공(公)이 유언(有言) 감불사(敢不死)아 / 천고(千古)에 눈물 둔 영웅(英雄)이 몃몃 줄을 지을고.'〈#0880.1, 해주 *127, 김상헌〉.

수양산(首陽山) 느린 물이 이제(夷齊)의 원루(寃淚)ㅣ 되야

주야 불식(晝夜不息)ᄒᆞ고 여흘여흘 우는 뜻은

지금(至今)에 위국충성(爲國忠誠)을 못닉 슬허 ᄒᆞ노라. 〈#2797.1, 병가 *265, 홍익한〉


압록강(鴨綠江) 히 진 후(後)에 에엿븐 우리 님이

연운 만리(燕雲萬里)를 어듸라고 가시ᄂᆞᆫ고

봄 풀이 프르고 프르거든 즉시(卽時) 도라 오쇼셔. 〈#3082.1, 청진 *221, 장현〉


이 작품들 역시 병자호란의 경험을 직·간접적으로 담고 있다고 할 수 있다. 앞의 작품은 삼학사(三學士)의 한 사람인 홍익한(洪翼漢: 1586~1637)이 지은 것으로, 당대의 역사적 현실을 바라보는 안목이 잘 드러나 있다고 하겠다. 병자호란 당시 청과 맞서 싸울 것을 주장한 주전파(主戰派)로서, 그는 청나라에 끌려가서도 자신의 뜻을 굽히지 않다가 끝내 죽음을 당했다. '이제(夷齊)'로 약칭되는 '백이와 숙제'는 두 임금을 섬기지 않고 충절을 지킨 충신의 대명사로 평가되는데, 이 작품 역시 '이제'를 칭송하면서 화자의 '위국충성'을 드러내고자 하였다. 초장과 중장에서는 수양산에서 발원한 강물이 마치 '이제'의 억울한 눈물인 듯이 주야를 쉬지 않고 '여흘여흘' 운다고 표현하였다. 그러한 강의 흐름은 오랜 시간이 지난 지금까지도 그들의 가슴속에 남아있는 나라를 위한 충성 때문이니, 이를 바라보는 화자의 심정도 비감할 수밖에 없다고 하였다. 아마도 중국의 심양에 인질로 끌려간 이후의 상황에서 지어진 것으로 보이는데, 실상 '이제'에 대한 조선시대 지식인들의 평가는 이러한 관점이 일반적이다.[36]

뒤의 작품은 병자호란 후 소현세자를 수행하여 통역으로 따라갔던 장

---

36 충신으로서의 '이제'에 대한 평가를 다룬 작품들은 조선 후기까지 지속적으로 창작되고 있다.

현(張炫: 1613~?)이 지은 것이다. 역관이었던 그는 소현세자를 수행하고 귀국한 이후, 당상관이 되어 40여 년간 30여 차례나 북경을 오가며 활발하게 활동했다고 한다.[37] 조선과 청나라의 경계인 압록강을 지나면서 지은 것이다. 청나라에 굴복하여 마치 서산에 해가 지는 듯한 고국의 현실과 인질로 끌려간 세자의 처지가 한치 앞을 내다볼 수 없다고 생각했기에, 이러한 상황을 '연운 만리'라 표현한 것이다. 화자는 '에엿븐 우리 님'이 봄풀이 돋는 다음해 봄이 되거든 '즉시 도라'올 수 있기를 절실히 기원하고 있다. 이처럼 당시에 청나라의 인질로 잡혀가는 이들의 작품 속에는 고국을 떠나는 비감한 심정이 절실히 녹아들어 있는 것을 확인할 수 있다.[38] 이처럼 병자호란을 경험했던 이들이 남긴 작품에는 청에 대한 적개심을 직접적으로 드러내지 못하고, 단지 치욕스런 현실을 개탄하면서 비감한 정서만이 표출되었을 뿐이었다.

　이러한 심정은 비단 청나라에 끌려갔던 이들에 국한된 것만은 아니다. 당시 재야의 학자였던 이정환(李廷煥:생몰년 미상)은 병자호란의 국치(國恥)를 당하여 벼슬길을 포기하고 두문불출하며, 우국(憂國)의 심정을 토로한 「비가(悲歌)」 10수를 남겼다.[39] 제목에서 알 수 있듯이, 이 작품의 기본적인 정조는 화자의 '비애'가 바탕에 깔려 있다. 전체 10수의 작품에 흐르

　37 김양수, 「조선 후기 중인집안의 활동 연구(하)」, 『실학사상연구』 2, 무악실학회, 1991, 55면.

　38 삼학사의 한 사람이었던 홍익한의 작품으로 표기되어 있는 다음 작품도 참고할 만하다. '주욕신사(主辱臣死)라 ᄒ니 내 먼저 죽어겨셔 / 혼귀고국(魂歸故國)ᄒ미 나의 원(願)이러니 / 어즈버 호진(胡塵)이 폐일(蔽日)ᄒ믈 ᄎ마 어이 보리오.'〈#4409.1, 청영 *86, 홍익한〉.

　39 이정환의 작품을 최초로 소개한 이는 이은상이다. 그는 1931년 동아일보에 「병란과 시조」(이 글은 그의 문집인 『노산문선』, 영창서관, 1954에 재수록되었다)라는 글에 이정환의 「비가」를 소개하면서, '병자호란'을 제재로 한 시조 작품들을 함께 다루었다. 이후에 이정탁, 「이정환론」(『속 고시조작가론』, 한국시조학회 편, 백산출판사, 1990); 윤영옥, 「이정환의 비가」(『시조의 이해』, 영남대학교 출판부, 1990); 이상원, 『17세기 시조사의 구도』(월인, 2000), 102~106면 등에 의해 이정환의 「비가」가 다루어졌다. 그리고 병자호란을 제재로 한 시조를 다룬 양순필의 「병자란을 제재로 한 시조고」에서도 이정환의 작품은 중요한 비중을 차지하며 다루어지고 있다.

는 정서는 병자호란으로 청나라에 인질로 끌려 간 소현세자와 봉림대군을 고국으로 모셔오지 못하는 데서 오는 슬픔을 표출한 것이다.[40]

> 박제상(朴堤上) 죽은 후(後)에 님의 실람 알 리 업다
> 이역 춘궁(異域春宮)을 뉘라셔 모셔오리
> 지금(至今)에 치술령 귀혼(鴟述嶺歸魂)을 못닉 슬허 ᄒᆞ노라. 〈#1815.1, 송고
> *4, 이정환〉

> 조정(朝廷)을 바라보니 무신(武臣)도 하 만하라
> 신고(辛苦)ᄒᆞᆫ 화친(和親)을 누를 두고 ᄒᆞᆫ 것 인고
> 슬프다 조구리(趙廐吏) 이미 죽으니 참승(參乘)ᄒᆞ 리 업세라. 〈#4362.1, 송
> 고 *6, 이정환〉

앞의 작품은 「비가」의 제4수로, 신라 때 박제상이 일본으로 가서 왕자 미사흔(未斯欣)을 구하고 그곳에서 죽음을 맞은 고사를 배경으로 하고 있다. '춘궁(春宮)'은 세자가 거처하는 '동궁(東宮)'의 별칭이니, 중장의 '이역 춘궁'은 청나라에 인질로 잡혀간 소현세자와 봉림대군의 거처를 가리킨다. 그렇다면 초장의 '시름'이란 청나라에 인질로 잡혀간 두 왕자를 모셔 오지 못하는 상황에 대한 근심을 의미한다. '이역 춘궁'에 갇혀 지내는 두 왕자의 처지에 대해 안타까워하며, 왕자를 구하고 목숨을 바친 박제상과 같은 신하가 없는 현실을 개탄하는 내용이다.

「비가」의 제6수인 다음 작품 역시 조정에 무수히 많은 무신(武臣)들이 있음에도, 정작 이 상황을 타개할 인물이 없는 현실에 대해 탄식하고 있는 내용이다. 청나라의 힘에 밀려 화친을 택할 수밖에 없었지만, 두 왕자가 인질로 끌려간 현실에서 과연 그것이 최선이었는지를 반문하고 있다.

---

40 이상원, 앞의 책, 103면.

종장의 '조구리'에서 '구리(廐吏)'란 마부로서 길잡이를 의미하니, 현재의 상황을 타개할 만한 인물로 조씨 성을 지닌 이가 없는 현실을 안타까워하고 있다. '조구리'란 임진란 때 의병으로 활약했던 조헌(趙憲)을 지칭하는 것이라 추정된다고 한다.[41] 이정환의 「비가」는 이처럼 청나라에 볼모로 잡혀간 두 왕자를 구할 인재가 없는 조정의 현실에 대해 개탄하고 있으며, 이런 현실에도 불구하고 그것을 위해 나설 수 없는 자신의 처지에 대해서 안타까워하는 내용이 중심을 이루고 있다.[42]

이상의 작품들이 병자호란을 직접 경험했던 이들에 의해 창작된 것이라면, 이러한 작품의 경험들이 후대에 지속적으로 재생산되면서 '관습화된 기억'에 의존하는 내용들도 볼 수 있다. 따라서 표현이나 형상화의 방식 등에서 기존의 작품들과 큰 차이가 나타나지 않는다.

옥하관(玉河關) 졈은 날에 에엿불손 삼학사(三學士)여
충혼(忠魂) 의백(義魄)이 어들어로 간 거이고
암아도 만고강상(萬古綱常)을 네 부든가 ᄒ노라. ⟨#3492.1, 해주 *438, 김천택⟩

일월(日月)도 녜과 ᄀᆞᆺ고 산천(山川)도 의구(依舊)ᄒᆞᄃᆡ
대명 문물(大明文物)은 쇽졀업시 간 ᄃᆡ 업다
두어라 천운(天運)이 순환(循環)ᄒᆞ니 다시 볼가 ᄒ노라. ⟨#4010.1, 청진 *184, 낭원군⟩

앞의 작품은 병자호란 당시 척화파를 대표하는 삼학사의 충절을 기리는 내용이다. 초장의 '옥하관'은 조선 사신이 명나라에 사행(使行)을 갔을

---

41 이정탁, 앞의 글, 253면.

42 이상원은 이 작품의 창작 의도에 대해 '병자호란 후 전쟁을 수습하는 과정에서 소외되어 있던 작가가 소현세자와 봉림대군을 모셔오는 문제를 시급히 해결하지 않고 있는 당시의 정국을 한탄한 것'이라 해석하고 있다. 이상원, 『17세기 시조사의 구도』, 104면.

때 머물던 거처를 말하니, '옥하관 저문 날'은 곧 명나라의 멸망을 의미한다. 따라서 화자는 청나라에 인질로 끌려간 삼학사의 처지를 생각하면 안타까울 수밖에 없다. 청나라에 맞서 나라를 지키려고 했던 그들의 '충혼'과 '의백'을 떠올려보지만, 이미 어디론가 사라져 기억하는 사람들조차 많지 않은 상황일 뿐이다. 그러나 청의 침략에 맞섰던 이들의 기백이 후세에까지 이어질 수 있도록 '만고강상'을 붙든 것이라 칭송하고 있다.[43] 삼학사의 충절을 노래하고 있지만, 전체적으로 앞선 시기에 향유되었던 작품들에서 흔히 볼 수 있는 관습적인 표현을 그대로 차용하고 있다. 아마도 이러한 평가는 김천택이 활동했던 18세기 전반기에까지 이어졌던 삼학사에 대한 '기억'에 근거한 것이라 할 수 있을 것이다.

다음 작품은 선조의 손자로 왕족의 신분이었던 낭원군(朗原君) 이간(李侃: 1640~99)이 지은 것으로,[44] '대명의리론'을 바탕에 깔고 있다. 일월이나 산천은 옛날과 변함이 없는 모습인데, 한때 찬란한 문화를 구가하던 명나라는 이미 망해 '속절업시 간 뒤 업'게 된 것이 현실이다. 화자는 '천운이 순환ᄒᆞ니 다시 볼' 수 있기를 기대하지만, 이미 청나라가 강대한 세력을 구축했기에 화자의 희망은 실현될 수 없는 일방적 희망에 불과하다. 이러한 대명의리론은 병자호란 이후 조선에서 제기되었던 북벌론과 짝을 같이하는 것인데, 현실적으로 명나라의 멸망은 돌이킬 수 없는 역사적 사실이기에 그저 명분론에 불과했던 것이다.

이와 유사한 지향을 드러내고 있는 효종의 작품[45]에서는 명나라를 지칭하는 '대명 숭정'이나, '삼백년 사대 성신' 등 보다 직접적으로 '대명의리론'

---

43 '부든가'는 '붙들었는가'의 뜻이다.

44 낭원군 이간에 대해서는 최강현, 「이간론」(『고시조작가론』, 한국시조학회 편, 백산출판사, 1986); 윤영옥, 「낭원군의 시조」(『시조의 이해』, 영남대학교 출판부, 1986)를 참조할 것.

45 '조천로(朝天路) 보믜닷 말가 옥하관(玉河關)이 뷔닷 말가 / 대명 숭정(大明崇禎)이 어드러로 가시건고 / 삼백년(三百年) 사대 성신(事大誠信)이 ᄭᅮᆷ이런가 ᄒᆞ노라.'〈#4366.1, 청진 *218, 효종〉.

을 주창하기도 하였다.[46] 인질로 끌려갔던 경험을 지니고 있었기에 효종은 즉위 후에 북벌론을 기획했고, 그것을 위해 반청 성향이 강한 인물들을 등용하고 청의 감시를 피해 조심스럽게 군비를 확장하기도 했다. 그러나 그러한 움직임은 결국 '찻잔 속의 태풍'에 머물렀고, 현종의 즉위 이후에는 북벌론과 대명의리론은 실현 불가능한 명분에 그치고 말았던 것이다.[47]

이상 병자호란을 제재로 한 시조 작품들을 살펴보았는데, 그 특징은 대체로 다음 두 가지의 형태로 나타나고 있다. 병자호란을 겪었던 '경험'에 기대어 화자가 처한 현실에 비감한 심정을 표출하거나, 관습화된 표현으로 과거의 '기억'을 재생산하는 양상이 그것이다. 이러한 경향은 두 차례의 전란을 핍진하게 서술한 실기류의 작품이나, 설화적 상상력을 동원하여 지배층의 잘못을 질타하고 때로는 오랑캐를 물리치는 결말을 지닌 서사물들과는 전혀 다른 양상이라고 할 수 있다.[48] 그동안 병자호란을 다룬 시조 작품들에 대해서는 그 자체만으로 긍정적인 평가를 해왔던 것이 일반적인 경향이었다. 물론 분명히 긍정적으로 평가할 만하지만, 다른 한편으로 당시의 현실을 냉철하게 직시하기보다 비감한 감정을 표출하고 대명의리론과 같은 명분론에 집착하는 등의 한계를 보인 것도 사실이다. 특히 소수에 불과하지만 「병자난리가」와 같은 가사에서 당대의 현실을 다루는 방식과도 비교해 볼 필요가 있다고 하겠다.[49]

---

**46** 오히려 명나라에 대한 의리를 강조하는 논리가 중세 지배체제를 옹호하는 방식으로 작용했다는 조동일의 지적을 음미할 만하다. 조동일, 『한국문학통사 3』(제3판), 26면.

**47** 효종의 즉위 이후 대청 정책의 양상에 대해서는 한명기, 앞의 책, 503~544면을 참조할 것.

**48** 「산성일기」・「병자록」 등의 실기류, 「강도몽유록」・「박씨전」 등의 서사물들에 보이는 시각이나 주제 의식과 비교해 볼 수 있을 것이다.

**49** 병자호란을 제재로 한 작자 미상의 가사 「병자난리가」에는 난이 발생하게 된 역사적 배경과 당시의 상황을 상세하게 묘사하고 있다. 특히 병자호란 당시 민중들의 참상이 핍진하게 소개되고, 벼슬아치들의 행태를 준열하게 꾸짖는 등의 내용으로 이뤄져 있다. 이러한 면모는 갈래에 차이와 작자층의 성격에서 비롯된다고 생각되는데, 이에 대해서는 추후의

## 4. 맺음말

　주지하듯이 시조는 정형시로서 우리 고전시가의 대표적인 갈래이며, 일반적으로 고려 말 성리학을 사상적 기반으로 하는 사대부들에 의해 창작·향유되었다고 논의된다. 조선 전기의 시조는 양반 사대부 계층을 중심으로 향유되었고, 18세기 무렵부터 전문 가창자로 활동했던 여항인(閭巷人)들이 창작과 향유에 적극적으로 참여했다. 이처럼 시조사의 흐름 속에서 각 시기마다 시조문학의 양상이 변화해 갔으며, 담당층의 확대와 사설시조의 등장으로 인해 조선 후기에는 이전 시기보다 다채로운 면모를 획득하게 된다. 대체로 근대 이전 시조문학의 담당층은 '지식인이면서 계층적으로 제한될 뿐만 아니라, 사상적·이념적으로까지도 제한되는 특수한 역사성을 지니고 있다'[50]고 평가되고 있다. 따라서 초창기 시조 작가들에게 있어 유가적 이념을 작품 속에 반영하여 형상화하는 것은 매우 자연스러운 것이었다. 그렇기 때문에 시조에 투영된 중국의 형상이나 인물 등에 대해서 비교적 우호적인 관점을 표출하는 것이 일반적이었다.

　그러나 '병자호란'의 경험과 오랑캐로만 여겼던 청나라의 중원 제패는 당시 사람들에게 충격적인 사건이 아닐 수 없었다. 특히 오랑캐에게 '군신지례'를 올리며 굴욕적인 항복 의식으로 종결된 병자호란의 경험은 당시 시조 작가들에게도 강렬한 인상을 남겨 주었다. 사실 17세기 초까지만 해도 임진왜란의 기억 때문에 일본을 '영원히 함께 할 수 없는 원수'라고 인식했던 것이 조선 지식인들의 일반적인 생각이었는데, 병자호란을 거치면서 조선의 '원한'과 '적개심'은 일본으로부터 청을 향해 옮겨갔던 것이다.[51] 이러한 '경험'과 '기억'을 다루고 있는 시조 작품들에서는 치욕

---

과제로 남겨 둔다. 가사 「병자난리가」에 대해서는 이혜화, 「〈해동유요〉 소재 가사고」(『국어국문학』 96, 국어국문학회, 1986)를 참조할 것.

　**50** 성기옥·손종흠, 『고전시가론』, 한국방송통신대학교 출판부, 2006, 307면.
　**51** 이상 한명기, 앞의 책, 394면.

적인 결과에 대한 비감함과 자조적인 한탄의 정조가 우세하게 다루어지고 있다.

이는 아마도 '병자호란' 이후의 정세에 대해서 냉철하게 따지기보다, 오랑캐에게 항복했다는 열패감에 감정적으로 반응하고 이미 멸망한 명나라에 대한 의리론에 기댔던 당시 집권 세력의 인식이 공고화되면서 이러한 면모가 반영된 때문으로 생각된다. 시조 갈래에 나타나는 이러한 양상은, 두 차례의 외침을 겪은 이후에 등장하는 다양한 실기문학이나 허구적인 서사 갈래의 작품들과도 뚜렷이 구별되는 특징이기도 하다. 대체로 시조 작품들에서는 전란의 체험을 직접 다루기보다는 위기를 맞이한 화자의 내면적인 고민을 토로하는데 그치고 있다고 논의되기도 한다.[52] 그렇지만 일련의 작품들이 '병자호란'이란 특정 사건을 중심으로 그에 대한 다양한 '경험'과 '기억'을 형상화하고 있다는 점에서, 주제나 의식적인 면에서의 한계에도 불구하고 충분히 논의할 가치가 있다고 하겠다.

〈『배달말』 제55집, 배달말학회, 2014.〉

---

52 조동일, 『한국문학통사 3』(제3판), 34면.

# 사설시조 속의 가족과 그 주변인들
## -고부·처첩 관계를 중심으로-

## 1. 머리말

우리 문학사에서 사설시조는 대단히 문제적인 갈래이며, 그렇기 때문에 시가 연구자들에게 지속적인 관심의 대상이 되어 왔다. 주지하듯이 사설시조는 현전하는 최초의 가집(歌集)인 〈청구영언〉에 '만횡청류(蔓橫淸類)'라는 항목으로 116수가 수록되어, 문학사에 비로소 그 존재가 부각되기 시작했다. 〈청구영언〉의 '만횡청류' 소재 작품들은 그 이전에 향유되었던 사대부들의 시조 작품들과는 매우 다른 면모를 보여주고 있다. 사설시조의 내용과 형식은 자못 파격적이라 할 수 있는데, 김천택조차도 '만횡청류는 사어(辭語)가 음왜(淫哇)하고 의지(意旨)가 비루하여 본받을만하지 못하다'[1]고 평가했을 정도였다. 그럼에도 불구하고 김천택이 가집에 다량의 사설시조를 수록할 수밖에 없었던 이유는, 이미 당대에 '만횡청류'가 수많은 작품과 폭넓은 향유 기반을 지닌 하나의 '양식'으로서 분명한 실체를 지니고 있었기 때문이었다. '만횡청류'가 끼친 당대의 영향은 뒤이어 편찬된 수많은 가집들에 기존의 시조들과 함께 사설시조 작품들이 수록되거

---

1 "蔓橫淸類, 辭語淫哇, 意旨寒陋, 不足爲法.", '만횡청류서', 〈청구영언〉, 조선진서간행회, 1948, 98면.

나, 새로운 작품의 창작과 연행 등으로 실증되었다고 평가할 수 있다.

　어쨌든 그 존재로 인해 사설시조는 이후의 문학사에서 매우 중요한 갈래로 평가되었고, 지금까지 주요한 학문적 관심의 대상이 되고 있기도 하다. 사설시조를 본격적인 학문적 연구의 대상으로 삼은 이는 고정옥이라 할 수 있다.[2] 사설시조를 조선 후기 '서민 계급의 문학'으로 규정한 고정옥의 연구는 이후의 연구자들에게 다대한 영향을 끼쳤다. 그러나 최근 담당층에 대한 서로 다른 논의들이 제출되면서, 사설시조의 성격과 문학사적 의미에 대해서도 대립되는 의견이 양립하고 있다.[3] 기존 연구들을 검토해 보았을 때, 연구자가 어떤 시각을 취하느냐에 따라서 사설시조에 대한 논의 결과까지도 다르게 나타난다는 것을 알 수 있다. 때문에 이제는 새로운 방법론을 통해서 사설시조의 연구사적 과제를 해명할 필요가 있다. 아울러 각각의 작품들을 보다 정치하게 읽어내려는 노력이 요구된다고 하겠는데, 최근의 연구들에서는 다양한 시각에서 작품들을 새롭게 읽어내려는 노력들이 엿보이고 있다. 본고에서 취한 여성주의적 방법론 역시 사설시조 연구에 새로운 관점을 제공해 줄 수 있을 것이라고 판단하고 있다.

　근래 사설시조를 여성주의적 관점에서 다룬 연구들이 지속적으로 제출되고 있고, 그러한 시각은 작품을 읽어내는 새로운 독법을 제공해주고 있다. 사설시조라는 갈래가 우리 문학사에서 대단히 '문제적'이라는 것에 동의할 때, 여성주의적 시각으로 접근하는 것은 여전히 해명되지 않고 남아 있는 많은 난점을 헤쳐 나갈 수 있는 방법론의 하나임은 분명하다. 기존의 사대부 시조와는 다른 사설시조의 내용적·형식적 특질은 고정옥을

---

2 고정옥은 사설시조를 '장시조'라 명명하고, '장시조군의 대표가 될만한' 작품 50수를 가려 뽑아 주석과 감상을 함께 시도한 『고장시조선주』(정음사, 1949)를 출간했다. 고정옥의 연구에 대한 평가와 의의는 김용찬의 「고정옥의 '장시조론'과 작품 해석의 한 방향」(『시조학논총』 제22집, 한국시조학회, 2005)을 참조할 것.

3 사설시조의 연구사적 쟁점에 대해서는 길진숙, 「사설시조 담당층과 미의식의 변증」(『고전문학연구의 쟁점적 과제와 전망 하』, 인권환 외, 도서출판 월인, 2003)을 참조할 것.

비롯한 초창기 학자들로부터 지속적으로 관심의 대상이 되어왔으며, 조선 후기 문학사의 흐름을 대변할 수 있는 특징으로까지 논해지기도 한다.

본고는 문제적인 갈래로서의 사설시조를 여성주의적 시각으로 바라보고자 하는 입장에서 마련된 것이다. 그동안 사설시조를 여성 화자와 섹슈얼리티의 관점에서 다룬 연구,[4] 그리고 여성주의적 독법으로 읽어내려는 시도[5]와 인식론의 측면에서 사설시조가 지닌 욕망의 언어에 주목한 논의[6] 등이 시도되기도 했다. 이들 연구는 모두 여성주의적 입장에서 출발하고 있다고 전제하고 있으나, 작품 해석에서부터 논의의 결과에 이르기까지 적지 않은 입장 차이를 드러내고 있다. 그러한 현상은 아마도 여성주의적 방법론이 지닌 연구자들 상호간의 시각의 '차이'를 보여주는 것에서 기인하는 것이라고 여겨진다.

그러나 선행 연구들의 성과들은 적어도 여성주의적 시각을 견지함으로써 사설시조를 파악하는 유용한 시각을 아울러 제공하고 있다고 이해된다. 본고 역시 여성주의적 관점에서, 특히 '가족'이라는 주제를 통해서 사설시조를 읽어내고자 한다. 주지하듯이 가족이란 사람들의 1차적인 생활이 이루어지는 공간이며, 그를 둘러싸고 있는 가족 성원들과의 관계를 통해서 개인의 정체성을 확립시켜 주는 곳이기도 하다. 무엇보다 전통 시대에 '가족은 대부분의 여성 경험이 이루어지는 중요한 장소[7]로서, 여성과 생활상을 이해하기 위한 매우 중요한 장(場)이라 할 수 있다. 그렇기에 '여성주의 시각에서 가족을 재해석하는 것은 여성과 가족 양자 모두의 이해에 중요한 작업[8]이 될 것이며, 특히 문학 작품을 통해서 가족의 형상을

---

4 박애경, 「사설시조의 여성 화자와 여성 섹슈얼리티」, 『고전문학과 여성 화자, 그 글쓰기 전략』, 월인, 2003.

5 이형대, 「사설시조와 여성주의적 독법」, 『고전문학과 여성주의적 시각』, 소명출판, 2003.

6 조세형, 「사설시조의 중층성과 욕망의 언어」, 『한국고전여성문학연구』 제7집, 한국고전여성문학회, 2003.

7 이박혜경, 「여성주의 시각에서 본 결혼과 가족」, 『새 여성학 강의』, 동녘, 1999, 184면.

살피고 그 특징을 논하는 것 역시 나름의 의미가 있다고 여겨진다.

이 글에서는 사설시조 속에 나타난 가족과 그것을 둘러싼 주변인들의 형상을 살펴보고, 작품 분석의 의미를 따져보기로 한다. 그러나 사설시조 작품들을 일별했을 때, 가족의 문제는 여타 장르에 비해서 그리 진지하게 다뤄지지 않고 있다고 할 수 있다. 그것은 아마도 해당 갈래가 지닌 양식상의 특질에서 비롯되는 측면도 무시할 수 없을 것이라고 파악된다. 대부분의 사설시조 작품들에서 가족의 문제가 전면적으로 나타나기보다는, 그 중에서도 특정 성원들 간의 관계에 관심을 집중하고 있는 것을 쉽게 볼 수 있다. 분명 사설시조를 통해서 바라보는 가족의 모습은 일면적일 수 있다고 생각된다. 그러나 특정 국면이 강조되는 문학적 형상을 살펴봄으로써, 가족이라는 주제를 드러내는 방식을 통해 사설시조가 지닌 미적인 특질과 그 의미를 해명하는 것도 필요하다고 여겨진다.

본고는 가족 구성원들 중에서 특히 시어머니와 며느리의 관계, 그리고 본처와 첩 사이의 문제를 다룬 작품들을 중심으로 다루어 보겠다. 며느리는 기존의 가족 구성원들 사이에 새롭게 편입된 존재로서 그 가족에 완전히 동화될 때까지의 일정 기간 '주변인'으로의 특징을 지니게 되지만, 남편을 사이에 둔 첩과의 사이에서는 오히려 핵심적인 가족 구성원이라는 성격을 동시에 지니고 있다. 고부(姑婦) 사이의 관계가 결혼이라는 제도에서 파생된 문제라고 한다면, 처첩(妻妾)의 갈등은 '처첩제(妻妾制)'를 용인했던 당대 사회의 관습에서 발생하고 있다고 하겠다. 대체로 중세 시대의 대부분의 여성들은 고부와 처첩 관계에서, 이렇듯 며느리와 본처라는 상반된 성격을 동시에 지니고 있었다. 따라서 이러한 주제를 담고 있는 작품들을 검토함으로써, 가족 관계 속에서의 여성의 위치와 역할의 일단을 자세하게 따져볼 수 있을 것이다.

---

8 이박혜경, 위의 글, 184면.

## 2. 사설시조 속의 가족과 그 주변인들의 형상

가족이란 어떤 의미를 지니고 있는가? 이러한 질문에 대한 답변은 아마도 사람들마다 각각 다르게 나타날 수 있을 것이다. 가족은 '현실 속에서 언제나 개인의 유일한 안식처이며, 최초이자 최후의 근거지'[9]라는 의미를 갖는다. 그래서 기존의 통념은 가족은 사적 영역이며, 그것은 공적 영역과 분리되어 있어 가족의 문제를 집밖으로 끄집어내는 것이 적절하지 않다고 여겨졌다. 하지만 가족은 엄연히 사회를 구성하는 '공적 영역'일 수밖에 없으며, 가족 성원들 간의 문제 역시 이러한 관점에서 바라봐야만 한다. 어쨌든 기존의 통념처럼 가족을 '낭만화'시키는 것은, 다른 측면에서는 사회적 문제일 수밖에 없는 다양한 형태의 가족 갈등을 은폐시키는 역할을 하게 될 수 있기 때문이다.[10] 물론 가족은 역사적으로나 사회 문화적으로 다양한 양상으로 표현되고, '한 사회 안에서의 가족 경험도 계급·성·연령에 따라 서로 다르'[11]게 나타난다. 그리하여 가족 구성원들 사이에서도 엄연히 권력의 위계가 자리 잡고 있으며, 어떤 입장에 서느냐에 따라서 가족을 바라보는 태도는 차이가 날 수밖에 없다.

이 중에서 성별에 따른 차이, 즉 남성과 여성의 가족 내의 역할과 위치는 매우 다르게 나타났던 것이 현실이다. 하지만 우리의 관념 속에는 가족의 낭만성이 부각되어 이미지화되어 있으며, 특히 '가족 공동체'라는 이름으로 그 속에 존재하는 각종의 위계와 차별은 사회적인 것이 아닌 개인적인 차원으로 환원되곤 했다. 조선시대의 상황을 살펴보건대, 가족 성원들 사이의 관계는 다양하게 얽혀져 있기도 하다. 오랫동안 유지해 왔던 관습 속에서 대체로 남성들은 가족이라는 제도 속에서 우월한 지위를 차

---

**9** 권명아, 『가족이야기는 어떻게 만들어 지는가』, 책세상, 2000, 13면.
**10** 이박혜경, 앞의 글, 189면.
**11** 이박혜경, 앞의 글, 186면.

지하고 있었으며, 이에 반해 여성들은 늘 그러한 남성들을 뒷바라지하는 역할에 머물러 왔었다. 이는 남성들이 사회적인 역할을 수행하는 것이 당연시되었던 당시의 풍조가 만든 하나의 이데올로기이기도 했다. 그런 의미에서 본다면, 가족이란 틀은 당대의 여성들에게 질곡(桎梏)으로 작용하고 있었으며, 또한 여성 차별적인 이념의 직접적인 실현 장소이기도 한 것이다.

물론 가족의 형태는 1인 가족으로부터 대가족에 이르기까지 매우 다양한 형태가 존재하고 있으며, 어떤 의미에서 본다면 모든 개인은 각기 가족의 성원으로서의 위치를 지니고 있기도 하다. 하지만 본고에서는 작품 속에서 가족의 형상이나 가족 구성원들 사이의 관계가 직·간접적으로 드러난 작품들만을 대상으로 논의를 진행하기로 하겠다. 사설시조라는 갈래가 지니는 특성에서 기인하는 바가 큰 탓이겠지만, 대상 작품들에는 가족의 면모를 그대로 드러내기보다는 특정 가족 성원들 간의 관계에 관심을 집중하고 있는 것이 대부분이다. 그렇게 본다면 사설시조라는 갈래에서 가족의 문제는 매우 파편화된 형태로 형상화되어 있다고 할 수 있을 것이다. 예컨대 민요나 규방가사 등 다른 갈래에서 형상화된 것과는 달리, 대부분의 사설시조 작품들에서는 가족 구성원들 사이의 단편적인 관계에만 초점을 맞추고 있다.

이제 구체적인 작품을 통해서 사설시조 속에 나타난 가족의 의미에 대해서 하나씩 따져보기로 하겠다.

　　서방(書房)님 병(病)들여 두고 쓸 것 업셔 종루(鐘樓) 져직 달릭 파라
　　빅 사고 감 亽고 유자(柚子) 亽고 석류(石榴) 삿다 아츠아츠 이저고 오화당 (五花糖)을 니저발여고즌
　　수박(水朴)에 술 쏘즈 노코 한숨 계워 ᄒ노라.〈해주 *540, 김수장 / #2512.1〉[12]

_____

12 작품을 인용할 경우 현대어 맞춤법에 따라 띄어쓰기를 하고, 작품 원문을 좇아 한글

곡구롱(谷口哢) 우는 소리의 낫잠 끼여 니러보니

져근 아들 글 니루고 며느아기 뵈쓰는듸 어린 손자(孫子)는 곳노리 흔다

뭇쵸아 지어미 술 거르며 맛보라고 흐더라.〈청육* 681, 오경화 / #0297.1〉


첫 번째 작품은 조선 후기에 활동했던 가창자인 김수장(金壽長)이 지은
것으로, '어느 시정 아낙의 남편에 대한 애틋한 애정이 섬세하게 그려져
있'[13]다. 여성인 화자는 변변치 않은 형편 속에서도 자신의 '달릭'[14]를 저자
에 팔아, 병든 남편을 위해 각종 과일을 마련한다. 그러면서도 자신이 산
물품 속에 '오화당(五花糖)'[15]이 빠졌음을 알고 안타까워하며, 끝내는 미처
사지 못한 물건에 대한 미련을 떨치지 못하고 한숨을 내쉬는 화자의 모습
이 인상적이다. 그러나 한편으로는 작품 속에서 병든 남편을 위해 온갖
과일을 사들이는 화자의 모습이 얼마나 현실적으로 비춰질 수 있는가는
자못 의문이다. 혹여 남성인 작자가 여성 화자를 등장시켜, 자신이 바라
는 바의 형상을 작품 속에 투영한 것이라면 지나친 비약일까? 그럼에도
불구하고 이 작품을 통해서 우리는 부부간의 조화로운 애정의 모습을 읽
어낼 수 있다. 또한 이 작품에는 부부의 형상 이외에 다른 가족 구성원들
의 존재는 문면에 직접적으로 제시되어 있지 않다. 이처럼 양적으로 많지
는 않지만, 작품 속에서 부부의 문제가 형상화될 때 비교적 조화로운 양
상을 보여주고 있는 경우를 발견할 수 있다.[16]

---

을 내어쓰고 한문은 ( )안에 병기하였다. 또한 말미에 가집의 약칭과 가번(*)을 기입하고,
이어서 『고시조대전』(김흥규 외, 고려대학교 민족문화연구원, 2012)의 가번(#)을 함께 제시
하였다. (본래의 논문은 작품의 가번(#)을 심재완의 『교본 역대시조전서』에서 취했지만, 책
을 엮으면서 비교적 최근에 정리된 『고시조대전』으로 바꾸었다.)

**13** 이형대, 「사설시조와 여성주의적 독법」, 292면.
**14** '달릭'는 '다리' 또는 '다래'의 옛 표현으로, 여자의 머리숱이 많아 보이게 하기 위해 덧
넣어 땋은 머리를 가리킨다.
**15** '오화당(五花糖)'은 오색으로 물들여 만든 동글납작한 사탕을 일컫는다.
**16** 예컨대 아래의 작품도 시적 대상이 부부인가 연인인가 하는 문제는 남아있지만, 남녀
간의 조화로운 양상을 보여주고 있다고 하겠다. "김화(金化) │ 금성(金城) 슈슛대 반(半) 단

두 번째 작품 역시 조선 후기의 가창자인 오경화(吳擎華)[17]의 것으로, 어느 한 가족의 '평범한 일상생활의 일순간을 포착하여'[18] 형상화하고 있다. 시아버지의 시선에서 그려진 한 가족의 모습은 매우 평화롭게 나타나고 있으며, 독자들은 작품을 읽으면서 작중의 상황이 절로 머릿속에 그려지는 듯할 것이다. 하지만 남성 화자의 시점에서 그려진 이 작품 속에서, 다른 가족 구성원들은 화자의 시선 속에 배치된 하나의 정물처럼 느껴지기도 한다. 따라서 작품 속에 보이는 한 가족의 평화로운 정경 역시 오로지 화자의 시선 속에 포착된 모습일 뿐이다. 즉 화자를 위해 술을 거르는 아내, 글 읽는 작은아들과 베 짜는 며느리, 그리고 꽃놀이하는 어린 손자 등 작중 인물들은 낮잠을 자다 깨어난 화자에 의해 조망된 대상일 뿐이다. 물론 독자 역시 그러한 화자의 시선을 좇아 작품 속의 상황을 매우 조화롭게 느끼게 된다.[19]

어쨌든 그 수는 많지 않지만, 사설시조에는 위의 작품들처럼 가족 구성원들의 조화로운 모습을 형상화한 작품도 볼 수 있다. 두 작품의 화자가 모두 남성인 점도 특기할 만하다.[20] 그러나 가족을 소재로 하는 작품들은 대체로 가족 성원들의 갈등을 그리고 있는 경우가 많다고 할 수 있다. 가족을 구성하는 가장 중요한 절차는 바로 남녀 간의 결혼일 것이다. 대체

---

만 어더 죠고만 말마치 움을 뭇고 / 조쥭 니쥭 백양저(白楊箸)로 지거 자내 자소 나는 매 서로 권(勸)홀 만졍 / 일생(一生)에 이별(離別) 뉘 모로미 긔 원(願)인가 ᄒ노라."〈청진 *466 / #0600.1〉.

**17** 오경화는 생몰년 미상의 조선 후기에 활동했던 가창자로, 〈청구영언 육당본〉에 '동국명가(東國名歌)'로 소개되어 있다. 당대의 가창자 명단을 기록한 〈해동가요〉의 '고금창가제씨(古今唱歌諸氏)'에도 이름이 올라 있다.

**18** 고정옥, 『고장시조선주』, 35면.

**19** 이는 며느리인 여성 화자가 등장하여, 시댁의 가족 구성원들에 대해서 비판적으로 평가하는 작품(청진 *573/#2915.1)과 비교해 보면 뚜렷한 차이를 느낄 수 있을 것이다. 해당 작품의 의미에 대해서는 뒤에서 자세히 논할 것이다.

**20** 이는 가족을 바라보는 남성과 여성의 태도에서 기인하는 바가 있을 것으로도 여겨지나, 이에 대해서는 사설시조의 화자를 다루는 자리에서 별도로 천착해 볼 필요가 있다 하겠다.

로 사람들의 인식 속에서 결혼은 남녀 간의 사랑에 기반을 둔 결합이라고 이해되고 있으며, 가족의 화합을 위해 부부간의 조화로운 애정은 불가결한 요소인 것이다. 결혼은 서로 다른 공간에서 살아왔던 존재인 부부의 결합을 가능케 해주는 제도이며, 부부가 서로를 이해하며 조화를 이루는 것이 가족 화합의 전제가 되는 것이다. 하지만 이러한 인식에는 가부장제 하에서의 결혼이라는 것이 남녀 불평등을 은폐하고 있으며, 그것이 외형적으로는 낭만화된 형태로 나타나고 있다는 것을 지적할 수 있을 것이다.

물론 모든 작품 속에서 부부간의 화합만이 형상화되어 있는 것은 아니다. 사설시조에는 때로는 부부 중 한 사람이 상대방을 비난하며 불만을 터뜨리는 경우도 나타나고 있다. 이러한 경우에도 그것이 제도로서의 결혼의 문제를 지적하기보다는, 개인의 욕구(욕망)가 상대방에 의해 채워지지 못하는 이른바 '욕망의 과잉 혹은 결핍'이 문제되고 있다고 할 수 있다.[21] 특히 성적인 문제를 다루고 있는 작품들에서 이러한 양상이 두드러진다는 점에서 이러한 주제는 가족이라는 관념에서보다 성 혹은 욕망의 문제를 다루는 논의에서 적극적으로 언급되어져야 할 것이다.

가족이 하나의 공동체로서 가족 성원들 사이의 관계에 의해 이끌어지는 사회 단위이며, 성리학을 통치 이념으로 삼았던 조선시대에 가족은 통치를 위한 기본 단위이기도 했다. 가족 성원들 속에서 여성들은 가족의

---

21 예컨대 박애경에 의해 '남성에 의해 일방적으로 훼손 당하는 여성의 성'(앞의 글, 227면)을 그리고 있다고 지적되고 있는 다음의 작품이 '욕망의 과잉'에 해당한다. "얽고 검고 큰 큰 구레나롯 그것조차 길고 넙다 / 쟘지 아년 놈 밤마다 빅에 올라 죠고만 구멍에 큰 연장 너허 두고 훌근 할적 홀 제는 애정(愛情)은 큐니와 태산(泰山)이 덥누로는 듯 즌 방기(放氣) 소릭에 졋 먹던 힘이 다 쁘이노민라 / 아모나 이 놈을 드려다가 백년 동주(百年同住)ᄒ고 영영(永永) 아니 온들 어닉 개똘년이 싀앗 새옴 ᄒ리오."〈청진 *569 / #3284.1〉 이에 반해 여성 화자의 '기본적인 성적 욕망조차 충족시켜 주지 못하는 무용한 존재'(이형대, 앞의 글, 304면)로서의 남편을 그리고 있는 다음의 작품은 '욕망의 결핍'을 형상화하고 있다고 하겠다. "술이라 ᄒ면 믈 물 혀 듯 ᄒ고 음식(飮食)이라 ᄒ면 헌 믈등에 셔리황 다앗 듯 / 양 수종(兩水腫) 다리 잡조지 팔에 할기눈 안꼿 곰장이 고쟈 남진을 만셕듕이라 안쳐 두고 보랴 / 창(窓) 밧긔 통메 중사 네나 ᄌ고 니거라."〈병가 *1062 / #2866.1〉.

경제를 담당하는 주요한 역할이 주어지곤 했다. 이는 다른 측면에서 이해한다면, 단지 여성이라는 이유만으로 주로 가사 노동이나 가족 관계를 관리하는 일을 어릴 때부터 교육받아 왔다는 의미이다. 특히 여성들은 결혼이라는 제도를 통하여 자신의 가족을 떠나 새로운 가족에 편입되게 되는데, 시집 식구들과의 관계는 당대 여성들의 삶에 지대한 영향을 끼치는 요인이었다. 때문에 결혼을 한 여성들은 남편뿐만이 아니라, 새로운 환경에 적응하는 과정에서 늘 시집 식구들과의 관계에서 언제든지 갈등이 일어날 수밖에 없었던 것이다. 그런 의미에서 새롭게 맞아들인 며느리는 시댁 가족의 구성원이지만, 시집 식구들과의 갈등이 해소되지 않는 한 가족의 주변인이자 경계인으로서의 처지에 놓여있을 수밖에 없었다.

때문에 부부 사이의 문제만이 제기될 때는 대체로 조화로운 면모가 나타나기도 하지만, 한편으로 다른 시댁 식구들과는 늘 긴장과 갈등을 내포하고 있었던 것이다. 결혼이란 여성들에게 한편으로는 동경의 대상이면서, 다른 한편으로는 새로운 긴장의 원인이 되기도 한 것이다. 대체로 조선시대에는 부자간의 관계는 효(孝)라는 이념에 의해서 이미 거스를 수 없는 당위로 자리잡고 있었다. 그렇다면 부자의 문제를 제외한다면, 가족 성원들 사이에는 부부(夫婦)·고부(姑婦)·처첩(妻妾)의 관계가 매우 중요한 문제로 떠오를 수 있을 것이다. 이러한 관계들이 서로 갈등을 야기할 때, 아내 혹은 며느리라는 존재는 항상 그 갈등의 한 축을 담당하게 된다. 이들 중 부부 사이의 갈등은 '욕망의 과잉 혹은 결핍'이라는 문제를 제외한다면, 그리 크게 부각되고 있지 않는 셈이다.

아마도 가족 구성원들 사이의 갈등 중에서 가장 심각한 것은 시어머니와 며느리와의 고부(姑婦) 갈등일 것이다. 고부간의 갈등은 외형적으로는 아들/남편을 사이에 둔 여성들 상호간의 문제인 것으로 비춰지지만, 대체로 시어머니의 입장은 시집을 대표하는 존재로서 어떤 측면에서는 '남성화된 여성'이라는 의미를 지니고 있다. 그리하여 시어머니가 내세우는 것은 가족의 입장이라고 주장하지만, 실제로는 가부장제 하에서의 가족 내의 '권력자'로서 남성적인 이익을 절대적으로 대변하고 있다고 할 수 있다. 혈연으로 이루어진 기존의 가족 구성원들 사이에서 며느리는 혈연으로 연결되어 있지 않은 유일한 존재이기 때문에, 제도적으로는 가족 구성원이면서 현실적으로는 완전한 가족으로서의 자격이 일정 기간 보류되어 있는 '주변인'으로서의 존재인 것이다.

싀어마님 며느라기 낫바 벽바흘 구루지 마오
빗에 바든 며느린가 갑세 쳐 온 며느린가 밤나모 서근 들걸에 휘초리나니 ᄀᆞ치 알살픠신 싀아바님 볏 뵌 쇳동 ᄀᆞ치 되죵고신 싀어마님 삼년(三年) 겨론 망태에 새 송곳 부리 ᄀᆞ치 쏙쏙ᄒᆞ신 싀누으님 당피 가론 밧틔 돌피나니 ᄀᆞ치 싀노란 욋곳 ᄀᆞ튼 피똥 누는 아들 ᄒᆞ나 두고
건 밧틔 멋곳 ᄀᆞ튼 며느리를 어듸를 낫바 ᄒᆞ시ᄂᆞᆫ고.〈청진 *573 / #2915.1〉

싀약시 싀집 간 날 밤의 질방그리 듸엿슬 ᄯᅥ려 ᄇᆞ리오니
싀어미 이르기를 물나 달나 ᄒᆞᄂᆞ괴야 싀약시 대답(對答)ᄒᆞ되 싀어미 아들 놈이 우리집 전라도(全羅道) 경상도(慶尙道)로셔 회령(會寧) 종성(鍾城) 다히를 못 쓰게 ᄯᅮ러 어긔로쳐시니
글노 비겨 보와 냥의쟝할가 ᄒᆞ노라.〈병가 *987 / #2482.1〉

어이려뇨 어이려뇨 싀어마님 어이려뇨
쇼대남진의 밥을 담다가 놋쥬걱 잘늘 부르쳐시니 이를 어이ᄒᆞ려뇨 싀어마님아 져 아기 하 걱정 마스라
우리도 져머신 제 만히 것거 보왓노라〈청진 *478 / #3233.1〉

앞의 두 작품은 모두 시어머니와 며느리와의 갈등을 그려내고 있다. 첫 번째 작품에서는 시어머니의 구박에 대해 며느리를 화자로 등장시켜 그 부당성에 대해 적극적으로 항변하고 있다. 고정옥은 이 작품을 민요인

'시집살이노래와 완전히 통한다'[22]고 하였으며, 작품 속의 표현은 매우 곡진(曲盡)하여 '민중적 보편성에 귀착되고 있'[23]다고 해석하고 있다. 민요에서는 '며느리를 가족의 일원이 아니라 노동력으로만 간주하'[24]는 것에 대한 항변을 담고 있는 작품들을 적지 않게 발견할 수 있는데, 이 작품은 그러한 민요의 한 구절을 옮겨다 놓은 것처럼 보이기도 한다. 자신을 나쁘다고 꾸짖는 '시어머니에게 하소연하는 형식을 취한 이 노래에서 화자는 자신에게 고통을 주는 시댁 식솔들을 저마다의 특성을 지닌 얄궂은 사물에 비유'[25]하고 있으며, 반면에 자신은 '건 밧틔 멋곳'[26]으로 대조시켜 표현하고 있다.

이 작품에서 며느리의 발언 속에서 다른 시집 식구들의 존재가 언급되고 있기는 하지만, 직접적인 당사자는 바로 시어머니와 며느리이다. 시어머니의 꾸지람은 바로 시집 식구들을 대변하는 것이며, 며느리는 병약한 남편[27]의 보호조차 기대할 수 없이 시집 식구들과 온전히 맞서게 된다. 남편이 아직 가족 속에서 확고한 위치를 차지하고 있지 못하기 때문에, 며느리인 작중 화자 역시 시집에서는 가족의 일원이 아니라 여전히 주변인으로서의 위치에 머물러 있는 것이다. 만일 남편이 온전한 존재로 있다고 해도, 아들의 입장에서 부모의 말을 거스르면서까지 아내의 입장을 옹호하였을 것인가 하는 것도 의문이다. 자식의 입장에서 부모의 말을 거스르고 아내를 두둔한다는 것은 당시로서는 불효로 인식되었기 때문이다. 때문에 대개의 경우 고부 갈등은 중재자가 없는 상태에서 며느리의 일방적

---

22 고정옥, 『조선민요연구』, 72면.

23 고정옥, 『고장시조선주』, 85~86면.

24 강진옥, 「서사민요에 나타나는 여성 인물의 현실대응 양상과 그 의미」, 『구비문학과 여성』, 박이정, 2000, 94면.

25 이형대, 앞의 글, 302면.

26 '건 밧틔 멋곳'은 '비옥한 밭에 야생하는 나팔꽃'이란 의미로 건강하고 싱싱한 꽃을 가리킨다.

27 '싀노란 외곳 즛튼 피똥 누는 아들'.

인 희생만이 강요될 수밖에 없었던 것이다.[28]

두 번째 작품은 시어머니와 며느리와의 대화를 그 내용으로 하고 있다. 갓 시집 온 색시가 '질방그리'[29]를 깨뜨리자 이를 변상하라는 시어머니에게, 시집을 와서 시어머니의 아들인 남편에게 이미 '처녀성을 상실했으므로 물어 줄 수 없다고 응수하는 며느리'[30]의 항변을 담고 있다. 작품 속에 나타난 며느리의 항변이 실제로 가능했겠는가 하는 문제는 예외로 하더라도, 민요에서도 이런 양상이 나타난다는 점은 매우 흥미롭다. 강진옥에 의하면, '집안 일 하다가 깨뜨린 세간을 친정의 세간 전답을 팔아서라도 물어내라는 시집 식구들의 요구에 대해 며느리는 자기 몸을 원래대로 물러주면 물어주겠다고 반박하'[31]는 유형의 작품들이 민요에도 존재한다고 한다.

그렇게 본다면 대체로 고부 갈등을 그리고 있는 작품들은 민요적 성격을 지니고 있거나, 민요의 특정 부분을 그대로 옮겨와 작품화한 것으로 이해될 수 있겠다. 특히 고부 갈등을 형상화한 작품들에서는 대개 사회적 약자인 며느리의 입장을 두둔하거나, 대변한 것은 특징적이라고 할 수 있다. 부계 중심의 가족 구조 속에서 여성들은 시집이라는 낯선 환경에서 낯선 사람들과 생활하게 되면서, 시집 식구들과의 인간적인 갈등에서부

---

28 며느리의 시각에서 그려진 본문의 작품이 시댁 식구들의 특징을 구체적으로 들어 비판하고 있다면, 시어머니의 입장에서 형상화된 아래의 작품은 뚜렷한 이유 없이 며느리에게 '저주에 가까운 말'을 쏟아내고 있다는 차이를 발견할 수 있다. "가마귀 싹싹 아모리 운들 님이 가며 딛늘 가랴 / 밧 가난 아들 가며 뵈틀에 안즌 아지(阿只)쏠이 가랴 / 지 너머 물 길나 간 며늘아지(阿只) 네나 갈가 흐노라."〈청육 *779 / #0611.1〉 이 작품은 '까마귀가 울면 사람이 죽는다'는 속설에 기댄 것으로, 화자의 집 주위에서 까마귀가 울었으니 다른 어떤 식구도 아닌 며느리가 죽을 것이다는 인식을 담고 있다. 이처럼 동일한 소재를 다루고 있다고 하더라도, 화자가 시어머니인가 혹은 며느리인가에 따라서 작품의 형상화가 크게 달라지고 있음을 볼 수 있다.

29 '질방그리'는 질그릇으로 된 방구리를 가리키는데, 방구리는 물을 긷는데 사용하는 그릇이다.

30 박애경, 앞의 글, 235면.

31 강진옥, 앞의 글, 96면.

터 노동이나 가난 등 다양한 문제에 이르기까지 적지 않은 어려움을 참아 내야만 했다.[32] 때문에 여성들은 결혼을 통해서 새로운 가족에 편입되는 시점부터, 적지 않은 정신적 스트레스를 참고 견뎌야만 했을 것이다. 위의 작품들에 형상화된 내용이 '상상적 재현'[33]이라고 설명할 수 있다면, 그러한 상상을 통해서 현실 속에서의 괴로움의 일단을 해소하고자 하는 의도도 자리하고 있었을 것이라 이해할 수 있는 것이다.

세 번째 작품은 그 내용이나 형상화의 측면에서도 매우 특이한 작품이라고 할 수 있다. 고부 갈등이라기보다는 고부간의 조화를 드러내고 있으며, 그것도 며느리의 성적 일탈에 대해서 관대한 태도를 보이는 시어머니의 모습을 그려내고 있기 때문이다. 밥을 담다가 놋주걱을 부러뜨렸다는 사실에서 갑자기 튀어나오는 며느리의 '충격적인 고백'도 의아하거니와, 자신의 젊었을 적 경험을 들면서 그것을 관대히 보아 넘기는 시어머니의 답변도 이례적이기 때문이다. 부엌살림을 잘 간수하는 것이 며느리의 미덕으로까지 여겨지던 때에, 놋주걱을 부러뜨렸다는 것은 시어머니에게 비난의 대상이 될 수도 있었다. 하지만 며느리의 성적 일탈이라는 문제는 시집 식구의 입장에서는 더 심각한 문제인 것이다. 그러나 며느리는 자신의 작은 잘못을 가리기 위해 더 큰 문제를 고백하고, 이에 대해 시어머니는 며느리의 행동에 공감하며 이해한다는 것이다.

앞의 두 작품이 시집살이에서 오는 시어머니와의 갈등을 비교적 현실적으로 그려내고 한다고 한다면, 마지막 작품은 며느리와 시어머니와의 관계가 성적인 문제와 결합되어 나타난다는 점에서 큰 차이를 보이고 있다. 즉 앞의 두 작품이 제도로서의 가족의 관계를 문제 삼고 있다고 한다면, 뒤의 작품은 성적인 문제와 연결시켜 철저히 개인의 문제로 환원하고

---

32 이혜진, 「시누이 눈은 보름달보다 밝다」, 『우리나라 여성들은 어떻게 살았을까 1』, 청년사, 1999, 191면.

33 박애경, 앞의 글, 235면.

있다고 파악할 수 있겠다. 제도로서의 결혼과 부부 관계를 그려낼 때는 부부의 조화로운 애정을 지향하고 있었던 것이, 부부 중 어느 한 사람의 성적인 욕망을 그려낼 때에는 욕망의 결핍으로 인한 부조화가 전면에 드러났었던 것을 떠올릴 수 있을 것이다. 고부 사이의 문제 역시 그것이 제도로서의 관계 속에서 그려지고 있느냐, 아니면 성적 일탈이라는 주제가 전면화되면서 개인의 문제로 귀결되느냐 하는 점이 작품의 형상화에 일정한 영향을 끼치지 않았는가 하는 점을 지적할 수 있을 듯하다.

중세 시대 가족의 문제를 다룰 때, 처첩(妻妾) 사이의 관계 역시 빼놓을 수 없는 중요한 주제이다. 역사적으로 일부일처제는 가장 중요한 혼인 형태로써 법적으로 인정되어 왔으나, 처첩제는 매우 오랫동안 지속되어온 관행이기도 했다. 부인이 아닌 남편의 여자를 첩이라 일컬었다. 정당한 혼인 절차를 거친 아내인 본처는 사회적으로 그 지위가 보장되어 있었으며, 이에 비해 첩은 사회적으로 천시되는 것은 물론 가족 성원으로서도 인정을 받지 못하던 존재였다. 그리하여 한 남편을 사이에 두고 처첩 사이의 갈등은 필연적으로 야기될 수밖에 없었다. 그런데 더 중요한 것은 처첩 갈등의 주요 원인은 남편에게 있었지만, 대개의 경우 그것이 여성들의 문제로서만 드러난다는 사실이다.

조선시대에 그 체계가 갖추어진 '일부일처제는 남성중심적인 것이어서, 사실상의 부계 강화를 위한 여성의 성에 대한 통제 수단이었다. 남성에게는 첩실을 두게 하여 성적인 자유를 허용한 반면, 여성에게는 재가 금지를 통하여 성적 통제를 강력하게 시작[34]하였다고 이해될 수 있다. 따라서 처첩제란 당시 사회가 암묵적으로 용인하던 남성 중심적인 제도의 하나이며, 그로 인해서 여성들은 늘 갈등의 당사자로서 고통을 받아야만 했던 것이다. 하지만 처첩 갈등이 나타날 때, 남성의 역할은 철저하게 은폐되어 있다. 이 경우 처는 가족의 구성원으로서 정당한 위치를 확보하고 있

---

34 이박혜경, 앞의 글, 200면.

지만, 첩은 가족 구성원으로서 인정받지 못하고 오로지 남편과의 관계에 의해서만 그 존재를 인정받게 되는 주변인의 성격을 지니고 있다고 할 것이다.

어찌 보면 처첩 사이의 갈등은 부모들에 의해 일방적으로 결혼이 강제되던 당시의 결혼 제도에서 이미 그 비극의 씨앗이 잉태되어 있었다고 할 수 있다. 남자에게는 성적으로 보다 너그러운 관습 속에서, 첩을 두는 것이 하나의 사회적 능력으로까지 치부되던 관념은 엄연히 존재하고 있었다. 그렇게 본다면 아내(처)는 집안끼리의 중매를 통해 부모의 선택에 의해 결정되었지만, 첩은 남편 자신이 직접 선택한 존재였다. 그렇게 본다면 남편의 애정이라는 측면에서 대개의 경우 아내는 첩에게 뒤질 수밖에 없게 되며, 처는 단지 사회적으로 인정받는 '정실(正室)'이라는 이념적 지위를 지니고 있을 뿐이다. 그렇게 본다면 처와 첩은 사회적인 인정과 남편의 애정이라는 측면을 온전히 지니고 있지 못하고, 어느 한 부분이 결핍되어 있다고 파악할 수 있겠다. 처첩간의 갈등은 바로 이러한 부분에서 출발하고 있는 것이다.

    져 건너 월앙(月仰) 바회 우희 밤즁마치 부헝이 울면
    넷 사룸 니룬 말이 남의 싀앗 되야 줏립고 양믜와 백반 교사(百般巧邪)ㅎ
ᄂ 져믄 첩(妾)년이 급살(急殺)마자 죽ᄂ다 ᄒ데
    첩(妾)이 대답(對答)ㅎ되 안해님겨오셔 망녕된 말 마오 나ᄂ 듯ᄌ오니 가
옹(家翁)을 박대(薄待)ㅎ고 첩(妾) 새옴 甚히 ᄒ시ᄂ 늘근 안히님 몬져 죽ᄂ다
데. 〈청진 *564 / #4236.1〉


    직 넘어 싀앗슬 두고 손쌕 치며 애써 간이
    말만흔 삿갓집의 헌 덕셕 펼쳐 덥고 년놈이 흔듸 누어 얼거지고 틀어졋다
이졔는 얼이북이 판노군(叛奴軍)에 들거곤아
    두어라 모밀썩에 두 장고(杖鼓)를 말려 무슴 ᄒ리요.〈청요 *15, 김태셕 /

#4223.1〉

　앞의 작품은 대화체 형식으로, 처와 첩 사이의 갈등을 실감나는 표현으로 그려내고 있다. 초장과 중장에서의 처의 발언은 '아내가 있는 남자의 첩이 되면 급살(急煞)을 맞아 죽는다'는 풍문에 기댄 것이라면, 종장에서 첩의 반격은 '남편을 박대하고 첩에게 시샘하는 것은 아내의 도리가 아니'라는 관념에 기대고 있다. 어찌 보면 첩의 대꾸는 당돌하기 짝이 없는 것이며, 적반하장에 다름이 아니라고도 할 수 있겠다. 작품에 드러난 상황만으로는 결국 본처가 첩에게 판정패한 것으로 보인다. 엄연히 현실 속에서 존재하고 있는 첩의 존재에 대해서 대응하는 본처의 논리는 당위적인 차원에서밖에 이해되지 않는 것이다. 이에 비해 첩의 발언은 오히려 가부장제의 이념적인 차원에서 본처를 꾸짖는 역설적인 상황이 벌어진 것이다. 일견 첩의 입장을 옹호하고 있는 듯한 이 작품은, 처첩제는 부정할 수 없는 현실이라는 점을 강조하기 위한 의도로까지 읽혀지고 있다.

　뒤의 작품은 첩과 함께 지내는 남편의 모습을 확인하기 위해 힘겹게 재를 넘어 불륜의 현장을 목도한 처의 시선에서 그려진 작품이다. 종장의 '모밀떡에 두 장고'라는 표현은 남녀의 성행위를 은유적으로 표현한 것으로, 비록 누추한 집이지만 남편과 첩이 조화롭게 살고 있는 모습을 보고 본처가 체념한다는 내용으로 이루어져 있다. 이 역시 일견 화자인 본처의 입장에서 작품을 형상화하고 있는 듯이 보이지만, 작품에서 드러내고자 하는 바는 남편의 마음이 이미 첩에게 기울어져 있음을 인정할 수밖에 없는 본처의 처지를 그리고 있다고 여겨진다.

　앞에서 이미 언급했지만, 결혼 당사자로서는 합리적이지 못하다고 느낄 수밖에 없었던 당시의 결혼 제도 하에서 애정의 문제만을 염두에 둘 때 대체로 첩이 우위에 설 수밖에 없었다. 따라서 처첩간의 갈등을 그리고 있는 작품들이 그 둘 사이에서 사회적 약자인 첩의 입장을 배려하고 있다고 생각할 수도 있겠으나, 다른 한편으로는 처첩제의 존재를 인정하고자 하는 의도가 내포되어 있었다고 해석할 수도 있을 것이다. 이는 처와 첩의 잘못을 동시에 지적하면서 가부장적 권위의식을 드러내고 있는 작품[35]이나, 첩의 잘못된 점을 늘어놓고 정실(正室)의 중요성을 강조하는 작품[36] 역시 처첩제의 근본을 부정하고 있지 않다고 판단된다.

다시 말하자면 이들 작품에서는 처첩 갈등의 직접적인 피해자인 여성들의 입장은 그리 크게 배려되어 있지 못하다고 여겨진다. 오히려 처첩제를 인정하면서 그 갈등 관계를 문제로 환치시키고 있으며, 그러한 원인을 야기시킨 남성들의 존재는 작품 속에서는 별다른 의미를 지니고 있지 못하고 있기 때문이다. 물론 처첩간의 문제를 드러내지 않았던 시대부들의 평시조에 비하면, 사설시조 속에 이들의 갈등이 그대로 노출되어 있다는 것도 그 의미가 적지 않다고 할 것이다. 하지만 문제의 제공자인 남성에 대해서는 아무런 문제도 제기하지 않고, 처첩 갈등의 문제를 온전히 여성들에게만 떠넘긴다는 것은 분명한 한계로 지적될 수 있을 것이다.

이밖에도 제 때에 결혼을 하지 못해 가족 구성원으로서의 주변인으로 취급을 받아야만 했던 노총각[37]·노처녀[38]의 처지를 다룬 작품들이나, 배

---

**35** 이형대, 앞의 글, 299면. 해당 작품은 다음과 같다. "술 붓다가 잔(盞) 골케 붓는 첩(妾)과 첩(妾)흔다고 싀오는 안히 / 헌 빈에 모도 시러다가 씌오리라 가읍슨 바다 / 풍랑(風浪)에 놀나 씩닷거든 즉시(卽時) 다려 오리라."〈병가 *1109 / #2837.2〉.

**36** "첩(妾)을 죳타 흐되 첩(妾)의 설폐(設弊) 들어보소 / 눈에 본 죵 계집은 기강(紀綱)이 문란(紊亂)흐고 노리개 여기첩(女妓妾)은 범백(凡百)이 여의(如意)흐되 중문(中門)안 외방(外方) 관기(官妓) 긔 아니 어려우며 양가녀(良家女) 복첩(卜妾)흐면 그 중(中)에 낫건마는 안마루 발막짝과 방안에 장옷귀가 사부가(士夫家) 모양(貌樣)이 저절노 글너가네 / 아무리 늙고 병(病)드러도 규모(規模) 딕히기는 정실(正室)인가 흐노라."〈봉래, 신헌조 / #4711.1〉. 오히려 이 작품에서는 여기첩을 비롯한 다양한 첩의 실태가 제시되어 있으며, 첩을 부정하는 논리에는 중세적 이념을 지키려는 작자의 의도가 내포되어 있다고 할 수 있겠다.

**37** 대표적인 것으로 다음의 작품을 들 수 있다. "반(半) 여든에 첫 계집을 흐니 어렷두렷 우벅주벅 주글 번 살 번 흐다가 / 와당탕 드리드라 이리져리 흐니 노도령(老都令)의 므음 홍글항글 / 진실(眞實)로 이 자미(滋味) 아돗던들 긜 적보터 흘랏다.",〈청진 *508 / #1824.1〉.

**38** 다음의 작품을 예로 들 수 있겠다. "새악시 서방(書房) 못 마자 애쁘다가 주근 영혼(靈魂) / 건 삼밧 쑥삼 되야 용문산(龍門山) 개골사(開骨寺)에 니 썻진 늙근 줌놈 들뵈나 되얏다가 / 잇다감 씀 나 구려온 제 슬쩌거나 볼가 흐노라.",〈청진 *494 / #2481.1〉.

우자가 존재하지 않는 과부[39]나 홀아비[40]의 문제 역시 가족의 경계에 서 있는 존재들로서 주목할 수 있을 것이다. 이밖에도 성적 일탈의 현장을 목격한 이웃과 이를 변명하는 여인의 대화로 진행되고 있는 작품[41]이나, 온갖 병을 지니고 있는 딸을 시집 보낸 친정어머니와 시어머니 사이의 관계를 그리고 있는 작품[42]도 가족 구성원들 사이의 관계 속에서 주변인으로 존재하고 있다고 할 수 있다. 이를 통해서 사설시조 속에 나타난 가족과 주변인들의 형상이 지니는 의미를 보다 풍부하게 해석할 수 있을 것이라 여겨진다.

그러나 본고에서는 가족 구성원 내의 문제에 중점을 두다보니, 가족 구성원 이외의 '주변인들'에 대해서는 본격적인 논의가 충분히 이뤄지지 못했다. 이에 대해서는 사설시조 전반의 미학적 특질을 다루는 별도의 연구를 통해서 해명해야 할 필요성을 절감했다. 또한 사설시조에 나타난 가족 관계의 특정 국면을 부각시켜 설명했지만, 그것이 사설시조라는 갈래 속에서 어떤 의미를 지니는지에 대해서도 상대적으로 논의가 충분치 못하

---

**39** "즁놈도 사룸이 냥ᄒᆞ야 자고 가니 그립ᄃᆞ고 / 즁의 송낙 나 볘옵고 내 쬭도리 즁놈 볘고 즁의 장삼(長衫)은 나 덥습고 내 치마란 즁놈 덥고 자다가 씌두르니 둘희 ᄉᆞ랑이 송낙으로 ᄒᆞ나 쬭도리로 ᄒᆞ나 / 이튼날 ᄒᆞ던 일 싱각ᄒᆞ니 홍글항글 ᄒᆞ여라.", 〈청진 *552 / #4440.1〉.

**40** "내 쇼사랑 일허ᄇᆞ린지 오ᄂᆞᆯ조촛 츤 삼년(三年)이오러니 / 젼젼틔틔 문젼ᄒᆞ니 각씨(閣氏)늬 방안의 셔 잇드라 ᄒᆞ듸 / 가지(柯枝)란 다 쎅여 쓸지라도 ᄌᆞ로 드릴 구멍이나 보내소.", 〈병가 *849 / #0960.1〉.

**41** "니르랴 보쟈 니르랴 보쟈 내 아니 니르랴 네 남진ᄃᆞ려 / 거즛 거스로 물 깃는 체 ᄒᆞ고 통으란 나리와 우물젼에 노코 쏘아리 버셔 통조지에 걸고 건넌 집 쟈근 김서방(金書房)을 눈 긔야 불러 늬여 두 손목 마조 덥셕 쥐고 슈근슈근 말ᄒᆞ다가 삼 밧트로 드러가셔 므스 일 ᄒᆞ던 지 즌 삼은 쓰러지고 굴근 삼대 밋만 나마 우즑우즑 ᄒᆞ더라 ᄒᆞ고 늬 아니 니르랴 네 남진ᄃᆞ려 / 져 아희 입이 보도라와 거즛말 마라스라 우리는 ᄆᆞᄋᆞᆯ 지서미라 실삼 죠곰 ᄏᆡ더니라.", 〈청진 *576 / #3770.1〉.

**42** "재 너머 막덕(莫德)의 어마네 막덕(莫德)이 쟈랑 마라 / 내 품에 드러서 돌겻즘 쟈다가 니 ᄀᆞᆯ고 코 고오고 오좀 ᄊᆞ고 방긔(放氣) 쮜너 춤 맹셔(盟誓)개지 모진 내 맛기 하 즈즐ᄒᆞ다 어셔 다려 니거라 막덕(莫德)의 어마 / 막덕(莫德)의 어미년 내ᄃᆞ라 발명(發明)ᄒᆞ야 니르되 우리의 아기ᄯᆞᆯ이 고림증(症) 빅아리와 잇다감 제증(症) 밧긔 녀나믄 잡병(雜病)은 어려셔브터 업ᄂᆞ니.", 〈청진 *567 / #4221.1〉.

다고 여겨진다. 이에 대해서는 앞으로도 지속적인 논의를 통해 보완해 나
가기로 하겠다.


## 3. 맺음말

이상으로 사설시조에 나타난 가족의 형상과 그 의미를, 고부(姑婦) 관
계와 처첩(妻妾)의 문제에 초점을 맞추어 간략하게 살펴보았다. 갈래의
속성에서 기인하는 탓이기도 하겠지만, 사설시조 속의 가족의 형상은 대
체로 조선시대를 지배했던 이념적 측면이 그리 두드러지게 나타나지 않
는다. 가족의 전반적인 양상보다는 가족 구성원들의 특정 부면만을 다루
고 있다. 그렇기 때문에 가족 구성원들의 관계가 형상화될 때, 다른 구성
원들의 개입은 거의 드러나지 않는 것도 특징적인 양상이라고 할 수 있
겠다.

대체로 가족은 '가족 공동체'라는 이름으로 이상화되어 그 속에 존재하
는 각종의 갈등들은 개인적인 차원으로 인식되곤 했다. 조선시대의 상황
을 고려할 때 가족 구성원들 사이의 관계는 다양하게 얽혀져 있었고, 법
적 · 제도적 규율 속에서 가족 구성원들의 지위와 역할은 매우 엄격하게
구분되어 있었다. 여성들에게 가족의 문제는 자신이 살아왔던 기존의 공
간을 떠나 새롭게 생성되는 공간으로의 진입이라는 문제를 안고 있었다.
다시 말하면 결혼은 가족을 구성할 수 있는 제도이면서, 여성에게는 낯선
사람들과 새로운 관계를 맺어야 하는 의미를 지니고 있었다. 때문에 가족
들 사이의 갈등이 일어날 때, 새로운 가족 성원이었던 아내/며느리는 늘
갈등의 중심적인 위치에 놓여 있었던 것이다. 그러한 갈등 양상에서 때로
는 주변인으로서, 때로는 핵심 구성원으로서 그 갈등 상황과 맞서야 했던
것이다.

오랫동안의 사회적 관습은 대체로 남성들이 가족에서 우월한 지위에

있었고, 여성들은 남편을 비롯한 시댁의 남성들을 위해 집안 살림에 최선을 다해야 한다는 인식이 지배적이었다. 더욱이 여성들의 사회적 역할은 철저히 제한되어 있었고, 남성들만이 공적인 활동을 한다는 의식이 자연스럽게 자리를 잡게 되었던 것이다. 이러한 관념은 갖가지 수단을 통해서 지속적으로 재생산되었고, 마침내는 하나의 이데올로기로 당연시되는 결과를 가져왔다. 따라서 당시 사회에서 가족 간의 문제는 이념의 차원을 넘어선 당위로서의 무조건적인 관념을 바탕에 두고 있었던 것이다.

그러나 사설시조에 나타난 며느리와 첩의 형상은 이러한 기존의 인식과 상이한 면모를 보여주고 있었다. 대체로 사설시조에 그려진 모습은 시어머니와의 관계에서는 며느리의 입장을 옹호하고, 본처와의 문제에 있어서는 첩의 존재를 부각시키고 있기도 하다. 대체로 며느리는 시댁 어른의 말에 순종하고, 남편의 사회적 활동에 내조를 잘하는 것이 미덕이라는 관념과는 상이한 형상인 것이다. 따라서 사설시조 속에 나타난 여성의 형상은 다소 과장된 측면이 있기는 하지만, 조선 후기의 변화해 가는 사회상을 어느 정도 반영하는 것으로도 해석할 수 있지 않을까 여겨진다. 물론 이것이 사설시조의 담당층의 의식과 어떻게 연관되어 있는지에 대해서는 좀 더 세밀한 탐색을 필요로 한다.

또한 특히 가족 문제를 다룰 때, 그 주제나 형상화의 측면이 민요에서 다뤄지고 있는 방식과 유사하다는 점도 주목할 만하다. 이에 대해서는 주제 혹은 형상화의 측면에서 여타 갈래와의 비교를 통한 탐색을 해 본다면, 사설시조의 다양한 쟁점을 해결할 수 있는 하나의 단초를 제공해 줄 수 있으리라 여겨진다. 특히 아직 확정적으로 논단하기는 이르지만, 시적 대상이 되는 가족의 면모도 사대부가의 그것이라기보다는, 시정(市井)에서 생활하고 있었던 평민 계층의 양상이 보다 두드러지게 나타나고 있다고 파악된다. 이러한 측면에 대해서 앞으로 보다 진전된 결과를 내놓을 수 있기를 기대해 본다.

〈『한국고전여성문학연구』 제11집, 한국고전여성문학회, 2005.〉

# 기녀시조의 작자 변증과 작품의 향유 양상

## 1. 머리말

신분제 사회인 조선시대에 기녀의 존재는 사회적으로 매우 독특한 위상을 지니고 있었다. 신분적으로는 천민이지만, 문화적으로는 지배계층인 양반 사대부들과 더불어 활동하는 것이 당연시되었다는 점에서 그렇다. 이처럼 신분적 처지와 문화적 활동의 모순된 상황은 조선시대 기녀들이 처한 입장을 잘 설명해 준다.[1] 기녀들은 또한 시조문학의 주된 작가와 향유자로 활동했는데, 김천택이 편찬한 현전 최초의 가집 〈청구영언〉(진본; 1728)에는 '규수삼인(閨秀三人)'이라는 항목 아래 황진이 등 3명의 작가가 등장한다.[2] 이후에 편찬된 〈해동가요〉 등 주요 가집들에는 '명기(名妓)'라

---

1 기녀는 신분적으로 천민에 해당하면서도, 사대부 남성들의 연애와 풍류의 대상으로서 예술적 전문성과 문학을 향유할 수 있는 능력이 요구되었다. 박애경은 기녀가 처한 이러한 특수한 상황을 '귀족의 머리, 천민의 몸'이라는 표현으로 규정하였다. 박애경, 「기녀 시에 나타난 내면 의식과 개인의 발견」, 『인간연구』 제9호, 가톨릭대학교 인간학연구소, 2005.

2 김천택이 편찬한 〈청진〉에 등장하는 기녀 작가는 '황진(黃眞)・소백주(小栢舟)・매화(梅花)' 등 3명이며, 수록 작품은 황진이 3수와 소백주・매화가 각각 1수로 모두 5수이다. 이들을 '규수(閨秀)'라 규정한 것은 기녀작가들의 신분이 아닌, 여성이라는 측면을 강조한 것으로 판단된다. 즉 당시까지의 시조문학은 '사대부 작가들', 김천택 자신을 포함한 '여항인(閭巷人)', 그리고 '규수'라 지칭된 '기녀작가들'이 주요 담당층이라 여겼던 것이다. 이에 대해서는 김용찬, 『18세기의 시조문학과 예술사적 위상』(월인, 1999), 27~40면을 참조할 것.

는 항목을 설정하여 작품을 수록하거나, 작가명에 기녀임을 부기(附記)하는 등의 방법으로 기녀 작가를 소개하고 있다. 이외에 야담집 등 각종 기록에 기녀들의 시조 창작 및 향유에 관한 다양한 내용이 알려져 있다.

그동안 기녀시조는 이른 시기부터 학계의 주목을 받으며 다양한 방면으로 연구가 진행되어 왔다. 초창기에는 기녀와 관련된 기록을 토대로, 특히 기녀와 사대부들과의 관계에 대한 논의들이 대부분이었다.[3] 이러한 연구들을 통해 여러 문헌에 산재된 기녀의 존재 양상과 그들이 산생(産生)한 문학 작품들이 소개되면서, 기녀시조 연구에 중요한 계기가 마련되었다고 평가되었다. 이후 기녀시조를 대상으로 작품의 주제 분류와 미의식을 중심으로 논의가 진행되었으며, 황진이를 비롯한 개별 작가들에 대한 관심도 꾸준히 이어지고 있다.[4] 최근에는 여성주의적 시각에 입각한 고전시가 연구가 진행되면서, 기녀시조를 대상으로 한 연구도 지속적으로 제출되고 있다. 근래 진행된 여성주의적 시각에 입각한 고전시가 분야 연구들의 관점은, 크게 기존에 내려졌던 작품 평가에 대한 반성적 검토와 여성 작가와 작품들에 대한 적극적인 관심으로 요약할 수 있다.[5]

기녀시조를 연구할 때, 가장 먼저 부딪히는 문제는 바로 작가나 작품의 확증이 쉽지 않다는 점이다. 일부 작가와 작품을 제외하고는, 수록 문헌

---

3 이능화, 『조선해어화사』, 한남서림, 1927(이재곤 옮김, 동문선, 1992); 김동욱, 「이조 기녀사 서설(사대부와 기녀)-이조 사대부와 기녀에 대한 풍속사적 접근」, 『아세아여성연구』 제5집, 숙명여자대학교 아세아여성문제연구소, 1966; 김용숙, 「한국 여류문학의 특질-그 한의 운명론적 분석」, 『아세아여성연구』 제14집, 숙명여자대학교 아세아여성문제연구소, 1975 등.

4 기녀시조의 특질과 작가론에 대해서는 적지 않은 논문이 학계에 제출되어 있으나, 본고에서는 해당 논문들을 일일이 거론하는 것보다 최근의 연구 경향을 살펴보면서 논의를 진행하고자 한다.

5 신경숙, 「고전시가와 여성-연구사 검토와 전망을 중심으로」, 『한국고전여성문학연구』 창간호, 한국고전여성문학회, 2000, 306~307면. 이후 여성주의적 시각에 입각한 다양한 연구들이 다양하게 제출되고 있으나, 연구 경향과 논점들은 신경숙의 위의 논문에서 제기했던 논의로 수렴될 수 있다고 여겨진다.

에 따라 작가가 달리 표기되는 양상이 적지 않기 때문이다. 서로 다른 가집에 동일한 명칭으로 기록되었다 하더라도, 이름만 같을 뿐 전혀 다른 작가로 판명되는 경우도 발견된다. 어떤 작품들의 경우에는, 동일 작품의 작가 표기가 가집에 따라 2명 이상으로 나타나기도 한다. 이밖에도 이름만 알려져 있고, 그 활동 시기를 추정할 수 없는 경우도 적지 않게 보인다. 이러한 요인으로 인해 기녀시조의 작가 규모나 작품 수를 정확히 확정하기가 쉽지 않은 것이 현실이다.[6]

따라서 기녀시조의 연구가 보다 심화된 결과를 산출하기 위해서는, 현 단계에서 파악할 수 있는 작가와 작품의 면모를 규명하는 것이 선행되어야만 한다. 이를 위해서 본고는 기존 연구들의 성과를 수렴하고, 나아가 그동안 다루어지지 않았던 문헌들에 수록된 기녀시조의 작가와 작품들에 대해서도 살펴보겠다.[7] 먼저 작품이 수록된 주요 가집들의 면모를 비교하여, 가능한 범위에서 작가와 작품들을 변증하고자 한다. 또한 문헌에 따라 달리 나타나는 동일 작품의 작자 명이 지닌 의미에 대해서도 논의해보기로 한다.

가집에는 흔히 작자 표기의 오류가 드러나는데, 기녀시조의 경우도 예외는 아니다. 다른 작가의 작품에 기녀의 이름이 기재된 사례가 발견되는데, 이는 가집 편찬의 환경을 통하여 그 이유를 밝힐 수 있을 것이라 여겨

---

**6** 현재까지 기녀시조의 작자와 작품의 수량 등에 대해 종합적으로 고찰한 것으로 성기옥의 연구를 들 수 있다. 성기옥은 『역대시조전서』에 수록된 작품들을 대상으로, 정밀한 검토를 통해 기녀시조의 규모가 총 27명의 작가에 의해서 56수가 창작되었다는 것을 고증한 바 있다. 성기옥, 「고전 여성 시가의 작가와 작품」, 『한국고전여성작가연구』, 태학사, 1999; 성기옥, 「기녀시조의 감성 특성과 시조사」, 『한국고전여성문학연구』 창간호, 한국고전여성문학회, 2000 등.

**7** 발생기로부터 조선조 말까지 생성·유통된 작품들을 망라한 『고시조대전』(김흥규 외 편, 고려대학교 민족문화연구원, 2012)에 의하면, 153종의 가집과 163종의 기타 문헌에 수록된 작품 수는 모두 46,431수를 헤아린다. 이 책에 수록된 표제작은 5,563개의 유형과 6,845개의 군집에 달한다. 유형(type)은 다른 유형들과 구별되는 작품군이며, 군집(group)은 동일한 유형의 하위 이본들을 포함하고 있다. 이 자료들을 수집하면서 새로운 문헌들이 추가되었는데, 이전에 언급되지 않았던 기녀시조와 관련된 새로운 가집들의 존재도 확인되었다.

진다. 일반적으로 기녀들은 연행 현장에서 주로 가창을 담당했기에, 연창 대본인 가집의 편찬자와는 서로 긴밀한 관계를 형성하고 있었다. 따라서 특정 가집의 작품에 기녀의 이름이 명기되었다면, 해당 가집의 편찬자가 그 작품을 기녀의 작품이라고 인지할만한 여건이 전제되어 있을 것이라 판단된다. 이러한 면모는 기녀시조가 수록된 문헌을 검토하면서 보다 구체적으로 드러날 수 있을 것이다.

이와 함께 가집을 비롯한 각 문헌에 산재한 기녀시조의 창작과 향유 양상을 담은 기록들을 통하여, 그 양상도 따져보기로 하겠다. 시조는 기본적으로 남성들에 의해 향유되었던 갈래로, 여성인 기녀들은 가창의 역할을 담당하는 것이 일반적이었다. 따라서 기녀시조와 관련된 기록 역시 남성들의 관점이 주로 반영되었다고 논의할 수 있다. 때문에 가집의 기록들이 지닌 의미는 매우 제한적일 수밖에 없지만, 그럼에도 작품과 함께 수록된 기록을 통해서 조선시대 기녀들의 시조 창작의 양상은 물론 연행 양태의 일단을 살펴볼 수 있을 것이다.


## 2. 가집의 수록 상황과 작자의 변증

현전하는 시조 작품들은 모두 가집 등 문헌에 수록되어 전하고 있으며, 기녀시조 역시 마찬가지의 상황이다. 일부 작품의 경우 수록 문헌에 따라 작자 표기가 달리 나타나기도 하여, 작자를 확정하기가 쉽지 않은 것이 엄연한 현실이다. 그동안 제출되었던 기녀시조 연구는 대체로 작자가 분명한 작품들을 대상으로 논의가 진행되었다. 하지만 기녀시조에 대한 진전된 연구 성과를 제출하기 위해서는 작가와 작품 규모에 대해서 보다 명확히 정리할 필요성이 제기된다.

가집 등 시조 수록 문헌의 정리를 통해서 작가 연구의 새로운 기틀을 열 수 있었던 것은 심재완의 저서인 『교본 역대시조전서』[8]에서부터 비롯되었다. 심재완은 당시까지 발굴된 50종의 가집과 55종의 기타 문헌을 대상으로 3,335수의 표제작을 선정하고, 각 작품들의 이본을 비교할 수 있도록 하였다. 이 책 말미의 '작가 색인' 항목에는 각종 문헌에 기록된 작자의 이름과 작품 번호를 일일이 제시하였는데, 이를 통해서 여러 문헌에 드러난 기녀시조의 면모를 확인할 수 있는 단초가 마련되었다.[9] 비록 문헌에 따라 작가 표기의 신뢰성이 문제되는 것도 있지만, 그의 작업을 기초로 시조 문헌에 대한 비판적 검토가 병행되면서 작가 및 작품 연구에 있어서 다양한 성과가 제출될 수 있었다.

이후 최동원[10]과 윤영옥[11]에 의해서 기녀시조의 작가와 작품이 종합적으로 검토되기 시작했는데, 이는 심재완의 작업이 선행되어 있었기에 가능했다. 최동원은 『교본 역대시조전서』를 토대로 기녀시조의 규모를 28명의 작자에 작품 수는 56수이며, 이 중에서 신빙성이 희박한 12수의 작품을 제외하면 25명의 작자에 44수의 작품으로 확정할 수 있다고 하였다. 윤영옥은 『교본 역대시조전서』와 그 이후에 추가 발견된 문헌을 소개한 정명세[12]의 연구 결과에 기대어, 기녀시조의 면모를 22명의 작자와 33수의 작품을 대상으로 그 유형을 분류하여 논하였다.[13] 이러한 선행 연구들

---

8 심재완, 『교본 역대시조전서』, 세종문화사, 1972. 이와 함께 발간된 『시조의 문헌적 이해』(심재완, 세종문화사, 1972)는 『교본 역대시조전서』의 저본이 되었던 시조 수록 문헌에 대한 상세한 해제로 이뤄져 있다.

9 이와 별도로 진행된 작업의 결과로 출간된 박을수의 『한국시조대사전』(아세아문화사, 1992)에는 82종의 가집과 117종의 기타 문헌을 수렴하여 5,492수의 표제작과 작가 색인을 제시하였다. 이 역시 시조 작가 연구에 큰 도움이 되는 자료이다.

10 최동원, 「고시조의 여류작가고」, 『고시조론고』, 삼영사, 1990. (이 논문은 1980년(『한국문학논총』 제4집)에 발표되었는데, 추후에 다른 글들과 함께 이 책에 재수록되었다.)

11 윤영옥, 「기녀시조의 고찰」, 『시조의 이해』, 영남대학교 출판부, 1986.

12 정명세, 「고시조 문헌의 연구-역대시조전서 미수록 신자료를 중심으로」, 영남대학교 석사학위논문, 1982.

13 작품만을 제시한 「기녀의 시조」(『시조의 이해』, 368~374면) 항목에는 모두 22명의 작자와 44수의 작품을 수록하였다. 논문에서 다룬 33수와 차이가 나는 것은 아마도 문헌에 따라 작자 명이 달리 나타나는 등의 이유로 작품들의 작자 확증이 쉽지 않았기 때문으로

을 기반으로 성기옥[14]은 기녀시조의 규모와 그것의 시조사적 의미를 다룬 연구를 제출하였다. 그는 각종 문헌에는 모두 31명의 기녀 작가가 등장하지만, 한 작품에 2명 이상의 작가가 기명된 것 등을 고려하여 그 규모는 27명의 작품 56수라고 파악하였다.

이처럼 기존의 연구들에서도 기녀 작가의 규모와 작품 수는 서로 다르게 제시되고 있다. 기녀시조가 수록된 문헌의 작가 표기의 양상이 매우 다양하게 나타나고 있는데, 이는 작자 확정이 그만큼 쉽지 않은 상황이 반영되어 있기 때문이라 하겠다. 그렇다면 우선 시조를 수록한 문헌의 성격을 검토하여, 작가 표기 의식을 살펴볼 필요가 있다. 기녀시조가 수록된 주요 문헌들을 살펴보았을 때, 가집의 작자 표기는 매우 다양하게 나타나고 있다. 예컨대 〈청구영언〉(진본)처럼 편찬자가 가능한 전거를 통해서 작자를 밝히려고 애쓴 가집[15]이 있는가 하면, 〈청구영언〉(연민본)의 경우 부정확한 작자 표기가 편찬자인 이한진과 주변 인물들의 가악생활을 반영하고 있기 때문[16]이라고 설명되고 있다. 그밖에도 많은 문헌에 정도의 차이는 있지만, 작가 표기에 있어 부분적인 오류가 발견된다.[17] 그렇기 때문에 시조 작품의 작자 표기 문제는 그것이 수록된 문헌의 성격을 따지면서, 세밀히 검토할 필요가 있다고 하겠다.

---

판단된다.

14 성기옥, 「고전 여성 시가의 작가와 작품」, 『한국고전여성작가연구』; 성기옥, 「기녀시조의 감성 특성과 시조사」, 『한국고전여성문학연구』 창간호.

15 김용찬, 「〈청구영언〉(진본)의 작가 및 작품 수록 양상」, 『조선 후기 시조문학의 지평』, 월인, 2007.

16 김용찬, 「시조의 연행과 작품의 가집 수록 양상에 대한 고찰」, 『조선 후기 시조문학의 지평』, 월인, 2007. 〈청연〉에서 부정확한 작자 표기가 나타나는 것은 대체로 두 가지 양상으로 해석될 수 있다. 그중 하나는 편찬자가 작자를 잘못 알고 있었을 경우이며, 다른 하나는 연행 현장에서 자신이 경험했던 주변 인물들의 주요 레퍼토리에 그 사람의 이름을 붙였을 경우이다. 특히 작자 명에 편찬자인 이한진과 동시대의 인물이 다수 등장하는 것은 후자의 경우에 해당한다고 이해된다.

17 『고시조대전』의 저본이 된 주요 문헌들에 대한 성격과 특징에 대해서는 신경숙 외, 『고시조 문헌 해제』(고려대학교 민족문화연구원, 2012)를 참조할 것.

본고에서는 일차적으로 기녀시조가 등장하는 주요 문헌에 대한 검토를 통해, 그 유형을 분류하여 작자 표기의 양상과 의미에 대해서 고찰해 보겠다. 일단 각종 문헌에 1회 이상 작자가 기녀로 표기된 작품들은 모두 83수이며, 작가의 수는 36명에 달한다.[18] 이러한 결과는 개별 가집들의 작가 표기를 근거로, 가집 수록 작품들을 집성한 『고시조전서』와의 비교를 통해 추출한 것이다.[19] 현전 문헌들에 나타나는 기녀시조의 작자 표기 양상은 다음과 같이 다섯 가지의 유형으로 나타나고 있다.

　　① 특정 가집(군)에만 등장하는 작품
　　② 다수의 문헌에 특정 작가로 기재되어 있는 작품
　　③ 2인 이상 기명되었으나, 다수 가집에 특정 작가로 기명된 작품
　　④ 2인 이상의 작가가 비슷한 비중으로 나타나는 작품
　　⑤ 대다수에는 무기명이나, 특정 가집에만 기명된 작품

　현재 전하는 시조 수록 문헌에 나타나는 작자 표기의 면모가 위와 같은 유형으로 수렴될 수 있기에, 이러한 양상은 비단 기녀시조에만 국한되는 것은 아니다. 그러나 각 유형에 해당하는 작품들의 면모를 살핀다면, 기녀시조의 존재 양상과 그 의미를 따져볼 수 있을 것이다. 일단 작자 명이 기녀로 표기된 작품들에 국한하여 살펴보자면, 작가를 확정할 수 있는 유형과 그렇지 못한 경우로 구분할 수 있다. 어느 한 가집에만 등장하거나, 혹은 다수의 문헌에 특정 작가로 기명되어 있는 경우 해당 작품의 작자로

---

　**18** 시조 수록 문헌에 보이는 기녀 작가의 이름은 모두 33명이다. 그러나 이름이 없이 활동했던 지역 명을 적은 '평안기'와 동명이인으로 보이는 이들을 별도의 작가로 다룬다면, 실제 가집에 보이는 작가는 모두 36명으로 파악된다. 동명이인의 경우, 여러 가집들을 통해 수집한 정보에 따라 괄호 안에 각자의 출신지(혹은 활동 지역)를 기재하여 구분하기로 한다.
　**19** 이번 작업을 위해 기녀시조의 문헌수록 상황을 검토해 본 결과, 『고시조대전』의 작자 표기에 일부 오류가 있다는 것을 확인했다. 따라서 본고의 논의와 『고시조대전』의 작자 표기가 달리 나타나는 경우, 이 글을 통해서 그 오류를 바로잡고자 한다.

확정하는데 큰 문제가 없을 것이라 판단된다. 그러나 같은 작품에 2명 이상의 이름이 등장할 때, 작자를 확정하기 위해서는 다양한 변증 과정이 필요하다. 아울러 대다수의 가집에는 무기명으로 수록되어 있으나, 특정 가집에만 기녀작가로 표기되는 작품의 의미도 따져보아야 할 것이다. 문헌에 나타나는 다양한 작자 표기 양상을 고려하여, 각 유형의 특징을 살펴보기로 하자.

먼저 ① 유형은 모두 22명의 작가와 40수의 작품이 포함되어 있는데, 기녀시조 중 가장 높은 비중을 차지하고 있다. 대부분 특정 가집에만 등장하는 작품으로, 대체로 유일본으로 존재한다는 특징이 있다.[20] 예를 들면 〈악부〉(나손본)에만 등장하는 기녀 작가는 3명으로 작품 수는 6수이며,[21] 〈동국명현가사집록〉에는 5명의 작품 8수가 수록되어 있다.[22] 이밖에도 〈청구영언〉(가람본;청가)에 등장하는 2명의 작품 3수,[23] 〈가곡원류〉(일석본)에 수록된 2명의 작품 5수,[24] 〈청구영언〉(가람본;청영)에 보이는 2명의 작품 6수[25] 등이 이 유형에 포함된다. 여기에 〈삼가악부〉 등 기타 문헌

---

**20** 예외적으로 '강강월'(맹산기)의 3수(0568.1, 2914.1, 4599.1)와 '송대춘'(맹산기)의 2수(4074.1, 5316.1)는 〈병와가곡집〉과 〈악부〉(서울대본) 등 2종의 가집에만 수록되어 있는 작품이다(이하 『고시조대전』 표제작의 작품 번호를 기입하기로 한다). 또한 전사본으로 존재하는 '문향'(성천기)의 작품 1수(3381.1)는 〈역대시조선〉에 재수록된 것이다. 이들을 제외하면 ① 유형은 모두 특정 가집에만 등장하는 유일본에 해당한다.

**21** 〈악나〉에만 등장하는 작품은 '춘앵'의 1수(0178.1)와 '초월'의 4수(0352.1, 1596.1, 3460.1, 4961.1), 그리고 '면화'의 1수(1638.1) 등 6수이다.

**22** 〈동명〉에만 수록된 작품은 '소춘풍'의 2수(0655.2, 4137.1)와 '소백주'의 1수(1471.1), '매화'(평양기)의 3수(0016.4, 3645.1, 3847.1), '진장화'의 1수(4312.1), 그리고 '화계'의 1수(4906.1) 등 모두 8수이다.

**23** 〈청가〉에만 등장하는 작품은 '송이'의 2수(0951.3, 3780.2)와 '계단'의 1수(1066.1) 등 모두 3수이다. 그런데 〈청가〉에는 '송이'의 작품이 모두 14수가 수록되어 있으며, 여기에 수록된 2수도 2종류 이상의 이본(군집)이 존재하고 있다.

**24** 〈원일〉에만 수록된 작품은 '금홍'(평양기)의 1수(1989.1)와 '매화'(진주기)의 4수(2369.1, 2960.1, 3109.1, 5168.1) 등 모두 5수이다.

**25** 〈청영〉에만 보이는 작품은 '부동'의 4수(2609.1, 4796.1, 5020.1, 5517.1)와 '입리월'의 2수(2895.1, 4797.1) 등 모두 6수이다.

에 등장하는 5명의 작품 6수[26]가 이 유형에 해당한다. 따라서 ① 유형은 특정 가집(군)에만 등장하는 작품이기에, 해당 작품에 부기된 이름을 작자로 확정할 수가 있을 것이다.

다음 ② 유형은 다수의 가집에 특정 작자의 이름이 기록되어 있고, 또 다른 문헌에는 작자가 밝혀져 있지 않은 경우이다. 여기에 해당하는 작품은 모두 15수로, '황진이'(개성기)[27] 등 9명의 작가명이 등장한다. 황진이와 '소춘풍'(영흥기)[28] 그리고 '송이'[29]를 제외하면, 나머지 6명의 작가의 작품은 단 1수씩 나타난다.[30] 이 유형의 작품들도 대다수 문헌에 기재된 작자 명을 신뢰할 수가 있을 것이라 판단된다. 일반적으로 가집은 편찬자를 중심으로 활동했던 가창집단의 연행 환경을 반영하고 있다고 논의되고 있다.[31] 때문에 특정 문헌에만 나타나는 작품들은 가집 편찬자에 의해 수

---

**26** 〈삼가악부〉에 '옥선'(진양기)의 1수(1134.1), 〈부북일기〉에 '금춘'(경성기)의 2수(1259.1, 2982.1), 〈손씨수견록〉에 '평안기'의 1수(3673.2), 〈오세창전사본〉에 '홍랑'의 1수(1672.1), 그리고 〈청구집설〉에 '소춘풍'(영흥기)의 1수(3687.1) 등 모두 6수가 이에 해당한다. 〈청구집설〉의 '소춘풍'(영흥기)은 〈동명〉에 등장하는 '소춘풍'과는 동명이인으로 추정된다.

**27** 이 유형에 해당하는 '황진이'(개성기)의 작품은 모두 4수(0922.1, 0970.1, 1422.1, 2324.1)이다. 이들 작품은 대체로 수록 가집이 17~80종에 이르기까지 폭넓게 나타나고 있으며, 무기명을 제외하면 모두 작자 명을 '황진이'로 표기하고 있다.

**28** '소춘풍'(영흥기)의 작품은 3수(1262.1, 4295.1, 4343.1)이며, 일부의 가집을 제외하면 거의 모든 가집에 모두 작자 명이 소춘풍으로 기재되어 있다.

**29** '송이'의 작품은 2수(0645.2, 0866.2)이며, 모두 2종의 가집에만 수록되어 있다. '송이'의 이름이 나타나는 가집은 〈청가〉이며, 앞의 ① 유형에 등장한 작가와 동일인이다.

**30** '다복'의 1수(2121.1)는 7종의 가집에 모두 작가명이 기재되어 있으며, '매창'(부안기)의 1수(3902.1)는 37종에 작가명이 등장하고 나머지 42종은 무기명으로 나타난다. '홍장'(강릉기)의 1수(5307.1)는 전체 25종의 가집 중 작가명이 '홍장'(10종)과 '강릉기'(3종)로 나뉘고 있으나, 동일한 인물을 달리 지칭한 것으로 판단된다. '소백주'(평양기)의 경우 1수(2432.1)가 전체 28종 중 17종에 기명되어 있는데, 〈동명〉에 등장하는 '소백주'와는 작품이 겹치지 않는 것으로 보아 동명이인으로 추정된다. 이밖에 '천금'의 1수(2360.1)는 〈청육〉을 비롯한 4종에 작가명이 등장하고, 나머지 65종의 가집에는 무기명으로 등장한다. 마지막으로 '소춘풍'의 1수(4602.1)는 2종의 가집 중 1종(동명)에 이름이 기재되어 있는데, 〈해주〉 등 주요 가집에 등장하는 '소춘풍'(영흥기)과는 작품이 전혀 겹치지 않아 동명이인으로 추정된다.

**31** 김용찬, 「시조의 연행과 작품의 가집 수록 양상에 대한 고찰」 참조.

집되어 기명되었고, 다른 가집에는 전혀 수록되지 않음으로써 해당 작자의 창작을 부정할 여지가 없다 하겠다. 그리고 대다수의 가집에 특정 작자로 기명된 작품 역시 당대 향유자들에 의해 작자임을 인정받은 것이라 평가할 수 있다. 이상에서 살핀 두 유형의 경우, 특정 가집 혹은 대부분의 문헌에 단일 작자 명이 등장하여 기녀시조로 확정하는데 큰 문제가 없을 것이라 생각된다.[32]

문헌에 따라 특정 작품에 2명 이상의 이름이 기재되어 있을 경우, 해당 작품의 작자가 누구인지를 변증해야 하는 절차가 수반되어야 한다. 그러기 위해서는 그 작품이 수록된 문헌들의 성격을 따져 작자를 추론하고, 다른 작자의 이름이 명기된 이유를 설명할 수 있을 것이다. 여기에 해당하는 것이 바로 ③과 ④ 유형이다. 먼저 ③ 유형에 해당하는 기녀시조는 5명의 작품 8수로, 작자 명이 2명에서 4명까지 나타나고 있다. 먼저 '황진이'(개성기)의 작품 2수가 여기에 해당하는데, 흥미롭게도 다른 작자 명은 모두 사대부 출신이다.[33] 이밖에 '매화'(평양기)[34]와 '한우'(평양기),[35] 그리

---

**32** 그렇다면 ①과 ② 유형에 공통으로 등장하는 '소춘풍'·'소춘풍(영흥기)'·'송이'를 고려하여, 현 단계에서 28명의 작품 55수가 작자를 확인할 수 있는 기녀시조의 최소 수치라 할 수 있다.

**33** "어드 닉 일이여 그릴 줄를 모로던가 / 이시라 ᄒ더면 가랴마ᄂ 제 구틱야 / 보닉고 그리ᄂ 정(情)은 나도 몰나 ᄒ노라."〈병가 *25 황진이, #3242.1〉(작품을 인용할 경우, 해당 가집의 약칭과 가번 및 작자 명을 제시하고, 그 뒤에『고시조대전』의 표제작 번호를 나란히 병기하기로 한다.) 이 작품은 전체 77종의 가집 중 51종은 무기명이며 23종에는 '황진이'의 이름이 기재되어 있지만, 김상헌(동국가사)·성종(악부 고대본)·유호인(교합 아악부가집)의 이름이 각 1종씩의 문헌에 보인다. 다른 1수는 "청산리(靑山裏) 벽계수(碧溪水) ㅣ야 수이 감을 쟈랑 마라 / 일도창해(一到滄海)ᄒ면 도라오기 어려오니 / 명월(明月)이 만공산(滿空山)ᄒ니 수여 간들 엇더리."〈청진 *286 황진이, #4755.1〉라는 작품이다. 이 작품도 전체 92종 중 65종에는 무기명이며 24종에는 황진이로 표기되어 있고, 맹사성(시조집 규장각본1)·허강(청구영언 육당본)·서익(삼가악부)의 이름이 각 1종씩의 문헌에 기재되어 있다. 이 두 작품은 황진이의 작품으로 보는 것이 타당하며, 각 가집 편찬자의 오류로 다른 작가의 이름이 기재된 것이라 판단된다.

**34** "매화(梅花) 녯 등걸에 봄졀이 도라오니 / 녯 퓌던 가지(柯枝)에 픠염즉도 ᄒ다마ᄂ / 춘설(春雪)이 난분분(亂紛紛)ᄒ니 필동말동 ᄒ여라."〈청진 *290 매화, #1615.1〉 이 작품은 전체 54종 중 39종에 매화로 표기되어 있으며, 황진이(삼가악부)와 구지(교주가곡집)의 이름

고 '구지'(평양기)³⁶의 작품 각 1수씩이 이 유형에 해당한다. 그런데 특이
하게 '송이'의 작품은 3수 중 1수는 기녀시조라 할 수 있지만, 다른 1수는
작자 명을 확정하기가 쉽지 않은 작품이다.³⁷ 그리고 다른 1수는 작자가
사대부인 박영(朴英: 1471~1540)으로 알려진 작품이다.³⁸ 지금까지 살펴
본 ③ 유형은 비교적 신뢰할만한 다수의 가집에 특정 작가로 기명되어 있
기에, '송이'로 기명된 2수(1719.1, 4710.1)를 제외하고 나머지 작품들의 작
자를 기녀로 확정하는데 큰 어려움이 없다고 하겠다.³⁹

---

이 각 1종의 가집에 보인다. 나머지 13종은 무기명으로 되어 있다.

**35** "어이 얼어 잘이 므스 일 얼어 잘이 / 웡앙침(鴛鴦枕) 비취금(翡翠衾)을 어듸 두고 얼
어 자리 / 오늘은 춘비 맛자신이 녹아 잘까 흐노라."〈해주 *141 한우, #3235.1〉 이 작품은 18
종의 가집에 한우로 기재되어 있으며, 매화(청영)와 무기명(청구영언 홍씨본)으로 나타나는
것이 각 1종씩이다.

**36** "장송(長松)으로 빈를 무어 대동강(大同江)에 씌워 두고 / 유일지(柳一枝) 휘여다가 굿
이굿이 미얏는듸 / 어듸셔 망령(妄伶)엣 거슨 소혜 들라 흐는이."〈해주 *142 구지, #4204.1〉
이 작품은 16종에는 구지로, 1종에는 매화(청영)로 기명되어 있다. 나머지 4종에는 무기명
으로 나타난다.

**37** 우선 다음의 작품은 작자를 '송이'라 확정할 수 있을 것이다. "솔이 솔이라 흐이 므슨
솔만 넉이는다 / 천심절벽(千尋絶壁)에 낙락장송(落落長松) 내 긔로라 / 길 알에 초동(樵童)의
졉낫시야 걸어 볼 쑬 잇시랴."〈해주 *143 송이, #2763.1〉 이 작품도 35종의 문헌에 '송이'로
기명되어 있으며, 구지(청영)와 무기명(청구영언 홍씨본)으로 나타나는 것이 각 1종씩이다.
그러나 다음의 작품은 작자를 확정하기가 쉽지 않다고 여겨진다. "문노라 멱라수(汨灤水) ㅣ
야 굴원(屈原)이 어이 죽다터니 / 참소(讒訴)에 더러인 몸이 죽어 무칠 싸히 업서 / 창파(滄
波)의 골육(骨肉)을 씨셔 어복리(魚腹裡)의 장(藏)흐니라."〈병가 *42 성충, #1719.1〉 이 작품
이 수록된 전체 23종의 가집 중 〈병가〉 등 9종에는 '성충'으로, 나머지 1종(청가)에는 '송이'
로 작자 명이 기재되어 있다. 그런데 다수의 가집에 등장하는 '성충'은 백제시대의 인물로,
후대에 시조의 작자로 칭탁된 것으로 이해된다. 따라서 이 작품의 작자를 둘 중 어느 한 인
물로 확정하기가 곤란하다 하겠다.

**38** "첨피기욱(瞻彼淇澳)혼듸 녹죽(綠竹)이 의의(猗猗)로다 / 유비군자(有斐君子)여 낙대 하
나 빌니렵은 / 우리도 지선(至善) 명덕(明德)을 낙가 볼여 흐노라."〈해주 *33 박영, #4710.1〉
비교적 앞선 시기에 편찬된 〈해주〉의 작자 명을 신뢰한다는 전제에서 작자를 박영이라 확
정할 수 있다. 그런데 이 작품의 작자 명은 5종에 기재된 박영은 물론, 가집에 따라 박은(2
종)·송이(6종)·송이(1종)로 나타나기도 한다. 특히 〈청가〉에만 '송이'로 나타나고 있다는
것도 특징이다.

**39** 그렇다면 지금까지 파악된 기녀시조의 규모는 앞의 유형에서 보였던 '황진이'(개성
기)·'매화'(평양기)·'송이'를 제외한 2명의 작자와 6수의 작품이 추가되어, 최소 30명의 작

그러나 ④ 유형은 가집에 따라 2인 이상의 작자 명이 비슷한 비중으로 나타나고 있어, 작자를 확정하기가 쉽지 않다. 여기에 해당하는 작품은 6명(8명)[40]의 8수이다. 이중 '명옥'(화성기)[41]과 '진옥'(평양기)[42]의 작품 각 1수씩은 작자를 기녀로 볼 수도 있을 것이다. 이밖에 '송이'의 작품이 3수로 모두 〈청구영언〉(가람본;청가)에 수록되어 있으며, 동일 작품에 2명의 작자 명이 나타난다. 이들 작품에 송이를 제외한 다른 작가는 이명한[43] · 유호인[44] · 이정보[45] 등 모두 사대부로 표기되어 있다. 작자를 구체적으로 확정하기 힘든 것은 작자 명이 '월선'[46] · '옥이'[47] · '계단'[48]으로 나타나는

---

품 61수라 할 수 있다.

**40** 이 유형에 해당하는 작품 중 2수에 2명의 기녀명이 기재되어 있다.(0687.1-매화와 명옥, 4706.1-진옥과 철이) 작자의 변증 과정을 거쳐야 하겠지만, 한 작품에 2명의 작자가 있을 수 없기에 편의상 이렇게 처리했다.

**41** "꿈에 뵈는 님이 신의(信義) 업다 ᄒ것마ᄂᆞᆫ / 탐탐(貪貪)이 그리올 제 쑴 아니면 어이 보리 / 져 님아 쑴이라 말고 ᄌ로 ᄌ로 뵈시쇼."〈청육 *279 명옥, #0687.1〉 전체 14종의 가집 중 4종에는 명옥(화성기), 2종에는 매화(평양기)로 기재되어 있다. 이 작품의 작가는 〈청육〉 등 앞선 시기에 기명된 명옥일 가능성이 높다고 여겨진다.

**42** "쳘리라 쳘리라 ᄒ거늘 난쳘(卵鐵) 셥쳘(鐵)인가 ᄒ여던니 / 춤으로 정쳘일시 적실(的實)ᄒ다 / 이내게 골불무 이시니 녹겨 볼가 ᄒ노라."〈동명 *79 진옥, #4706.1〉. 이 작품은 전체 3종 중 〈병가〉에만 철이, 나머지 2종에는 진옥(근악, 동명)으로 기명되어 있다. 이 작품의 작가는 진옥으로 알려져 있으며, 정철의 작품(3486.1)과 같은 장소에서 지어진 것으로 이해되고 있다.

**43** "사랑(思郞)이 엇써터니 둥고더냐 모지더냐 / 길더냐 져르더냐 발일넌냐 ᄌ힐너냐 / 각별(各別)이 긴 줄은 모로ᄃᆡ 긋 간 듸를 몰ᄂᆡ라."〈병가 *191 이명한, #2260.2〉 이 작품은 〈병가〉에 '이명한', 〈청가〉에 '송이'로 기재되어 있으며, 나머지 4종의 가집은 무기명으로 나타난다. 다른 군집(group)의 1수(2260.1)도 〈청진〉 등 2종의 가집에 수록되어 있는데, 모두 무기명으로 나타난다. 따라서 이 작품의 작자도 확정하기가 쉽지 않다고 하겠다.

**44** "은하(銀河)에 물이 지니 오작교(烏鵲橋) 쓰단 말가 / 쇼 잇근 선랑(仙郞)이 못 거너오단 말가 / 직녀(織女)의 촌(寸)만 흔 간장(肝腸)이 봄눈 스듯 ᄒ여라."〈병가 *693, #3726.1〉 이 작품 역시 전체 53종의 가집 중 각 1종씩에만 작자 명이 유호인(교합 아악부가집)과 송이(청가)로 나타나고 있어, 작자의 확정이 쉽지 않다고 하겠다.

**45** "주색(酒色)을 삼간 후(後)에 일정 백년(一定百年) 살작시면 / 서시(西施)ㅣ들 관계(關係)ᄒ며 천일주(千日酒)ㅣ들 마실소냐 / 아마도 춤고 춤다가 양실(兩失)홀가 ᄒ노라."〈병가 *647, #4400.1〉 이 작품도 전체 9종 중 이정보(청영)와 송이(청가)로 나타나는 것이 각 1종씩이다. 이 작품 역시 작자를 확정하는 것이 쉽지 않다고 하겠다.

작품 각 1수씩에도 해당한다. 이상 ④ 유형에서 '명옥'(화성기)과 '진옥'(평양기)의 작품 2수를 제외하고는, 작자를 확정하기가 쉽지 않은 작품들이라 판단된다.[49] 그렇다면 이러한 작품들에 기녀의 이름이 기재되는 까닭은 무엇일까? 이에 대해서는 ⑤ 유형의 특징을 논하면서 종합적으로 다뤄보기로 하겠다.

마지막으로 ⑤ 유형에는 8명의 작품 12수가 해당되는데, 다수의 가집들에는 무기명으로 되어 있으나 특정 가집에만 기명되어 있다. 4수의 '송이'[50]와 2수의 '월선'[51]을 제외하면, 7명의 작가는 모두 1수씩만 수록되어 있다.[52] 이들 중 일부를 제외하면, 수록된 문헌이 대부분 10여종을 상회하

---

**46** "ᄉᆞ랑 ᄉᆞ랑 긴긴 ᄉᆞ랑 기쳔 ᄀᆞ치 내내 ᄉᆞ랑 / 구만리(九萬里) 장공(長空)에 넌즈러지고 남는 ᄉᆞ랑 / 아마도 이 님의 ᄉᆞ랑은 ᄀᆞ업슨가 ᄒᆞ노라."〈청진 *457, #2253〉 이 작품은 전체 45종의 가집 중 각 1종씩에만 월선(동명)·김민순(교아)라는 작자 명이 기재되어 있다. 이 작품의 작자를 확정하는 것도 어렵다고 하겠다.

**47** "옥(玉)을 옥(玉)이라 커든 형산 백옥(荊山白玉)만 여겼더니 / 다시 보니 자옥(紫玉)일시 적실(的實)ᄒᆞ다 / 맛춤이 활비비 잇더니 ᄯᅮ러 볼가 ᄒᆞ노라."〈병가 *545 옥이, #3486.1〉 전체 3종의 가집 중 2종에는 정철(근악, 동명), 나머지 1종에는 옥이(병가)로 표기되어 있다. 이 작품은 일반적으로 정철의 작품으로 알려져 있다. 하지만 정철의 시가 작품을 이용해 용례 색인을 정리한 바 있는 김흥규에 의해, 이 작품은 "불확실한 일화에 결부된 희작(戲作)이어서 신뢰도가 박약할뿐더러, 그 문면으로 보아서도 정철의 '작품'으로 인정하기 곤란하다."고 평가되었다. 김흥규, 『송강 시의 언어』(고려대학교 출판부, 1993), 292면. 따라서 이 작품의 작자는 확정하기가 쉽지 않으나, 작품 속의 '옥(玉)'이란 시어에 의탁해 동일한 기명을 지닌 기녀들에게 주로 불렸을 것이라 추정된다.

**48** "제(齊)도 대국(大國)이오 초(楚)도 대국(大國)라 / 조고만 등국(滕國)가 간어제초(間於齊楚ᄒᆞ)야시니 / 우리도 소국(小國)인 타스로 사제 사초(事齊事楚)ᄒᆞ오리라."〈청가 *299 계단, #4343.3〉 이 작품은 소춘풍의 것(#4343.1)으로 알려진 작품의 이본(군집)으로, 여기에 부기된 '계단'(청가)과 '임가인'(동명)은 작자로 보기에 곤란하다 하겠다.

**49** 앞의 유형을 포함하여, 현 단계에서 확정할 수 있는 기녀시조의 규모는 모두 32명의 작품 63수로 파악된다.

**50** '송이'의 작품 4수는 모두 〈청가〉에만 이름이 등장한다는 특징이 있다. 해당 작품과 전체 수록 가집의 종수는 1244.1(53종), 3413.1(40종), 3455.1(39종), 4001.1(42종) 등이다.

**51** '월선'의 작품 2수는 모두 〈동명〉에만 이름이 기명되어 있다. 해당 작품과 전체 수록 가집의 종수는 1468.1(34종)과 1779.1(35종) 등이다.

**52** 여기에 해당하는 작가와 작품은 다음과 같다. 기녀 작자의 이름과 작품의 가번, 해당 기녀의 이름이 표기된 가집의 약칭, 그리고 전체 수록 가집의 종수를 차례로 제시한다. '평

여 당대의 연행 현장에서 연창하기에 익숙한 작품이었을 것이라 여겨진다. 그렇다면 특정 가집에만 작자가 기명되어 있고, 대부분의 가집에 무기명으로 나타나는 작품의 작자를 확정할 수 있겠는가 하는 문제가 제기될 수 있다. 비록 작품에 기명된 작자가 1인에 불과하지만, 그것을 해당 작가의 작품으로 보기에는 어렵다고 하겠다.[53]

이처럼 다채롭게 나타나는 가집들의 작자 표기 양상을 살펴보면서, 시조 수록 문헌에 나타나는 이름이 과연 '작자'만을 표시한 것이었겠는가 하는 의문이 제기된다. 각 가집의 편찬자들은 기본적으로 자신이 파악하고 있는 작자의 이름을 해당 작품에 부기했을 것임은 자명하다. 그러나 작가와 함께 해당 인물이 즐겨 부르던 작품에 이름이 표기되었을 가능성도 전혀 배제할 수가 없다고 하겠다. 특히 기녀들은 연행에 직접 참여하는 등 연행 현장과 밀접하게 연결되어 있어, 그들의 레퍼토리를 표시하기 위해 편찬자가 특정 작품에 이름을 붙였을 가능성이 높기 때문이다.[54] 물론 연행 현장에서 자신이 창작한 작품을 우선적으로 불렀을 것이기 때문에, 기녀들의 레퍼토리에는 자신이 창작한 작품을 포함하는 것이 당연하다고 여겨진다.

이에 본고는 가집에 수록된 기녀 작가의 작품을 연행 환경에서 그들이 불렀던 레퍼토리였을 것이라 파악하여 논의를 진행하고자 한다. 시조의 연행 현장에서 주된 가창자는 기녀들이었고, 그들은 자신들이 창작한 작

---

매'(남원기) 1수(3778.1, 청장, 4종), '다복' 1수(4162.1, 교주, 16종), '매화'(평양기) 1수(4427.1, 악고, 46종), '계단' 1수(4798.1, 청가, 57종), '계섬' 1수(4830.1, 병가, 14종), '진장화' 1수(3993.1, 동명, 7종) 등.

**53** ⑤ 유형의 작품들 중 앞선 시기에 편찬된 가집인 〈병가〉에 기명된 '계섬'의 1수를 제외하고는, 작자를 확정하기 어렵다고 판단된다. 그렇다면 ④ 유형의 '명옥'(화성기)·'진옥'(평양기)과 ⑤ 유형의 '계섬'을 포함한다면, 작자를 확정할 수 있는 기녀시조의 규모는 33명의 작품 64수이다.

**54** 이는 ⑤ 유형의 작품들이 대부분 앞선 시기의 가집에는 무기명으로 등장하지만, 비교적 후대에 편찬된 특정 가집에만 이름이 기재된다는 점에서 그렇게 추론할 수 있을 것이다.

품들을 포함하여 즐겨 부르던 레퍼토리가 있었을 것이다. 그렇다면 가집에 따라 달리 나타나는 작품의 기명(記名)에 대한 의미도 적절히 설명될 수 있을 것이다. 가집에 따라 동일한 작품에 2명 이상의 작가가 기명되어 있는 경우, 해당 작품에 표기된 기녀작가들 모두가 연행 현장에서 즐겨 불렀기 때문에 가집 편찬자에 의해 기명(記名)된 것이라고 해석될 수 있다. 가집이 그것을 향유한 가창집단의 연행 환경을 반영하고 있기에, 해당 가집의 편찬자는 자신이 경험하거나 견문(見聞)한 바에 의해서 작자 표기를 했을 것이기 때문이다.[55]

　작품에 따라서는 창작 상황을 분명히 확인할 수 있는 기록이 수반되거나, 특정 가집에만 유일하게 존재하는 작품의 경우 작자를 분명하게 알 수가 있다. 그러나 동일한 작품에 둘 이상의 작가 이름이 등장하고 있다면, 그 작품의 작자가 누구인가를 확정하기는 쉽지 않다. 물론 앞의 사례에서 확인했듯이 작자가 분명하게 밝혀져 있는 작품의 경우에도, 특정 가집에는 다른 작가의 이름이 제시되어 있는 사례도 발견된다. 이처럼 둘 이상의 작자 명이 나타나는 작품은 일부 문헌의 오류이거나, 아니면 기명(記名)된 작가가 연행 현장에서 즐겨 부르던 작품을 가집 편찬자가 주요 레퍼토리로 여겼기 때문으로 이해된다.[56]

　그렇다면 현전하는 가집들에 나타나는 기녀작가의 작품들은, 그들이

---

**55** 이 과정에서 편찬자의 오류로 인해서, 작가명이 달리 기재되었을 가능성도 배제할 수 없다. 그러나 시조의 가창 환경과 가집 편찬자와의 관계를 고려할 때 기녀의 이름이 기재된 작품의 경우, 사대부 작가의 이름이 잘못 붙여지는 경우보다 그 오류의 가능성이 적다고 여겨진다. 물론 사대부를 포함한 남성 작가들의 이름이 잘못 기재된 경우, 가집의 성격은 물론 편찬자와 해당 인물의 관계를 포괄적으로 검토하여 판단을 내려야 할 것이다. 따라서 기녀시조와 남성 작가들의 작품에 이름이 잘못 붙여진 맥락은 서로 다를 것이라 파악된다. 가집에 나타나는 작자 표기의 오류에 관해서는 별도의 논고를 통해서 상세히 밝혀져야 할 것이라 생각된다.

**56** 오류에 의해 작자가 잘못 표기되었을 경우에도, 해당 작품이 그 작자의 것이라 칭탁(稱託)한 편찬자의 '판단'도 작용했을 것이다. 특히 작자 명이 기녀로 표기된 작품들은, 각 가집의 편찬자들이 그것을 '기녀시조'로 여기는 작품적 특성을 고려해야만 할 것이다.

창작한 작품과 즐겨 불렀던 레퍼토리가 섞여있는 것이라 설명될 수 있다. 그렇기 때문에 비록 작자가 확인되지 않았다 하더라도, 가집 편찬자들에 의해 '기녀시조'로 명기된 작품들을 결코 소홀히 취급할 수 없다고 하겠다. 일차적으로 기녀시조 연구에서 기녀들이 창작한 작품을 통해서, 그들의 작가 의식을 추출해내는 것이 가장 중요하다. 이들 작품에서 기녀들의 작가 의식이 더욱 선명하게 드러날 것은 자명하다. 때문에 기존의 연구에서 기녀들의 '창작 시조'를 확정하기 위한 다양한 방안이 제시되고, 해당 작품들의 분석을 통해서 기녀들의 창작 환경과 작가 의식을 추출하려는 노력이 진행되었던 것이다.

기녀들이 즐겨 부르던 레퍼토리를 포함하여 해당 작품들을 대상으로, 그들의 작품 향유 의식을 살필 수 있다고 판단된다. 비록 그들이 창작한 것은 아니지만, 기녀들이 특정 작품들을 즐겨 불렀다면 그 나름의 이유가 있었을 것이다. 그 작품들에 자신들의 정서와 맞닿아 있는 측면이 있었기 때문에, 기녀들은 그것을 자신의 레퍼토리로 삼아 즐겨 불렀을 것이다. 연행 현장에서 해당 기녀의 레퍼토리로 불렸던 노래들은, 또한 가집을 편찬하면서 편찬자에 의해 해당 기녀의 이름으로 명기되기도 했을 것이라 추정할 수 있다. 바로 이런 과정에서 다른 작가 혹은 무기명의 작품들에 기녀의 이름이 붙여졌던 것이다. 따라서 기존의 연구에서 기녀 작자의 작품이 아니라는 이유에서 배제되었던 작품들도 포함하여, 기녀들의 의식 세계와 향유 의식을 따질 수 있을 것이다.[57]

지금까지 살펴본 바와 같이 '기녀시조'는 '기녀가 창작한 시조'와 '기녀가 즐겨 부르던 작품, 즉 연창 레퍼토리'라는 두 가지의 의미를 모두 지니고 있다고 할 수 있다. 대체로 기녀들은 시조의 연창 환경에서 가창자로

---

[57] 기녀시조의 성격과 미의식에 관해서는 다음의 별도 논고를 통해 상세히 설명하였다. 김용찬, 「기녀시조의 미의식과 여성주의적 성격」, 『남도문화연구』 제25집, 순천대학교 남도문화연구소, 2013(이 책에 재수록되었음).

서 주된 역할을 했기 때문에, 그들의 레퍼토리에는 당연히 자신들의 작품을 포함하고 있다. 각 가집에 기녀의 이름이 기명된 '기녀시조'는 모두 36명의 작품 83수로 파악되고, 이중 기녀가 창작한 것으로 확인된 작품은 64수이며 작자 수는 33명이다. 나머지 3명의 작자는 시조의 창작을 확인할 수 없고,[58] 이들을 포함해 8명의 작품 19수는 기녀들의 창작이라기보다 연행 현장에서 그들이 주로 불렀던 레퍼토리의 성격이 강하다고 이해된다.[59] 그리고 창작한 작품들만 남기고 있는 작가들은 모두 28명이며, 그들의 작품은 52수에 달한다.[60] 가집 등 시조 수록 문헌의 이러한 상황을 고려하여 '기녀시조'의 현황과 의미를 따져야, 앞으로의 연구에서 보다 진전된 논의를 전개할 수 있을 것이다.

## 3. 기녀시조의 창작과 향유의 양상

기녀들이 남긴 문학 작품들은 대개 한시나 시조에 집중되어 있는데, 주로 사대부들과 교유의 면모를 반영하고 있는 것이 대부분이다. 현재 시조의 창작 혹은 향유의 실상이 기록으로 남아있는 경우 이를 쉽게 확인할 수 있다. 사대부들과 함께 한 연행 공간의 성격으로 미루어, 기녀들은 자리의 흥을 돋우기 위해 주로 시조의 가창을 담당했다. 때로는 가창을 하는 기녀들에게 사대부들이 특정한 상황에 걸맞은 작품의 창작을 요구했고, 이에 응해 즉석에서 새로운 작품을 창작하는 것으로 자신들의 역량을

---

**58** '월선'의 3수, '평매'(남원기)의 1수, 그리고 '옥이'의 1수 등 5수가 이에 해당한다.

**59** 앞의 3명을 제외하고, 창작한 작품과 레퍼토리가 함께 나타나는 작가와 작품 수는 다음과 같다. '계단'의 3수 중 2수, '다복'의 2수 중 1수, '매화'(평양기)의 5수 중 1수, '송이'의 14수 중 9수, 그리고 '진장화'의 2수 중 1수 등 모두 14수가 창작한 작품이 아닌 이들의 레퍼토리에 해당한다.

**60** 이상의 검토 결과 추출한 '기녀시조'의 작자와 작품 현황에 대해서는 부록에 별도의 표로 제시하겠다.

과시하기도 했던 것이다. 이처럼 기녀시조의 창작과 향유는 사대부들이 마련한 연회의 자리에서 이뤄지는 형태가 일반적이었다. 따라서 기녀시조의 주제가 남성들의 작품에서 드러나는 것보다 제한적일 수밖에 없다는 논의가 제출되어 있는데,[61] 이는 기녀시조의 창작과 연행 환경에서 오는 어쩔 수 없는 측면으로 이해될 수 있다.

물론 기녀시조의 창작이 항상 사대부들과의 연행 현장에서만 이뤄지지는 않았을 것이다. 개인적 정회를 읊은 작품들의 경우도 대개는 애정을 주제로 하고 있으며, 시적 대상인 '님'에 대한 절실한 감정을 일방적으로 토로하는 내용으로 나타난다. 그러나 각종 문헌에 제시된 기녀시조 창작과 향유의 기록들은 주로 남성들과의 관계에 초점을 맞춰져 있는 것을 확인할 수 있다. 이는 기본적으로 기녀시조와 관련된 기록의 당사자가 남성들이었고, 그들의 관심이 사대부들과 기녀들과의 일화에 흥미를 느꼈기 때문이라고 해석된다. 기녀들이 지녔던 인간적 고뇌의 측면은 관심의 대상이 아니었기에, 굳이 기록을 남길 필요가 없었다고 하겠다. 따라서 현전하는 기록을 통해서 기녀시조의 창작과 향유의 면모를 다룰 때, 기본적으로 자료의 성격이 제한적일 수밖에 없다는 것을 전제해야만 한다.

이 글에서도 이러한 측면을 감안하여 작품에 부기된 가집의 기록들을 일차적인 대상으로 삼아, 기녀시조의 창작과 향유의 실상을 따져보기로 하겠다. 이들 기록에서는 주로 작품의 창작 동기가 제시되어 있지만, 또한 기녀시조의 연행 환경을 엿볼 수 있다고 여겨진다.

> 상공(相公)을 뵈온 후(後)에 사사(事事)를 밋ㅈ오나
> 졸직(拙直)훈 무음에 병(病)들까 염려(念慮)ㅣ러이
> 이리마 절이챠 훈신이 백년동포(百年同抱)호리이다.〈해주 *140 소백주,

---

61 성기옥은 기녀시조에 보이는 이러한 측면을 '대남성적 감성'으로 설명하고 있다. 성기옥, 「기녀시조의 감성 특성과 시조사」 참조.

#2432.1〉

　　박엽이 평안감사로 있을 때, 손님과 더불어 장기를 두다가 명령하니, 장기의 상(象)·궁(宮)·사(士)·졸(卒)·병(兵)·마(馬)·차(車)·포(包)를 이용하여 이 노래를 지었다.[62]


　　부기된 기록에 의하면, 이 작품은 박엽(朴燁: 1570~1623)이 기녀인 소백주(小栢舟)에게 장기의 말을 이용하여 짓도록 한 것이라 한다. 초장의 '상공(相公)'은 장기의 '상(象)'과 '궁(宮)'을 음차(音借)한 것이며, '사사(事事)' 역시 궁을 호위하는 '사(士)'에 대응한 표현이다. 이밖에도 '졸직(拙直)'의 '졸(卒)', '병(病)들까'의 '병(兵)', '이리마 절이챠'의 '마(馬)'와 '차(車)', 그리고 '백년동포(百年同抱)'의 '포(包)' 등 장기판에 있는 모든 말을 끌어들여 소백주는 작품을 창작했다. 이와 관련된 구체적인 상황은 제시되어 있지는 않지만, 아마도 기녀를 동반한 연회에서 감사인 박엽이 잠시 손님과 더불어 장기를 두다가 작품을 짓도록 명했을 것이다. 더군다나 작품의 내용도 자신이 모시고 있던 '상공에 대한 신의와 백년동포'라는 주제로 형상화하고 있기에, 이 노래를 듣고 상공이라 지칭된 박엽도 아주 흡족하게 생각했을 것이라 짐작할 수 있다. 기녀인 소백주는 평소에 연행 현장에서 시조를 즐겨 불렀으며, 누군가의 요청에 응해 바로 그 즉시 작품을 창작할 정도의 문학적 역량을 소유하고 있었던 것이다.

　　작품과 함께 가집에 남아 있는 기록들을 살펴보았을 때, 기녀들의 시조 창작은 연행 현장에 함께 있던 사대부들의 요청에 의해 이뤄지기도 했음을 알 수 있다. 또한 이러한 상황은 소백주의 일화에만 그치지는 않았다. 예컨대 함경도에서 활동했던 소춘풍(영흥기)이 왕과 군신들이 함께한 연회 자리에서, 재기 넘치는 응대로 문신과 무신들을 압도하는 작품을 남긴 일화 역시 기녀들의 시조 창작이 이뤄지는 상황의 일례를 잘 보여주고 있

---

62 "朴燁爲西伯也, 與客搏奕, 命作此歌, 象宮士卒, 兵馬車包.", 〈해주〉.

다.[63] 이러한 기록들은 기본적으로 연회석에서 기녀들의 기지와 뛰어난 시조 창작 능력을 보여주고 있다고 하겠다. 이처럼 사대부들의 연회에 기녀들이 참석했을 때, 자리의 흥을 돋우기 위해 노래를 가창하는 것은 물론 때때로 그들의 요구에 의해 창작이 이뤄졌음을 알 수 있다. 이로 미루어 현재 전해지는 기녀시조들 중 적지 않은 수효의 작품들도 역시 이처럼 연행 공간에서 함께 했던 사대부들의 요청에 의해 지어졌을 것이라 추론할 수 있을 것이다.[64]

기녀들의 창작 역량은 사대부들과의 수작시조(酬酌時調)를 통해서 더욱 잘 드러나고 있다. 예컨대 기명인 한우(寒雨)의 뜻을 가리키는 '찬 비'를 이용하여, 사대부인 임제(林悌)와 기녀 한우(寒雨) 사이에 주고받은 두 작품이 대표적이라 할 수 있다.[65] 기명(妓名)을 이용하여 상대방과의 애정의

---

[63] 성기옥, 「기녀시조의 감성 특성과 시조사」, 38면. 그 자리에서 소춘풍이 지었던 작품은 모두 4수로, 다음과 같다. 가장 먼저 지은 작품은 임금의 명에 따라 왕보다는 영상에게 먼저 잔을 올리는 내용이다. "유비군자(有斐君子)를 호구(好逑)로 가리올 제 / 순(舜)도 계시건마는 어대라 살우오리 / 진실로 상국 고요(相國皐陶)아 내 님인가 하노라."〈청집 *1 소춘풍, #3687.1〉. 다음에는 무신보다는 문신에게 먼저 잔을 올리는 내용의 작품이 이어지고, 동석한 무신들이 그 내용에 대해 불편하게 생각하자 다시 무신을 높이는 내용이 이어지며, 마지막에는 문신과 무신을 가릴 필요가 있느냐는 내용의 작품으로 완결된다. "당우(唐虞)를 어제 본 듯 한당송(漢唐宋)을 오늘 본 듯 / 통고금(通古今) 달사리(達事理)ᄒᆞ는 명철사(明哲士)를 엇딧타고 / 저 셜 쯰 역력(歷歷)히 모르는 무부(武夫)를 어이 조츠리."〈해주 *137 소춘풍, #1262.1〉, "전언(前言)은 희지이(戱之耳)라 내 말씀 허믈 마오 / 문무일체(文武一體)ㄴ 줄 나도 잠간(暫間) 아옵쩐이 / 두어라 규규무부(赳赳武夫)를 안이 좃고 어이리."〈해주 *138 소춘풍, #4295.1〉, "제(齊)도 대국(大國)이오 초(楚)도 역대국(亦大國)이라 / 죠고만 등국(藤國)이 간어제초(間於齊楚)ᄒᆞ엿신이 / 두어라 이 다 죠흔이 사제 사초(事齊事楚)ᄒᆞ리라."〈해주 *139 소춘풍, #4343.1〉.

[64] 종친인 벽계수를 희롱하기 위해 지은 황진이의 다음 작품은 비록 연회 자리는 아니지만, 특정한 목적을 가지고 창작했다는 점에서 주목할 만하다. "청산리(靑山裏) 벽계수(碧溪水)ㅣ야 수이 감을 쟈랑 마라 / 일도창해(一到滄海)ᄒᆞ면 도라오기 어려오니 / 명월(明月)이 만공산(滿空山)ᄒᆞ니 수여 간들 엇더리."〈청진 *286 황진이, #4755.1〉.

[65] "북천(北天)이 맑다커늘 우장(雨裝)없이 길을 나니 / 산(山)에는 눈이 오고 들에는 찬비로다 / 오늘은 찬비 맞아시니 얼어 잘가 하노라."〈역시 *92 임제, #2135.1〉, "어이 얼어 잘이 므스 일 얼어 잘이 / 월앙침(鴛鴦枕) 비취금(翡翠衾)을 어듸 두고 얼어 자리 / 오늘은 춘비 맛자신이 녹아 잘까 ᄒᆞ노라."〈해주 *141 한우, #3235.1〉.

성취를 이루고자 한 내용의 작품들은 기녀들의 수작시조에서 종종 나타나고 있다. 이런 내용의 작품들은 대체로 사대부와 기녀가 함께 한 자리에서 술잔이 오가면서, 서로의 의중을 탐색하는 의도로 지은 것이라 하겠다. 〈동국명현가사집〉에 다음 두 작품과 함께 기록된 내용을 통해서 그것을 확인할 수 있다.

철리라 철리라 ᄒ거늘 난철(卵鐵) 섭철(鐵)인가 ᄒ여던니
춤으로 정철일시 적실(的實)ᄒ다
이 내계 골불무 이시니 녹겨 볼가 ᄒ노라. 〈동명 *79 진옥, #4706.1〉

옥(玉)이라 옥(玉)이라 커늘 번옥(燔玉) 가옥(假玉)인가 ᄒ어던니
아마도 진옥(眞玉)일시 분명(分明)ᄒ다
이내계 활비비 이시니 궁글 ᄯᅮ러 볼가 ᄒ노라. 〈동명 *80 정철, #3486.1〉

평양기생 진옥의 자는 설중매이며, 문장에 능하고 노래를 잘하여 세상에 이름을 날렸고, 미모가 일도(一道)에 알려졌다. 그래서 비록 말하기를 "창기이나 재리(財利)를 취하지 않고 행실이 절개가 있고 깨끗했다."고 하였다. 때문에 부임했다가 돌아간 감사들도 마음대로 접할 수 없었다. 그래서 그 나머지 관리들과 협기가 있는 녹록지배로써 재물로 인연을 맺고자 한 자들이 천여 명을 헤아렸지만, 진옥은 모두 곁눈질로 처다볼 뿐이어서 깨끗하고 도가 높은 이름이 경향 간에 퍼졌다. 정철은 노래를 잘하고 호협한 인물인데, 감사에 도임한 후에 결연을 맺고자 하여 진옥을 초대하여, 그로 하여금 노래를 부르도록 했다. 진옥은 감사가 결연을 맺고자 한다는 뜻이 있는 것을 헤아려, 시험 삼아 희롱하여 다음과 같은 노래를 지어 불렀다. (#4706.1-작품 생략) 정철이 그것을 듣고 크게 기뻐하여 화답하여 다음과 같은 노래를 지어 불렀다. (#3486.1-작품 생략) 진옥이 그것을 듣고 웃으며 고하기를 "사또의 노래와 소인의 노래가 뜻이 서로 맞으니, 감히 사양할 수가 없겠습니다."고 하였다. 이날 밤 정감사와 진옥은 마침내 목하지연(目下之緣)을 맺었다.[66]

위의 기록에서는 평양감사로 부임한 정철과 기녀인 진옥과의 시조를 주고받는 광경과, 그로 인한 결연의 과정을 상세히 그려내고 있다. 상대의 이름을 이용하여 시조를 창작해서, 마치 대화처럼 성적인 내용을 주고받으며 서로의 마음을 탐색하고 있음을 알 수 있다. 노래가 바로 두 사람 사이의 정서적 교감을 확인하는 수단으로 사용되고 있는 것이다. 비록 미천한 신분의 기녀이기는 하나, 이 기록에서 진옥은 결연 상대만큼은 자신의 선택에 의해서 결정하겠다는 의식을 엿볼 수 있다. 그리고 그 조건은 결코 재물과 같은 것이 될 수 없으며, 그녀는 서로 시조를 주고받을 수 있을 정도의 예술적 교감을 더욱 중시했던 것이다. 즉 '물질적 요소만으로 계량할 수 없는 가치나 심리 관계가 기생과 상대 남성 사이에 작용했고, 이를 포함한 소통이 어느 정도 성숙한 연후에'[67] 깊은 교감을 이루었던 것이다.[68]

또 다른 문헌인 『부북일기』[69]에도 기녀와 시조를 주고받는 내용이 소개

---

**66** "平壤妓生眞玉 字雪中梅 以能文善歌絶世之名 色鳴於一道內 而雖曰娼妓 不取財利 節行高潔 故去來監司 任不得交接 而其餘官爵與游挾碌碌之輩 欲以財賣緣圖結者 可千數 而眞玉皆側目視之 淸潔道高之名 播在京鄕 鄭澈以善歌豪士 監司到任後 欲結之 招眞玉 使之唱歌 眞玉能料知監司欲結之有意 試弄爲歌呼曰 쳘리라 쳘리라 흐거늘 卵鐵 셕鐵인가 흐여던니 춤으로 정철일시 的實흐다 이내게 골불무 이시니 녹겨 볼가 흐노라. 鄭澈니 聞之大喜 和答作歌呼曰 玉이라 玉이라 커늘 燔玉 假玉인가 흐어던니 아마도 眞玉일시 分明흐다 이내게 활비비 이시니 궁글 쭈러 볼가 흐노라. 眞玉聞之 笑告曰 使道歌 小人歌 意思相適 不敢辭矣. 是日夜 鄭監司與眞玉 遂結目下之緣.", 〈동명〉.

**67** 김흥규, 「조선 후기 시조의 불안한 사랑과 근대의 연애」, 『근대의 특권을 넘어서』, 창비, 2013, 50면.

**68** 김흥규가 적절히 지적했듯, #3486.1 작품은 정철의 것이라 보기에 무리가 따른다. 하지만 이러한 내용이 당대에 널리 퍼져 있었고, 〈동명〉의 편찬자 역시 그러한 견문(見聞)에 입각해 이 기록을 남긴 것이라 이해된다. 따라서 이 작품의 작자가 누군가의 여부가 아니라, 이러한 작품들이 기녀와 사대부 사이에서 향유되었다는 측면이 부각될 필요가 있다. 김흥규, 『송강 시의 언어』, 282면 참조.

**69** 『부북일기(赴北日記)』는 울산 출신의 무관인 박계숙(朴繼叔: 1569~1646)과 박취문(朴就文) 부자가 함경도 변방 지역으로 부임하였을 때의 경험을 기록한 문헌이다. 박계숙이 북방으로 가는 여정의 기록과 함께 시조 7수가 발견되었다. 이수봉, 「부북일기 연구」, 『구운몽후와 부북일기』, 경인문화사, 1994, 49~110면.

되어 있다. 이 기록에는 무관으로서 북방의 임지로 가는 도중, 박계숙이 함경도 경성에서 기녀 금춘과 시조를 주고받으며 교감을 나누는 장면이 나온다. 그 과정에서 각각 2수씩의 시조로 화답하고, 서로 마음이 통한 두 사람은 함께 밤을 지새우게 된다.[70] 두 사람의 화답가 중에서 금춘의 작품 2수는 앞에서 논했던 소춘풍(영흥기)의 시조를 약간 변개하여 지은 것임을 알 수 있다. 이는 '같은 함경도 지역이어서 소춘풍의 시조가 아직 이 지방 기녀들에게 널리 전창되고 있었음을 알 수 있을 뿐만 아니라, 창작 대신에 기존의 작품에 단어 몇 개만 바꾸어 재문맥화하는 식의 단순 패러디도 기녀들이 즐겨 애용한 수법이었으리라 짐작해 볼 수 있'[71]다고 평가되기도 한다. 어쨌든 술자리에서 기녀와 남성들 사이에 수작시조를 주고받는 것이 결코 예외적인 현상이 아니었다는 것을 짐작할 수 있다. 그리고 기녀들의 수작시조에서 보이는 이러한 '성애의 담론은 바로 성적·신분적 열세를 전복하는 바로 이 지점에서 새로운 생명력을 부과받게 된다'[72]고 평가되기도 한다.

　작품과 관련된 상세한 기록은 전하지 않지만, 〈악부〉(나손본)에 전하는 다음의 작품들 역시 기녀와 상대 남성과의 화답가이다.

---

**70** 이 때 주고받은 작품들은 다음과 같다. "비록 장부을(丈夫乙)지라도 간장(肝腸) 철석(鐵石)이랴 / 당전(堂前) 홍분(紅粉)을 고계(古戒)를 사맛더니 / 치성(治城)의 호치단순(皓齒丹脣)을 볼 니즐가 ᄒᆞ노라."〈부북 *1 박계숙, #2171.1〉이에 대한 금춘의 화답가는 다음의 작품이다. "당우(唐虞)도 친(親)히 본 ᄃᆞᆺ 한당송(漢唐宋)도 지내신 ᄃᆞᆺ / 통고금(通古今) 달사리(達事理) 명철인(明哲人)을 어ᄃᆡ 두고 / 동서(東西)도 미분(未分)ᄒᆞᆫ 정부(征夫)를 거러 므슴ᄒᆞ리."〈부북 *2 금춘, #1259.1〉이후 다시 아래의 두 작품으로 화답하였다. "나도 이러ᄒᆞ나 낙양성동(洛陽城東) 호접(胡蝶)이로다 / 광풍(狂風)의 지불려 여긔 저긔 ᄃᆞ니더니 / 새외(塞外)예 명화 일지(名花一枝)예 안자 보랴 ᄒᆞ노라."〈부북 *3 박계숙, #0725.1〉, "여아(兒女) 희중사(戲中辭)를 대장부(大丈夫) 신청(信聽) 마오 / 문부일체(文武一體)를 나도 잠깐 아노이다 / ᄒᆞ믈며 규규무부(赳赳武夫)를 아니 걸고 엇지리."〈부북 *4 금춘, #2982.1〉.

**71** 성기옥, 「고전 여성 시가의 작가와 작품」, 131면.

**72** 박애경, 「기녀 시에 나타난 내면 의식과 개인의 발견」, 『인간연구』제9호, 가톨릭대학교 인간학연구소, 2005, 91면.

망월(望月)이 죳타 ᄒ되 초월(初月)만 못ᄒ더라

반은반개(半隱半開)ᄒ니 숙녀(淑女)의 형용(形容)니라

두어라 화미개 월미원(花未開月未圓)는 군자호구(君子好逑)ㅣ가 ᄒ노라.

〈악나 *578 초월, *1596.1〉


초월(初月)니 죳타 ᄒ고 바라지도 안일 거시

군자(君子)는 쉽거니와 여올슌 숙녀(淑女)ㅣ로다

두어라 십오야(十五夜)의 망월(望月)니ᄂ ᄒ옵쇼셔.〈악나 *579, *4913.1〉


　　앞의 작품은 '초월(初月)'이라는 기명을 이용하여, 작품 속에서 자신의 존재를 부각시키는 방식으로 형상화하고 있다. 보름달을 지칭하는 '망월(望月)'이 아무리 좋다고 하더라도 '초월'만 못하며, 그 이유는 '반은반개(半隱半開)'가 숙녀의 형용이기 때문이라는 것이다. 즉 모든 것을 드러내는 '망월'보다 반쯤 드러나고 또 반쯤 감추는 것이야말로 숙녀의 자태이며, 종장에서는 더 나아가 '화미개 월미원(花未開月未圓)'이 '군자의 좋은 배필(君子好逑)'이라고 하여 작품을 종결하고 있다. '답가(答歌)'라는 부제가 붙은 두 번째 작품은 아마도 가집의 편찬자가 창작한 것으로 보인다.[73] 아무리 초월이 좋다고 하더라도 바랄 수는 없으며, 보름날에 '망월'이나 하라는 내용이다. 아마도 초월이 뭇 남성들에게 도도한 모습을 보였기에, 쉽게 범접하기 힘들다는 내용의 답가를 지었던 것으로 여겨진다.[74]

　　이상 시조 수록 문헌에 나타나는 창작과 연행 환경에 관한 기록을 살펴

---

**73** 건과 곤 등 2권으로 이뤄진 〈악부〉(나손본)의 '곤편'에 수록된 작품들이다. 곤편은 그 체제상 모두 4부분으로 나뉘지는데, 전체적으로 3개의 가집을 필사하여 모아 놓은 것으로 파악된다. 그중 수록된 작품들은 모두 첫 번째 부분에 위치해 있는데, 가집의 편찬자와 그 주변 인물들과의 관계를 보여주고 있다고 한다. 권순회, 「〈악부〉(나손본)의 계보학적 위상」, 『고시가연구』 제27집, 한국고시가연구회, 2011, 83~93면.

**74** 이 작품의 전후로 여러 명의 기녀들(화계, 춘앵, 면화)의 시조가 보이며, 연화(作離邑妓蓮花)와 초월(送初月歌 4수)을 전송하며 지은 작품들도 수록되어 있다.

보았다. 앞에서 언급했듯이, 기녀들의 시조 창작은 매우 다양한 방식으로 이뤄지고 있음을 알 수 있다. 연회에 함께 한 남성들의 요청에 의해 짓기도 하며, 상대 남성과의 교감을 이루기 위한 수단으로 수작시조를 주고받기도 한다. 물론 인연을 맺은 남성이 떠나갈 때, 그것을 아쉬워하며 작품을 창작하기도 한다. 예컨대 매창(부안기)이 관기 시절 인연을 맺었던 유희경이 떠난 후에 상대를 그리워하며 지은 작품[75]이나, 최경창과 애틋한 사연을 연출했던 홍랑의 작품[76] 등이 대표적이라 할 수 있다. 그러나 이역시 기녀시조의 창작이 상대 남성과의 관계를 중심으로 창작된다는 사실을 반증하고 있다고 여겨진다. 가집 편찬자들 역시 기녀시조를 수록할때, 바로 그런 측면에 주목해서 작품을 선별했을 것이라 이해된다.


## 4. 맺음말

지금까지 현전하는 시조 수록 문헌에 등장하는 '기녀시조'의 존재 양상과 작자 변증을 통한 규모를 따져 보았다. 기존의 연구자들에게서 나타나는 '기녀시조'의 규모가 서로 일치하지 않는 현상은 일차적으로 가집 등 자료적 성격에서 기인하는 것이었다. 따라서 기녀로 명명된 작품들의 문헌에 수록된 형태를 따져 보았을 때, '기녀시조'는 '기녀가 창작한 시조'와

---

**75** "이화우(梨花雨) 홋날닐 제 울며 줍고 이별(離別)혼 님 / 추풍 낙엽(秋風落葉)에 져도 날을 싱각는가 / 천리(千里)에 외로온 쑴만 오락가락ㅎ쾌라."〈원국 *190 매창, #3902.1〉. 여기에는 촌은 유희경이 서울로 돌아간 후, 이 노래를 짓고 수절했다는 기록이 첨부되어 있다.(桂娘, 扶安名技, 能詩, 出梅窓集. 與劉村隱希慶故人, 村隱還京後, 頻無音信, 作此歌所守節.) 그러나 매창의 전기를 재구성한 김준형에 의하면, 이 기록에서 수절 운운한 내용은 사실이 아니라고 한다. 그는 여러 기록을 모아, 매창이 유희경과 헤어진 후에도 기녀 생활을 계속하며 새로운 남성들과 인연을 맺은 사실을 밝히고 있다. 김준형, 『이매창 평전』, 한겨레출판, 2013, 107면.

**76** "뫼ㅅ버들 갈해 것거 보내노라 님의 손대 / 자시는 창 밧긔 심거두고 보소서 / 밤비예 새닙 곳 나거든 날인가도 너기소서.",〈역시 *98 홍랑, #1672.1〉.

'연행 현장에서 기녀들이 즐겨 부르던 레퍼토리'라는 이중의 의미를 지니고 있음을 실증할 수 있었다. 때문에 창작 여부에만 관심을 두고 '기녀시조' 여부를 논했던 기존의 연구들과는 달리, 본고에서는 창작 여부 못지않게 그들이 즐겨 불렀던 작품들까지 포괄하여 다룰 것을 제안한다.[77]

현전하는 문헌에 모두 5가지 유형으로 제시된 '기녀시조'를 검토해 보았을 때, 우선 전체적인 규모는 36명의 작품 83수에 달했다. 그러나 창작 여부만을 변증한 결과, 33명의 작품 64수가 이에 해당되었다. 그리고 3명은 창작보다 연창에 힘을 쏟았다고 해석되며, 8명의 작가는 창작 시조와 그것을 제외한 레퍼토리를 각종 문헌에 함께 수록하고 있었다. 바로 이런 측면을 고려하여 '기녀시조'의 현황과 의미가 따져져야 할 것이다. 즉 비록 기녀가 창작은 하지는 않았어도, 기녀들이 즐겨 불렀다고 이해되는 작품들 역시 기녀들의 정서를 어느 정도 반영하고 있다고 해석할 수 있기 때문이다. 물론 이 경우 창작 시조와는 구별되는 점을 추출하여, 향유 의식의 측면에서 제한적인 의미를 부여할 수 있을 것이다.

또한 가집 등에 기녀시조와 함께 남아있는 기록들을 통하여, 기녀들의 시조 창작과 향유의 면모를 살필 수 있었다. 가집 편찬자의 관심 분야에서 벗어날 수 없다는 한계는 있으나, 현전하는 기록들에서 살핀 기녀시조의 창작과 향유 상황은 대체로 남성들과의 관계를 그려내고 있었다. 물론 기록이 남아있지 않은 작품들의 경우도, 대체로 그 주제는 애정을 표출하고 있다고 논의된다. 이러한 점이 '기녀시조'가 지니는 특징적인 국면이라 할 수 있으며, 앞으로 자료의 성격을 꼼꼼히 살펴 '기녀시조'의 창작 및 향유 상황과 그 의식을 짚어내야 하리라 본다.

---

**77** 본고를 통해 확정된 '기녀시조'의 미의식과 의미에 대해서는 다음의 논고를 통해 발표하였다. 김용찬, 「기녀시조에 나타난 미의식과 여성주의적 성격」(이 책에 재수록되었음) 참조.

## [부록] 기녀시조의 작자와 작품

| 순번 | 작자 명(지역명) | 작품 수(창작) | 작품 번호(고시조대전) |
|---|---|---|---|
| 1 | 강강월(맹산기) | 3수(3수) | ① 0568.1, 2914.1, 4599.1 |
| 2 | 계단 | 3수(1수) | ① 1066.1, ④ 4343.3, ⑤ 4798.1 |
| 3 | 계섬 | 1수(1수) | ⑤ 4830.1 |
| 4 | 구지(평양기) | 1수(1수) | ③ 4204.1 |
| 5 | 금춘(경성기) | 2수(2수) | ① 1259.1, 2982.1 |
| 6 | 금홍(평양기) | 1수(1수) | ① 1989.1 |
| 7 | 다복 | 2수(1수) | ② 2121.1, ⑤ 4162.1 |
| 8 | 매창(부안기) | 1수(1수) | ② 3902.1 |
| 9 | 매화(진주기) | 4수(4수) | ① 2369.1, 2960.1, 3109.1, 5168.1 |
| 10 | 매화(평양기) | 5수(4수) | ① 0016.4, 3645.1, 3847.1, ③ 1615.1, ⑤ 4427.1 |
| 11 | 면화 | 1수(1수) | ① 1638.1 |
| 12 | 명옥(화성기) | 1수(1수) | ④ 0687.1 |
| 13 | 문향(성천기) | 1수(1수) | ① 3381.1 |
| 14 | 부동 | 4수(4수) | ① 2609.1, 4796.1, 5020.1, 5517.1 |
| 15 | 소백주 | 1수(1수) | ① 1471.1 |
| 16 | 소백주(평양기) | 1수(1수) | ② 2432.1 |
| 17 | 소춘풍 | 3수(3수) | ① 0655.2, 4137.1, ② 4602.1 |
| 18 | 소춘풍(영흥기) | 4수(4수) | ① 3687.1, ② 1262.1, 4295.1, 4343.1 |
| 19 | 송대춘(맹산기) | 2수(2수) | ① 4074.1, 5316.1 |
| 20 | 송이 | 14수(5수) | ① 0951.3, 3780.2, ② 0645.2, 0866.2, ③ 2763.1, 1719.1, 4710.1, ④ 2260.2, 3726.1, 4400.1, ⑤ 1244.1, 3413.1, 3455.1, 4001.1 |
| 21 | 옥선(진양기) | 1수(1수) | ① 1134.1 |
| 22 | 옥이 | 1수(0수) | ④ 3486.1 |
| 23 | 월선 | 3수(0수) | ④ 2253.1, ⑤ 1468.1, 1779.1 |
| 24 | 입리월 | 2수(2수) | ① 2895.1, 4797.1 |
| 25 | 진옥(평양기) | 1수(1수) | ④ 4706.1 |
| 26 | 진장화 | 2수(1수) | ① 4312.1, ⑤ 3993.1 |
| 27 | 천금 | 1수(1수) | ② 2360.1 |
| 28 | 초월 | 4수(4수) | ① 0352.1, 1596.1, 3460.1, 4961.1 |
| 29 | 춘앵 | 1수(1수) | ① 0178.1 |
| 30 | 평매(남원기) | 1수(0수) | ⑤ 3778.1 |
| 31 | 평안기 | 1수(1수) | ① 3673.2 |
| 32 | 한우(평양기) | 1수(1수) | ③ 3235.1 |
| 33 | 홍랑 | 1수(1수) | ① 1672.1 |
| 34 | 홍장(강릉기) | 1수(1수) | ② 5307.1 |
| 35 | 화계 | 1수(1수) | ① 4906.1 |

| 36 | **황진이(개성기)** | 6수(6수) | ② 0922.1, 0970.1, 1422.1, 2324.1, ③ 3242.1, 4755.1 |
|---|---|---|---|
| 계 | 36명(33명) | 83수(64수) | * 굵은 글씨의 숫자는 작자의 창작이 확인된 작품의 번호 |

* 위의 '작품 번호' 항에 제시된 분류 기준과 작자 및 작품 수는 다음과 같다.

① 특정 가집(군)에만 등장하는 작품 : 22명 40수.

② 다수의 문헌에 특정 작가로 기재되어 있는 작품 : 9명 15수.

③ 2인 이상 기명되었으나, 다수 가집에 특정 작가로 기명된 작품 : 5명 8수.

④ 2인 이상의 작가가 비슷한 비중으로 나타나는 작품 : 6명 8수.

⑤ 대다수에는 무기명이나, 특정 가집에만 기명된 작품 : 8명 12수.

〈『민족문학사연구』 통권53호, 민족문학사학회, 2013.〉

# 기녀시조의 미의식과 여성주의적 성격

## 1. 머리말

　기녀시조에 대한 연구는 먼저 조선시대 기녀의 사회적 존재 양상을 살펴보는 것으로 시작해야만 한다. 신분제 사회에서의 기녀들은 하층의 계급에 속하는 피억압자로서의 위치에 처해 있었고, 또한 정상적인 가족제도에 포섭될 수 없는 소외된 존재이기도 했다. 때문에 당대의 상층 남성들이 엄격한 유교 윤리의 틀에서 벗어나 쉽게 성적인 욕구를 해소할 수 있는 존재로 여겼다. 또한 기녀들은 당대의 남성들에게 일상적인 남녀 관계에서 쉽게 획득할 수 없었던 적극적인 애정을 실현할 수 있는 대상이라는 사회적 관념도 통용되고 있었다. 특히 내외법(內外法)이 엄격했던 당대의 사회에서 부부 사이에도 법절이 무엇보다 우선시되었기에, 사대부들의 입장에서는 기녀들이 비교적 대화와 감정의 교류가 가능했던 상대였다는 점을 주목할 필요가 있다.[1]

　기녀는 신분적으로는 천민에 속했으며, 당대 사회에서 신분적·성적

---

[1] 박애경은 '가장(家長)과 정실(正室)의 역할을 명시한 합법적 가족 제도와 그 외곽에서 이루어지는 사대부와 기녀와의 낭만적 연애는 가문의 관리자의 역할과 성애의 대상을 분리한 중세적 분할혼의 한 형태'라고 기녀제도를 규정하고 있다. 박애경, 「기녀 시에 나타난 내면 의식과 개인의 발견」, 『인간연구』 제9호, 가톨릭대학교 인간학연구소, 2005, 75면.

소수자(minority)로서 실생활에서 이에 따른 갖가지 제약을 온전히 감당해야만 했다. 하지만 기녀들은 주로 양반 사대부들을 상대하면서, 그들과 더불어 고급한 문화를 향유할 수 있는 능력이 요구되었다. 노래와 춤과 같은 전문적 기예는 물론, 서화나 한문 문장 등 당대 지배층의 문화를 능숙하게 구사해야 당대의 풍류 공간에서 인기를 누릴 수 있었다.[2] 아울러 한시와 시조를 창작하고 향유하면서 기녀들은 동시대의 상층 남성들과 풍류를 함께 즐기는 동반자로서의 역할을 했던 것이다. 그렇기에 이들이 처한 특수한 상황을 '귀족의 머리, 천민의 몸'[3]이라는 표현으로 규정하기도 한다.

조선 전기에는 관에 예속된 존재였던 기녀가 기부(妓夫)[4]를 두는 것이 법적으로 허용되지 않았는데, 이는 역설적으로 사대부와 기녀와의 다양한 접촉이 이뤄질 수 있었다는 것을 의미한다. 따라서 기녀들은 여러 행사에 참여했던 사대부들과 교류하면서, 뜻이 맞는 상대와 감정이 소통될 수 있는 기회를 얻을 수 있었다.[5] 각종 연회에서 기녀들은 사대부들과 시와 노래를 교환하면서, 자연스럽게 상대방에 대한 자신의 감정을 드러낼 수 있었다. 현재 남아있는 기녀들의 한시와 시조들에 유독 사대부들과의 수작시(酬酌詩)가 많은 것도 바로 그런 이유 때문이라 하겠다. 이 과정에

---

**2** 조선시대 기녀제도의 성격과 변화 과정에 대해서는 강명관, 「조선 후기 기녀제도의 변화와 경기」(『한국고전여성문학연구』 제18집, 한국고전여성문학회, 2009)를 참조할 것.

**3** 박애경, 「기녀 시에 나타난 내면 의식과 개인의 발견」, 75면.

**4** '기부(妓夫)'는 기녀의 법적인 남편은 아니지만, 기생에게 기방을 개설해주고 영업권을 갖는 존재들을 일컫는다. 지방 출신인 기녀들이 궁중 연회에 참여하기 위해 한양에 올라오게 되면, 관에서 별도의 여비를 지급하지 않기 때문에 자비로 참가했다. 그럴 경우 서울에 머무르는 동안 각종 경비가 필요한데, 기부는 기녀들에게 경비를 제공하면서 별도의 영업을 하여 수익을 올렸다고 한다. 강명관, 『조선 사람들, 혜원의 그림 밖으로 걸어 나오다』, 푸른역사, 2001, 131면.

**5** 기녀를 '말하는 꽃'이라는 의미로 '해어화(解語花)'라 지칭했는데, 남성들의 문화 속에서 부수적인 역할을 했던 그들의 처지를 단적으로 규정하는 용어라 하겠다. 기녀들과 관련된 풍속과 각종 기록들에 대해서는 이능화, 『조선해어화사』, 한남서림, 1927(이재곤 옮김, 동문선, 1992)을 참조할 것.

서 기녀들은 상대 남성과 감정을 교류하면서 애정 관계로 발전시킬 수 있었다. 물론 사대부들이 기녀를 동반한 풍류의 자리에 참석하는 것도 결코 일상적인 현상은 아니었기에, 기녀들이 만날 수 있는 상대는 그리 다양하지는 못했을 것이다.[6]

현전하는 기녀들의 문학 작품은 주로 한시와 시조에 집중되어 있으며, 특히 시조는 사대부들과의 교유하던 현장 속에서 창작된 경우가 적지 않다. 때문에 창작의 즉흥성이 두드러지며, 시조의 주제 또한 당대 남성 작품들의 그것과 달리 매우 제한적인 면모를 나타내고 있다. 남성들과 함께 한 연행 공간에서 기녀들은 주로 가창의 역할을 담당하였다. 때로는 상대 남성들의 요구에 의해 즉석에서 작품을 창작하기도 하였고, 그렇게 지어진 작품들을 보면 기녀들의 문학적 역량은 결코 낮추어 볼 수 있는 수준이 아니었다. 연행 현장에서 가창을 담당했던 기녀들의 역할을 고려할 때, 기녀시조는 기녀들이 창작한 작품은 물론 기녀들이 즐겨 불렀던 작품들을 포함해서 다루어야만 그 의식 세계를 온전히 살펴볼 수 있을 것이라 여겨진다.[7]

현재 가집 등 각종 문헌에 전하는 기녀시조의 존재 양상을 살펴보았을

---

6 김동욱은 기녀의 성격을 '사치노예(奢侈奴隸)'로 규정하고, 조선시대에는 '최대 다수의 백성들이 일부일처(一夫一妻)로 조촐하게 생을 마쳤고, 그들 가운데서 기녀를 대할 수 있는 계층은 양반계급에서도 특수층에 속할 것이다.'라고 언급하였다. 김동욱, 「이조기녀사서설(사대부와 기녀)-이조 사대부와 기녀에 대한 풍속사적 접근」, 『아세아여성연구』 제5집, 숙명여자대학교 아세아여성문제연구소, 1966, 113면.

7 그간의 기녀시조 연구들은 주로 기녀들의 창작 시조에만 관심을 기울이고 있었다. 그러나 가집에 기녀들의 것으로 명기된 작품들이 창작 시조만이 아니라, 가집 편찬자가 인지하고 있는 기녀들의 가창 레퍼토리도 포함하고 있음을 확인할 수 있었다. 기녀들이 창작한 작품이 아닌데도 그들의 작품으로 기록하고 있다면, 해당 작품 속에 그럴만한 속성이 있기 때문이라고 해석할 수 있다. 다시 말하자면 창작 작품이 아닌, 가창 레퍼토리를 가집 편찬자를 비롯해 당대인들이 기녀시조라고 인식하는 의미를 탐구하는 것도 필요하다고 하겠다. 따라서 이러한 자료적 특성을 고려하여, 기녀시조의 연구는 창작 시조는 물론이고 가창 레퍼토리까지 포함하여 다루어야 할 것이라고 판단된다. 기녀시조의 작품 규모와 그 성격에 대해서는 김용찬, 「기녀시조의 작자 변증과 작품의 향유 양상」(『민족문학사연구』 제53호, 민족문학사학회, 2013; 이 책에 재수록되었음)을 참조할 것.

때, 단순히 그들이 창작한 작품에 국한되지 않는다는 것을 확인할 수 있었다. 현재까지 확인된 기녀시조의 규모는 83수에 달하고, 작자 수도 36명이 확인되었다. 그런데 가집에 나타나는 '기녀시조'는 '작자가 확인된 작품'과 '연행 레퍼토리로서의 작품'이라는 두 가지 의미를 내포하고 있다. 연행 현장에서 기녀들은 주로 가창을 담당하였기에, 그들이 즐겨 부르던 레퍼토리에는 당연히 자신들이 창작한 작품도 포함되어 있다. 따라서 기존 연구들에서 기녀들이 창작한 작품만을 대상으로 하던 연구 경향에서 더 나아가, 앞으로는 기녀들이 즐겨 부르던 작품까지를 포함하여 '기녀시조'의 연구 대상으로 삼아야 할 것이다.[8]

본고는 가집 등 각종 문헌에 작자가 기녀로 표기되어 있는 '기녀시조'를 대상으로, 그것에 나타난 미의식과 여성주의적 성격을 살펴보기로 한다. 선행 연구를 통해서 추출한 기녀시조의 규모를 전제로 하여, 먼저 기녀시조의 창작 환경과 연행 기반을 살펴본 후 작품에 나타난 미의식과 그 의미를 따져보기로 하겠다. 특히 시조는 그 형성과 발전 과정에 이르기까지 주로 남성들에 의해 주도되어 온 갈래이기에, 시조문학의 미의식을 지배해 온 것은 주로 남성주의적 시각에 기반하고 있다고 평가되고 있다. 기녀를 비롯한 일부 여성 작가들이 창작과 향유에 참여했을지라도, 시조라는 갈래에서 여성은 철저하게 '타자(他者)'로 존재하고 있었다. 그러나 기녀시조는 여성들이 창작한 작품으로, 여성들의 의식과 정서가 반영되어 있어 주목의 대상이 된다. 분명 남성 작가들의 작품 세계와는 다른 면모가 드러나 있다고 파악하기에, 기녀시조를 대상으로 대상 작품들에 나타난 여성주의적 특성과 의미를 적극적으로 탐색하고자 한다. 여성주의(Feminism)적 시각에 입각한 방법론은 그동안 작품론과 작가론 위주로 진

---

8 현전하는 가집에 기명된 기녀시조의 양상은 모두 5가지 유형으로 나타나고 있다. 이들을 대상으로 변증을 거친 결과 작자가 기녀로 확인된 작품은 모두 64수(작자 수 33명)이며, 나머지 19수는 작자라기보다 기녀들의 주요 레퍼토리였던 것으로 이해된다. 김용찬, 「기녀시조의 작자 변증과 작품의 향유 양상」 참조.

행되어 왔던 연구 방법에 대한 반성적 검토에서 비롯된 바, 여성주의적 시각을 접목시키려는 노력은 국문학 연구의 방법론을 확장한다는 점에서 긍정적으로 평가할 수 있다.[9]


## 2. 기녀시조의 창작 환경과 연행 기반

조선시대의 기녀는 우선 서울에서 활동했던 '경기(京妓)'와 지방의 관청에 소속되었던 '향기(鄕妓)'로 나눌 수 있다.[10] 이들은 모두 관에 예속된 존재로서, 음악과 가무(歌舞)를 담당하는 여성 예인(藝人)이라 할 수 있다. 특히 지방에서 활동했던 기녀들의 경우 관에서 주최하는 연회에 참석해서 자신이 지닌 기예로써 흥을 돋우는 것이 주된 업무였고, 때로는 장기간 변방에서 떨어져 생활하는 군관들을 위해 '방직기(房直妓)'로서의 역할을 하기도 했다.[11] 간혹 진연(進宴) 등의 궁중 행사[12]가 개최되면, 궁중의 연향에서 시행되는 각종 음악과 춤 등에 특장이 있는 기녀들이 일정 기간

---

**9** 고전시가의 여성주의적 연구 경향에 대해서는 신경숙, 「고전시가와 여성-연구사 검토와 전망을 중심으로」(『한국고전여성문학연구』 창간호, 한국고전여성문학회, 2000), 306∼307면을 참조할 것. 이후의 연구 경향도 크게 보아 이 논의에 수렴될 수 있다고 여겨진다.

**10** '경기'는 내의원에 소속되어 혜민서에서 의업(醫業)을 담당했던 약방기생(藥房妓生)과 상의원 소속의 침선비(針線婢)로 일했던 상방기생(尙房妓生), 그리고 장악원에 소속되어 여악(女樂)에 참여했던 가기(歌妓) 등이 있다. 이들의 결원이 생길 경우 지방에서 뽑아 올리기도 하였는데, 지방 관아에 소속된 기녀들은 '향기(鄕妓)'라 했다. 이능화, 『조선해어화사』, 이재곤 옮김, 동문선, 1992, 82∼112면 참조.

**11** '방직기'는 '방기(房妓)'라고도 하는데, 지방의 관아에서 손님으로 오는 사람을 접대하기 위한 용도의 수청기생을 가리킨다. 그러나 변방 지역에서는 장기간 가정과 떨어져 생활하는 군관들을 위해 방직기들을 배정하여 주었다고 한다. 우인수, 「조선 후기 북변지역 기생의 생활 양태」, 『역사와 경계』 제48호, 부산경남사학회, 2003, 107면.

**12** 보통 궁중의 연향은 중요한 국가 의식인데, 이 중 가장 큰 연향 의식을 진연(進宴)이라 한다. 진찬(進饌)은 이보다 간소한 잔치이며, 진작(進爵)은 왕실의 인물들에게 존호(尊號)를 올리는 것을 기념하기 위한 의식이다. 신경숙, 「안민영과 기녀」, 『민족문화』 제10집, 한성대학교 민족문화연구소, 1999, 58면.

서울로 뽑혀 올라와 행사가 끝날 때까지 머무르기도 하였다. 이들 '선상기(選上妓)'들은 의식이 끝난 후 곧바로 고향에 돌아가는 것이 일반적이었으며, 궁중의 연향에 참여했다는 것은 그들의 예술적 기량을 공인받는 행위였던 것이다.[13] 따라서 기녀들이 보유한 기예는 당대 사대부들과의 관계 속에서 필요로 하는 종목에 치우쳐 있었고, 그들은 교방 등 공식적인 기관에서 일정한 교육을 통해 가무(歌舞) 등을 집중적으로 익혔다.[14]

조선시대의 기녀들은 지배계층이었던 양반들의 사회적 활동을 돕기 위한 부수적 존재로 치부되었다. 특히 남성들의 연회에 참여하여, 필요에 의해 자신이 보유한 가무(歌舞) 등의 특기를 활용하여 흥취를 돋우는 존재였던 것이다. 당시의 연회에서 사대부 남성들이 창작한 시조를 연창(演唱)하는 것은 주로 기녀들의 몫이었고, 그렇기에 자신들이 부르는 시조에 대해서는 남성들 못지않게 폭넓은 이해를 갖추게 되었을 것이다. 기본적으로 기녀시조가 창작될 수 있었던 배경에는, 이와 같은 당대의 풍류 문화가 바탕이 되었다고 하겠다. 연창이 가능했다고 해서 모든 기녀들이 다 시조를 창작할 수 있었던 것은 아니다. 현재 남아있는 작품들과 작가의 면모를 고려하더라도, 기녀시조의 창작에 나섰던 이들은 실제 활동했던 이들에 비해 그리 많았다고는 할 수 없다.[15]

---

**13** 현재 전하는 시조 작품을 남긴 기녀작가 대부분이 향기였다는 박애경의 지적을 고려할 때, 기녀시조의 창작·향유와 관련하여 지방에서 거주했던 기녀들의 존재 양상과 활동 상황을 주목할 필요가 있다. 박애경, 「'소수자 문학'으로서의 기녀문학」, 『고전문학연구』 제29집, 한국고전문학회, 2006, 185면 참조..

**14** "그들은 15세에 기안(妓案)에 올라 군아(郡衙)의 교방(敎坊)에서 음률을 익히고 기녀로서의 일정한 교습을 받는다. 이 음률을 익히기까지는 악생(樂生)으로부터 가혹한 태장(笞杖)을 맞아가며 수련을 쌓는 것이다.", 김동욱, 「이조기녀사서설」, 79면.

**15** 성기옥은 문헌 고찰을 통해 기녀시조의 작자가 27명이며, 작품수도 56수로 확정될 수 있다고 파악하였다(성기옥, 「기녀시조의 감성 특성과 시조사」, 『한국고전여성문학연구』 제1집, 2000). 그러나 『고시조대전』(김흥규 외 편, 고려대학교 민족문화연구원, 2012)의 저본으로 사용된 문헌들을 검토한 결과, 기녀시조가 수록된 가집들이 새로이 발견되어 더 많은 작품들을 확인할 수 있었다. 앞에서 논했듯이 현재 남아있는 기녀시조의 작자는 36명이며, 작품의 수효는 83수이다. 김용찬, 「기녀시조의 작자 변증과 작품의 향유 양상」 참조.

갈래 형성의 초기에 시조는 주로 사대부 남성들에 의해 창작·향유되었지만, 점차 기녀를 포함한 일부 여성들이 창작한 작품도 등장하게 되었다.[16] 비록 일부의 여성들이 창작과 향유에 관여했을지라도, 적어도 시조라는 갈래 속에서 여성은 타자(他者)로 존재하고 있었다.[17] 시조의 연행 현장에서 노래를 부르는 역할은 주로 여성인 기녀들이 담당하였지만, 그 음악을 듣고 향유하는 사람들은 대부분 남성들이었다는 사실을 환기할 필요가 있다. 사대부들이 마련한 연행의 장에서 보조적인 역할에 머물렀다고 하나, 기녀 작가들이 시조의 창작과 향유에 참여했다면 그 의미는 결코 적은 것이라 할 수 없다. 물론 풍류의 현장에서 작품이 창작된 경우, 그것은 대체로 기녀 자신의 의도가 아닌 상대 남성의 요구에 맞춰 형상화하는 경우가 일반적이었다.[18] 그러나 그렇게 창작된 작품이라 하더라도, 표현과 주제 표출 방식 등에서 당대 남성들의 작품과는 분명히 다른 면모가 발견되고 있다.

그럼 가집에 나타난 기녀시조의 관련 기록들을 통해서, 창작과 연행 환경에 대해서 살펴보기로 하자.

　　　　이화우(梨花雨) 훗날닐 제 울며 줍고 이별(離別)흔 님

　　　　추풍 낙엽(秋風落葉)에 져도 날을 싱각는가

---

16 기녀층 이외에 일부 사대부 여성들이 창작한 시조가 발견되기도 하지만, 그 작품들이 기녀시조들처럼 뚜렷한 경향성을 지니고 나타난다고 보기는 어렵다. 시조의 여성작가의 면모와 특질에 관해서는 성기옥, 「고전 여성시가의 작가와 작품」(『한국고전여성작가연구』, 이혜순 외, 태학사, 1999)을 참조할 것.

17 그러한 이유에서 '기녀시조'를 소수자의 관점에서 바라본 다음의 연구는 주목할 만하다. 김승희, 「소수 문학으로서의 기녀시조 읽기-'해어화 텍스트'와 '전복적 욕망의 텍스트'」, 『시학과 언어학』 제3호, 시학과 언어학회, 2002; 박애경, 「'소수자 문학'으로서의 기녀문학」 등.

18 성기옥은 이러한 측면을 고려하여, 기녀시조에 나타난 의식을 '대남성적 감성'이라 규정하였다. 성기옥, 「기녀시조의 감성특성과 시조사」, 『한국고전여성문학연구』 제1집, 한국고전여성문학회, 2000.

천리(千里)에 외로온 숨만 오락가락 ㅎ괘라.〈원국 *190 매창, #3902.1〉

계랑은 부안의 이름난 기생으로 시를 잘 지어 『매창집』이 세상에 나와 있다. 촌은 유희경의 오랜 벗으로, 촌은이 서울로 돌아간 뒤 소식이 없었다. 이에 이 노래를 지어 수절했다.[19]

'계랑(桂娘)'은 매창(부안기)[20]의 또 다른 기명(妓名)으로, 작자가 관기로 인연을 맺었던 유희경과 헤어진 이후에 지은 것이라 기록되어 있다. 작품의 내용도 초장에서 화자가 님과 헤어질 때의 상황을 제시하고, 중장과 종장에서는 떠난 이후 소식이 없는 상대를 기다리는 심정이 절절하게 그려지고 있다. 아마도 이 작품은 떠난 후 소식이 없는 님을 생각하며 창작한 것으로 여겨지며, 작자의 지극히 개인적인 감성이 묻어나 있다고 할 수 있다. 매창은 이 작품을 연행 현장에서 자주 불렀을 것이고, 그 결과 당대인들에게 이 작품은 작자인 매창과 유희경의 관계를 상징하는 것으로 이해되었던 것이다.[21] 따라서 창작은 비록 작자의 개인적인 정감을 반영하고 있다고 해도, 그것이 향유될 때에는 '매창'으로 대표되는 기녀들의 감성을 대변하는 작품으로 받아들여졌다고 해석할 수 있다. 그것이 바로

---

**19** "桂娘, 扶安名技, 能詩, 出梅窓集. 與劉村隱希慶故人, 村隱還京後, 頻無音律, 作此歌所守節.",〈원국〉. 그러나 매창의 평전을 재구성한 김준형에 의하면,〈원국〉에서 '수절' 운운한 부분은 사실이 아니라고 한다. 김준형은 매창이 유희경과 헤어진 후에도, 기녀 생활을 계속하며 새로운 남성들과 인연을 맺은 사실을 밝히고 있다(김준형, 『이매창평전』, 한겨레출판, 2013). 앞으로 작품을 인용할 경우, 작품이 수록된 가집의 약칭과 작품 번호 및 작가명을 제시하고, 그 뒤에 『고시조대전』의 표제작 번호를 함께 기재하기로 한다.

**20** 매창(梅窓)은 가집에 따라 계랑(桂娘) 혹은 계생(桂生, 또는 癸生)이라고 표기되기도 한다. 일반적으로 동일한 기명이 서로 다른 가집에 등장하기도 하는데, 겹치는 작품이 전혀 없는 경우 동명이인으로 추정되기도 한다. 따라서 기녀의 이름을 표기할 때, 기명과 함께 괄호 안에 가집 등에 나타난 활동 지역(혹은 출신지)을 함께 기재하여 구분하기로 한다.

**21** 이 작품은 모두 79종의 가집에 수록되어 있으며, 그 중〈병가〉를 비롯하여 37종에 작자가 매창으로 표기되어 있다. 적지 않은 가집에 수록되어 있는 것을 볼 때, 작자 표기의 유무와 상관없이 이 작품이 당대에 널리 향유되었음을 알 수 있다.〈원국〉의 기록 역시 이 작품과 함께 전승되던 두 사람의 사랑에 대한 당대인의 관심이 반영된 결과라 하겠다.

기녀시조에 창작 상황을 전하는 기록이 부기된 까닭이기도 할 것이다.

현전하는 기녀시조에서 가장 높은 비중은 차지하는 것은 이른바 '상사의 노래'라고 한다.[22] 그런데 이 부류의 작품들은 몇몇 작품들을 제외하고, 시조 수록 문헌에는 대부분 그 창작 경위가 밝혀지지 않은 경우가 일반적이다. 매창의 작품처럼 연행 현장에서 활발하게 가창되어 수많은 가집들에 수록되는가 하면,[23] 특정 가집에만 수록되어 있는 경우도 발견할 수 있다. 예컨대 최경창과의 애틋한 사랑을 담고 있는 홍랑의 시조[24]는 〈손씨수견록〉이라는 전사본에 수록되어 있다가, 이병기가 1940년에 편찬한 〈역대시조선〉에 재수록되는 등 2종의 문헌에만 보인다. 또한 강강월(맹산기)[25]과 송대춘(맹산기)[26]의 작품들 역시, 〈병와가곡집〉과 〈악부〉(서울대본)에만 수록되어 그 향유가 매우 제한적이었음을 알 수 있다.

---

**22** 성기옥은 기녀시조에 보이는 대남성적 감성을 크게 '상사의 노래', '남녀 수작의 노래', '기지(奇智)의 노래', '자기 확인의 노래' 등 네 가지 범주로 나눌 수 있다고 보았다. 그리고 그중에서 가장 많은 양을 차지하는 것은 '상사의 노래'이며, 이를 "대남성적 전형에 해당한다고 할 만큼의 대표성을 띤 감성 양식"이라고 논하고 있다. 성기옥, 「기녀시조의 감성 특성과 시조사」, 32면.

**23** "어져 내 일이여 그릴 줄를 모로던가 / 이시라 ᄒᆞ더면 가랴마ᄂᆞᆫ 제 구틔야 / 보ᄂᆡ고 그리ᄂᆞᆫ 情은 나도 몰나 ᄒᆞ노라."〈병가 *25 황진이, #3242.1〉. 예컨대 황진이의 이 작품은 님과 이별 후에 아쉬움을 토로하고 있는 내용으로, 전체 78종 중 24종의 가집에 작자가 황진이로 표기되어 있다. (3종의 가집에는 작자 표기의 오류가 나타나는데, 김상헌·유호인·성종 등으로 표기된 것이 각 1종씩 있다.)

**24** "뫼ㅅ버들 갈해 것거 보내노라 님의손대 / 자시는 창 밧긔 심거 두고 보쇼서 / 밤비에 새 닙 곳 나거든 날인가도 너기쇼서."〈역시 *98 홍랑, #1672.1〉.

**25** 3수 모두 님과 헤어진 이후의 그리움을 표출하고 있는데, 작품은 다음과 같다. "기러기 우는 밤에 내 홀노 줌이 업서 / 잔등(殘燈) 도도 혀고 전전불매(輾轉不寐)ᄒᆞᄂᆞᆫ 츠에 / 창(窓) 밧게 굵은 비소릭에 더욱 망연(茫然)ᄒᆞ여라."〈병가 *548 강강월, #0568.1〉; "천리(千里)에 맛나ᄯᅡ가 천리(千里)에 이별(離別)ᄒᆞ니 / 천리(千里) 쑴속에 천리(千里) 님 보거고나 / 쑴씨야 다시금 생각(生覺)ᄒᆞ니 눈물계워 ᄒᆞ노라."〈병가 *549 강강월. #4599.1〉; "시시(時時) 생각(生覺)ᄒᆞ니 눈물이 몃 줄기요 / 북천(北天) 상안(霜鴈)이 언의 씌여 도라올고 / 두어라 연분(緣分)이 미진(未盡)ᄒᆞ면 다시 볼가 ᄒᆞ노라."〈병가 *550 강강월, #2914.1〉.

**26** 2수 중 다음 작품이 상사의 노래로 분류된다. "님이 가신 후(後)에 소식(消息)이 돈절(頓絶)ᄒᆞ니 / 창(窓) 밧긔 앵도(櫻桃)가 몃 번이나 픠엿ᄂᆞᆫ고 / 밤마다 등하(燈下)에 홀노 안저 눈물계워 ᄒᆞ노라."〈병가 *552 송대춘, #4074.1〉.

이밖에도 님과의 이별 상황을 제시하며 안타까운 심정을 표출한 작품이 있는가 하면,[27] 또 다른 작품에는 사랑하는 이가 돌아올 것으로 믿고 밤을 지새우는 화자의 심정을 담아내기도 한다.[28] 〈가곡원류〉(일석본)에 등장하는 매화(진주기)의 작품 4수는 모두 종장 마지막 구가 생략된 시조창 형식이라 할 수 있는데, 이별한 님을 하염없이 기다리는 화자의 심정이 잘 드러나 있다.[29] 어쨌든 전승의 범위나 가창 형식에 상관없이 '상사의 노래'에 해당하는 작품들은 대부분 떠나간 님에 대한 그리움을 표출하고 있는 바, 앞에서 살핀 매창 작품의 창작 경위를 참조할 수 있을 것이다.

때로는 2명 이상의 기녀가 한 남성을 두고 애정을 다투는 모습을 보여주기도 하는데, 이 역시 다수의 기녀가 연행 현장에서 남성들을 상대하기에 생기는 현상이라고 하겠다.

매화(梅花) 녯 등걸에 봄절(節)이 도라온다
녯 픠던 가지(柯枝)마다 픠염즉도 ᄒᆞ다마는

---

**27** "시문(柴門)에 물을 믜고 님과 분수(分手)홀 제 / 옥안 주루(玉顏珠淚)가 눌노 ᄒᆞ야 흘넛는고 / 아마도 못 니즐 슨 님이신가 ᄒᆞ노라."〈청영 *275, 입려월, #2895.1〉 외.

**28** "산촌(山村)에 밤이 드니 먼듸 ᄀᆡ 즈져 온다 / 시비(柴扉)를 열고 보니 하늘이 ᄎᆞ고 달이로다 / 져 ᄀᆡ야 공산(空山) 잠든 달을 즈져 무슴 ᄒᆞ리오."〈원육 *418 천금, #2360〉 외.

**29** "살들헌 닉 마음과 알들헌 님의 졍을 / 일시 상봉(一時相逢) 글리워도 단장심회(斷腸心懷) 어렵거든 / 하물며 몃몃 날을 이듸도록 …."〈원일 *719 진주매화, #2369.1〉; "심중(心中)에 무한사(無限事)을 세세(細細)히 옴겨다가 / 명월사창(月明紗窓) 금수장(錦繡帳)에 님 계신 곳 젼(傳)ᄒᆞ고져 / 그졔야 알들이 글리는 쥴 짐직이나 …."〈원일 *720 진주매화, #2960〉; "야심(夜深) 오경(五更)토록 잠 못 일워 젼젼(轉展)헐 졔 / 구즌비 문령셩(聞鈴聲)이 상사(相思)로 단장(斷腸)라 / 뉘라셔 이 행색(行色) 글려다가 님의 압헤 …."〈원일 *721 진주매화, #3109.1〉; "평생(平生)에 밋을 님을 님을 글려 무삼 병(病)들손가 / 시시(時時)로 상사심(相思心)은 지기ᄒᆞ는 타시로다 / 두어라 알둘헌 이 심졍(心情)을 님이 어이 …."〈원일 *722 진주매화, #5168.1〉. 〈원일〉에는 이 작품들에 "진주매화(晉州梅花)"라는 기록이 붙어 있다. 이밖에도 〈삼가악부〉에 수록된 옥선(진양기)의 다음 작품도 종장 마지막 구가 생략된 시조창 형식이다. "뉘라샤 졍 됴타 ᄒᆞ던고 이별의도 인졍인가 / 평싱의 처음이요 다시 못 볼 님이로다 / 아미도 졍 쥬고 병 엇기난 나쑌인가 …."〈삼가 *54 옥선, #1134.1〉. 이 작품에 "진양기 옥선(晋陽妓玉仙)"이란 기록이 있다.

춘설(春雪)이 난분분(亂紛紛)ᄒ니 퓔쏭말쏭 ᄒ여라.〈원국 *361 매화, #1615.1〉

평양기 매화. 춘설 또한 기녀이다.[30]


이 작품은 '넷 등걸'만 남은 매화 가지에 봄이 되어 꽃이 필만 하지만, '봄 눈(春雪)'이 어지럽게 내리니 과연 꽃이 필 수 있을지 모르겠다는 내용으로 되어있다. 초장의 '매화'와 종장의 '춘설'은 모두 기녀의 이름을 지칭하는 것으로, 이 작품이 중의적인 수법을 사용하여 형상화되어 있음을 알수 있다. 그렇게 본다면 한 남성을 사이에 두고 '매화'와 '춘설'이 애정을 다투는 내용으로, 예전에 작자인 매화(평양기)를 좋아했던 남성의 사랑이 춘설로 옮겨간 것에 대해 아쉬움을 토로하고 있음을 알 수 있다. 이와 같은 작품은 작중 인물들이 모두 함께 있는 연행 현장에서 창작되었을 것이고, 그러한 상황을 흥미롭게 인식하던 이들에 의해 가창 현장에서 지속적으로 불렸던 것이라 이해할 수 있다.[31]

이렇듯 당대에 이미 작중의 상황이 기녀들의 이름과 자연물을 중의적으로 지칭한다는 사실을 알고 있었기에, 연행 현장에서 기녀들이 즐겨 부르던 레퍼토리로 자리 잡을 수 있었을 것이라 여겨진다. 또한 자신을 돌아보지 않는 이에게 차라리 화자를 사랑해주는 사람과 인연을 맺겠다는 의지를 표출한 작품도 발견할 수 있다.[32] 연행 현장에서 상대 남성에게 선택을 받기를 원하지만, 그렇지 않다면 차라리 자기에게 걸맞은 적절한 상

---

**30** "平壤妓 梅花. 春雪亦妓.",〈원국〉. 이 작품은 모두 24종의 가집에 수록되어 있다.

**31** 예컨대 송대춘(맹산기)의 다음 작품은 기방으로 비유된 '백화총(百花叢)'에서, '나뷔'로 상징되는 남성이 작자 자신을 포함한 '은하월(銀河月)'·'송대(松臺)'·'매화(梅花)' 등의 기녀들과 유흥을 즐기는 장면을 형상화한 것이다. "한양(漢陽)셔 써온 나뷔 백화총(百花叢)에 들거고나 / 은하월(銀河月)에 즘간 쉬여 송대(松臺)에 올나안져 / 잇다감 매화 춘색(梅花春色)에 흥(興)을 계워ᄒ노라."〈병가 *551 송대춘, #5316.1〉.

**32** "오냐 말 아니따나 슬커니 아니 말랴 / 하늘 아래 너뿐이면 어마 내야 하려니와 / 하늘이 다 삼겨시니 날 필 인들 없으랴."〈역시 *99 문향, #3381.1〉.〈역시〉에는 "성천기 문향(成川妓文香), 선조시(宣祖時)."란 기록이 첨부되어 있다.

대를 기다리겠다는 내용이다. 이처럼 기녀시조는 주로 이별에 대한 절실한 정서를 담아내고 있지만, 때로는 연행 현장의 상황에 맞추어 창작되기도 했다는 것을 짐작할 수 있다.

연행 현장에 함께 있었던 사대부들의 요구에 응해서 기녀들이 즉석에서 시조를 창작하기도 했다. 다음 작품을 통해서 그러한 상황에 대해서 살펴보기로 하자.

> 위수(渭水)에 고기 업서 여상(呂尙)이 듬 되단 말가
> 낫대를 어딕 두고 육한장(杖)을 디퍼노다
> 오놀랄 서백(西伯)이 와 계시니 함긔 놀고 マ려 ᄒ노라. 〈손씨 *35 평안기,
> #3673.2〉

평안도 변방 지역의 묘향산에 대사가 있었는데, 평생토록 기쁨과 노여움을 얼굴에 드러내지 않았다. 방백이 한 기녀를 불러 말하기를 "네가 능히 이 대사를 웃게 한다면, 곧 내가 너에게 상을 내리리라."라고 하였다. 기녀가 즉각 노래를 지어 부르니, 대사가 듣고 미소를 짓더라. 대사의 이름은 여상이오, 서백은 방백을 일컫는다.[33]

이 작품은 서백(西伯)이라 칭했던 주(周)나라 문왕(文王)과, 강태공(姜太公) 또는 태공망(太公望)이라 부르기도 하는 여상(呂尙)과의 고사(故事)를 전제로 하고 있다. 강태공은 자신의 뜻을 알아주는 사람을 기다리며 위수(渭水)에서 10여 년간 낚시를 하다가, 주나라 문왕에 의해 발탁되어 그를 도와 주나라가 천자국(天子國)이 될 수 있는 기틀을 마련한 인물이다. 평안감사의 부탁을 받은 기녀(평안기)는 승려의 이름이 강태공과 같은 여상

---

33 "平安道極邊妙香山, 有大師, 平生喜怒, 不見於色. 方伯招一妓曰 汝能笑此大師, 則吾賜汝賞乎호리라. 妓卽刻作歌唱之, 大師聞, 微笑之하더라. 大師名曰 呂尙, 西伯, 謂方伯也.", 〈손씨〉.

(呂尙)임을 알고, 주 문왕과 강태공의 고사를 이용해 이 작품을 창작했다.

즉 역사 속에서 주 문왕이 강태공을 만난 것이 운명적인 것이었듯, 지금 평안감사와 여상이라는 이름의 승려가 만난 것도 그에 비견될 만하다는 것이다. '육환장(六環杖)'[34]은 승려들이 가지고 다니는 것으로, 윗부분에 고리가 여섯 달린 지팡이를 일컫는다. 과거의 강태공이 낚시를 하면서 세월을 기다려 주 문왕을 만났다면, 지금의 승려인 여상은 육환장을 짚고서 평안감사를 만난 것이 우연만은 아니라는 의미이다. 따라서 종장에서 강태공이 주 문왕의 치국(治國)을 보좌했듯이, 승려인 여상도 평안감사와 함께 이 자리에서 즐기자며 종결짓고 있다.

상황이 일치하지는 않지만 이러한 절묘한 비유를 이용해 지은 노래를 듣고, 평생토록 얼굴에 감정을 드러내지 않던 승려마저도 저절로 미소를 지었다고 한다. 평안감사는 평안기가 그러한 상황에 맞는 작품을 창작할 것이라고 믿었고, 그녀는 그에 응해 즉석에서 그 자리에 있던 이들의 이름과 직책을 이용하여 노래로 만들었던 것이다. 그리하여 이 작품을 지은 평안기는 평안감사의 의도를 충족시키고, 약속한대로 충분한 보상을 받았을 것임은 짐작하기 어렵지 않다. 실상 이러한 작품들은 상황과 주변 인물들의 이름을 고사와 연결시켜 형상화하는 능력이 작자에게 갖추어져 있었기에 창작될 수 있었다. 대체로 기녀시조에서 상대 남성들의 요청에 의해 지어진 작품들은 즉흥적이지만, 형상화의 측면에서 문학적 역량이 발휘되어 있다고 여겨진다.

이와 함께 기녀가 상대 남성과 주고받은 수작시조(酬酌時調)도 주어진 상황에 즉흥적으로 대처하여 창작한 작품으로, 이러한 작품들을 통해 기녀들의 문학적 역량을 엿볼 수 있다. 특히 한우(평양기)와 임제가 주고받은 작품[35]이나, 진옥(평양기)과 정철의 수작시조들[36]은 모두 기녀의 이름

---

34 중장의 '육한장'은 '육환장'의 오기이다.

35 "북천(北天)이 묽다커늘 우장(雨裝) 업씨 길을 난이 / 산(山)에는 눈이 오고 들에는 춘

혹은 상대방의 이름을 이용하여 시조를 창작하고 있다. 이들의 수작시조
는 모두 성적인 내용을 넘나들며 상대방의 마음을 탐색하고 있으며, 노래
를 통해 서로의 정서적 교감을 확인하고 있다. 비록 미천한 신분일지라
도, 기녀 자신의 결연 상대를 직접 선택하겠다는 의식이 잘 드러나 있다
고 하겠다. 이 경우 기녀들은 선택 조건을 재물과 같은 물질적인 것이 아
니라, 노래를 통한 예술적 교감을 더 중시했다는 것을 알 수 있다.[37] 그리
고 수작시조의 창작 동기에 대해 전해 들었던 사람들은, 이들 작품이 연
행 공간에서 가창될 때 이러한 내용을 떠올리며 노래를 즐겼을 것이다.
창작 이후 향유 과정에서도 작품과 관련된 정보들이 유용한 역할을 했음
을 짐작할 수 있다.

앞에서 이미 논했듯이, 시조 수록 문헌들에 기녀들의 이름이 붙은 작품
들은 창작 시조만이 아니라 가창 레퍼토리로 사용되기도 했다. 수록 문헌
에 따라 동일한 작품에 2명 이상의 작가가 기명(記名)되었을 때, 분명 타

---

비로다 / 오늘은 춘비 맛잣시니 얼어 잘싸 ᄒᆞ노라."〈해주 *95 임제, #2135.1〉; "어이 얼어 잘
이 므스 일 얼어 잘이 / 원앙침(鴛鴦枕) 비취금(翡翠衾)을 어듸 두고 얼어 자리 / 오늘은 춘비
맛자신이 녹아 잘싸 ᄒᆞ노라."〈해주 *141 한우, #3235.1〉. 〈교주가곡집〉에 이 작품에 대해서
"寒雨, 一首. 平壤妓女. 海東歌謠註云 右林悌寒雨歌答歌 叅看林悌原歌上出."라고 소개되어
있다.

**36** "철리라 철리라 ᄒᆞ거늘 난철(卵鐵) 셥철(鐵)인가 ᄒᆞ여던니 / 춤으로 정철일시 적실(的
實)ᄒᆞ다 / 이내게 골불무 이시니 녹겨 볼가 ᄒᆞ노라."〈동명 *79 진옥, #4706.1〉; "옥(玉)이라 옥
(玉)이라 커늘 번옥(燔玉) 가옥(假玉)인가 ᄒᆞ여던니 / 아마도 진옥(眞玉)일시 분명(分明)ᄒᆞ다
/ 이내게 활비비 이시니 궁글 쑤러 볼가 ᄒᆞ노라."〈동명 *80 정철, #3486.1〉. 이 작품과 관련
하여 "平壤妓生眞玉, 字雪中梅, 以能文善歌絶世之名, 色鳴於一道內." 운운의 기록이 부기되어
있다. 그러나 김흥규는 "이것은 불확실한 일화에 결부된 희작(戲作)이어서 신뢰도가 박약할
뿐더러, 그 문면(文面)으로 보아서도 정철의 '작품'으로 인정하기는 곤란하다."고 보았다. 김
흥규, 『송강 시의 언어』, 고려대학교 출판부, 1993, 292면.

**37** 기녀와 상대 남성과의 교감에 대해서는 다음의 지적을 참고할 수 있다. "기녀들과 남
성들 사이의 성적 관계가 어느 정도의 가격을 지불하면 몸을 허락하는 '정형화된 매매(매
춘) 관계는 아니었다는 점이다. 다시 말해 물질적 요소만으로 계량화할 수 없는 가치나 심
리 관계가 기생과 상대 남성 사이에 작용했고, 이를 포함한 소통이 어느 정도 성숙한 연후
에 기생은 옷고름을 풀었던 것이다.", 김흥규, 「조선 후기 시조의 불안한 사랑과 근대의 연
애」, 『근대의 특권화를 넘어서』, 창비, 2013, 50면.

작가의 작품임에도 기녀의 이름이 붙은 경우가 발견된다. 또한 대다수 가집에는 무기명으로 등장하지만, 특정 가집에만 기녀의 이름이 부기(附記)된 작품들도 있다. 이 작품들의 작가를 변증한 결과, 대체로 특정 가집에 기명된 기녀들의 레퍼토리로 보는 것이 타당하다는 결론을 도출했다. 그리고 그에 해당하는 작품이 19수에 달해, 기녀시조에서 차지하는 비중이 적지 않음을 확인할 수 있었다.[38]

그런데 가창 레퍼토리로만 사용된 기녀시조의 주제는 창작 시조에 비해, 비교적 다양하게 나타나고 있다는 점이 특징이라 하겠다. 예컨대 사랑에 대한 긍정적인 인식을 보여주고 있는 작품들[39]이 있는가 하면, 애정이라는 주제를 드러내기 위해 전고를 이용한 송이[40]의 작품들[41]도 있다.

---

**38** 김용찬, 「기녀시조의 작자 변증과 작품의 향유 양상」 참조.

**39** "사랑(思郞)이 엇더터니 둥구더냐 모나더냐 / 기더냐 잘으더냐 발물너냐 조힐너냐 / 각별(各別)이 긴 줄을 모로되 슷 간 듸을 몰내라."〈청가 *306 송이, #2260.2〉; "스랑 스랑 진진 스랑 개천(開川)갓치 내내 스랑 / 구만리(九萬里) 장천(長天)에 즈러지고 나문 스랑 / 아마도 이 임의 스랑은 갓업슨가 ㅎ노라."〈동명 *269 월선, #2253.1〉; "이리 뵈온 후(後)에 쏘 언제 다시 뵐고 / 상봉즉별(相逢卽別)ㅎ니 아니 뵘만 못ㅎ여라 / 차후(此後)에 다시 뵈오면 연분(緣分)인가 ㅎ노라."〈청장 *203 평매, #3778.1〉 등. 송이의 작품은 〈병가〉에 작자가 이명한 으로 표기되어 있으며, 월선의 작품은 〈교아〉에 김민순으로 기명되어 있다. 이를 제외한 나머지 가집들에는 모두 무기명으로 되어 있어, 기녀의 이름이 표기된 것은 그들의 가창 레퍼토리였기 때문이라 하겠다.

**40** 송이라는 기명은 〈해주〉를 비롯한 다양한 가집에 등장하는데, 이에 해당하는 작품은 다음과 같다. "솔이 솔이라 흔이 므슨 솔만 넉이는다 / 천심 절벽(千尋絶壁)에 낙락장송(落落長松) 내 긔로라 / 길 알에 초동(樵童)의 졉낫시야 걸어 볼 쭐 잇시랴."〈해주 *143 송이, #2763.1〉. 이 작품은 내용이나 창작 수법으로 보아 기녀인 송이가 지은 것이라 할 수 있다. 그러나 19세기 초반의 가집인 〈청가〉에는 이 작품을 포함해 모두 14수의 작품에 송이라는 기명이 부기되어 있다. 이 중에서 5수를 제외한 9수는 다양한 가집에 무기명 혹은 다른 작가로 기명되어 있어, 송이를 작자로 보기 어렵고 오히려 즐겨 불렀던 가창 레퍼토리로 판단된다. 나머지 5수 중에서도 4수는 이본이라 할 수 있는 다른 군집(group)이 존재하고 있어, 창작이라기보다 기존 작품을 변형해서 지은 것이라 이해된다. 작품의 내용이나 가집의 수록 상황 등을 고려했을 때, 〈해주〉와 〈청가〉에 등장하는 송이는 동명이인이라 추정된다. 그러나 〈해주〉의 작품이 〈청가〉에도 수록되어 있어 쉽게 단정하기가 힘들다. 어쨌든 여러 가지 정황상 〈청가〉의 송이는 자신과 동명이인이 창작한 〈해주〉에 수록된 송이의 작품을 레퍼토리로 불렀을 것이라 추론할 수 있겠다. 그렇다면 〈청가〉의 송이는 기녀시조의 작가라기보다 전문적인 가창자로 활동했던 기녀라 여겨진다.

이미 다른 작가의 것으로 알려진 작품을 내용을 좇아 자신의 레퍼토리로 삼은 경우도 발견된다.[42] 이처럼 창작 시조가 아닌 가창 레퍼토리로만 이용된 작품들의 경우, 비교적 다수의 가집에 수록되어 있어 연행 현장에서 활발하게 유통되었을 것이라 여겨진다. 이미 당대인들에게 익숙했던 작품들 중에서 적절한 작품을 선택하여 기녀들이 가창 레퍼토리로 삼았고, 이에 따라 가집의 편찬자들은 해당 작품에 기녀들의 이름을 명기했을 것이라 추정할 수 있겠다.[43]

## 3. 기녀시조의 표현 특질과 여성주의적 성격

이제 본격적으로 기녀시조에 드러난 표현 특질을 살펴보고, 그 결과를 토대로 여성주의적 성격에 대해서 논해보기로 하겠다. 주지하듯이 시조는 사대부 남성들에 의해 주도되어온 갈래이며, 기녀시조는 그들과의 연

---

**41** "못노라 멱라수(汨羅水)ㅣ야 굴원(屈原)이 어이 죽그니 / 참소(讒愬)에 더러인 몸 죽어 못힐 짜히 엽셔 / 백골(白骨)를 창파(滄波)애 씨셔 어복리(魚腹裏)에 장(葬)ᄒ니라.", 〈청가 *314 송이, #1719.1〉; "둙아 우지 말아 널 우노라 즈랑 말아 / 반야 진관(半夜秦關)에 맹상군 (孟嘗君) 안니로다 / 오늘은 님 오신 놀이니 안니 운들 엇더리.", 〈청가 *311 송이, #1244.1〉; "일소 백미생(一笑百美生)이 태진(太眞)의 여질(麗質)리라 / 명황(明皇)도 니러므로 만리행촉 (萬里行蜀) ᄒ시도다 / 마외역(馬嵬驛) 마전사(馬前死)ᄒ니 그를 슬허 ᄒ노라.", 〈청가 *308 송이, #4001.1〉 등.

**42** "옥(玉)을 옥(玉)이라 커든 형산백옥(荊山白玉)만 여겻더니 / 다시 보니 자옥(紫玉)일시 적실(的實)ᄒ다 / 맛춤이 활비비 잇더니 ᄶ러 볼가 ᄒ노라.", 〈병가 *545 옥이, #3486〉. 이 작품은 정철과 진옥의 수작시조 중 한 수로 알려져 있다. 내용으로 보아 '옥이'라는 이름을 활용한 작품인데, 기녀 옥이가 자신의 레퍼토리로 삼은 것이라 이해된다. 수작시조로 알려진 진옥의 작품(*4706.1)도 〈병가〉에서는 내용에 등장하는 '철이'라는 기명이 제시되어 있다.

**43** 대체로 가집은 그것을 함께 공유했던 가창집단의 음악적 특성을 반영하고 있는데, 그 중에서 특히 전문 가창자인 기녀와 여항 가창자들의 존재는 가집의 성격과 관련하여 매우 중요한 역할을 담당하고 있다. 따라서 노래에 관심이 깊었던 가집 편찬자들이 그들의 가집에 이름을 기록한 기녀시조는, 자신들이 견문했던 기녀들의 레퍼토리였을 가능성이 높다고 하겠다.

행 현장에서 창작되고 가창되었다. 때문에 노래로 가창되는 것을 전제로 하고 있기 때문에, 기녀시조는 그 노래를 들어줄 대상인 남성들을 의식하면서 향유되는 것이 일반적이었다. 이러한 연행 환경은 기녀시조의 주제 표출 양상에 일정 정도 제한적인 요인으로 작용하기도 하였다. 기존 연구에서 기녀시조가 '대남성적 감성'이 주류를 이루고 있다는 논의[44]는 바로 이런 측면에서 너무도 당연한 결과라 이해된다.

그럼에도 불구하고 기녀시조에는 여성들만의 감성과 표현 특질이 존재했을 것이라 예상할 수 있다. 즉 남성적 갈래인 시조에서 어떻게 여성적 정체성이 표출되어 나타나는가를 살피는 것이야말로 기녀시조의 여성주의적 의미를 찾아나가는 과정이라 하겠다. 기녀시조에서 어떤 특징이 공통적으로 나타난다면, 그것이 지닌 의미가 무엇인지를 논할 수 있을 것이다. 아울러 유사한 주제를 다루고 있는 작품들에서 작가에 따라 서로 다른 특질이 드러난다면, 그것 또한 개별성의 측면에서 주의 깊게 살펴볼 필요가 있을 것이다.[45] 또한 작자로서 작품에 드러난 의식을 검출하는 것이 무엇보다 우선되어야 하겠지만, 더 나아가 연행 현장에서 향유될 때 그 작품이 어떻게 소비되었는지를 살피는 것도 중요하다고 생각한다. 즉 연행 현장에서 향유자들이 그 작품들을 어떻게 인식하였는가 하는 점도, 기녀시조의 성격을 이해하는데 중요한 측면이라 논의할 수 있기 때문이다.

기녀시조 중에서 가장 먼저 기녀 자신의 이름을 활용한 작품들을 주목

---

**44** 성기옥, 「기녀의 감성 특성과 시조사」 참조.

**45** 신경숙은 「고전시가와 여성-연구사 검토와 전망을 중심으로」라는 논문에서, "여성의 고유성을 남성/남성적인 것과의 대비를 통해 찾는 것은 과연 타당한 방법인가? 혹은 인간성이 아닌 '여성만의 고유성'은 과연 있는 것인가?"(309면)라는 질문을 던지고 있다. 그러면서 "이제 고전여성문학 연구는 '고유성'을 지양하고 '다양성'을 강조하는 것으로 바뀌어야 한다"(317면)고 제안했으며, "따라서 중요한 것은 '배제된 공동체 내부의 소외자'의 시각이지, '여성'이어서 중요한 것은 아니다. 문학사는 모든 소외자, 배제된 자의 시각과 경험을 포함하며 다시 서술되어야 하는 것이다."(318면)라는 해법을 제시한 바 있다. 필자 역시 이러한 제안에 적극적으로 동의한다는 것을 밝힌다.

할 필요가 있다. 시조라는 갈래에서 우선 작자 자신의 이름을 활용해서 작품을 창작한 것은 기녀시조를 제외하고는 좀처럼 볼 수 없는 면모이다. 대부분의 기명(妓名)이 해당 인물의 특징을 포착하여, 자연물 등에 기대어 명명되었다. 이러한 작품들에서 작자(혹은 창자)의 이름을 가린다면, 그 자체로 하나의 의미 있는 작품으로 읽혀지기도 한다. 때문에 작품에 사용된 시어가 원래의 의미와 기명을 동시에 떠올릴 수 있도록 중의적 표현을 사용하고 있는 것이 특징이다. 이러한 형상화의 방식은 이른바 '빗대어 말하기'라 할 수 있으며, 자신이 의도한 바를 직접적으로 언급하지 않으면서 청자로 하여금 작품을 비유적으로 읽어낼 수 있도록 하는 수법이라 하겠다. 이들 작품의 대부분이 작가(혹은 청자) 자신의 이름을 당당하게 제시하면서, 개성적이고 주체적인 면모를 부각시키고 있다고 판단된다.

솔이 솔이라 흔이 므슨 솔만 넉이는다
천심 절벽(千尋絶壁)에 낙락장송(落落長松) 내 긔로라
길 알에 초동(樵童)의 졉낫시야 걸어 볼 쭐 잇시랴.〈해주 *143 송이, #2763.1〉

이 작품은 작자인 '송이'의 이름을 이용해서 지은 것으로, 초장과 중장의 내용으로 보아 스스로에 대한 자부심이 대단했던 것으로 보인다. 초장과 중장의 자문자답을 통해, 소나무의 종류가 다양하듯이 자신은 그중에서도 '천심 절벽에 낙락장송'에 비유된다고 하였다. 아마도 사람들은 미천한 기녀의 신분이라고 해서 평소에 화자를 하찮게 취급했던 듯하다. 종장에서 보듯 나무꾼의 작은 낫으로는 닿을 수도 없는 고고한 존재임을 강조하고 있는데, 이는 비록 자신이 기녀라고 해서 인품을 갖추지 못한 손님에게는 마음을 허락하지 않겠다는 다짐이라 할 수 있다. 그렇다면 '초동'에 비유되는 자들은 아무리 권세가 있다고 해도, 거들떠보지 않겠다는 뜻이 담겨있다.

이와 같이 기녀시조에서 자신의 이름을 내세우고 있는 작품은 모두 10

여 수에 달한다.[46] 예컨대 임제의 시조(#2135.1)에 답한 한우(평양기)의 작품(#3235.1)처럼, 상대가 자신의 기명을 활용하여 먼저 작품을 짓자 이에 맞추어 응대하여 창작하기도 했다. 구지(평양기)의 작품은 자신의 '애부(愛夫)'를 다른 사람이 탐하지 말라는 의미를 전하면서, 자신의 기명을 활용하기도 했다.[47] 이 경우 기명의 활용이 어희(語戲)에 가깝지만, 작품 속에서 그 시어가 절묘한 역할을 하고 있음을 알 수 있다. 또한 〈동국명현가사집록〉에만 등장하는 초월(初月)의 작품은 자신의 기명이 지닌 의미를 부각시키며, 작품 속에서 그 존재감을 부각시키고 있다.[48] 이처럼 기명을 활용한 작품들은 이름이 상징하는 자연물을 내세워, 작자(혹은 창자) 자신의 개성과 우월성을 강조하는 것이 대부분이다.[49]

그렇다면 기녀시조에 작자 자신의 이름을 활용한 작품이 많은 까닭은 무엇일까? 가장 먼저 누군가에게 자신의 이름을 분명히 각인시키고자 하는 의도가 컸을 것이라 생각할 수 있다. 자신의 이름을 내세울 때는, 그것을 들어줄 상대가 있는 법이다. 기녀시조는 대체로 남성들과 함께 한 연

---

**46** 작품 속에 '계주(桂舟)'라고 표현된 계단의 작품(#1066.1)과 황진이의 기명인 '명월(明月)'을 이용해 지은 작품(#4755.1)을 포함하면, 작자(혹은 창자) 자신의 이름을 활용한 작품은 모두 12수로 기녀시조에서의 비중이 결코 낮다고 할 수 없다. 성기옥은 '계단(桂舟)'을 '계주(桂舟)'의 오기(誤記)라 하였는데, 그 이유를 "작품의 주지가 뭇 남성들의 유혹에 함부로 흔들리지 않을 것임을 자신의 이름 '桂舟'에 빗대어 노래한 것으로 해석할 수 있기 때문"이라 보았다. 성기옥, 「고전 여성 시가의 작가와 작품」, 『한국고전여성작가 연구』, 태학사, 1999, 136면.

**47** "장송(長松)으로 비를 무어 대동강(大同江)에 씌워 두고 / 유일지(柳一枝) 휘여다가 구지구지 믹얏는되 / 어듸셔 망령(妄伶)엣 거슨 소혜 들라 ᄒ는이."〈해주 *142 구지, #4204.1〉.〈교주가곡집〉에는 이 작품에 "求之, 一首. 平壤妓女. 海東歌謠註云, 柳一枝愛夫也."라는 기록이 첨부되어 있다.

**48** "망월(望月)이 丈타 ᄒ되 초월(初月)만 못ᄒ더라 / 반은반기(半隱半開)ᄒ니 숙여(淑女)의 형용(形容)니라 / 두어라 화미기(花未開) 월미원(月未圓)는 군ᄌ호귀(君子好逑)ㅣ가 ᄒ노라."〈악나 *578 초월, *1596.1〉.

**49** 기존의 작품을 창자가 활용한 예는 〈병와가곡집〉에 수록된 옥이(#4706.1)와 철이(#3486.1)의 경우를 들 수 있다. 이 작품들은 정철과 기녀 진옥이 화답한 수작시조로 알려져 있는데, 작품의 시어에 착안해 다른 기녀들이 가창 레퍼토리로 적극 활용했다고 해석된다.

행 현장에서 가창되었으며, 그 자리에서 노래를 부르는 것은 주로 기녀들의 몫이었다. 하지만 연회를 마련하고 분위기를 주도한 것은 남성들이었기에, 기녀들은 그 자리에서 부수적인 존재로 취급되었다. 때문에 당대의 남성들은 기녀를 단지 노래와 각종 기예를 통해서 잔치의 흥을 돋우는 존재로 생각했고, 자연스럽게 여성인 기녀들을 낮추어 보는 경향이 통용되었을 것이다. 기녀들은 무엇보다 이러한 자리에서 자신의 존재를 부각시킬 필요가 있었고, 기명을 활용한 작품을 연창함으로써 참석한 이들의 관심을 끌어낼 수 있었던 것이다. 시조를 가창하던 연행 현장에서 이것이 하나의 관행으로 자리를 잡게 되었고, 그 결과 자연스럽게 이러한 작품들이 기녀시조에서 차지하는 비중이 늘었을 것이라 추론할 수 있다.

자신의 이름을 중의적 수법을 통해 형상화한 작품들 중 일부는 '기녀로서의 재기를 유감없이 발휘하는 기지의 노래'[50]에도 포함된다고 할 수 있다. 이와 함께 이른바 '기지의 노래'에 해당하는 작품들을 검토할 필요가 있으며, 그것이 기녀시조에서 차지하는 의미가 또한 적지 않다는 것을 알 수 있다. 예컨대 평안감사인 박엽(朴燁)이 손님과 더불어 장기를 두고 있다 명을 내리자, 소백주(평양기)는 즉석에서 장기판에 놓여있는 말의 음(音)을 이용해 시조를 창작했다.[51] 또한 성종이 마련한 연회에서, 문신과 무신들의 입장을 넘나들며 창작한 소춘풍(영흥기)의 4편의 작품[52] 역시

---

**50** 성기옥, 「기녀시조의 감성 특성과 시조사」, 32면.

**51** "상공(相公)을 뵈온 후(後)에 사사(事事)를 밋즈오매 / 졸직(拙直)흔 모음에 병(病)들가 염려(念慮)ㅣ러니 / 이리마 져리챠 흐시니 백년동포(百年同抱)흐리이다."〈청진 *289 소백주, #2432.1〉. 이 작품은 모두 28종의 가집에 수록되어 있다.

**52** "유비군자(有棐君子)를 호구(好逑)로 가리올 제 / 순(舜)도 계시건마는 어대라 살우오리 / 진실로 상국 고요(相國皐陶)아 내 님인가 하노라."〈청정 *1 소춘풍, #3687.1〉; "당우(唐虞)를 어제 본 듯 한당송(漢唐宋)을 오늘 본 듯 / 통고금(通古今) 당사리(達古今)흐는 명철사(明哲士)를 엇덧타고 / 저 셜 씌 역력(歷歷)히 모르는 무부(武夫)를 어이 조츠리."〈해주 *137 소춘풍, #1262.1〉; "전언(前言)은 희지이(戲之耳)라 내 말씀 허믈 마오 / 문무일체(文武一體)ㄴ 줄 나도 잠간(暫間) 아옵쩐이 / 두어라 규규무부(赳赳武夫)를 안이 좃고 어이리."〈해주 *138 소춘풍, #4295.1〉; "제(齊)도 대국(大國)이오 초(楚)도 역대국(亦大國)이라 / 죠고만 등국

'남성의 필요에 응한 화답시'라고 할 수 있다.[53] 특히 소춘풍(영흥기)의 작품들은 『시경(詩經)』이나 『맹자(孟子)』 등 유가 경전의 내용을 어느 정도 숙지한 이후에 창작될 수 있는 식견을 보여주고 있다는 점에서 주목할 만하다. 이처럼 연행 현장에서 상대 남성들은 언제든지 특정 상황에 대해 노래를 부를 것을 요구했고, 기녀들은 자신의 역량을 발휘하여 기지에 의한 작품을 만들어냄으로써 이에 부응했던 것이다. 어쩌면 이러한 역량을 갖춘 기녀들이 가창 현장에서 높은 인기를 누렸고, 그렇게 창작된 작품은 그 상황과 함께 다시 사람들에게 회자되면서 널리 가창되었던 것이다.[54]

이 작품들은 직서적인 내용이 아닌, 비유적 표현을 사용하여 작자의 뜻을 '빗대어 말하기'의 방식으로 형상화되어 있다. 물론 이러한 방식이 기녀시조만의 고유한 특성이라고 논할 수는 없지만, 그 비중이 적지 않다는 것은 주목할 만하다. 주지하듯이 기녀들은 상대 남성과의 연행 현장이 바로 자신을 부각시킬 수 있는 기회라 인식했을 것이다. 또한 그러한 자리에서 만난 남성들은 기녀들의 삶에서 적지 않은 비중을 차지하고 있다. 연행 현장에서 이러한 작품들이 지속적으로 가창되면서, '빗대어 말하기' 방식의 형상화가 기녀시조의 중요한 특질로 부각될 수 있었던 것이다.[55] 따라서 작자의 창작 상황에 대한 의미를 탐구하는 것도 중요하지만, 그러

---

(藤國)이 간어제초(間於齊楚)ᄒ엿신이 / 두어라 이 다 죠흔이 사제 사초(事齊事楚)ᄒ리라." 〈해주 *139 소춘풍, #4343.1〉. 〈교주가곡집〉에 소춘풍의 작품을 소개하면서 차천로의 기록을 참고했는데, 그 가운데 "소춘풍은 영흥의 명기이다(笑春風者, 永興名妓也.)"라는 내용이 있다.

**53** 박애경, 「'소수자 문학'으로서의 기녀문학」, 187면.

**54** 소춘풍(영흥기)의 일화가 차천로의 『오산설림세고』에 기록되고, 이것이 다시 가집에 전해지기도 했다. 이는 그 일화가 당시 사람들에게 널리 회자되면서, 후대의 가창 환경에 어느 정도의 영향을 끼쳤던 증거라 해석할 수 있겠다.

**55** 임제와 한우의 수작시조나, 정철과 진옥의 작품들에서 이러한 방식의 형상화가 사용되었다. 기녀들에 수작한 사대부들의 작품도 역시 성적인 의미가 강하게 내포되어 있음을 확인할 수 있다. 따라서 이러한 작품들의 창작에는 일정 정도 기녀들과의 연행 환경이 전제된다고 이해할 수 있겠다.

한 작품들이 향유되면서 당대 사회에서 어떻게 인식되고 있었는가를 살피는 것도 필요하다.

이미 선행 연구들에서도 이 부류의 노래들이 기녀시조의 특징을 잘 보여주고 있다는 점에 주목하고 있다. 김승희는 기녀시조를 '소수 문학'의 관점에서 접근하면서, 사대부 남성들의 반응에 즉해 지은 작품들이 당대 사회에서 '역동적인 대항 담론'으로의 성격을 지닌다고 설명하고 있다.[56] 더 나아가 박애경은 기녀시조에 나타난 "남성을 향한 발화는 풍류의 동반자로, 낭만적 연애의 대상으로 사대부 주변에 위치했던 기녀의 현실적 조건을 반영한 것이기도 하다"[57]고 지적한다. 관에 얽매어 여러 남성들을 상대하는 것이 조선시대 기녀의 직역이었지만, 그들은 그러한 생활 속에서도 자신을 인간적으로 대해주는 남성에게 때로는 마음을 열고 교감했다. 그 과정에서 사대부 남성들과의 관계 속에서 생성된 "기녀문학은 자신들의 내면적 울림에 대응한 것이라기보다는 그들이 상대했던 이들의 의지가 개입한 결과라 볼 수 있"[58]으며, 그러한 작품들 속에서 나타나는 "향락적인 성애의 담론은 유교 윤리로부터 일탈된 영역에 존재하므로 그 자체만으로 전복의 의미를 지닌다."[59]고 논하고 있다. 바로 이러한 측면이 기녀시조가 남성 작가들의 주류 담론과는 다른, 자신들만의 의미와 존재 가치를 확보할 수 있었던 요인이기도 하다.

다음으로는 기녀시조에서 가장 많은 비중을 차지하는 이른바 '상사의 노래'를 살펴보면서, 그것이 지닌 의미를 추출해 보기로 하자. 실상 기녀시조에 대한 그동안의 연구가 바로 이 주제에 초점을 맞추고 있다. 이른바 기녀시조의 감성 특성에 대한 논의[60]나, 그들의 작품을 통해서 '내면

---

56 김승희, 「소수 문학으로서의 기녀 시조 읽기」.
57 박애경, 「'소수자 문학'으로서의 기녀 문학」, 185~186면.
58 박애경, 같은 논문, 186면.
59 박애경, 같은 논문, 189면.
60 성기옥, 「기녀시조의 감성 특성과 시조사」. 앞서도 지적했듯이 이 논문에서는 기녀시

의식'을 살피는 연구[61] 등이 대표적인 성과라 할 수 있다. 본고 역시 이러한 선행 연구가 이뤄낸 성과를 적극적으로 수용하면서 논의를 펼치고자 한다. 그러나 '감성 특성'이나 '내면 의식'을 추출하는 것 못지않게, 기녀시조가 처한 위치를 종합적으로 고려하여 더 나아간 성과를 얻어낼 수 있을 것이라 여겨진다. 예컨대 작품 자체를 통해 그들의 작가 의식을 찾아내는 것도 중요하지만, 기녀시조가 가집에 수록된 양상과 더불어 작품이 창작·향유되는 상황을 고려하여 그 의미를 따지는 것이 필요하다고 생각하기 때문이다.

우선 '상사의 노래'에 해당하는 작품들은 작중 화자의 '진솔한 자기 고백'이 전제되어 있다. 비록 그러한 형상화 방식이 감상적인 정조로 귀결되는 경우가 많지만, 작자인 기녀들은 작품 속에서 표출되는 감성의 주체로 등장하고 있다. 그리하여 "감상적인 정조는 '좌절된 욕망'의 문학적 표현이라는 점에서 내면 의식의 한 발로라고도 볼 수 있"으며, "따라서 과장된 슬픔의 포즈가 보이는 상사의 노래는 곧 내면과의 진지한 대면, 자신의 삶에 대한 성철로 이어질 여지가 있다고 할 수 있다."[62] 바로 이런 관점에서 '상사의 노래'에 보이는 정서를 검토해 보기로 한다.

이별(離別) 뫼화 믜이 된들 놉푼 줄 뉘 알며
눈물 흘여 강(江)이 된들 깁푼 줄 뉘 알니
두어라 놉고 깁품을 임이 알가 ᄒᆞ노라.〈동명 *234 매화, #3847.1〉

숨에 뵈ᄂᆞᆫ 님이 신의(信義) 업다 ᄒᆞ것마ᄂᆞᆫ

---

조의 특성을 '대남성적 감성'의 관점에서 살피고 있다.

61 박애경, 「기녀 시에 나타난 내면 의식과 개인의 발견」. 박애경은 기녀 시에 나타난 기녀의 존재 양상을 '성애의 대상으로서의 기녀 그리고 전복의 의미', '상사의 주체로서의 기녀', '진정성을 추구하는 개체로서의 기녀' 등 세 가지 층위로 나눠서 내면 의식을 설명하고 있다.

62 박애경, 「'소수자 문학'으로서의 기녀문학」, 195면.

탐탐(貪貪)이 그리올 졔 꿈 아니면 어이 보리

져 님아 꿈이라 말고 즈로 즈로 뵈시쇼.〈청육 *279, 명옥, #0687.1〉


두 작품 모두 애정을 주제로 하고 있는데, 이별한 님과의 절실한 감정을 일방적으로 토로하고 있다. 매화(평양기)[63]의 작품은 이별과 그로 인한 눈물이 화자의 정서를 촉발시키는 제재이다. 이별이 모여 산이 된다고 하더라도, 또 눈물이 모여 강이 된들 그것이 높고 깊은 줄은 아무도 모를 것이라고 생각한다. 사실 이별과 슬픔이라는 감정은 당사자가 아니면, 그 절실함에 대해서 제대로 이해하기 힘든 것이 사실이다. 단지 화자는 떠나간 님이 자신의 심정을 알아줬으면 하지만, 과연 그 바람을 충족시킬 수 있을지는 미지수이다. 상대가 알아줬으면 하는 기대도 결국 화자의 일방적인 감정의 토로일 뿐이기 때문이다.

그리하여 다음 작품에서는 화자가 님을 만날 수 있는 것은 바로 꿈속에서이다. 그러나 꿈에서 보는 님은 '신의가 없는' 존재라는 것을 화자도 알고 있으며, 아무리 그리워하더라도 꿈이 아니면 볼 수 없다는 것도 인지하고 있다. 그렇지만 비록 꿈속에서라도 화자는 님을 자주 만나고 싶다고 고백한다. 화자의 기대에 대한 상대의 반응은 마치 대답 없는 메아리와 같으며, 단지 자신의 심정을 님이 알아주기만을 바랄 뿐이다. 아마도 이러한 작품은 작자의 개인적인 경험에 의해 창작되었을 것이다. 그러나 그것이 연행 현장에서 향유되면서, 작품 속에 표출된 정서가 개인이 아닌 기녀들의 처지를 대변하는 것으로 비춰졌을 것이다.

기녀가 자신이 만난 다양한 남성들과 애정 관계를 맺는 것은 당대의 관습으로 보자면 너무도 당연한 일이었으며, 그것이 기녀제도의 존재 이유라 할 수 있을 것이다. 한 남성에게만 온전히 자신의 애정을 쏟는 것은

---

63 〈동명〉에 수록된 이 작품에 "梅花, 字春香, 平壤妓生. 能文善唱."이란 내용이 기록되어 있다.

어찌 보면 '기녀답지 못한 행위'라고 할 수 있다. 그러나 기녀가 상대한 남성들은 대체로 자신의 거주지를 떠나 머물렀던 바, 일정한 시한을 정해놓고 교류하는 경우가 많았다. 상대 남성은 언젠가는 자신의 본래 거처로 돌아갈 수밖에 없었으며, 기녀들은 그것을 감수하며 남성들과 교유를 했다.[64] 따라서 기녀들과의 관계에서 이별이 자연스러울 수밖에 없다는 것을 알고 있었기에, 당대인들에게 이별과 그리움이라는 주제가 기녀시조의 주된 주제로 인식될 수 있었다.[65]

그러나 상사의 노래라 하더라도, 작품에 따라 그 정서가 조금씩 달리 나타나기도 한다. 예컨대 황진이의 작품은 여성을 주체적이고 독립적인 존재로 인식하고 있다는 평가를 받기도 한다.[66] 중의법을 사용하여 남성인 벽계수를 조롱하는 작품[67]을 남기는가 하면, 화자는 항상 중심에 놓이고 상대는 흘러가는 대상으로 인식하는 작품[68]도 주목할 만하다. 더욱이 님과의 만남을 기대하며 시간을 재단하겠다는 비유를 사용하여 형상화한 작품[69]은 화자의 수동적 태도를 드러낸 여타의 작품들과는 확실히 차별적인 면모를 보인다고 하겠다.

---

**64** 간혹 야담에서 기녀의 수절 문제가 다루어지거나 양반의 첩이 되는 일화가 전해지고 있는 바, 당대의 관습에서 그것은 매우 예외적이고 특별한 사건에 해당한다고 하겠다.

**65** 가집 편찬자들은 대부분 남성이기에, 기녀시조와 관련된 기록 역시 당대 남성들의 관심 영역에 초점이 맞추어져 있다고 생각된다.

**66** 김용찬, 「시조에 나타난 여성 이미지의 양상과 의미」, 『조선 후기 시조문학의 지평』, 월인, 2007, 295면.

**67** "청산리(靑山裏) 벽계수(碧溪水) ㅣ야 수이 감을 쟈랑 마라 / 일도창해(一到滄海)ᄒ면 도라오기 어려오니 / 명월(明月)이 만공산(滿空山)ᄒ니 수여 간들 엇더리."〈청진 *286 황진이, #4755.1〉.

**68** "청산(靑山)은 내 뜻이오 녹수(綠水)는 님의 정이 / 녹수(綠水) 흘러간들 청산(靑山)이야 변(變)할손가 / 녹수(綠水)도 청산(靑山) 못 잊어 울어 녀어 가는고."〈역시 *43 황진이, #0922.1〉; "산(山)은 녯 산(山)이로되 물은 녯 물 안이로다 / 주야(晝夜)에 흘은이 녯 물이 이실쏜야 / 인걸(人傑)도 물과 ᄀᆞᆺ다 가고 안이 오노믜라."〈해주 *135 황진이, #2324.1〉.

**69** "동지(冬至)ㅅ돌 기나긴 밤을 한 허리를 버혀 내여 / 춘풍(春風) 니불 아래 서리서리 너헛다가 / 어론 님 오신 날 밤이여든 구뷔구뷔 펴리라."〈청진 *287 황진이, #1422.1〉.

이밖에도 소설의 인물을 등장시켜 자신을 부각시키거나,[70] 상대를 생각하는 자신의 마음을 비견한 작품[71]도 발견할 수 있다. 기녀시조에서 흔치 않은 탄로의 정서를 표출한 작품[72]도 존재한다는 사실을 기억할 필요가 있다. 이러한 측면은 결국 작품을 형상화하는 작자 개인의 특질도 기녀시조 연구에서 결코 간과할 수 없다는 점을 보여준다고 여겨진다. 즉 기녀시조에서 보이는 주류적 감성은 '상사의 노래'라 간주할 수 있을지라도, 거기에서 벗어난 감성을 내포한 작품들에 대해서도 그 의미를 천착할 필요가 있다고 할 것이다.

앞에서 논했듯이, 기녀시조는 창작뿐만이 아니라 가창 레퍼토리로도 지속적으로 향유되었다. 그런데 창작 시조와 가창 레퍼토리로만 사용된 작품들의 주제 및 표현 특질에 다소간의 차이가 있다고 여겨진다.

청조(靑鳥)ㅣ야 오도고야 반갑다 님의 소식(消息)
약수 삼천리(弱水三千里)을 네 어니 건너온다
우리 님 만단정회(萬端情懷)을 네 다 알까 ᄒᆞ노라. 〈청가 *300 계단, #4798.1〉

두어도 다 셕ᄂᆞ 가슴 드ᄂᆞ 칼로 베여내녀
형산(荊山) 백옥함(白玉函)에 다마싸가
아모나 가ᄂᆞ 이 니거던 임의게 전(傳)ᄒᆞ리라. 〈동명 *268 월선, #1468.1〉

---

**70** "면화(綿花) 면화(綿花) ᄒᆞ되 빅화총중(百花叢中) 네 아니라 / 쳔틔산(千台山) 마귀 힐미 젼죠 작반면화(作班綿花) ᄀᆞ틈도 갓다 / 아마도 숙향(叔香)니 환싱(還生)ᄒᆞ여 면화(綿花) 된가 ᄒᆞ노라."〈악나 *590 면화, *1638.1〉.

**71** "춘향(春香)이 네롯더냐 이도령(李道令) 긔 뉘러니 / 양인(兩人) 일심(一心)이 만겁(萬劫)인들 불을소야 / 아마도 이 ᄆᆞ음 비쵀기는 명쳔(明天)이신가 ᄒᆞ노라."〈청영 *278 부동, #5020.1〉.

**72** "쳥춘(靑春)은 언제 가면 백발(白髮)은 언제 온고 / 오고 가ᄂᆞ 길을 아던들 막을낫다 / 알고도 못 막을 길히니 그를 슬허ᄒᆞ노라."〈병가 *560 계셤, #4830.1〉.

이 두 작품은 모두 다수의 가집에 수록되어 있지만, 특정 가집에만 기녀의 이름이 부기되어 있다. 첫 번째 작품은 〈병와가곡집〉을 비롯하여 모두 57종의 가집에 무기명으로 수록되어 있으나, 유독 〈청구영언〉(가람본)에만 작자가 계단으로 표기되어 있다. 따라서 계단은 작자라 할 수 없으며,[73] 아마도 〈청가〉의 편찬자가 가창 현장에서 이 노래를 즐겨 불렀던 기녀 계단의 레퍼토리로 생각해서 이름을 부기했을 것이라 추론할 수 있다. 이 작품은 떠나간 님의 소식을 전하는 매개로 '청조'가 등장하며, 그것을 통해 '님의 소식'을 알고픈 화자의 간절한 심사가 반영되어 있다. 따라서 화자는 소식을 매개해주는 '청조'에게 헤어진 님의 대리자로서의 역할을 기대하여, 님도 자신을 생각하기에 '만단정회(萬端情懷)'를 품고 있을 것이라 여기고 있다. 이러한 내용은 헤어진 님에 대한 일방적 감정을 토로하던 작품들에 비하면, 미묘하지만 달라진 의식이 엿보인다고 하겠다.

뒤의 작품 역시 〈병와가곡집〉을 비롯한 34종의 가집에 수록되어 있으나, 〈동국명현가사집록〉에만 작자가 월선[74]으로 표기되어 있다. 이 작품 역시 작자를 월선으로 볼 수 없으며, 가집의 편찬자에 의해 기녀가 즐겨 부르던 레퍼토리에 해당 기녀의 이름이 붙여진 것이라 추정할 수 있다.[75] 초장에서 다 썩어버린 가슴을 칼로 베어내겠다는 극단적인 표현을 통해, 님을 그리워하는 화자의 심적 상태를 드러내고 있다. 더욱이 그것을 '형산 백옥함'에 담아, 누구를 통해서든지 님에게 전할 수만 있다면 그렇게

---

**73** 〈청가〉는 대체로 19세기 초반에 편찬된 가집으로 파악되고 있으며, 가집의 편제에서 기녀를 지칭하는 '규수(閨秀)' 항목에 수록되어 있다. 그러나 이 작품이 〈해박〉과 〈병가〉 등 18세기 가집에 무명씨로 등장하는 것으로 보아, 편찬자가 가창 레퍼토리를 모아 놓은 것이라 추정된다. 〈청가〉의 문헌 특성에 대해서는 이상원, 「청구영언 가람본」(『고시조 문헌 해제』, 신경숙 외, 고려대학교 민족문화연구원, 2012), 80~83면을 참조할 것.

**74** 이 작품에 "月仙, 字朝天. 善歌善琴名娼."라는 기록이 부기되어 있다.

**75** 〈동명〉은 대체로 19세기 후반기에 편찬된 가집이라 추정되는데, 그보다 훨씬 앞선 시기의 가집에 무기명으로 수록되었기에 이 역시 가창 레퍼토리에 이름을 붙인 것이라 할 수 있다. 〈동명〉의 문헌 특성에 대해서는 권순회, 「동국명현가사집록」(『고시조 문헌 해제』), 266~271면을 참조할 것.

하고 싶다는 화자의 소망을 표출하고 있다. 물론 그러한 희망은 화자의 일방적인 생각일 뿐이지만, 헤어진 님과의 적극적인 소통을 꾀한다는 점에서 새로운 면모라 할 수 있을 것이다.[76]

이상으로 기녀시조의 특징을 몇 가지 범주로 나누어 살펴보았다. 일부 전고(典故)를 사용하여 형상화한 작품들도 있지만, 대체로 기녀시조는 사대부 시조와 달리 평이한 표현을 사용하여 주제를 드러내고 있음을 알 수 있었다. 중의적 수법을 사용한 작품들도 결국 기녀들이 시조의 연행 환경을 고려하여 창작함으로써, 가창을 할 때 그 자리에 있는 남성들의 호응을 유도할 수 있었다고 하겠다. 바로 이러한 창작과 향유 조건이 기녀시조의 주제를 제한하는 요인으로 작용했지만, 동일한 주제라도 작자에 따라 조금씩 달리 표현하려고 노력하는 등 개성적 측면도 간취해낼 수 있었다. 따라서 현전하는 기녀시조는 가집 등 시조 수록 문헌에 수록된 작품들로 구성되어 있기에, 가집 편찬자의 수록 의도를 고려하여 그 의미를 따져야 하리라고 본다.


## 4. 맺음말

그동안 기녀시조에 대한 연구는 작자를 규명하고, 그에 따라 작품에 드러난 작자의식을 규명하는데 초점을 맞추었다. 그러나 가집을 살펴보면서 기녀시조에서 특정 작품이 누구의 작품인가를 따지는 것뿐만 아니라, 왜 기녀의 이름이 붙어있는가에 대한 해명이 필요하다는 것을 절감했다.

---

76 "죽어서 이져야 ᄒ랴 사라셔 그려야 ᄒ랴 / 죽어 잇기도 어렵고 사라 그리기도 어려왜라 / 져 임(任)아 ᄒᆞᆫ 말만 ᄒ소라 사생결단(死生決斷) ᄒ리라."〈악고 *192 매화, #4427.1〉. 님과의 만남을 이어가려는 의식이 '사생결단'이라는 극단적 어휘로 표출된 이 작품 역시 유사한 관점에서 설명될 수 있을 것이다. 이 작품은 46종의 가집 중 〈악부〉(고대본)에만 작자가 매화로 표기되어 있다.

그리하여 먼저 현전하는 가집에 수록된 기녀시조의 규모를 확정하고, 그 성격을 파악하는 것이 필요하다는 것을 논의했다.[77] 기녀의 이름이 부기(附記)된 경우가 다양하게 나타나고 있으며, 또한 기녀가 창작한 것만이 아니라 기녀들이 즐겨 불렀던 작품에도 기명되어 있다는 것을 밝혀냈다.

주지하듯이 가집은 편찬자를 중심으로 그것을 함께 공유했던 가창집단의 음악적 특성을 반영하고 있는 경우가 일반적이다. 대체로 가집 편찬자는 가창자이거나 혹은 시조의 연행 환경에 밀접한 관련을 맺고 있는 인물로 확인되고 있다. 그런데 가창을 전담했던 기녀들은 가집을 공유한 집단에서 핵심적인 역할을 담당하고 있는 셈이다. 그리하여 편찬자들은 기녀들의 작품을 자신이 편찬한 가집에 수록하는 것을 당연시했으며, 기녀들이 창작한 작품은 물론 즐겨 불렀던 노래에도 그들의 이름을 부기(附記)했을 것이다. 바로 이런 이유로 해서 현전하는 가집에 기녀시조의 양상이 다양하게 나타날 수 있었던 것이다. 때문에 기녀시조의 연구는 '작자 의식' 못지않게, 그들이 즐겨 불렀던 작품들을 통해 '향유 의식'을 밝혀내는 것이 필요하다.

먼저 선행 연구를 통해 추출한 기녀시조의 규모를 전제로 하여, 그것의 창작 환경과 연행 기반을 살펴보았다. 우선적으로 가집에 수록된 각종 관련 기록을 토대로, 기녀시조의 창작과 연행이 다양하게 이뤄졌다는 것을 확인할 수 있었다. 하지만 창작 환경이 어떻든 일단 해당 작품이 연행 현장에서 가창되면, 이후에는 그것이 기녀시조를 이해하는 하나의 틀로 인식되는 경우가 일반적이었다. 즉 창작 이후 향유 과정에서 작품과 관련된 정보들이 해당 작품을 이해하는 유용한 역할을 했던 것이다. 그러나 가창 레퍼토리로만 사용된 기녀시조의 경우, 기녀들이 창작한 작품들에 비해 보다 다양한 작품 세계를 보여주고 있다는 점도 특기할 만하다.

---

77 이에 대해서는 김용찬, 「기녀시조의 작자 변증과 작품의 향유 양상」(이 책에 재수록되었음)을 참조할 것.

다음으로 기녀시조에 나타난 미의식과 여성주의적 관점에서의 의미를 따져보았다. 시조는 갈래 형성 초기부터 남성들에 의해 주도된 갈래이기에, 여성들은 대체로 '타자(他者)'로 존재하고 있었다고 논의된다. 그러나 기녀시조는 여성들이 창작하고 노래한 작품으로, 비록 제한적인 의미에서라도 여성들의 의식과 정서가 반영되어 있다. 이것이 바로 기녀시조를 통해서 여성주의적 특성과 의미를 따질 수 있는 이유인 것이다. 특히 자신의 이름을 활용하여 작품을 창작한다든지, 특정 상황에 맞추어 기지를 발휘하여 창작한 작품들은 기녀시조에서 매우 두드러진 면모를 지니고 있었다. 이러한 작품들은 비유적인 표현을 사용하여, 작자의 뜻을 '빗대어 말하기'의 방식으로 형상화되어 있었다. 이른바 '상사의 노래'로 분류되는 작품들 역시 기녀시조에서 가장 많은 비중을 차지하고 있다는 것을 확인할 수 있었다. 또한 가창 레퍼토리로만 사용된 작품들의 주제 및 표현 특질은 기녀들의 창작 시조와는 또 다른 면모를 보이고 있다고 할 것이다.

〈『남도문화연구』 제25집, 순천대학교 남도문화연구소, 2013.〉

# 보론

-고전시가, 논쟁의 복원을 위하여

-고전시가 연구자로서의 자세와 계획

# 고전시가, 논쟁의 복원을 위하여

## 1. 머리말

고전시가는 종래 국문학 연구에서 가장 일찍부터, 그리고 가장 활발하게 연구되었던 분야이다. 지금도 여전히 수많은 연구 논문들이 제출되고 있지만, 예전에 비해 연구의 활력을 찾아보기는 쉽지 않다.[1] 연구 역량이 축적되면서 최근에는 여러 지면을 통해서 고전시가 연구에 대한 반성적 검토와 전망에 대한 논의가 다양하게 이뤄지고 있다.[2] 고전시가의 다양한 문제들에 대한 기존의 연구 성과가 상당히 축적되어 있지만, 언제부터인가 그것이 새로운 방향으로 연결되지 못하고 있는 것으로 보인다. 이러한 문제점은 국문학 전반의 문제와도 연관되어 있으며, 연구 방향의 시대적인 흐름이나 기타 여러 가지 현실적인 사정이 개재되어 있기 때문이다.

---

[1] 최재남은 그간의 고전시가 연구사를 검토하면서 그 원인의 일단을 "국문학 연구 초창기에 고전시가 연구가 차지했던 비중이 시간이 흐르면서 상대적으로 약화되고, (연구자들의) 연구에 임하는 자신감도 줄어들었다."는 점에서 찾고 있다. 최재남, 「고전시가연구」, 『한국의 학술연구-국어국문학』, 대한민국학술원, 2001, 182~183면.

[2] 이에 대한 주요 성과들을 들면 다음과 같다. 박노준, 「시가 연구 방법론 수제(數題)」, 『한국시가연구』 제17집, 한국시가학회, 2005; 성호경, 「해방 60년 국문학 연구의 성과와 과제-고전시가 분야를 중심으로」, 『우리말글』 제34집, 우리말글학회, 2005; 최재남, 「고전시가 연구의 현황과 과제」, 『배달말』 39, 배달말학회, 2006 등.

실상 학문 연구에서 유사한 문제에 대한 서로 상이한 방법론을 통한 논쟁이야말로, 학문적 성취를 이룰 수 있는 좋은 방안 중의 하나일 것이다. 활발한 논쟁을 통하여 현재의 상황에서 당면하고 있는 쟁점적 과제와 전망에 대한 지평을 확보할 수 있다고 보기 때문이다.[3] 동일한 주제에 대해서 다양한 시각을 지닌 연구자들이 치열한 논쟁을 벌임으로써, 학문적 긴장과 활력을 찾을 수 있을 것이다. 물론 학문적 긴장의 결여라는 문제에 대한 해답이 단순히 분야별 쟁점에 대한 논쟁으로서만 획득되는 것은 아니다. 그러나 고전시가 연구에서 다양한 형식으로 여러 문제에 대한 쟁점을 형성하면서 논의를 진행한다면, 어느 정도의 학문적 활력을 획득할 수 있을 것이다.

　부분적으로 고전시가 분야에서 다양한 형태로 논쟁이 진행되고 있을 터이지만, 현 단계에서는 그것이 학계의 주요한 쟁점으로 부각되지 못하고 있는 실정이다. 그러한 상황에 대한 진단은 다양하게 내려질 수 있겠지만, 우선 각 대학의 연구 환경의 변화와 국문학계의 전반적인 연구 기반의 위축에서 오는 긴장감의 결여가 가장 중요한 원인으로 지적되고 있다. 국문학 특히 고전문학 연구자가 점차 감소하고 있다는 점도 중요한 요인이다. 이밖에도 '두뇌한국21'(BK21) 및 학술진흥재단(이하 '학진')[4]에서 주관하는 각종의 과제(프로젝트)에 참여하면서, 연구자들이 자신의 연구보다는 주어진 과제보고서의 작성 과정에 대거 투여되는 현실도 한 몫을 하고 있다. 또한 연구자들의 양적인 연구 성과가 강조되면서, 특히 학회지의 '학진' 인증 시스템에서 비롯되는 문제점도 간과할 수 없다. 개별 논문의 질적 평가보다는 학회지의 평가가 우선시되면서, 과거에 비해 '학진' 인증 학회지의 수도 크게 늘어났다. 이로 인해서 고전시가 분야만 보

---

　3 한국문학사의 쟁점을 점검하고 정리한 다음의 성과들은 주목할 만하다. 장덕순 외, 『한국문학사의 쟁점』, 집문당, 1986; 인권환 외, 『고전문학 연구의 쟁점적 과제와 전망』, 월인, 2003 등.
　4 현재는 그 명칭이 '한국연구재단'으로 바뀌었다.

더라도 한 해에 발표되는 논문이 2백여 편에 달하지만, 대부분의 연구자가 이를 소화할 수 있는 여건이 되지 못한다.

매년 학계에 제출되는 논문의 양은 늘었을지언정, 개별 연구들이 학계에 소개되어 필요한 연구자들에게 소통의 공간에서 만나게 되기란 쉽지 않다.[5] 심지어는 연구자들 또한 자신이 발표할 논문이 학계에서 어떠한 역할을 수행할 것인가 하는 점보다, 그것이 '학진'에 의해 인증을 받은 학회지에 실리느냐의 여부에 관심을 쏟을 수밖에 없는 것도 엄연한 현실이다.[6] 또한 최근 각 대학의 인문학 연구자들을 중심으로 '인문학의 위기'라는 내용의 각종 성명서가 발표되고, 그 결과 '인문한국(HK) 프로젝트'의 시행을 가져왔지만 그것이 인문학의 발전에 얼마나 기여를 하게 될지에 대해서도 분명한 전망을 던져주지 못하고 있다는 지적에도 귀를 기울일 필요가 있다.[7]

---

5 김성룡은 학문 후속 세대의 연구 경향을 분석하면서 연구자들의 '소통 장애'를 문제 삼은 바 있다. 그는 '기존의 연구 성과가 양적으로 축적되면서 선행의 연구 업적을 제대로 검토하지 않고 제출하여 연구가 독백에 그치고 마는 경우가 비일비재하다.'고 지적한다. 김성룡, 「고전문학 분야 학문 후속 세대의 연구 경향」, 『국어국문학』 140, 국어국문학회, 2005, 53면.

6 2007년 11월 17일 학술단체협의회에서 개최한 '학술진흥 및 학문후속세대 지원 정책 개선을 위한 토론회'에서 발표된 「학문 정책과 학문후속세대-학술진흥재단을 둘러싼 문제를 중심으로」(김원, 성공회대)에서 학진 인증정책의 문제점을 다음과 같이 지적했다. 학진 등재지에 실린 논문 숫자로 연구 성과가 평가되면서, ① 연구자의 창조적이고 질 높은 연구의 저하 ② 획일화된 '논문식 글쓰기'의 강제 ③ 비등재지 제출 논문을 등재지에 투고하는 '자기 표절'과 '자기 복제' 논문의 등장 ④ 소규모 학회, 무크지, 비판적 저널의 소멸을 초래하고 있다는 것 등이다.

7 학단협 주최의 토론회에서 도정일 교수는 「학문의 국가 지원과 학문정책」이라는 발표를 통해서 이에 대해서 다음과 같이 지적하였다. 인문학은 한국 사회의 가치와 의미에 대한 '큰 질문'을 다루지만, 이를 다루는 인문학 자체는 학문 성격이나 방법론상 꼭 대형 프로젝트를 필요로 하지 않으며, 오히려 인문한국(HK) 프로젝트는 인문학이 비판해야 할 개발주의적 현실주의적 드라이브 걸기를 바로 인문학 진흥이라는 명분 아래 끌고 들어온 비인문학적 발상이라고 지적하였다. 따라서 학문 지원은 학문적 열정을 가진 연구자들의 연구 활동을 돕는 것일 때 가장 의미가 있으며, 학문 발전을 위해서는 개별 과제와 연구자들에 대한 실질 지원을 강화하는 것이 훨씬 더 효과적이라는 점을 강조하였다.

이런 점을 염두에 두면서 고전시가 분야의 최근 5년간의 전반적인 연구 현황을 정리하고, 그러한 과정에서 발견되는 문제점을 반성적으로 검토하면서 앞으로의 논쟁거리가 될 만한 주제와 전망에 대해서 논해보기로 한다.


## 2. 고전시가 분야의 연구 동향과 반성적 검토

여기에서는 최근 학계에 제출된 연구 성과들의 경향을 살펴보고, 그것이 시기별·갈래별로 어떻게 분포하고 있나를 점검해 보기로 한다. 이 글에서 이용한 자료는 '고전문학 한문학 연구학회'의 회보인 『고한연회보』와 동 학회의 기관지인 『고전과 해석』의 「고전시가 연구동향」에 수록된 5년 동안의 연구 성과 목록이다.[8] 이 목록이 완벽한 데이터베이스(DB)가 될 수 없을 터이지만, 일관된 기준에 의해 조사된 자료이기에 최근의 연구 경향을 살펴볼 수 있는 유용한 자료가 될 수 있을 것이다. 이 목록에는 고전시가 분야를 각 갈래별로 나누어 연구 성과들을 정리하고 있는데, 각각 '㉮고대가요·향가 / ㉯고려가요 / ㉰경기체가·악장 / ㉱시조 / ㉲가사 / ㉳잡가·민요 / ㉴일반론 및 기타'로 구분되어 있다.[9] 먼저 이 글에서

---

8 『고한연회보』와 『고전과 해석』에는 매년 발표된 연구 성과들을 목록으로 작성하고, 이에 대해서 각 분야별 연구 동향을 점검하는 글이 수록되어 있다. 물론 이 목록에는 누락된 연구 성과들이 있을 것으로 파악되지만, 매년 일관된 기준에 따라 조사를 거쳐 목록을 작성하고 있기 때문에 학문 경향을 분석하기 위한 자료로 삼을 수 있을 것이라 판단했다. 본고에서는 이 중에서 2002년부터 2005년 상반기까지는 『고한연회보』(17~20호)를, 2005년 상반기부터 2007년 2월까지는 『고전과 해석』(창간호, 제3호)을 참고하여 이들에 수록된 약 5년 동안의 연구 성과 목록을 대상으로 했음을 밝혀둔다.

9 이러한 분류가 정치하게 이뤄지지 못한 점이 일부 발견된다. 예컨대 복합적인 갈래를 대상으로 한 연구 결과물들은 각각의 갈래의 성과에서 제외하면서 일괄적으로 '일반론·기타'의 항목으로 배정하였고, 최근 뚜렷한 연구 주제로 부각된 '시가교육론' 역시 독립된 항목으로 다루지 않고 '기타'로 다루고 있다. 이러한 문제가 발견되고 있음에도, 여기에서는 일단 『고한연회보』의 목록에 제시된 결과를 그대로 수용하여 논의하기로 하겠다.

는『고한연회보』와『고전과 해석』에 정리된 성과들을 해당 갈래별로 수치화하여 그 경향을 파악하고, 전반적인 흐름을 짚어보기로 하겠다.

* 2002년 3월~2003년 2월(전체 : 187 / 박사논문 9 / 석사논문 32 / 단행본 25)
㉮ 향가 : 36(석사 4 / 단행본 4)
㉯ 고려가요 : 7(박사 1 / 석사 2)
㉰ 경기체가 : 5
㉱ 시조 : 40(박사 2 / 석사 8 / 단행본 4)
㉲ 가사 : 54(박사 5 / 석사 4 / 단행본 5)
㉳ 잡가 : 5(박사 1 / 석사 1)
㉴ 일반론・기타 : 40(석사 15 / 단행본 12)

* 2003년 3월~2004년 2월(전체 : 201 / 박사 3 / 석사 38 / 단행본 30)
㉮ 향가 : 23(석사 2 / 단행본 2)
㉯ 고려가요 : 18(석사 8 / 단행본 2)
㉰ 악장 : 10(단행본 2)
㉱ 시조 : 61(석사 11 / 단행본 3)
㉲ 가사 : 44(박사 3 / 석사 9 / 단행본 4)
㉳ 잡가 : 8(석사 8)
㉴ 일반론・기타 : 37(석사 5 / 단행본 17)

* 2004년 3월~2005년 2월(전체 : 178 / 박사 7 / 석사 39 / 단행본 20)
㉮ 고대가요・향가 : 22(단행본 4)
㉯ 고려가요 : 3(단행본 1)
㉰ 경기체가・악장 : 3
㉱ 시조 : 77(박사 4 / 석사 18 / 단행본 6)

㉫ 가사 : 36(박사 2 / 석사 14 / 단행본 1)

㉬ 잡가 : 12(박사 1 / 석사 2)

㉭ 일반론·기타 : 25(석사 5 / 단행본 8)


\* 2005년 3월~2006년 2월(전체 : 279 / 박사 13 / 석사 75 / 단행본 32)

㉮ 고대가요·향가 : 29(박사 2 / 석사 2 / 단행본 1)

㉯ 고려가요 : 14(박사 1 / 석사 3 / 단행본 2)

㉰ 경기체가·악장 : 10(석사 2 / 단행본 1)

㉱ 시조 : 96(박사 5 / 석사 35)

㉲ 가사 : 76(박사 5 / 석사 24 / 단행본 8)

㉳ 잡가·민요 : 20(석사 3 / 단행본 5)

㉴ 일반론·기타 : 24(석사 4 / 단행본 13)


\* 2006년 3월~2007년 2월(전체 : 197 / 박사 8 / 석사 6[10] / 단행본 30)

㉮ 고대가요·향가 : 32(박사 1 / 단행본 3)

㉯ 고려가요 : 15(단행본 2)

㉰ 경기체가·악장 : 13(박사 1 / 단행본 3)

㉱ 시조 : 75(박사 3 / 석사 4 / 단행본 13)

㉲ 가사 : 27(박사 1 / 석사 1 / 단행본 4)

㉳ 민요 : 12(박사 2)

㉴ 일반론·기타 : 23(석사 1 / 단행본 5)


지난 5년 동안 학계에 제출된 고전시가 분야의 연구 성과는 1천편(1042

---

**10** 이 시기 석사학위논문의 수가 현저하게 감소된 이유는 그동안 조사되던 각 대학의 교육대학원 석사논문이 빠진 때문으로 파악된다. 따라서 이를 포함하면 적어도 30여 편이 더 추가될 것으로 추정된다.

편)을 상회한다. 같은 기간 박사학위논문은 40편, 석사학위논문(교육대학원 포함)은 190편, 그리고 단행본은 모두 137권이 출간되었다. 매년 200여 편에 달하는 연구 성과들이 꾸준히 제출되고 있어, 적어도 고전시가 분야에서 양적인 측면에서는 뚜렷한 증가세를 보이고 있다고 평가할 수 있다. 석사학위논문이 꾸준히 제출되고 있어, 새로운 연구자들이 계속해서 충원되고 있음을 알 수 있다. 또한 단행본의 수효도 적지 않은 것으로 보아 기성 연구자들의 연구 성과들이 단행본의 출간으로 이어지고 있음도 확인된다. 적어도 이러한 수치로만 본다면, 고전시가 분야의 연구는 매우 활발하게 이뤄지고 있다고 진단할 수 있을 것이다.

이처럼 매년 적지 않은 수효의 연구 성과들이 제출되고 있음에도 불구하고, 현재의 상황이 고전시가 분야의 바람직한 면모인지에 대해서는 깊이 고민해 볼 필요가 있다. 연구 성과의 양적인 면모에 비례해서 학문적 성과가 질적으로 성장했는가? 이러한 질문에 긍정적으로 대답하기가 쉽지 않다는 것에 대체로 동의할 수 있을 것이다. 수많은 학회지들을 통해 제출되는 연구물들이 과연 튼실한 역량을 갖추고 있는지에 대해서 실망감을 넘어 회의감이 들기도 한다. 또한 힘들여 찾아 읽었던 논문들이 그 내용이나 성과가 빈약하여 크게 실망했던 기억을 누구나 한 번쯤은 떠올릴 수 있을 것이다. 사실 이러한 문제는 연구 성과의 양적인 측면을 어떻게 질적으로 담보할 수 있는가 하는 고민과 긴밀하게 연결되어 있다.

앞에서 제시한 연구 동향을 통해서 다음과 같은 특징을 검출할 수 있을 것이다. 가장 먼저 시조와 가사 갈래에 대한 연구사적 편중이 심하다는 점을 지적할 수 있다. 이 시기에 발표된 시조 갈래의 연구 성과는 450편(43.2%)이며, 가사는 237편(22.7%)으로 전체의 2/3(약 66%)에 달한다. 그러나 이러한 결과를 부정적으로만 평가할 수는 없다. 오히려 현재 존재하는 고전시가 분야의 자료적 상황과 대체로 일치하는 결과이기 때문이다. 시조와 가사의 자료적 상황이 여타의 분야보다도 양호한 편이기에 질적으로 우수한 연구 성과들이 꾸준히 제출되고 있으며, 새로운 자료의 발굴과 소개도 지속적으로 이뤄지고 있다.

다음으로 향가를 비롯한 여타의 갈래에 대한 관심이 꾸준히 이어지고 있다는 점을 들 수 있다. 이 시기 향가(고대가요 포함)에 대한 연구 성과가 140여 편에 달하고, 고려가요(57편)에 대한 관심도 이어지고 있다.[11] 경기체가와 악장에 대한 관심(31편)은 상대적으로 소략한 편이지만, 악장 분야에서는 특히 조선 후기 궁중 연향과 관련해서 다루는 경향이 새롭게 나타나고 있다. 이는 기존의 문학사에서 악장을 조선 전기의 특수한 환경에서 창작된 갈래로 다루고 있는 점에 비추어, 악장에 대한 재평가가 이뤄지고 있음을 반증하고 있다.

애국계몽기와 식민지 시기의 고전시가의 창작과 향유에 대한 관심이 새롭게 나타나고 있다는 점도 주목된다. 『대한매일신보』를 비롯한 애국계몽기 신문과 잡지에 나타난 시가 작품들을 대상으로 당시의 시대 상황과 연관시켜 다루는 논문들이 적지 않으며, 식민지 시기의 잡가와 유행가의 향유 양상을 문화사적 관점을 통해 분석하는 성과들이 주목할 만하다.[12] 이러한 성과들은 고전시가 연구 분야를 확장시켜 나가고, 고전시가가 근대문화사와 연결될 수 있는 통로를 확보해 줄 수 있다는 점이 특징이다.

또한 고전시가 교육론이 새롭게 부상하고 있는 점도 확인할 수 있다. 최근 10여 년 동안 각 대학의 사범대학을 중심으로 고전시가 교육론을 강화하는 경향이 있는데, 이러한 움직임이 연구 성과에도 그대로 반영되어 나타나고 있다고 하겠다. 이러한 경향은 실제 교육 현장에서 고전시가가

---

11 2000년 이후의 연구 성과를 분석한 최재남도 "시조와 가사에 대한 관심이 주류를 이루고 있는 가운데, 최근 고려가요와 향가에 대한 관심이 부쩍 늘어나고 있"다고 지적하고 있다. 최재남, 「고전시가 연구의 현황과 과제」, 266면.

12 최근 이 분야에서는 박애경과 고은지의 연구 성과가 주목할 만하다. 박애경, 『한국 고전시가의 근대적 변전과정 연구』, 소명출판, 2008; 고은지, 「20세기 전반 소통 매체의 다양화와 잡가의 존재 양상」, 『고전문학연구』 제32집, 한국고전문학회, 2007 등.

어떻게 다뤄지고 있는가에 대한 관심을 전제하고 있다는 점에서 주목할 만하지만, 다른 한편으로는 지나치게 실용적 측면만을 강조하는 측면도 있다는 것을 지적할 수 있다. 이들 논문은 고전시가 연구라기보다는 대체로 국어교육의 연구 성과로 다뤄지고 있다.

　마지막으로 고전문학 연구사가 어느 정도의 성과를 축적함에 따라 초창기 시가 연구자들과 그들의 연구 성과를 다룬 시도가 새롭게 부상하고 있음을 알 수 있다. 예컨대 2004년 도남 조윤제의 탄생 100주년을 맞아 도남학회와 한국고전문학회가 이를 기념하는 학술대회를 공동으로 주최하여, 조윤제의 학문과 저술들에 대해 재조명하였다.[13] 이와 함께 이명선·이병기·고정옥을 비롯한 학자들의 학문과 저술들에 대한 지속적인 관심을 통해 그 검토의 결과들이 연구 성과로 제출되었다. 일부 연구자들의 경우 이들의 연구 성과에 대해서 비판적 의견을 제시하기도 하였지만, 이들의 활동 내용과 연구들을 당대의 시대사적 상황 속에서 살펴야할 필요가 있다. 이밖에도『한국문학통사』제4판의 출간에 맞춰 문학사 서술의 과제를 되짚어보는 학술대회가 개최되어, 그 성과가 학회지에 수록되기도 하였다.[14] 이와 함께 고전시가 연구사를 대상으로 그간의 경향을 점검하는 논문도 제출되고 있으며,[15] 국어국문학 연구자들을 대상으로 향후의 연구계획과 미래에의 전망을 제시하여 정리한 성과도 주목할 만하다.[16] 이러한 경향은 고전시가 연구사에 대한 재점검을 목표로 하고 있다는 점

---

　**13** 이 당시 발표했던 논문들은「기획특집 '도남 탄생 100주년 기념 학술회의'」라는 주제 아래『고전문학연구』제27집(한국고전문학회, 2005)에 수록되어 있다.

　**14** '『한국문학통사』를 통해 본 문학사 서술의 성과와 과제'라는 주제로 발표되었던 논문들이『고전문학연구』제28집(한국고전문학회, 2005)에 수록되어 있다.

　**15** 성호경,「해방 60년 국문학 연구의 성과와 과제: 고전시가 분야를 중심으로」,『우리말글』34, 우리말글학회, 2005 등.

　**16** 서강대학교 국어국문학과 창설 40주년을 맞아 국어국문학 관련 학자들의 연구계획과 전망을 제시한 글들을 묶어 펴낸『국어국문학, 미래의 길을 묻다-향후 10년의 지형도』(서강대학교 국어국문학과 엮음, 태학사, 2005)는 연구자들의 진솔한 목소리를 들을 수 있다는 점에서 의미 있는 작업이라 평가된다.

에서 바람직한 것이라 평가할 수 있다.

이상 간략하게 그간의 연구 성과들을 점검하고 그 특징들을 지적해 보았다. 그동안 고전시가 연구는 새로운 자료의 발굴과 이를 통한 논의, 그리고 기존 성과에 대한 비판적 재검토가 주로 이루어져 왔다. 특히 조선시대 이후의 시가사의 문제는 여전히 새로운 자료의 발굴이 기대될 수 있다는 점에서 신자료에 대한 연구자의 관심을 늦출 수 없기도 하다. 이와 함께 기존 연구에 대한 반성적 검토는 꾸준히 이루어져야 한다. 하지만 최근의 연구 성과들을 검토해 보면, 이미 제출된 기존의 연구 성과들이 제대로 다뤄지지 않고 있는 면이 빈번하게 발견된다는 것도 지적할 수 있을 듯하다.[17] 현 단계에서 고전시가 분야의 연구에 있어 문제점을 몇 가지 지적해 보기로 한다.

먼저 현재 고전시가의 연구 분야는 고대가요로부터 애국계몽기에 이르기까지 매우 다양한 주제와 관점에서 이루어지고 있다. 연구자들이 다 소화하지 못할 정도로 많은 논문들이 해마다 각종 학회지를 통해서 제출되고 있다. 앞에서 검토했듯이 매년 발표되는 논문의 양은 예전에 비하면 비약적으로 증가하였다. 그러나 그것이 연구자들에게 효율적으로 소통되지 못하고 있는 것이 엄연한 현실이다.[18] 이러한 현상을 초래한 가장 큰 원인으로 연구자의 능력을 양적인 성과 위주로 평가하는 제도의 문제를

---

**17** 최근 5～6년간의 고전문학 분야 논문들을 검토한 김성룡의 「고전문학 분야 학문 후속 세대의 연구 경향」에서, 신진 연구자들이 기존의 연구 성과들을 제대로 검토하지 않고 새로운 것에만 매달리는 경향이 있다는 점을 지적하고 있다. 그는 또한 기성 연구자들이 논문 심사나 연구비 평가 등에서 권위적인 태도로 일관하여 시대적 흐름에 역행하는 일이 많다는 점도 함께 비판하고 있다. 현재의 학계 풍토에 대한 비교적 정확한 평가라는 점에서 그의 문제의식에 충분히 동의할 수 있다.

**18** 김흥규는 "국어국문학 연구가 그간에 보여준 적지 않은 생산성에도 불구하고 대다수 연구자 개인의 학문적 성취나 분야별 연구집단 내부에서의 통용가치에 치우친 결과 매우 협착한 시야에서 벗어나지 못했다"고 하였다. 또한 '공급자 중심적 사고'를 지적하면서, 문제점의 하나로 '개별 논문 위주의 성과 추구로 인한 학문적 체계성 빈약'을 들고 있다. 이러한 지적은 그대로 고전시가 분야에서도 유효하다고 하겠다. 김흥규, 「국어국문학의 정체성과 유연성」, 『국어국문학』 127, 국어국문학회, 2000, 8～9면.

꼽을 수 있다.

다음으로 국문학 관련 학회와 학회지가 크게 증가했다는 점을 들 수 있다. 이에 반해 과거에 비해 대부분의 개별 학회지들에 투고되는 논문들의 수효는 현저히 줄어들고 있다고 보고되고 있다. 이러한 현상은 전체 논문의 수가 증가했다는 점과 일견 상충되는 것처럼 보인다. 그러나 고전시가 분야를 포함하고 있는 '학진' 인증 학회지의 수효가 크게 증가했기에, 동일한 수효의 논문이 각 학회지에 분산되어 투고되고 있기에 나타난 결과이다. 물론 연구자들로서는 그만큼 발표 기회가 늘어났다는 점에서 긍정적으로 평가할 수 있지만, 학회지의 양적 증가가 반드시 논문들의 질적 성취를 담보하지는 않는다는 평가도 있다. 과연 학회의 검증 시스템이 엄격하게 규정되고 있는가 하는 점에 대해서 반성적으로 검토할 필요가 있다. 예컨대 신진 연구자들에게는 매우 엄격한 기준이 적용되고 있지만, 중견 연구자들에게는 다소 관대하게 처리되고 있다는 목소리가 적지 않다는 점이 이를 반증하는 것이라 여겨진다.

학회지의 '학진' 인증 시스템이 과연 개별 논문 자체에 대한 질적인 인증이 될 수 있는가 하는 점도 생각해 볼 수 있을 것이다. 이에 대해서는 연구자 모두 자신있게 '그렇다'라고 답변할 수는 없을 것이다.[19] '학진' 인증 시스템이 정착하면서 이에 대한 부작용도 적지 않게 나타나고 있다는 지적에 귀를 기울여야 한다. 고전시가 분야만 하더라도 매년 200여 편에 달하는 연구 성과가 제출되면서 그것이 개별 연구자들에게 미처 다 소통되지 못하고, 연구자들의 성과물 목록의 하나를 채우는데 만족하고 있는 것은 아닌지 반성할 필요가 있다.

또한 각종 과제(프로젝트)의 활성화에 따르는 문제점을 점검할 필요가

---

**19** 김성룡은 "학위논문의 제도나 학술지 게재의 과정이 모두 제도적 권위를 갖고 있"음을 지적하고, 고전문학 연구는 "작품의 새로움이 아니라 시각의 새로움으로 보완해야" 한다고 지적한다. 김성룡, 「고전문학 분야 학문 후속 세대의 연구 경향」, 46면.

있다. 최근 주요 대학들에서 수행하는 각종 과제의 역할은, 그 과정을 통해 신진 연구자들을 양성하는 기능을 하고 있다고 할 수 있다. 물적 지원을 통한 연구 환경의 안정화라는 측면에서 긍정적이지만, 개별 연구자들에게 그것이 과연 연구 여건의 개선이라는 측면만 있는 것은 아닐 것이다. 물적 지원을 수반하는 과제는 개인이 쉽게 수행하기 힘든 대규모 연구를 가능케 한다는 점에서 긍정적이지만, 일정한 기간 동안 많은 연구자들을 거기에 매달리게 함으로써 개별적인 연구에 소홀하게 하는 결과를 초래하기도 한다. 과제의 성격상 보고서의 제출을 의무화함으로써, 논쟁적인 주제보다 기존의 연구사를 집적하는 방향으로 연결되기가 쉽다. 개인 과제의 경우 연구계획서의 제출과 심사, 그리고 결과보고서 등 이에 수반되는 연구 외적인 과정이 지나치게 많은 것도 문제라고 여겨진다.

역설적으로 공동 연구 분위기가 쇠퇴하고 있다는 점도 지적될 수 있을 듯하다. 개별화·분산화되고 있는 연구자들을 묶을 수 있는 공동 연구 필요성은 커지고 있지만, 각종 여건은 오히려 이를 가로막고 있는 요인으로 작용하고 있다. 대규모 과제 연구(프로젝트)를 공동연구의 한 방법이라 볼 수 있지만, 해당 주제에 주된 관심을 두고 있는 연구자를 제외한 적지 않은 사람들은 연구의 과정이나 그 결과에서 소외되는 경우가 발생하고 있다. 따라서 진정한 의미에서의 공동연구의 모델로 보기는 힘들다. 오히려 고전시가 관련 연구자들이 관련 학회를 통하여 공통의 관심사를 이끌어내고, 그것을 기획과제로 정하여 지속적인 관심 속에서 쟁점을 도출해내고 토론에도 적극적으로 참여할 필요가 있다. 이를 위해 대규모의 학술 발표회와는 별도로 공통의 관심사를 지닌 연구자들에 의한 소규모의 연구 모임을 만들고, 이 속에서 후속 세대의 참여를 유도해 지속적인 논의 구조를 만드는 것도 하나의 대안이 될 수 있을 것이라 여겨진다. 특히 논쟁의 필요성을 확인하기 위해서는 제출되는 연구 성과들을 수집하고 이를 분석하여 문제점을 점검하는 것이 전제가 되어야 한다.

마지막으로 논쟁을 불러일으키지 못하는 학회의 발표 풍토에도 문제가 있다. 학회의 발표가 갈수록 형식화되는 경향이 있다는 것이 근래 연구자들의 공통된 목소리이다. 발표문과 발표 시간, 그리고 토론 시간까지 엄격하게 제한되어 참가자 상호간에 깊이 있는 토론이 이뤄지기엔 분명한 한계가 있다. 이는 대체로 학회의 발표회가 '학진' 등의 물적인 지원을 전제로 개최되면서, 깊이 있는 발표와 토론이 이루어지기는 힘든 여건이 조성되고 있다고 판단된다. 학회나 기타의 발표 공간에서 쟁점이 되는 주제를 개발하여, 이를 활용하여 논쟁의 복원을 통한 고전시가 연구의 활력을 마련해 볼 수 있는 방안을 모색할 필요가 있다.

## 3. 고전시가 분야의 주요 논쟁과 새로운 모색

### 1) 기존의 주요 논쟁에 대한 검토

국문학계에서는 현재 수많은 연구 성과들이 제출되고 있음에도 불구하고, 학문적 열기가 그다지 느껴지지 않는 이유는 무엇 때문인가. 여러 가지 요인이 있을 터이지만, 여기에서는 이러한 분위기를 현재 학계에서 논쟁이 '사라진' 것과 연관시켜 볼 수 있다고 파악하고 있다. 물론 학문적 토론의 장에서 '논쟁'이란 무엇을 위한 논쟁인가 하는 점도 매우 중요하다. 단순하게 논쟁 자체에 그치는 것이 아니라, 문학사와 문화사에 대한 거시적 관점이 그 속에 포지하고 있어야만 생산적인 결과를 얻어낼 수 있는 것이다. 따라서 여기에서는 먼저 고전시가 분야에서 가장 중요하게 부각되었던 몇몇 쟁점들을 검토해 보고, 아울러 현 단계에서 제기될 수 있는 쟁점들을 정리하기로 한다.

먼저 고전시가 연구에서 향가의 어석과 문학적 해석에 대한 다양한 논의를 들 수 있다. 향가 작품에 대한 어석(語釋)은 오쿠라 신페이(小倉進平)에 의해 본격화되어, 이후 양주동에 의해서 큰 진전을 가져왔다.[20] 식민지 시기에는 '우리' 문학에 대한 관심으로 촉발되었고, 양주동의 경우 오쿠라 신페이의 연구에 대한 반작용의 측면도 자리하고 있다고 하겠다.[21] 해방 이후 여러 학자들이 향가의 어석 작업에 매달렸고, 김완진[22]에 이르러 한층 정밀해 졌다고 평가되고 있다. '사뇌가(詞腦歌)'의 성격 규명 문제 등을 통해 향가의 전반적 검토가 수행되었고, 어석이 진행되면서 이와 함께 향가의 문학적 성격을 규명하려는 다양한 시도가 이어졌다.[23] 한정된 작품과 이를 둘러싼 산문기록(배경설화)의 존재는 시가와 서사 연구자들 모두에 의해 연구가 수행될 수 있는 여건을 마련했다고 할 수 있다. 이를 통해서 시가를 어떻게 볼 것인가, 그리고 문학작품의 해석의 방법론 등에 대한 진지한 성찰이 이루어졌다.[24]

다음으로는 고전문학의 다양한 분야에 대한 갈래론, 특히 경기체가와

---

**20** 오쿠라 신페이(小倉進平), 『향가와 이두의 연구(日文)』, 경성제국대학, 1929; 양주동, 『조선 고가연구』, 박문서관, 1942.

**21** "나로 하여금 국문학 고전연구에 기연(機緣)을 지어준 것은 일제 중엽 문필에의 저들의 극단의 탄압에 의한 부득이한 학문적 전향이었으나, 직접적 동기는 일인(日人) 조선어학자 소창진평(小倉進平)씨의 『향가 및 이두의 연구』(1929)란 저서를 대함에서였다. 우연히 도서관에 온 「경성제국대학 기요(紀要) 제1권」이란 부제가 붙은 그 책을 빌어 처음엔 호기심으로, 차차 경이와 감탄의 눈으로써 하룻밤 사이에 그것을 통독하고 나서 나는 참으로 글자 그대로 경탄했고, 한편 비분한 마음을 금할 길이 없었다. 첫째, 우리 문학의 가장 오랜 유산, 더구나 우리 문화 내지 사상의 현존 최고 원류가 되는 이 귀중한 '향가'의 석독(釋讀)을 근 천 년래 아무도 우리의 손으로 시험치 못하고 외인(外人)의 손을 빌었다는 그 민족적 부끄러움, 둘째, 나는 이 사실을 통하여 한 민족이 '다만 총칼에 망함이 아님'을 문득 느끼는 동시에 우리의 문화가 언어와 학문에 있어서까지 완전히 저들에게 빼앗겨 있다는 사실을 통절히 깨달아, 내가 혁명가가 못되어 총칼을 들고 저들에게 대들지는 못하나마 어려서부터 학문과 문자에는 약간의 '천분(天分)'이 있고 맘속 깊이 '원(願)'도 '열(熱)'도 있는 터이니 그것을 무기로 하여 그 빼앗긴 문화유산을 학문적으로나마 결사적으로 전취(戰取)·탈환해야 하겠다는, 내 딴에 사뭇 비장한 발원과 결의를 했다." 양주동, 「발-연구의 회억(回憶)」, 『증정 고가연구』, 일조각, 중판, 1987, 889~890면.

**22** 김완진, 『향가 해독법 연구』, 서울대학교 출판부, 1980.

**23** 작품 어석과 관련한 주요 성과들을 들면 다음과 같다. 지헌영, 『향가여요 신석』, 정음사, 1947; 서재극, 『신라향가의 어휘 연구』, 계명대학 출판부, 1974; 양희철, 『삼국유사 향가 연구』, 태학사, 1997; 신재홍, 『향가의 해석』, 집문당, 2000 등.

**24** 이상 향가에 대한 연구사는 성호경, 「해방 60년 국문학 연구의 성과와 과제-고전시가 분야를 중심으로 하여」, 49~50면을 참조하였다.

가사에 대한 갈래론을 들 수 있다. 경기체가와 가사의 갈래 문제는 국문학을 체계화하려는 갈래론(장르론)의 토대 위에서 수행된 연구라 할 수 있다. 수많은 역사적 갈래들을 포괄하려는 시도와 함께, 국문학사에 존재하는 독특한 갈래들을 어떻게 규정지을 것인가의 문제이기도 하다. 경기체가의 경우 교술 갈래의 설정과 이를 둘러싼 논의가 중심에 놓여 있다고 하겠다.[25] 또한 가사에 대한 갈래론도 여전히 현재 진행형인 주제이기도 하다.[26]

갈래론이란 특정한 역사적 갈래가 서정인가, 교술인가, 아니면 중간·혼합적 갈래인가에 대한 논의의 틀을 마련하는 작업이다. 논쟁이 진행되면서 각 논자에 따라서 나름의 타당한 설명이 뒤따르고 있기는 하나, 이에 대한 반론 역시 유효한 시각을 제공해 주고 있다고 평가할 수 있다. 이러한 논의를 통해서 국문학의 다양한 하위 갈래들을 어떻게 인식할 것인가에 대한 관점이 확보되었다. 예컨대 갈래(장르) 논쟁은 국문학 전체를 체계화하려는 고심의 노력에서 나온 것인데, 점차 논의가 진행될수록 앞선 연구자들의 논의에 대한 부분적인 반론과 검토가 주종을 이루고 있는 것이 특징이다. 갈래 이론이 그 자체로 중요하지만, 국문학의 전반적인 특징을 어떻게 아우르는가 하는 문제와 연결시켜 논해야만 더 큰 가치를 획득할 수 있을 것이다. 물론 갈래론의 문제는 초기에는 가사와 경기체가 갈래 문제에서부터 시작되었으나, 지금은 고전시가의 여타 분야로까지 논의와 점검이 확대되고 있다. 특히 연행의 현장성을 중시하는 악장 등의 문제가 새롭게 제기됨으로써, 고전시가의 '연행'의 문제가 갈래론의 중요한 논거의 하나로 제시되어 있다는 점도 지적할 수 있을 듯하다.

마지막으로 사설시조의 담당층과 미의식에 관한 연구들을 통해서, 작

---

**25** 경기체가의 갈래에 대한 기존의 논의 과정을 최재남, 「경기체가 장르론의 현실적 과제」(『한국시가연구』 제2집, 한국시가학회, 1997)를 참조할 것.

**26** 가사 갈래에 관한 기존의 연구 성과와 쟁점들에 대해서는 박연호, 「가사의 장르적 성격과 미적 구현 방식」(『고전문학 연구의 쟁점적 과제와 전망(하)』, 월인, 2003)을 참조할 것.

품을 보는 관점과 문학사에 대한 다양한 접근 시각을 확인할 수 있었다. 아마도 고전시가 분야에서 왜 논쟁이 필요한가를 보여주는 대표적인 주제로 평가할 수 있을 듯하다. 단순히 사설시조 문제에 국한된 것이 아니라, 조선 후기 문학사(문화사)를 어떻게 볼 것인가의 문제와도 연관되어 있다. 논쟁 과정을 통해서, 엄연히 존재하는 자료에 대한 해석이 방법론에 따라 전혀 달라질 수 있다는 것을 잘 보여주고 있다. 주로 사설시조의 형성과 담당층, 그리고 작품의 미의식을 어떻게 볼 것인가의 문제가 그 중심에 놓여져 있다.[27] 한동안 진행되던 논쟁이 최근에는 소강상태에 접어든 것처럼 보인다. 여기에 사설시조의 미적 특질에 대한 반성적 논의와 더불어 계층성을 뛰어넘는 도시문화의 산물이라는 주장이 제기되기도 하였다.[28] 하지만 사설시조의 연구는 사적 추이에 따른 변화의 양상을 주목해야 한다는 점에 대체적인 시각을 공유하는 경향이 있다.[29] 그러나 문제는 서로 다른 주장이 맞서면서, 연구자에 따라 각자의 논지에 맞는 어느 일부의 논의만을 채택하여 후속 연구를 진행하는 문제가 발생되고 있다고 여겨진다.

이상 고전시가 분야에서 진행되었던 여러 논쟁들 중에서 가장 대표적이라고 여겨지는 세 가지 주제들만을 살펴보았다. 물론 이밖에도 다양한

---

**27** 고미숙, 「사설시조의 역사적 성격과 그 계급적 기반 분석」, 『어문논집』 제30집, 고려대학교 국어국문학연구회, 1991; 강명관, 「사설시조의 창작 향유층에 대하여」, 『민족문학사연구』 제4호, 민족문학사연구소, 1993; 김학성, 「사설시조의 담당층 연구」, 『성균어문연구』 제29집, 성균관대학교 국어국문학과, 1993 등.

**28** 김흥규, 「사설시조의 시적 시선 유형과 그 변모」, 『한국학보』 제68집, 일지사, 1992; 김흥규, 「조선 후기 사설시조의 시적 관심 추이에 대한 계량적 분석」, 『한국학보』 제73집, 일지사, 1993; 김용찬, 『18세기의 시조문학과 예술사적 위상』, 월인, 1999; 박애경, 「조선 후기 시조에 나타난 도시와 도시적 삶」, 『시조학논총』 제16집, 한국시조학회, 2000; 신경숙, 「18·19세기 가집, 그 중앙의 산물」, 『한국시가연구』 제11집, 한국시가학회, 2001; 남정희, 「18세기 경화사족의 시조 향유와 창작 양상에 대한 연구」, 이화여자대학교 박사학위논문, 2002 등.

**29** 이들의 논쟁 과정에서 드러난 쟁점과 문제점에 대해서는 길진숙, 「사설시조 담당층과 미의식의 변증」(『고전문학 연구의 쟁점적 과제와 전망(하)』)을 참고할 것.

문제들에 대한 크고 작은 논쟁들이 지속적으로 진행되었다. 현재에도 고전시가 분야에서 다양한 문제들에 대한 논쟁이 진행되고 있을 터이지만, 그것이 연구자들 대부분과 공유되지 못하고 있는 것이 현실이다. 따라서 기존의 쟁점들을 점검하는 속에서 앞으로의 고전시가 연구에서 필요한 새로운 논쟁적 주제들이 무엇인지에 대한 모색을 할 수 있을 것이라 본다.

## 2) 고전시가의 새로운 논쟁거리 모색

최근 고전시가의 연구 동향을 보면 서로 시각을 달리하는 논쟁이 잘 부각되지 않을 뿐만 아니라, 오히려 연구자들이 논쟁을 회피하는 듯한 인상을 주고 있다. 고전시가 분야에서의 연구는 갈래론·작가론·작품론·비교론의 차원에서 다양하게 진행되었다. 기왕에 연구사에서 제기된 다양한 문제들이 후속 연구를 통해서 해소되었는가를 따져본다면, 아마도 그렇다고 말할 수 없는 부분이 많을 것이다. 현재 상황에서 논쟁이 왜 필요한가? 그것은 논쟁이 사라진 상황 속에서, 논쟁의 복원을 통해 고전시가 연구의 활로를 모색하는 하나의 방법이 될 수 있다고 믿기 때문이다. 여기에서는 고전시가 분야에서 현 단계에서 제기될 수 있는 몇몇 쟁점들을 제시하며, 이를 통해서 연구자들의 주의를 환기하고자 한다.

물론 논쟁을 실현시키기 위한 구체적인 방안의 제시 없이, 단순히 몇몇 주제들을 열거하는 것이 얼마나 효용성을 지닐 것인가에 대해서는 제안자로서도 솔직히 자신이 없다. 하지만 그러한 분위기를 조성하는 것이 결코 전적으로 연구자 개인의 몫으로 치부될 수 없다는 점은 분명하다. 앞으로 고전시가 연구자로써 이러한 문제를 제기하고, 또 그에 합당한 연구를 진행함으로써 필요한 역할을 하고자 한다. 이러한 문제의식에 대해 동학들의 관심이 뒤따르기를 기대한다. 그럼 차례대로 논쟁이 필요한 문제들을 제시하고, 그에 대한 견해를 펼쳐보기로 하겠다.

가장 먼저 향가의 '해석'에 대한 문제를 들 수 있다. 그동안 학계에 제출된 향가 관련 논문이 2천편을 상회하고, 현재에도 꾸준히 연구가 진행되고 있다고 한다. 기존의 연구에서도 『삼국유사』에 수록된 작품과 그에 수반된 산문기록과의 관계를 중심으로 논의가 진행되고 있다. 불과 25수라는 한정된 작품임에도 이렇게 꾸준히 새로운 논문들이 제출될 수 있다는 점은 특기할 만하다. 또한 어석에 대한 연구도 논쟁적인 방향으로 꾸준히 이뤄지고 있으며, 어학과 역사학 분야 연구자들과의 상호 소통이 이뤄지는 계기가 될 수 있을 것이다. 학제 간 교류를 통하여 향가 작품론에 대해서도 보다 폭넓은 논의가 이뤄질 수 있으며, 신라의 문화사에 대한 진전된 연구가 제출될 수 있을 것이라고 생각된다.

이를 위해서는 『삼국유사』에 대한 심층적인 연구가 병행되어야 할 것이다. 얼마 전 출간된 『화랑세기』[30]는 간접적으로나마, 향가와 신라문화사의 연구에 대한 새로운 시사를 던져주고 있다. 최근 향가 연구자들에게 있어서는 자료의 진위에 대한 입장이 분명하게 대립되고 있으며, 몇몇 연구자들에 의해 『화랑세기』가 적극적으로 이용되고 있다. 그러나 진본임을 주장하는 이들의 연구 성과는 '자기만족적'이라는 평가와 함께, 대부분의 연구자들에게 아직까지 진지하게 받아들여지지 못하고 있다는 점도 문제점으로 지적된다.

물론 아직 그것의 진·위 여부에 대한 논쟁이 진행되고 있으며, 아마도 그 결과는 쉽게 결론이 나지 않으리라고 판단된다. 그러나 진위 논쟁이든, 아니면 이를 통한 어석과 작품 해석의 문제이든 새로운 자료의 출현은 어떤 방향으로든 간에 연구의 동력을 불러일으킬 것이라는 점은 분명하다. 그러기 위해서는 해당 자료에 대한 진지하고도 본질적인 논의가 이뤄져야 하며, 그 결과로 얻어진 연구 성과들이 자기만족적인 것에 그치지 않고 연구자들에게 폭넓게 소통될 수 있도록 하는 것이 가장 중요하다.

다음으로는 조선 초기 악장에 대한 반성적 검토가 진지하게 이뤄져야 한다는 점을 지적하고자 한다. 기실 그동안 연구자들의 관심이 가장 소홀

---

**30** 이종욱 역주해, 1999, 소나무.

한 분야 중 하나였으며, 기존의 문학사에서는 악장은 '왕조 건국의 당위에 대한 목적문학'이라는 시각이 지배적이었다. 부분적으로 끊임없이 문제 제기가 되어 왔으며, 최근 몇몇 연구자들에 의해 이 시기의 악장 문학에 대한 전반적 검토의 필요성이 제기되고 있다. 창작의 의도를 전제하더라도, 그 문학성에 대한 세밀한 검토는 진행되어야 한다. 기존 연구에 대한 반성적 검토를 통하여 논쟁의 주제로 부각시킬 필요성이 있다. 또한 최근 조선 후기 악장에 대한 연구 성과가 꾸준히 제출됨으로써, 과연 악장이라는 갈래가 조선 초기라는 시대적 구분을 전제하는 기존의 관점이 타당한지에 대해서도 연구자들의 활발한 논의가 필요한 시점이다.

또한 이른바 '강호가도'에 대한 전반적인 검토가 필요하다고 본다. 조선 전기의 시가에서 나타난 자연 소재의 시가를 '강호시가' 혹은 '강호가도'라는 범주로 다루는 것이 일반적인 경향이었다.[31] 그러나 작품에서 다루는 소재의 층위와 향유된 시기를 고려하여 일률적으로 논하는 것이 과연 타당한가에 대한 반성적 검토가 뒤따르고 있다. 강호시가는 여전히 유효한 개념이지만, 시대적 추이에 따라 달리 드러나는 면모를 고려하여 '전가시조'와 같은 새로운 개념을 설정할 필요성이 제기되었다.[32] 이미 상당한 논의가 진척된 현 단계에서는 시가사의 추이를 단선적으로 이해하는 것보다, 역사적 상황에 따라 그 실상을 적절히 설명해 줄 수 있는 새로운 '틀'이 필요하다. 새로운 개념에 대한 논의가 과연 타당한지, 혹은 기존의 시각에 대한 문제점은 없는지 등을 점검하는 속에서 논쟁의 주제로 부각시킬 수 있을 것이다. 현재 이 주제에 대해서는 적지 않은 연구들이 제출되고 있으나, 쟁점으로 형성되지 못하고 분산적으로 이뤄지고 있는 형편이다.

---

**31** 조윤제,『조선시가사강』, 동광출판사, 1937; 최진원,『국문학과 자연』, 성균관대학교 출판부, 1977.

**32** 김흥규,「16, 17세기 강호시조의 변모와 전가시조의 형성」,『욕망과 형식의 시학』, 태학사, 1999; 권순회,「전가시조의 미적 특질과 사적 전개 양상」, 고려대학교 박사학위논문, 2000 등.

여전히 사설시조의 형성 및 담당층과 미의식의 문제는 논쟁의 주요한 대상이라 할 수 있다. 이미 몇 차례의 논쟁을 거친 문제이지만, 여전히 그 안에 많은 논쟁거리가 내재되어 있는 주제인 것이다. 한국문학사의 성격을 어떻게 이해할 것인가에 대한 근본적인 시각이 이 주제 속에 그대로 포진하고 있다고 여겨진다. 단순히 담당층의 문제가 아니라, 갈래의 형성과 미의식을 함께 논의해야할 필요성이 이미 제기되었다. 〈청구영언〉(진본)에 소재한 '만횡청류'의 형성 과정을 추적하는 것이 필요하지만, 현재의 상황에서는 자료적 한계로 인한 실증의 어려움이 있다. 현전하는 자료만을 토대로 합리적인 해석을 제출해야 한다는 난점이 분명히 자리잡고 있다. 그럼에도 불구하고 어쨌든 현저하게 '다르다'고 느껴지는 시조와 사설시조의 미의식에 대한 설명과 실증적 분석이 필요하다. 조선 후기 시조사적 문제에서 가장 중요한 주제이면서, 여전히 고전시가 분야에서 중심적인 논쟁을 이끌 수 있는 주제이기도 하다.

이와 연관되어 가집의 편찬과 시조사의 구도에 대한 연구자들의 적극적인 관심이 요구된다. 현재 학계에 소개된 가집의 수만도 100여 종에 달한다. 하지만 현재 연구는 몇몇 주요 가집들에 한정되어 논의가 이루어지고 있으며, 상당수의 가집들은 편찬자와 편찬 시기가 밝혀지지 못한 채로 연구의 사각지대에 놓여있다고 판단된다.[33] 가집의 편제에 대한 시각을 확보함으로써 개별 가집들의 위상을 점검하고, 이를 통해 시조사를 조망할 수 있는 시각을 확보하는 것이 필요하다. 논쟁이라기보다는 연구 시각의 다양성 확보라는 점에 더 큰 의의가 있지만, 가집 연구를 통해서 작자 문제(위작 여부), 편찬 체제에 따른 향유층의 문제, 사설시조의 성격 및 미의식 문제 등이 자연적으로 부각될 수 있을 것이라 본다. 이러한 문제

---

**33** 조선 후기 가집에 대한 연구는 신경숙, 「조선 후기 여창가곡의 연구」(고려대학교 박사학위논문, 1994); 고미숙, 『19세기 시조의 예술사적 의미』(태학사, 1998); 김용찬, 『18세기의 시조문학과 예술사적 위상』(월인, 1999); 성무경, 『조선후기 시가문학의 문화담론 탐색』(보고사, 2004) 등을 참조할 것.

들도 논쟁의 영역으로 포괄하여 논의를 이끌 수 있을 것이다.

마지막으로 여성주의적 관점에서 시가 연구가 이뤄져야 한다. 현재 다양한 분야에서 여성주의적 관점을 기반으로 문학 연구가 이뤄지고 있는데, 고전시가 분야에서도 역시 이러한 시각은 반드시 필요하다.[34] 예컨대 고려가요·시조·사설시조·규방가사 등의 갈래에서 발견되는 여성 작가나 여성적 시각이 반영된 작품들에 대한 종합적 이해가 필요한 시점이다. 현재 학회(한국고전여성문학회)를 통해서 많은 연구자들이 여성주의적 시각에 입각한 논문들을 제출하고 있지만, 각각의 연구자들이 취하고 있는 여성주의적 입장들에서 적지 않은 차이를 드러내고 있다. 이러한 현상은 연구자들이 지니고 있는 여성주의적 방법론에 대한 시각의 '차이'로 인해서 발생하는 문제라 판단된다. 특히 페미니즘이 현실에 기반한 '운동'의 성격이 있기에, 연구자가 처한 입장에 따라 그 '차이'는 어쩔 수 없는 것인지도 모른다. 그러나 이러한 '차이'를 줄이기 위해서는 지속적인 논쟁을 거쳐야만 할 것이라고 여겨진다. 이를 통해서 시각의 차이를 줄이려는 노력과 함께, 개별 작가론이나 작품론에까지 관철될 수 있도록 해야 할 것이다.

이상 몇 가지로 나누어 고전시가 연구에서 쟁점으로 삼을만한 주제들을 제시해 보았다. 필자의 조망에서는 벗어나 있지만, 고전시가 분야에서 여전히 쟁점의 부각을 기다리고 있는 주제들이 적지 않을 것이다. 바람직한 논의를 이끌기 위해서는 다른 연구자들에 의해서도 다양한 쟁점들이 꾸준히 제기되어야만 하리라고 본다. 또한 문제 제기에서 머물지 않고, 다양한 시각을 지닌 연구자들에 의해서 집중적으로 논의될 수 있는 자리가 마련되어야만 한다. 이를 위해서 개별 연구자들의 관심과 아울러 고전

---

**34** 이혜순 외,『한국 고전 여성작가 연구』, 태학사, 1999; 정출헌 외,『고전문학과 여성주의적 시각』, 소명출판, 2003; 김병국 외,『조선 후기 시가와 여성』, 월인, 2005; 한국고전여성문학회,『한국 고전문학 속의 가족과 여성』, 월인, 2007) 등.

시가와 연관된 여러 학회들에서 이와 관련된 학술대회 등을 지속적으로 개최한다면, 그것이 일회적인 관심에 그치지 않고 확대 재생산될 수 있는 기반을 마련하리라고 본다. 이를 통해서 고전시가 연구에 활력을 불어넣을 수 있을 것이기 때문이다.

끝으로 이러한 쟁점의 부각에 앞서 무엇보다도 학문 후속 세대에 대한 관심이 확대되어야 한다는 점을 지적하고자 한다. 무엇보다도 기존 연구자들의 연구 성과를 바탕으로 신진 연구자들의 논의가 덧붙여져야만, 학문적 성과가 재생산될 수 있기 때문이다. 나아가 고전문학 연구의 활력을 위해서도 앞으로 학문 후속 세대에 대한 적극적인 관심과 지원책이 더욱 강화되어야만 한다. 연구 기반의 조성은 무엇보다 인적 자산의 지속적 재생산이 확보될 때 비로소 가능하다고 여겨지기 때문이다.


## 4. 맺음말

현재의 고전문학 연구 상황을 살펴 보건대, 과거에 비해 연구자나 학계에 제출되는 논문의 수가 크게 증가했다는 것이 가장 두드러진 특징이다. 학문의 발전이 연구 역량의 양적·질적인 향상을 통해 이뤄진다는 점을 감안할 때, 적어도 고전시가 연구의 발전을 위해서 좋은 여건임은 분명하다. 하지만 과연 현재의 상황이 과연 바람직한 것인지에 대해서는 긍정적으로 답하기가 쉽지 않다. 과연 수많은 학회지에 수록된 논문들이 질적인 성과를 담보하고 있다고 자신할 수 없기 때문이다. 오히려 연구 성과를 양적으로 평가하는 현재의 제도에서 그 문제점을 찾을 수 있으리라 본다. 그러나 이미 그러한 제도가 정착되어 가고 있는 상황에서 제도상의 문제는 결코 쉽게 바뀌지는 않을 것이다.

그렇다면 연구자의 연구 방법론에서 그 대안을 찾아보는 것도 필요하다. 적어도 고전시가 분야에서 연구자들이 다양한 형식으로 여러 문제들에 대해서 논쟁을 벌임으로써, 학문적 긴장과 활력을 획득할 수 있을 것이다. 현재에도 고전시가 분야에서 다양한 형태로 논쟁이 진행되고 있을 터이지만, 그것이 학계에서 주요한 문제로 부각되지 못하고 있는 형편이다. 실제로 지난 5년 동안의 고전시가 분야의 연구 성과를 살펴보면, 매년 약 2백여 편의 논문이 제출되고 있다. 그럼에도 불구하고 개별 연구 성과들은 대부분의 연구자들에게 효과적으로 소통되고 있지 못하고 있다. 또한 각종 과제(프로젝트)에 얽매인 연구자들의 현실도 문제로 지적할 수 있을 것이다.

이 글에서는 그동안 고전시가 분야에서 활발한 논쟁을 통하여 성과를 획득했던 주제들을 검토해보고, 이를 바탕으로 현 단계에서 제기될 수 있는 몇 가지 쟁점들을 거론해 보았다. 향가의 해석에 관한 문제나 조선 초기 악장에 대한 반성적 검토가 진지하게 이뤄질 필요가 있다는 점을 지적하였다. 또한 '강호가도'로 통칭되었던 자연을 주제로 한 시가 작품을 바라보는 새로운 '틀'이 필요함도 역설하였다. 이밖에도 몇 차례 논쟁이 벌어졌던 사설시조와 관련된 문제들은 조선 후기 문학사의 구도와 관련하여 여전히 중심적인 주제가 될 수 있을 것이다. 이와 함께 가집과 관련된 제반 문제들은 시조사의 구도와 문화사에 대한 폭넓은 이해를 가져다 줄 것이라 본다. 그리고 시가 연구도 여성주의적 관점에 입각한 시각을 확보할 필요가 있다고 보았다.

실상 이러한 제안이 효과적으로 기능하기 위해서는 관련 학회와 연구자들의 능동적인 역할이 무엇보다 중요하다. 연구자들은 쟁점적인 주제들을 적극적으로 개발하고, 학회 차원에서 이와 관련된 학술대회를 개최하여 뒷받침할 필요가 있다. 이를 통해 고전시가의 쟁점적 주제들이 일회적인 관심에 그치지 않고, 지속적으로 확대 재생산될 수 있을 것이라 본다. 또한 기존 연구자와 더불어 학문 후속 세대의 양성에도 힘을 쏟아야 할 것이다. 연구 기반을 튼실히 하기 위해서는 무엇보다도 후속 세대가 지속적으로 배출되면서, 이들에 의해 기존의 학문적 업적에 대한 검증 작업과 이를 뛰어넘는 새로운 성과가 제출될 수 있도록 하는 것이 중요하다. 따라서 고전시가, 나아가 국문학 연구의 활력을 위해서는 학문 후속세대에 대한 적극적인 관심과 지원책이 강화되어야만 한다는 점을 강조하고자 한다.

〈『민족문학사연구』 통권37호, 민족문학사학회, 2008.〉

# 고전시가 연구자로서의 자세와 계획

1.

   현재의 한국문학 연구의 상황을 살펴보건대, 과거에 비해 연구자나 발표 논문의 수가 크게 증가했다는 것이 가장 두드러진 특징이다. 학문의 발전이 연구 역량의 양적·질적 향상에 의해 이루어진다는 것을 감안할 때, 최근의 상황이 한국문학 연구의 발전을 위해서 매우 바람직한 조건이 될 수 있다는 점은 부인할 수 없다. 각 전공분야의 연구자들의 수도 크게 늘어났으며, 학계에 보고되는 연구 논문들도 해마다 큰 폭으로 증가하고 있다는 것은 여러 가지 자료를 통해서 쉽게 확인된다. 대체로 이러한 현상은 수 년 전부터 이른바 연구자들의 '업적 평가'가 각 대학에서 공식화된 이후에 생겨난 것이다. 무엇보다 새로운 학술지의 출현 등 발표 지면의 증가는 연구자들에게 다양한 기회를 제공해준다는 측면에서 바람직하다고 할 수 있을 것이다. 특히 그동안 적절한 지면을 찾지 못하던 많은 신진 연구자들에게는 발표 기회를 제공해 줌으로써, 자신이 지니고 있는 연구 역량을 학계에 알릴 수 있는 계기가 되기 때문이다.

   그러나 다양한 활동을 통해서 비교적 활발하게 연구 성과가 제출되고 있음에도 불구하고, 현재의 상황이 한국문학 연구의 발전을 위한 바람직한 면모인지에 대해서는 깊이 생각해 볼 필요가 있다. 진정 크게 늘어난 발표 지면과 논문들의 양만큼, 학술적인 성과가 그에 비례해서 질적으로 성장했는가? 이러한 질문에, 긍정적으로 대답을 하기가 쉽지 않다는 것이 비단 나 혼자만의 생각은 아닐 것이다. 각종 학회지들을 통해서 발표되는 연구 성과들 중 상당수는 그에 걸맞은 튼실한 역량을 갖춘 것인지에 대한 회의적인 시각이 엄존하고 있다. 연구자라면 누구나 힘들여 찾아 읽었던 논문들이 그 내용이나 연구 성과가 빈약하여, 크게 실망했던 기억을 한 번쯤은 떠올릴 수 있을 것이다. 이와 함께 또 하나의 문제는 각종 학회지들을 통해서 발표되는 수많은 논문들을 해당 분야의 연구자들조차 제대로 찾아 읽기가 힘들다는 점이다. 그만큼 발표 논문들이 산재하고 있어, 연구자들이 체계적으로 정리하기가 쉽지 않은 탓이기도 하다.

물론 이러한 현상을 초래한 가장 큰 요인으로, 성과 위주로 연구자들을 평가하는 제도의 문제를 들 수 있을 것이다. 그렇다고 해도 과연 이러한 현상에 대한 연구자들의 책임은 전혀 없는 것인가? 그러한 제도에 편승해 우리 스스로 연구 성과를 만들어내기에 조급했던 적은 없는지 돌아봐야 할 것이다. 어쩌면 연구자인 우리 모두는 그러한 현상이 초래되도록 방조한 '공범자'로서의 적지 않은 책임을 져야 하리라고 본다. 사실 이러한 문제는 학술 논문의 양적인 성과를 어떻게 질적으로 담보할 수 있는가 하는 고민과 연결되어 있다. 물론 각 학회마다 엄격한 기준을 마련하여 투고되는 논문들을 평가하여 학회지에 싣고 있지만, 과연 그러한 장치가 명실상부하게 작동되고 있는가 하는 의문은 여전히 심심찮게 제기되고 있다. 각 학회에서 마련한 논문심사를 위한 다양한 장치가 반드시 논문의 질적인 수준을 보장해 준다고는 말할 수 없기 때문이다.

이처럼 한국문학의 각 분야에서 논문들이 쏟아져 나오고 있음에도 불구하고, 오히려 한국문학에 대한 사회적 관심은 크게 줄어들었다는 것이 대체적인 평가이다. 이러한 진단에 대해서는 일선 대학에서 차지하는 국어국문학과의 위상을 따져본다면 더욱 명확해지리라고 본다. 현재 수도권에 소재하고 있는 몇몇 대학을 제외한다면, 대학 신입생들의 학과 선택에서 국문과는 학생들의 주된 관심권에서 크게 벗어나 있다. 특히 지방대학으로 갈수록 이러한 현상은 두드러져서 학과에 대한 통폐합이 논의될 때, 해마다 신입생 충원에 어려움을 겪고 있는 국문과가 우선적으로 거론되고 있는 실정이기도 하다. 이는 '청년 실업'이 가장 큰 사회적 관심사가 된 이래, 졸업 후의 진로를 따져 학과를 선택하는 작금의 세태와 무관하지 않은 현상이다. 그러나 다른 한편으로는 여전히 권위에 기댄 '낡은' 방식을 고집하는 대학 현장의 수업 방식은 없는지 우리 스스로에게 자문해 볼 필요도 있다.

실제 일선 대학에서 국문과의 위상이 크게 흔들리고 있다면, 이는 한국문학의 발전을 위해서도 결코 바람직하지 않다. 이러한 면모는 한국문학 관련 학술지와 그를 통해 발표되는 논문들이 크게 늘어나고 있는 '현상'과는 분명히 어긋나는 상황이라 할 수 있다. 적어도 학술지를 통한 활발한 연구 활동이 이루어지고 있다면, 그에 못지않게 한국문학에 대한 사회적 관심도 높아져야 하는 것이 마땅하다. 하지만 우리에게 닥친 현실은 그렇지 못하다는 것이다. 사회 일각에서는 '문학의 위기'라는 말이 공공연하게 거론되고 있기도 하다. 물론 이러한 현상에 대한 원인을 찾는다면, 그 진단이 다양하게 내려질 수 있을 것이다. 먼저 이러한 현상을 초래하게 된 데에는 나 자신을 포함해서 한국문학 연구자들의 책임이 가장 크다 할 것이다.

이제 보다 진솔하게 얘기해 보기로 하자. 최근의 가시적으로 드러나는 활발한 연구 활동에도 불구하고, 국문과 학생들을 비롯한 일반인들이 쉽게 접할 수 있는 한국문학 관련 저서들이 얼마나 있는가? 나아가 일반인들이 우리의 한국문학에 대해서 알고자 할 때, 재미있게 대할 수 있는 책들은 또 얼마나 되는가? 냉정한 시각으로 본다면, '전문가'라는 이름으로 출간된 수많은 한국문학, 특히 고전문학 관련 저서들의 내용은 일반인들이 쉽게 접하기 힘든 방식으로 소통되고 있는 것이 다수를 차지하고 있다고 여겨진다. 물론 지금 서점에는 한국문학의 다양한 주제들을 쉽게 풀어

쓴 책들이 적지 않게 진열되어 있다. 그 중 상당수는 주제에 대한 깊이를 갖추지 못하고 있는 경우가 적지 않아, 오히려 독자들은 그러한 책들을 통해서 한국문학에 대한 흥미를 잃을 수도 있다는 점만은 꼭 지적해두고 싶다. 이것은 한국문학을 '대중화'하는 작업에 상당한 수준의 전략이 필요하다는 것을 말해준다.

원론적으로 말한다면 바람직한 한국문학 연구 방향이란 각 전공 영역의 깊이를 확보하면서, 보다 대중적인 소통을 목표로 해야 한다. 물론 전문 학술서적의 출간도 중요하지만, 이에 병행해서 한국문학 분야에 대해서 일반인들이 손쉽게 접할 수 있는 책들이 더욱 늘어나야 한다. 지금도 수많은 한국문학 관련 논문들이 쏟아져 나오고 있지만, 그것이 학문의 '민주화'에 얼마나 기여하고 있는지는 자못 의문이다. 오히려 양적으로 증가한 학술 논문들에서는 일반인과의 소통은 전혀 고려되고 있지 못하다는 생각이 들기도 한다. 그런 가운데에서도 최근의 경향을 살펴보면 우리는 몇몇 연구자들의 한국문학 관련 주제들을 대중화하려는 노력들을 마주치게 된다. 우선 내가 대학에서 가르치고 있는 학생들을 통해서 그러한 저서들에 대한 관심이 적지 않다는 것을 실감하고 있다. 무엇보다 그러한 작업을 하고 있는 사람들이 자신의 분야에서 탄탄한 학문적 토대를 갖추고 있기 때문에, 주제에 대한 진지함을 잃지 않고 있다는 점이 가장 큰 매력이라 하겠다. 그렇기에 일반 독자들이 이러한 책들을 손쉽게 접할 수 있을 뿐만 아니라, 그것을 통해 우리의 고전에 대한 관심을 환기시키는 적지 않은 역할을 하고 있다고 생각된다.

그러나 이러한 노력들은 아직까지는 대체로 연구자 개개인의 역량에 의해 이끌어가고 있는 실정이다. 실제 연구자들이 이러한 책들을 기획·집필을 거쳐 출간에 이르기까지에는 많은 시간이 소요되고, 경제적 부담도 만만치 않은 것이 현실이다. 따라서 한국문학에 대한 사회적 관심을 이끌어내기 위해서는, 학계 혹은 학회 차원에서라도 이러한 작업이 기획되고 실행될 수 있도록 뒷받침해줄 수 있어야 하리라고 본다. 또한 학술

논문을 제외한, 교양서들을 연구자들의 '업적'으로 인정하지 않는 학계의 관행도 이제는 서서히 바뀌어야 할 시점이라고 판단된다. 여전히 학계에서는 한국문학을 대중화하려는 연구자들의 성과를 '연구 업적'으로 인정하는데 인색하다고 여겨지기 때문이다.


2.

앞에서 언급한 내용은 사실 어떤 측면에서 보자면 '국어국문학 연구의 전망'이라는 기획과는 다소 거리가 있다고 할 수 있겠다. 하지만 어떠한 전망이든지 가장 중요한 것은 자신이 발딛고 있는 현재의 상황을 정확하게 진단한 상태에서 내려질 수 있다고 본다. 따라서 다소 장황하게 한국문학, 특히 고전문학과 관련된 학계의 동향과 관련해서 느낀 나의 생각들을 정리해 본 것이다. 최근 수많은 학술지들이 발간되면서 내 전공인 고전시가 분야의 논문들이 쏟아져 나오고 있지만, 그것들을 일일이 확인하기란 사실상 불가능에 가깝다고 여겨진다. 이는 나 자신의 게으름에 대한 '변명'이기도 하겠지만, 각각의 학회지들이 소통되는 구조가 너무 복잡하기 때문에 그것들을 구해 읽기가 쉽지 않기 때문이기도 하다.

최근에는 연구자들이 자신의 '세부 전공'을 밝히는 것이 학계의 관행으로 자리를 잡고 있다. 이런 경향을 반영하듯 한국문학 분야의 각 세부 전공을 이름으로 내세운 학회도 등장하고 있다. 이들 학회의 활동을 통해서 동일한 연구 분야의 연구자들을 한데 묶어 연구의 깊이를 더해 줄 수 있다는 점에서 긍정적인 측면이 있다. 하지만 다른 한편으로는 자신의 세부 전공을 내세움으로써, 다른 분야 혹은 타 전공 영역과는 소통을 소홀히 하고 있는 것은 아닌지 하는 생각이 들곤 한다. 다시 말하면 학문 분야의 전공 영역을 '세부 전공'으로 구분함으로써, 연구자들 스스로가 글을 쓸 때 다른 전공 영역에 대한 관심은 상대적으로 소홀할 수밖에 없는 문제가 발생하기도 한다.

　물론 세부전공을 정하고 연구에 전념하는 것이 부정적인 측면만 있는 것은 아니다. 하지만 그 성과가 다른 전공분야의 연구자들이나 일반인들과 함께 공유되지 못할 때 자칫 연구방법이나 그 성과가 의도한 바의 효과를 거둘 수 없기 때문이다. 각각의 연구자들은 물론 학회에서는 활동 방향을 정할 때, 늘 이러한 문제에 대해 진지하게 고민을 해야만 할 것이다. 이제 이러한 고민들을 나의 경우에 적용시켜 보기로 하자. 생각해보니 그동안 연구자로서 스스로를 뒤돌아볼 기회가 그리 많지 않았던 것 같다. 먼저 내가 연구하는 전공 분야는 한국문학, 그 중에서도 고전문학이다. 그리하여 이 글에서는 한국문학 연구자로서 나의 연구 이력을 간략하게 짚어보고, 그것을 통해 앞으로의 연구 방향을 정리해보고자 한다.

　본격적으로 공부를 하겠다고 대학원에 진학한 이래, 나는 주로 조선 후기 시가문학에 대한 관심을 지니고 지속적으로 연구를 진행하고 있다. 따라서 그동안 자연스럽게 가집(歌集)과 같은 1차 자료를 많이 접할 수 있었고, 박사학위 논문의 주제도 가집을 통해 조선 후기 시조사를 재구해 보겠다는 것이었다. 특히 가집은 당대의 예술사적 실상을 담고 있는 소중한 자료이기에, 그것을 통해 당대의 예술사적 실상과 소통할 수 있다는 것을 확인한 것은 자료를 섭렵하면서 얻은 가장 큰 성과였다. 그리하여 그 결과물로 「18세기 가집편찬과 시조문학의 전개양상」이라는 제목으로 박사학위 논문을 완성할 수 있었다. (이 논문은 후에 다소의 수정을 거쳐 『18세기 시조문학과 예술사적 위상』이라는 저서로 출간되었다.) 이후 나의 학문적 관심은 한국문학의 다양한 영역을 질주하고 있지만, 여전히 그 중심에는 아직 그 실체를 밝혀내지 못한 다양한 가집들의 존재에 대한 관심이 확고하게 자리를 잡고 있다. 따라서 가집과 시조 작가 연구를 통한 조선 후기 시조사에 대한 관심은 앞으로도 내 연구 과제의 중요한 부분이 될 것이다. 기실 현전하는 최초의 가집인 〈청구영언〉이 김천택에 의해 편찬된 이래, 가집은 시조문학의 연구에 있어서 중심적인 위치를 차지하고 있다. 가집은 문학사뿐만이 아니라, 당대 예술사의 중요한 정보를 집적하고 있는 '정보의 보고(寶庫)'라 할 수 있다. 그 속에는 문학과 음악에 관한 다양한 '사실'들, 그리고 문화사의 면모를 밝혀줄 수 있는 수많은 '진실'들이 내장되어 있기 때문이다. 물론 그것을 찾아내는 것은 온전히 연구자의 몫이다.

그리하여 우리는 가집을 연구할 때 다음의 두 가지 측면을 고려해야만 한다. 먼저 수록된 작품들과 작가들을 포함한 가집의 편찬 체계를 구명함으로써 당대에 통용되었던 시조문학의 성격을 살필 수 있다는 점이다. 특히 각 작품의 곡조나 분류 체계를 통해서, 그것이 음악적으로 향유되었던 실상을 밝혀낼 수 있다는 점도 가집 연구에서 중요하게 고려되어야 할 것이다. 이와 함께 다른 가집들과 구별되는 해당 가집의 독자적인 특성을 발견할 수 있다는 점도 가집 연구에 매우 중요한 측면으로 꼽을 수 있다. 그동안 연구한 결과에 의하면 가집이란 특정 향유 집단의 예술적 활동을 반영하고 있었다. 따라서 각 가집의 분석을 통해서 해당 가집이 지닌 독자적인 특성을 아울러 밝혀낼 수 있다고 믿는다. 여타의 자료들에 단편적으로 기술된 각종 기록들과의 결합을 통해, 여전히 공백 상태에 남아있는 당대 문화사의 밑그림을 채워나갈 수 있다는 점을 간과할 수 없다.

지금까지 〈청구영언〉을 비롯한 많은 가집들에 대한 연구가 진행되어 왔고, 그 결과 문학사적으로 중요한 문제들에 대해서 상당 부분 구명해 낼 수 있었다. 하지만 아직까지 그 성격이나 편찬 체계 등에 대해서 제대로 알려지지 않은 상태에서, 연구자의 손길을 기다리고 있는 가집들이 적지 않게 남아 있다. 이제는 몇몇 주요 가집들의 연구를 중심에 놓고, 다양한 가집들과의 비교를 통하여 그 성격이나 편찬 시기 등을 추론해 낼 수 있다고 본다. 그런 의미에서 각 가집의 성격을 구명하고, 시조사에서 공백으로 남아있는 부분을 채워나가야 할 것이다. 가집을 통한 시조문학의 성격을 구명하는 이런 작업은 장기적으로 시조문학사의 집필을 위한 기본적인 연구가 될 수 있을 것이기 때문이다. 때문에 앞으로 상당 기간 동안 나의 관심은 가집을 통한 시조문학의 연구에 집중될 것이다.

　이와 함께 내가 매달리고 있는 주된 연구 주제로 다음의 몇 가지를 우선 꼽을 수 있다. 최근에는 초창기 국문학자인 고정옥(高晶玉: 1911~68)의 국문학에 대한 연구 성과를 정리하여 학계에 알리기 위한 작업을 진행하고 있다. 우리 민요에 대한 본격적인 연구서라고 할 수 있는『조선민요연구』(1949)를 저술한 바 있는 고정옥의 학문적 업적에 대해서는 아직까지 본격적인 검토가 이뤄지지 않고 있다. 신동흔 교수에 의해 고정옥의 삶과 학술 활동이 소개되기도 했지만(「고정옥의 삶과 학문 세계」상·하,『민족문학사연구』제7~8호), 그의 학문 세계에 대해서는 여전히 미답의 영역으로 남겨져 있다고 해도 과언이 아니다. 하지만 적지 않은 시간을 투자해서 그동안 찬찬히 살펴본 그의 저서들은 한국문학 연구사에서 결코 소홀히 할 수 없다는 것이 나의 생각이다. 이미 그의 저서인『고장시조선주』(1849)를 중심으로 사설시조에 대한 고정옥의 관점을 논문으로 발표한 바 있으며, 이와 함께 사설시조 연구사에서 중요한 저작인『고장시조선주』에 꼼꼼한 주석을 붙여『교주 고장시조선주』라는 이름으로 출간하기로 하였다. 그동안 진행해 왔던 이러한 작업들은 지속적으로 논문과 저서를 통해 학계에 보고될 수 있을 것이며, 나아가 고정옥의 학문적 성과를 체계적으로 점점 하는 나의 연구는 향후에도 한동안 지속될 것이다.[1]

　다음으로는 '고전시가와 여성주의'라는 주제 아래 진행되고 있는 페미니즘(feminism)에 대한 관심을 들 수 있다. 나는 이미 시조문학에 나타난 여성성에 대한 논문을 몇 차례 발표한 바 있다. 이의 후속 작업으로 조선시대의 여성 작가들의 시조, 특히 기녀들의 작품을 검토하여 그 성격과 미의식을 조망하려는 작업을 진행하고 있다. '남성성'이 지배하고 있던 시

---

　1 이 글을 쓴 이후 고정옥에 대한 연구사적 탐색은, 그가 해방공간에서 활동했던 '우리어문학회'의 구성원과 학술적 성과를 탐색하는 작업으로 이어져 몇 차례에 걸쳐 그 성과를 제출한 바 있다.

조문학 갈래에서, 적지 않은 비중을 지닌 여성 작가들의 목소리가 어떤 식으로 반영되고 있는가를 살피는 것이 주된 목적이 될 터이다. 여기에 사설시조만을 대상으로 한 별도의 연구도 준비하고 있다. 페미니즘의 관점에서 고전시가를 조망하려는 작업은 현재에도 몇몇 연구자들에 의해 꾸준히 진행되고 있다. 나 역시 이러한 관심을 기반으로 하여, 고전시가 전반에까지 확장시키려는 계획을 가지고 있다는 것을 밝혀두기로 하자.

지금까지 언급한 내용들이 보다 구체적인 주제 아래 진행하고 있는 연구의 방향이라고 한다면, 학생들과 일반인들을 위해 고전시가를 현대적 감각에 맞게 소개하는 작업은 늘 염두에 두고 있는 과제인 셈이다. 그동안 강의를 하면서 절실히 느낀 것이지만, 국문과 학생들조차도 고전문학을 '어렵고 골치 아픈 것'으로 이해하고 있는 경우가 일반적이다. 이는 그동안 대학에서 고전문학에 대한 교육 방법이 잘못된 탓이기도 하겠지만, 지금 우리가 사용하고 언어와는 이질적인 언어로 쓰여 있다는 점도 중요한 몫을 차지하고 있다. 따라서 아무리 재미있고 유익한 내용을 담고 있다 할지라도, 지금의 독자들이 '언어적 장벽'을 느낀다면 작품에 대한 접근은 결코 쉽지 않을 것이다. 고전문학을 전공하고 있는 나로서는 현대의 독자들에게 이러한 장벽을 없애는데 최선의 노력을 해야 한다고 생각한다. 이러한 문제의식에서 고전문학 작품을 현재의 관점에서 소개하기 위하여, '새롭게 읽는 고전시가'와 같은 제목으로 책을 출간하여 학생들과 일반인들에게 알리겠다는 계획도 가지고 있다. 하지만 이러한 계획을 실행하기까지는 아마도 상당 기간 동안의 준비가 필요할 것이다.[2]

---

2 이후에 고전시가를 대상으로 한 작업으로 다음 두 권의 저서를 출간한 바 있다. ①『조선의 영혼을 훔친 노래들』, 인물과 사상사, 2008; ②『옛 노래의 숲을 거닐다』, 리더스가이드, 2013.

3.

이제 고전문학 연구에 대한 나의 의견을 간략하게 덧붙임으로써 이 글을 맺기로 하겠다. 얼마 전 고등학교 교사들과 함께 국어교육 문제에 대한 의견을 진지하게 나눈 적이 있었다. 교사들의 주된 의견은 고등학교에서 고전문학에 대한 수업이 갈수록 어렵다는 것이었다. 학생들에게 흥미를 불러일으킬 수 있는 교수 방식을 찾기가 쉽지 않다는 고충을 토로하면서, 이와 함께 교사들이 이용할 수 있는 참고 자료가 그리 많지 않다는 내용도 덧붙였다. 대학에서도 여전히 고전문학의 경우에는 '규범적인 해석'을 중시하는 형편이다. 물론 작품의 성격상 그럴 수밖에 없다 하더라도, 수업 시간에 행해지는 '닫혀진/규범적인' 작품 해석으로 인해 고전문학이 '재미없다/지루하다'라는 생각을 갖게 하는 것은 아닌지 반성해 볼 일이다.

결과적으로 '고전문학은 어렵다'라는 생각이 대학의 국문과 학생들에게조차 널리 퍼져있고, 그리하여 고전문학은 전공자들만 대하는 분야처럼 인식되어서는 안 된다. 연구자인 우리들 스스로 여전히 '낡은' 방식을 고집하는 대학 현장의 고전문학 교육은 없는지 따져봐야 할 것이다. 그리하여 학생들의 호흡에 맞는 새로운 '형식'의 교수 방법이 도입되어야 하며, 효과적인 방식이 있다면 그것이 널리 공유될 수 있도록 해야 할 것이다. 물론 새로운 형식의 도입이 작품의 현대적 해석을 포함한, 교육의 '내용'에 대한 고민이 선행되어야 한다는 것은 너무도 당연하다. 이러한 방안의 하나로 학생들이나 일반 독자들이 쉽게 접할 수 있는 고전문학의 대중화 작업을 서둘러야 할 것이다. 앞에서 논했던 여러 연구자들의 고전문학을 새롭게 알리는 작업들이 모범적인 사례가 될 수 있을 것이다. 앞으로는 보다 많은 연구자들이 이러한 작업에 동참할 수 있기를 기대한다.

또 하나 언급하고 싶은 것은, 한국문학 연구사를 반성적으로 재검토하는 작업이 필요하다는 것이다. 그동안 일제 강점기로부터 한국문학 연구를 담당해왔던 초창기 연구자들을 조망하는 작업이 지속적으로 진행되어 왔다. 주지하다시피 이 시기 선학들의 연구는 대체로 고전문학 분야에 집중되어 있고, 이 당시 이루어진 연구의 성과물들이 오늘날 고전문학 연구의 밑거름이 되었다. 그동안 학계에서는 초창기 연구자들의 저서를 중심으로 꾸준히 연구가 진행되면서, 그 결과 적지 않은 성과를 거둔 것이 사실이다. 그러나 최근의 경향은 그들이 남긴 연구 업적들이 연구사를 검토하는 속에서나 언급되고 있는 것은 아닌가 하는 생각이 든다. 나 역시 최근 고정옥이 남긴 저서들을 살피면서, 초창기 연구자들의 업적이 이제는 보다 본격적으로 다뤄져야 한다는 생각을 하게 되었다. 이러한 과제에 대해서 관심을 가지고 있는 연구자 개개인의 작업도 중요하겠지만, 학계에서 나서서 기획하고 정리해야 할 시점이라고 판단되기 때문이다.

지금까지 여러 가지 논의들을 두서없이 펼쳐 놓았다. 현재 한국문학, 그 중에서도 고전문학에 대한 관심은 대학에서조차 점점 약해지고 있다. 어찌 보면 심각한 위기 상황에 직면해 있다고 할 수 있다. 이러한 상황을 타개하기 위한 바람직한 방안이 적극 모색되어야 할 것이다. 물론 이에 대한 만족할만한 해법을 나 자신도 갖고 있지 못하다. 하지만 이번 기회에 우리 모두가 이런 문제에 대해서 진지하게 고민하고, 좋은 방안이 있다면 모든 연구자들이 공유할 수 있도록 해야 한다고 생각한다.

〈『국어국문학, 미래의 길을 묻다 ‑ 향후 10년의 지형도』,
서강대학교 국어국문학과 엮음, 태학사, 2005.〉

※ 추록 : 이 글은 '서강대학교 국어국문학과 창설 40주년'을 맞이하여, 30여 명의 국어국문학자들에게 향후 10년 후의 국문학의 미래에 대한 진단을 목적으로 한 청탁에 응해 쓴 것이다. 이 글을 쓴 지 벌써 만 10년이 지났는데, 글 속에 담긴 문제의식은 나에게 여전히 현재진행형이기도 하다. 고전문학 연구자로서의 '향후 10년의 과제'에 응답하고, 스스로를 되돌아보니 애초에 내걸었던 몇 가지의 약속은 지켰고, 또한 나머지 고민은 지금도 계속되고 있다고 생각된다. 아울러

연구자로서 여전히 고민 중인 사항이 단지 나만의 문제가 아니라는 생각에, 책을 엮으면서 이 글을 외람되이 말미에 덧붙였다. 주제넘다고 책망하지 마시고, 너그럽게 해량해 주시기를 부탁드린다.